邱燮友
劉正浩　注譯

新譯千家詩

三民書局印行

刊印古籍今注新譯叢書緣起

劉振強

人類歷史發展，每至偏執一端，往而不返的關頭，總有一股新興的反本運動繼起，要求回顧過往的源頭，從中汲取新生的創造力量。孔子所謂的述而不作，溫故知新，以及西方文藝復興所強調的再生精神，都體現了創造源頭這股日新不竭的力量。古典之所以重要，古籍之所以不可不讀，正在這層尋本與啟示的意義上。處於現代世界而倡言讀古書，並不是迷信傳統，更不是故步自封；而是當我們愈懂得聆聽來自根源的聲音，我們就愈懂得如何向歷史追問，也就愈能夠清醒正對當世的苦厄。要擴大心量，冥契古今心靈，會通宇宙精神，不能不由學會讀古書這一層根本的工夫做起。

基於這樣的想法，本局自草創以來，即懷著注譯傳統重要典籍的理想，由第一部的四書做起，希望藉由文字障礙的掃除，幫助有心的讀者，打開禁錮於古老話語中的豐沛寶藏。我們工作的原則是「兼取諸家，直注明解」。一方面熔鑄眾說，擇善而從；一方面也力求明白可喻，達到學術普及化的要求。叢書自陸續出刊以來，頗受各界的喜愛，使我們得到很大的鼓勵，也有信心繼續推廣這項工作。隨著海峽兩岸的交流，我們注譯的成員，也由臺灣各大學的教授，擴及大陸各有專長的學者。陣容的充實，使我們有更多的資源，整理更多樣化的古籍。兼採經、史、子、集四部的要典，重拾對通才器識的重視，將是我們進一步工作的目標。

古籍的注譯，固然是一件繁難的工作，但其實也只是整個工作的開端而已，最後的完成與意義的賦予，全賴讀者的閱讀與自得自證。我們期望這項工作能有助於為世界文化的未來匯流，注入一股源頭活水；也希望各界博雅君子不吝指正，讓我們的步伐能夠更堅穩地走下去。

新譯千家詩　目次

五言律詩

七言絕句

七言律詩

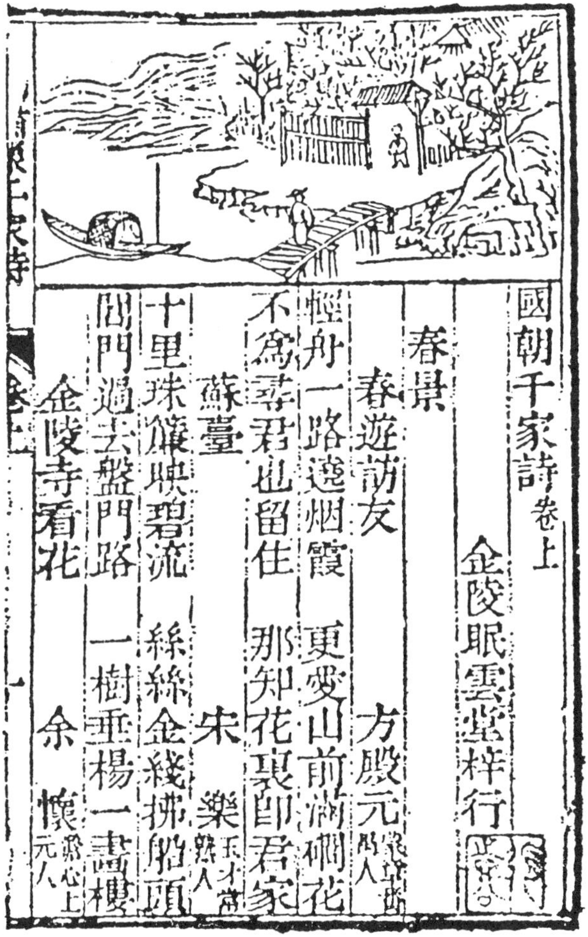
國朝千家詩卷上

金陵眠雲堂梓行

春景

春遊訪友　方殿元

輕舟一路遶烟霞　更愛山前滿澗花

不爲尋君也留住　那知花裏即君家

蘇臺　宋犖

十里珠簾映碧流　絲絲金綫拂船頭

閶門過去盤門路　一樹垂楊一畫樓

金陵寺看花　余懷

圖一:《國朝千家詩》 編者不詳,清乾隆三十七年(1772)金陵眠雲堂刊本。

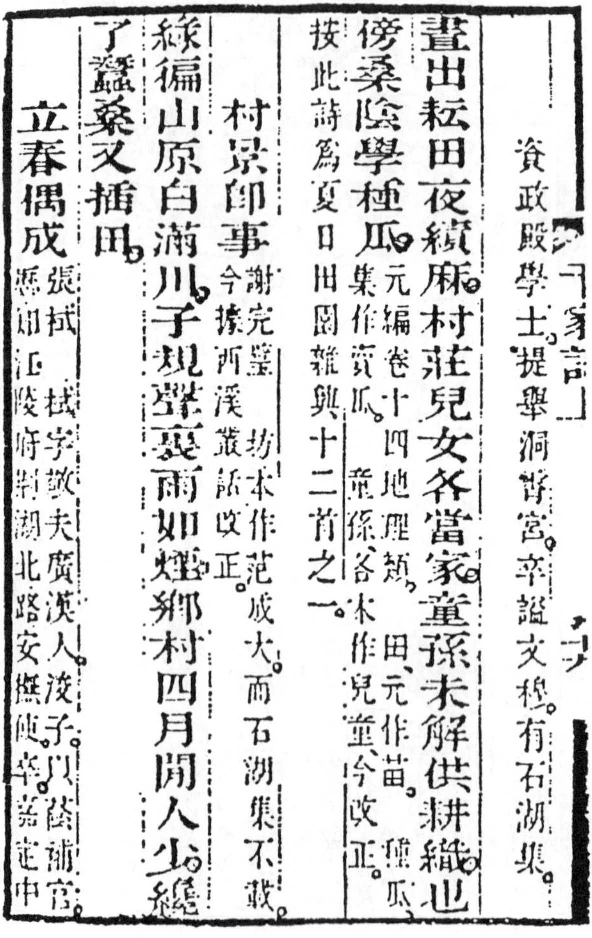

千家詩

資政殿學士。提舉洞霄宮。卒諡文穆。有石湖集。

晝出耘田夜績麻。村莊兒女各當家。童孫未解供耕織。也傍桑陰學種瓜。元編卷十四地理類。田元作苗。種瓜。集作資瓜。童孫各本作兒童。今改正。

按此詩爲夏日田園雜興十二首之一。

村景即事 謝完堂 坊本作范成大。而石湖集不載。今據西溪叢話改正。

綠徧山原白滿川。子規聲裏雨如煙。鄉村四月閒人少。纔了蠶桑又插田。

立春偶成 張栻 栻字敬夫。廣漢人。浚子。以蔭補官。歷知江陵府。荆湖北路安撫使。卒。諡宣中

圖二：《重編千家詩讀本》　清宗廷輔編注，清光緒二年(1876)刊本。

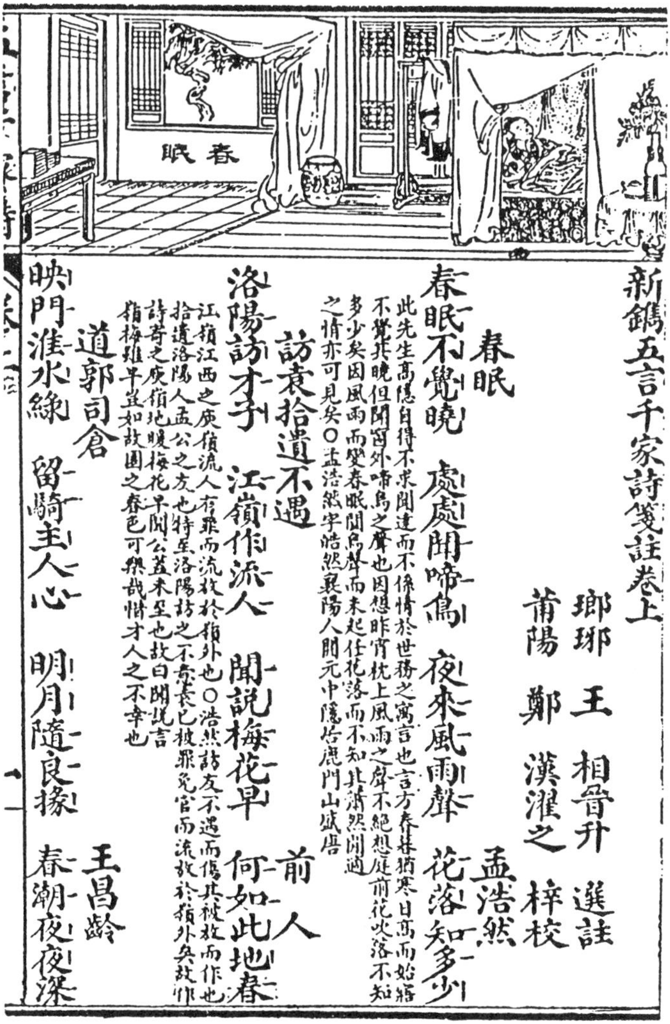

新鐫五言千家詩箋註卷上

瑯琊 王 相晉升 選註

莆陽 鄭 漢濯之 梓校

春眠　孟浩然

春眠不覺曉　處處聞啼鳥　夜來風雨聲　花落知多少

此先生高隱自得不求聞達而不係情於世務之寓言也言方春猶寒日高而始寤不覺其晚但聞窗外啼鳥之聲也因想昨宵枕上風雨之聲不絕想庭前花必落不知多少矣因風雨而變春眠聞鳥聲而未起任花落而不知其瀟然閒適之情亦可見矣○孟浩然字浩然襄陽人開元中隱於鹿門山盛唐

訪袁拾遺不遇　前人

洛陽訪才子　江嶺作流人　聞說梅花早　何如此地春

江嶺江西之庾嶺流人有罪而流放於嶺外也○浩然訪友不遇而傷其被放而作也拾遺洛陽人孟公之友也特至洛陽訪之不意袁已被罪免官而流放於嶺外矣故作詩寄之庾嶺地暖梅花早開公蓋未至也故曰聞說言嶺梅雖早豈如故園之春色可樂哉惜才人之不幸也

道郭司倉　王昌齡

映門淮水綠　留騎主人心　明月隨良掾　春潮夜夜深

圖三：《繪圖千家詩註釋》　民國九年(1920)上海大成書局刊本。

增補重訂千家詩註解卷上

信州 謝枋得 疊山 選

瑯琊 王相 晉升 註

莆陽 鄭漢 濯之 梓

春日偶成 程顥

雲淡風清近午天 傍花隨柳過前川 時人不識余心樂 將謂偷閒學少年

此明道先生自咏其閒居自得之趣言春日雲烟淡蕩風日輕清時當近午天氣融和傍隨於花柳之間遊眺於山川之際正春眼前風景會心自樂恐時人不識謂余偷閒學少年之游蕩也○宋程顥字伯淳河南人號明道先生從祀孔子廟庭

春日 朱熹

勝日尋芳泗水濱 無邊光景一時新 等閒識得東風面 萬紫千紅總是春

尋芳遊春踏翠之意泗水水名在魯地濱水涯無邊無限也當春之時風光景物煥然一新東風蕩漾拂面而來百花開放萬紫千紅皆是春光點染而成也○宋朱熹字元晦新安人封徽國文公從祀孔子廟庭

春宵 蘇軾

圖四：與圖三同。

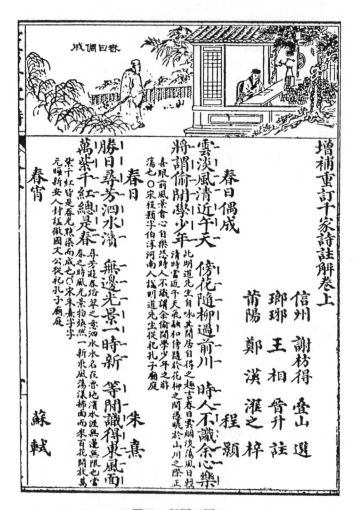

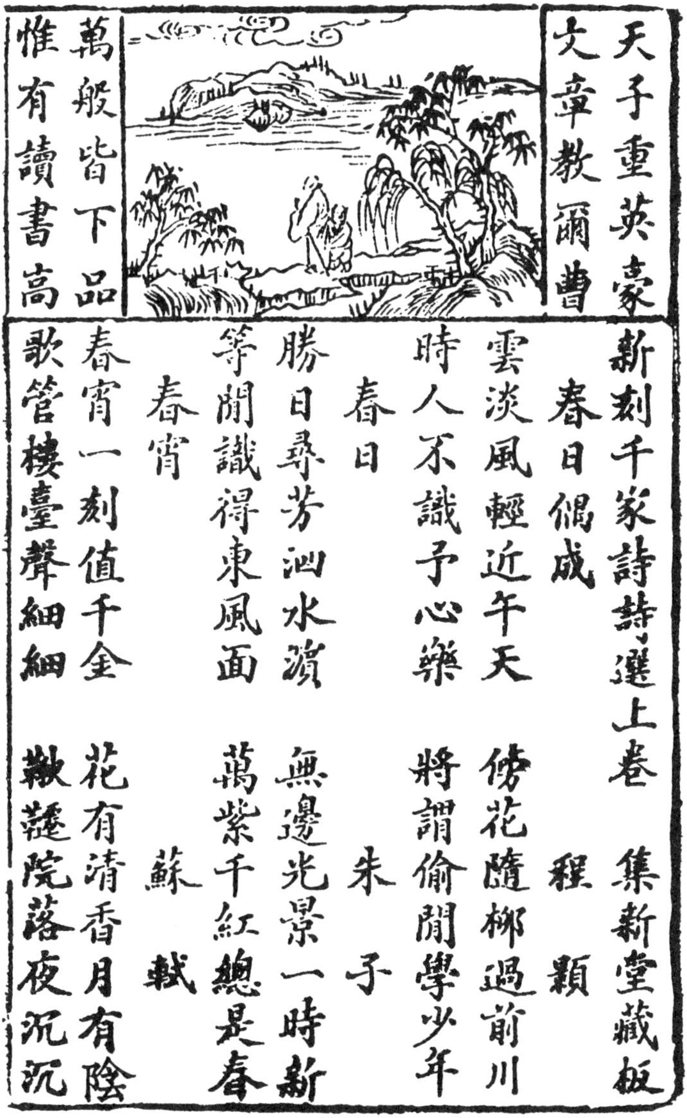
天子重英豪
文章教爾曹
萬般皆下品
惟有讀書高

新刻千家詩詩選上卷　集新堂藏板

春日偶成　程顥
雲淡風輕近午天　傍花隨柳過前川
時人不識予心樂　將謂偷閒學少年

春日　朱子
勝日尋芳泗水濱　無邊光景一時新
等閒識得東風面　萬紫千紅總是春

春宵　蘇軾
春宵一刻值千金　花有清香月有陰
歌管樓臺聲細細　鞦韆院落夜沉沉

圖五：《千家詩真本》　集新堂刊印，年代不詳。

導讀

一、前言

我國歷代詩歌興盛，如黃河、長江之水，萬古奔流，騰湧不已。詩人用精巧的語言文字，傳達了人間的至情至理，與外界的景物、事物相交融，形成了動人的情韻和境界，寫下不朽的詩篇，使人世代諷誦，絃歌不絕。

縱觀歷代詩歌，篇幅繁多，要想一一窮盡，似乎不太可能，於是便有選本的產生。例如周代的詩有《詩經》，戰國到秦、漢的南音有《楚辭》，周、秦到南北朝的詩歌有《昭明文選》中的選詩、《玉臺新詠》、《古詩源》，唐詩有《唐百家詩選》、《唐詩品彙》、《唐詩三百首》，唐、宋詩有《千家詩》、《唐宋詩舉要》，各代樂府詩有《樂府詩集》、《古樂府》、《樂府詩選》等❶。這些膾炙人口的詩歌選本，大抵能選出一時或一體詩歌的精華，提供讀者吟賞品味，

❶《詩經》是周代的詩歌，孔子用它作為教授弟子的教材，凡三百零五篇。《楚辭》西漢劉向所編，收有戰

因此這些選本能通行既久且廣，自有它的原因存在。

《千家詩》一書，自南宋成書以來，便廣受人們的喜愛，是一本家絃戶誦的詩歌讀本，它包涵了唐、宋兩代近體詩的精華。前人曾評唐、宋詩的特色，有「唐詩主性情，宋詩主議論」的說法❷，而《千家詩》的編選，便融合了唐、宋兩代詩歌的特色。同時，也匯集兩代淺顯易誦的詩歌於一冊。

二、《千家詩》編選的緣起

《千家詩》是宋代以來，一部通俗流行的童蒙讀物。各時代都陸續有人編選，因此《千家詩》是誰編的，說法紛紜；《千家詩》所選的是哪些詩，各本亦有互異，但其緣起變革，

國時屈原、宋玉、景差，以及漢人的辭賦共十六篇。《昭明文選》南朝梁蕭統所編，凡三十卷，唐李善注擴為六十卷，其中有選賦、選詩的部分。《玉臺新詠》南朝陳徐陵所編，凡十卷，為《文選》所不收之輕豔詩，其中保存了部分樂府民歌和漢魏六朝詩。《古詩源》清沈德潛所編。《唐百家詩選》北宋王安石所編。《唐詩品彙》明高棅所編。《唐詩三百首》清蘅塘退士孫洙及其妻徐蘭英合編。《千家詩》南宋劉克莊編，今通行本題南宋謝枋得編，清王相注。《唐宋詩舉要》近人高步瀛編。《樂府詩集》為南宋郭茂倩編。《古樂府》元左克明編。《樂府詩選》近人朱建新編。以上均為當今流行的詩選本。

❷ 清葉燮《原詩・外篇》：「從來論詩者，大約伸唐而絀宋。有謂唐人以詩為詩，主性情，於三百篇為近；宋人以文為詩，主議論，於三百篇為遠。」

應有線索可尋。

依據清代阮元的《四庫未收書目提要・一》記載：

《分門纂類唐宋時賢千家詩選》二十二卷，宋劉克莊撰。克莊有《後村集》五十卷，及《詩話》十四卷，《四庫全書》已著錄。茲其所選唐、宋時賢之詩，題曰：「後村先生編集者，著其別號也。」是書為向來著錄家所未見，惟國朝兩淮鹽課御史曹寅，曾刻入《楝亭叢書》中，前後亦無序跋。

清人曹寅在康熙四十五年（西元一七〇六年）刊行的《楝亭十二種》，便收有《分門纂類唐宋時賢千家詩選》，原題後村先生編集。全書二十二卷，分為時令、節候、氣候、晝夜、百花、竹木、天文、地理、宮室、器用、音樂、禽獸、昆蟲、人品等十四類。該書簡稱為《千家詩選》，也是最早的一本《千家詩》。

這部《千家詩》是不是南宋時劉克莊編選的，編選的好壞如何，前人有不同的看法。清阮元認為劉克莊曾編過選詩的書，但後代坊間輾轉傳刻，各有所增刪，致與原來面目不同。他說：

《後村大全集》內，有《唐五七言絕句選》及《本朝五七言絕句選》、《中興五七言絕句選》

三序，或鋟板于泉州，于建陽，于臨安。則克莊在宋時，固有選詩之目。此則疑當時輾轉傳刻，致失其緣起耳。……所選亦極雅正，多世所膾炙之什。惟中多錯謬，如杜甫、王維、趙嘏諸人傳誦七律，往往截去半首，改作絕句，甚至名姓不符。❸

但清代宗廷輔卻持不同的看法，他認為《千家詩》不是劉克莊編的，而是書商借用他的盛名，用以來圖利，於是將《千家詩》題為劉克莊所編選。

後村先生在南宋季年雖為江湖宗主，然其集實足成家，所為詩話，頗具別裁，何至紕陋如此！殆陳起《江湖小集》盛行之後，游士閶匾相望，臨安、建陽無知書賈假其盛名，終以射利，故致是歟？觀卷首標題，其不出先生手了然矣。❹

又清錢大昕《十駕齋養新錄・七》提到「藝文志脫漏」的書籍，其中提到「劉克莊《千家詩選》二十二卷」。《千家詩》是否為劉克莊所編選，或是託名於他，難成定論，但《千家詩》最早的版本，題為劉克莊所編選，是不爭的事實。劉克莊（西元一一八七—一二六九年），字潛夫，自號後村，福建莆田人，出身仕宦之家，官至龍圖閣學士，以詩詞見稱，著有《後

❸ 見清阮元《四庫未收書目提要・一》引「分門纂類唐宋時賢千家詩選」條。
❹ 見清宗廷輔編注的《重編千家詩讀本・跋》。

村集》、《後村詩話》❺。

其次，《千家詩》有題為南宋謝枋得所編選的版本，這種版本，在後代最為通行，全書共分上下兩卷，上卷收七言絕句約八十五首，以程顥的「雲淡風輕近午天，傍花隨柳過前川」（〈春日偶成〉）為開端；下卷收七言律詩約三十八首，以杜甫的「五夜漏聲催曉箭，九重春色醉仙桃」（〈和賈舍人早朝〉）為開端；並依春、夏、秋、冬四季節候為序。其中所選的詩，大部分是淺近易懂，容易被兒童所接納，而且包括不少膾炙人口的佳篇。如杜牧的「清明時節雨紛紛，路上行人欲斷魂」（〈清明〉），范成大的「晝出耘田夜績麻，村莊兒女各當家」（〈田家〉），杜甫的「老妻畫紙為棋局，稚子敲針作釣鉤」（〈清江〉），趙嘏的「誰家吹笛畫樓中，斷續聲隨斷續風」（〈聞笛〉），都是極易上口的好詩。

謝枋得（西元一二二六—一二八九年），字君直，號疊山，南宋信州弋陽人。與文天祥同科中進士，忠義自任，元人入主中原，遁隱建寧，以賣卜為生。元至元中，訪求遺才，被地方官強制送往大都，枋得絕食而死。後人將其詩文輯為《疊山集》❻。因此，謝枋得可能是繼劉克莊之後，從事《千家詩》的編纂工作。

清人王相❼也編注了一部《五言千家詩》，編排方式，與謝枋得以四季節候為序的《千

❺ 見《宋史翼・劉克莊傳》。

❻ 見《宋史・謝枋得傳》。

❼ 王相，生平事蹟不詳，從《千家詩》的題署上，得知他編注《五言千家詩》，是清時江西瑯琊人，字晉升。

家詩》相似。全書也分上下兩卷，分別收五言絕句三十九首，五言律詩四十五首，五言絕句以孟浩然的「春眠不覺曉，處處聞啼鳥」（〈春眠〉）為開端，五言律詩以玄宗皇帝的「劍閣橫雲峻，鑾輿出狩回」（〈幸蜀回至劍門〉）為開端。後來有人將謝枋得編選、王相注的七言和王相編注的五言合印在一起，總稱為《千家詩》，也就是今日最通行的本子。

《千家詩》有各種不同的注釋本，還有各種不同的「增補」或「重訂」本，大抵以謝枋得和王相所編的兩種為基礎，略加增減而已。至於《千家詩》的注，係出於王相之手。王相，清江西瑯琊人，生平事蹟不詳。

總之，今本《千家詩》，收錄有明人的詩兩首：一首是明代寧獻王朱權的〈送天師〉，另一首是明世宗的〈送毛伯溫〉。其中還收有劉克莊、謝枋得的詩，可見這些都是後人補刻《千家詩》時所增添的。又據清乾隆間翟灝的《通俗編．七》引《千家詩》條云：

> 宋劉後村克莊有《分門纂類唐宋千家詩選》，所錄惟近體，而趣尚顯易，本為初學設也。今村塾所謂《千家詩》者，上集七言絕八十餘首，下集七言律四十餘首，大半在後村選中，蓋據其本增刪之耳。故詩僅數十家，而仍以千家為名。下集綴明祖送楊文廣征南之作，可知其增刪之者，乃是明人。❽

後來他也注七言的《千家詩》，於是也有人把它們合刻在一起，便成為今日通行的五、七言合刊本《千家詩》。

可知《千家詩》的得名是源自南宋劉克莊的《分門纂類唐宋時賢千家詩選》，至於內容則歷經各代的增刪改易。而今日通行的四體（七絕、七律、五絕、五律）皆備的四卷合刊本，當係出現在乾隆以後。

三、《千家詩》版本的流傳

《千家詩》所選的詩家以「千家」為名，並非入選的詩有千家之多，其實只是形容包涵的詩人極多而已。依據今本統計，該書入選詩人，唐代六十八家，宋代五十四家，明代兩家，另有「無名氏」一家，朝代不詳，共一百二十五家❾。

《千家詩》是一本古代兒童詩學入門必讀的書籍，流行既廣且久，於是歷代的版本繁多。今將所能見知的《千家詩》版本，開列如下：

❽ 清人翟灝編的《通俗編》，共分三十八類，每類自成一卷，卷七為「文學」，錄有此條。今有國泰文化事業公司出版的版本，民國六十九年初版。另外藝文印書館刊印「百部叢書集成」中「函海叢書」第十一函亦錄有此書，凡十五卷，沒有標示類別，乃係依據清乾隆李調元輯刊函海本影印。此條收在卷二。

❾ 此處所說的今本，是指《繪圖千家詩註釋》，民國九年上海大成書局本，也是本書所依據的主要版本。見附圖三、四書影。只是本書在排列上重新調整，先五言絕句、五言律詩，後七言絕句、七言律詩。同時，書中的作者和詩題都重新核對考訂。（詩題有異說時，仍保留原貌，只在注釋或賞析處說明；作者則一一加以訂正。）因此《千家詩》中錯置的地方，已盡可能予以訂正。

(一)《分門纂類唐宋時賢千家詩選》　南宋劉克莊編選　清曹寅《楝亭藏書十二種》本
(二)《草書千家詩》　題明李卓吾書
(三)《千家詩草法》　題明董其昌書　清咸豐七年青雲樓重刊本
(四)《四體千家詩》　不著編者姓名　李光明莊刊本
(五)《千家詩對類合訂》　清王方城編　清文奎堂刊本
(六)《國朝千家詩》　不著編者姓名　乾隆三十七年金陵眠雲堂刊本
(七)《增補重訂千家詩注解》　清任來吉選，王相注　清光緒元年本立堂重刊本
(八)《增刻千家詩選》　清游光鼎編　清峻德堂刊印本
(九)《五言千家詩會義直解》　清王相選注　清刊本
(十)《五言千家詩》　清申屠懷輯　李光明莊刊本
(十一)《千家詩注》　清黎恂注　黎氏家集本
(十二)《重編千家詩讀本》　清宗廷輔重編　清光緒二年刊印本
(十三)《韻對五七言千家詩》　不著編者姓名　清光緒九年北京聚珍堂刊印本
(十四)《童蒙必讀千家詩》　不著編者姓名　清光緒十一年刊印本
(十五)《千家詩真本》　諸名家合選　集新堂刊印本
(十六)《千家詩詳註》　清湯海若校譯　集新堂刊印本
(十七)《新刻千家詩詩選》　不著編者姓名　上海書局石印本

(十八)《增補重訂千家詩註解》 不著編者姓名 上海鑄記書局石印本
(十九)《鍾伯敬先生訂補千家詩圖註》 不著編者姓名 上海錦章書局石印本
(二十)《繪圖千家詩》(五七言合編) 清王相注 上海五洲書局石印本
(二十一)《繪圖千家詩註釋》 南宋謝枋得選,清王相注 民國九年上海大成書局刊印本
(二十二)《韻對千家詩》 南宋謝枋得選,清王相注 民國四十四年瑞成書局刊印本

目前所見二十二種《千家詩》,大別可分為四大類:

第一類是內容獨特,與通行本不同的《千家詩》,如棟亭藏本便是,其中分門為十四類,與後世通行的《千家詩》,依七言絕句、七言律詩的分類,再依四季節令為序的內容,大不相同。

第二類是以書法為主的《千家詩》,如明代李卓吾書、明代董其昌書或《四體(包括隸、楷、行、草)千家詩》等,都是借《千家詩》的詩句,表現書法的變化。

第三類是只收七言絕句和七言律詩的《千家詩》,每本都是從程顥的七絕〈春日偶成〉「雲淡風輕近午天,傍花隨柳過前川」開始,到明世宗的七律〈送毛伯溫〉「太平待詔歸來日,朕與先生解戰袍」為止。大抵七言絕句約收八十三到八十六首,七言律詩約收三十八到三十九首,各本的篇數略有增減,但差異不大。如《千家詩真本》、《千家詩詳註》、《增補重訂千家詩註解》、《鍾伯敬先生訂補千家詩圖註》等便是。

第四類是除了七言絕句、七言律詩外,又增收五言絕句、五言律詩的《千家詩》,這是

清代王相選注本所增列的，與謝枋得編選的《千家詩》合訂，由原來的一百二十餘首，擴充至二百二十六首，也是今日坊間所通行的《千家詩》。如《繪圖千家詩註釋》、《韻對千家詩》等便是。

由於《千家詩》一書，流行年代既久，又是民間教兒童讀詩的課本，於是各地坊間所刻的版本，在內容上，詳略不一，且各家所依據的版本不同，所選的詩，也略有出入。坊間書賈輾轉傳刻，不加校勘考證，使其中詩句、詩題或作者，往往有錯亂誤植的現象，此留待「詩題與作者的考訂」中，再予以辨明。

四、《千家詩》內容介紹

《千家詩》所選的詩，以唐、宋兩代的近體詩為主。最早的《千家詩》，題為南宋劉克莊所編，其編輯方式，採分門纂類，全書分時令、氣候、晝夜、百花等十四門類，與今日通行本題為南宋謝枋得（號疊山）所編的《千家詩》，在選詩和門類的排列上，迥然不同。

其次，舊題南宋謝枋得編的《千家詩》，是以四季節令為序排列的，以便私塾課詩時，可配合時令以施教。同時也配合兒童的能力，由淺易入手，易於上口背誦。其中所收的詩，僅限於七言絕句和七言律詩二體，約一百二十餘首，而唐、宋詩所占的比例，二者並重，不分軒輊。

這種僅收七言絕、律二體的《千家詩》，流行頗廣，影響深遠。甚至清乾隆年間，蘅塘退士孫洙編《唐詩三百首》時，也盛讚《千家詩》的「流傳不廢」，他在《唐詩三百首・題辭》中說：

世俗兒童就學，即授《千家詩》。取其易於成誦，故流傳不廢。

後來蘅塘退士編選《唐詩三百首》，是受《千家詩》的啟示而有是舉。如今《千家詩》和《唐詩三百首》已成為我國古典詩選本中，流行最久、影響最廣、最為膾炙人口的詩選本子了。

今日坊間所通行的《千家詩》版本，仍題為信州謝枋得疊山選，瑯琊王相晉升註，也是採四季節令為序的排列，但增列五言絕句和五言律詩二體，與原有的七言絕、律合訂，使近體詩的體製，更趨於完備。今將全書的結構和所選詩的篇數，明列如下：

卷上	七言絕句	九十四首
卷下	七言律詩	四十八首
增補卷上	五言絕句	三十九首
增補卷下	五言律詩	四十五首
		共計二百二十六首

其中如以詩人的時代比例而言，七言絕句選唐人詩三十三首，選宋人詩六十首，無名氏一首。七言律詩選唐人詩二十五首，選宋人詩二十一首，選明人詩兩首。增補的五言絕句三十九首，五言律詩四十五首，全部都是選唐人的詩。如此一來，便使得原本唐、宋詩並重的《千家詩》，變成唐人的詩居多，宋人的詩居次，而明人的詩又居次的詩選集了。

如以詩人入選詩篇的多寡而言，詩篇被選最多的是唐人杜甫，共二十六首；其次是唐人李白，共九首；其次是宋人蘇軾，共七首；其次是唐人王維和宋人程顥，各六首；其次是唐人孟浩然五首；其次是唐人韋應物、劉禹錫、岑參、韓愈、杜牧和宋人王安石，各四首；四首以下的，或僅選一首的，便不一一列舉，可知編選《千家詩》者，對杜詩特別偏愛，其次為李白、蘇軾、王維、王安石等名家的詩，從統計的數據來看，便可瞭然明白。

五、《千家詩》在詩歌教學上的地位

前清時代課童蒙的書籍中，有所謂「三百千千」的說法。「三百千千」便是指《三字經》、《百家姓》、《千字文》、《千家詩》等四種書的簡稱。在劉鶚的《老殘遊記》中，曾提到在同治年間他到東昌府一帶，聽一家店裏的掌櫃說：

所有方圓二三百里學堂裏用的「三百千千」，都是小號裏販得去的，一年要銷上萬本呢！⑩

雖然，「三百千千」中，《千家詩》的銷路並非最大，然而，《千家詩》在詩歌教學上自有其不可忽視的重要性，它對兒童或青少年的教育，無論在古典文學的奠基或性情的陶冶上，都有著深遠的影響。

我們不妨從《千家詩》所選的詩篇來看，其中有大量描寫春天的詩，如孟浩然的〈春眠〉：

春眠不覺曉，處處聞啼鳥。
夜來風雨聲，花落知多少？

又如朱熹的〈春日〉：

勝日尋芳泗水濱，無邊光景一時新。
等閒識得東風面，萬紫千紅總是春。

又如王安石的〈元日〉：

爆竹聲中一歲除，春風送暖入屠蘇。

---

❿ 見清人劉鶚的《老殘遊記・七》。

千門萬戶曈曈日，總把新桃換舊符。

讀這些春日的詩，使人朝氣蓬勃，使人對當前、對未來的生活，充滿了無限的憧憬和希望。檢索整部《千家詩》，大抵喜樂多、哀情少，看不到內容過於哀傷的詩，因而讀《千家詩》不僅給人們思想上的引導和啟示，也給人們在心靈上得到高度的慰藉和提昇。

此外，《千家詩》中有關時令、節候的詩，特別顯出，並且依照節令的時序而排列，例如〈春眠〉、〈寒食〉、〈清明〉、〈夏日〉、〈新秋〉、〈中秋〉、〈冬景〉、〈小至〉等詩篇，這些因時因景而生情的詩，說明了人類與大自然的關係，表達了物我相忘或我與自然融為一體的境界，使幼小的心靈，便養成人與自然契合的情操，培養「天人合一」的觀念。

《千家詩》所選的詩，都是短篇的小詩，以五、七言的近體詩為主，熟讀這些小篇的詩，久而久之，自然也會寫一些絕、律之類的詩篇。同時，讀《千家詩》能培養人們愛自然、憫萬物的情操，所以讀詩的功能，誠如〈詩大序〉上所說的：「厚人倫、美教化、移風俗，莫近於詩。」⑪因而讀詩能使人高尚其志，使人心靈淨化，也能增進親情和友情，進而擴大民胞物與之情，使風俗敦厚，促進人與人的相契，以及人與自然的和諧。

⑪ 是《昭明文選》卜商（子夏）所撰〈詩大序〉的句子，說明讀詩能陶冶情操，改善社會風氣，鞏固倫常道德的基礎。

六、《千家詩》的文學價值與評估

從明、清的筆記中，可知《千家詩》是當時兒童必讀的課本，也是詩學入門的第一本書。明代宦官劉若愚在《酌中志》中追述皇宮大內的舊事，他說：明宣德年間，皇宮內創建學堂，始命大學士陳山擔任教師，然後選拔官員的子弟十歲上下的兒童，將近兩三百人，到內書堂來讀書。所用的讀本，包括《千字文》、《百家姓》、《孝經》、《大學》、《論語》、《孟子》、《千家詩》、《神童詩》等⑫。其中《千家詩》便是一本詩歌的要籍。

清代陳弘謀編輯的《養正遺規・補編》中提到《千家詩》是兒童在從師入塾前，在家自修識字讀詩的教材⑬。因此《千家詩》自南宋成書以來，一直是流行於民間和官府的一部唐、宋詩集。

中國詩歌，老少咸宜，不似外國詩歌，有年齡階段之分，因而中國詩歌便無「童詩」或「兒童詩」的名目。《千家詩》所選的詩，大抵為唐、宋名家的詩，它在文學上的價值，與一般詩集選本並無差異，也不因它是一部「顯易」⑭或「易於成誦」⑮的詩集，就降低它在

---

⑫ 見明代劉若愚的《酌中志・十六》。該書今收錄在「百部叢書集成」的「海山仙館叢書」中。

⑬ 見清乾隆四年出版的《養正遺規・補編》，書中引〈廖翼修・父師善誘法〉一文，述及此事。

⑭ 「顯易」一詞，見清人翟灝《通俗編・七・文學》引《千家詩》條云：「所錄惟近體，而趣尚顯易，本

文學上的地位。相反地，它選了不少膾炙人口的佳篇，如杜甫的「兩個黃鸝鳴翠柳，一行白鷺上青天」（〈絕句〉），范成大的「晝出耘田夜績麻，村莊兒女各當家」（〈田家〉），或與時事有關的詩，如杜荀鶴的〈時世行〉，謝枋得的〈蠶婦吟〉等，使《千家詩》更被世人所熱愛，風行數百年而仍不衰絕。

由於《千家詩》的風行，後人又編了一些續《千家詩》之類的讀本，如《神童詩》、《續神童詩》或《續千家詩》等。

關於《神童詩》，是以訓誡為主的詩歌讀本，明人朱國楨有這樣的記載：

> 汪洙，字德溫，鄞縣人，九歲善詩賦，牧鵝黌宮，見殿宇頹圮，心竊歎之，題曰：「顏回夜夜觀星象，夫子朝朝雨打頭。萬代公卿從此出，何人肯把俸錢修？」上官奇而召見。……世以其詩銓補成集，以訓蒙學，為《汪神童詩》。⑯

但依據清人翟灝的考證，汪洙的詩很少，不足以成本，他說：

為初學設也。」

⑮ 此言是清人孫洙在《唐詩三百首・題辭》中評介《千家詩》的話。

⑯ 見明人朱國楨的《湧幢小品・二四》。

其前二三葉相傳皆汪詩，其後則雜採他詩銓補。⓱《神童詩》不知出於何人之手，但觀其內容俚俗，清人所刻的《千家詩》上半欄的插圖中，常常會刻入《神童詩》的句子，如《神童詩》的開端第一首是：

天子重英豪，文章教爾曹。
萬般皆下品，惟有讀書高。⓲

這種思想，已是過去人的觀念，在今日的時代裏，讀書是為了增長見聞，啟迪智慧，了解做人的道理，不是為了追逐功名利祿。由此亦可知科舉時代的社會風氣。

《續神童詩》，不知撰者何人，署名梁溪寄雲山人所編，內容是一首長篇的五言詩，文字淺陋，近乎打油詩，其中還夾雜部分因果報應的道理。

《續千家詩》，後又改稱《小學千家詩》，兩書雖有些出入，編者卻可能跟《續神童詩》的作者是同一個人，署名剡溪西樵氏，在序跋裏又說是「寄雲山人」編的，書中有少數詩是選的，大部分卻是編者自己寫的詩，格調不高，沒有什麼文學價值。

⓱ 見清人翟灝《通俗編・七・文學》引《神童詩》條。
⓲ 見集新堂刊印的《千家詩真本》，詩句刻在上半欄的插圖中。見附圖五。

清人還有專選清人的《千家詩》，名為《國朝千家詩》⓳，是延續唐、宋名家之後的詩，其中所選清人的絕、律詩，不乏清新可讀的佳作，如書中的第一首詩，是方蒙章的〈春遊訪友〉：

輕舟一路遶烟霞，更愛山前滿磵花。
不為尋君也留住，那知花裏即君家。

《國朝千家詩》，編者不詳，今有清乾隆三十七年（西元一七七二年）金陵眠雲堂刊本，所選皆為清代初葉或盛清時代詩人的小詩。

此外，在清代乾隆年間，蘅塘退士孫洙眼看《千家詩》的「流傳不廢」，也想編一本詩集作為教學之用，因此他和妻子徐蘭英互相商榷，編成一部《唐詩三百首》。所以《唐詩三百首》的編成，是得自於《千家詩》的啟示，這一點不能不說是《千家詩》的拋磚引玉之功。

或許有人會對這樣一本通俗的童蒙教材產生質疑，擔心它的時代性。其實《千家詩》在今日，不但兒童和青少年宜讀，就是對一般大眾，也仍具有高度的可讀性，因為今人處於社會形態急劇變遷的時代，生活的步調由農業的閒適舒緩轉化為工商業的忙碌緊張，物質生活是富裕了，精神生活卻空虛貧乏，迫切需要能使心靈安頓的東西，而《千家詩》的內容正好

⓳ 見附圖一。

多描繪山川、農村、原野、大自然之美，渲染閒適生活的情趣和人情世界的溫馨，具有安定情緒和澄清心境的力量，也具有美化人生、淨化人心的功能。因此，《千家詩》可以說是現代人最佳的精神食糧。

七、新編本書的特色

為了使現代人能喜愛中國典籍，於是有古籍今注新譯的整理工作，目的在使今人讀古籍，如同與古人面語，進而得到薰陶和啟發。《新譯千家詩》的完成，便是繼《新譯唐詩三百首》之後，新近完成的一本既通俗、又老少咸宜的詩歌讀本。今將《新譯千家詩》的特色，列舉數端於下：

(一)本書的體例

《千家詩》流傳既久，歷代的版本繁富，本書是依據民國九年上海大成書局刊行的《繪圖千家詩註釋》為底本，只是為了便於讀者學習，由淺而深，在排列次序上，稍作異動，把原來七言絕、律為先，五言絕、律為後，調整為五言絕、律在先，七言絕、律在後。至於詩的篇數不變，仍然是二百二十六首。

本書每首詩的詩句，都經過審慎的校訂，或與《全唐詩》對校，或與各家的詩專集對校，如有並存或一作的現象，皆在注釋或賞析處予以說明，以明原詩的真相，或後代版本傳刻的互異。

本書在每首詩上標有注音，字旁再加標平仄的符號，詩中遇有入聲字，特加黑點以標示，以免將入聲字誤作平聲，以供讀者在讀詩或作詩時，明聲調、辨平仄之用。同時，在每首詩句之後，分「作者」、「韻律」、「注釋」、「語譯」、「賞析」等五項，加以說明詮釋，使讀者讀此詩後，無論在詩的形式上或內容上，都能達到瞭然無礙的境界。

(二)《千家詩》詩題與作者的考訂

《千家詩》是一本既通俗、又流行極廣的詩集，由於各地坊間輾轉傳刻，且坊間刻書缺乏其他圖書的查對，又無專家學者的校勘考證，以致造成許多錯誤，如詩題的刪減更改、作者姓名的誤植或錯刻、或不用名氏而用字號、詩句文字的出入或有改異，這些現象，我們在本書中都重新予以校勘查核，一一加以整理，使《千家詩》歷來累積下來的錯誤，減少到最低的程度，也使《千家詩》以最真確的面貌呈現在讀者的面前。

《千家詩》中，「詩題」如有刪減或被更改，在本書注釋或賞析處會加以說明，並引證出處，清楚交代，而在本書詩題上，仍沿用《千家詩》的舊題，以保留原來的面貌。唯作者和詩題兩誤者，則於舊題下加括號，附原題，表明正確詩題；如宋林洪的〈西湖〉，應是宋林升的〈題臨安邸〉；又如宋蘇軾的〈西湖〉，應是宋楊萬里的〈曉出淨慈送林子方〉；又如宋朱熹的〈題榴花〉，應是唐韓愈的〈題張十一旅舍三詠〉中的其中一首〈榴花〉。至於詩句辭語上如有出入，便在注釋中說明，或用「一作」，兩者並存。

《千家詩》中，作者姓氏誤植，或有錯誤，或將字號代替名氏的，在書中作者欄裏均有詳細的說明和考證。若因資料不足存疑者，則保留舊說，而於作者欄加以說明。如第二一二首〈新秋〉和第二一七首〈聞笛〉。今將《千家詩》中把作者誤植的，以及改正後的作者，列表開示於後：

詩題	舊題的作者	改正後的作者
一四　送朱大入秦	唐　王　維	唐　孟浩然
九四　打毬圖	宋　晁無咎	宋　晁說之
九五　宮詞	宋　林　洪	唐　王　建
九七　咏華清宮	唐　王　建	宋　杜　常
九九　題邸間壁	唐　鄭　谷	宋　鄭　會
一〇八　絕句	宋　僧志安	宋　僧志南
一〇九　遊小園不值	宋　葉　適	宋　葉紹翁
一二六　暮春即事	宋　葉　李	宋　葉　采
一三〇　傷春	宋　楊　簡	宋　楊萬里

㈢注釋、語譯的說明

詩有詩的語言、詩的句法，由於詩是精緻的文學，因此詩中不管是辭彙的運用，或是語典、事典的處理，都要求精確而巧妙。古人論寫詩的技巧，在於詩人駕馭文字能力的高下，所以鍊字的功夫和詩的好壞有著極密切的關係。唐人詩聖杜甫曾主張詩人要多讀書，詩才寫得出神入化，他在〈奉贈韋左丞丈二十二韻〉中說：「讀書破萬卷，下筆如有神。」多讀書的好處，在於能擴充辭彙，增進寫作的技巧，並吸取他人的經驗和智慧。因此，在本書的注釋中，盡可能精確地將詩語或詩句作明確注解，使讀者了悟原作者遣辭造句的用意和詩語應用的精巧處。

其次詩中常引用前人的詞語、引據前人的故事，這些詞語和故事，便是一般人所說的典故。詩中典故的運用，可分為語典和事典兩類：語典只是說明詞語的來源和出處，如第七首孫逖的〈觀永樂公主入蕃〉：

美人天上落，龍塞始應春。

「美人」、「龍塞」便是語典，詩句中的「美人」，便是指永樂公主，意指由於永樂公主的入蕃，使龍塞開始有了春天。「龍塞」是指龍城邊塞的簡稱。龍城，漢時匈奴地名，又名龍庭。

即今漠北塔果爾河地方。在此泛指邊塞、塞外之地。像這一類的詩語和辭彙，經過注釋之後，便可以明確了解其用意，使詩中的情意明朗化。

至於事典的運用，在本書的注釋中，亦盡量將前人的故事詳盡地引據出來，供讀者了解詩人運用事典的本意，如第十首令狐楚的〈思君怨〉：

小苑鶯歌歇，長門蝶舞多。

「長門」一詞，便是事典。長門，漢宮名。在今陝西省長安縣東北。當年陳皇后失寵於漢武帝，住在長門宮，乃以黃金百斤，請司馬相如作〈長門賦〉，感悟主上，終又得親幸，事見《文選・司馬相如・長門賦并序》及《樂府詩集・長門怨・題解》。詩人用此典故，表達對君恩再次降臨的期望。

讀詩不但要了解詩中的詞語、典故，進而要了解詩句結構的特性。我國古典詩歌，每兩句為一聯，每四句成一小節，或成一段落。在古體詩中，大抵四句可成一小段，詩中的情意，到此也可做一小結。在近體詩中，絕句為兩聯四句的結構體，四句便是一首完整的詩，前人論絕句，有起、承、轉、合的說法，起、承為一聯，轉、合為一聯。律詩共八句，相當於兩首絕句併合成一首完整的詩，因此律詩的起、承、轉、合，便要與絕句首句是起，次句是承，三句是轉，四句是合不同；律詩首聯是起，次聯是承，三聯是轉，四聯是合。詩歌情意的表達，是要配合詩句的結構來完成的，有時一句詩，並未能將詩意完整的表達出來，必須兩句連起來解釋，意思才表達完，因此詩句每一聯，可以相互補足詩義，如兩句還容納不下，便可以擴充至四句，使其情意補足。同時，詩歌的語譯，便是依照這個規則來處理的；例如孟浩然的〈春眠〉詩：「夜來風雨聲」，單獨一句，情意尚未完備，必須跟下一句「花落知多少」連貫起來，才能補足詩義。又如張繼的〈楓橋夜泊〉詩：「姑蘇城外寒山寺」，僅此一句，意義未完，必須靠下句「夜半鐘聲到客船」，才將整個意思表達完備。

詩是精美的語言，又是精緻的文學，本來是極難傳譯的，我國古典詩發展到近體詩，可算是已達到圓熟高妙的境地。然而為了使一般讀者能讀懂這些精美的詩，特闢了「語譯」一項。本書語譯的方式，多採直譯，希望透過直譯，直接陳述詩中的情意，如遇事典或特殊詩句無法直譯時，才用意譯方式，使讀者讀後能渙然冰釋，了悟全詩的真意。

四韻律、賞析的探究

《千家詩》所收錄的詩，全部為近體詩，在詩的格律上，也是較謹嚴的。本書在每首詩之後，列有「韻律」一欄，以便說明該詩的格律和用韻。在詩句中，每一字除了注音外，還標上平仄和入聲字的符號。在注音中，第一聲和第二聲都屬平聲，上聲和去聲都屬仄聲，但遇到入聲字，則全部視為仄聲。我們用「—」的符號，代表平聲，用「|」的符號，代表仄聲。在詩句中有「一、三、五不論，二、四、六分明」的說法，在一、三、五可平可仄處，

用「⊥」的符號，是指此字本宜仄聲而今用平聲；用「丅」的符號，是指此字本宜平聲而今用仄聲。用「•」的符號，是代表該字為入聲字，凡是入聲字，一律視為仄聲。

絕句可分四種，其分別如下：

1. 律絕：詩中平仄合乎仄起格或平起格定式的絕句。也稱為今絕。
2. 樂府絕：屬於歌行體的絕句。凡標題上有「曲」、「弄」、「歌」、「行」、「吟」等字的詩，便是樂府絕。如崔顥的〈長干行〉、劉禹錫的〈秋風引〉、謝枋得的〈蠶婦吟〉等便是。
3. 古絕：全詩平仄不調的四句詩。與古詩相同。
4. 拗絕：律古間用、不講黏對的絕句。所謂「拗」，便是不合律。因此詩中關鍵字的平仄只要有一字不合平仄，便成拗句，那麼整首詩便稱為拗絕。

學習近體詩，如能熟悉其格律，不僅能幫助賞析，而且可以進一步習作。今將五言絕句的定式列舉如下：

(1)仄起格平聲韻定式

（仄）仄平平仄，平平（仄）仄平用韻；

（平）平平仄仄，（仄）仄仄平平用韻。

如首句用韻，應為（仄）仄仄平平用韻。

(2)平起格平聲韻定式

（平）平平仄仄，（仄）仄仄平平用韻；

(仄)仄平平仄，平平(仄)仄平(用韻)。

如首句用韻，應為平平仄仄平(用韻)。

(3)仄起格仄聲韻定式

(仄)仄平平仄仄(用韻)，(平)平平仄仄(用韻)；

平平(仄)仄平，(仄)仄平平仄(用韻)。

(4)平起格仄聲韻定式

(平)平平仄仄(用韻)，(仄)仄平平仄(用韻)；

(仄)仄仄平平，(平)平平仄仄(用韻)。

通常寫絕句，多用平聲韻，因此第一、第二為常用的定式，初學者宜熟記。至於括號內的平仄，表示可以通用，也就是前人所說的「一、三、五不論」處，詩句中一、三、五字的平仄稍有彈性，即只要不造成二、四、六字為孤平，是允許可平可仄的。

其次為七言絕句的定式：

(1)仄起格平聲韻定式

(仄)仄平平(仄)仄平(用韻)，平平(仄)仄仄平平(用韻)；

平平(仄)仄平平仄，(仄)仄平平(仄)仄平(用韻)。

如首句不用韻，應為(仄)仄(平)平平仄仄。

(2)平起格平聲韻定式

平平（仄）仄仄平平用韻，（仄）仄平平（仄）仄平用韻；
（仄）仄（平）平平仄仄，平平（仄）仄仄平平用韻。

如首句不用韻，應為平平（仄）仄平平仄。

⑶仄起格仄聲韻定式

（仄）仄（平）平平仄仄用韻，平平（仄）仄平平仄用韻；
平平（仄）仄仄平平，（仄）仄（平）平平仄仄用韻。

⑷平起格仄聲韻定式

平平（仄）仄平平仄用韻，仄仄（平）平平仄仄用韻；
（仄）仄平平（仄）仄平，平平（仄）仄平平仄用韻。

在近體詩中，四句的是絕句；六句的是小律，僅三聯，即第一、二聯，或僅第二聯對仗，今已不流行；八句的是今律，通常稱之為律詩；八句以上的是排律，排律後世不甚流行。

律詩的格律，要求調平仄，講對仗，約句準篇，鎔裁聲律，是我國詩體中格律最嚴的詩體。律詩分五言律詩和七言律詩兩種，每首固定八句，每兩句為一聯，通常第一、二兩句不對仗，稱為「首聯」；第三、四兩句必須對仗稱為「頷聯」；第五、六兩句必須對仗，稱為「頸聯」；第七、八兩句不對仗，稱為「末聯」。律詩只押平聲韻，因此只有平聲韻的定式。

首先說明五言律詩的定式：

⑴仄起格定式

(仄)仄起平平仄，
平平對(仄)仄平用韻。——首聯

(平)平黏平仄仄，
(仄)仄對仄平平用韻。——頷聯(對仗)

(仄)仄黏平平仄，
平平對(仄)仄平用韻。——頸聯(對仗)

(平)平黏平仄仄，
(仄)仄對仄平平用韻。——末聯

如首句用韻，應為(仄)仄仄平平用韻。

⑵平起格定式

(平)平起平仄仄，
(仄)仄對仄平平用韻。——首聯

(仄)仄黏平平仄，
平平對(仄)仄平用韻。——頷聯(對仗)

(平)平黏平仄仄，
(仄)仄對仄平平用韻。——頸聯(對仗)

(仄)仄黏平平仄，
平平對(仄)仄平用韻。 末聯

如首句用韻，應為平平(仄)仄平用韻。

其次為七言律詩的定式：

(1)仄起格定式

(仄)仄起平平(仄)仄平用韻，
(平)平對(仄)仄仄平平用韻。 首聯
(平)平黏(仄)仄平平仄，
(仄)仄對平平(仄)仄平用韻。 頷聯(對仗)
(仄)仄黏(平)平平仄仄，
(平)平對(仄)仄仄平平用韻。 頸聯(對仗)
(平)平黏(仄)仄平平仄，
(仄)仄對平平(仄)仄平用韻。 末聯

如首句不用韻，應為(仄)仄(平)平平仄仄。

(2)平起格定式

(平)平起(仄)仄仄平平用韻，
(仄)仄對平平(仄)仄平用韻。 首聯

(仄)仄黏(平)平平仄仄，
(平)平對(仄)仄仄平平用韻。 ——頷聯(對仗)

(平)平黏仄仄平平仄，
(仄)仄對平平(仄)仄平用韻。 ——頸聯(對仗)

(仄)仄黏(平)平平仄仄，
(平)平對(仄)仄仄平平用韻。 ——末聯

如首句不用韻，應為(平)平(仄)仄平平仄。

近體詩在韻律上的限制較為嚴謹，用韻時不能有通押的現象。在格律上，主要在於調平仄，均節奏，使吟誦鏗鏘，便於記憶。同時，律詩還有對仗之美，使小詩變成翡翠蘭苕、圓熟可愛。由於近體詩的平仄，也有一些彈性，除了「一、三、五不論，二、四、六分明」外，尚允許有「單拗」、「雙拗」、「孤平拗救」、「失黏失對」等現象，這些平仄上的變化，也算是合律的句法。其實所謂的「一、三、五不論」，也是有條件的，原則是不能使二、四、六成為「孤平」。寫詩的人，懂得這些格律上的限制，便可更自由地發揮，不至於讓詩的格律桎梏了創作的靈感，阻礙了詩人思路的發展。

八、結論

中華文化，歷久彌新，不因時代的演變而否定其價值，尤其是「中國菜」和「中國詩」二者，更是享譽全球，為世人所共愛。古人對詩歌教學，一向極為重視，自孔子（西元前五五一—四七九年）教授弟子以詩書禮樂，建立了「溫柔敦厚」的詩教，從此絃歌不輟，詩教不廢。

然而，今日在自由地區小學國語課本中，對古典詩歌的教學，並不重視。就以教材而言，所選古典詩僅十首，即漢樂府無名氏的〈江南〉、北朝樂府無名氏的〈敕勒歌〉；唐李白的〈早發白帝城〉、賀知章的〈回鄉偶書〉、王維的〈雜詩〉、孟浩然的〈春曉〉、孟郊的〈遊子吟〉；宋蘇軾的〈琴詩〉、王安石的〈梅花〉、陸游的〈梅花絕句〉。所選的詞僅唐張志和的〈漁歌子〉一闋而已。其他尚有兩句的〈易水操〉和四句的李白詩（原題為〈古朗月行〉，共十二句）[20]。尚且有些詩題和作者混合在課文中，不予以標明。又現行國中國文課本，所選的古典詩詞數量也不多。反觀目前大陸地區小學國語課本，所選的古典詩歌，竟多達五十九首，難怪有心人士要大聲疾呼，讓我們的中小學學生有機會重新吟誦《千家詩》、《唐詩三

[20] 以上是民國七十九年國立編譯館主編的國民小學「國語」課本，第一冊到第十二冊，其中所收錄的古典詩詞。

百首》之類的詩歌，以彌補國語文詩歌教材的不足。

兒童或青少年學詩歌，如同學音樂一樣，應從小時予以培養，因為詩歌含有文學性、音樂性和語言性三者綜合之美，如能從小多加接觸，更容易獲致陶冶情操、培養美感、奠定基礎、擴充知識等功效。況且兒童或青少年時代，記憶力特強，平時若能諷誦詩歌，一輩子便可受益無窮，有些詩或許一時無法了解其中的情意或境界，然而長大後，有機會再接觸，或得明師指點，或經由他途開釋，或因智慧日增，自行參悟，一旦豁然貫通，便會深深領略到詩歌對一個人性靈的提昇、人格的樹立、世事的練達、智慧的圓熟等等，有不可思議的助力。時下勸人學音樂有句廣告詞是：「學音樂的孩子不會變壞。」這句話未免稍嫌消極，我們不妨積極地說：「學詩歌的孩子，更容易高尚。」

本書由本人與國立臺灣師範大學教授劉正浩先生共同執筆編注完成，希望博雅學者及廣大讀者提供寶貴的意見。

邱燮友

五言绝句

一、春眠❶

孟浩然

春眠不覺曉❷，處處❸聞啼鳥❹。
夜來❺風雨聲，花落知多少？

【作者】孟浩然（西元六八九—七四〇年），名不可考，以字行，唐襄州襄陽（今湖北省襄陽縣）人。生於武后永昌元年，卒於玄宗開元二十八年，享年五十二。

少時隱居鹿門山，仗義勇為，喜救難解紛。年四十到京師長安，應進士不第。曾在太學秋夜賦詩：「微雲淡河漢，疎雨滴梧桐。」詞意清絕，一座讚服。王維邀他入內署相會，不意玄宗駕到，維趁機引見。浩然應命向玄宗朗誦他的〈歸終南山〉詩，到「不才明主棄」句，玄宗怒道：「是你不求仕，我可沒拋棄你！怎麼誣賴我呢？」因此不遇。後張九齡治荊州，請他為從事。開元二十八年，疽發於背而死。浩然為文，不按古法，匠心獨妙。他的詩閒淡曠遠，尤擅長五言小詩，以寫田園景色、隱逸生活為主。他和王維並稱「王孟」，是盛唐田園詩派作家的代表。著有《孟浩然集》四卷。《全唐詩》錄詩二卷。新、舊《唐書》有傳。

【韻律】這是一首平起格仄聲韻的五言絕句。一般人往往以為此詩的平仄不合格律，其實首句下三字「不覺曉」為下三仄，仍可視為合律。三、四兩句是失黏失對，也就是三、四兩句二、四字的平仄與一、二兩句二、四字的平仄相同，這種現象便是失黏失對，如此寫法，也算合律。仄聲韻的絕句，第三句末字不用韻處要用平聲。

詩用上聲十七篠韻，韻腳是：曉、鳥、少。首句便用韻。

【注釋】❶春眠 《孟浩然集・四》及《全唐詩・一六〇》都作〈春曉〉。❷曉 天亮。❸處處 各處；到處。❹啼鳥 鳴叫的小鳥。❺夜來 入夜以來。

【語譯】春夜真好睡啊！不知不覺醒來，天已大亮了，聽到各處小鳥啼叫著。想起昨夜的風聲和雨聲，不知有多少花兒被吹落了呢！

【賞析】這是一首描寫春睡初醒的小詩，自然流麗，是唐詩中最雋永的神品。春眠甜暢好睡，醒來啼鳥盈耳，啼鳥使詩人從渾然不覺的春眠中悠悠清醒，使他憶起入夜以來的風聲、雨聲，從而聯想起窗外既熱鬧又淒迷的美景：淅瀝春雨打得落紅無數，隨風在迷濛的綠烟中翻飄，終於又回歸大地，化作春泥。不睜開雙睛也罷，愛春總得送春去！全詩用白描手法，以鳥聲、風雨聲貫串聯想，空靈無跡；由不覺而覺，由覺而邁入彩色繽紛的境界，饒有韻致。同時，由於「花落知多少」引來悲天憫人的懷抱，由於關懷草葉花木，有仁人及物的精神，這是詩人表達絃外之音、意在言外的所在。

二、訪袁拾遺不遇❶

孟浩然

洛陽訪才子❷，江嶺❸作流人❹。
聞說❺梅花早，何如❻此地❼春？

【作　者】孟浩然，見前三頁。

【韻　律】這是一首平起格平聲韻的五言絕句。全詩合律，惟首句為單拗。首句平仄本該「平平平仄仄」，今作「仄平仄平仄」，造成第二字「陽」字為孤平，第三字「訪」字，本宜平而用仄，是拗而不合律，因此在第四字「才」字，本宜仄而用平，以救上字的拗，這種現象稱為單拗，也稱為本句自救，救過之後，仍然合律。

詩用上平聲十一真韻，韻腳是：人、春。

【注　釋】❶訪袁拾遺不遇　《孟浩然集・四》、《全唐詩・一六〇》都作〈洛中訪袁拾遺不遇〉。洛中，指洛陽（今河南省洛陽縣）。是當時經濟文化的中心。拾遺，官名。掌供奉諷諫的職務，以匡正人主言行的缺失。❷才子　才德兼備的人。❸江嶺　指大庾嶺。在江西、廣東兩省交界處，是唐代流放罪人的地方。❹流人　被貶官放逐到邊遠地方的人。❺聞說　聽別人說。未親臨其地，故言聞說。❻何如　哪裏比得上。❼此地　指洛陽。一作「北地」。

【語　譯】我到洛陽去尋訪好友袁才子，誰知他竟被放逐到大庾嶺去了。聽人說那地方梅花開得很早，但是哪裏比得上這兒的春色呢？

【賞　析】詩人北上洛陽，拜訪才德齊備的好友袁拾遺，不料他已牴牾聖旨，被流放到南方的大庾嶺去。開端一、二句，便點出詩題〈訪袁拾遺不遇〉。君子見黜，會怨恨哀傷嗎？不，君子達則兼善天下，窮則獨善其身。況且江嶺早春，梅花先放，他只怕已留連在凌霜傲骨的梅林之下，無復歸計了。好友啊，南國的風光，哪裏比得上此地的春色？能回來就回來，不要堅持著你的孤高，強忍著落寞的熬煎。詩人這樣為知心的朋友設想，頓時廓清心中的陰霾，海闊天空了；所以在這首詩裏，完美地表現出溫柔敦厚、哀而不怨的《詩》教。

短詩可愛，在簡短二十字中，包含了無限的情意，詩中用梅花的意象，在暗示孟浩然的朋友袁拾遺具有凌霜高潔的精神，而「何如此地春」，又有期盼好友早日歸來，可共享洛陽的春光，含有溫馨的絃外之音。此即晚唐司空圖在《二十四詩品・含蓄》一品中所說的：「不著一字，盡得風流。」

三、送郭司倉❶

王昌齡

映門淮水❷綠，留騎❸主人心。

明月隨良掾❹，春潮夜夜深❺。

【作者】王昌齡（西元六九八——約七五七年），字少伯，唐太原（今山西省太原縣）人。《舊唐書》作京兆，《新唐書》作江寧，此從《唐才子傳》作太原人。生於武后聖曆元年，約卒於肅宗至德二年，享年約六十。

開元進士，曾任汜水尉、江寧丞。晚年不羈小節，被貶為龍標尉。安、史之亂作，棄官還鄉，為刺史閭丘曉所忌，遭其殺害。昌齡的詩，風格雄渾，含蓄動人。善於描寫邊塞征戍，與高適、岑參、王之渙齊名；也長於刻劃宮怨離愁。他的七言絕句尤為突出，後人常與李白並稱。著有詩集五卷，已佚，《全唐詩》所收僅四卷。新、舊《唐書》有傳。

【韻律】這是一首平起格平聲韻的五言絕句。全詩平仄合律。古人寫近體詩，有所謂「一、三、五不論，二、四、六分明」的說法，也就是在絕、律的定式外，尚有活用的彈性，即每句二、四、六字的平仄，要合乎定式的格律，不准自由活用；但每句中一、三、五字處，對平仄的要求便放寬了，不嚴格要求，所以說「一、三、五不論」，二、四、六字處，平仄要講求，所以說「二、四、六分明」。本詩平仄皆合，惟有幾處平仄與定式的平仄不同，便在「一、三、五」不需講求處。如首句的第一字「映」，第二句的第一字「留」，第三句的首字「明」，都是與定式的平仄相反，但並沒有造成二、四、六字的平仄成為孤平，因此該字的平仄可以自由，不受限制。

詩用下平聲十二侵韻，韻腳是：心、深。

【注　釋】❶司倉　官名。掌管倉廩財物，是縣令的屬官。❷淮水　水名。發源於河南省的桐柏山，經安徽、江蘇二省北部入黃海。❸留騎　留住客人。騎，備有鞍轡可以騎乘的馬。在此指客人的坐騎。❹掾　縣令的屬官。在此指郭司倉。❺春潮夜夜深　是說淮水的春潮，夜夜騰湧加深。用以暗示思念人的心情，如同春潮一樣，夜夜潮湧不已，愈來愈深。

【語　譯】映照在門前的淮水，波光碧綠，一再挽留你的坐騎，也是我這做主人的一片心意。望著你逐漸走遠，多情的明月高高升起，好似要追隨你這位好官而去呢！今日別後，我對你的思念，將如同門前這春潮，夜夜騰湧加深啊！

【賞　析】送別詩分「送別詩」和「留別詩」兩種，大致為親人或朋友分別時，以詩相贈，表達內心的懷念和依依的別情。所謂「送別詩」，是甲有遠行，乙寫詩送給甲，道出送別時的情景和不忍他離去的別情。而所謂「留別詩」，是甲有遠行，甲寫詩留給乙，告訴乙他走後的心情和嘉勉的話。古人送別，贈人以嘉言，在古文中便是贈序類的散文，在詩中便是送別詩。

這首是王昌齡送友人郭司倉的送別詩。而絕句的結構，具有起承轉合的脈絡，起承一聯，轉合一聯，構成絕句的形式結構。詩中首、二兩句，寫春日淮河水綠，想挽留住客人，以「映門淮水綠」，暗示主人留客的心情。在古典詩中，往往用「青青河畔草」暗示別愁或別情，在此雖然沒有寫到青草，但映門淮水綠，也暗示了綿綿無盡的別情。三、四兩句，轉而寫送客走後的情景，用「明月」伴隨「良掾」而走，別後的王昌齡，內心思友的情緒，就如同門前的淮水，「春潮夜夜深」。用潮水暗示思念的加深，具有情景交融的奧妙，以達以景託情的效果。

全詩流利宛轉，意摯情深，那隨友人而去的明月，正是詩人的心；那春潮所傳的情，又何嘗不是詩人的情意呢！

四、洛陽道❶

儲光義

大道直如髮❷，春日佳氣❸多。
五陵❹貴公子，雙雙鳴玉珂❺。

【作　者】儲光義（約西元七〇〇——七六〇年），字不詳，唐兗州（今屬山東省）人，一說潤州（今江蘇省鎮江縣）人。享年約六十一。

開元十四年進士，曾任監察御史。安祿山陷長安時受偽職，後被貶，死在嶺南。他的詩格調高逸，多寫田園閒適之情。如〈田家雜興〉、〈田家即事〉、〈歸田園〉、〈漁父詞〉、〈牧童詞〉等，流露出田家詩的特色。《全唐詩》錄詩四卷，兩百十三首。

【韻　律】這是一首拗絕，其間律古間用，僅第四句平仄合律，其餘各句，平仄都不合律，故稱拗絕。首句「大道直如髮」，作「仄仄仄平仄」，第三字「直」字，本宜平而用仄，造成第四字「如」字成為孤平。第二句「春日佳氣多」，作「平仄平仄平」，是古詩的句子，全不合律。第三句「五陵貴公子」，作「仄平仄平仄」，平仄也不合律。僅第四句「雙雙鳴玉珂」，作「平平平仄平」，第三字可不論，為可平可仄處，所以全詩僅此句合律。

詩用下平聲五歌韻，韻腳是：多、珂。

【注釋】❶洛陽道　《全唐詩・一三九》題〈洛陽道五首獻呂四郎中〉，此為第三首。❷髮　頭髮。在此形容洛陽大道的端直。❸佳氣　美好暖和的天氣。❹五陵　漢高祖葬長陵（今陝西省咸陽縣東北），惠帝葬安陵（今陝西省咸陽縣東），景帝葬陽陵（今陝西省高陵縣西南），武帝葬茂陵（今陝西省興平縣東北），昭帝葬平陵（今陝西省興平縣東北），合稱五陵。當時每立陵墓，就把外戚或富家豪族遷至附近居住，故後世詩文常以五陵指豪門貴族聚集之地。❺玉珂　馬勒上的飾物，用色白似玉的貝殼製成，振動則發聲。

【語譯】寬闊的道路筆直如髮，春日裏大致多是美好溫暖的好天氣。五陵的貴公子們，成雙作對地出遊，馬上的玉珂一路叮噹作響。

【賞析】在《全唐詩》中，是詩題作〈洛陽道五首獻呂四郎中〉，共五首，此為第三首。寫春日晴和的洛陽道上，洋溢著春日的繁華和安和樂利的景象。

詩中前兩句，寫洛陽城內的大道，用「直如髮」形容大道，用「佳氣多」讚頌春日，開端不凡。後兩句寫洛陽城中的貴公子，忙於春遊，而「雙雙鳴玉珂」，有宮體的情趣。

由於洛陽的大道，一路通達，直如長髮，是那樣的平整光潔，那樣的流暢長遠。一到晴和的春天，更是紅霧綠烟，氣象萬千，引來如織的遊人。那些富貴人家的公子佳人，也捨棄了他們的安樂窩，雙雙並馬前來，湊趣迎春。他們的衣著鮮明亮麗，和百花爭妍；勒上的玉珂也發出清脆悅耳的鳴聲，與處處的啼鳥唱和；平添了無限的春意。詩人的彩筆輕揮，便繪影繪聲地寫出這一路太平繁華的景象，晴和景明的春景。

五、獨坐敬亭山❶

李白

眾鳥❷高飛盡，孤雲❸獨去閒。
相看兩不厭，只有敬亭山。

【作者】李白（西元七〇一——七六二年），字太白，號青蓮居士。生於中亞細亞碎葉，祖籍隴西成紀（今甘肅省秦安縣東），少時從父遷居綿州昌隆（今四川省江油縣）青蓮鄉。生於唐武后大足元年，卒於肅宗寶應元年，享年六十二。

白二十五歲出蜀，漫遊各地。天寶初抵達京師長安，賀知章讀了他的詩，歎為天上謫仙，把他薦給玄宗，為翰林供奉，時年四十二；但天寶三年他就受權貴詆斥，離開長安，開始過他長久困頓遊浪的生活。天寶十四年安、史之亂起，永王李璘招白為府僚。及璘與其兄肅宗李亨爭位失敗，白受牽累，被放逐到夜郎，幸得郭子儀之助，途中遇赦而返。晚年投靠當塗令李陽冰。代宗即位，派人來召他任左拾遺，可是白已病卒當塗。李白天才橫溢，性情倜儻；他的詩想像奇特，自然率真，有浪子的情懷，飄逸的仙氣，世人稱他為「詩仙」。著有《李太白集》三十卷。《全唐詩》錄詩二十五卷。新、舊《唐書》有傳。

【韻　律】此詩為仄起格平聲韻的五言絕句。全詩平仄合律。第三句「相看兩不厭」，作「平平仄仄仄」，第二字「看」字，宜讀成平聲，始能合乎格律。「看」字在詩中有兩種讀音，可讀成平聲或去聲，得看它所處平仄而定。第三字「兩」字，本宜平而用仄，但一、三、五不論，也就是詩中第一、三、五的字，在不造成孤平，是可以不論其平仄，可以自由活用。

詩用上平聲十五刪韻，韻腳是：閒、山。

【注　釋】❶敬亭山　原名昭亭山，又名查山。見《清一統志·寧國府》。在今安徽省宣城縣北，因山上舊有「敬亭」而得名。山為九華山支脈，巖壑幽深，是古今遊覽勝地。相傳南齊詩人謝朓為宣川太守時，常至敬亭吟詠；朓的詩，向為李白所讚許。❷眾鳥　一羣鳥兒。喻孜孜為利的世人。❸孤雲　一片雲。喻孤高自賞的隱士。

【語　譯】鳥兒們全都在高空裏飛翔，孤零的雲朵也獨自悠閒地飄然遠去。這時候與我相對看而彼此不生厭的，只有眼前這座敬亭山了。

【賞　析】這首詩，作於天寶十二載（西元七五三年）秋，詩人受小人排擠，離開京師，已經十易寒暑。長期的流落，使詩人這顆已然重創的心，充滿了孤獨寂寞的傷感。

當詩人來到敬亭山，看見成羣的鳥雀，很是歡喜；雖然鳥獸不可與同羣，但牠們也有生命，亦可聊以為伴。可是這些鳥兒卻全都聒噪著爭入九霄，而把詩人拋下。於是原來寂寞的詩人更寂寞了。浮在天空的一片閒雲，總可以停下來陪伴詩人吧？可是它竟那麼孤高自賞，毫不滯留，悠然遠去。於是原本孤獨的詩人更孤獨了。「眾鳥高飛盡，孤雲獨去閒」，目下所見的原有的浮雲與飛鳥，卻又都一一絕情而去。

這時詩人的眼前，只剩下靜止的敬亭山了。「此時無聲勝有聲」，詩人從凝然莊重的山容中，終於找回了不愧不怍的自我，得到了無憂無懼的啟示；再無動於世態的炎涼，也抖落了滿懷的塊壘。他看著山，彷彿山也油然生情，憐愛地回看自己，撫平了自己的創痛。於是人山渾化的深情，溶入「相看兩不厭，只有敬亭山」的詩句中，有天人合一的化境。可是山的生情，益襯出人的絕情；尋求大自然的撫慰，益顯得詩人的創痛；孤寂的詩人，只有獨坐著越來越愛這看似無情卻有情的山了。

六、登鸛鵲樓❶

王之渙

白日❷依山盡❸，黃河❹入海流。
欲窮❺千里目，更❻上一層樓。

【作者】王之渙（西元六八八——七四二年），字季陵，唐并州（今山西省太原市）人。生於唐武后垂拱四年，卒於玄宗天寶元年，享年五十五。

之渙豪放不羈，曾官文安縣尉。他的詩雄渾壯闊，熱情奔放，多被當時樂工譜曲傳唱。善寫邊塞風光，與高適、岑參、王昌齡齊名。惜傳世之作僅存絕句六首，今收錄於《全唐詩》中。其中〈涼州詞〉和〈登鸛鵲樓〉二首，是家喻戶曉的不朽之作。

【韻　律】這是一首仄起格平聲韻的五言絕句。全詩平仄合律，僅第三句第一字「欲」字，本為平聲，而用仄聲，這是可平可仄處，不影響格律。同時這首絕句，是兩兩對仗的寫法，即「白日依山盡」對「黃河入海流」，兩句各表一意，是為正名對；「欲窮千里目」對「更上一層樓」，是兩句一意相承，是為流水對。且對仗工巧，不留痕跡，可謂自然天成的佳篇。這種兩兩相對仗的絕句，也可稱為律絕。

詩用上平聲十一尤韻，韻腳是：流、樓。

【注　釋】❶鸛鵲樓　樓名。鵲，當作「雀」。《全唐詩・二五三》作〈鸛雀樓〉。據《清一統志・蒲州府一》及沈括《夢溪筆談・十五》，舊樓在今山西省永濟縣西南方黃河中高阜上，共有三層，前（東）瞻中條山，下瞰黃河，視野廣遠，唐人留詩甚多，後為河水沖沒。鸛雀是一種水鳥，似鴻而大，長頸赤喙，白身黑尾翅。相傳此樓時有鸛雀來棲，因而得名。❷白日　太陽。❸盡　全部沉沒。❹黃河　我國第二大河，源出青海省巴顏喀喇山北麓，經青海、甘肅、寧夏、綏遠、陝西、山西、河南、河北、山東九省入渤海。其流過鸛雀樓的一段，自北而南，作者只能推想河水東流入海，而無法看見大河入海的景觀。❺窮　竭盡；極盡。❻更　再。

【語　譯】太陽順著山勢緩緩沉落，黃河滾滾向著大海奔流。如果想看盡遠處的景致，就得再登上一層樓啊！

【賞　析】這首詩是作者登樓遠眺，抒懷之作。

「白日依山盡，黃河入海流」，寫作者登上鸛雀樓後，縱目西望，只見一輪夕陽，冉冉沒入天邊的山脊，把餘暉射向無際的蒼穹，灑落萬里的碧野；而北來的黃河咆哮於樓下，浩浩南去，一心要流出詩人的眼界，奔赴遠在東方、邈不可見的大海。這十個字所提供的畫面，絢麗、雄渾、遼闊，極富畫趣。

可是詩人意猶未足，他仍要自我提升，邁入更高明、更恢宏的境界；他以「欲窮千里目，更上一層樓」來完成這首詩的後半。將登臨所感，寫成理趣。他提醒自己，如想不受遮攔，窮極目力，盡看遠方的景物，擴大自己的眼界，就必須再上一層樓。他用末句點醒了題目中的「登樓」二字，也點出人生境界，要靠自我不斷地反省和提升，才能漸入佳境。

詩人用黃河入海，比象君子行健不息、奮鬥進取的美德；用更上層樓，說明「登得越高，望得越遠」的平實真理。他把自大自然中領悟到的理趣，了無痕跡地溶入詩中，使人讀後欣然有得，且極易感受他的鼓舞。

七、觀永樂公主入蕃❶

孫　逖

邊地❷鶯花❸少，年❹來未覺新。

美人❺天上落，龍塞❻始應春。

【作　者】孫逖（約西元六九六——七六一年），唐河南（今河南省洛陽縣）人。享年約六十六。聰敏，富有文才。開元間被選拔為賢良方正，擢升中書舍人、典制誥，判刑部侍郎，以太子少詹事終。《全唐詩》錄詩一卷，共六十三首。新、舊《唐書》有傳。

【韻　律】本詩為仄起格平聲韻的五言絕句。全詩平仄合律，僅第一句第一字「邊」，第三句第一字「美」，第四句第一字「龍」，平仄與定式的平仄不同，是一、三、五不論平仄處，且不造成二、四、六的孤平，故准予自由，依然合乎格律。

詩用上平聲十一真韻，韻腳是：新、春。

【注　釋】❶觀永樂公主入蕃　《全唐詩．一一八》上有「同洛陽李少府」六字。據《新唐書．北狄傳》唐玄宗於開元四年，把東平王外孫楊元嗣的女兒封作永樂公主，嫁給契丹率部來歸的首領李失活，並命他為松漠府都督，封松漠郡主。當時以宗女和親，照例先封公主。❷邊地　邊遠的地方。指契丹。❸鶯花　黃鶯和春花。❹年　指新年。❺美人　指永樂公主。❻龍塞　龍城邊塞的簡稱。龍城，漢時匈奴地名，又名龍庭。即今漠北塔果爾河地方。在此泛指邊塞、塞外之地。

【語　譯】邊疆地帶鶯鳥和花兒都很少，即使新年來了也感覺不到有甚麼新的景象。自從美麗的公主突然如仙女下凡般來到這裏，這邊塞外的蠻荒之地，便開始有了春天哪！

【賞　析】契丹是古代東胡族的一支，居今熱河省北部西遼河上游西喇木倫河一帶，唐於此置松漠都督府，以契丹部酋為都督，賜姓李，並時常把宗室女封為公主嫁給他們，以資籠絡。這種和番政策，遠始於漢高祖以宗女妻匈奴單于，而漢元帝以王昭君和番是最有名的例子。這政策雖直接收到安撫異族、鞏固政權的效果，間接促進民族的融合與文化的交流，有它正面的作用；但對一個長自深宮、遠適異域的女子來說，卻是極為不幸。

這首詩，起首兩句就把公主送入邊地。是投置法的運用，作者描寫邊地春來，難得看見初春的雜花、翩飛的黃鶯；新年到了，卻一絲也察覺不到萬象更新的氣息。但在三、四兩句轉合處，詩人突然轉換角度，說到由於永樂公主的下嫁，如同「美人天上落」，使邊城的荒漠，頓然充滿喜氣和歡悅，使塞外也能感覺到春天的來臨。用春天暗示公主的來到，是好手筆。

詩人以對比的手法，把永樂公主入番前和入番後作一比照，短短二十個字，留給讀者無盡的尋思，極富情趣。所以我們讀罷全詩，仍感餘韻不絕。這亦是詩筆巧妙的地方。

八、伊州歌❶

蓋嘉運

打起❷黃鶯❸兒，莫教❹枝上啼。

啼時驚妾❺夢，不得到遼西❻。

【作者】蓋嘉運，唐開元間西京節度使。生卒年不詳。

郭茂倩《樂府詩集・七九》引《樂苑》：「伊州，商調曲，西京節度使葢嘉運所進也。」據新、舊《唐書・突厥傳下》，「葢」實「蓋」字的錯誤。《全唐詩・七六八》錄此詩，題〈春怨〉，

注：「一作〈伊州歌〉。」並認為是金昌緒所作。錢大昕《十駕齋養新錄・十六》說：「金昌緒〈春怨〉詩，……一作蓋嘉運〈伊州歌〉者，非也。然此詩為嘉運所進，編入樂府，後乃誤為嘉運作耳。」清人認為此詩是唐金昌緒所作，蓋嘉運是編採此詩，傳入長安而被編入樂府，視為〈伊州歌〉。因此此詩為唐人可歌唱的「聲詩」。

金昌緒，唐餘杭（今屬浙江省）人。生平不詳。存詩僅此一首。

【韻　律】這是一首仄起格平聲韻的五言絕句。全詩平仄合律。首句「打起黃鶯兒」，作「仄仄平平平」，本來首句用韻，平仄調為「仄仄仄平平」，今第三字「黃」字，採可平可仄，而作平聲，雖成下三平的三平調，但仍被視為合律。首句末字「兒」字，今人讀成ㄦˊ，唐人讀成五稽切，音倪，並與啼、西押韻。

詩用上平聲八齊韻，韻腳是：兒、啼、西。

【注　釋】❶伊州歌　《全唐詩》題作〈春怨〉，注：「一作〈伊州歌〉。」伊州，曲調名。商調大曲。樂曲常以地方為名。❷打起　把黃鶯從樹上打飛趕走。❸黃鶯　鳥名。又名黃鸝、黃鳥、倉庚。初春始鳴，其聲清脆悅耳。全身羽毛呈黃色（雌鳥呈黃綠色），兩邊各有一黑色過眼帶在頭後部相接，翅有黑羽。❹教　使。❺妾　從前女子自稱的謙詞。❻遼西　古郡名。在今河北省東北部、熱河省南部、遼寧省遼河以西，是詩中春閨女子的丈夫征戍的地方。

【語　譯】把黃鶯鳥打跑了，不讓牠在樹上亂叫。因為牠一叫，就驚醒了我的好夢，害我的夢魂去不成遼西呢！

【賞　析】這是一首描寫閨怨的詩。作者借用少婦的口吻，申述思夫的幽怨。

丈夫遠征到遼西去了，好不容易在夢裏和他相見，偏偏夢魂被黃鶯驚醒，又回到寂寞的春閨；這多叫人怨怒！所以氣起來把枝頭的黃鶯兒打跑，不讓牠在枝上啼叫。

儘管事情的過程如此平淡，可是詩人用倒敘的手法寫來，因果倒置，先敘果，後言因，語語新奇，極富情趣。

黃鶯本是人見人愛的小鳥，為甚麼要「打起黃鶯兒」呢？牠婉轉清脆的鳴聲，喚來了春天，為甚麼不讓牠在枝上啼呢？這是「果」，也是反常的舉動。繼而說明打鳥的原因，是「啼時驚妾夢，不得到遼西」，解答了上述反常的舉動，極為合理。因此詩趣的造成，是用反常而合道理的話，引來詩趣。此詩便用因果倒置法，並用反常而合道的技巧，構成詩中的情趣。

九、左掖❶梨花

丘　為

冷豔❷全欺❸雪，餘香乍入衣❹。
春風且莫定❺，吹向玉階❻飛。

【作　者】丘為，唐嘉興（今屬浙江省）人。生卒年不詳。天寶進士，曾任太子右庶子。事繼母甚孝，相傳常有靈芝生堂下。與劉長卿、王維友善。卒年九十六。他的詩多寫田園風光，今僅存十三首，都是五言。《全唐詩》有錄。

【韻　律】這是一首仄起格平聲韻的五言絕句。全詩平仄合律，僅第四句第一字「吹」，本宜仄而用平，是一、三、五不論平仄處，可以活用，也不影響格律。

詩用上平聲五微韻，韻腳是：衣、飛。

【注　釋】❶左掖　唐中央官署名，即門下省。掌管皇帝機要、侍從等事，官署設在宮禁左側，因稱左省，也稱左掖。❷冷豔　淒冷明豔，在此形容梨花。豔，「豔」的俗字。❸欺　勝過；壓倒。❹入衣　指香氣襲浸衣服。❺莫定　不要止息。❻玉階　宮殿前光潔如玉的臺階。

【語　譯】梨花的淒冷明豔全然勝過白雪，偶爾也還有餘香乍然飄送到人的衣服上。春風啊！暫且不要停止吹送，繼續把香氣吹向皇宮的玉階吧！

【賞　析】這是詩人初仕，未得親幸，以左掖的梨花自比，希望得到天子賞識的詩。古代的知識分子學而優則仕，做官是唯一的出路，詩人有這種想法，並不為過。

詩的前半，用偶句寫梨花和它的芳香，說梨花以它的潔白光豔，不畏寒冷，完全壓倒了雪花；而春風又把它的香氣送入人的衣襟。詩的後半，詩人則藉梨花的願望，寄託自身的願望——希望春風也把具有超人才華、高貴氣質的梨花吹向皇宮的階前，盼能得到君王的眷顧。

詩筆清新自然，醞藉含蓄。先修得冷豔欺雪之身，再進御君前，是全詩的主題所在。

一〇、思君怨❶

令狐楚

小苑❷鶯歌歇，長門❸蝶舞多。
眼看春又去❹，翠輦❺不曾過。

【作　者】令狐楚（西元七六六——八三七年），字殼士，宜州華原（今陝西省耀縣）人。生於唐代宗大曆元年，卒於文宗開成二年，享年七十二。

五歲能文，貞元七年（西元七九一年）登進士第。由太原書記升至節度判官。德宗好文，召授右拾遺。憲宗時官至中書侍郎、同平章事。穆宗即位，有人告楚親吏貪汙，被降為宣歙觀察使，再貶為衡州刺史。敬宗時，召為吏部尚書，進左僕射，封彭陽郡開國公。開成二年，死於山南西道節度使任內，贈司空，諡文。為人外表嚴肅而內心寬厚。著有《漆奩集》一百三十卷、《梁苑文類》三卷等。《全唐詩》錄詩一卷。新、舊《唐書》有傳。

【韻　律】這是一首仄起格平聲韻的五言絕句。全詩的平仄合律。其中第三句「眼看春又去」，「看」字要讀為平聲，才合乎格律，末句「翠輦不曾過」，「過」字也要讀成平聲，才能與「多」字叶韻。

詩用下平聲五歌韻，韻腳是：多、過。

【注　釋】❶思君怨　《全唐詩・三三四》作〈思君恩〉。君恩，指君王的恩澤。❷苑　有宮室臺榭、花木鳥獸，供人遊樂的場所。❸長門　漢宮名。在今陝西省長安縣東北。當年陳皇后失寵於漢武帝，住在長門宮，乃以黃金百斤，請司馬相如作〈長門賦〉，感悟主上，終又得親幸。事見《文選・司馬相如・長門賦并序》及《樂府詩集・長門怨・題解》。❹眼看春又去　眼看今年的春天又將盡。也暗示春色衰敗。❺翠輦　帝王專用的車駕。飾以翠玉，故名。

【語　譯】小園中黃鶯的歌聲已經停歇了，長門宮裏有許多蝴蝶在飛舞。眼看著春天又將過去，皇上的車駕卻不曾打這兒經過呢！

【賞　析】這首小詩，應是穆宗時詩人被貶黜後所作的。他藉宮妃思君幸臨的哀怨，吐露自身冀望重沐君恩的心聲。

詩人用「小苑鶯歌歇，長門蝶舞多」，和往昔的繁華作對比：是說今日寂寞的小苑和深宮，原本是歌聲沸天、舞影迷目的樂土；而此刻小苑裏不聞笙歌，連黃鶯也不再啼鳴；深宮中只見蛺蝶飛舞，闃無人蹤。

鶯聲衰歇，舞蝶滋多，亦是春去夏來的前奏，所以詩人觸景傷春：「眼看春又去，翠輦不曾過。」春光又去，年復一年，君主的翠輦仍不曾經過門前！這多令人失望！

詩中暗示韶華老去，君恩難期，可有再世的司馬相如，能以千金求賦？詩人特別援引長門的典故，在詩文之外，寄寓一線生機，發揮了更深切的作用。詩的表面是閨怨的宮體詩，其實質的內容是期望重沐皇恩，能重新被朝廷所重用，因此詩題為「思君恩」，從詩題便可讀出詩人的主旨所在。

一一、題袁氏別業❶

賀知章

主人不相識，偶坐為林泉。

莫謾❷愁沽❸酒，囊中自有錢。

【作者】賀知章（西元六五九——七四四年），字季真，晚號四明狂客，越州永興（今浙江省蕭山縣。《舊唐書》作會稽永興）人。生於唐高宗顯慶四年，卒於玄宗天寶三載，享年八十六。

證聖初，舉進士第，官至祕書監。知章好飲酒，工文辭，善談說，與李白友善；也擅長草書、隸書，與張旭相知。他的詩今存二十首，多祭神樂章與應制之作；寫景抒情的詩，較清新生動。《全唐詩》有錄。新、舊《唐書》有傳。

【韻律】這是一首平起格平聲韻的五言絕句。首句「主人不相識」，為「仄平仄平仄」，平仄不合律，其他各句平仄合律，是為拗絕。

詩用下平聲一先韻，韻腳是：泉、錢。

【注釋】❶別業　即別墅，也稱別館。本宅以外，另建的園林遊息處所。❷莫謾　休；不要。謾，通「莫」。休；不。❸沽　通「買」。買。

【語　譯】我和主人並不相識，偶然來這兒坐坐，祇是為了觀賞館中的林泉幽致。主人倒不必憂愁要買酒宴客，我的袋子裏自有買酒的錢哩！

【賞　析】賀知章是一位嗜酒如命的詩人，所以杜甫〈飲中八仙〉詩說：「知章騎馬似乘船，眼花落井水底眠。」可是這首詩的趣味，則在這樣愛酒的人，居然為欣賞林泉，把飲酒放在其後；不正面寫林泉之美，而林泉的勝景可見。

詩人天性曠達，《舊唐書・文苑傳》記載，當時工部尚書陸象先常對人說：「賀兄言論倜儻，真可謂風流之士。吾與子弟離闊，都不思之；一日不見賀兄，則鄙吝生矣。」這樣風流倜儻的人物，偶然經過袁氏的別墅，被裏面的林木與泉石所吸引，就不管認不認識主人，逕自進去，坐下慢慢欣賞，沉醉在幽靜的清境。於是他寫出「主人不相識，偶坐為林泉」兩句悠閒的詩句。

有林泉之勝，也得有人欣賞，臥醉林泉，是古人的雅興，故三、四兩句，反而對別業中的主人袁氏表明，不必為沽酒而發愁，因為囊中不缺打酒錢，可以盡興。詩中流露詩人的率真，儘管不相識，但可邀飲同醉林泉之中，正是一種風流和灑脫。

一二、夜送趙縱❶

楊　炯

趙氏連城璧❷，由來天下傳。

送君還舊府❸，明月滿前川。

【作　者】楊炯（西元六五〇——約六九三年），字不詳，華陰（今屬陝西省）人。生於唐高宗永徽元年，大約卒於武后長壽元年，享年約四十四。

小時被視為神童，長大後，授校書郎。永隆二年（西元六八一年）為崇文館學士，任詹事司直。武后時改任盈川令，卒於官。炯為「初唐四傑」（王勃、楊炯、盧照鄰、駱賓王）之一，擅長五律，所作邊塞詩很有氣勢，其他作品仍帶有六朝綺豔的詩風。《全唐詩》錄詩僅一卷。今傳明人所輯《盈川集》三十卷。新、舊《唐書》有傳。

【韻　律】這是一首仄起格平聲韻的五言絕句。全詩平仄合律。其中「天」、「送」、「明」等字，為一、三、五不論可平可仄處。

詩用下平聲一先韻，韻腳是：傳、川。

【注　釋】❶趙縱　楊炯的朋友。生平不詳。❷趙氏連城璧　全句是說：戰國時代趙王所擁有價值連城的和氏璧。據《史記・廉頗藺相如傳》載趙惠文王得到和氏璧，秦昭王恃強，願以十五城換取；趙王派藺相如入秦獻璧。相如見秦王無意償城，密令從者懷璧送還趙國。❸舊府　舊日任職的官署。

【語　譯】趙國價值連城的和氏璧，向來就聞名天下。今夜送你回去舊日任職的官署，皎潔的月光正滿照著前面的川水。

【賞　析】這是一首送別的詩，寫楊炯的朋友趙縱要回到原來供職的官署去做官，楊炯在月夜下和他話別。

「趙氏連城璧，由來天下傳」，表面上寫傳名後世的和氏璧，骨子裏卻是拿這塊復歸於趙的寶璧，比喻趙氏重還舊府的子孫趙縱。古人認為玉有五德，《說文》：「玉，石之美、有五德者：潤澤以溫，仁之方也；䚡理自外，可以知中，義之方也；其聲舒揚，專以遠聞，智之方也；不撓而折，勇之方也；銳廉而不忮，絜之方也。」詩人便以「天下傳」的「連城璧」來稱頌他富有才德的好友，可謂用典妥切。用和氏璧來讚頌趙縱，起承巧妙，可謂「不著一字，盡得風流」，詩便是彎曲的語言，不直說而意盡在其中。

詩的後半轉句，用「送君還舊府」點明詩題「送趙縱」三字，使憑空而起的前兩句詩有了著落；又用「明月滿前川」點明了詩題中的「夜」字：明月的清輝，少不了祝福好友前程光明的寓意；月下的川水，也象徵著詩人無盡的離情，在送別詩中，用水暗示不盡的別情，是詩人慣用的意象，如此所寫的景中，也含有情意，以達情景交融的妙境。

一三、竹里館❶

王　維

獨坐幽篁❷裏，彈琴復長嘯❸。
深林人不知，明月來相照。

【作　者】王維（西元六九九——七五九年），字摩詰，山西太原祁（今屬山西省）人，後隨父遷居蒲州（治今山西省永濟縣西），遂為河東人。生於唐武后聖曆二年，卒於肅宗乾元二年，享年六十一。

王維為早慧詩人，少年便以詩稱著。二十一歲中進士，累官監察御史。安祿山陷長安時，迫維任給事中。祿山大宴凝碧池，梨園弟子莫不泣下；維時被拘於菩提寺，賦詩悼痛，詩云：「萬戶傷心生野煙，百僚何日更朝天？秋槐葉落深宮裏，凝碧池頭奏管絃。」亂平，因此詩免罪。後官至尚書右丞，故亦稱「王右丞」。晚年居藍田輞川（今陝西省藍田縣西南二十里）別業，與裴迪等優遊其中，賦詩為樂。維通音律，工草隸，善詩畫，宋蘇東坡讚美他「詩中有畫，畫中有詩」。他的山水畫，為南宗畫派之祖；詩與孟浩然齊名，世稱「王孟」。他早期寫過一些邊塞詩，以後則致力於田園與山水詩的開拓和隱逸與佛理的宣揚，因此詩中含有禪趣和禪境。著有《王右丞集》六卷。《全唐詩》錄詩四卷。新、舊《唐書》有傳。

【韻　律】這是一首仄起格仄聲韻的五言絕句。除第二句「彈琴復長嘯」，作「平平仄平仄」，不合律外，其他三句平仄合律，是為拗絕。

詩用去聲十八嘯韻，韻腳是：嘯、照。

【注　釋】❶竹里館　作者在輞川別墅裏的遊止處，也算是輞川莊中的一景。王維在他的《輞川集・序》裏說：「余別業在輞川山谷。其遊止有孟城坳、華子岡、文杏館、斤竹嶺、鹿柴、木蘭柴、茱萸沜、宮槐陌、臨湖亭、南垞、欹湖、柳浪、欒家瀨、金屑泉、白石灘、北垞、竹里館、辛夷塢、漆園、椒園等。與裴迪閒暇各賦絕句云。」此詩即《輞川集》中的一首。❷篁　竹林；竹叢。❸長嘯　引聲呼嘯。嘯，嘬口出聲。

【語　譯】我獨坐在幽靜的竹林裏，撫弄著絃琴，又拉長聲調呼嘯。在這幽深的竹叢中，沒有人知曉，祇有皎潔的月亮不時地來照拂我。

【賞　析】詩人用此詩描寫他的隱逸生活。他採用白描的手法，以最平淡自然的文詞，刻劃出清幽絕俗的意境。

全詩共分四句，具有起承轉合的結構，首句「獨坐幽篁裏」，寫王維獨自一人，安坐在幽深的竹林裏，以中空有節，具有君子之德的綠竹為伴。

次句「彈琴復長嘯」，寫他無拘無束，時而拊琴放歌，時而高聲長嘯。寫適意的生活，琴和長嘯，代表了隱者的自潔和自得。

三句「深林人不知」，寫遯隱深林之中，人皆不知，而他也不求人知。

結句「明月來相照」，言自有皎潔的明月前來，與他為伴，於是「明月」便成為詩人的素心人和知己。王維詩中的「明月」，除了寫景的明月外，往往含有絃外之音，讀詩時，要讀出其中的多義性，才能蠡測短詩的奧妙。

一四、送朱大入秦❶

孟浩然

遊人五陵❷去，寶劍值千金。

分手脫❸相贈，平生❹一片心。

【作　者】《千家詩》題王維作。然《孟浩然集・四》錄有此詩，《全唐詩・一六〇》亦列為孟浩然作，今從之。

孟浩然，見前三頁。

【韻　律】這是一首平起格平聲韻的五言絕句。首句「遊人五陵去」，作「平平仄平仄」，是單拗的現象，即第三字宜平而用仄，故於第四字故意將仄聲改用平聲，以救上字的拗，救過之後，便算合律。第三句「分手脫相贈」，作「平仄仄平仄」，第四字為孤平，整句平仄不合律。因此此詩第三句不合律，其他各句合律，是為拗絕。

詩用下平聲十二侵韻，韻腳是：金、心。

【注　釋】❶送朱大入秦　朱大，名去非，為詩人的朋友。入秦，到秦地去。秦，指春秋時秦國的故地，即今陝西省地。❷五陵　指長安附近的五座漢帝陵墓。參見儲光羲〈洛陽道〉詩注❹。長安古為秦地，是漢、唐京都的所在地，在今陝西省西安市西北。題稱「入秦」，此稱「五陵去」，均指到長安。❸脫　解下來。❹平生　平素；平時。

【語　譯】遠遊的人要到長安去了，我把價值千金的寶劍，在分手時解下來送給他，聊表我平日對他的一片心意。

【賞　析】這首送別詩，前兩句是說：好友朱大要遠遊到五陵賢豪薈萃的長安去，你的不世才華正似我腰間的千金寶劍，磨厲以須，有待一試。而後兩句說：分手時，我把形影不離的愛劍解下贈給你，聊表我平素相惜相愛的一片心意。

自古寶劍配英雄，慨然解劍相贈，足見詩人和朱大相契之深，也足見詩人對朱大期許之厚。而且全詩也是以這柄千金寶劍為樞紐寫成的：前半用它比喻知友的高才，後半把它當作送別的禮物；當知交佩帶愛劍遠去，詩人加倍的離愁別恨，我們不難想見。

全詩平淡寫實，如同面語，送友人入長安，表達送別的情意，語真意切。凡是真感情、真景物的詩，便是有境界。尤其孟浩然的詩，往往從平淡中見真摯、從平實中見真意，深具特色。

一五、長干行❶

崔　顥

君家在何處❷？妾❸住在橫塘❹。

停船暫借問❺，或恐❻是同鄉！

【作　者】崔顥（西元七〇四？——七五四年），唐汴州（今河南省開封縣）人。開元十一年（西元七二三年）進士，累官尚書司勳員外郎，卒於天寶十三載。

顥少年時，有才而無行，早期詩多寫閨情，流於輕豔；後歷邊塞，詩風轉變，風骨凜然，氣勢雄渾。是開元天寶間知名的詩人，與王昌齡、高適、孟浩然等並稱。《唐才子傳・一》記載：崔顥遊武昌，登黃鶴樓，感慨賦詩，成此絕唱。後李白亦遊武昌，登黃鶴樓，本擬賦詩，看到崔顥的〈黃鶴樓〉詩，便云：「眼前有景道不得，崔顥題詩在上頭。」自歎不如，遂此擱筆，其後登金陵鳳凰臺時，始題詩抒懷，今讀李白的〈登金陵鳳凰臺〉詩，仍翻不出崔顥〈黃鶴樓〉詩的章法。明人輯有《崔顥集》。《全唐詩》錄詩一卷，共四十二首。新、舊《唐書》有傳。

【韻　律】這是一首用樂府詩題寫成的樂府絕。樂府詩格律最活潑自由，可以用古體詩的方式來寫樂府詩，也可以用近體詩的方式來寫樂府詩。這首便是依近體詩中五絕的格律寫成的樂府絕，詩中的平仄用韻，完全合乎五言絕句的韻律。全詩為平起格平聲韻的五言絕句，平仄全部合律，唯採用失黏失對的方式寫成，即三、四兩句的平仄，與一、二兩句的平仄相同。然唐人不以為拗，仍視為合律。

詩用下平聲七陽韻，韻腳是：塘、鄉。

【注　釋】❶長干行　是南朝樂府「雜曲歌辭」裏一首古辭的舊題。《全唐詩・二六》雜曲歌辭及卷一三〇皆收錄此詩。也作〈長干曲〉、〈江南曲〉。長干，建康（今南京市）里名。「曲」或「行」，都是樂府詩歌行體的曲調。❷在何處　郭茂倩《樂府詩集・七二》作「定何處」，《全唐詩・一三〇》作「何處住」。❸妾　女子自稱的謙詞。❹橫塘　地名。王相注：「橫塘，在金陵麒麟門外。」即今南京市西南。❺暫借問　請問一下。暫，時間不久。借問，向人詢問。❻恐　一作「可」。

【語　譯】你家住哪裏呀？我家住在橫塘。停下船來，暫且借問一聲，或許我們是同鄉呢！

【賞　析】崔顥的〈長干行〉，本有四首，是用樂府舊題、採用民歌男女對唱的方式寫成的樂府詩。

這裏僅收錄了第一首，是女子唱的，全詩以女子自白的口吻，向一位素不相識的男子怯生生地問話寫成。

這位女子駕著一葉扁舟，離鄉背井，漂流江湖，忽然聽見鄰船一位男子吐出了鄉音，宛如回到了故里，便情不自禁地停舟問他：「君家在何處？」她想：這樣問人，不是太冒昧了嗎？於是接著報上自己的里居：「妾住在橫塘。」可是人家要是仍覺得唐突，或逕不理睬，那該怎麼辦？還是從頭說清楚些吧：「停船暫借問，或恐是同鄉！」同是天涯淪落人，或許是同鄉吧。

詩人這樣重點式地刻劃她的情懷，句句中肯，字字玲瓏。寥寥二十個字，不但道盡她的心曲，也利用她的話語，抽繹出她始而寂寞、忽而興奮、繼之以尷尬、終之以自在的音容神態，使我們的情感隨著她的心態而起伏，而女子的音容笑貌如在眼前，是一首極富情趣的小詩。

一六、詠史

高適

尚有綈袍❶贈，應憐范叔❷寒。

不知天下士❸，猶作布衣❹看。

【作者】高適（西元七〇二——七六五年），字達夫，一字仲武，渤海蓨（今河北省景縣）人。

生於唐武后長安二年，卒於代宗永泰元年，享年六十四。

早年不拘小節，隱跡博徒。天寶年間客遊河西，為哥舒翰書記。後歷任蜀、彭二州刺史、西川節度使，最後做到左散騎常侍，封渤海縣侯。是唐代詩人中最顯達的一位。適胸懷壯闊，於玄宗開元二十年曾隨信安王李禕遠征契丹，後來又到過河西，有兩度出塞的經驗，對軍中和邊塞生活有深刻的體會；所以他雖年過五十才學詩，可是一學便工，以氣質自高，多胸臆間語。曾過汴州，與李白、杜甫相會，唱和頗多。他的邊塞詩和岑參齊名，合稱「高岑」，風格也很相似，以古體詩見長。有《高常侍集》八卷傳世。《全唐詩》錄詩四卷。新、舊《唐書》有傳。

【韻律】這是一首仄起格平聲韻的五言絕句。全詩平仄合律。其中「不」、「猶」二字，是可平可仄處，但不影響整首的格律。

詩用上平聲十四寒韻，韻腳是：寒、看。

【注釋】❶綈袍　用粗劣絲織品裁製的長袍。綈是平滑而有光澤的粗繒。根據《史記・范雎傳》載：戰國時魏人范雎事中大夫須賈，隨賈出使齊國，齊襄王數月不見；但襄王聽說范雎善辯，使人賜金十斤及牛酒。賈知道後，以為雎出賣了魏國的機密，大怒，歸告魏相，雎受笞幾死。後雎逃亡到秦國，改名張祿，事昭王，為秦相。秦將伐魏，魏使須賈於秦，雎故意穿著破衣往見，賈憐憫他的貧寒，以綈袍相贈。等賈知雎即秦相張祿，大驚請罪；雎念他尚有眷戀故人之情，盡釋前怨，放他回去。❷范叔　即范雎。字叔。❸天下士　天下知名的賢士。❹布衣　指平民百姓。因布衣是古代百姓所穿的衣服。

【語譯】假如還有粗繒裁製的長袍可以贈送給人，應當效法須賈可憐范雎的貧寒。祇是別像那須賈，不知道范雎已是天下知名的賢士，還把他當布衣百姓來看待哪！

【賞　析】高適少壯不得志，少不了要受人凌辱；晚年飛黃騰達，也少不了被誤作平民。他一生接待過各式各樣的人物，但能像須賈那般因懷疑而害人於前，復因憐憫而贈袍於後的，卻終生難見。所以他讀罷《史記‧范雎傳》，感慨很深，因此藉史以詠懷。

「尚有綈袍贈，應憐范叔寒」，是詩人讚美須賈能深自懺悔且富有憐憫之心，藉以諷勸世人的話。因為《史記》敘述雎敝衣見賈，「須賈曰：『今叔何事？』范雎曰：『臣為人庸賃。』須賈意哀之，留與坐飲食，曰：『范叔一寒如此哉！』乃取其一綈袍以賜之。」說明須賈因同情范雎的遭遇，而解袍相贈。

「不知天下士，猶作布衣看」，是詩人以須賈為鑑戒，勸人不要像他那樣有眼無珠，缺乏鑑賞人才的能力。且從外表來判斷人的價值，往往會看錯眼。詩人對須賈，褒其當褒，貶其當貶，非常嚴明，有《春秋》筆意；讀後不但使人知所借鏡，也闡發了太史公的蘊意，深得詠史詩的三昧。

一七、罷相❶作　　李適之

避賢初罷相，樂聖❷且銜杯❸。
為❹問門前客❺，今朝幾個❻來？

【作　者】李適之（？——西元七四七年），恆山愍王承乾之孫，始名昌，唐隴西成紀（今甘肅省秦安縣北）人。

性疏朗坦蕩，善飲酒，與李白等為飲中八仙。開元中，累官通州刺史，擢秦州都督，入為陝州刺史、河南尹，拜御史大夫，後遷刑部尚書。天寶元年，代牛仙客為左丞相。因與刑部尚書韋堅等相善，被李林甫設計陷害，免相，貶宜春太守。後御史羅希奭奉使殺韋堅等於貶所，路過宜春，適之懼，仰藥自殺。《全唐詩》錄詩二首。新、舊《唐書》有傳。

【韻　律】這是一首平起格平聲韻的五言絕句。全詩平仄合律。一、二兩句對仗，用流水對，即上下兩句的意思，一貫相承，這種對仗的方式，詩家稱為流水對。

詩用上平聲十灰韻，韻腳是：杯、來。

【注　釋】❶罷相　退位不做宰相。❷樂聖　喜歡喝酒。聖，為酒的隱語。古人稱清酒為聖人，濁酒為賢人。典出《三國志・魏志・徐邈傳》。❸銜杯　指飲酒。銜，通「啣」。以口含物。杯，指酒杯。❹為　語助詞，無義。一作「借」。❺門前客　指以前登門拜訪的人。❻個　一作「箇」。

【語　譯】為了讓賢剛把宰相的職位辭去，喜歡喝酒便多飲幾杯吧！試問往日門前那羣訪客，今天有幾個人來呢？

【賞　析】這首詩是適之被迫辭去左相之職不久以後所寫。就罷相之後的感受，藉這首詩加以詠懷。

前兩句「避賢初罷相，樂聖且銜杯」，是一聯很工整的對仗。從正面去解釋，雖然是被逼退位，但詩人毫無怨尤，把它說成拱手讓賢，正好閒下來飲酒自娛。可是從反面推敲，此「聖」是被稱作聖人的清酒，而不是「聖賢」的「聖」；那麼此「賢」也未必真指「聖賢」的「賢」了，應是太史公所說「其所謂忠者不忠、而所謂賢者不賢也」（見《史記・屈原傳》）的奸佞之輩。詩人「信而見疑，忠而被謗」，怎能無怨？他只是天衣無縫地把怨憤偽裝曠達，遠嫌避禍而已。這是高妙的反諷手法，原意當為「避奸初罷相，聊藉酒以消憂」。

後半兩句「為問門前客，今朝幾個來」，和第一句中的「初」字相呼應。初罷相時，尚有幾個人來，大概也是公事未了，不得不來；再過數日，只怕一個也不來了，相府門前，昔日熙來攘往，車水馬龍；可是一旦主人失位，立即故客盡去，門庭冷落。可歎世人自古以市道交，用買賣的方式交朋友，有勢則來，無勢則去；人情薄如紙，世態盡炎涼，這一問，實含有諷世的意味。全詩結構精簡深刻，我們不難由詩人的銜杯之餘，讀出詩人對當道者的諷刺，以及對世人附炎趨勢的感慨。

一八、逢俠者❶

錢起

燕趙❷悲歌士，相逢劇孟❸家。
寸心❹言不盡，前路日將斜。

【作　者】錢起（約西元七五一年前後在世），字仲文，唐吳興（今屬浙江省）人。天寶十年進士，官祕書省校書郎，終尚書考功郎中。「大曆十才子」之一。詩格新奇，理致清贍。有《錢仲文集》十卷。《全唐詩》錄詩四卷。

【韻　律】這是一首仄起格平聲韻的五言絕句。全詩平仄合律。三、四兩句對仗，「寸心」對「前路」，「言不盡」對「日將斜」，平仄相反，情意和音韻也都對反，是很巧妙的對仗。

詩用下平聲六麻韻，韻腳是：家、斜。

【注　釋】❶俠者　俠客。指打抱不平、見義勇為的人。❷燕趙　古國名。戰國時代的燕國和趙國，相傳地多俠者。戰國時燕據有今河北省大部及遼寧、安東二省及朝鮮半島北部地，趙據有今山西省東部、河北省南部、河南省北部地。❸劇孟　漢代大俠，洛陽人。喜拯人急難，為太尉周亞夫所敬重。孟母死時，送喪的車有千輛之多；但孟死時，餘財不到十金。見《史記・游俠傳》。❹寸心　即心。心位於胸中方寸之地，故名。

【語　譯】您正似那燕、趙地方慷慨悲歌的俠士，今日有幸在這具有劇孟大俠之風的主人家裏與您相遇。然而心中有千言萬語，還沒暢談道盡，卻見前頭太陽將要西下，馬上又得分道揚鑣。

【賞　析】錢起在朋友家中作客，遇到俠客，和俠客道別的詩。

燕、趙自古多悲歌慷慨的俠士，如荊軻、聶政之流，其風至唐未衰，所以這詩的前半「燕趙悲歌士，相逢劇孟家」二句，是詩人託古喻今，恭維俠者和主人，把他們分別比作燕、趙壯士和漢代劇孟的家。

《易經・繫辭上》說：「方以類聚，物以羣分。」這一羣俠者不期而遇，自然傾心相訴，有說不盡的傾慕，道不完的感懷；正當酒酣耳熱之際，忽見前路漫漫，落日將斜，他們心頭上不禁撒落一層揮之不去的離情別緒。這詩的後半「寸心言不盡，前路日將斜」對仗成趣，「寸心」對「前路」，「不盡」對「將斜」，異常尖銳，把當時的心境和景色，描繪得無比的壯麗，也無比的悲涼。

全詩二十字，道出了逢俠客和送俠客的心境，古道熱腸，然前路日斜，含有不盡的情意和感慨。

一九、江行望匡廬❶

錢起

咫尺❷愁風雨，匡廬不可登。
只疑雲霧窟❸，猶有六朝❹僧。

【作者】錢起，見前三七頁。

【韻律】這是一首仄起格平聲韻的五言絕句。全詩的平仄合律。

詩用下平聲十蒸韻，韻腳是：登、僧。

【注釋】❶江行望匡廬　《全唐詩・二三九》有錢起詩〈江行無題一百首〉，注：「一作錢珝詩。」錢珝，為錢起的曾孫，乾寧五年進士。此為其中之一，「江行望匡廬」應是後人所加。匡廬，山名。相傳周朝有匡裕在此隱居。也稱廬山、匡山。在江西省九江縣南。南朝宋釋慧遠《廬山記略》說：「有匡裕先生者，出自殷、周之際，遁世隱時，潛居其下。或云裕受道於仙人，共遊此山，遂託室崖岫，即巖成館；故時人謂其所止為神仙之廬，因以名山焉。」此山北臨長江，東南傍鄱陽湖，九十餘峰，蜿蜒連接，萬壑千巖，雲烟瀰漫，奇秀甲天下，六朝時多有高僧在此修行。❷咫尺　形容很近的距離。八寸為咫，十寸為尺。❸雲霧窟　雲霧繚繞的山洞。雲，《全唐詩》注：「一作香。」❹六朝　吳、東晉、宋、齊、梁、陳，相繼建都於建康（今南京市），合稱六朝。

【語　譯】雖然近在咫尺，卻苦於風雨橫阻，不能登上廬山去。我懷疑雲霧繚繞的山洞裏，還有六朝時代的高僧住著呢！

【賞　析】廬山矗立在長江南岸，在江中遠遠就能望見。那是一座「橫看成嶺側成峰，遠近高低各不同」（蘇軾〈題西林壁〉詩）的名山，除了形勢雄偉，景色奇絕外，更有歸宗、東林、棲賢等著名的古寺，王羲之洗硯的墨池，以及釋慧遠、陶淵明、道士陸靜修「虎溪三笑」的逸事，為它增添了無限的風韻。

全詩結構，由江行所見而起，見所見的景色，豫想其間的事物，引來詩趣。「咫尺愁風雨，匡廬不可登」，是說詩人在江邊仰望久已嚮往而近在咫尺的廬山，卻為淒風苦雨無法登臨而發愁。三、四兩句，「祇疑雲霧窟，猶有六朝僧」，是說詩人萬般無奈，只有躲在舟中，面對名山遐思。看那雲霧騰起的山窟，彷彿六朝時代的高僧仍在裏面弘法。這般浪漫的遐想，使原本平淡的小詩，泛起了思古的幽情，而引人神馳。

二〇、答李澣

韋應物

林中觀易❶罷❷，溪上❸對鷗❹閒。
楚❺俗饒❻詞客❼，何人最往還❽？

【作　者】韋應物（西元七三七—約八三〇年），京兆長安（今陝西省西安市）人。生於唐玄宗開元二十五年，卒年約在文宗太和四年左右，享年約九十餘。

少時以三衛郎事玄宗，後曾為江州、蘇州刺史，故稱「韋江州」或「韋蘇州」。生性高潔好靜，每到一個地方，必焚香掃地而坐。他的詩閒澹簡遠，以寫田園風物著名，和陶潛近似，世人並稱「陶韋」。著有《韋江州集》十卷。《全唐詩》全錄。

【韻　律】這是一首平起格平聲韻的五言絕句。整首詩的平仄合律。詩中一、二兩句是事語和景語的對仗句，三、四兩句則是散句不對仗。

詩用上平聲十五刪韻，韻腳是：閒、還。

【注　釋】❶易　書名。即《易經》，也稱《周易》。為十三經之一，古代是一部占卜的書，後孔子以此教弟子，成為儒家的重要經典。其內容是依據六十四卦的卦象，講論宇宙萬物簡易、變易、不易的道理，藉天道以明人事、因人事以通天道的經書。❷罷　完畢。❸溪上　即溪畔。水濱的地方叫上。❹鷗　水鳥名。嘴尖而先端鉤曲，適於刺魚。全身羽毛，除兩翼及背部為蒼灰色，皆為白色。足短，綠色，前趾有蹼。常飛翔於水面上空，狀至悠閒。❺楚　古國名。戰國時為七雄之一，領有今湖南、湖北、安徽、江蘇、浙江及河南南部地。後世則用為湖南、湖北的通稱；或專指湖北省而言。❻饒　多。❼詞客　擅長詞章的人，即文學家。屈原、宋玉、景差等詞人都生於楚，故說「楚俗饒詞客」。❽往還　交往密切。

【語　譯】我在林子裏看完《易經》，就到溪畔和那悠閒的鷗鳥同遊。想那楚地向來就多騷人墨客，但不知甚麼人和你最有交往？

【賞　析】李𤁋是詩人的好友，生平不詳。他寄詩問候詩人的起居，詩人作這首詩應答。因此〈答李𤁋〉是屬於贈答的詩。

全詩結構：首、二兩句「林中觀易罷，溪上對鷗閒」，用對仗句發端，詩人報告自己的近況：每天到叢林中去觀覽完《易經》的卦象，便悠閒地到溪畔去對著羣飛的鷗鳥出神。告訴友人平日閒居的寧靜和澹泊，顯示心中的平靜和心靈的自適。

轉、合兩句，「楚俗饒詞客，何人最往還？」是詩人詢問好友近況的話：好友啊！你到了詞客最多的楚地，該是得其所了。你和誰交往最為密切呢？詩人在寂寞中傳出了他的真情和關懷，是贈答詩中上乘之作。詩中用「林中觀易」、「溪上對鷗」，便暗示心靈的高潔而了無俗累；最後以「楚俗饒詞客，何人最往還？」問候友人最近居於楚地，所交往的詩人為誰？又表示詩人的活動，有其風流儒雅的佳趣。一我一你，無限親切。

二一、秋風引❶

劉禹錫

何處秋風至，蕭蕭❷送雁❸羣。
朝來入庭樹，孤客❹最先聞。

【作　者】劉禹錫（西元七七二—八四二年），字夢得，彭城（今江蘇省銅山縣）人。生於唐代宗大曆七年，卒於武宗會昌二年，享年七十一。

貞元進士，登博學宏辭科，任監察御史。王叔文當政，引入禁中；叔文敗，被貶為朗州（今湖南省常德縣）司馬。他在朗州居留十年，曾利用當地民歌改作新詞。元和十年被召回京都，不久又得罪執政，出任連州（今廣東省連縣）、夔州、和州刺史。後因裴度力薦，任禮部郎中、集賢直學士。裴度罷相，又出任蘇州、汝州、同州刺史，遷太子賓客分司，故世稱「劉賓客」。武宗會昌年間，加檢校禮部尚書。他的詩通俗清新，富有民歌特色。尤其在夔州時，受巴渝一帶民歌的影響，使他的詩中充滿了草根性和拙樸的情趣。他與白居易同是中唐提倡「元和體」的主要詩人。〈竹枝詞〉和〈楊柳枝〉這類帶有民歌成分的詩歌，便是由於他們的提倡而風行當時。著有《劉夢得文集》三十卷。《全唐詩》錄詩十二卷。新、舊《唐書》有傳。

【韻　律】這是一首仄起格平聲韻的五言絕句。整首詩不對仗，全用散句寫成。全詩平仄合律，惟第三句「朝來入庭樹」，作「平平仄平仄」，是單拗的現象，第三字本宜平而用仄，是不合律而犯拗，故於第四字本宜仄而改用平聲，以救上字的不合律，如此拗救之後，便成合律。

詩用上平聲十二文韻，韻腳是：羣、聞。

【注　釋】❶引　樂府詩體的一種。《詩體明辨・二》：「述事本末，先後有序，以抽其臆者曰『引』。」詩題中用「引」或用「操」為琴曲的標幟。❷蕭蕭　風聲。❸雁　候鳥名。體大於鴨，頭大嘴扁，茶褐色，白額長頸。腳短，有四趾，前三趾有蹼，黃色。飛行時會排成人字形，行以家族為單位的羣體生活。❹孤客　孤獨的旅客。

【語　譯】秋風不知從哪兒吹來，蕭蕭的風聲送走了羣羣的北雁。一大早又吹動了庭院裏的樹，我這個孤獨的旅人總是最先覺察到。

【賞　析】這是一首吟詠秋風引起遊子鄉愁的詩篇。可是通篇用暗示的手法寫成，沒有明著一個「愁」字；甚至詩題〈秋風引〉的「引」字也發揮了穿針引線、引人入彀的妙用，除了表明這是一個樂府詩題，也提供了「引發」的意思，且句句都含有「秋風」，真是滿目滿耳的秋聲，怎能不引來客旅之愁！

全詩結構：「何處秋風至，蕭蕭送雁羣」，發端便點題，描寫白天遊子身受目睹的情況：秋風不知從哪兒吹來，帶來一股寒涼；它發著蕭蕭的聲音，送得北雁南飛，回到南方的故土。他鄉的遊子，怎能不引起思鄉之緒？

三、四兩句一轉，「朝來入庭樹，孤客最先聞」，描寫拂曉時分，遊子聽到的聲響：那送走雁羣的秋風，一大早又吹入庭院中的樹林，使枯葉颯然歸根，沙沙作響。別人猶在夢中，可是你這異鄉的孤客徹夜未眠，這聲響，又是你第一個聽見！客旅對時令的轉換，自然最為敏感，故不僅北雁知秋，孤客亦知秋，表面吟秋風，骨子裏吟鄉愁，意在言外，所以高妙。

二二、秋夜寄丘員外❶

韋應物

懷君屬❷秋夜，散步詠❸涼天❹。
山空❺松子❻落，幽人❼應未眠。

【作　者】韋應物，見前四〇頁。

【韻　律】這是一首平起格平聲韻的五言絕句。全詩平仄不盡合律，首句「懷君屬秋夜」，作「平平仄平仄」，是單拗，本句自救。第二句「仄仄仄平平」合律。第三句又用平起「平平平仄仄」，是合律的，但第四句作「平平平仄平」便純然的不合律，所以這是一首拗絕。

詩用下平聲一先韻，韻腳是：天、眠。

【注　釋】❶秋夜寄丘員外　《韋江州集・三》、《全唐詩・一八八》並作〈秋夜寄丘二十二員外〉。丘員外即丘丹，蘇州嘉興（今屬浙江省）人，為丘為的弟弟，因排行第二十二，故稱丘二十二。當過諸暨令、檢校尚書戶部員外郎，時隱居臨平山。❷屬　適逢；正當。❸咏　一作「詠」。❹涼天　涼爽的天氣。❺山空　山中空曠寂靜。一作「空山」。❻松子　松樹的果實。呈球形，由多數木質鱗片排列而成。❼幽人　幽居深山的人，即隱士。在此指丘丹。

【語　譯】思念你，正當秋天的夜晚；於是一面散步，一面在新秋涼爽的天氣裏吟詠詩篇。山上空曠寂靜，祇有松果掉落的聲音，想這時候你這位隱士應該也還沒有入睡吧？

【賞　析】丘丹是詩人的好友，他們時相唱和，《韋江州集・三》收有本詩及〈贈丘員外〉詩二首，卷四有〈送丘員外還山〉詩及〈重送丘二十二還臨平山居〉詩，都附錄丘丹奉酬詩；卷四有〈聽江笛送陸侍御〉詩，也附錄了一首丘丹的私詩。

這首詩是韋應物在一個秋涼之夜懷念丘丹所作。這首寄贈的詩，表現了詩人懷念友人的感情，異常真摯；當他設想松子落地使好友不能入眠，既充滿了詩意，也把丘丹松間幽隱的形象刻劃得更加鮮明。詩人似乎也把松子落地聲和自己散步的腳步聲聯想在一起，懸想丘丹聽見那松果落地聲，會把它當作自己的腳步聲；雖然乖隔兩地，自己卻彷彿就在好友的身邊。

此詩情致綿密，意境空靈；雖以臆測懷想側寫，兩人的相知之情自見，手法高妙；且辭淡意遠，含蓄雋永，是以千古傳唱。

二三、秋日

耿湋

返照❶入閭巷❷，憂來誰共語❸？
古道❹少人行，秋風動禾黍❺。

【作者】耿湋，字洪源，唐河東（今山西省永濟縣）人。生卒年不詳。寶應二年（西元七六三年）進士，官做到左拾遺。他的詩長於音律，多寫個人的感慨，不事雕琢，清新可喜。與錢起、盧綸等齊名，為「大曆十才子」之一。《全唐詩》錄詩二卷。

【韻律】這是一首仄起格仄聲韻的五言絕句。首句「返照入閭巷」，連用五仄，第二句第三字「誰」字，用平聲以救上句，這種現象，是為雙拗。但三、四兩句，第三句平仄合律，第四句「秋風動禾黍」作「平平仄平仄」，便不合律，絕句中只要其中有不合律的句子，便稱為拗絕。

詩用上聲六語韻，韻腳是：語、黍。

【注釋】❶返照　落日的迴光。指夕陽斜照。❷閭巷　即街巷。閭，指里門。古代以二十五家為一閭。巷，里中的巷弄。❸誰共語　「共誰語」的倒裝句，即「與誰說」的意思。❹古道　古老的街道。❺禾黍　泛指穀物。禾，即粟。黍，又名「稷」。是北方一種重要的雜糧。《詩經・王風・黍離》篇序，稱西周亡後，周大夫過故都鎬京，見宗廟宮室盡為禾黍，彷徨不忍去，乃作此詩。故後人稱觸景生情、感慨國破家亡為「黍離之悲」

或「黍離之歎」。

【語　譯】斜陽迴照在閭門巷弄裏，使人不禁憂傷起來，但是要向誰訴說呢？這條舊有的古老道路，很少有人行走，祇見秋風吹動著田間的禾黍罷了！

【賞　析】耿湋是唐肅宗寶應年間的進士，在他及第前，發生了安、史之亂；及第後，又有吐蕃及回紇的入寇；生當亂世，免不了滿懷的家國幽思。

這首詩前半二句「返照入閭巷，憂來誰共語」，是說秋天落日斜照照在閭巷之中，而用「憂來誰共語」，暗示遺家國之亂後，里中的寂寥和憂傷。於是「返照」二字，有斜陽夕照的暗示，代表了末世的概歎，然而詩人憂何事，卻不予以明指。

後半「古道少人行，秋風動禾黍」二句，是說昔日繁忙的古道上，如今車馬寥落，不見行人，只有秋風吹動著莊稼，一片蕭條，令人興黍離之悲。既寫景，又活用《詩經・王風・黍離》的典故，寓景託情，自然巧妙。

大抵大曆十才子的詩，多詠誦個人情懷，視野偏促，胸懷不寬，因詩人處於天寶動亂之後，多流離失意的省思，缺乏發憤興起的襟抱，所以要等到元和年間，才流露出中興的氣象。然細讀《秋日》這類即景的小詩，自有一種深沉省思的作用，以及秋日由繁華到蕭條的那股沉澱寧靜的氣氛。

二四、秋日湖上

薛　瑩

落日❶五湖❷遊，烟波❸處處愁。
浮沉❹千古事❺，誰與❻問東流❼！

【作　者】薛瑩，唐文宗（西元八二七——八四〇年）時人，生平不詳。著有《洞庭詩集》一卷。《全唐詩》錄詩十一首。

【韻　律】這是一首仄起格平聲韻的五言絕句。全詩平仄合律。

詩用下平聲十一尤韻，韻腳是：遊、愁、流。首句便用韻。

【注　釋】❶落日　日落的時候。❷五湖　即太湖。王相注：「蘇州（今江蘇省吳縣治）太湖，一名五湖，又名震澤，又名雷溪。」❸烟波　霧靄蒼茫的水面。❹浮沉　指水波的起伏，兼喻心思的起伏、人事的盛衰得失。在此暗示興亡與勝敗的變化。❺千古事　指春秋時代吳、越爭霸的事。❻誰與　跟誰的意思。❼問東流　指追問水上發生的舊事。東流，我國江河多向東流，故泛稱流水為東流。

【語　譯】日落的時候我到太湖去遊玩，祇見暮靄蒼茫的水面上愁緒瀰漫。想起春秋末的吳國和越國，就在水波的一浮一沉間成了千古興衰的陳跡，有誰再去追問這些東流水上發生過的舊事呢？

【賞析】五湖，在吳國境內，春秋末葉時，是吳、越爭雄的戰略要地。詩人在一個秋日薄暮的時刻，泛舟湖上，有感於人間的盛衰得失，轉眼成空，最後俱化作前塵舊夢，委實沒有計較的必要；可是世人不知借鑑，仍不斷地爭權奪利，結黨營私。文宗時牛僧孺、李德裕黨爭方烈，造成災禍連連；不禁憂從中來，賦成此詩。全詩表面寫景，但詩旨都埋藏在詩中，對牛、李黨爭，藉「秋日湖上」為題而有所感慨。

「落日五湖遊，烟波處處愁」，以落日映照之景，引發暮氣沉沉之愁。至於為何事而愁，詩人不願點明，但在後兩句中，大致可以看出端倪。「浮沉千古事，誰與問東流」，是說隨著烟波的浮沉起伏，吳、越爭霸、興亡交迭的舊事，也在詩人的腦海中浮沉，使他有所醒悟；縱然這些事都已付諸東流，成為往事，然而千古舊事，又有誰會去過問呢？

這首詩寫「落日」，寫「五湖」、「烟波」、「浮沉」、「東流」，都緊扣詩題「秋日湖上」命筆；藉景抒情，烘托感時的憂思；而「浮沉」一詞更具有多重的深意。「浮沉千古事」這句詩是全詩的樞紐，這千古事既使詩人有了覺悟，發出「誰與問東流」的慨歎，也說明了詩人原為賞心而遊湖，卻為何落得「烟波處處愁」的原因；不是無緣無故的清愁，而是藉史以諷今，詩旨深沉，不易察覺，熟悉作者所處時代背景，始知是因牛、李黨爭而發，其浩歎便使人共鳴。

二五、宮中題

文宗皇帝

輦路❶生秋草，上林❷花滿枝❸。
憑高❹何限意，無復侍臣❺知。

【作　者】文宗皇帝李昂（西元八〇九——八四〇年），唐穆宗的次子，生於唐憲宗元和四年，卒於文宗開成五年，享年三十二。

在位十四年（西元八二七——八四〇年），恭儉儒雅，聽政的餘暇，博通羣書，曾對左右說：「若不甲夜視事，乙夜觀書，何以為人君？」曾發動甘露之變，打擊宦官和黨閥，加強中央集權，後被宦官及仇士良等軟禁而死。見《舊唐書・文宗紀》。好作五言詩，格調清高峻秀。《全唐詩》錄詩七首。

【韻　律】這是一首仄起格平聲韻的五言絕句。全詩平仄合律。第二句「上林花滿枝」，作「仄平平仄平」，都是因「一、三、五不論」，使第一字「上」和第三字「花」與格律的平仄相反，但為使二、四、五字不變為孤平，便成了「仄平平仄平」的句法，仍然合律。

詩用上平聲四支韻，韻腳是：枝、知。

【注　釋】❶輦路　帝王車駕所行的御道。輦是一種用人力拉動的車；自漢以來，只有帝王乘坐，遂成為帝王車的尊稱。❷上林　苑名。故址在今陝西省長安縣西。本是秦朝舊苑，漢武帝加以擴充，周圍約三百里，有離宮七十所。❸滿枝　一作「發時」。❹憑高　登臨高處。❺侍臣　隨侍在帝王左右的近臣。

【語　譯】御道上長滿了秋草，上林苑內的花兒也開滿了枝頭。登高遠眺，有無限的感觸，可歎不再有隨侍左右的近臣知道我的心意。

【賞　析】《全唐詩・四》此詩注中云：「太和九年，李訓、鄭注敗後，仇士良愈事恣。上登臨遊幸，未嘗為樂，或瞠目獨語，左右莫敢進問，因賦此詩。」此注未盡得實。太和九年（西元八三五年）十一月，李、鄭與文宗謀劃剷除以仇士良為首的宦官集團，詐稱有甘露降在禁中一株石榴樹上，命仇士良等前往驗看，預先埋伏甲士，準備把他們一網打盡；不幸事情為機警的奸臣察覺，反而使宰相王涯等十餘族全被誅滅。這就是歷史上有名的「甘露之變」。這首詩便是他在事變後，遭到宦官軟禁時所寫。

詩的前半「輦路生秋草，上林花滿枝」，是說他幽憤滿腹，久已無心出遊，御道早被秋草塞斷，御苑中的花也徒然自發自落，無人觀賞。「花滿枝」中的花說的是春花，因為「滿枝」一作「發時」，而且秋菊也不能用「滿枝」去描寫；那麼詩中先「秋草」而後春花，時序是有意倒錯，藉以表明這兩句詩都是想像之辭，並非寫實之筆。而且這兩句詩並不像字面上那麼簡單，都有隱微的寓意：秋草斷路，恨宦官之蔽賢；春花徒發，憫忠賢之零落。了解這層意思，便知下面的「何限意」指的是這無限的疾惡之意和哀憫之情了。

詩的後半「憑高何限意，無復侍臣知」二句，寫他當天偶然登高臨遠，瞻望四方，這澎湃中無限的疾惡與哀憫，竟無一個心腹之臣可訴。左右都是宦官派來監視他的人，這種心意，如何能讓他們知道？這委婉寫實的詩句，又道盡一個被孤立的帝王的悲哀。

二六、尋隱者不遇❶

賈　島

松下問童子❷，言師❸採藥去。
只在此山中，雲深❹不知處。

【作　者】賈島（西元七七九—八四三年），字閬仙，一作浪仙，范陽（今河北省涿縣）人。生於唐代宗大曆十四年，卒於武宗會昌三年，享年六十五。

早年累試不第，貧困不能自給，便削髮為僧，法名無本。後韓愈勸他還俗，並教他詩文。年近五十，始登第。後遭誹謗，出為遂州長江主簿，人稱「賈長江」。秩滿後遷為普州司倉參軍，可惜未上任便去世，死時家無一錢，只有一隻病驢和一張破琴。他的詩，常寫荒寂之境，多發寒苦之音。刻苦求工，以五律見長；他和孟郊一樣同是中唐時有名的苦吟詩人，一方面他們的生活都很艱苦，另一方面他們都擅長於錘字鍊句；韓愈就曾說過「孟郊死葬北邙山，日月風雲頓覺閑。

天恐文章渾斷絕，再生賈島在人間」這樣的話，正因二人際遇相似，詩風同屬清峭瘦硬，蘇軾稱之為「郊寒島瘦」。有《長江集》十卷。《全唐詩》錄詩四卷。

【韻　律】這是一首古絕，亦即用古詩的句法所寫成的絕句，不講求平仄的格律。詩中除第三句「只在此山中」，作「仄仄仄平平」入律外，其餘各句，均不合律。

詩用去聲六御韻，韻腳是：去、處。

【注　釋】❶尋隱者不遇　《千家詩註釋》本題〈尋隱不遇〉，漏一「者」字。《全唐詩》此詩題下有注云：「一作孫革〈訪羊尊師〉詩。」❷童子　小孩。❸師　師父。❹雲深　雲很濃厚。

【語　譯】在松樹下詢問一名孩童。他回道：「師父採藥去了，就在這座山裏面，祇是白雲濃密，不知道他會在哪一處哩！」

【賞　析】賈島是一位以推敲字句聞名的苦吟詩人，這首小詩，卻鬼斧神工，渾然天成，不著一絲斧鑿的痕跡。

詩的內容，原本包括三問三答：

松下問童子：「先生在家嗎？」

「師父採藥去了。」

「到哪兒去採？」

「就在這山中。」

「山中的哪裏？」

「雲太濃，不知道他在哪一處。」

而詩人匠心獨運，採用寓問於答的方式，把它們濃縮在五言四句的敘事詩中。

詩人用「問童子」點出題文的「尋」字，又用「採藥去」點出「不遇」；用「師」和「採藥」，點出隱者濟世救人的道德學問；用「松」、「雲」比喻隱者高潔的風骨；用一而再、再而三的追問，表達他對隱者的欽慕和拜訪的殷切；藉一個童稚的答辭，使我們領略他由初感意外，繼而燃起希望，終至不遇而絕望的心路歷程。他竟把如此繁雜的情景，開合變化，融會得那麼和諧自然，這種渾樸高遠的詩境，使人百讀不厭。

二七、汾上驚秋❶

蘇頲

北風吹白雲，萬里渡河汾❷。
心緒❸逢搖落❹，秋聲❺不可聞。

【作者】蘇頲（西元六七〇—七二七年），字廷碩，京兆武功（今屬陝西省）人。生於唐高宗咸亨元年，卒於玄宗開元十五年，享年五十八。

蘇瓌之子，幼年聰穎，一覽千言，過目成誦。武則天朝，登進士第。玄宗先天元年（西元七一二年）襲封許國公。開元四年（西元七一六年）由中書侍郎出任宰相，與宋璟同理國政，重要文誥多出其手，和燕國公張說共享文名，時稱「燕、許大手筆」。玄宗特命把他所作的詔令別錄副本，留在宮中欣賞。開元八年，為禮部尚書。後突外放益州大都督府長史，不久詔還。卒日，玄宗哀悼不朝；葬日，又為他中止打獵。原有集，已佚；今傳《蘇廷碩集》三十卷，係後人所輯。《全唐詩》錄詩二卷。新、舊《唐書》有傳。

【韻 律】這是一首平起格平聲韻的五言絕句。全詩平仄合律。

詩用上平聲十二文韻，韻腳是：雲、汾、聞。首句便用韻。

【注 釋】❶驚秋　驚懼秋天的來臨。❷河汾　指山西省西南部地區。因北界汾水，西、南環黃河得名，漢、唐時在此置河東郡。❸心緒　繁雜的心情。❹搖落　草木凋殘零落。《楚辭・宋玉・九辯》：「悲哉，秋之為氣也，蕭瑟兮草木搖落而變衰。」❺秋聲　秋風凋落草木的聲音。

【語 譯】北風吹送著白雲，萬里迢迢，我渡過黃河來到汾陰。心情煩亂偏又碰到落葉時節，那肅殺淒清的秋聲，實在不堪聽聞啊！

【賞 析】漢武帝元鼎四年（西元前一一三年）夏，有方士奏報在汾陰（今山西省榮河縣西南寶鼎鎮）掘獲黃帝鑄造的寶鼎。武帝大喜，秋天幸臨汾陰，祭祀后土，還和羣臣在船上歡宴，自作〈秋風辭〉一首。

開元十一年（西元七二三年）二月，唐玄宗追步漢武，也到汾陰來祭祀后土，並改稱汾陰為寶鼎縣。當時蘇頲正在禮部尚書任內，《全唐詩・七九》所錄蘇頲詩第一首便是〈祭汾陰樂章〉，可以確定他參加了這個盛典。

然而詩題為何題作「驚秋」呢？究其因有二：見節候的變化，而驚時節的變易，此其一也。其次是漢武承平日久，迷信方術，怠忽政事，到汾陰來祀神祈福；而玄宗於武后之禍初定，卻步了他的後塵，叫人驚心。這是藉古諷今，故題作〈汾上驚秋〉。

此詩的前二句「北風吹白雲，萬里渡河汾」，不就是〈秋風辭〉中「秋風起兮白雲飛」、「泛樓船兮濟汾河」的改寫嗎？表面上寫實，骨子裏正是意味著舊事重演，想想迷信和逸樂的後果，能不令人驚懼？由長安渡黃河到汾陰，不到一千里，誇大為「萬里」，不也是諷諭此舉的勞民傷財嗎？這都充滿了譏貶傷時的意味。

至於後二句「心緒逢搖落，秋聲不可聞」，則是詩人自傷年歲老大。經深秋北風的吹襲，心境非常紛亂，何況行年五十有四，即將如草木凋零，再沒有多久可以輔佐主上。〈秋風辭〉中「歡樂極兮哀情多，少壯幾時兮奈老何」的歌聲，恰似肅殺的秋聲，那是多麼不堪聽聞啊！

蘇頲一向得玄宗寵信，可是由禮部尚書突然被貶為益州大都督長史，新、舊《唐書》都沒有說明原因，讀他的〈汾上驚秋〉，卻已有一份搖落的心情。

二八、蜀道❶後期❷

張說

客心❸爭日月❹，來往預期程❺。

秋風不相待❻，先至❼洛陽城。

【作　者】張說（西元六六七——七三〇年），字道濟，一字說之，河南洛陽人。生於唐高宗乾封二年，卒於玄宗開元十八年，享年六十四。

武則天時應詔對策，得第一。曾歷官武后、中宗、睿宗、玄宗四朝，玄宗初即位，任中書令，封燕國公。擅長文詞，與蘇頲齊名，朝廷重大典章制度，多出自他兩人之手，時稱「燕、許大手筆」。他的詩多為應制之作；開元初，被姚崇設計陷害，貶居岳陽時，所作悽惋，較有特色，有人說他得到江山之助。有《張燕公集》二十五卷。《全唐詩》錄詩五卷。新、舊《唐書》有傳。

【韻　律】這是一首平起格平聲韻的五言絕句。三、四兩句的平仄，與一、二兩句相同，是為失黏失對的現象，然依然合律。第三句「秋風不相待」，作「平平仄平仄」，是為單拗，即第三字宜平而用仄，故於第四字改用平以救上字的拗。

詩用下平聲八庚韻，韻腳是：程、城。

【注　釋】❶蜀道　從陝西入四川的道路。四川多山，道路險巇，李白〈蜀道難〉詩有句云：「蜀道之難難於上青天。」❷後期　遲到；晚於預定的時間到達。❸客心　旅客的心情。客，作者自稱。❹爭日月　爭取時間。爭取每一日、每一月，即分秒必爭的意思。❺預期程　預先排定的行旅時日和路程。❻不相待　不等待。❼先至　先到。

【語　譯】旅客的心情總是分秒必爭，一出發就預定了往返的時日和行程。誰知蜀道難行，而秋風竟不肯稍稍等待，逕自先到了洛陽城。

【賞析】這一首詩，詩人寫他從蜀郡（今四川省中部地，治成都，即今成都市）回洛陽，預定夏末可以到達，卻因蜀道梗阻，入秋方至，故詩題作〈蜀道後期〉。

全詩結構：前兩句「客心爭日月，來往預期程」，是說出門遠遊，急於早日還鄉，一出發就預定了往返的日期和行程，一時一刻也不肯浪費。

後兩句「秋風不相待，先至洛陽城」，詩人把詩句引入正題，不說自己晚到洛陽城，反而說秋風不肯等待我，先到了洛陽城，點出詩題「後期」，極具情趣。

全詩玲瓏剔透，充滿趣味。詩人和時間賽跑，雖然輸了一程，遲到誤期，卻掩不住他經過長途奔波，終於回返家園的欣喜之情，使人讀後深受感動。

二九、靜夜思❶

李白

牀前明❷月光，疑是地上霜❸。

舉❹頭望明月，低頭思故鄉。

【作者】李白，見前一一頁。

【韻　律】這是一首古絕，四句中平仄自由抒寫，不受格律限制。重神韻而輕格律，原是李白詩的特色，詩中後兩句為對稱句，由於平仄並未相反，且「舉頭」、「低頭」，「頭」字重出，故非對仗，而是對稱。

詩用下平聲七陽韻，韻腳是：光、霜、鄉。首句便用韻。

【注　釋】❶靜夜思　本為樂府相和歌楚調曲舊題，始自謝朓，太白擬作。《唐詩三百首》題〈夜思〉，是後人所改。❷明　《分類補注李太白詩．六．樂府》、《樂府詩集．九十．新樂府辭》、《全唐詩．一六五》「明」皆作「看」；下「明」字皆作「山」。即「牀前看月光，疑是地上霜。舉頭望山月，低頭思故鄉。」❸霜　近地面的水蒸氣，於秋末夜晚接觸溫度降至冰點以下的地面或物體時，凝結而成的白色無定形的細微顆粒。❹舉　仰起；擡起。

【語　譯】牀前灑了一地白花花的月光，還以為是地上結了霜呢！擡頭看見天上的明月，使人禁不住要低下頭來思念故鄉。

【賞　析】這是一首聲調鏗鏘、淺白如話、妙絕千古的小詩，是所謂「信口而成，無意於工而無不工」的神品。

它有如歌劇的序曲，序幕拉開，一位側臥枕上的孤客被秋涼凍醒。當他午夜夢迴，微啟朦朧的雙眼，地面的月光立刻閃入眼簾，白茫茫的一片，使他產生錯覺，以為那是地上的霜。可是他立時驚覺，自己仍裹在冷冰冰的薄被裏，地面上只是月光罷了。這時他清醒了，沿著月光擡起頭來遙望那空中的明月。客地的一切都和家鄉不同，只有天上的明月無異；於是望月思鄉，不禁低頭黯然神傷。

至於詩中的內容，是以望月思鄉，作為全詩的主題。雖然讀詩的人遭遇各自不同，但對思鄉的愁苦卻是相同的。

詩人只輕巧地把「地上霜」和「明月光」聯想在一起，暗示了客旅有如秋霜的淒寒。明月就自然而然地開啟了人們的心思；即望月思鄉，望月思人，於是「明月」便成為「故鄉」、「家人」的代語。

末了以「望明月」對「思故鄉」作結，用詞平凡，卻因聯想而帶來華采。總之，李白的〈靜夜思〉措詞淺淡，而神韻高絕，不愧謫仙之名。

三〇、秋浦歌❶

李　白

白髮三千丈，離❷愁似箇❸長。
不知明鏡裏，何處得秋霜❹？

【作　者】李白，見前一一頁。

【韻　律】這是一首仄起格平聲韻的五言絕句。全詩平仄合律。詩用下平聲七陽韻，韻腳是：長、霜。

【注釋】❶秋浦歌　李白作〈秋浦歌〉十七首，本篇是其中第十五首。秋浦是唐代盛產銀、銅的地方，在今安徽省貴池縣西。李白約於天寶十二年（西元七五三年）流寓此地，時年五十有三。❷離　《分類補注李太白詩・八》、《全唐詩・一六七》皆作「緣」，是因為的意思。❸箇　指稱詞。這；此。指白髮。❹秋霜　秋天的白霜。在此借喻白髮。

【語譯】我的白髮有三千丈長，我的離愁也像白髮一樣長。不知道這明亮的鏡子裏，從哪兒染得了滿頭的秋霜啊！

【賞析】這是一首富於浪漫色彩的抒情詩，詩人善用誇張的手法，宣洩他胸中的別恨離愁。

「白髮三千丈」，是不可理喻的浮詞，用夸飾法寫成。王相注說：「若以莖計之，應有三千餘丈。」是太拘形跡了，因為下句「離（一作「緣」）愁似箇長」，分明是說白髮因愁而生，愁有多長，則髮有多長。何況這三千丈，只代表一個極其綿長、極其深重的概念，這是文學境界裏的感性，自不得以現實世界的眼光來量度。

三、四句「不知明鏡裏，何處得秋霜」，是寫離愁使頭愁白，但詩不直說，反而說鏡中映得秋霜，而詩人所以感歎髮白愁長，正是攬鏡自照的結果，這和他另首〈將進酒〉詩中的名句「君不見高堂明鏡悲白髮，朝如青絲暮成雪」如出一轍。明鏡中只能見得染了秋霜的白髮，而使髮白的「秋霜」深藏心底，明鏡中是找不到的。這兩句詩，以問話的形式出現，意蘊很深，所以蕭士贇讚美它「活活脫脫，真作家手段」（見《分類補注李太白詩・八》）。

三一、贈喬侍郎❶

陳子昂

漢廷榮❷巧宦❸，雲閣❹薄❺邊功❻。

可憐驄馬使❼，白首為誰雄❽？

【作　者】陳子昂（西元六六一——七〇二年），字伯玉，梓州射洪（今四川省三臺縣東南）人。生於唐高宗龍朔元年，卒於武后長安二年，享年四十二。

小時候家境富裕，喜好弋獵博戲。後到鄉校上學，幡然感悟，進修不倦。武后時中進士，擔任麟臺正字的官職。幾次上書論政，陳述時弊，因而遷升為右拾遺。武攸宜北討契丹，以子昂為書記，掌理軍中文翰。後解職還鄉，為縣令段簡所誣害，入獄，憂憤而死。他是唐代詩歌改革的先驅者，標舉漢、魏風骨，反對六朝綺靡的詩風，主張詩文必須反映現實，具有諷諭託興的效果。所以他的詩雄渾豪放，內容充實，李、杜以下，莫不宗奉。著有《陳伯玉文集》十卷。《全唐詩》錄詩二卷。新、舊《唐書》有傳。

【韻　律】這是一首平起格平聲韻的五言絕句。後兩句的平仄，與前兩句的平仄相同，是為失黏失對的現象，但仍然合律。前兩句為對仗句，平仄相反，在詩意上並不顯著，為同類排比的對仗。

詩用上平聲一東韻，韻腳是：功、雄。

【注　釋】❶贈喬侍郎　《陳伯玉文集・二》作〈題贈祀山烽樹上喬十二侍御〉、《全唐詩・八四》作〈題祀山烽樹贈喬十二侍御〉。侍御，官名。喬侍郎，即喬知之，是作者好友，一起出征過西北邊塞。❷榮　尊崇；重用。❸巧宦　巧於仕宦的人。指善於鑽營的官員。❹雲閣　即雲臺，漢洛陽南宮宮中高臺名。漢明帝永平年間，追感中興功臣，圖畫鄧禹、馬成等二十八將於雲臺廣德殿。後世泛指畫功臣圖像的樓閣。❺薄　輕視。❻邊功　戍守邊疆所建立的戰功。❼驄馬使　指後漢侍御使桓典。當時宦官當權，典執行政事，毫不避忌，常騎青毛與白毛相間的驄馬，京師裏的人莫不敬畏，互相警告道：「行行且止，避驄馬御使。」❽雄　發憤為雄。

【語　譯】漢朝重用那些諂媚鑽營的官吏，即便紀念功臣的雲臺上所繪的也不是戍守邊防立下戰功的武臣圖像。可憐那個騎驄馬的御使，就是做到白了頭髮，卻是為了誰去發憤為雄呢？

【賞　析】這是一首藉古諷今的詩篇。詩中的漢廷實指唐廷，漢之雲閣實指唐之雲閣，漢之驄馬御使實指喬侍御。凡是由於政治上的忌諱不便直說時，古代的詩章常採用類似的手法，宛轉諷諭。

詩的前半「漢廷榮巧宦，雲閣薄邊功」，藉漢朝巧宦邊功，來影射當今朝廷所重用的，是那些善於鑽營的小人，不是在於沙場有戰功的勇將。朝廷所「榮」所「薄」，已含有諷意，藉史託諷，要弄清始末，才能體會詩中的深意。

後半「可憐驄馬使，白首為誰雄」，是詩的主題所在，承上雖是漢代的「驄馬使」，其實已應詩題的「喬侍郎」。藉漢事而成詩，以贈喬侍郎，代其不平。慨歎喬侍郎守身持正，發憤為雄，直到年老髮白，猶被「薄」而未「榮」。

這兩句詩，非常沉痛，恐也寓有詩人自傷的成分在裏面吧？世間人事，逢迎際會，各有時命，能得天獨厚，逢時運轉的人畢竟不多，讀陳子昂〈贈喬侍郎〉詩，當能引起共鳴。

三二、答武陵太守❶

王昌齡

仗❷劍行千里，微軀❸敢❹一言。
曾為大梁客❺，不負信陵❻恩。

【作　者】王昌齡，見前七頁。

【韻　律】這是一首仄起格平聲韻的五言絕句。全詩平仄合律。第三句「曾為大梁客」，作「平平仄平仄」，是單拗，第三字「大」字，本宜平而用仄，是拗不合律，於是在第四字「梁」字，本應為仄聲，故意改用平聲，以救上字。

詩用上平聲十三元韻，韻腳是：言、恩。

【注　釋】❶答武陵太守　王相注：「別田太守之作也。」而《全唐詩・一四三》作〈答武陵田太守〉，當從之。武陵，地名。在今湖南省常德縣。❷仗　持。一作「按」。❸微軀　卑微之身。自謙之辭。❹敢　一作「感」。王相注：「感君之意，臨別而以一言相酬可乎?」❺大梁客　指戰國時魏隱士侯嬴，昌齡引以自況。嬴年七十，家貧，為魏首都大梁（今河南省開封縣）夷門（城的東門）監者，信陵君聽說他很賢能，親自駕車恭迎，禮為上賓。後侯生獻計，使公子矯魏王令代將軍晉鄙，晉鄙不從，就殺了他，然後率領他的軍隊去救趙，威震天下；

而侯生則計算公子到達晉鄙軍中那一天，自剄謝罪。事見《史記．魏公子傳》。❻信陵　指信陵君魏無忌。魏昭王少子，戰國四公子之一，有食客三千人。在此喻田太守。

【語　譯】我帶著一古劍浪跡天涯，雖然出身微賤，但感激您的好意，臨別有句話膽敢相告：我會像戰國時曾經做過大梁客的侯生一樣，不辜負信陵君對他禮遇的恩惠。

【賞　析】據《新唐書．文藝傳下》載昌齡由於「不護細行」（即不拘小節），被貶為潭陽郡龍標（今湖南省黔陽縣）縣尉，後因世亂還鄉里；則此詩是他自龍標回江寧，途經武陵郡，奉答田太守餞別所作。

窮困失意之中，幸蒙太守禮遇，詩人感激之情，無法言宣，臨別以「侯生捨身報信陵」相許，意氣豪壯。但仗劍千里，懷才不遇，僅能以「微軀」報一郡守，亦令人掩卷而長歎。

詩所以動人，在於真情。故王國維《人間詞話．上》云：「境非獨謂景物也，喜怒哀樂亦人心中之一境界，故能寫真景物、真感情者，謂之有境界；否則，謂之無境界。」而這種以情動人的境界，便是情境。

三三、行軍九日❶思長安故園❷　岑參

強欲❸登高❹去，無人送酒❺來。

遙憐故園菊，應傍戰場開❻。

【作　者】岑參（約西元七一五—七七〇年），南陽（今屬河南省）人。生於唐玄宗開元三年，卒於代宗大曆五年，享年五十六。

天寶三年進士。曾隨高仙芝到安西、武威，後又往來北庭、輪臺間。官至嘉州（今四川省樂山縣）刺史，故世稱「岑嘉州」。晚年入蜀，依杜鴻漸，卒於成都。岑參壯年時，曾兩度出塞，由於從軍多年，對邊塞生活有深刻體驗，尤擅長描寫塞上風光和戰爭景象，讀後令人慷慨懷感，故每一篇成，人競傳詠。岑參與高適同開唐代詠歌邊塞的詩風，被譽為「邊塞詩人」，並稱「高岑」。他的詩以古體、樂府的邊塞詩為主，長於七言歌行體，深受樂府民歌的影響，情辭慷慨，語言活潑，變化自如。著有《岑嘉州詩》七卷。《全唐詩》錄詩四卷。

【韻　律】這是一首仄起格平聲韻的五言絕句。全詩平仄合律。第三句「遙憐故園菊」，作「平平仄平仄」，是單拗的現象，即第三字「故」字，本宜平聲而用仄聲，是不合律而拗，故在第四字「園」字，本為仄聲，而故意改為平聲，以救上字的拗，此為本句自救，稱為單拗。

詩用上平聲十灰韻，韻腳是：來、開。

【注　釋】❶九日　指農曆九月初九，即重陽節、登高節。❷故園　指詩人的別墅所在處，在長安終南山下。❸強欲　很想。❹登高　登上高處。梁朝吳均《續齊諧記》：「汝南桓景隨費長房遊學累年，長房謂曰：『九月九日汝家中當有災，宜急去，令家人各作絳囊盛茱萸以繫臂，登高飲菊花酒，此禍可除。』景如言，齊家登山，夕還，見雞犬牛羊，一時暴死。長房聞之曰：『此可代也。』今世人九日登高飲酒，婦人帶茱萸囊，蓋始於此。」長房，東漢方士。❺送酒　晉恭帝元熙元年（西元四一九年），江州刺史王弘造訪陶淵明，淵明稱疾不見。未久弘知淵明將登廬山，遣他的故人龐通之等攜酒在半途等候，淵明至會飲，王弘出與相見，歡宴終日（見《晉書‧隱逸傳》）。後淵明於九月九日無酒，在宅邊菊叢中坐了很久，適王弘送酒來，醉而後歸（見《宋書‧隱逸傳》）。❻應傍戰場開　指故園菊花也應靠在戰場邊開放。傍，靠。戰場，指詩人的故園，在安、史之亂時，正受叛軍所控制，故稱戰場。

【語　譯】很想要去登高，可是沒有人會送酒來。祇能遠遠地繫念著家鄉園子裏的菊花，這時也應依靠在戰場邊開放了吧？

【賞　析】唐肅宗至德元年（西元七五六年），安祿山自稱大燕皇帝，攻入長安，玄宗奔蜀，當時詩人在朔方留後支度副使杜鴻漸軍中，途中逢九月九日重陽節，獨自登高，有所感慨，賦成此詩。詩題或作〈行軍九日思〉。

古時重陽節全家登高飲菊花酒，所以全詩藉九日登高、送酒、菊花等有關的事物，遙寄對長安故園的關懷。

詩中不正面寫思親，只用「無人送酒來」一語輕輕帶過，是由於不忍心去思念。試看「遙憐故園菊，應傍戰場開」，菊傍戰場，猶且堪憐；親朋故舊倘陷身戰場，其慘狀何堪想像？親友盡陷敵手，哪還有人送酒來？所以想到重陽送酒的故事，詩人一定更可憐那些親友，更可憐自己這天涯孤客，除了默祝人屋均安、傍於戰場，再也無心陟岵瞻望了。

這首戰亂中完成的詩篇，真是載滿了詩人的血淚和哀愁；如不細讀，便無法了解詩人內心情意的波動，且詩題作「行軍九日思長安故園」，更說明詩人創作該詩的時間和空間，從創作背景的點明，便可深入體會其中的況味。

三四、婕妤怨❶

皇甫冉

花枝出建章❷，鳳管❸發昭陽❹。
借問承恩❺者，雙蛾❻幾許長？

【作　者】皇甫冉（西元七一四——七六七年），字茂政，安定（今甘肅省定西縣）人，後遷居潤州丹陽（今屬江蘇省）。生於唐玄宗開元二年，卒於代宗大曆二年，享年五十四。十歲能文，張九齡呼為小友，歎為清才。天寶十五年（西元七五六年）進士，做過無錫尉。大曆初，王縉為河南節度使，徵為書記。後官至拾遺左補闕。他的詩造語清新，天機獨得，有六朝江淹、徐陵之風。著有《皇甫冉集》三卷。《全唐詩》錄詩二卷。新、舊《唐書》有傳。

【韻　律】這是一首平起格平聲韻的五言絕句。全詩平仄合律，也無一、三、五可平可仄的現象，可算為一首標準的詩格。一、二兩句對仗，三、四兩句是散句，不構成對仗。

詩用下平聲七陽韻，韻腳是：章、陽、長。首句便用韻。

【注　釋】❶婕妤怨　樂府舊題屬相和歌辭楚調曲，也稱〈班婕妤〉。婕妤，漢宮中女官名，也作「倢伃」。《樂府詩集・班婕妤・解題》：「《樂府解題》：『〈婕妤怨〉者，為漢成帝班婕妤作也。婕妤，徐令彪之姑，況之女。美而能文，初為帝所寵愛。後幸趙飛燕姊弟，冠於後宮。婕妤自知見薄，乃退居東宮，作賦及紈扇詩以自傷悼。後人傷之而為〈婕妤怨〉也。』」考《全唐詩・二四九》題此詩為〈婕妤春怨〉，注：「一本無『春』字。」而《樂府詩集・四三・婕妤怨》不收此詩。❷建章　漢宮殿名。故址在今陝西省長安縣西。❸鳳管　鳳簫。在此指樂聲。❹昭陽　漢宮殿名。成帝時趙飛燕居此。❺承恩　蒙受恩澤。指接受皇上的寵愛。❻雙蛾　一對秀麗的眉毛。蛾，蛾眉的簡稱。蠶蛾的觸鬚，彎曲而細長，故借喻女子細長秀麗的眉毛。

【語譯】花枝從建章宮裏伸長到宮牆外來，簫管樂聲也不時從昭陽宮裏傳出。請問那正受皇上恩寵的美人，她的兩道蛾眉該有多長哪！

【賞析】《漢書・外戚傳下》記載，孝成帝時的班倢伃，「帝初即位時被選入後宮，初為少使，不久大幸，為倢伃。成帝遊於後庭，嘗欲與倢伃同輦載，倢伃辭曰：『觀古圖畫，賢聖之君皆有名臣在側，三代末主乃有嬖女，今欲同輦，得無近似之乎？』上善其言而止。」其後趙飛燕姊弟亦從微賤興，踰越禮制，受皇帝專寵。班倢伃和許皇后因而皆失寵。趙氏姊弟驕妒，倢伃害怕將來有災禍，要求在長信宮供養太后，皇上准許她的請求。成帝崩，倢伃充奉園陵。後薨，葬於園中。由史料得知班婕妤是一位有德的才女，形貌不惡，只因不肯踰越禮法而失寵。所以歷來許多騷人墨客，以她為題材，或代抒怨憤，或自傷不遇，寫出許多感人的詩篇。

這首詩的前二句「花枝出建章，鳳管發昭陽」，既寫花枝冒出成帝所住的建章宮牆，歌樂從飛燕居的昭陽殿裏傳出，表現兩宮繁華熱鬧的情景；也以花枝喻趙飛燕，說她花枝招展地辭別建章，回到自己的殿中，仍餘興未盡，歌舞不已，是那樣春風得意。

後聯「借問承恩者，雙蛾幾許長」二句，是詩人代婕妤問的。她僻處在冷落的長信宮，遙望著建章的春花，傾聽著昭陽的新聲，這都是她曾經擁有的東西，那飛燕憑甚麼一概搶走，受到君王無盡的恩寵？論其才德，談也不必談；論其容貌，她那雙蛾眉難道比我更長、更娟秀嗎？我哪一點不如她呢？這簡潔的一問，蘊藏著婕妤多少悱惻纏綿的情結，亦道盡女子纖細委婉的心思。

三五、題竹林寺❶

朱 放

歲月❷人間促，烟霞❸此地多。
殷勤❹竹林寺，更❺得幾回過❻？

【作　者】朱放（約西元七七三年前後在世），字長通，唐襄州（今湖北省襄陽縣）人。初居漢水濱，後遷隱剡溪（水名，在浙江省嵊縣南）、鏡湖（湖名，在浙江省紹興縣南）間，江、浙名士無不傾服。大曆中，被徵為江西節度參謀，不久辭還。貞元二年（西元七八六年），詔下聘禮，拜左拾遺，不肯就任。他的詩風格清越，神精蕭散，非比尋常。有詩集一卷行世。《全唐詩》有錄。

【韻　律】這是一首仄起格平聲韻的五言絕句。全詩平仄合律。第三句「殷勤竹林寺」為「平平仄平仄」，是單拗的現象，即三、四兩字的平仄，與定式的平仄相反。首、二兩句對仗，屬事對，其中景語、情語相對，是佳句。三、四兩句是散句不對仗。

詩用下平聲五歌韻，韻腳是：多、過。

【注　釋】❶竹林寺　寺名。在江西省九江縣南的廬山中。❷歲月　即年月。指時間、光陰。❸烟霞　烟霧和彩雲。指山中的嵐霧。烟，一作「煙」。❹殷勤　情意深摯。在此作留戀、眷念解。也作「慇懃」。❺更　還、再的意思。❻過　探訪。

【語　譯】人的一生是很短暫的，這個地方的烟雲霞氣特別的多。我深深喜愛這座竹林寺，不知道此生還能來探訪幾回啊？

【賞　析】此詩應是詩人在江西節度參謀任內，題壁的詩。由《唐才子傳・五》載有一首他就參謀告別同僚詩：「潺湲寒溪上，自此成離別。迴首望歸人，移舟逢暮雪。頻行識草樹，漸老傷年髮。唯有白雲心，為向東山月。」並說他「未幾，不樂鞅掌（職事煩雜），扁舟告還」，都可看出他那高蹈獨善、寄情雲山的性格。

心志高潔的隱士，最愛肅穆清幽的佛寺與幻變莫測的烟霞，於是詩人一見烟霞特多的竹林寺，立刻著迷了。當他不得不離開的時候，忽然想到：「人生苦短，今後還能來探訪幾回啊？」於是情意愈加慇懃眷戀，不忍辭去。按一般的順序，這四句詩應是「殷勤竹林寺，烟霞此地多。歲月人間促，更得幾回過」；而且「歲月人間促，烟霞此地多」也應是「人間歲月促，此地烟霞多」的倒裝句。但經詩人錯綜寫來，辭意更加宛轉，聲調愈益鏗鏘，充分顯示出他曠達的情懷，散發出一股動人的韻味。

三六、三閭廟❶

戴叔倫

沅湘❷流不盡，屈子❸怨何深！
日暮秋風起，蕭蕭楓樹❹林。

【作　者】戴叔倫（西元七三二—七八九年），字幼公，一作次公，潤州金壇（今屬江蘇省金壇縣）人。生於唐玄宗開元二十年，卒於德宗貞元五年，享年五十八。曾任撫州（故治即今江西省臨川縣）刺史，民樂其治，封譙郡男。後為容管經略使，安撫蠻落，有威名，德宗曾親賦〈中和節〉詩賜給他。晚年棄官，出為道士，對民間生活有深刻的體會。他的詩多描寫隱逸生活及閒適情調，也描寫農村遭離亂後的景象，反映民間疾苦，詩興悠遠，每作驚人。原集已佚。今傳《戴叔倫集》係明人所輯。《全唐詩》錄詩二卷。《新唐書》有傳。

【韻　律】這是一首平起格平聲韻的五言絕句。全詩平仄合律。
詩用下平聲十二侵韻，韻腳是：深、林。

【注　釋】❶三閭廟　即屈原廟。因戰國時楚大夫屈原曾任三閭大夫，掌管王族昭、屈、景三姓事務而得名。

廟在今湖南省湘陰縣北汨羅江畔。❷沅湘　二水名。即沅江和湘江，都在今湖南省境，為洞庭湖兩大水系，屈原曾被流放於此。❸屈子　即屈原（約西元前三四三——前二七七年？），名平，字原；又名正則，字靈均。楚大夫，曾輔佐懷王內修政治，外抗強秦。後受毀謗，被懷王子頃襄王流放到湘水之南，抱石沉汨羅江而死。著有〈離騷〉、〈九歌〉、〈九章〉、〈漁父〉、〈卜居〉等辭賦，世人尊為愛國詩人。❹楓樹　《楚辭・宋玉・招魂》：「湛湛江水兮上有楓，目極千里兮傷春心。」沅、湘多楓樹，楓葉經霜而紅，若春花泣血，故云「傷春心」。此處楓樹是雙關語，象徵悼念屈原，心情沉痛悲傷。

【語　譯】沅水和湘水自古以來就滔滔不絕地流著，屈原的怨憤是何等的深沉啊！黃昏時秋風乍起，楓林裏響起了蕭蕭的風聲。

【賞　析】〈三閭廟〉詩，是一首藉寫景而引來詠史的詩，詩中對戰國時楚國屈原的遭遇，有所感慨。《史記・屈原傳》云：「屈平正道直行，竭忠盡智以事其君，讒人間之，可謂窮矣。信而見疑，忠而被謗，能無怨乎？」於是詩人憑弔屈原，就以這個「怨」字，作為此詩的主旨所在。

沅、湘是屈子賦中常常提到的水流，是他被逐流浪的傷心地；所以詩人因地起興，寫出「沅湘流不盡，屈子怨何深」的名句。那流不盡的江水，既是寫景，也在抒情，暗示了屈子綿長恆久、至今不衰的怨憤；而在承句「屈子怨何深」中，用屈子的「怨」使這比喻明朗化，用「何深」加強這怨憤的深重，婉曲回環地接應起句，表明怨痛之何以不盡。詩人強調屈子之怨，意在引起讀者對他一生忠貞事跡的回顧或探究，使讀者自己去領會屈子的孤憤；所以在這方面，詩中雖不著一言半詞，而屈子的精神自然顯現。因此李鍈《詩法易簡錄・十三》說：「咏古人必能寫出古人之神，方不負題。此詩首二句懸空落筆，直將屈子一生忠憤，寫得至今猶在。發端之妙，已稱絕調。」

詩的後半，詩人採用以景託情的手法，寫出「日暮秋風起，蕭蕭楓樹林」的佳句。前半既已點明了屈子之「怨」，在情上已無發揮的餘地，所以此處以渲染屈廟之景作結：日暮時節颳起秋風，楓林發出蕭蕭的聲響，舞動著殷紅的枝葉，渾化成屈子披髮江畔、號天泣血的怨魂，使天地為之變色，鬼神為之生悲。所以《詩法易簡錄・十三》讚道：「三、四句但寫眼前之景，不復加以品評，格力尤高；而屈子之靈爽，髣髴如將見之，真若有神之格思者。……凡咏古以寫景結，須與其人相肖，方有神致；否則流於寬泛矣。」可謂知言之論。戴叔倫雖非唐代大家詩人，但他的這首〈三閭廟〉詠史詩，卻句句精闢，擲地有聲，堪稱絕唱。

三七、易水送別❶

駱賓王

此地別燕丹❷，壯士髮衝冠❸。
昔時人已沒，今日水猶❹寒。

【作　者】駱賓王（西元六四〇——六八四年），婺州義烏（今屬浙江省義烏縣）人。生於唐太宗貞觀十四年，或曰卒於睿宗文明元年。

幼時即善詩文，高宗末年任長安主簿。數次上疏言事，被貶為臨海縣丞，故世稱「駱臨海」或「駱丞」。睿宗文明元年（西元六八四年），隨徐敬業起兵聲討武則天，作〈討武曌檄〉，天下知名。兵敗後失蹤，或說被殺，或說削髮為僧。賓王有英雄氣，五言詩尤為雄渾，與王勃、楊炯、盧照鄰齊名，並稱「初唐四傑」。有《駱賓王文集》十卷。《全唐詩》錄詩三卷。新、舊《唐書》有傳。

【韻　律】這是一首律古間用的五言絕句，是為拗絕。前兩句的平仄，不合絕句的格律，都作「仄仄仄平平」，節奏相同，有急促感；三、四兩句合律，律古參半，故可視為拗絕。

詩用上平聲十四寒韻，韻腳是：丹、冠、寒。首句便用韻。

【注　釋】❶易水送別　《駱賓王文集・四》作〈易水送人〉，《全唐詩・七九》作〈於易水送人〉。易水，水名。有中易水、北易水、南易水之別，皆發源於河北省易縣境。此指中易水而言，東流至定興縣西南，合於拒馬河，今已大部乾涸。戰國末年，燕太子丹等著白衣冠在此送荊軻赴秦。❷燕丹　人名。燕王喜的太子，曾為質於秦，秦王待他不好，怨而逃回。燕王喜二十八年，丹使荊軻入秦，謀劫持秦王政，收復被侵奪的領土。不幸事敗身死。秦發兵擊燕，喜斬丹，想獻給秦王求和；秦王不從，五年後終滅燕。其明年，秦并天下，立號為「始皇帝」。❸壯士髮衝冠　一作「壯髮上衝冠」。壯士，指荊軻。《史記・刺客傳》記載，荊軻入秦刺秦王，燕太子丹送荊軻於易水之上。髮衝冠，是說怒髮衝冠，因發怒使頭髮豎立，將帽子頂了起來。用以形容盛怒。❹猶　還；尚且。

【語　譯】我在這個地方和你分別，想起了昔日荊軻也在此地告別燕太子丹，當時這位壯士怒髮衝冠，多麼慷慨悲憤！雖說這些都是過去的事，人早已經死了，但他的精神卻永遠存在，就像易水到今天還是寒冷的一樣。

【賞析】詩人宦海沉淪，「始以貢疏被愆，繼因草檄亡命」（見陳熙晉《駱賓海集箋注》），都由於武則天的迫害，都為了對武則天政權的不滿；於是他把滿腹的怨憤、一腔的熱血，全傾注在這首詩中。

《史記・刺客傳》記荊軻往刺秦王，「太子及賓客知其事者，皆白衣冠（喪服）以送之。至易水之上，既祖（祭名，祭道路之神）取道，高漸離擊筑，荊軻和而歌，為變徵之聲，士皆垂淚涕泣。又前而為歌曰：『風蕭蕭兮易水寒，壯士一去兮不復還！』復為羽聲忼慨，士皆瞋目，髮盡上指冠。於是荊軻就車而去，終已不顧。」這首〈易水送別〉詩，就是記這悲歌慷慨的故事，在易水之旁重現。詩人所送的壯士，是一位「往而不返」的死士，他所擔當的是極其緊要、不宜宣洩的重任；所以他們英名偉蹟，必然隨著他的失敗、隨著詩人的不知所終而萬古沉淪。對於這樣一位視死如歸的壯士，詩人必不至以「送別」那種柔弱傷感的情調為題。

詩的前聯「此地別燕丹，壯士髮衝冠」，非常突兀地展現了荊軻告別時的萬丈豪情，使得在場的人，讀詩的人，血都隨他沸騰，髮盡為他上指，心都跟他遠去。

而詩的後聯「昔時人已沒，今日水猶寒」，才把昔日的史實，轉化成今時的事件；把對古人的景仰與感懷，灌注到與今人作別的離情之中。是說從前的人已經死了，但是他凜冽的浩氣長存，使得易水至今猶寒；他英勇的典型尚在，使得今人壯志凌霄，步其後塵。

詩人以這種大開大合的非常手法，抒情詠懷，表現當時那種壯烈激昂的情景，自然高妙，文簡意深，為送別詩開創了一個嶄新的局面。

三八、別盧秦卿

司空曙

知有前期在❶，難分❷此夜中。
無將❸故人❹酒，不及石尤風❺。

【作　者】司空曙（約西元七二〇——約七九〇年），字文明，一作文初，唐廣平（今河北省永年縣東南）人。

「大曆十才子」之一。曾舉進士，入劍南節度使韋皋幕府。官至水部郎中。他的詩多寫景抒情，吟詠一己的情懷，造境細致，五律對仗，尤為工整。著有《司空文明集》。《全唐詩》錄詩二卷。

【韻　律】這是一首仄起格平聲韻的五言絕句。全詩平仄合律。第三句「無將故人酒」，作「平平仄平仄」，是單拗的現象，這種本句自救後，依然合律。

詩用上平聲一東韻，韻腳是：中、風。

【注　釋】❶知有前期在　全句是說：明知有預先約定的期會在。前期，預先約定的期會。❷難分　指情意依依，難以分離。❸無將　莫以；不要以為。❹故人　老朋友。❺石尤風　逆風的別名。傳說古代石氏女嫁給一位姓尤的青年，尤君經商遠行，妻子留不住他，日久思念成疾，臨終歎道：「吾恨不能阻其行，以至於此！今凡有商旅遠行，吾當作大風為天下婦人阻之。」後世遂稱阻止行船的逆頭風為石尤風。見《瑯嬛記・中》。

【語　譯】明知有預先約定的期會在，但今夜的別離，仍叫人難分難捨。不要以為我這老朋友的酒，比不上那阻止行船的石尤風哪！

【賞　析】詩題一作〈留盧秦卿〉，盧秦卿是司空曙的好友，生平事蹟不詳。這是首餞別好友的小詩，充滿了感情與理智糾纏的情結，富有「剪不斷，理還亂」的意趣。

詩的第一聯「知有前期在，難分此夜中」，純由感情入手，是說明明知道已經預定好後會的日期，可是今宵仍然難分難捨，共作長夜之飲。

而詩的第二聯「無將故人酒，不及石尤風」，則寫賓主暢飲，主人心中眷戀，告訴好友道：不要以為故人的酒，比不上頂頭逆風；因為故人的美酒裏，盛的是濃情厚意，更教人繾綣難捨啊！看起來很簡單的兩句話，卻勝過千言萬語，寫情不落窠臼，而巧用隱喻，讀來愈覺情意纏綿，扣人心絃，可謂筆力如刀。

短詩精闢，如同面語。《詩人玉屑・六・造語・語要警策》云：「文章無警策，則不足以傳世，蓋不能竦動世人。如老杜及唐人諸詩，無不如此。」此詩後兩句，即屬造語警策。

三九、答人❶

太上隱者

偶來松樹下，高枕石頭眠。
山中無曆日❷，寒盡不知年❸。

【作　者】太上隱者，唐人。生平不詳。僅有此詩傳世。

【韻　律】此詩為平起格平聲韻的五言絕句。全詩平仄合律，是用失黏失對的句法。即三、四兩句的平仄，與一、二兩句的平仄相同。其中「偶」、「高」、「寒」等字，為一、三、五平仄不論處。

詩用下平聲一先韻，韻腳是：眠、年。

【注　釋】❶答人　《全唐詩．七八四》注云：「《古今詩話》云：『太上隱者，人莫知其本末，好事者從問其姓名，不答，留詩一絕云。』」❷曆日　即日曆、曆書。記載歲時節令的書。❸寒盡不知年　寒冷的天氣已過去了，卻不知當今是何年何月。

【語　譯】偶然來到松樹下，高枕著石頭睡覺。山中沒有曆書，祇曉得寒冬過去，不知道當今是甚麼年月了！

【賞　析】這是一首答客的詩。從詩中可體會到古代隱者的生活和了無牽掛的超俗境界。

高德劭的長者。「太上」有「最上等」的意思；也有「古老」的意思；這位賦詩的「太上隱者」，應是一位年

全詩共四句，起承是一聯，轉合是一聯。首聯隱者回答第一個問題：「偶來松樹下，高枕石頭眠。」說他閒居無事，偶然來到松樹下，覺得睏倦了，就幕天席地，以石為枕，和衣而眠。於是一株孤高的松樹，一塊稜稜的石頭，一個高枕無憂、恬淡無為的隱者，便湊合成一幅脫俗自適的深山隱逸圖。

接著他回答第二個問題：「山中無曆日，寒盡不知年。」和陶潛的〈桃花源〉詩「雖無紀曆誌，四時自成歲」，意境相仿，是說在這遠離塵囂的深山中，用不著計算時日，也沒有日曆，雖然由冬寒盡退知道又是一年，可是他不知今年何年，今世何世，當然也不知自己有多大歲數了。他浮游在俗世的時空之外，逍遙自在，真不愧「太上隱者」的名號；這種無牽無掛神仙也似的生活，一直是古代隱者所嚮往的境界。此詩在脫俗的造境中，有禪趣，亦有禪境。

五言律詩

四〇、幸❶蜀回❷至劍門❸

玄宗皇帝

劍閣❹橫雲峻，鑾輿❺出狩❻回。
翠屏❼千仞❽合，丹嶂❾五丁❿開。
灌木⓫縈⓬旗轉，仙雲拂⓭馬來。
乘時⓮方⓯在德⓰，嗟爾勒銘才⓱！

【作　者】唐玄宗（西元六八五——七六二年），姓李，名隆基，睿宗第三子，諡「至道大聖大明皇帝」，故又稱唐明皇。生於唐武后垂拱元年，卒於肅宗寶應元年，享年七十八。

隆基英武多能，睿宗景雲元年（西元七一〇年），殺了臨朝攝政的韋后，奉父睿宗即位，立為皇太子。不久，繼承君位，用姚崇、宋璟為相，勵精圖治，天下太平，世稱「開元之治」。晚年寵愛楊貴妃，信用楊國忠、李林甫，怠忽政事，形成藩鎮割據的局面，導致安祿山之亂。天寶十五載（西元七五六年）七月，安祿山攻陷京師，玄宗入蜀避難，子肅宗即位，改元「至德」，尊他為「上皇天帝」，他也自稱「太上皇」。明年九月，郭子儀收復兩京（長安和洛陽），肅宗遣使迎上皇回返京師，上號為「太上至道聖皇天帝」，又五年薨。《全唐詩》錄詩一卷。新、舊《唐書》有紀。

【韻　律】這是一首仄起格的五言律詩。全詩平仄合律。第二聯「翠屏千仞合，丹嶂五丁開」，寫靜景對仗，「千仞合」對「五丁開」，又能切合蜀地劍門的實景和傳說，用典自然。第三聯「灌木縈旗轉，仙雲拂馬來」，寫動景對仗，因鑾輿出狩回，將途中所見景象入篇，寫景中帶有記事。

詩用上平聲十灰韻，韻腳是：回、開、來、才。

【注　釋】❶幸　舊時稱皇帝親臨為幸。❷回　《全唐詩・三》作「西」，與本詩「出狩回」不合。❸劍門　山名。在四川省北部。山勢險峻，峭壁中斷，兩崖相嵌，形似寶劍交叉成門。主峰大劍山，在劍閣縣北。❹劍閣　棧道名。在四川省劍閣縣東北大劍山、小劍山之間，是傍山架木而成的道路。相傳乃諸葛亮所修築，為川、陝間的交通孔道。《水經注・漾水》：「白水……又東南逕小劍戍北，西去大劍三十里，連山絕險，飛閣通衢，故謂之劍閣也。」「閣」是「閣道」的省稱，指樓閣之間以木架空的通道。❺鑾輿　天子的車駕。鑾，也稱鑾鈴，繫於天子車駕馬銜兩旁的小鈴，聲中五音，似鸞鳥和鳴。❻狩　天子到各地巡視。❼翠屏　指青綠色壁立如屏的山崖。❽仞　周時以八尺為一仞。❾丹嶂　紅色似屏障的山峰。❿五丁　五個力士。「丁」謂壯丁。傳說戰國時秦惠王想伐蜀而不知道路，於是造了五隻大石牛，把黃金放在牛尾下，揚言石牛能屙金。蜀王信以為真，派五丁把石牛拉回去，為秦打通了入蜀的道路。事見《水經注・沔水》。⓫灌木　叢生而枝幹低矮的樹。⓬縈　圍繞。⓭拂　輕輕掠過。⓮乘時　趁著時勢興起。指及時。《孟子・公孫丑上》：「雖有智慧，不如乘勢；雖有鎡基（耒耜之類），不如待時。」⓯方　正是；果然。⓰在德　在於施以仁德，以德治國。⓱勒銘才　勒銘的人才。指晉人張載。載於太康初（西元二八〇年左右）入蜀探望父親，經過劍閣，作〈劍閣銘〉，益州刺史奏上武帝，帝使人鐫刻於劍閣山石。銘文的尾段是：「興實在德，險亦難恃。……自古迄今，天命匪易。憑阻作昏，鮮不敗績。公孫既滅，劉氏銜璧。覆車之軌，無或重迹。勒銘山阿，敢告梁、益。」勒是鐫刻的意思。銘是文體的名稱，古時常刻銘於器物或碑石上，以表祝頌，或申警戒。

【語　譯】高聳的劍閣橫列在崇山峻嶺的雲霄之上，我出巡回京，鑾駕來到劍門。沿途陡峭的青山彷如屏風一樣四面圍拱著，想起蜀道上這紅色似屏障的峰巒還是當年蜀國的五丁力士所開通的呢！車行中祇見叢叢矮木繞著車前的旌旗旋轉，仙人踏乘的飛雲也衝著馬頭飄拂而來。河山雖險峻，國君不能恃險忘治，要及時以德治國，才能長治久安，感歎那晉人張載真是個適合鐫刻銘文的人才，在劍閣上所刻的話是很有道理的啊！

【賞　析】安、史之亂，玄宗倉皇入蜀，至德二年（西元七五七年）九月亂事平定，才欣然啟駕還都。當他經過「壁立千仞，窮地之險，極路之峻」（見張載〈劍閣銘〉）的劍門時作成此詩。這時他寵愛的楊貴妃已經死了，身為帝王，竟保不了愛妃的性命；皇位也已讓給太子李亨了，一朝失德，險些斷送了大唐江山；當他讀了張載的銘文，嗟歎再三，內心充滿了懺悔。

首聯「劍閣橫雲峻，鑾輿出狩回」，先寫遠處望見的棧道，高高的橫架在崇山峻嶺的雲端之上；然後才寫御駕經由此道回京；他用一個「峻」字來凸顯道路的險巇，又用一個「回」字來透露幸而得還的欣喜。寫得委婉有致、細膩有神。

頷聯「翠屏千仞合，丹嶂五丁開」，就進一步寫他來到劍門山口，見它峻峭狹隘的形勢，驚心動魄，以為這樣壯麗的境界，非神力絕對不能開闢，因此將「五丁」開蜀的神話，予以活用。

頸聯「灌木縈旗轉，仙雲拂馬來」，寫他既入劍門，又隨著峰迴路轉，通過閣道的情形，山上土壤不多，只有灌木可以生長。御駕隨車前的旌旗蜿蜒前進，看起來山上的灌木都圍著旌旗旋轉。

山高雲繞似神仙，故用「仙雲拂馬來」。這兩句寫得極其真切。

尾聯以「乘時方在德，嗟爾勒銘才」兩句收結，是他歷經艱險，把心從遐想中收回，自我反省，深深體會出「興實在德」的道理，於是用第一句加以肯定；而第二句就含有倘「得見此人與之游，死不恨矣」的意味，吐露他悔恨的心情。

全詩結構，層次分明，條理井然，使我們得見這位為情所苦的帝王經安祿山之亂後，已有所了悟。

四一、和晉陵陸丞相❶

杜審言

獨有❷宦遊❸人，偏❹驚物候❺新❻。
雲霞出海曙❼，梅柳渡江春❽。
淑氣❾催黃鳥❿，晴光⓫轉綠蘋⓬。
忽聞歌古調⓭，歸思⓮欲沾⓯巾。

【作　者】杜審言（西元六四五——七〇八年），字必簡，襄陽（今屬湖北省）人，後遷居於鞏縣（今屬河南省）。生於唐太宗貞觀十九年，卒於中宗景龍二年，享年六十四。

他是杜甫的祖父。高宗咸亨元年（西元六七〇年）中進士，曾任隰城縣尉、洛陽縣丞。中宗時因交結張易之兄弟，被流放到峰州。後官至修文館直學士。少時與李嶠、崔融、蘇味道齊名，世稱「文章四友」。他的詩多為五律，格律謹嚴。原有集，已散佚，明人輯有《杜審言集》十卷，《全唐詩》錄詩四十三首。新、舊《唐書》有傳。

【韻　律】這是一首仄起格的五言律詩。在絕句中有用仄聲韻的詩，在律詩中，一律用平聲韻，沒有用仄聲韻的。全詩平仄合律。第二聯出句「雲霞出海曙」，作「平平仄仄仄」，類似古詩有下三仄的現象，但因近體詩有「一、三、五不論」之說，第三字本宜平而用仄，並無造成孤平，可以通融活用，仍然合律。

此詩首句便用韻，「人」是平聲，而二、三、四聯的出句末字，不押韻；古人寫詩，注意聲調的變化，使平、上、去、入都有，稱之為四聲遞用法。今將每聯出句末字排列如下：人（平聲），曙（去聲），鳥（上聲），調（去聲）。如其中有一入聲，那便是標準四聲遞用法了。

詩用上平聲十一真韻，韻腳是：人、新、春、蘋、巾。首句便用韻。

【注　釋】❶和晉陵陸丞相　《全唐詩．六二》題〈和晉陵陸丞早春遊望〉，下有校云：「一作韋應物詩。」按：武后時有丞相陸元方，字希仲，吳人。吳在今江蘇省吳縣，與在今江蘇省常州市的晉陵非一地；則陸君當是晉陵縣丞，非當朝丞相，應以《全唐詩》所題為正。又按：《四部叢刊》正編《韋江州集．十》錄有〈和晉陵陸丞早春遊望〉詩題，注云：「此首見《杜審言集》，不錄。」是不以此詩為應物所作，可從。❷獨有　只有。

❸宦遊　出外做官。❹偏　出人意外；格外；特別。❺物候　景物節候。即萬物因應時令氣候而產生的各種現象和變化。❻新　新奇。指與故鄉不同。❼海曙　海上初曉時日出的景象。❽春　早春；新春。❾淑氣　春天晴和的氣候。❿黃鳥　黃鶯。⓫晴光　春暉。指春天的陽光。⓬蘋　浮萍。與「萍」通。⓭古調　古老的樂調。指陸丞賦〈早春遊望〉詩高古的格調。⓮歸思　思歸的愁緒。思，指憂愁。⓯沾　濡濕。一作「霑」。義同。

【語　譯】只有離鄉背井在外做官的遊子，才會對異鄉景物氣候的變化特別敏感而且感到驚奇。天剛破曉時，霞光自海上升起，梅樹和柳樹過了江就開花、抽芽，春意盎然。在這暖和的氣候裏，催促得黃鶯也禁不住要鳴叫，春陽拂照著水面，使水中的浮萍由嫩黃轉為深綠。忽然聽到你吟唱那高古的曲調，歸鄉的愁思使我幾乎淚濕衣巾。

【賞　析】這是一首奉和詩。晉陵陸氏的名字和生平均不詳，只知當時他在晉陵任縣丞，他這首詩也沒有流傳下來。晉陵，即今江蘇常州，唐代屬江南東道毗陵郡。《全唐詩》中有錄他〈重九日宴江陰〉詩一首，可見他在鄰近晉陵的江陰縣（今屬江蘇省）任過職，這首詩是他初到江陰時做的。

詩人離別鞏縣的家園來到江南，正是初春的時候。新春伊始，家鄉是「東風解凍，蟄蟲始振」（《禮記・月令》），草木未發的季節；可是濱海的江南，已然春暖花開，鶯歌萍綠，使得詩人耳目一新，驚奇不已。

江南的物候，當地人早已司空見慣，只有外來的人才會感到新奇，所以詩人用「獨有宦遊人，偏驚物候新」兩句詩來發端，用「獨有」、「偏驚」強調這重意義，而全詩便沿著「物候新」的主題，展開寫景，並以精巧的對仗，將江南春景，塑造得鮮明亮麗。

詩的中間四句，兩兩對仗，已成名句。寫拂曉的雲霞、早春的梅柳，寫淑氣中的黃鳥、晴光下的綠萍，皆是一候一物，是家鄉的「早春」絕對「遊望」不到的。當然周遭的景物聲光越是綺麗新奇，他鄉的遊子就會越感孤獨悽楚，也越加思念故鄉；只是詩人這蓄勢待發的思鄉之情，暫為新奇之感所防堵罷了。

由尾聯「忽聞歌古調」句，可知詩人與陸丞是當面唱和的。好友嘉會，奉詩酬唱，原以作樂；怎奈陸丞的詩，竟用一首「古調」唱出，既稱之為「古」調，當然是詩人在家鄉所習聞而此地所沒有的樂調。因而引來「歸思」和鄉愁。杜審言的這首和詩，寫景明麗清新，有六朝詩巧構的清麗風格。

四二、蓬萊三殿❶侍宴❷奉勅❸咏終南山❹

杜審言

北斗❺挂❻城邊，南山❼倚殿前。
雲標❽金闕❾迥❿，樹杪⓫玉堂⓬懸⓭。
半嶺通佳氣⓮，中峰繞瑞煙⓯。

小臣⑯持獻壽，長此戴堯天⑰。

【作者】杜審言，見前八七頁。

【韻律】這是一首仄起格的五言律詩。律詩的作法，是在第二聯、第三聯處兩兩對仗。唐人律詩中，也有首聯便對仗的，宋魏慶之《詩人玉屑・二・詩體下》稱這種律詩為偷春體。他說：「其法頷聯雖不拘對偶，然破題已的對矣，謂之偷春格，言如梅花偷春色而先開也。」此詩首聯「北斗挂城邊，南山倚殿前」，便構成對仗，其後二、三聯，也是偶對句，是為偷春體的詩。

全詩平仄合律，對仗工整，「文章四友」的詩，與「沈宋體」、「上官體」，在律詩韻律的建立上有極大的貢獻，因此他們所寫的五律，幾乎可視為標準詩體。

詩用下平聲一先韻，韻腳是：邊、前、懸、煙、天。首句便用韻。

【注釋】❶蓬萊三殿　王相注：「唐大明宮庭有紫宸、蓬萊、含元三殿。」《舊唐書・地理志》云：大明宮，貞觀八年置，初名永安宮，九年改名為大明宮。高宗龍朔二年增建，改名為蓬萊宮。❷侍宴　陪帝王宴飲。❸奉勅　接受帝王的命令。勅，同「敕」。帝王的詔命。❹終南山　山名。即秦嶺。其脈西起甘肅省天水縣，橫亙陝西省南部，東終於河南省陝縣。主峰在長安縣南，高約三千五百公尺，為唐時京都之對山。❺北斗　星宿名。有星七顆，在北天排列成斗形。即今大熊星座中七顆較亮的星。❻挂　同「掛」。❼南山　終南山的簡稱。《詩經・小雅・天保》：「如月之恆，如日之升。如南山之壽，不騫不崩。」後人遂用作長壽的象徵。❽雲標　雲端。標，本樹梢之意，引申為上端，即雲表。❾金闕　指天子所居的宮闕。此指蓬萊三殿。❿迥　遠。⓫杪　梢；樹的末端。⓬玉堂　宮殿的美稱。⓭懸　通「縣」。繫在空中。⓮佳氣　象徵祥瑞的氣象。⓯瑞煙　象徵祥瑞的雲氣。⑯小臣 詩人的謙稱。⑰戴堯天 頂戴堯時之天。喻生存於聖王統治之下的太平盛世。

【語　譯】北斗七星懸掛在城牆邊的上空，終南山倚障在宮殿的前面。皇宮高聳，望去好似遠在雲端之上，美麗的宮殿林木環繞，遠看彷彿高繫在樹梢一樣。那半山腰間流漾著吉祥的氣象，山峰的頂端裊繞著祥雲。小臣獻上祝壽的詩篇，但願能長久生活在堯天舜日下的太平盛世中。

【賞　析】這首詩，應是詩人於唐中宗神龍年間任修文館直學士時所作。

唐中宗雅好詩歌，每年十月帝誕辰，往往在內殿宴羣臣，於是羣臣有應制、聯句之作。《詩經》有「如南山之壽」的名句，即席命詩人以帝有感於終南山為題，詠詩以增雅興。

古來祝帝王壽的詩篇，不知凡幾，早已陳腔濫調，近於阿諛，猥不足觀；可是這首詩卻不然，寫長安京都與終南山的景象，別有一番氣象。

詩人以首聯寫城墉、殿宇之高峻雄偉，用「北斗」與「南山」對比，愈顯京都「城」、「殿」的巍峨。接著以頷聯寫宮闕之華麗懸遠，「雲標金闕迥，樹杪玉堂懸」，對仗中有金玉滿堂之感。頸聯寫南山的瑞氣流漾、祥雲裊繞，寫得整座宮殿如在仙境。尾聯就以上述他所體現的美景良辰祝主上的壽辰，以願永遠生存於主上統治下的盛世作結。永受君上統治，寓有祝主上萬壽無疆的意思；這樣寫來，可說是善頌善禱，不落俗套了。

四三、春夜別友人

陳子昂

銀燭❶吐清煙，金尊❷對綺筵❸。
離堂❹思❺琴瑟❻，別路繞山川。
明月隱高樹，長河❼沒曉天❽。
悠悠❾洛陽去❿，此會⓫在何年？

【作　者】陳子昂，見前六二頁。

【韻　律】此詩為仄起格的五言律詩。由於初唐時，近體詩的格律，尚在漸次成定格中，因此在平仄上未盡合律。陳子昂這首〈春夜別友人〉詩，便有此現象。

全詩大抵合律，惟頷聯出句「離堂思琴瑟」，作「平平平平仄」，頸聯出句「明月隱高樹」，作「平仄仄平仄」，這兩句平仄不合律，是為拗句。其次，末聯出句「悠悠洛陽去」，作「平平仄平仄」，是單拗的句法，本句自救，依然合律。

此詩是屬於偷春格的詩，首聯便已對仗，二、三兩聯也是對仗，在內容結構上屬對稱當，只是平仄的對反，未盡完美，故只可算是合乎對稱之美，尚未臻於對仗之美。對稱的要求，只及內容的對比；對仗的要求則不僅內容，更要求平仄的對比，如能從此欣賞中國詩歌音韻之美，則知近體詩之美，已是翡翠蘭苕，精美至極。

詩用下平聲一先韻，韻腳是：煙、筵、川、天、年。首句便用韻。

【注　釋】❶銀燭　明亮的燈火。銀是色白如銀的意思，燭是古時照明用的火炬、蠟燭。❷金尊　銅製的盛酒器。即金杯。尊，同「樽」。❸綺筵　豐盛精美的筵席。❹離堂　作別的廳堂。❺思　悲。《方言·十》：「凡言相憐哀……江濱謂之思。」❻琴瑟　琴與瑟，樂器名。《詩經·小雅·鹿鳴》：「我有嘉賓，鼓琴鼓瑟。」後用以比喻朋友宴會之樂。❼長河　即銀河。❽曉天　清晨的天空。❾悠悠　遙遠的樣子。❿洛陽去　一作「洛陽道」。⓫此會　再次相會。

【語　譯】明亮的蠟燭正吐著清烟，我們手持美酒坐在華筵上默默對飲。離別的廳堂內所演奏的樂音卻叫人黯然神傷，想到別後行路迢遙，山川縈繞。祇見堂外，高高的樹蔭遮住了西沉的明月，長長的銀河消逝在破曉的天空裏。這回你回到遙遠的洛陽去，誰知何年何月才能再次相會呢？

【賞　析】陳子昂〈春夜別友人〉詩共有兩首，此為其中的第一首。兩首都是送別的詩，是作者送友人離去，在離去前所賦的詩。

全詩結構，前六句各自兩兩對仗，寫餞別時所見的情景。首、頷兩聯寫送別的宴會在一個銀燭照耀、陳設華美、琴瑟並奏的場所舉行，但是那樂音卻使人黯然生悲。因為離情別緒縈迴在心頭，恰似即將踏上的前程，山川環繞，是那樣的迂曲長遠。用「琴瑟」，形容朋友的宴會之樂，亦感傷聚散匆匆；用「山川」，暗示別路的迢遙，寫別情、寫離愁，以景託情。

頸聯寫詩人送別的餞筵，轉至室外，這時不覺漏盡更殘，天光破曉，友人不得不登上旅程。末聯才點出送別的感慨，此時心所想望的是：但不知如此的會聚，將在何年何月才能再次重溫？

詩人以金尊、綺筵，譜出朋友的盛情；以聆琴生悲，吐露遊子的哀怨；「別路繞山川」，寓意隱曲，非一語可以道盡；曉天催發，長途寂寞，後會無期，綿綿此恨，實斷肝腸！古今送別的詩，都在一個情字上用工夫，但純情無法表達，便需以景託情。所以我們讀詩，要從景入手，以體會情景交融的奧妙，以悟詩人用情的真摯與深長。

四四、長寧公主❶東莊侍宴

李嶠

別業❷臨青甸❸，鳴鑾❹降紫霄❺。
長筵鵷鷺❻集，仙管❼鳳凰調❽。
樹接南山❾近，烟含北渚❿遙。
承恩⓫咸已醉，戀賞⓬未還鑣⓭。

【作　者】李嶠（西元六四四——七一三年），字巨山，趙州贊皇（今河北省臨城縣北）人。生於唐太宗貞觀十八年，卒於玄宗開元元年，享年七十。

少年便有才名，高宗麟德年間進士，曾在高宗、武后、中宗、玄宗四朝為官，才思敏捷，兼善詩文，和蘇味道齊名，人稱「蘇李」；又與蘇味道、崔融、杜審言合稱「文章四友」。他的壽命比諸人長，被當代學者奉為文章宿老。明人輯有《李嶠集》。《全唐詩》錄詩五卷。新、舊《唐書》有傳。

【韻　律】這是一首仄起格的五言律詩。全詩平仄合律，除了第四句的「仙管」仙字用可平可仄外，其他各字平仄，均依五言仄起的韻詩定式。首聯便對仗，二、三兩聯也依律對仗，可視為偷春格，又末聯亦對仗，這是很少見的全首對仗的詩。

詩用下平聲二簫韻，韻腳是：霄、調、遙、鑣。「調」字今讀為ㄉㄧㄠˋ，去聲，不合韻；但「調」字可讀成ㄊㄧㄠˊ，借「調和」的調，作「音調」的調，這是借字用韻的方式。

【注　釋】❶長寧公主　中宗愛女，下嫁楊慎交。中宗在長安東郊給公主建造一所別第，就是詩中所詠的東莊。築山浚池，作有三重的高樓，幾乎把府財耗盡。莊成，帝后數度臨幸，置酒賦詩。開元十六年（西元七二八年）慎交死，公主改嫁蘇彥伯。❷別業　即別墅、別第。指本宅外另建的園林遊息處所。❸青甸　指京都的東郊。青，東方色。甸，都城郊外的地方。❹鳴鑾　車上的鑾鈴鳴響。在此稱帝王或貴族的車駕。鑾，繫在馬勒或車衡上的鈴，為帝王車駕所專用。❺紫霄　本指天空，在此借指帝王所居的皇宮。❻鵷鷺　兩種水鳥名。鵷，即鵷鶵，相傳為鸞鳳之類的鳥。鷺，即鷺鷥、白鷺。這兩種鳥羣飛時有序，故借作朝官的代稱。❼仙管　簫的美稱。❽鳳凰調　指用簫吹奏的音樂。又比喻諧和的音調。《列仙傳・蕭史》：「蕭史者，秦穆公時人也。善吹簫，能致孔雀、白鶴於庭。穆公有女字弄玉，好之，公遂以女妻焉。日教弄玉作鳳鳴，居數年，吹似鳳聲，鳳凰來止其屋。公為作鳳臺，夫婦止其上，不下數年，一旦皆隨鳳凰飛去；故秦人為作鳳女祠於雍宮中，時有簫聲而已。」❾南山　即終南山。❿北渚　在此指北邊渭水的沙洲。渚，水中的陸地。⓫承恩　承受恩澤。⓬戀賞　留戀玩賞。⓭還鑣　返轡回宮。鑣，馬口中所銜鐵具露在外面的兩端，上聯於勒。

【語　譯】公主的別墅靠近京都的東郊，帝后車駕出行，經常臨幸這座公館。長長的筵席齊聚著文武百官，行列好像鵷鷺和鸑鷟羣飛一樣整齊有序；華麗的簫管吹奏著美妙的鳳凰曲調。祇見林木蔥鬱，一直連接到終南山頭；雲烟籠罩著北邊渭水的沙洲，和別墅遙遙相對。承受恩寵的朝官們一個個都喝醉了，帝后卻留戀著玩賞春景，還不想返轡回宮呢！

【賞　析】《全唐詩》中，此詩題作〈侍宴長寧公主東莊應制〉。這首詩是中宗臨幸東莊，詩人侍宴時所作的應制詩；是一首全篇用對仗寫成的律詩。

全首結構，前六句寫侍宴所見的景色，後兩句寫君王幸臨東莊，猶不忍回駕。詩為應制，往往歌頌為多，抒感為少，故詩中多落於寫景，或歌頌功德。

首聯兩句，開篇點題，說明東莊的所在，鑾駕之所自。青色象徵美好，紫色代表尊貴，詩人用這兩種顏色，把二地點染得異常突出。

頷聯兩句，分寫宴會時羣臣鵷集、仙管鳳鳴的盛況。詩人又用鵷、鷺、鳳、凰四個鳥名，巧妙地傳達他的情思。暗示君臣咸集，百官有序。

頸聯兩句，上承首聯，寫東莊南北的勝景，並為尾聯預留地步，具有承前啟後的妙用，而東莊不唯本身具有樓臺園林之美，又能與南山之蔥鬱、北渚之烟雲相融合，景色更是超遠，不同凡響。

尾聯兩句收結，承頷、頸兩聯，言羣臣侍飲，咸已醉倒；而君王戀賞東莊，猶不忍遽還。東莊之美，盡在言外，詩人留給讀者自己去想像，手法也高妙脫俗。李嶠謀篇，確有異乎尋常之處，難怪天寶末，梨園弟子歌其〈汾陰行〉時，唐明皇感動而泫然，讚其為「真才子」、「誠才子也」（事見宋計有功《唐詩記事．十》）。

四五、恩賜麗正殿書院賜宴應制得林字❶

張　說

東壁❷圖書府，西園❸翰墨林❹。
誦詩❺聞國政，講易❻見天心❼。
位竊和羹❽重，恩叨❾醉酒❿深。
載⓫歌春興⓬曲，情竭為知音⓭。

【作者】張說，見前五七頁。

【韻　律】此詩為仄起格的五言律詩。全詩的平仄合律。詩中前三聯是對仗句，僅末聯不對仗，也是偷春體。此詩對仗工整，且雍和中正，類似臺閣體。

詩用下平聲十二侵韻，韻腳是：林、心、深、音。

【注　釋】❶恩賜麗正殿句　唐玄宗在大明宮光順門外造麗正書院，時張說為宰相，掌理院事。得林字，指作詩時以「林」字為押韻的韻腳。《全唐詩・八三》作〈恩制賜食於麗正殿書院宴賦得林字〉。又《張說之文集・五》「麗正」下無「殿」字。❷東壁　星宿名。即壁宿。二十八宿之一。因在營室二星之東，故名。《晉書・天文志上》：「東壁二星，主文章，天下圖書之祕府也。」後世遂用作藏書之所的代稱。❸西園　魏曹操在鄴都所建的園林，是當時文人經常聚會的場所。《文選・曹植・公讌詩》：「公子敬愛客，終宴不知疲。清夜游西園，飛蓋相追隨。」西園，一作「西垣」。中書省的別稱。❹翰墨林　筆墨之林。喻文章匯集之處，如今言「文壇」。翰是羽毛，古用羽毛做筆，故以為毛筆的代稱。❺詩　即《詩經》。是古代采詩之官採集各地詩歌彙成的總集。《漢書・藝文志》說：「古有采詩之官，王者所以觀風俗、知得失、自考正也。」❻易　即《易經》。是一部廣大悉備，使人通達天道、人道、地道的經典。❼天心　天帝的心意。即天意、天道。❽和羹　本指五味調和的羹湯。後用以比喻宰相輔佐帝王調理政務。❾叨　忝。承受恩澤的謙詞。❿醉酒　比喻備受德澤。《詩經・大雅・既醉》：「既醉以酒，既飽以德。」⓫載　為；作。一作「緩」。⓬春興　因春日而興起的感懷。指詩人所寫的這首詩。⓭知音　知己；了解自己的人。在此指唐玄宗。

【語　譯】麗正殿書院就像東壁星一樣，是天下圖書的祕府，也像曹操時的西園一樣，是文人學士匯集的所在。在這裏吟誦《詩經》，鑑知國家政事的得失；講論《易經》，明白天意宇宙事物的奧祕。我忝為佐理朝政的重任，今日又承蒙深恩，備受德澤。因此為皇上吟詠一曲因春日興起的感懷詩，聊表我竭盡忠誠，以報答君王知遇之恩的心情。

【賞析】此詩《全唐詩》題作〈恩制賜食於麗正殿書院宴賦得林字〉，是屬於應制詩。由於唐代帝王愛好詩歌，所以應制的作品特別多。古人相聚作詩，先規定若干字為韻，各人分拈韻字，依韻作詩，叫做「分韻」或「賦（也是分的意思）韻」。這首詩是玄宗在麗正書院宴饗羣臣時，詩人應命而作。他拈得一個「林」字，所以全詩用「林」、「心」、「深」、「音」為韻腳，皆屬詩韻下平聲的「侵」韻。這種預先設限的作詩法，雖然有礙思緒的發展，但高手作來，仍然大有可觀。

本詩的首聯，以天之壁宿、古之西園，點明麗正書院是皇家的書府，一代文壇的所在地，文人學士薈萃，堪稱極盛。

頷聯則上承首聯，以君臣在此誦《詩》講《易》，志在法天心、治國政，非前代祇圖逸樂、舞文弄墨可比。

頸聯點明賜宴之事。詩人謙稱以不才之身，竊居相位，得蒙醉酒飽德之深恩，在文意上作一轉折。

尾聯以應制賦詩作一總合，點明時值春暖，不揣淺陋，願竭誠作成「春興曲」，以報君上的知遇。「春興」就指上文所述的種種感懷，詩人既用以讚頌玄宗，又藉以諷諫主上：「一年之計在於春」，希望一切有好的開始。

全詩文辭典雅，寓義深遠，既合溫柔敦厚的《詩》教，又不失宰臣的志節和身分，真不愧「燕、許大手筆」的稱號。

四六、送友人

李白

青山橫北郭❶，白水繞東城。
此地一為別❷，孤蓬❸萬里征❹。
浮雲遊子意，落日故人情❺。
揮手自茲❻去，蕭蕭❼班馬❽鳴。

【作者】李白，見前一一頁。

【韻律】此為平起格的五言律詩。頷聯「此地一為別」，作「仄仄仄平仄」，第三字拗，第四字成為孤平，然而下句不救。末聯「揮手自茲去」，作「平仄仄平仄」，第三字拗，造成第四字孤平，然而在對句「蕭蕭班馬鳴」，作「平平平仄平」，第三字本宜用仄，今以平聲，以救上句孤平和拗不合律，這是孤平拗救的現象，救過之後，便算合律。

詩中首聯便用對仗起興，繼而頷聯對仗，由於兩句對仗，意義一貫而下，是為流水對。頸聯

也是對仗，「浮雲遊子意，落日故人情」是千古的佳句，情景皆備。

詩用下平聲八庚韻，韻腳是：城、征、情、鳴。

【注　釋】❶北郭　北城的外城。古時城有兩重，內城叫城，外城叫郭。此詩「郭」、「城」相對並舉，都指作者與友人所居的城市，沒有外內之分。❷為別　作別；告別。❸孤蓬　孤單的飛蓬。比喻友人隻身漂泊、行止不定。蓬，草名。入秋莖枯根拔，隨風飄轉，故又名飛蓬。❹征　遠行。❺落日故人情　言落日徐下，似不忍遽離大地，正似我（故人）惜別的情意。❻茲　此。❼蕭蕭　馬鳴聲。❽班馬　分道離羣的馬。班，分別；離別。

【語　譯】青翠的山巒橫亙在城的北面，明澈的溪水繞過城東潺潺流去。此地一別，你又要像孤零的蓬草般隨風飛轉，萬里飄泊。你這遊子的行蹤飄忽，就像天上那抹白雲一樣，任意東西，難有定所；我這老朋友的離情依依，恰似山邊那輪徐徐而落的夕陽，留戀大地，不忍乍離。我們在馬上揮手告別，就從此地分手了，兩匹臨別的馬兒發出了蕭蕭的哀鳴。

【賞　析】李白才氣橫逸，是一位天才型的詩人；無論樂府、古體、近體，各種體裁的詩經他寫來，都會挺拔脫俗，耳目一新。

在五言律詩中，首聯一般都用散句，可是詩人在這首送別詩中，卻破格使用對仗的偶句。他以「青山橫北郭，白水繞東城」兩句，描寫他和友人在道別處回望故居的情景。青、白相映，送入眼簾的色彩已夠鮮麗引人，使人留連；而山水有情，一個靜靜地橫守在城北，一個緊緊地環繞於城東，似恐此城遠去，情意更是纏綿，寫送人離別故鄉，卻從山擁水抱與故鄉長相廝守處寫起，開首就醞釀出難割難捨的情懷，手法自是不凡。

頷聯「此地一為別，孤蓬萬里征」，是一聯「流水對」，其出句（第一句）和對句（第二句）的關係，上下相承，似流水一貫而下，並非對立。這一聯在句法上調劑了首、頸兩聯對仗的嚴整；在文意上是和首聯作成對比，對離鄉遠去、蓬征萬里的友人，深致憐哀之忱，尤見懇摯。

頸聯「浮雲遊子意，落日故人情」兩句，寫觸景而生的情意。句法使用倒裝句，愈發動人。遊子的行跡，如浮雲一般，難有定所；故人的情意，跟落日一樣，難以挽留。欲留而不得留，是遊子離鄉之意，而移情於浮雲；必離而不忍離，是故人惜別之心，而移情於落日；詞意充滿了無奈和惆悵。「落日」句也點明詩人送行，由朝至暮，隨行終日，已到了不得不別的關頭，送友人在晚景中離去，也倍覺淒涼。

尾聯「揮手自茲去，蕭蕭班馬鳴」兩句，是說「送君千里，終須一別」，到了最後，雖然滿懷悲苦，還是互相揮手，從此告別；無奈那負載詩人和朋友的馬兒卻已相伴生情，不忍相離，悲鳴蕭蕭，劃破了暮色中的寂寥，更使離人銷魂，平添了無限別恨。這種旁襯的筆法，既烘托出詩人深厚的情誼，也使全詩氣韻生動，扣人心絃。而這種筆法，正淵源於屈原〈離騷〉「陟陞皇（皇天）之赫戲（光明的樣子）兮，忽臨睨夫舊鄉。僕夫悲余馬懷兮，蜷局顧而不行」尾段一節。《四庫全書總目提要．一九〇．御選唐宋詩醇》說：「蓋李白源出〈離騷〉，而才華超妙，為唐人第一。」實有見地。

四七、送友人入蜀

李白

見說❶蠶叢路❷，崎嶇❸不易行。
山從人面起，雲傍馬頭生❹。
芳樹籠秦棧❺，春流❻遶蜀城❼。
升沉❽應已定，不必問君平❾。

【作者】李白，見前一一頁。

【韻律】這是一首仄起格的五言律詩。全詩平仄合律。李白寫詩，才華橫逸，所作近體，往往有破格出律的現象，然這首〈送友人入蜀〉，寫來中規中矩，句句合律。中間兩聯各自對仗，寫春景明麗，蜀道雲生，春流芳樹，也有一份關切友人之情，讀來音韻協調。

詩用下平聲八庚韻，韻腳是：行、生、城、平。

【注釋】❶見說　聽說。❷蠶叢路　指入蜀的道路。蠶叢，蜀地的代稱。本為傳說中上古時蜀國開國之君，因教民養蠶植桑，而以為蜀國之號。見揚雄《蜀王本紀》。❸崎嶇　道路險阻高低不平。❹山從人面起二句　這兩句形容蜀道的高峻崎嶇，用烘雲托月的寫法。傍，依附。全句是說：陡峭的山迎面而聳立，迷濛的霧從馬頭而延伸。❺秦棧　古代自秦（今陝西省）入蜀（今四川省）的棧道。❻春流　泛指春天漲水的河流。一說指成都附近的郫江、流江。❼蜀城　指成都。一說泛指蜀地的城市。❽升沉　指宦途的進退升降。❾君平　漢蜀人嚴遵的字。君平隱匿於成都市，以卜為生，有邪惡不正之問，就利用蓍龜向他陳述利害，使為人子者依於孝，為人弟者依於順，為人臣者依於忠，各因勢導之以善。他每天只接待幾個客人，得百錢夠生活費用了，就關門下簾，傳授《老子》。揚雄少時曾奉他為師，後又著論盛讚他的德操。見《漢書・王貢兩龔鮑傳》。在此則借指能以德教人的善卜的相士。

【語　譯】聽說四川的道路險阻、高低不平，十分難走。山崖陡峭，迎面而聳立；雲霧迷濛，自馬頭而湧生。美麗的花木蓊鬱婆娑，籠罩著棧道；春日溪水高漲，圍繞著成都潺潺奔流。想人生窮達有命，宦途的進退升降應該早已註定，你也不須再去算命卜卦詢問那善卜的相士嚴君平了。

【賞　析】李白詩中，送別詩特多，這首送別詩，大概是天寶二年（西元七四三年）春在長安作的。因為李白前一年應詔赴京，而後此一年就離京他往。

詩人這位朋友入蜀，可能是受到貶謫；所以詩人話別，心情非常沉重。全詩結構如次：

首聯「見說蠶叢路，崎嶇不易行」，是知道朋友的遭遇後，不知該如何安慰他，只有轉達個人的見聞，意在提醒他沿途難行，應格外小心。語調雖極平緩，卻充滿了深摯的關切和哀憫。

頷聯「山從人面起，雲傍馬頭生」兩句，承接首聯，說明蜀道除了崎嶇難行，但羣山聳立，峻嶺面起，雲霧隨身，馬首生雲，行走其上，也另有一種奇趣。

頸聯「芳樹籠秦棧，春流遶蜀城」兩句，是說棧道懸架在峭壁之間，上空為芳香的奇樹所覆蔽；通過這最後一段艱險壯麗、難得一見的路程，就可俯瞰山下春水環繞的蜀城成都，那是一個風光如畫，宜於居留的地方。詩人向朋友陳述蜀道的離奇、蜀城的瑰麗，都是不拘形式地予以寬慰鼓舞，別具深心。

末聯「升沉應已定，不必問君平」兩句，寫得蘊藉含蓄，是勸勉友人的話。意思是既遭貶謫，休咎已定，若問君平，他也只能教你修身明德、居易俟命而已。

綜觀全詩，立意清新，格律工整，堪稱為五律正宗。清人趙翼《甌北詩話・一》批評李白作詩：「蓋才氣豪邁，全以神運，自不屑束縛於格律對偶，與雕繪者爭長。然有對偶處，仍自工麗；且工麗中別有一種英爽之氣，溢出行墨之外。」前面的〈送友人〉和此詩，都可為證。

四八、次❶北固山❷下

王　灣

客路❸青山外，行舟綠水前。
潮平❹兩岸闊，風正❺一帆懸。
海日生❻殘夜，江春入❼舊年。

鄉書❽何處達❾，歸雁❿洛陽邊⓫。

【作　者】王灣（約西元七二二年前後在世），洛陽（今屬河南省）人。先天進士。開元初，任滎陽主簿。曾參加校正中祕及麗正書院羣籍的工作。官至洛陽尉。灣文名早著，往來吳、楚間，著述甚多。本詩「海日生殘夜，江春入舊年」句，當時最膾炙人口，張說曾親手題於政事堂，令能文之士奉為楷模。《全唐詩》錄詩十首。

【韻　律】這是一首仄起格的五言律詩。全詩平仄合律，惟頷聯出句「潮平兩岸闊」，作「平平仄仄仄」，是三下仄句，可以不救。首聯便用對仗，次聯、三聯，均為對仗，猶以「海日生殘夜，江春入舊年」，對仗工巧，充分展現出中國詩歌中的對仗之美。

詩用下平聲一先韻，韻腳是：前、懸、年、邊。過年歲首，寫詩用一先韻，也許也有用意，有歲首為「先」的作用。

【注　釋】❶次　臨時止宿、停宿。❷北固山　山名。在今江蘇省鎮江縣北，凸入長江，三面臨水，高數十丈。❸客路　行客所走的道路。❹潮平　潮水湧漲，與江岸齊平。❺風正　清風和順。❻生　出生；升起。❼入　進入；侵入。❽鄉書　寄往故鄉的信。即家書。❾達　傳達；送到。❿歸雁　北回的雁。雁來去有定候，相傳古代用帛繫雁足以傳遞信件。⓫洛陽邊　指詩人的家鄉。

【語　譯】我要前去的路還遠在青翠的北固山外，此時我正乘船朝著展現在眼前的碧綠的江水前進。潮水湧漲，與江岸齊平，視野寬闊，清風和順，舟中高掛著一片風帆。殘夜未盡，一輪紅日已自海上升起；舊年還沒過完，江上已感受到暖暖的春意。我的家書不知要到哪裏去寄，還是煩勞天上那羣北歸的大雁替我帶到洛陽附近去吧！

【賞　析】這首律詩，唐人殷璠曾選入《河嶽英靈集》，題作〈江南意〉，詩云：「南國多新意，東行伺早天。潮平兩岸失，風正數帆懸。海日生殘夜，江春入舊年。從來觀氣象，惟向此中偏。」與此頗有不同；且詞句之凝鍊，也去此甚遠；應是本詩的初稿。

此詩為紀行思鄉的詩，歲盡春來，感慨特多。首聯對仗。客行未定，「客路青山外，行舟綠水前」，詩人用「山」字點題中的「北固山」，用「水」字指山下的長江水。山青、水綠，原是春天的秀色；據本詩頸聯，此時北地正是歲殘寒盡之時，而江南已早發新意，可以入詩。因為詩人在北固山前「東行」，去旦夕想望的故鄉（西方的洛陽）日遠，所以稱繞在青山外的前途為「客路」。景物與故鄉迥異，而客路又曲折縈迴，不知所終，倍增詩人的鄉思。

頷聯「潮平兩岸闊，風正一帆懸」，描寫舟行綠水的情形。早潮水漲，水面與兩岸的平野連成一體，無邊無際；孤帆在和順的微風中高張，輕舟便在水波不興的江面容與，彷彿不知何去何從，令人無限迷惘。詩人用「平」、「正」二字，著意刻劃黎明時水天一色、風和浪靜、孤帆遠引、藐若天地一沙鷗的意象。

頸聯「海日生殘夜，江春入舊年」兩句，意境與杜審言〈和晉陵陸丞早春遊望〉詩：「雲霞出海曙，梅柳渡江春」相似。詩人藉寫江南晨景，點明他在歲末年終的殘夜裏懷念家人，感慨飄零，終宵未眠。

末聯「鄉書何處達，歸雁洛陽邊」，承接頸聯，願託歸雁，寄語家人，十足表達內心的無奈。這使我們了解，全篇描寫的外觀雖平和明麗；可是作者的心情，卻激盪愁慘，遊子思歸，然行蹤未止，故感慨尤深。

四九、蘇氏別業❶

祖　詠

別業居幽處，到來生隱心❷。
南山❸當❹戶牖❺，灃水❻映園林。
竹覆經冬雪❼，庭昏未夕陰❽。
寥寥❾人境外❿，閒坐聽春禽⓫。

【作　者】祖詠（約西元七二四年前後在世），字不詳，唐洛陽（今屬河南省）人。後遷居汝水之北。開元十二年（西元七二四年）進士，與王維友善，時常作詩唱和。祖詠流落不遇，歸隱河南汝水一帶，以漁樵終其一生。他的詩多藉描繪景物宣揚隱逸情趣，與王維的風格相近，為山水田園詩人。明人輯有《祖詠集》。《全唐詩》錄詩一卷。

【韻　律】這是一首仄起格的五言律詩。全詩平仄合律。詩中首聯對句「到來生隱心」，作「仄平平仄平」，本應作「平平仄仄平」，由於近體詩有「一、三、五不論，二、四、六分明」的說法，但一般寫近體詩的人，都知道「一、三、五不論」是有條件的，只要不造成二、四、六為孤平，是可以不論，否則，非論不可。如「到來生隱心」，第一字「到」字，本宜平而用仄，便容易造成第二字「來」，成為孤平，這時便在第三字用仄處，改用平聲，才算合律，於是便成「仄平平仄平」的句法，這仍是合律。總之二、四、六不能有孤平的現象，也就是前人所說的「平聲不可令單」。

詩用下平聲十二侵韻，韻腳是：心、林、陰、禽。

【注　釋】❶別業　即別墅。❷隱心　隱居的意念；隱逸的想法。❸南山　即終南山。❹當　正對著。❺戶牖　門窗。❻灃水　水名。也作「豐水」。源出陝西省寧陝縣東北秦嶺山中，北流至西安市（古長安）西北，納潏水，注入渭水。❼經冬雪　經過冬季的殘雪。❽未夕陰　不是傍晚的陰暗。❾寥寥　空虛寂靜的樣子。❿人境外　世俗之外。⓫春禽　春鳥。借指春鳥的鳴聲。

【語　譯】蘇家的別墅坐落在十分清幽雅靜的地方，我一來到這兒就不禁興起隱居的念頭。終南山正對著門窗，灃水映照著庭園的林木。修竹下覆有經冬仍未消融的殘雪，使得庭院不到黃昏卻顯得陰暗幽深。在這寂靜的世外桃源，我閒來無事就坐下來聽賞春鳥的鳴叫。

【賞　析】〈蘇氏別業〉一詩，描寫蘇姓友人居於長安南郊的別館，應是詩人初中進士、入京為官時所作的詩。

全詩就以別野中所見的景色，引來一些感想，作為此詩的主要間架。首聯「別業居幽處，到來生隱心」，綜述別館的環境幽雅，使人一見傾心，頓生隱逸之念。出仕未久，便有退隱的念頭，陶潛的〈歸園田居〉詩：「少無適俗韻，性本愛丘山。」正是祖詠心中意念的寫照。

頷聯「南山當戶牖，澧水映園林」，是對仗的偶句。它的作用是雙重的：既確定了這所別業的方位；又表明其戶牖正對著城南的終南山，園林為西南的澧水所迴映，兼有廬舍、園林、山水之美；使「別業居幽處」予人的印象更為深刻具體。

頸聯「竹覆經冬雪，庭昏未夕陰」對仗，詩人把範圍縮小，從對遠景的整體描繪，轉而為對近景庭院中覆雪幽篁的局部特寫。由句中的「經冬」，透露出時值新春。新春的庭院裏，種的不是一般花木，而是歲寒不凋、具有君子高風亮節的勁竹。那綠竹青青，本已茂密，再覆上一層厚厚的、歷冬未化的白雪，就遮斷了所有的天光，不到傍晚，也不是陰天，卻使整個庭院昏暗陰冷，幽深異常。

尾聯「寥寥人境外，閒坐聽春禽」二句，與首聯遙相呼應，寫寂寥深院遠離人境，閒坐其間，聆聽春鳥巧囀，自有一番生趣，令人榮辱俱忘，出塵之想，油然而生。全詩靠末聯的點醒，引來無窮的畫趣和情趣。

五〇、春宿❶左省❷

杜　甫

花隱掖垣❸暮，啾啾❹棲鳥過。
星臨萬戶動，月傍九霄❺多。
不寢聽金鑰❻，因風想玉珂❼。
明朝有封事❽，數問❾夜如何❿？

【作者】杜甫（西元七一二——七七〇年），字子美，自稱「少陵野老」或「杜陵野客」。生於唐睿宗太極元年，卒於代宗大曆五年，享年五十九。

杜甫的祖先原籍京兆杜陵（今陝西省長安縣東南），終遷居襄陽（今屬湖北省），後遷居鞏縣（今屬河南省），他即在鞏縣出生。他是初唐詩人杜審言的孫子，上承家學，有淵博的知識，遠大的抱負。下開「即事名篇」寫實的詩風，有仁者惻隱的懷抱，世人尊為「詩聖」。杜甫早年曾漫遊各地，與李白相識。天寶初年，舉進士不第，困居長安近十年；及安祿山攻陷長安，乃逃至鳳翔（今屬陝西省），謁見肅宗，授左拾遺；長安光復後，隨帝還京。旋即因直諫忤旨，被貶為華州司功參軍。不久棄官入蜀，投靠劍南節度使嚴武，並在成都西郭浣花溪上築草堂棲身，世稱「浣花草堂」。武薦為檢校工部員外郎，故世稱「杜工部」。嚴武死後，杜甫出蜀入湘，於湘江旅途中病死。今據錢謙益本計算，他的詩今存一千四百五十首，反映出唐代由盛轉衰的歷史過程，被稱為

「詩史」。他善用各種詩體，尤長於古體和五律，語言精煉，風格沉鬱，與李白同為有唐一代第一流詩人，並稱「李杜」。他的作品，「上薄（國）風、（離）騷，下該沈（佺期）、宋（之問），言奪蘇（武）、李（陵），氣吞曹（植）、劉（楨），掩顏（延之）、謝（靈運）之孤高，雜徐（陵）、庾（信）之流麗，盡得古今之體勢，而兼昔人之所獨專」（元稹〈唐故工部員外郎杜君墓係銘〉語）。宋、明以來，尤備受尊崇。今傳《杜工部集》二十卷，補遺一卷，宋王洙所編。《全唐詩》錄詩十九卷。新、舊《唐書》有傳。

【韻　律】此為仄起格的五言律詩。首聯出句「花隱掖垣暮」，作「平仄仄平仄」，第三字拗，造成第四字為孤平，因此在對句「啾啾棲鳥過」，第三字本宜仄聲，今故意改用平聲，以補救上句的拗和孤平，這種句法，便是孤平拗救，也算合律。頷聯出句「星臨萬戶動」，為「平平仄仄仄」，是下三仄，但不影響格律。末聯其韻「明朝有封事」，作「平平仄平仄」，第三字本宜平而用仄，是拗不合律，故於第四字本宜仄而改用平聲，以救上字的拗，這種句法是為單拗，也稱為本句自救，依然合律。

詩用下平聲五歌韻，韻腳是：過、多、珂、何。

【注　釋】❶宿　宿直；值夜。❷左省　官署名。即左拾遺所屬的門下省，因在殿廡之東，故稱左省。唐代門下、中書兩省，同掌機要，共議國政，因分居宮中左、右掖（即殿廡東、西兩側），故又稱門下省為左掖、左省，中書省為右掖、右省。時杜甫為左拾遺，屬門下省，故在此值夜。❸掖垣　指左掖（門下省）的矮牆。❹啾啾　鳥鳴聲。❺九霄　天空的極高處。比喻帝王居住的地方。❻金鑰　指開啟宮門鎖鑰的聲音。❼因風想玉珂　因聽到風吹簷間鈴鐸齊鳴，誤以為百官上朝的馬鈴聲。玉珂，馬絡頭封上的玉貝飾物。❽封事　密封的奏疏。即古代臣子用皂囊密封，向帝王報告機密的奏章。❾數問　頻頻詢問。❿夜如何　夜怎麼樣了。指晚上的時刻。語本《詩經・小雅・庭燎》：「夜如何其？夜未央。」

【語　譯】黃昏時隱約可見開在門下省矮牆裏的花，空中有成羣飛鳥鳴叫而過，準備歸巢棲息。夜裏羣星高照，宮殿的千門萬戶也一起閃爍耀動；月亮依傍著高入雲霄的皇宮，彷彿灑下的清輝也特別多些。值夜的我難以入睡，卻依稀聽到有人開啟宮門鎖鑰的聲音，又因風吹簷間鈴鐸齊鳴，聽來好像是百官騎馬上朝時的馬鈴聲。明日一早有密封的奏疏要呈給皇上，我緊張得一夜詢問了好幾回時刻。

【賞　析】這首詩是杜甫在肅宗乾元元年（西元七五八年）的春天，任左拾遺，掌供奉諷諫，在左省值夜時所作。描寫他忠勤為國，由薄暮而夜深，由夜深到黎明，通宵不寐的情景。

「花隱掖垣暮，啾啾棲鳥過」這一聯，描寫傍晚官員下班，人聲消退，獨自值夜的景象。他用花和啼鳥來點出詩題中的「春」字，用暮和棲鳥來點明「宿」字，用掖垣來點出值夜的「左省」，絲絲入扣，極具巧思。而垣中的百花逐漸消隱於暮色之中，棲鳥啾啾然掠空而過。詩人用寫實的手法，把一日的尾聲、值宿的前奏，恰如其分的表現出來。

到了夜深的時候，景色又不一樣：「星臨萬戶動，月傍九霄多」，使用對仗句。動、多二字是本聯的句眼。閃爍的星光臨照在宮中緊閉的千門萬戶上，只見所有的門戶似乎都在啟動，彷彿有人就要進來。明月緊依著凌霄的宮殿，寶殿似邀天眷，得到的月光分外多，也分外明亮。前句藉他注意宮門，暗示內心有所期待；後句藉對帝居的歌頌，表露對天子的仰慕。這兩句情、景交織，把詩意由寫景過渡到寫情。

天快亮了，宮門依然深鎖，於是詩人「不寢聽金鑰，因風想玉珂」，依然用對仗句，一心巴望司閽開啟鎖鑰，連簷前的風鈴作響，也被想像成百官來朝的玉珂之聲。他是如此地竟夕不寐，渴望著朝會的時刻。

由於「明朝有封事，數問夜如何？」直到最後詩人才點明：但為有封事要呈奏，所以除了戶動珂鳴，使他產生錯覺；還不斷地問下人夜間的時刻。這有如畫龍點睛一般，使全詩意義明朗，靈動傳神。

杜甫多寫憂時憂國的詩，他的〈春宿左省〉詩，也不例外。在他的詩篇中，五律約占六百多首，因此五律是杜詩的主力所在。

五一、題玄武禪師屋壁❶

杜　甫

何年顧虎頭❷，滿壁畫滄洲❸。
赤日石林氣，青天江海流。
錫飛常近鶴，杯渡不驚鷗❹。

似得廬山❺路，真隨惠遠遊❻。

【作者】杜甫，見前一一一頁。

【韻律】此為平起格的五言律詩。全詩平仄合律。次聯為孤平拗救的句法，「赤日石林氣」，作「仄仄仄平仄」，第三字本宜平而用仄，是拗不合律，第四字便成孤平；故於下句「青天江海流」第三字「江」字，本宜用仄，特地改為平聲，以救上句的拗。詩中第二、三聯對仗，合乎律詩的作法。

詩用下平聲十一尤韻，韻腳是：頭、洲、流、鷗、遊。首句便用韻。

【注釋】❶題玄武禪師屋壁　謂題其壁畫。玄武禪師，玄武廟裏的一名和尚。玄武，山名。又名大雄山。在今四川省中江縣東南。仇兆鰲《杜詩詳註．十一》引《方輿勝覽》：「大雄山，在中江，有玄武廟，杜詩玄武禪師屋在此。」❷顧虎頭　晉名畫家顧愷之（約生於西元三四六——四〇七年）的小名。晉陵無錫（今屬江蘇省）人。善繪人物、山水、翎毛、走獸，兼工詩賦及書法。有「才絕、畫絕、癡絕」之稱。❸滄洲　水濱。古時常指隱士所居的地方。❹錫飛常近鶴二句　錫，錫杖。上飾有錫環，僧人乞食時常用以叩門。杯渡，以木杯渡水。仇兆鰲注云：「錫飛常近鶴，全用《高僧傳》事；杯渡不驚鷗，參用《傳燈錄》及《列子》海鷗事；本不相蒙。大概壁畫上，山前有鶴，水際有鷗，因此想出錫飛、杯渡以點綴之。此詩家無中生有之法；不然，強用驚鷗為襯韻矣。……《高僧傳》：『舒州灊山最奇絕，而山麓尤勝，誌公（梁僧寶誌）與白鶴道人欲之，同白武帝，帝俾各以物識其地，得者居之。道人以鶴，誌公以錫，已而鶴先飛去，至麓將止，忽聞空中錫飛聲，誌公之錫，遂卓於山麓。道人不懌，然以前言不可食，遂各於所識築室焉。』舊注：『劉宋時杯渡者，不知姓名，常乘木杯渡水。止宿一家，有金像，求之不得，固竊以去。主人追之，至孟津，浮木杯渡河，無假風棹，輕疾如飛。』」《列子・黃帝》：「海上之人有好漚（通『鷗』）鳥者，每旦之海上，從漚鳥游，漚鳥之至者百住（張湛注：住，當作『數』）而不止。」❺廬山　參見錢起〈江行望匡廬〉詩注❶。❻真隨惠遠遊　惠遠，晉高僧。仇兆鰲注云：「惠遠住廬山，一時名人如劉遺民、雷次宗輩，並棄世遺榮，依遠遊止。沈氏曰：『陶淵明與惠遠遊，從結白蓮社，公蓋以陶自比也。』」

【語　譯】不知哪一年，顧虎頭畫家在這壁上畫滿了水濱勝景。紅日高照著山石林木，氣象萬千；青色的天空，連接著江海，水天一色，上下奔流。不禁使人想起宋、梁時高僧誌公和白鶴道人錫杖與白鶴競飛的故事，以及那乘木杯渡水的奇士和那位鷗鳥不怕、與之為友的海上奇人來。此時，我飄飄然宛如來到了廬山的路上，正和那高僧惠遠一起同遊呢！

【賞　析】中江玄武山，唐時屬梓州。杜甫於肅宗寶應元年（西元七六二年），因劍南兵馬使徐知道叛亂，流亡於此，而他的〈去蜀〉詩有句「五載客蜀郡，一年居梓州」，因知此詩即成於是年。

這首題贊壁畫的詩，上四句記壁畫，下四句贊禪師。仇兆鰲注引黃生曰：「此詩一邊贊畫，一邊贊禪師。凡題有主人，必須照顧，此唐人不易之法也。」

全詩的結構十分奇巧特殊。第一聯「何年顧虎頭，滿壁畫滄洲」，讚美畫作之佳，非名家不能。而第二聯「赤日石林氣，青天江海流」，則描寫山容之真，水態之美，補足前聯滿壁滄洲的空虛意象。

第三聯「錫飛常近鶴，杯渡不驚鷗」，詩人就畫中勝景裏的鶴飛鷗止，想見宋、梁高僧的故事，一則強調山水之奇絕，一則引出尾聯「似得廬山路，真隨惠遠遊」的遐想，把玄武山看成廬山，以惠遠比禪師，以劉、雷自比，飄飄然如登清境。

中間兩聯對仗，雖意各有屬，照應上下，但都寫畫中景物，故全詩語意得連貫不輟。詩人布局之巧妙，用語之雄奇，立意之高超，後人很難望其項背。

五二、終南山

王　維

太乙❶近天都❷，連山到海隅❸。
白雲迴望❹合，青靄❺入看無。
分野❻中峰變，陰晴眾壑殊❼。
欲投何處❽宿，隔水❾問樵夫。

【作　者】王維，見前二一七頁。

【韻　律】此為仄起格的五言律詩。全詩平仄合律。首聯開端，便的對對仗了，二、三兩聯，對仗更為工巧，「白雲迴望合，青靄入看無」，已是名句，白、青相映，自然流麗。王維詩中用色，以自然的景色，烘托出淡雅的韻味，故「青」、「白」二色對舉，是其詩的特色。

詩用上平聲七虞韻，韻腳是：都、隅、無、殊、夫。首句便用韻。

【注　釋】❶太乙　終南山的別名。太乙為終南山的主峰。❷天都　天帝之都。兼指京都長安。❸連山到海隅　《全唐詩．一二六》作「連山接海隅」，校云：「山，一作『天』。接，一作『到』。」海隅，即海角，指海濱地區。終南山實際上並不到海，此為誇大之辭，形容終南山幅員廣袤。❹迴望　回頭看。迴，同「回」。❺青靄　青色的雲氣。❻分野　謂列宿所分布的不同區域。古人以二十八星宿的分布，和人間的州郡相應，來劃分區域，稱為分野。王相注：「中峰（主峰太白山）之北為秦、為雍州，井、鬼之分；其南為蜀、為梁州、荊州，翼、軫之分；故曰分野。」井、鬼、翼、軫皆二十八宿之一，稱為分星。❼陰晴眾壑殊　全句是說：終南山一帶，無論陰天或晴天，羣山眾谷的顏色，或深或淺，或明或暗，變化萬端，各不相同。❽何處　一作「人處」。指有人居住的地方。❾水　一作「浦」。

【語　譯】終南山臨近京都長安，山峰連綿不斷，一直接到海角。置身山中但見白雲瀰漫，我穿過雲海時白雲便分向兩邊游動，我駐足回首而望，分向兩旁的白雲已經又合攏來匯成一片，可望不可即；再往前行，迎面是伸手可掬的濛濛青靄，急急走近卻又不見了。天上的列宿彷彿是依著中峰來區分界域似的，各山谷間的陰晴變化千形萬態，景致各異，觀之不盡。我打算找戶人家借住一宿，明日再遊，但是又不知道要往哪裏走，於是隔著山澗的溪水問那砍柴的樵夫。

【賞　析】這首歌詠京都南山的詩，由遠觀而入山，由入山而登頂，由登頂而問路投宿，布局嚴整，情致高遠。

破題「太乙近天都，連山到海隅」一聯，描寫由長安南望的太乙神貌：前句說它下傍帝京，上接天庭，極其峻高；後句寫它迤邐東去，直達海隅，極其綿遠；一開始就描繪出終南全景，充滿了崇高壯闊的陽剛之美。

這種美把詩人誘入山中。於是「白雲迴望合，青靄入看無」二聯，不僅對仗工巧，是交相補足的「互文」，描繪他穿越半山雲靄時的情景：當詩人邁入眼前的雲靄，雲消靄散，甚麼也沒有了；可是驀一回首，卻見雲靄在身後合攏，遮斷他的視線。這種奇妙的感受，凡是登過高山的人都體會過，只是再沒有人能用十個字表達得如此細膩傳神，親切感人。

穿過山中的雲層，登上主峰的巔頂，眼底為之一新：「分野中峰變，陰晴眾壑殊」，依然是對仗句，俯瞰四方，視野變得無比遼闊：梁州、荊州星布其南，雍州羅列其北；千山萬壑在日照雲覆之下，幽明各異，陰晴不同；真正是氣象萬千。

詩人在山中徘徊流連，不覺黃昏日暮。因此尾聯收結：「欲投何處宿，隔水問樵夫」，這兩句的詩中之畫，是整幅大作中的局部精巧特寫，寫詩人在偌大深山中踽踽獨行，好不容易發現遙隔澗水的樵夫，欣然向他探詢宿處。那種高聲喊話、山谷響應的野趣與遮耳而聽、伸手指點的神情，如在眼前；國劇「問樵」中的一場山間對答，便是此種情景的再現。

蘇軾評王維詩謂：「詩中有畫。」洵為高論。讀此詩，如面對一幅潑墨的山水畫境。

五三、寄左省杜拾遺❶

岑　參

聯步❷趨❸丹陛❹，分曹❺限❻紫薇❼。
曉隨天仗❽入，暮惹❾御香❿歸。
白髮悲花落，青雲⓫羨鳥飛。
聖朝⓬無闕⓭事，自覺諫書⓮稀。

【作　者】岑參，見前六六頁。

【韻　律】這是一首仄起格的五言律詩。全詩平仄合律，其中一、三、五處，或有可平可仄，並無造成孤平或拗折的現象，是被允許的。詩中首聯便以對仗句開端，二、三兩聯，也用對仗寫成，且以色彩作強烈對比。如「丹陛」對「紫薇」，「曉隨」對「暮惹」，「白髮」對「青雲」，意象鮮麗。又對仗句，在音節上多相反，也就是出句與對句的平仄相反，讀起來鏗鏘有韻致，如「白髮悲花落」，作「仄仄平平仄」；「青雲羨鳥飛」，作「平平仄仄平」，相關的字，平仄盡相反。此詩對仗不僅內容相對，音調相反，且詞性也都相對；顏色字對顏色字，數字對數字，充分表現了中國文字的特性，構成了我國詩歌中的對仗之美。

詩用上平聲五微韻，韻腳是：薇、歸、飛、稀。

【注　釋】❶杜拾遺　指杜甫。岑參與杜甫於肅宗至德二年至乾元元年初（西元七五七——七五八年），同朝為官，岑為右補闕，屬中書省；杜為左拾遺，屬門下省。參見杜甫〈春宿左省〉詩注❷。❷聯步　兩人並行。❸趨　快步小跑。古時過朝必趨，以示恭敬。❹丹陛　皇宮漆成朱紅色的臺階。借指朝廷。❺分曹　分班。即中書省與左省分職治事，分署辦公。❻限　界；隔。❼紫薇　即紫薇省。中書省的別名。唐中書省多植紫薇花，故稱。薇，一作「微」。古字通用。當時岑參任右補，在中書省，杜甫任左拾遺，屬門下省，中書省在殿西（右），門下省在殿東。❽天仗　帝王的儀仗。❾惹　沾染。❿御香　殿中所燃的薰香。⓫青雲　天空。比喻居高位，官運亨通。⓬聖朝　太平盛世的朝廷。對當時朝廷的美言。⓭闕　缺失。⓮諫書　臣下進諫君主的奏章。

【語　譯】我和你一道去上朝，你在左署，我在右曹，中間隔了紫薇省。每天一早我們隨著天子的儀仗進宮，傍晚帶著一身御殿的薰香歸來。你我年歲已大，感傷青春如花飄落，雖說身居高位，卻羨慕那在天空裏自由翱翔的飛鳥。如今朝政清明，沒有甚麼缺失，勸諫的奏章自然也就少了。

【賞　析】這是官拜右補闕的岑參寄贈左拾遺杜甫的感懷詩。據《新唐書・百官志》，門下省有左補闕六人，從七品上；左拾遺六人，從八品上；掌供奉諷諫，大事廷議，小則上封事。中書省有右補闕六人，右拾遺六人，掌如門下省，則兩人同為諫官，而岑參官階比杜甫高。

詩的前四句，意在說明早晨上朝時，聯步共「趨」，隨即分侍左右，雖見猶如不見；日暮下班，各自忙著回家，又復無暇相聚；所以贈詩仍須相「寄」。句中詩人連用丹陛、紫薇、天仗、御香等象徵天子尊貴德威的物事，反襯諫官刻板、卑微的生活，寫得絲絲入扣。

五、六句寫詩人因對這種生活不滿而發的感慨。至德二年，岑參四十三歲，杜甫四十六歲，歷經安、史之亂，而又鬱鬱不得志，頭髮都變白了。杜有「白頭搔更短」的名句（見〈春望〉詩），岑有〈歎白髮〉詩：「白髮生偏速，教人不奈何。今朝兩鬢上，更較數莖多」的詩篇；句中的「白髮」是寫實之筆，而非誇大之詞。白髮顯示年華已老，見花落又是一年，焉得不悲？天天誠惶誠恐，在朝中行禮如儀，難酬壯志，雖身居高位，卻羨慕鳥兒自由翔飛，可是身為諫官，肩負補闕重任，何以落得如此窘困寥落呢？

詩人在結句「聖朝無闕事，自覺諫書稀」裏，透露了個中的玄機。這兩句表面上歌頌聖朝，自慚形穢，是拿給外人看的。事實上至德二年郭子儀雖收復兩京，但安、史之亂尚未敉平；中原板蕩，朝廷怎能無闕可補？肅宗何得無遺可拾？果真如此，詩人樂四海晏平猶恐不及，何至「悲花落」、「羨鳥飛」呢？所以它真正的作用是寓貶於褒，「反言以見意」（見吳喬《圍爐詩話》）；是慨歎聖朝既以為無闕，則諫書不得不稀。這才是詩人拿給杜甫看的，杜甫深解此意，所以在他奉答詩的末尾說：「故人得佳句，獨贈白頭翁。」（〈奉答岑參補闕見贈〉詩）特別用了一個「獨」字來表示兩心的相契。

全詩用《春秋》「微而顯」、「婉而成章」的筆法寫成，五、六句猶如一把鑰匙啟開詩義；沒有它，我們就見不到廟堂之美與精微之意了。

五四、登總持閣❶

岑　參

高閣逼諸天❷，登臨近日邊。
晴開萬井❸樹，愁看五陵❹烟。
檻外低秦嶺❺，窗中小渭川❻。
早知清淨❼理，常願奉金仙❽。

【作　者】岑參，見前六六頁。

【韻　律】這是一首仄起格的五言律詩。全詩平仄合律，只是在一、三字處，偶爾有可平可仄的現象，並不造成孤平，是仍然被允許的。二、三兩聯對仗，是律詩的正格。

詩用下平聲一先韻，韻腳是：天、邊、烟、川、仙。首句便用韻。

【注　釋】❶總持閣　閣名。故閣建在終南山。❷諸天　指天。佛書言，三界（欲界、色界、無色界）共有三十二天，總謂之諸天。❸井　謂井里。即鄉里、邑里。古代同里共用一井，故稱鄉里為井里。❹五陵　五座帝王的陵墓。參見儲光羲〈洛陽道〉詩注❹。❺檻外低秦嶺　全句是說：從閣中的欄杆處，憑欄遠眺，秦嶺變得低了。檻，欄杆。秦嶺，指終南山。終南山，羣峰相連接，太乙為主峰，而總持閣建於其中。❻渭川　即渭水。在長安之北。❼清淨　佛家語。指遠離世俗的紛亂和煩惱。❽金仙　金色的佛像。即金身。佛家以如來之身，金色微妙，故名。

【語　譯】高聳的總持閣樓逼近天空，登臨上去，覺得離太陽好近。晴空下，映入眼簾的是鄉里間茂密的樹木，心胸一闊，然而看到籠罩在荒烟裏的五陵，卻不禁叫人發愁。在閣樓欄杆外的終南山，比往日低矮了些，隔窗遠眺，渭水也變得細小了。如果讓我早些悟到佛家清淨的道理，我願意常常到這裏來供奉如來金仙哪！

【賞　析】這是一首登高、登臨的詩。詩人登臨總持閣，縱目四望，有感於世事無常，而心懷清淨，願依奉佛家。凡登臨的詩，必引來感慨，是寫登臨詩的規則。

佛家稱能把持自己的心意，使眾善不失、諸惡不生、無所操心、無所漏落為「總持」。這以「總持」為名的閣樓，矗立在終南高處，給予詩人很大的啟示。

詩人以「高閣逼諸天，登臨近日邊」破題，極言樓閣位勢之高，已逼近天日，緊迫佛界。佛家稱三十二天為諸天，詩人頌讚佛閣，即援佛家語入詩，可見詩人佛學造詣之精深。

「晴開萬井樹，愁看五陵烟」一聯對仗，詩人觸景生情，描寫他的所見所懷：在這近日的閣上，晴空開朗，眼底各鄉里的樹木欣欣向榮，象徵著民生樂利，令人心喜；可是遙望五陵籠罩在荒烟之中，一世之尊，忽焉物化，卻又使人心惻。生死、貴賤是如此之無常，於是人情也隨著或喜或怒、或哀或樂，難以自持。

「檻外低秦嶺，窗中小渭川」一聯，也是對仗句，是說秦嶺原是高峻的山脈，可是透過欄杆看起來就低矮了，也說明總持閣建於終南山的高處；渭水原是壯闊的洪流，可是隔窗看去也變得細小了。從高處看山看水，類此的變化無常，也使人隨緣感化，不能自持。

尾聯「早知清淨理，常願奉金仙」。所謂「清淨理」，指能「總持」以保「清淨」之理。詩人終於徹悟人生的種種不能自持，使心生煩惱，不得清淨，必須修成「總持」的正果才能化解；因此，他深以未能及早悟道、常奉金仙為憾。

詩人從平實處參悟禪理，用抒情寫景之筆，不著痕跡地娓娓道來，自然高妙，耐人尋味。

五五、登兗州城樓❶

杜甫

東郡❷趨庭❸日，南樓❹縱目❺初。
浮雲連海岱❻，平野入青徐❼。
孤嶂秦碑❽在，荒城魯殿❾餘。
從來❿多古意⓫，臨眺⓬獨躊躇⓭。

【作　者】杜甫，見前一一一頁。

【韻　律】這是一首仄起格的五言律詩。全詩平仄合律，其中有幾句首字是可平可仄，並不影響格律。詩中首聯便對仗，二、三兩聯也是對仗句。杜甫詩重格律，近體詩少有出律的現象，對仗句也很工整。

詩用上平聲六魚韻，韻腳是：初、徐、餘、躇。

【注　釋】❶登兗州城樓　兗州，州名。東漢置。隋時改為魯郡；唐武德間復稱兗州，治瑕丘縣（今山東省滋陽縣）；天寶元年（西元七四二年）又改魯郡。當時杜甫的父親杜閑任兗州司馬，杜甫來兗州省父，故有〈登兗州城樓〉詩。❷東郡　郡名。約有今河北省南部及山東省西北部，東漢時為兗州八郡之一。❸趨庭　《論語・季氏》：「（孔子）嘗獨立，鯉趨而過庭。曰：『學《詩》乎？』對曰：『未也。』『不學《詩》，無以言。』鯉退而學《詩》。他日，又獨立，鯉趨而過庭。曰：『學禮乎？』對曰：『未也。』『不學禮，無以立。』鯉退而學禮。」鯉是孔子的長子，後遂稱子承父教為趨庭。❹南樓　即杜甫所登的城樓。❺縱目　極目；放眼四望。❻海岱　東海與泰山。岱，一作「嶽」。❼青徐　青州與徐州。青州在兗州之北，徐州位兗州之南，唐時俱屬河南道。坊間《千家詩》本，徐，一作「條」。恐誤。❽秦碑　秦始皇所立的石碑。《史記・秦始皇本紀》：「二十八年（西元前二一九年），始皇東行郡縣，上鄒嶧山，立石，與魯諸儒生議，刻石頌秦德。」鄒（今山東省鄒縣）在兗州東南。❾魯殿　指魯靈光殿。漢景帝子魯恭王餘所建，在兗州曲阜縣（今屬山東省）城中。後漢王延壽為作〈魯靈光殿賦〉。❿從來　向來；從以前到現在。⓫古意　思古的幽情。⓬臨眺　從高處四望。⓭躊躇　猶豫徘徊。指詩人有惆悵的情懷。

【語　譯】我到東郡來省視父親，這是頭一次登上南樓來觀賞景致。祇見浮遊的白雲連接著東海和泰山，平曠的原野一望無際，延伸到青州和徐州一帶。孤寂的山巒裏還看得到秦始皇所立的石碑，荒涼的古城中也還留著魯靈光殿的遺跡。我平素思古的幽情特別深濃，今日登高遠眺更是叫人徘徊惆悵，流連不已。

【賞 析】這首詩應是開元二十五年（西元七三七年），詩人應試落第後，漫遊齊、趙，前往兗州省視父親時所作，是年杜甫二十六歲，雖是他早期的作品，但已不同凡響。

全詩可作前後兩半來讀：前半寫登樓的原由及極目所見，後半寫睹物而興懷；很有王粲〈登樓賦〉的筆意。詩人分別以首、尾二聯作為起、結，而把重點落在中間的兩聯上，構思非常縝密。

第二聯中的海、岱、青、徐，都是詩人「縱目」所見的遠景，一望無垠，令人胸襟爽朗，精神為之一振。

第三聯中的秦碑、魯殿，又都是「臨眺」所見的近景。「孤嶂秦碑在，荒城魯殿餘」，是「秦碑在孤嶂，魯殿餘荒城」的倒裝句。是說一個曠古未有的大秦帝國，只遺留一塊殘碑在孤嶂之中；一座當年巋然獨存，被視為象徵大漢帝國永存不朽的寶殿，也僅存在荒城野處。（〈魯靈光殿賦〉序云：「遭漢中微，盜賊奔突，自西京未央、建章之殿皆見隳壞，而靈光巋然獨存；意者豈非神明依憑支持，以保漢室者也？」亂曰：「窮奇極妙，棟宇以來未之有兮。神之營之，瑞我漢室永不朽兮。」）詩人看了這些，頓生感慨，打消了原有的閒適爽朗的心情。

明人趙汸論此詩說：「通首皆登樓所見，海、岱、青、徐屬遠景，故以『縱目』二字起之；秦碑、魯殿屬近景，故以『臨眺』二字結之。」又說：「三、四宏闊，俯仰千里；五、六微婉，上下千年。曰『從來』，則平日懷抱可知；曰『獨』，則登樓者未必皆知。」（見《杜詩詳註》引）

甚得詩人遣詞造句的妙要；由此亦可證明，杜詩的積學，句句有來歷；杜詩的縝密，字字無空言。

五六、杜少府❶之任蜀州❷

王勃

城闕❸輔❹三秦❺，風烟❻望五津❼。
與君離別意，同是宦遊❽人。
海內❾存知己❿，天涯若比鄰⓫。
無為⓬在歧路⓭，兒女共沾巾。

【作者】王勃（約西元六五〇——六七五年），字子安，唐絳州龍門（今山西省河津縣）人。六歲能寫文章，十二歲以神童被薦於朝廷。高宗麟德元年（西元六六四年）應舉及第，曾任虢州（治弘農，在今河南省靈寶縣南四十里）參軍。上元二年（西元六七五年），他的父親被貶為交阯（今越南北部）令，他隨同赴任，途經洪州（今江西省南昌縣），正值都督閻伯嶼九月九日大會賓客於滕王閣，勃入謁，奉令作〈滕王閣序〉，及「落霞與孤鶩齊飛，秋水共長天一色」語成，都督歎為「天才」，滿座傾服。同年十一月渡南海，不幸溺水，驚悸而死。勃文辭綺麗，與楊炯、盧照鄰、駱賓王齊名，世稱「初唐四傑」。他作詩文時，並不事先精思，而是酣飲之後，蒙頭大睡，醒來援筆立成，不改一字，人稱「腹稿」。他的詩，多描寫個人的生活，也有少數感慨時政，隱寓對豪門世族的不滿。他雖和盧照鄰等企圖糾正當時「爭構纖微、競為雕刻」（見楊炯〈王子安集序〉）的詩風，但受六朝文風的影響，有些詩作仍不免流於華豔。時人稱王勃的詩「高華」，是其特色。原有詩集，已佚。今傳《王子安集》係明人所輯。《全唐詩》錄詩二卷。新、舊《唐書》有傳。

【韻　律】這是一首仄起格的五言律詩。全詩平仄合於格律，惟末聯出句「無為在歧路」，作「平平仄平仄」，是單拗，即第三字本宜平而用仄，第四字本宜仄，今特改用平聲以救上字的拗。

詩中首聯起筆便對仗，「城闕」對「風烟」，同義複詞對同義複詞，「輔三秦」對「望五津」，動詞對動詞，數字對數字，名詞對名詞，對仗工整。頷聯不對仗，頸聯「海內存知己，天涯若比鄰」是絕妙佳句的對聯，對仗工巧，成為王勃的代表名句。這類首聯便對仗的律詩，可視為偷春格。

詩用上平聲十一真韻，韻腳是：秦、津、人、鄰、巾。首句便用韻。

【注　釋】❶少府　縣尉的別稱。縣令稱明府，縣尉職位低於縣令，故名。❷蜀州　唐屬劍南道。治晉原縣，在今四川省崇慶縣治。❸城闕　京都皇城。指長安。❹輔　夾輔；護持。❺三秦　指今陝西省關中一帶的地方，為唐時京畿之所在。項羽破秦入關，三分秦關中之地給雍王章邯、塞王司馬欣、翟王董翳，故雍、塞、翟三國，合稱三秦。❻風烟　風塵烟霧。❼五津　蜀境岷江的五處著名渡口。《華陽國志・蜀志》：「其大江自湔堰下至犍為，有五津：始曰白華津，二曰里津，三曰江首津，四曰涉（注云：當作『沙』）頭津，五曰江南津。」此處藉以泛指蜀川。即在少府即將宦遊之地。❽宦遊　到外地做官。❾海內　古人認為我國疆土四面環海，故稱國境以內為海內。⑩知己　好朋友。⑪比鄰　緊鄰；近鄰。⑫無為　不用；不須；不要。⑬歧路　岔路；分手的地方。

【語　譯】關中三秦一帶緊緊護衛著長安京城，隔著迷濛的風塵烟霧可以望見岷江的五個渡口。與你分別使我離愁滿懷，因為你和我同樣是遠離故土、遊宦他鄉之人。不過祇要國境內尚有了解自己的好友，即使分散到天涯海角，彼此的心靈依然相繫，就如同比鄰而居一樣近了。因此不用在岔路口道別時，像那小兒女般哭哭啼啼啊！

【賞　析】這是詩人在長安做官時，送他友人杜君赴蜀州任所的詩。蜀地古時本是貶謫官員、流放罪人的處所，令人聞而生畏、望而卻步；杜君縱使未遭遷謫，到那種地方去當個縣令的屬官，也必出於千般無奈，免不了黯然興悲，於是詩人在分手時賦此慰勉。

首聯「城闕輔三秦，風烟望五津」，是對仗的偶句。氣魄宏偉，大開大闔。是名家的手筆、大家的氣象。王勃送杜少府之任蜀州，地點在長安，首聯出句便以送別地著眼，寫長安的雄偉是三秦擁衛之地；對句寫杜少府赴任的地方，遠在風烟之中，故首聯二句，已切詩題。

其後六句，皆是王勃送杜少府所要說的話，古人送別，贈人以嘉言。頷聯「與君離別意，同是宦遊人」，表明自己與杜君臨別時仍不免難分難捨，並非友人遭遇不幸，只為同是淪落天涯的宦遊人。雖然一居京師，一去蜀州，但是一樣是身不由己，一樣是壯志難酬。哀憐自己，也用以安慰友人。

頸聯「海內存知己，天涯若比鄰」，是傳頌千古的名句。雖從曹植〈贈白馬王彪〉：「丈夫志四海，萬里猶比鄰」蛻化而來，卻更為警策挺拔，深具寬解離情的力量，使人但覺胸襟頓開，氣概萬千。

於是水到渠成，詩人很自然地寫出「無為在歧路，兒女共沾巾」的落句，使得全詩雖處處充斥著別意，卻達到哀而不傷的境界，不入俗套。

五七、送崔融❶

杜審言

君王行❷出將❸，書記❹遠從征。
祖帳❺連河闕❻，軍麾❼動洛城。
旌旗朝朔氣❽，笳吹❾夜邊聲。
坐覺烟塵❿少⓫，秋風古北⓬平。

【作者】杜審言，見前八七頁。

【韻律】這是一首平起格的五言律詩。全詩平仄合律。前三聯兩兩的對，可視為偷春格。大抵初唐詩人寫律詩，在首聯便用對仗句，使詩中對稱之美，發揮無遺。

詩用下平聲八庚韻，韻腳是：征、城、聲、平。

【注釋】❶崔融　（西元六五三——七〇六年）字安成，唐齊州全節人。杜審言曾受他的獎引，融死，為服緦麻。融詩文華婉，朝廷重要的詔令文書，多出其手。❷行　將要。❸出將　派遣大將率兵出征。❹書記　官名。指崔融。唐元帥府及節度使屬官有掌書記，省稱書記，主撰寫文書。❺祖帳　為出行者餞行時所設的帳幕。祖是祭名，出行以前，祭祀路神。❻河闕　洛河與宮闕。❼軍麾　指揮軍隊用的令旗。❽朔氣　寒氣。❾笳吹　胡笳的聲音。笳，漢時西域胡人使用的管樂器。❿烟塵　塵埃。比喻戰爭、戰亂。也作「煙塵」。⓫少　一作「掃」。⓬古北　北方邊境的地名。

【語譯】君王將要派遣大將出征，您這書記官也不得不跟著到那遙遠的地方去遠征。餞別的帳幕從宮闕一直連到洛河，軍隊的令旗在洛陽城裏飄動著。不久大軍的旌旗將要在清晨迎接北方的寒氣，夜裏也將聽到胡人在邊境吹奏著笳聲。而你坐在帷幄之中，就會察覺到戰亂的消息已減少，秋風一起，古北這地方也將被平定。

【賞析】崔融為書記，隨將軍出征，詩人賦此送行。

這是一首送別詩，前四句寫書記從征，由洛陽出發時送行場面的盛大，顯示國人對此役的重視與期許；後四句詩人聯想到軍隊抵達北方邊境，晨冒寒氣、夜聽笳聲的辛苦和戒懼，祝福他們能早日掃平虜寇，在秋涼以前獲勝凱旋。

此詩是送友出征的詩，而詩中盛揚大軍的浩大、軍容的壯盛，與一般送別詩哀愁的別情不同。故前六句，都形容出征的軍隊浩壯，尤其以次聯「祖帳連河闕，軍麾動洛城」，寫景記事壯麗。三聯「旌旗朝朔氣，笳吹夜邊聲」，有塞外風情，景中透出悲壯之意。結句有禱祝之意，盼其早日凱歸，因此詩中別情較淡，多壯語，尤以「坐覺烟塵少，秋風古北平」作結，有戛然而止的效果。

五八、扈從❶登封❷途中作

宋之問

帳殿❸鬱❹崔嵬❺，仙遊實壯哉。
曉雲連幕捲，夜火雜星回。
谷晴❻千旗出，山鳴❼萬乘❽來。
扈從良❾可賦❿，終乏掞天才⓫。

【作　者】宋之問（約西元六五六——七一二年），一名少連，字延清，唐汾州（今山西省汾陽縣）人，一說虢州弘農（今河南省靈寶縣）人。

高宗上元進士，官至考功員外郎。曾先後諂事武后嬖臣張易之和太平公主。睿宗即位，先把他貶到欽州（今廣西），又命他自殺。他的詩叶和聲律、對仗工整，與沈佺期齊名，號稱「沈宋體」；

對律詩體制的形成和發展，具有很大的影響。他早期的作品，多應制之作，浮豔華麗；被逐以後，內容充實，較前為佳。原有集，已佚。今傳《宋之問集》十卷，係明人所輯。《全唐詩》錄詩三卷。新、舊《唐書》有傳。

【韻　律】這是一首仄起格的五言律詩。全詩平仄合律。詩中二、三兩聯對仗，多為寫景對仗句，可與詩題配合。

詩用上平聲十灰韻，韻腳是：嵬、哉、回、來、才。首句便用韻。

【注　釋】❶扈從　隨從帝王車駕出巡。❷登封　地名。在今河南省登封縣，位於嵩山之南。古代天子築壇祭天，以報答上天的功德。❸帳殿　古代仿宮殿形式搭建以供皇帝出巡時休息夜宿的帳幕。❹鬱　積聚的樣子。❺崔嵬　高聳的樣子。❻晴　一作「暗」。❼山鳴　指漢武帝祭嵩山，從者聽到山神恭呼「萬歲」的聲音。事見《漢書·武帝紀》。❽萬乘　指天子的車駕。周制，天子地方千里，出兵車萬乘。古時一車四馬並駕，叫一乘。❾良　確實；實在。❿賦　鋪陳寫作。此處指作詩。⓫掞天才　光芒照耀天地。比喻非凡的才華。掞，通「錟」。光照。庾肩吾〈侍宴宣猷堂應令〉詩：「副君德將聖，陳王才掞天。」

【語　譯】以帳幕搭成的宮殿集聚在巍峨的嵩山，皇上登山遊幸的場面實在很壯觀。清晨雲朵和帳幕一起舒捲，夜裏燈火夾雜著天上的星星一起回旋。幽暗的山谷因為千幅旗幟一出而陡然大亮，當萬輛的車駕齊現，立時山裏就傳來高呼萬歲的聲音。我有幸隨從帝王出巡，眼前盛況實在很值得作詩獻頌，然而遺憾的是自己缺乏光芒照天的非凡才華。

【賞　析】古代帝王，常舉行封禪大典，以報答天地的恩德，並向天地祈求福佑和長生不老。最初是「封泰山而禪梁父」（見《大戴禮記·保傅》）：在泰山頂上築土為壇，增加山的高度而祭天，叫做「封」；又在泰山下的梁父山開闢場地以祭地（山川），叫做「禪」（與「墠」通）。後來則擴大範圍，五嶽都可以封禪了。據新、舊《唐書》，高宗乾封元年（西元六六六年），封泰山，禪社首；那時宋之問十多歲，還沒有考中進士，自然無緣扈從。所以這首詩應是萬歲通天元年（西元六六九年），隨從武則天登封嵩山途中所作。

詩的開頭兩句，歌頌武后率領大隊人馬宿營的壯觀；中間四句寫拂曉拔營入山的情景；尾聯二句自謙才薄，無法切實記錄和稱頌。可是詩中已然充滿了歌功頌德的意味。

全詩遣詞用典，如稱武后的帳幕為帳殿，稱武后的遠行為仙遊；山鳴取漢武封嵩山的故事，掞天取梁朝庾肩吾對陳王曹植的頌辭；都恰如其分，非常妥帖。而且中間兩聯的對仗偶句，尤覺工巧精緻，在在表現出「錦繡成文」的「沈宋體」特色。《新唐書・文藝傳・宋之問》云：「漢建安後迄江左，詩律屢變，至沈約、庾信，以音韻相婉附，屬對精密。及之問、沈佺期，又加靡麗，回忌聲病，約句準篇，如錦繡成文。學者宗之，號曰『沈宋』。」

五九、題義公❶禪房❷

孟浩然

義公習禪寂❸，結宇❹依空林❺。

戶外一峰秀，階前眾壑深。

夕陽連雨足❻，空翠落庭陰。
看取❼蓮花❽淨，方知不染心❾。

【作　者】孟浩然，見前三頁。

【韻　律】這是一首平起格的五言律詩。首聯「義公習禪寂，結宇依空林」作「仄平仄平仄，仄仄平平平」，是孤平拗救的句法。出句本當「平平平仄仄」，今第三字拗，第四字是孤平，因此在對句第三字本宜仄，改成平聲以救上句的不合律。次聯出句「戶外一峰秀」，作「仄仄仄平仄」，是拗句，不合律，由於第三字宜平而用仄，造成拗折，因而第四字成為孤平，如在對句第三字用平以救之，便是孤平拗救的句法，但此聯對句「階前眾壑深」，並無改變第三字以救上句，故上句成為不合律的拗句。其後兩聯，平仄合律，雖有可平可仄的現象，不影響律詩格律。

詩用下平聲十二侵韻，韻腳是：林、深、陰、心。

【注　釋】❶義公　在此是對高僧的尊稱。❷禪房　和尚坐禪修行的房舍。禪是梵語「禪那」的省稱，是靜思息慮的意思。❸禪寂　佛家語。指坐禪入定，思慮寂靜。《維摩經・方便品》：「一心禪寂，攝諸亂意。」❹結宇　構築房舍。《晉書・江逌傳》：「絕棄人事，翦茅結宇。」❺空林　遼闊的山林。❻雨足　即雨。也稱雨腳。❼看取　看；且看。取為語尾助詞，無義。❽蓮花　指青蓮花。梵語稱優鉢羅。花瓣長而寬大，青白分明，清淨出塵。佛家用蓮花象徵高潔。❾不染心　指心境潔淨，如蓮花一樣高潔，一塵不染。

【語　譯】義公為了修道坐禪，依傍著空寂的山林構築禪房。門外有一座秀麗的山峰，階前是一片幽深的山谷。下過雨後，夕陽乍現，山色空靈映翠，庭院裏一片陰涼。看到蓮花的高潔明淨，才知道他懷著有如蓮花般一塵不染的心境。

【賞　析】這是一首題壁的詩，作者將詩題在義公的禪房中，含有幾分頌贊的意味。《全唐詩・一六〇》題作〈題大禹寺義公禪房〉，義較詳備；《四部叢刊・孟浩然集・三》作〈大禹寺義公禪〉，似有脫漏。義公是詩人對當時一位高僧的尊稱。

佛家參禪，以達到空寂境界為功圓果滿，所以《維摩經・佛國品》說：「不著世間如蓮花，常善入於空寂行。」孟浩然這首詩，即據此義賦成。

詩的前半，「義公習禪寂，結宇依空林」二句，點明義公何以要背靠空寂的山林蓋下他的禪房。「戶外一峰秀，階前眾壑深」二句中，孤峰所參的天，階梯所通的谷，更加深了空寂的氣象，使人身臨其境，自然了悟禪境，顯示出義公在此結宇的慧覺。

詩的後半，「夕陽連雨足，空翠落庭陰」二句，寫詩人到達禪房的時間和所見的景象：那是微雨初霽、夕陽西下的時候，青翠的天光映落在庭陰的濕地上，大地已然是無比清淨。而「看取蓮花淨，方知不染心」的落句，卻又進一步表明，池中原本潔淨的青蓮花，此刻更是光鮮照人，纖塵不染；這使詩人覺悟義公所以心地明淨，了無塵埃，一方面是他有選擇修道處所的慧眼；一方面是他有青蓮般高潔的資質；一方面是他不斷接受法雨的洗練，絕非常人所能企及。

詩的前六句，都致力於寫景；直到最後，詩人卻不著痕跡地把那山景的靈秀，一一移轉來譬況義公圓滿的大德，表達他對這位高僧和其禪房無限的景仰和傾慕，使得全詩首尾呼應，生動感人，展露出不世的才華。

六〇、醉後贈張九旭❶

高　適

世上謾❷相識，此翁❸殊❹不然。
興來書自聖❺，醉後語尤顛❻。
白髮老閒事，青雲❼在目前。
牀頭一壺酒，能更幾回眠❽？

【作　者】高適，見前三二頁。

【韻　律】這是一首仄起格的五言律詩。全詩在平仄上，有孤平拗救、孤平、單拗等現象。首聯「世上謾相識，此翁殊不然」，作「仄仄仄平仄，仄平平仄平」，是孤平拗救。即出句第三字「謾」字，本宜平而用仄，是為拗，第四字「相」字，由於上字的拗變為孤平，在對句第三字「殊」字，本宜仄而改用平，以救上句第三字的拗，這種現象稱為孤平拗救，救過之後，仍算合律。

其次，頸聯出句「白髮老閒事」，作「仄仄仄平仄」，第四字「閒」字成為孤平，而對句「青雲在目前」，並沒有補救上句的拗，使上句成了孤平的拗句。

末聯出句「牀頭一壺酒」作「平平仄平仄」，是單拗，即第三字「一」字，本宜平而用仄，是拗不合律，於是在第四字「壺」字，故意改仄聲為平聲，以救上字的拗，這種本句自救的現象，是為單拗。

詩用下平聲一先韻，韻腳是：然、顛、前、眠。

【注　釋】❶張九旭　即張旭。排行第九，字伯高，唐蘇州吳（今江蘇省吳縣）人。初仕為常熟尉，後任左率府長史，故也稱「張長史」。精於楷法，尤善草書。嗜酒，每大醉常常呼叫狂走，揮毫而就，有時更以頭沾墨而書，酒醒自視，以為神品，不可復得；世稱張顛，又稱草聖。唐文宗把他所寫草書與李白詩歌、裴旻劍舞，並稱三絕。亦工詩，杜甫〈飲中八仙歌〉稱張旭為：「張旭三杯草聖傳，脫帽露頂王公前，揮毫落紙如雲煙。」❷謾　通「漫」。浮泛；隨便。❸此翁　指張旭。❹殊　極；甚。❺聖　指書藝超羣。❻顛　通「癲」。瘋狂。❼青雲　謂高空。在此比喻尊貴的官位。舊說指玄宗詔旭為書學博士。據《新唐書・百官志》，國子監有書學博士二人，官階為從九品下，是最卑微的官，與「青雲」一詞不合，且新、舊《唐書》、《書斷》、《全唐詩》皆無此記載；當以奉詔任太子左率府長史為是。這是官階正七品上，「掌判諸曹府，季秋以屬官功狀上於率，而為考課」的官員。❽牀頭一壺酒二句　大意是說：牀頭放置一壺酒，醒來就喝，喝了又睡，但就任之後，又能安眠幾次呢？

【語　譯】一般人交友都是那麼輕率隨便，張旭這個人卻不是這樣。他興致來時書法進入聖境，喝醉後，言談更是狂顛。年歲大頭髮白了，慣於過清閒的生活，但官位卻愈來愈為顯貴。他在牀頭經常擺置一壺酒，醒來就喝，如此反覆，能安眠幾次呢？

【賞 析】古來贈答的詩，多為友輩相互投贈，藉詩以增進友誼；因此贈答詩多讚頌對方，甚至近於阿諛。高適在醉後寫詩送給張旭，常言道：「酒後吐真言。」更何況是「醉後」，那麼高適贈張旭的詩，便與通常贈答的詩有所不同，而愈覺得真情流露，充滿關懷之意。

高適的性情，與張旭有相似之處，便是落拓不拘小節。在此詩中，高適開端便有異乎尋常的起筆：首聯採總冒全題的寫法，指出世人大抵愛濫交朋友，惟獨張旭不然，他不隨便交友，藉以說明他與張旭非凡的友誼。

次聯對仗，說他興致好的時候，所寫的字超凡入聖；喝醉後所講的話，近乎瘋癲。旨在說明好友張旭，不止是「顛」而已，而是有了性格上的「顛」，才完成書藝上的「聖」；而書藝上的「聖」，又增益了性格上的「顛」；二者相輔相成，形成他獨具的、他人無法企及的特色。三聯也是對仗句，寫張旭年老頭白，本當閒居度日；怎料官運亨通，富貴自來眼前。末聯寫張旭嗜酒，牀頭經常置酒，醒時喝酒，醉便高臥而眠，何等的自在。可惜這種日子沒有幾天好過了；一到任所，便將失去這種自由。詩人的憐恤之情，至此已躍然紙上。讀此詩，可知高適和張旭都是毫不矯情的性情中人。

張旭的詩僅《全唐詩》錄存六首，沒有與高適唱和的詩，不然可以相互印證，更能看出彼此的性情和交誼。在盛唐的詩人中，高適雖然被稱為邊塞詩人，其實，他也是狂放不羈，嗜酒放言，稱得上是有才情的浪漫詩人。正如杜甫〈飲中八仙歌〉裏所描寫的一樣，個個都是既有才而又輕狂。這首詩為他個人也給那個時代留下了歷史的痕跡。

六一、玉臺觀❶

杜甫

浩劫❷因王❸造❹，平臺❺訪古遊。
綵雲❻蕭史❼駐❽，文字魯恭❾留。
宮闕❿通羣帝⓫，乾坤⓬到十洲⓭。
人傳有笙鶴⓮，時過北山⓯頭。

【作者】杜甫，見前一一一頁。

【韻律】這是一首仄起格的五言律詩。全詩平仄合律。末聯出句「人傳有笙鶴」，作「平平仄平仄」，是單拗，即第三字本宜平，今卻用仄，是為拗，故在第四字本用仄，今改為平聲以救上字，是本句自救的現象，是為單拗，救過之後，依然合律。

詩用下平聲十一尤韻，韻腳是：遊、留、洲、頭。

【注　釋】❶玉臺觀　道觀名。在今江西省南昌縣，唐滕王李元嬰所建。見宋朝祝穆《方輿勝覽・六七》。《杜詩鏡銓・十一》：「趙曰：觀在高處，其中有臺，號曰玉臺。」又：「漢〈郊祀歌〉：『遊閶闔，觀玉臺。』應劭曰：『玉臺，上帝之所居。』」❷浩劫　道家對宮室大階級的稱謂。《廣韻》：「浩劫，宮殿大階級也。」❸王　指滕王元嬰。唐高祖第二十二子，曾任隆州刺史。隆州在先天元年（西元七一二年），因避玄宗諱，改名閬州。見《舊唐書・地理志四》。❹造　興建的意思。一作「起」。❺平臺　臺名。故址在今河南省商丘縣東北平臺集。相傳魯襄公十七年宋皇國父所築。西漢梁孝王大治宮室，築複道，自宮連屬於平臺三十餘里；與文士鄒陽、枚乘等遊於平臺之上。見《元和郡縣圖志・七》。❻綵雲　一作「彩雲」。五色的雲。❼蕭史　人名。也作「簫史」。相傳為周宣王史官，善吹簫，能引來白鶴、孔雀。秦穆公以女弄玉妻之，居鳳臺上，後夫婦二人隨鳳凰仙去。見《水經注・渭水》。❽駐　居留；停留。❾魯恭　即魯恭王劉餘。漢景帝之子，封於魯，謚號恭。喜歡構築宮室苑囿，曾壞孔子舊宅，以擴大宮室，而於壁中得古文經傳。見《漢書・景十三王傳》。❿宮闕　古代帝王所居住的宮殿。⓫羣帝　五方的羣帝尊神。仇兆鰲《杜詩詳註・十三》：「道書天有羣帝，而大帝最尊。羣帝，五方之帝也。」⓬乾坤　天地。⓭十洲　傳說八方大海中神仙居住的地方。即祖、瀛、玄、炎、長、元、流、生、鳳鱗、聚窟等十洲。見東方朔《海內十洲記》。⓮笙鶴　傳說中的仙鶴名。王子喬，名晉，為周靈王太子，好吹笙作鳳凰鳴，道士浮丘公接以上嵩高山，三十餘年後乘白鶴駐緱氏山頂，舉手向時人作別仙去。見《列仙傳・上・王子喬》。⓯北山　一作「此山」。暗指緱氏山。

【語　譯】這高大的玉臺觀的階級是滕王所建造的，我上臺去觀玩，感覺裏彷彿是在造訪梁孝王所築的平臺。四周瀰漫著五色的雲彩，好像是善吹簫的蕭史曾經在此居留，觀內滕王所題的文字，便是魯恭王擴建宮室時所遺留下來的。這高聳的宮殿宛如直通那天上羣帝，此間別有天地，使人不禁懷疑是到了八方大海中神仙們居住的十洲呢！聽人家說，還有仙鶴不時從北面山頭飛過哩！

【賞析】玉臺觀是滕王元嬰任隆州刺史時所建，詩人往遊，賦詩二首，這便是其中的第二首。因為滕王是一位王子，也是一位學識淵博的詩人，詩中一連採用了梁孝王（漢文帝子）、魯恭王（漢景帝子）、王子晉（周靈王子）三位王子的故事，都用得渾化無痕，非常妥帖。

這首詩的首聯「浩劫因王造，平臺訪古遊」，詩人藉殿階因是滕王所造而高大異常，暗示整座臺觀巍峨壯麗；藉梁孝王曾與鄒陽等文士遊於平臺，表示滕王也時來玉臺遊息；筆法雄奇，不同凡響。

頷聯「綵雲蕭史駐，文字魯恭留」，則寫玉臺上空，高掛著五色祥雲；玉臺之中，也存有滕王所寫的詩文和所藏的古書。至於用蕭史的典故，有人以為滕王曾帶他女兒來此朝拜，惜史傳無徵，無法覈實；但也可能和下面的「羣帝」、「十洲」、「笙鶴」一樣，只敘述一些有關的神仙故事，藉以烘托主題罷了。

頸聯「宮闕通羣帝，乾坤到十洲」，寫凌霄的臺觀上通天帝，而周遭的「江光隱見（與『現』通）」、「山石參差」（並見杜公〈玉臺觀〉詩二首之一），恍惚十洲仙境，別有天地非人間。

末聯「人傳有笙鶴，時過北山頭」，寫觀北山頭之上，今猶有傳說，笙鶴時時飛過，彷彿當年王子喬升仙告別。

全詩一半寫實，一半虛想，詩人把這所道觀描寫得超越時空，迷離恍惚，充滿了道家神祕的氣息。誠如李子德所說：「實寫處胸無滯迹，虛寫處筆有遠神。」（《杜詩鏡銓》引）達到了筆墨的化境。

六二、觀李固請司馬弟山水圖❶

杜甫

方丈❷渾❸連水，天台❹總映❺雲。
人間長見畫❻，老去❼恨空聞。
范蠡❽舟偏❾小，王喬❿鶴不羣⓫。
此生隨萬物，何處出塵氛⓬。

【作　者】杜甫，見前一一一頁。

【韻　律】此為仄起格的五言律詩。全詩平仄合律，其中幾句第一字有可平可仄外，其他都是入律的句子，也沒有拗救的現象。詩中首聯便對仗，繼而二、三聯也對仗，是為偷春格。律詩的可貴，便在於具有對稱、對仗之美，而杜詩的對仗，尤見工巧。如次聯「人間長見畫，老去恨空聞」，對仗靈活，且自然流麗。

詩用上平聲十二文韻，韻腳是：雲、聞、羣、氛。

【注　釋】❶觀李固請司馬弟山水圖　《杜詩詳註・十四》云：「李固當是蜀人。其弟曾為司馬，能寫山水圖。公至固家，固掛其圖於壁，而請公題之也。」各本或作〈觀李固言司馬題山水圖〉，或作〈觀李固言〉，皆非。❷方丈　傳說中的海上仙山名。《史記・秦始皇本紀》：「齊人徐市等上書，言海中有三神山，名曰蓬萊、方丈、瀛洲，僊人居之。」❸渾　全然。指四面八方。❹天台　山名。在今浙江省天台縣北，是仙霞嶺山脈的東支，西南接括蒼、雁蕩二山，西北接四明、金華二山。古代神話中有漢朝劉晨、阮肇入天台山採藥遇仙的故事。見《太平御覽・地部・天台山》。❺映　襯托映照。❻畫　指名山仙跡之圖畫。❼老去　一作「身老」。❽范蠡　字少伯，春秋時楚國人。與文種同事越王句踐二十餘年；助王破吳復國後，毅然身退，乘舟浮海而去。見《史記・越王句踐世家》。❾舟偏　一作「偏舟」。❿王喬　即仙人王子喬。參見杜甫〈玉臺觀〉詩注⓮。⓫不羣　孤高而不合羣。⓬塵氛　世俗的氣氛。

【語　譯】方丈仙山四面全然與海水相連，天台山上總是祥雲映照。生活裏常常看到這樣的圖畫，然而令人遺憾的是年歲已老，卻不曾親眼目睹。那范蠡浮游四海所乘坐的船偏又太小了，載不下我；仙人王子喬所騎的鶴又那麼孤高不合羣，一定也不肯讓我騎。看來我這一生只能隨同萬物與時俱化了，要往哪裏去才能超脫這世俗的紅塵呢！

【賞　析】《杜工部集》收有〈觀李固請司馬弟山水圖〉詩三首，此為其中的第二首，概言圖中的山水人物。晉人孫綽作〈遊天台山賦〉，序云：「天台山者，蓋山嶽之神秀者也。涉海則有方丈、蓬萊，登陸則有四明、天台，皆玄聖之所遊化，靈仙之所窟宅。」賦中又有「王喬控鶴以沖天」句；大概司馬即據賦而作圖，詩人也援賦以題畫。

詩的前四句，杜公寫他見了圖中海陸上的仙山，深恨今生不能親至其地；後四句又寫他見了畫中的扁舟孤鶴，慨歎不能隨蠡、喬同遊。上下兩段，各寫一景一情，用實虛交錯的方式抒情達意，這在詩法上稱為「虛實相間格」（見仇兆鰲《杜詩詳註・十四》）。

詩人並不直接讚美畫筆的高妙，但此畫既然使他興歎生恨，那麼圖畫的氣韻生動、筆法超卓，也就不言而喻了。詩與畫，可以相互啟發、相輔相成，詩人寫詩題畫，使圖畫生色不少，同時詩也可以隨畫而流傳，相得益彰。

六三、旅夜書懷

杜　甫

細草微風岸，危檣❶獨夜舟❷。
星隨❸平野❹闊，月湧大江❺流。
名豈文章著❻，官因❼老病休❽。
飄飄❾何所似，天地一沙鷗❿。

【作　者】杜甫，見前一一一頁。

【韻　律】這是一首仄起格的五言律詩。全詩平仄合律，除「名」、「天」二字可平可仄外，其他都合乎格律。

詩中一、二、三聯，全用對仗寫成，其實律詩只要寫兩聯對仗便可，但我們所讀的八句律詩，往往首聯也用對仗起筆。六朝人寫詩，著重「巧構形似之言」，用辭講求「綺靡」，於是始有唐人精美的絕、律詩。杜甫此詩中的三幅對仗，用字措詞都很精美，次聯「星隨平野闊，月湧大江流」，其中的「隨」（垂）、「闊」、「湧」、「流」等字，用得精巧極了，便是詩眼的所在，在詩句中最傳神的字，尤其是動詞的所在，是為詩眼，如能將名詞或形容詞當動詞用，更是出色。如「春風又綠江南岸」，「綠」字是詩眼，又是形容詞作動詞用。

詩用下平聲十一尤韻，韻腳是：舟、流、休、鷗。

【注　釋】❶危檣　高聳的帆杆。❷獨夜舟　指夜晚江邊停泊的孤舟。❸隨　一作「垂」、「臨」。❹平野　廣闊平曠的原野。❺大江　指長江。❻著　顯揚；著名。❼因　一作「應」。❽老病休　做官到年老時，又加以多病，就該退休。❾飄飄　流落不知所歸。一作「飄零」。❿沙鷗　水鳥名。棲息在沙洲，經常飛翔於江海之上。

【語　譯】微風輕拂著江岸上的小草，夜裏，高豎著帆杆的孤舟靜泊在江邊。天空下星光點點，原野遼闊；月光隨著波濤翻湧，大江不斷奔流。我那一點名聲，難道是因為文章而馳名嗎？倒是年老多病，是應該辭官退休的了。想我此時飄然一身好似甚麼呢？不過像那天地間的一隻沙鷗吧！

【賞　析】這是一首不藉典故、直抒胸臆的述懷詩。杜甫曾入蜀投靠嚴武，嚴武死後，離蜀他去。

此詩是杜甫在代宗永泰元年（西元七六五年）帶著家人離開成都的草堂，乘舟順岷江而下，又進入長江東行至雲安（今四川省雲陽縣東北）時所作的。這年的正月，詩人辭掉節度參謀的職務，五月離蜀南下，途中寫成這首血淚交織、無限寂寞的詩篇。

首聯「細草微風岸，危檣獨夜舟」，描繪出一幅孤舟乘微風在水上漂泊的畫面。草太細了，所以會隨那微弱的風而偃倒；檣太高、太直了，所以在茫茫夜色裏，分外顯得孤寂；誠正無偽的詩人，觸景生情，把情感融合到細草危檣中。

頷聯「星隨平野闊，月湧大江流」，單站在寫景的角度看，已描摹得出神入化；夜更深，星更明，星光垂射之下，平野在眼前突然一亮，顯得更加遼闊；月亮在大江的東端初初湧現，它的光輝平鋪水面，隨波逐流；詩人寫來平實細膩、氣勢動人。

頸聯「名豈文章著，官因老病休」二句，是承頷聯而說的。出句歎不得發揮「致君堯舜上，再使風俗淳」（見杜甫〈奉贈韋左丞相二十二韻〉詩）的大志，而徒獲文名；對句傷尚未老病（詩人時年五十三歲），而不得不託老病休官，深切道出了心底的哀傷。

尾聯「飄飄何所似，天地一沙鷗」，又和首聯遙相呼應，進一步描寫自己獨駕一葉孤舟，飄然於天地之間而無所歸依的慘狀。人皆見沙鷗海闊天空自由飛翔，卻看不透牠內心的寂寞；詩人雖深懷牠的寂寞，卻也因牠的無拘無束而自慰吧？結尾以沙鷗自比，另有一份閒適之情。

六四、登岳陽樓❶

杜甫

昔聞洞庭❷水，今上岳陽樓。
吳楚❸東南坼❹，乾坤日夜浮❺。
親朋無一字❻，老病有孤舟。
戎馬❼關山北❽，憑軒❾涕泗❿流。

【作者】杜甫，見前一一一頁。

【韻律】這是一首平起格的五言律詩。全詩平仄合律。首聯出句「昔聞洞庭水」，作「仄平仄平仄」，是單拗的句法，在本句中完成拗救，依然合律。其餘各句平仄，全按格律而寫。詩中一、二、三聯，用對仗寫成，首聯「洞庭水」與「岳陽樓」對舉，次聯寫登樓所見的景象，對仗成句「吳楚東南坼，乾坤日夜浮」，壯闊極了，「坼」與「浮」，用字神工，是一副好聯語；「親朋無一字，老病有孤舟」是「有無對」，詩中以「有」、「無」兩字寫成的對聯，且用「一」、「孤」數字對，寫境遇孤寒零仃，與上聯壯闊之境相較，又多一份落寞之感。

詩用下平聲十一尤韻，韻腳是：樓、浮、舟、流。

【注　釋】❶岳陽樓　樓名。始建於唐。在今湖南省岳陽縣城西門上。三層，俯瞰洞庭湖，烟波浩瀚，氣象萬千。❷洞庭　即洞庭湖。在湖南省東北部，長江南岸。長約一百一十公里，寬約八十公里。湖水在岳陽縣城陵磯匯入長江。湖中小山頗多，以君山為最著名。今湖為古時雲夢澤的殘餘，約在昔日大澤的南部。❸吳楚　指春秋戰國時吳、楚兩國之地。吳在洞庭之東，擁有淮、泗以南至浙江、太湖以東的地區。楚全盛時，擁有今湖南、湖北、安徽、江蘇、浙江等省地。❹坼　分裂；劃分。❺乾坤日夜浮　意謂洞庭湖水域遼闊，不分日夜，浮動於天地之間。乾坤，即天地。《九家集注杜詩・三五》引趙彥材注：「『乾坤日夜浮』句法，蓋言在乾坤之內，其水日夜浮也。與『乾坤一腐儒』、『乾坤水上萍』之勢同。」❻無一字　指音信全無。❼戎馬　戰馬。借喻戰事。據《新唐書・代宗紀》大曆三年（西元七六八年）八月，吐蕃入寇靈州、邠州，京師戒嚴。❽關山北　指遙隔關隘山川之北的長安一帶。❾憑軒　倚靠著長廊上的樓窗。❿涕泗　涕，眼淚。泗，鼻涕。

【語　譯】以前聽說過有一湖洞庭水，沒想到今日登上了岳陽樓。遼闊的洞庭水劃分了昔日吳國和楚國的疆域，且不分晝夜地在天地之間浮動。親戚朋友們這時已音訊全無，年老多病的我如今泛著一葉扁舟，四處飄泊。向北遙望，想到關山外長安一帶仍舊兵荒馬亂，靠著樓窗不禁淚流滿面。

【賞　析】這是一首登臨的詩。詩人攜眷出蜀，於代宗大曆三年（西元七六八年）暮冬，流浪到洞庭湖畔的岳陽。他早年聽說過湖景的美勝，無限嚮往；但是道阻且長，不易親臨。怎料如今落拓江湖，無意間竟來到此地，登上名震遐邇的岳陽樓，這究竟是幸運還是不幸？是可喜還是可哀？詩人懷著矛盾紛亂的心情，寫下首聯「昔聞洞庭水，今上岳陽樓」充滿了沉鬱之感的詩句。

既上得樓頭，縱目四望，詩人用「吳楚東南圻，乾坤日夜浮」，一副對仗，成了千古稱頌的名句。雖然是景語，但含有絃外之音。把眼前的景色，描寫得異常恢宏雄健。而在那一「圻」一「浮」之中，又隱然藏有深意：吳、楚在春秋時代本是仇讎相敵之國，敵國分立，暗示著大唐正面臨著內憂外患；湖水浮盪，也暗示著天下的動亂不安。

接著，頸聯「親朋無一字，老病有孤舟」二句，雖是事語、情語，也寓有無盡的感慨。在這干戈擾攘的世局中給自己的定位是：一個抱病的老人，帶著全家老小，託身於一葉孤舟，四顧茫然，絕望地在江湖上漂流。

而此刻「戎馬關山北」，吐蕃的兵馬已攻殺到靈州、邠州，直逼長安，這場浩劫好像方興未艾，不知何時可了；可是詩人已走到窮途末路，只好面對著浮盪的湖水「憑軒涕泗流」，感傷時事而熱淚滿襟了。

這首詩，除了上述首、頷、頸、末四聯的順解，頷聯把湖水寫得壯闊無邊，更顯得頸聯中孤舟的渺小失據；首聯和尾聯作今昔的對比，更加深心中的愴痛；雖然只有八句詩，但詩人作雙重架構，使它的義蘊更加豐富，感人的力量更加強大。功力之深，他人實難企及。

六五、江南旅情

祖詠

楚山❶不可極❷，歸路但蕭條❸。

海色晴看雨，江聲夜聽潮。
劍留南斗近❹，書寄北風遙。
為報空潭橘❺，無媒❻寄洛橋❼。

【作　者】祖詠，見前一〇八頁。

【韻　律】這是一首平起格的五言律詩。除首句「楚山不可極」是拗句，即「仄平仄仄仄」，由於第一字、第三字本宜平而用仄，造成第二字成為孤平，故首句平仄不調，是為拗句。由此可知「一、三、五不論」，是有條件的，除非不造成孤平，才可以不論。詩中其他各句平仄均合律。

詩中次聯、三聯對仗，都作景語，然第三聯景語中，仍含有情語。古人寫律詩，特重景語和情語的分配，因此而達到情景交融的境界。

詩用下平聲二蕭韻，韻腳是：條、潮、遙、橋。

【注　釋】❶楚山　楚地的山。指湖南南部和江西北部一帶的地區，也是古代楚國一帶的地方。❷極　登上頂峰。❸蕭條　寂寥冷落。❹劍留南斗近　全句的意思是：我仰觀南斗，知道埋有寶劍的吳地已接近。南斗，星宿名。即斗宿。有六顆星。因坐落在吳地上空，因而以它喻指吳地。相傳吳時，在豐城的下邊埋有太阿、龍泉兩把寶劍，其紫光上沖斗、牛二星之間。見《晉書・張華傳》。❺為報空潭橘　全句是說：將以空潭橘報答親友。為，將。空潭橘，橘的一種，為湘江一帶的名產。一說：潭，昭潭，在湘江之中。❻媒　指傳送書信、物品的人。❼洛橋　洛陽有洛橋。在此指洛陽。

【語　譯】楚地雲山高聳，不可攀登，我羈留在返鄉的途中祇覺得一片寂寥淒涼。這一帶晴日裏海天一色，卻常常會突然下起雨來；到了晚上，江水洶湧，可以聽到陣陣潮聲。我仰觀南斗星，知道埋有寶劍的吳地已經接近；而流落異鄉的我，想託付北風代傳家書，卻感到遙不可及。就是想把這裏的名產空潭橘，寄回去給洛陽的親友，也沒有人可以代勞傳遞啊！

【賞　析】祖詠是洛陽人，流落到江南吳、楚一帶，因與家人音訊斷絕，欲歸不得，故作此詩。題為「江南旅情」，旨在抒發思鄉情懷。

詩中首聯「楚山不可極，歸路但蕭條」，寫雲山隔阻，歸路寂寥，表露他羈留異鄉的淒涼。頷聯「海色晴看雨，江聲夜聽潮」，是對仗句，寫江南濱海地區，物候低濕多雨，吳江湧騰澎湃，則知夜潮之方興。用雨、用潮，暗示思鄉的情緒沉鬱如雨，騰湧似潮，是景中有情處。頸聯「劍留南斗近，書寄北風遙」也是對仗句，寫仰觀南斗，知埋劍的吳地已近，表明自己身寄南方，但心懷北地，欲託北風傳書而不得。尾聯「為報空潭橘，無媒寄洛橋」，寫江南、湘江一帶名產空潭橘熟，欲和家人親友分享，但無由傳達，空留思念。

此詩用倒敘法寫成，首聯先寫瞻望歸路，頸聯才述遙羈江南，使全詩在平淡中呈現一種峰迴路轉、委婉清新的情致。

六六、宿龍興寺❶

綦毋潛

香剎❷夜忘歸，松清古殿扉❸。
燈明方丈❹室，珠繫比丘衣❺。
白日傳心❻淨，青蓮❼喻法微❽。
天花❾落不盡，處處鳥銜飛。

【作　者】綦毋潛（西元六九二——約七四九年），姓綦毋（毋，也作「母」），名潛，字孝通（一作「季通」），唐荊南（今屬湖北省江陵縣）人。開元進士，先任宜壽尉，後為集賢待制。又遷右拾遺，終著作郎。他的詩喜寫方外禪境，流露出濃厚的山林野趣。《全唐詩》錄詩一卷。

【韻　律】此為仄起格的五言律詩。全詩平仄合律，惟末聯出句「天花落不盡」，作「平平仄仄仄」，由於第三字可平可仄，造成下三仄，五言詩句下三平為三平調，下三仄雖無名稱，但均為古詩常用的句法。在近體中，非不得已，宜盡量避免寫成三平調或下三仄的句法。

詩中二、三兩聯對仗，合於律詩的章法結構。「方丈室」對「比丘衣」；「白日」對「青蓮」，對仗工整，過於雕飾，缺乏靈活自然。

詩用上平聲五微韻，韻腳是：歸、扉、衣、微、飛。首句便用韻。

【注　釋】❶龍興寺　寺名。在今湖南省零陵縣城西南。唐柳宗元曾在此租屋居住。宋元豐四年，改名為太平寺。見《清一統志．三七一．永州府二》。❷香刹　佛寺的美稱。刹是寺前的旛竿，後因稱寺為刹。❸扉　門扇。❹方丈　本指佛寺的正寢，即住持或長老的住所；在此用作住持的代稱。❺珠繫比丘衣　全句是說：珍珠藏繫在僧侶的衣中，在此暗示僧侶身懷妙理，是得道的高僧。繫，拴；掛。比丘，梵語。佛家稱年滿二十歲、受具足戒的男僧為比丘，俗稱和尚。女僧為比丘尼，俗稱尼姑。❻傳心　佛教主張靠妙悟以悟道，傳授佛法，稱為傳心。❼青蓮　一種青色的蓮花。梵語優鉢羅。花瓣長而寬大，青白分明，故用來比喻佛法的廣大精微。❽法微　指佛法精妙。❾天花　指天上神女散下的百花。佛教中有天女散花的故事，《維摩經．觀眾生品》載：文殊菩薩和維摩詰在文室內討論佛法時，有一天女現身，把天花散撒在眾位菩薩和大弟子們身上，以為供養，表示對佛法的尊重和對人的恭敬。

【語　譯】我在佛寺裏遊玩，因為流連忘返，便在寺裏借住一宿，寧靜的夜裏，不時傳來松下清風吹動古殿門扉的聲音。祇見高僧齊聚在燈火通明的禪室中講論佛法，這些比丘們個個身懷妙理，都是得道的高僧。他們所弘揚的妙法就如同白日般明淨，也像那青蓮般廣大精微。可歎那天上神女不停撒下的漫天花瓣，卻被無知的鳥兒們銜著到處飛散呢！

【賞　析】詩人遊龍興寺，流連忘返，當夜宿於寺中，賦成此詩。其中詠寺廟、碑塔、僧侶、佛典，便是禪跡；此詩中有禪意，可謂起於禪跡，入於禪趣，終於禪境。

破題「香剎夜忘歸，松清古殿扉」二句，詩人以出句點「宿」字，以對句點「龍興寺」，寫他因「忘歸」而投宿，因投宿而聽見松下清風吹動古殿門扉的聲音，聞到寶剎中香烟的氣味。

頷聯「燈明方丈室，珠繫比丘衣」二句，寫他在方丈室外的見聞：禪室中燈火通明，眾高僧正在裏面講論佛法。佛經裏有這樣一則寓言：有人到他親友家，醉酒而臥，親友把一顆無價寶珠贈給他，繫在他衣服裏；但他渾然不覺，酒醒了，就帶著寶珠離去，仍過著艱苦的日子。等他再與這位親友見面，才知道衣珠深藏，後悔也來不及了（見《法華經・五百授記品》）。這則寓言中的明珠，佛家用來比喻眾生原本具有的佛性。但詩人略作更改，用珠比喻佛家之妙理，「珠繫比丘衣」，便是說這些比丘身懷妙理，都是得道的高僧。

頸聯「白日傳心淨，青蓮喻法微」二句，讚美眾僧所弘揚的佛法明淨精微，可媲美白日、青蓮。佛書《黃檗山斷際禪師傳心法要》說：「此法即心，心外無法，此心即法，法外無心。」所以出句的「心」和對句的「法」，意思是相同的。

落句「天花落不盡，處處鳥銜飛」，詩筆作一轉折，不再頌揚佛法，而歎世人捨本逐末，不知講求佛法的真諦。天女散花，原是為了供奉佛法；佛法精妙，所以天花亂墜。可笑鳥兒棄佛法於不顧，卻競銜天花飛去，這和世人禮法，只講些輪迴報應何異？這一轉折，由實而虛，把高妙的佛法推向更為精深的境界；也使全詩充滿了禪趣，餘韻無窮。

六七、破山寺❶後禪院❷

常建

清晨入古寺，初日❸照高林❹。
曲❺徑通幽處，禪房❻花木深。
山光悅鳥性，潭影空人心。
萬籟❼此俱寂，惟聞❽鐘磬❾音。

【作者】常建，生卒年不詳。

開元十五年（西元七二七年）進士及第，與王昌齡同榜。代宗大曆中，官盱眙（今屬安徽省）尉。此後仕途不能如意，就隱居鄂州武昌（今屬湖北省），縱情詩酒。所作的詩多為五言，常以山林、寺觀為題材，也有一些邊塞詩。唐代殷璠評論他的詩：「似初發通莊，卻尋野徑；百里之外，方歸大道。所以其旨遠，其興僻，佳句輒來，惟論意表。」（見《河嶽英靈集》）有《常建集》傳世。《全唐詩》錄詩一卷。

【韻律】這是一首平起格的五言律詩。全詩平仄合律。由於一、三可平可仄的緣故，造成首聯出句「清晨入古寺」，頸聯出句「山光悅鳥性」，均成為下三仄的句法，雖類似古詩句法，但仍可通融。末聯「萬籟此俱寂，惟聞鐘磬音」，作「仄仄仄仄仄，平平平仄平」，這是雙拗的句法，即出句連用五仄，或二、四兩字均用仄聲，已是拗而不合律，然後在對句第三字處，本宜仄聲，故意改用平聲，以救上句的不合律，經過補救之後，仍然合律。這類拗救，詩家稱之為雙拗，如李商隱的〈登樂遊原〉詩，開端兩句「向晚意不適，驅車登古原」，也是雙拗的句法。

詩中首聯起筆便對仗，是流水對。次聯散句不對仗，然第三聯仍然對仗，是標準的偷春格。且所寫的景，都是與佛寺禪院有關的景致，以禪跡構成禪趣，加以用侵韻叶韻，讀起來更有寂靜空靈的意味。

詩用下平聲十二侵韻，韻腳是：林、深、心、音。

【注　釋】❶破山寺　破山，山名。寺，指興福寺，在今江蘇省常熟縣虞山北麓，南朝齊時始建，唐懿宗咸通九年賜額「破山興福寺」。❷禪院　僧侶所住的院舍。❸初日　初升的太陽。❹高林　高大的叢林。佛家稱僧徒聚集之地為「叢林」，故高林也兼有稱頌佛地之意。❺曲　一作「竹」。❻禪房　僧人住宿的房屋。❼萬籟　泛稱宇宙萬物所發出的聲音。凡是孔竅中所發出的聲音，皆稱為籟。❽聞　一作「餘」。❾鐘磬　佛家法器名。本為召集僧眾的器物，今多用在誦經等法會上。均為銅製，大型而吊掛的為鐘，鍋形或小杯形的為磬，可用槌敲擊而發聲。

【語　譯】清晨，我走進這座古老的寺院，初升的朝陽正照在高高的林木上。穿過曲折的小徑，來到這幽靜的後院，隱約可見僧人住的禪房深藏在花木叢裏。鳥兒們也喜愛這一片山林風光，飛上飛下，走到潭邊，臨潭照影，使人不覺世俗的雜念頓消。這時整座山林悄然靜謐，只聽到寺裏傳來的鐘磬聲。

【賞析】這是一首題壁詩，《全唐詩》題作〈題破山寺後禪院〉，詩旨更清楚。

常建善於在寫景的詩句中，寄寓深長的比興，這首詩也不例外，所題詠的是空門禪院，所抒發的卻是超凡絕俗的禪趣，藉景物的描寫，造成了佛門禪悅的意境。

詩人從清早進入破山寺寫起，用「曲徑通幽處」把讀者導入寺後，復用「禪房花木深」把讀者留在禪院裏，然後向讀者傳達他在這兒的所見、所聞和所感，把讀者的心浸入倒映著山光的潭水，洗濯得空明清淨，跟隨他在萬籟俱寂的幽院中，聆聽充滿怡悅的鳥鳴和令人心靈安頓的鐘磬之音。寫得條理分明，禪趣盎然，字字珠璣，警策絕倫，所以一直受到世人的喜愛與讚賞。如：唐人殷璠愛其「山光悅鳥性，潭影空人心」，編撰《河嶽英靈集》，便首列常建的詩；宋時歐陽脩愛其「曲徑通幽處，禪房花木深」，有「欲效其語作一聯，久不可得，始知造意者為難工」的話（見〈題青州山齋〉）。

這首詩，格律有不少變通處（見「韻律」），以致帶有古體的筆法，呈現出更為自然的風貌。

六八、題松汀驛❶

張祜

山色遠含空，蒼茫❷澤國❸東。

海明先見日，江白迥❹聞風。
鳥道❺高原去，人烟❻小徑通。
那知舊遺逸❼，不在五湖❽中。

【作　者】張祜（祜，一作「祐」。西元？——八五三年前後），字承吉，唐清河（今屬河北省清河縣）人。

初寓姑蘇，自稱處士。工詩。元和、長慶間，令狐楚表薦於朝，為元稹所抑，失意而退，客居淮南，與杜牧友善。晚年愛丹陽曲阿，就在當地築室隱居，卒於宣宗大中年間。祜早年善作宮體小詩，辭曲豔發；年歲老大後，轉作寫實諷諭詩及樂府詩，詩意婉約含蓄，時與六義相左右。有《張處士集》。《全唐詩》錄詩二卷。

【韻　律】這是一首仄起格的五言律詩。全詩平仄合律，惟末聯出句「那知舊遺逸」，作「仄平仄平仄」，原格律應是「平平平仄仄」，今第三字本宜平而用仄，是為拗，故在下一字「遺」字，此處本宜仄，今故意用平聲，以救上字的拗，這種本句自救的現象，稱為單拗。

詩中二、三兩聯對仗，「海明先見日」對「江白迥聞風」，寫海江遼闊之景，風、日相對；繼而「鳥道高原去」對「人烟小徑通」，寫山道小徑，鳥道人烟，有荒僻之意。詩中的對仗，除了平仄音韻相對比外，景物情意的對比，愈增對仗之美。

詩用上平聲一東韻，韻腳是：空、東、風、通、中。首句便用韻。

【注　釋】❶松汀驛　驛站名。在江蘇境內太湖之濱。❷蒼茫　曠遠遼闊，水氣迷濛的樣子。❸澤國　多水的地方。即水鄉。❹迥　遙遠。❺鳥道　僅容飛鳥通過的道路。形容險峻狹窄的山間小路。❻人烟　指有人居住處。烟，一作「煙」。❼遺逸　指隱士。即遺世孤立，隱居不仕的人。❽五湖　即太湖。《國語・越語下》載范蠡助越王句踐復國，功成身退，回到五湖，辭王泛舟而去，不知所終。後遂稱五湖為隱逸之地。

【語　譯】無邊的山色青青，在遠處藍天連接，又因位於太湖東濱，眼前一望無際盡是烟波蒼茫。清晨海面清朗，首先映入眼簾的是緩緩東升的旭日，江面也隨著朝陽開始泛白，遠遠的就可以聽到江上的風聲。這裏有險峻的山間鳥道可以接連到高原上去，人家很少，僅有小路可通。從前那些隱逸的朋友，今在何處？我訪遍太湖仍不見你們的蹤影啊！

【賞　析】這是詩人客居淮南，到五湖訪友不遇，題在松汀驛壁上的詩。水邊的平地叫汀。這長滿松樹的松汀，應該就在湖的東岸；而蒼茫的遠山，又在驛的東面。再向東去，就是長江口和大海了。

詩的前四句，記晨起在驛中向東眺望所見的景物。江近海遠，而詩人先寫東海日出，再寫江水泛白，是依日所見，非常細膩的寫實筆法，可謂「寫景在目」，亦自有境界。

後四句，抒寫訪友不遇悵惘。鳥道高不可攀，小徑細不勝尋，「舊」遺逸行蹤杳然，不知去向；教身為「新」遺逸的詩人，孤獨失伴，只好在湖畔悽愴徘徊。五湖烟波，江海風日，山色蒼茫，澤國含空，均是塑造的洞天佳景，是隱逸者的天地，點出松汀驛遠離名利仕宦場所，自有一番新天地。

六九、聖果寺❶

釋處默

路自中峰上，盤回❷出薜蘿❸。
到江❹吳地❺盡，隔岸越山❻多。
古木叢青靄❼，遙天浸白波。
下方城郭❽近，鐘磬❾雜笙歌❿。

【作　者】釋處默，晚唐時代的和尚。初與貫休一同出家，昭宗光化（西元八九八—九〇一年）前後到廬山與修睦、棲隱交遊。本有詩一卷，今存八首，《全唐詩》有錄。

【韻　律】這是一首仄起格的五言律詩。全詩平仄合律，除其中「到」、「下」、「鐘」三字均在句首處，使用可平可仄外，其餘各字的平仄，均依律而作。

詩中二、三兩聯，也是按律詩的規格，要對仗句，「到江吳地盡」對「隔岸越山多」，寫景對仗，又合實景，真是巧合。「古木叢青靄」對「遙天浸白波」，仍是寫景，一山一海，青白相對，寺前所見景色，對比入畫。

詩用下平聲五歌韻，韻腳是：蘿、多、波、歌。

【注　釋】❶聖果寺　寺名。在今浙江省杭州市城西南鳳凰山上。❷盤回　形容山路盤繞回旋。❸薜蘿　薜荔和女蘿。薜荔是一種常綠攀緣灌木。女蘿又叫兔絲，是一種寄生蔓草。皆生於山野。❹江　指錢塘江。❺吳地　春秋時吳國之地。據有今淮、泗以南、太湖以東的地區。❻越山　春秋時越國之山。越據有今江蘇北部運河以東、江蘇及安徽南部、江西東部、浙江北部的地區。❼青靄　青色的雲氣。❽城郭　泛指城邑。古代城牆有兩種：內城叫城，外城叫郭。郭，一作「郢」。恐誤。❾鐘磬　參見常建〈破山寺後禪院〉詩注❾。❿笙歌　本指合笙而歌唱。後泛指歌樂聲。

【語　譯】往聖果寺的山路是由鳳凰山的中間山峰上去的，一路上盤繞回旋，薜荔和女蘿草夾道而生。在寺前，可以看到錢塘江的盡頭是昔日的吳地，而隔江便是多山的越國。青色的雲氣籠罩著千年古木，遠天好似浸泡在白色的波濤裏。俯首杭州城就在山腳下，只聽見城內笙歌陣陣，與寺中的鐘磬聲混成一片。

【賞　析】《清一統志・二八四・杭州府・祠廟》載：「勝果寺，在仁和縣（今杭州市）鳳凰山右，隋建，有排衙石、石洞、郭公泉、月巖。唐僧處默有詩。」處默的詩，應指本詩而言，「勝」與「聖」音同義近，不知何時所改。鳳凰山在杭州城南，陵阜巖壑逶迤而西，東瞰錢塘江，可直望海門。

這首詩以聖果寺為題，所寫的卻是登臨山右（東）的寺院，由東而南，復經東而北，向東、南、北三面眺望的所見與所聞，而在見聞中隱寓他的所感與所懷；釋家寫佛寺，連天地都顯得空寂虛渺。

首聯寫山路。詩人就沿著這條盤回的山路，到達中峰上的寺院。

中間四句，詩人的視線以東流的錢塘江為主軸，向東南往返掃描；頷聯寫一水劈開了吳、越，江山是那麼雄渾壯闊；而吳地與越山隔江相望，也使詩人憶起夫差、句踐互爭得失的故事；頸聯「古木叢青靄，遙天浸白波」的描述，除了托出鮮麗怡人的景色，也吐露詩人念天地之悠悠、得失終必成空的覺悟。

最後詩人把他的視線移向北方，俯視臨近寺院的杭州城，但聞城裏歌吹沸天，和寺中的鐘磬相亂。直到結尾，詩人才巧妙地把全詩轉入正題。如何使人大徹大悟，超脫紅塵呢？詩人是懷著普渡眾生的大悲願吧！

七〇、野望

王績

東皋❶薄暮❷望，徙倚❸欲何依？
樹樹皆秋色❹，山山惟❺落暉❻。

牧人驅犢❼返，獵馬帶禽歸❽。
相顧❾無相識，長歌❿懷采薇⓫。

【作　者】王績（西元五八五——六四四年），字無功，絳州龍門（今山西省河津縣）人。生於陳後主至德三年，卒於唐太宗貞觀十八年，享年六十。

王績歷陳、隋、唐三代，隋大業中，任祕書正字、六合縣丞，因世亂辭歸，著書於東皋，自號東皋子；其兄王通，號文中子，為有隋一代的思想家。唐高祖武德初年，王績待詔門下省，侍中陳叔達日給酒一斗，時稱斗酒學士。太宗貞觀初，因病休官。後聞太樂署史焦革家善釀酒，績求為丞；革死，其妻送酒不絕，年餘，又死，績乃棄官還鄉，放誕縱酒。他的詩樸質自然，多以酒為題材，讚美嵇康、阮籍和陶潛，不滿現實，流露出消極頹放的色彩。原有集，已散佚，後人輯有《東皋子集》（一名《王無功集》）。《全唐詩》錄詩一卷。新、舊《唐書》有傳。

【韻　律】這是一首平起格的五言律詩。全詩平仄合律，沒有出律拗折的現象。詩中二、三兩聯對仗，「樹樹」、「山山」是重言對，寫景明麗。「牧人驅犢返」對「獵馬帶禽歸」，寫東皋薄暮所見的動景人事，村人農事田獵並見，對仗取景明快，且具動態。詩中兩副對聯，已是傳誦千載的佳句。首尾兩聯散句不對仗，與其中四句對仗，造成對比，這是律詩的奧祕，亦即散、偶互用之美。

詩用上平聲五微韻，韻腳是：依、暉、歸、薇。

【注　釋】❶東皋　地名。作者隱居的地方。在作者家鄉絳州龍門（今山西省河津縣）。東皋，一解為田野高地。❷薄暮　接近日落的時候。即傍晚時分。薄，與「迫」通。靠近之意。❸徙倚　低徊；留連徘徊。❹秋色　秋天蕭條肅殺的景色。❺惟　一作「唯」。意通。❻落暉　落日的餘光。❼犢　小牛。❽獵馬帶禽歸　出獵的馬匹和獵人，帶著獵物歸來。❾相顧　相看。❿長歌　引吭高歌。⓫采薇　指伯夷、叔齊兩位高士。伯夷和叔齊，是殷代孤竹國君長墨胎初的兒子，周武王滅殷，二人恥食周粟，隱居首陽山，采薇而食，作歌曰：「登彼西山兮，采其薇矣。以暴易暴兮，不知其非矣。神農、虞、夏，忽焉沒兮，我安適歸矣。于嗟徂兮，命之衰矣。」終於餓死。見《史記・伯夷列傳》。薇，野菜名。即蕨。

【語　譯】黃昏時，我在東皋遠眺，心情跟暮色一樣徘徊不定，不知依靠何處？看到一棵棵的樹均已披上秋天蕭瑟肅殺的色彩，一座座的山都浸浴在夕陽的餘光中。牧人正趕著小牛回家，獵人騎著馬兒載著獵物歸來。道上相逢彼此卻都不認識，令人不禁要高聲放歌，懷念古代那兩個采薇而食的高士啊！

【賞　析】王績是隋時的舊臣，在唐人眼中，他是個前代遺老；他雖然以嗜酒著稱，但內心實懷家國之痛。《全唐詩・三七》錄有他〈晚年敘志示翟處士〉詩，自稱「弱齡慕奇調，無事不兼修」，但「中年逢喪亂，非復昔追求」。這中年所逢的喪亂，自然是指改朝換代的大變。

「東皋薄暮望，徙倚欲何依？」東皋是詩人退隱之地，無論仕隋、仕唐，一旦辭官，他都回到此處。這首詩由最後一句看來，顯然作於入唐以後。罷官歸來，中心搖搖，不知何去何從；所以在日暮途窮的野外，正像曹操〈短歌行〉中「繞樹三匝，何枝可依」的烏鵲，傾吐出如此落拓無主的心聲。又因懷著徬徨的心情，所以他眼中的「樹樹皆秋色，山山惟落暉」，在原本蕭條的秋色，更蒙上一層愁慘的昏黃。

在這黯淡的背景前，「牧人驅犢返，獵馬帶禽歸」，許許多多的人畜在詩人身邊經過，投奔他們安身立命的處所。他們的安適自在，以詩人的眼光看來，和大時代的背景絕不相稱，簡直不可思議。

於是在「相顧無相識」的情況下，詩人只好「長歌懷采薇」，神交古代的高士伯夷和叔齊，作長歌以崇慕他們的大義了。

論者以為，自南朝沈約等人把聲律的知識用到詩歌創作之中，為律詩這種新體裁鋪下道路，到初唐的沈佺期、宋之問手裏，律詩才算定型。可是王績早於沈、宋六十餘年，已能寫出這首情景交融、圓熟合律的作品，不得不令人另眼相看。而且由他能跳出南朝華靡豔麗的詩風，走回晉代陶淵明純真質樸的路線，也能看出他不同流俗的一面。《全唐詩》所收王績詩，多五言古詩，不乏長篇之作，且具有山水田園詩的風格。

七一、送別崔著作東征❶

陳子昂

金天❷方肅殺❸，白露❹始專征❺。

王師❻非樂戰❼，之子❽慎❾佳兵❿。

海氣⓫侵南部，邊風掃北平⓬。
莫賣盧龍塞⓭，歸邀⓮麟閣⓯名。

【作者】陳子昂，見前六二頁。

【韻律】這是一首平起格的五言律詩。全詩平仄合律，但與五言律詩的定式稍有不同，即全詩用失黏失對的方式寫成，第二聯的平仄與第一聯的平仄相同，第四聯的平仄與第三聯的平仄相同，便造成失黏失對的現象，但仍然是合律的。詩中前三聯均對仗，且用辭顯著，如「金天」對「白露」，「樂戰」對「佳兵」，「南部」對「北平」，平仄也相反，極容易看出是對仗句。

詩用下平聲八庚韻，韻腳是：征、兵、平、名。

【注釋】❶送別崔著作東征　《四部叢刊・陳伯玉集・二》同，卷七有〈送著作佐郎崔融等從梁王東征序〉一篇，當為本詩之序文，故《全唐詩・八四一》併收錄，改題〈送著作佐郎崔融等從梁王東征〉。融字安成，齊州全節人，文章華婉，朝廷詔誥，多出其手。梁王，武三思。據《新唐書》載，武后萬歲通天元年（西元六九六年），契丹叛唐，攻陷營州，七月，三思為榆關道安撫大使，防禦契丹。❷金天　秋天的別稱。秋在五行中屬金，故稱金天。❸肅殺　形容秋天草木凋落的景象。❹白露　節氣名。二十四節氣之一，為立秋後的第三個節氣。此時入夜後露水已濃，故稱白露。❺專征　古代諸侯得天子特許，可隨時自行出兵征伐有罪的諸侯，稱為專征。❻王師　帝王的軍隊。也指朝廷的軍隊。❼樂戰　好戰；喜歡打仗。❽之子　指崔融等從征的人。之，是；此。子，對他人的尊稱。指崔融。❾慎　一作「送」。恐誤。❿佳兵　《老子・三一》：「夫佳兵者不祥之器，物或惡之。」舊解：佳，善。兵，指兵器。但此處「佳兵」與「樂戰」相對，故當引申為善用兵器之義。⓫海氣　海上的凶氣。與下句「邊風」同喻外患。⓬北平　郡名。北魏置。唐改為平州，一度又用北平舊稱。治所盧龍縣，屬河北省。⓭莫賣盧龍塞　盧龍塞，古塞道名。因盧龍山（今烏龍山）而得名。也稱盧龍道。在河北省遷安縣西北。起自薊縣，東經喜峰口至冷口，中間峻坂折曲，古時有九崢的稱呼。漢獻帝建安十二年（西元二〇七年），曹操北征烏丸，用義士田疇計，出盧龍口突擊，大獲全勝。操欲封疇為亭侯，疇辭謝道：「豈可賣盧龍之塞，以易賞祿哉？」言志在為民除害，非為高官厚祿。見《三國志・魏志・田疇傳》。今用此典嘉勉崔氏。⓮邀　求取。⓯麟閣　即麒麟閣。本為漢代閣名，在未央宮中，武帝時建；一說蕭何所造。宣帝甘露三年，畫功臣霍光等十一人圖像於其上。見《三輔黃圖・六》。後世借指繪有功臣圖像的樓閣。

【語　譯】正值充滿肅殺之氣、草木紛紛凋落的秋天，過了白露就要出兵征伐了。朝廷的軍隊不是喜好打仗，您們這班從征的人，用兵作戰應當慎重。敵人侵犯南來，強大的軍力橫掃我北方邊境。不要出賣了盧龍塞，待凱旋歸來時得在麒麟閣留名。

【賞　析】這首詩作於武后萬歲通天元年，《全唐詩》所錄原序有一段說：「歲七月，軍出國門，天晶無雲，朔風清海，時比部郎中唐奉一、考功員外郎李迥秀、著作佐郎崔融並參帷幕之賓，掌書記之任，燕南悵別，洛北思懽，頓旌節而少留，傾朝廷而出餞。」可見餞行的場面非常盛大，此詩並不專為送崔融而作；其中明言七月，與《新唐書・則天皇后紀》所載：「五月壬子，契丹首領松漠都督李盡忠、歸誠州刺史孫萬榮陷營州（治所龍城，即今熱河省朝陽縣）。……七月辛亥，春官尚書武三思為榆關道安撫大使，納言姚璹為副，以備契丹」，及〈外戚傳〉所載：「（武）元慶子三思為梁王。……三思當太后時，累進夏官、春官尚書、監修國史，爵為王。契丹陷營州，以榆關道安撫大使屯邊」相合，可見詩題當以〈送著作佐郎崔融等從梁王東征〉為正。

據《禮記・月令》，孟秋之月（今國曆七月），涼風至，白露降，天子乃命將帥，選士厲兵，以征不義。所以此詩的首聯，就用金天、白露來表明出兵的時間。所謂「白露」，是指初秋露水下降的時候，也是秋殺出征的季節。

詩的中間兩聯，作者用「海氣侵南部，邊風掃北平」，說明「王師非樂戰」而不得不戰的苦衷，而用「之子慎佳兵」來勸戒崔融等不可以好戰的思想誤導梁王。

尾聯援引田疇功成不受賞的典故，勉勵融等把握良機，為國效力，勿貪求個人的功名。

全詩遺辭典雅，立意莊肅，盡棄兒女之情，不見傷別的淒楚，而有雄壯的出征場面，所以卓然千古。

七二、攜妓納涼❶晚際❷遇雨（其一）

杜甫

落日放船❸好，輕風生浪遲❹。
竹深留客處，荷淨❺納涼時。
公子調冰水❻，佳人雪❼藕絲❽。

片雲頭上黑，應是雨催詩❾。

【作　者】杜甫，見前一一一頁。

【韻　律】這是一首仄起格的五言律詩。全詩平仄合律。首聯「落日放船好，輕風生浪遲」，是孤平拗救的句法；出句作「仄仄仄平仄」，第三字「放」字，本為平聲，今作仄聲，是為拗不合律，造成第四字「船」字為孤平，於是在對句「輕風生浪遲」，第三字「生」字，本宜仄聲，今故意改用平聲，以救上句的孤平和拗字，這種句法，便屬於孤平拗救。

此詩首聯便對仗，二、三兩聯也依律詩的作法，要求對仗。杜甫的詩一向嚴求格律，因此他的詩出律的現象很少，且對仗也都極工整，「落日放船好」、「輕風生浪遲」，對仗自然，像是俯拾即得的句子；「竹深留客處」對「荷淨納涼時」，也是妙對，可視為聯語；「公子調冰水」對「佳人雪藕絲」，有風月的情趣，亦呼應詩題的「攜妓納涼」。

律詩有四聲遞用法的技法，即每聯出句末字，也講求平仄、四聲的安排。此詩每聯出句末字為「好」、「處」、「水」、「黑」，即上聲、去聲、上聲、入聲，如首聯出句用韻，便構成平、上、去、入聲均備的四聲遞用法。此詩雖非標準的四聲遞用法，但能在聲調上要求變化，也合乎四聲遞用法的用意了。

詩用上平聲四支韻，韻腳是：遲、時、絲、詩。

【注　釋】❶納涼　乘涼。❷晚際　天黑的時候。❸放船　開船；泛舟。❹遲　緩慢；徐緩。❺荷淨　荷葉潔淨。❻調冰水　用冰塊調製飲料。❼雪　拭擦。❽藕絲　色彩名。即藕色。在此借喻女子白嫩的肌膚。❾雨催詩　因天空欲雨，引起寫詩的興致。

【語　譯】夕陽西下時去泛舟是最美的事了，輕柔的風吹著水面，緩緩皺起了細細的浪。船行到一處，綠竹茂密幽深，正是留客的好地方，但見四周荷葉潔淨，又正是乘涼消暑的好時節。於是公子們開始調製冰水，佳麗們忙著補妝，擦拭著粉頸藕臂。這時候頭上卻飄來了一片烏雲，想是要下雨來催人作詩哪！

【賞　析】此詩仇兆鰲《杜詩詳註・三》題作〈陪諸貴公子丈八溝攜妓納涼晚際遇雨〉，共二首。仇氏以為天寶間未亂時作，又引鶴注：「丈八溝，天寶元年韋堅所通溝渠。」溝在今陝西省長安縣西南。

第一首「落日放船好」，首聯寫泛舟入丈八溝的情形，次聯寫水上的勝境。落日、輕風、竹深、荷淨，都給人涼爽的感覺；而輕、遲、深、淨四字，也都鍊字鍊得非常工致，使人心曠神怡，暑意全消。

三聯寫公子在調冰水作飲料，佳人卻忙著補妝，擦拭粉頰藕臂；第四聯造語清新可愛，意趣橫生，「片雲頭上黑，應是雨催詩。」美景當前，佳人在側，豈可無詩？而雨向來又是詩人靈感的泉源，「片雲催詩」，好一個「催」字，只有詩人特具的詩心，才會有此浪漫而唯美的聯想，使得詩境至此再往上推進一層，氣韻靈動，餘味無窮，不過卻正像那場將下未下的大雨，充滿了沉鬱待發的氣勢，也因此為第二首開闢了先路，使這兩首詩脈絡互通，相為首尾，密不可分地結合在一起。

七三、攜妓納涼晚際遇雨（其二）

杜　甫

雨來沾席上，風急打船頭。
越女❶紅裙濕，燕姬❷翠黛❸愁。
纜侵堤柳繫❹，幔卷浪花浮❺。
歸路翻❻蕭颯❼，陂塘❽五月秋❾。

【作　者】杜甫，見前一一一頁。

【韻　律】這是一首平起格的五言律詩。全詩平仄合律，僅其中「雨」、「風」、「纜」、「歸」四字，為可平可仄外，其餘都依定式的格律，沒有不合律或拗救的現象。

詩中前三聯都是對仗句，第一、二聯寫景、寫人物自然清麗，第三聯對仗，「纜侵堤柳繫」對「幔卷浪花浮」，是千錘百鍊的句子，為巧構形似之言，用字遣詞精確，造境優美。

詩用下平聲十一尤韻，韻腳是：頭、愁、浮、秋。

【注釋】❶越女　泛指南方的女子。越，春秋時越國，位於浙江地區，在此泛指江南一帶而言。❷燕姬　泛指北方的女子。燕為戰國時燕國，位於河北省北部，在此代表北方一帶。越女、燕姬，均指歌妓。❸翠黛　黛，青黑色的顏料，也稱翠黛。古時女子用以畫眉，故用作眼眉的代稱。❹纜侵堤柳繫　全句是說：畫船靠近堤柳，纜索拴在柳樹上。侵，靠近。繫，拴。❺幔卷浪花浮　全句是說：船上的帳幔捲起，只見船外的浪花浮動。❻翻　轉；變成。❼蕭颯　淒涼寂寞。❽陂塘　即池塘。❾五月秋　指雨後五月的夏日，涼爽如秋。

【語譯】雨點沾濕了席上，急風狂打著船頭。南方佳人身上的紅裙濕了，北國美姬眉黛含愁。於是畫船駛近堤柳，纜索拴在柳樹上；捲起船上的帳幔，只見船外浪花浮動。雨停後解纜歸去，路上的景色卻變得淒涼寂寞，五月夏日的雨後，池塘裏卻涼爽如秋。

【賞析】此詩應與前一首合併，當作一詩的兩章看。

前章用緊收慢放的筆法寫到雨意濃厚處戛然而止，此章就接寫風雨驟至，五月成秋，彷彿太過享樂，觸動天怒，寓有貶抑的意思，杜公不是風流才子型的人物，這次攜妓納涼，是不得已而陪在那批貴公子身旁，並非出於本意。

詩人藉舟中的美妓，有來自南方水鄉的越女，有來自北國燕地的佳人，表現這批王孫公子的闊綽。風來雨至，習於舟船的越女為衣裙濕透而心急如焚，不識水性的燕姬因不勝顛簸而緊鎖蛾眉；詩人用女子嬌嗔窘迫的情態來凸顯雨勢夾風，來得又倉促又大，兩處手法皆自然高妙。

頸聯中繫在楊柳岸邊任浪花拍打的孤舟，末聯中在歸路上所感的蕭颯和五月一雨如秋，則既是景候的寫實，也有著暮雨天涼的一份快感。

七四、宿雲門寺閣❶

孫　逖

香閣❷東山❸下，烟花象外❹幽。
懸燈千嶂❺夕，卷❻幔五湖❼秋。
畫壁餘❽鴻雁，紗窗❾宿❿斗牛⓫。
更疑天路⓬近，夢與白雲遊。

【作　者】孫逖，見前一六頁。

【韻　律】這是一首仄起格的五言律詩。全詩平仄協律，除「香」、「更」二字用可平可仄外，其餘都與定式的平仄相配合。首聯起筆便對仗，「香閣東山下」對「烟花象外幽」，不是佳對，只是勉強對稱。二、三兩聯以寫景對仗，寫雲門閣所見閣外的景象，都算是好對子，「懸燈千嶂夕」對「卷幔五湖秋」，「畫壁餘鴻雁」對「紗窗宿斗牛」，日夜佳景，均入對聯中，取景巧妙。

詩用下平聲十一尤韻，韻腳是：幽、秋、牛、遊。

【注　釋】❶雲門寺閣　雲門寺的樓閣。寺在浙江省會稽縣南雲門山上。晉義熙三年（西元四〇七年），有五色祥雲出現，據傳其下為仙人王子晉所居，安帝因而詔建此寺。見《清一統志・二九四・紹興府一》。❷香閣　佛寺的樓閣常有香烟繚繞，故稱「香閣」。❸東山　雲門山的別名。在浙江省會稽縣南三十二里。見《清一統志・二九四・紹興府一》。❹象外　塵世之外。❺千嶂　山峰眾多，指羣山。❻卷　同「捲」。❼五湖　指太湖。參見薛瑩〈秋日湖上〉詩注❷。❽餘　剩餘。一作「飛」。❾紗窗　蒙糊著細紗的窗子。❿宿　寄留；夜間止息。⓫斗牛　即二十八宿中的斗宿和牛宿。在此泛指天上的星宿。⓬天路　通往天上的道路。指雲路。

【語　譯】雲門寺閣坐落在東門山下，烟雲花氣交織的春景幽深，好似世外仙境。夜裏，寺中懸掛起燈火，映照著羣山；捲起帳幔，五湖的秋景便映入眼簾。寺內斑剝的牆上有鴻雁的畫跡殘留其間，星兒彷彿都停宿在紗窗上。叫人更加懷疑通往天上的道路很近，因此便在夢裏和白雲一起遨遊了。

【賞　析】此詩一作〈雲門閣〉。

全詩結構，前六句寫在寺閣夜宿所見的景象，末兩句因景而引來感慨。首聯寫欲入閣投宿，在遠處望見的寺閣全景。閣在東山之下，位置不高。寺中沒有五色祥雲，但香火鼎盛，香烟籠罩花木，使整座寺院環圍在綠烟紅霧之中，以「烟花象外幽」點出特色，既顯得無比的幽深寂靜，也不負「雲門」的美名。

次聯寫初入閣中所見的情景。「懸燈千嶂夕」，是寫門外的夜景，形容寺閣中的燈光，在夜裏映照千嶂；「卷幔五湖秋」，是寫捲起窗帘時微涼的秋風吹入，忽見碧空如水，秋光滿湖。侷促斗室之中，神遊千嶂、五湖之外，詩人不唯筆法超羣，意境尤其廣遠。

三聯寫臥牀倚枕所見。畫壁斑剝，只有鴻雁的畫跡殘留，暗示寺閣的古老；紗窗上羣星交輝，極見香閣的崇高。「餘鴻雁」或作「飛鴻雁」，可知壁上畫的是飛鴻展翅沖天而去。二、三兩聯對仗工巧，塑景成趣。

尾聯寫夢後的追憶。回想朦朧入夢和夢中的情形，引來雲遊飛天的感慨。

這八句詩，從投宿到入夢，把一個「宿」字寫得淋漓盡致。而詩人寫景，或遠近交錯，或內外差合，顯示寺閣高古幽深的氣象，引人入勝。

七五、秋登宣城❶謝朓北樓❷

李　白

江城❸如畫裏，山色❹望晴空。
兩水❺夾明鏡，雙橋❻落彩虹。
人烟寒橘柚，秋色老梧桐❼。
誰念❽北樓上，臨風❾懷謝公❿？

【作　者】李白，見前一一一頁。

【韻　律】這是一首平起格的五言律詩。全詩平仄合律。末聯「誰念北樓上，臨風懷謝公」，是孤平拗救的句法，即出句第三字「北」字，本宜平而用仄，不合律而拗折，造成第四字「樓」字成為孤平，故對句「臨風懷謝公」的第三字，本宜仄聲而改用平聲，以救上句的孤平和拗折，這種現象稱為孤平拗救，補救之後，依然合律。

二、三兩聯對仗，且四句句法相同，都是在兩個名詞之間，用「夾」、「落」、「寒」、「老」等一個字來貫串，使靜態的景，成為流動的景，其中「夾」、「落」，是動詞作動詞用，不覺新奇，用「寒」、「老」貫串，則是形容詞作動詞用，便成為出色的點化，也是引人入勝的詩眼。

詩用上平聲一東韻，韻腳是：空、虹、桐、公。

【注　釋】❶宣城　即今安徽省宣城縣。❷謝朓北樓　即謝朓樓，又稱謝公樓。因在城北而稱北樓。唐時改名疊嶂樓。南北朝時南齊詩人謝朓任宣城太守時所建，樓在今安徽省宣城縣境內。❸江城　指宣城。唐代江南地區泛稱大小河流為江，稱河邊的城為江城。❹色　一作「曉」、「晚」。❺兩水　指宛溪和句溪。宛溪源出峰山，在宣城東北與句溪相會。❻雙橋　指橫跨溪水的上下兩橋。上橋叫鳳凰橋，在城的東南泰和門外；下橋叫濟川橋，在城東陽德門外，都建於隋文帝開皇年間（西元五八一——六〇〇年）。見《寰宇通志・十一・寧國府》。❼梧桐　木名。落葉喬木，秋天時葉落。❽念　思念；牽掛。❾臨風　對著風；迎風。❿謝公　指謝朓。朓年三十六歲就死了，詩人以「公」稱之，足見景仰之深。

【語　譯】宣城一帶的風光秀麗如畫，我在一片山色裏眺望著晴朗的天空。宛溪和句溪兩條河流夾住江城，澄澈如同明鏡；鳳凰和濟川上下二橋跨在兩岸，宛若空中落下的彩虹。居住在這裏的人家和四周的橘柚，都籠罩著一股寒氣；梧桐葉枯黃飄落，秋色已經很深。有誰會和我一樣在這北樓上思念，迎著風懷想當年的謝公呢？

【賞　析】謝朓，字玄暉，南齊陳郡陽夏（今河南省太康縣）人。他是一個官宦子弟，工五言詩，文章清麗，少時就有美名。隨郡王蕭子隆任荊州刺史，好辭賦，朓在他的幕府，最受賞愛，經常通宵達旦相聚晤談，引起長史王秀之的妒嫉，時以朓年少無知相勸，並向武帝密報；武帝立刻敕朓還都。後朓以新安王中軍記室兼尚書殿中郎轉中書郎，出任宣城太守，復為中書郎，升任尚書吏部郎。東昏侯永元元年（西元四九九年），蕭遙光陰謀篡位，因朓不肯附和，就聯合同黨徐孝嗣、江祐等人加以誣害，聯名奏劾他「扇動內外，處處姦說」，「宜下北里，肅正刑書」。東昏侯即以「朓資性輕險，久彰物議，直以雕蟲薄伎，見齒衣冠。昔在諸宮，構扇蕃邸，日夜縱諛，仰窺俯畫」等罪名把他殺了，時年三十六歲（見《南齊書・謝朓傳》）。朓以年少多才受隨郡王的知遇，竟使他終身受累，寧不令人浩歎？

李白這首詩，作於天寶十三年（西元七五四年）秋天。這年是他同樣以高才見嫉、被迫離開長安後的第十一個年頭。他平生最欣賞謝朓的詩，常在詩文中加以讚歎，如他在〈宣州謝朓樓餞別校書叔雲〉詩中推崇謝朓，有「蓬萊文章建安骨，中間小謝又清發，俱懷逸興壯思飛，欲上青天攬明月」這樣的句子；而且孤高得「相看兩不厭，只有敬亭山」的李白，當世沒有一個知己，於是他尚友古人，便把際遇和自己酷似的謝朓當作唯一的知己。

這首詩的前六句寫景，景物中寓有深情。「江城如畫裏」，提供一幅統攝全局的畫面。接著，詩人分別用特寫鏡頭，由天空而地面，由遠景而近物，寫晴空，寫兩水，寫雙橋，寫橘綠柚黃，寫梧桐凋落；景物越近，秋色越濃，寒氣越重，心情也隨著越加淒楚，感懷也越加深刻。當他獨對北樓，卻不見樓主時，心中就興起一種莫名的、懷古的落寞情懷，故發出了「誰念北樓上，臨風懷謝公」的慨歎。末聯點出主題，語意含蓄，思古幽情卻繚繞纏綿；英雄對英雄的歌哭，讀來格外悲涼。

七六、臨洞庭❶

孟浩然

八月湖水平，涵虛混太清❷。
氣蒸❸雲夢澤❹，波撼岳陽❺城。
欲濟❻無舟楫❼，端居❽恥聖明❾。
坐觀垂釣者❿，徒⓫有羨魚⓬情。

【作者】孟浩然，見前二頁。

【韻律】此為仄起格的五言律詩，但首句「八月湖水平」，作「仄仄平仄平」，便已拗折而無法補救。但開端「八月」二字為入聲，頓挫生姿，有它音節的特異處，一開端便有奇特的聲調，引人的聲情。二句以下，平仄均協律，合乎仄起五律的定式。

詩中二、三兩聯對仗。二聯作景語，「氣蒸」對「波撼」，「雲夢澤」對「岳陽城」，真是巧對，且有壯闊之境，可與詩題「臨洞庭」相配合。三聯道情語，情與事相生，「欲濟」對「端居」，「無舟楫」對「恥聖明」，配合詩題「贈張丞相」，有請其舉薦的隱喻，譬喻得體。

詩用下平聲八庚韻，韻腳是：平、清、城、明、情。首句便用韻。

【注釋】❶臨洞庭　一作〈望洞庭湖贈張丞相〉。張丞相，指張九齡。❷涵虛混太清　是說天空和湖水互相映照，水天相合為一。涵，包含。混，雜糅。虛、太清，均指天空。❸氣蒸　指水氣蒸騰。❹雲夢澤　古代楚國的澤藪名。本為二澤，長江之南為雲澤，長江之北為夢澤，後淤積成陸地，並稱為雲夢澤，亦可單稱「雲」或「夢」。在今湖北省南部洞庭湖北岸一帶。❺岳陽　縣名。今屬湖南省，在洞庭湖口東岸，背倚高岡，三面臨湖，形勢扼要。❻濟　渡河。❼舟楫　指船。楫，撥水行舟之具，長者為櫂，短者為楫。❽端居　閒居；平日居住家中。❾恥聖明　指愧生於聖明的時代。聖明，對天子的尊稱。❿垂釣者　比喻得遇明主的賢相。取姜太公垂釣於渭水之濱，得到西伯（周文王）賞識的故事。見《史記・齊太公世家》。此處暗指張九齡。⓫徒　一作「空」。⓬羨魚　羨慕人家得到魚。比喻出仕為宦的願望。

【語譯】八月的洞庭湖，水平如鏡，天空和湖水互相映照，水天混成一色；熱氣鬱蒸著雲夢澤，波濤撼動著岳陽城。我想要渡越洞庭，可惜沒有船和槳，閒居家中又覺得愧生在這個聖明時代。我衹能坐著看那垂竿釣魚的人，心裏空自羨慕人家得魚的快樂啊！

【賞析】唐玄宗開元二十一年（西元七三三年），張九齡出任中書侍郎、同中書門下平章事，為丞相；詩人正好西遊長安，贈以此詩。這首詩表面寫景抒情，事實上是用以干祿求官，希望能得到張九齡的賞識和任用。

詩人用「八月湖水平，涵虛混太清」，暗示四海晏然，天下太平。用「氣蒸雲夢澤，波撼岳陽城」，暗示大唐國力充沛，澤潤萬物，威震八荒，是一個有道的盛世。

孔子說：「天下有道則見，無道則隱。邦有道，貧且賤焉，恥也。」（見《論語・泰伯》）基於此，所以詩人又用「欲濟無舟楫，端居恥聖明」，表達他進身無路且恥貧賤於治世的困境。又用「坐觀垂釣者，徒有羨魚情」，藉姜太公垂釣渭水之陽（北），終被西伯立為太師的故事，表示對賢相九齡得遇明主的欽羨，隱寓著自己期盼得到丞相援引而出仕的意願。

這首干謁詩，文詞委婉，氣勢宏偉，比喻妥帖，用典巧妙，十足表露出詩人超卓的才情。頷聯「氣蒸」、「波撼」二語，也是唐詩中膾炙人口的名句。全詩結構明快，前四句寫景，後四句道事，景物與情事配合，藉洞庭湖以頌張丞相的涵容，並盼其舉薦，成為千古傳誦的佳篇。可惜，孟浩然一生均為處士，不曾為官，至四十歲時，不得已歸隱襄陽的鹿門山，從此斷絕仕宦之意，而與山泉麋鹿為友，嘯傲於山林之間，終老一生。今讀其早年求仕的詩，猶覺餘情繚繞，教人低徊不已。

七七、過❶香積寺❷

王維

不知香積寺，數里入雲峰。
古木無人徑❸，深山何處鐘？
泉聲咽危石❹，日色冷青松。
薄暮空潭曲，安禪❺制毒龍❻。

【作者】王維，見前二七頁。

【韻律】這是一首平起格的五言律詩。頸聯出句「泉聲咽危石」，作「平平仄平仄」，是單拗的句法，即第三字本宜平，今變為仄聲，是拗不合律，故於第四字處，本用仄聲，今故意改為平聲，以救上字的不合律，救過之後，依然合律。其他各句平仄，與定式吻合。

詩中二、三兩聯對仗，都是寫景的對仗語。劉勰在《文心雕龍・麗辭》中提到麗辭之體，凡有四對：「言對為易，事對為難，反對為優，正對為劣。」此處雖同屬「正對」，但從「同」處也可析出「異」處來，即二聯出句寫古木參天，無路可通，對句卻以鐘聲迴響深山，推知仍有人居。三聯出句寫泉聲危石，對句寫日色青松，一為有聲的動景，一為無聲的靜景，但其中生機勃勃，富有禪意。故律詩中的對仗，不僅是平仄、詞性的對仗，內容的對仗之美，才是律詩動人的關鍵。

詩用上平聲二冬韻，韻腳是：峰、鐘、松、龍。

【注釋】❶過　探訪。❷香積寺　寺名。唐代佛教名剎。高宗永隆二年（西元六八一年）為追諡當時圓寂的高僧善導大師而建。寺址在陝西省長安縣南三十里、交河之北的神禾原上。宋代太平興國三年改名開利寺，不久又恢復原名。見《清一統志・西安府四》。❸徑　小路。❹危石　高聳的山石。❺安禪　佛家語。即坐禪入定的意思。❻毒龍　比喻妄心。即妄想、欲念。趙殿成《王右丞集箋注・七》：「《涅槃經》：『但我住處，有一毒龍，其性暴急，恐相危害。』成按：毒龍，宜作妄心譬喻，猶所謂心馬情猴者；若會意作降龍實事用，失其解矣。」

【語譯】不知道香積寺坐落在何處，只見雲峰高聳，綿延數里；古木參天，卻看不到人徑，深山裏傳來鐘聲，卻不知來自何方？此時危石間流盪著悠悠嗚咽的泉水聲，青松樹上泛透出蒼冷的日色。傍晚時分，在這空潭的一角，安心坐禪入定，可以制服內心的妄想和慾念。

【賞析】這首詩，詩人寫他無意間探訪香積寺的情形。

趙殿成說：「此篇起句極超忽，謂初不知山中有寺也；迨深入雲峰，於古木森叢、人蹤罕到之區，忽聞鐘聲，而始知之。四句一氣盤旋，滅盡針線之跡，非自盛唐高手，未易多覯。」（見《王右丞集箋注・七》）這話說得極為精確。發自深山的鐘聲，得到山谷的回應，起初很難斷定來自何處，而有「深山何處鐘」的疑問；但仔細聆聽，終可判別方位，得知寺的所在。詩人用鐘聲點明寺隱在雲山深處，靜謐幽遠，令人神往。

五、六句寫循聲探索，在無人徑的深山之上，在雲霧籠罩的古木之中，一人獨行，前無古人，後無來者，於是詩人澄心似水，聽到危石間的悠悠嗚咽，也注意到青松葉上蒼蒼冷然的日色，所聞所見盡是生機。尋尋覓覓，詩人終於在薄暮時分，見到空潭的一角，水面澄淨，如能安心坐禪，也能祛除心頭的一切雜念。

詩人用後四句，描寫他心潮的起伏和佛法的高妙。當詩人也安禪之後，香積寺的空寂，便在不言中達到了極致。

七八、送鄭侍御謫❶閩中❷

高　適

謫去君無恨，閩中我舊過。
大都❸秋雁少，只是夜猿多。
東路雲山合，南天❹瘴癘❺和。
自當逢雨露❻，行矣順❼風波❽。

【作　者】高適，見前三二頁。

【韻　律】這是一首仄起格的五言律詩。全詩平仄大抵合律。首聯對句「閩中我舊過」作「平平仄仄平」，然「閩」字今讀第三聲，該字可讀第二聲，則為平聲。末句「行矣順風波」作「平平仄平平」，本應作「仄仄仄平平」，「行矣」兩字不合律，使整句便成為拗句。古人寫詩，大致能遵守格律來寫，但格律妨害內容的表達時，詩人往往放棄格律而守住內容，如此雖然不合律，卻存有詩人的靈性與巧思。

詩中二、三兩聯對仗，在五言句中，往往用實字填滿，但第二聯用「大都」對「只是」，是用虛詞，更顯得有優游的空間，所以空靈可愛。用虛字虛詞對仗，在五言詩中少見，在七言詩中便是尋常時見的了。

詩用下平聲五歌韻，韻腳是：過、多、和、波。

【注　釋】❶謫　罰罪。指官吏降調至邊遠地區。❷閩中　泛指今福建省地。❸大都　大抵；大致。❹南天　南方的天空。指閩南。❺瘴癘　我國南方山林間濕熱蒸鬱而成的惡氣，人接觸就會感染瘟疫。❻雨露　比喻皇帝的恩澤。❼順　一作「慎」。❽風波　風浪。暗喻人事的種種紛擾變亂。

【語　譯】您被貶官外放，心中不要有怨恨，閩中這個地方我從前也到過；那兒大抵很少看到秋雁，只是夜裏猿聲很多。東邊進入閩中的路上，白雲和羣山相連，南方山林間雖多瘴癘之氣，但還算溫和。您此去應該不久就會蒙受皇上的恩澤。安心地去吧！只是路上風波險惡，要格外當心！

【賞　析】由詩題看來，鄭侍御應是詩人的好友，但名字和年里今已不可考。他大概因忠直惹起一場風波，被貶謫到閩中，詩人用此詩相送。

被流放的人，對謫居的地方總會產生莫名的惶恐，所以詩人用首聯「謫去君無恨，閩中我舊過」為綱領，先以自己曾身臨其境、熟知其事而加以安撫，消除鄭君心理上的不安。然後再告以當地的情形，予以慰勉。

中間四句對仗，都說閩中的事情，表明那兒並不是十分凶險之地。

「大都秋雁少，只是夜猿多」，為上下句文意互足的「互體」，意思是說，大致而言，只是秋雁少，夜猿多，其他與長安無甚差異。秋天看不到南飛的雁羣，免不了滿懷的失落感；夜夜聽到哀怨的猿鳴，必然會興起悲思；但這些悲思和感懷，雖難忍受，還是可以承當。

從頸聯「東路雲山合，南天瘴癘和」中，我們得知鄭君所去的地方應在今福建省西北部。它的東面有由北而南的鷲峰山和戴雲山，擋住了東海的濕氣，所以籠罩在南面山林的瘴氣比較溫和，不太傷人，也不可怕。

地非凶險，顯示懲罰不重，所以詩人作出「自當逢雨露」的結論，而以「行矣順風波」祝福鄭君登程後，一路順風，莫再引起風波。

這首詩詞意平淺而懇摯，顯示詩人和鄭侍御的交情不淺。「行矣順風波」是一句雙關語，「風波」表面上指旅途上的風浪險阻，實際上卻指人事上的糾紛患難。「行矣」是「去吧」、「走吧」的意思，雖是催送之詞，卻充滿了萬般無奈的離情別緒。

七九、秦州雜詩❶

杜甫

鳳林❷戈未息，魚海❸路常難。
候火❹雲峰❺峻❻，懸軍❼幕井❽乾。
風❾連西極❿動，月過北庭⓫寒。
故老⓬思飛將⓭，何時⓮議築壇⓯。

【作者】杜甫，見前一一一頁。

【韻律】這是一首平起格的五言律詩。詩中平仄均合乎格律，只「鳳」、「魚」二字用可平可仄，但不影響，這是寫近體詩給人們有伸縮的彈性，在一定的格律限制下，依然可寫合乎聲律的詩篇。

詩中首聯便已的對，「鳳林」對「魚海」，「戈未息」對「路常難」。繼而二、三兩聯也對仗。以邊境的地名、軍營烽火臺對仗，配合秦州邊塞的風物，加以「西極」、「北庭」的風動、月寒，都構成對稱之美、對偶之美和對仗之美。杜詩的塑景造情，從聲韻到情景，是由外而內的，因此讀詩要發出聲音來吟誦，才能體會詩中聲情的奧祕；否則，格律是空架子，徒增種種限制，扼殺靈感性靈罷了。

詩用上平聲十四寒韻，韻腳是：難、乾、寒、壇。

【注　釋】❶秦州雜詩　是詩人於肅宗乾元二年（西元七五九年）由華州棄官至秦州以後所作，詩凡二十首，此為第十九首。據《元和郡縣志・三九》，秦州屬隴右道，天寶元年改為天水郡，乾元元年復為秦州。治上邽縣，即今甘肅省天水縣治。❷鳳林　舊縣名。因縣中有鳳林關而得名。唐置。故城在今甘肅省臨夏縣南。縣西北有鳳林關。見《清一統志・蘭州府二》。❸魚海　地名。在今甘肅省民勤縣東北的阿拉善額魯特部境內。唐代為兵家必爭之地。❹候火　即烽火。古時邊防報警的烟火。❺峰　一作「烽」、「風」。❻峻　高。❼懸軍　深入敵境而無後援的孤軍。❽幕井　覆有蓋子的水井。幕，一作「暮」。❾風　借喻為「烽」，作烽火講。❿西極　西方邊遠的地方。⓫北庭　唐在西北設有北庭都護府，即今新疆境內。在此泛指西北邊塞地方。⓬故老　邊城老一輩的人。⓭飛將　飛將軍的略稱。漢時大將李廣矯捷善戰，匈奴尊稱他為飛將軍。見《史記・李將軍傳》。⓮時　一作「人」。⓯築壇　指築壇拜將，任命大將軍。漢王劉邦曾擇良日，齋戒，設壇場，具禮，拜韓信為大將。見《史記・淮陰侯傳》。在此暗指對郭子儀的起用。

【語　譯】鳳林關的戰事尚未平息，魚海的道路常常不通。瞭望臺上的烽火高似雲峰，孤軍的水井又已乾涸。烽火連綿至西邊不曾止息，月亮一過北庭就色冷光寒。邊城父老們時時想起漢時飛將軍李廣，不知道這裏甚麼時候，才得商議建壇拜封大將軍呢！

【賞　析】詩人拋棄華州司功參軍的職務，來到京師長安以西七百八十里的秦州（今甘肅省天水縣）。在這兒，他先後寫了二十首五言律詩，雜記見聞和感懷，統題「秦州雜詩」，本篇是其中第十九首。

詩的前四句，概述邊疆干戈擾攘，道路難通，孤軍艱苦奮戰的情形，都是寫實之筆。烽火高入雲峰，幕井乾涸九地，描繪得天地間無一寧處，令人心驚不已。

第五句「風連西極動」，暗示西戎吐蕃、党項羌等相繼入寇，烽火連綿至西邊，不曾止息；第六句「月過北庭寒」，似哀悼北庭行營節度使李嗣業的殉國。據《新唐書・李嗣業傳》載，乾元二年正月，嗣業與郭子儀等圍賊將安慶緒於相州，中途被流矢所傷，在帳中養傷，忽聞鼓聲大作，知與賊戰，奮呼血潰而死。北庭一帶的月色便因此愈顯得色冷光寒。

乾元二年七月，魚朝恩嫉妒郭子儀的功勳，加以誣詆，肅宗失察，召子儀回京，命趙王及李光弼代領朔方兵馬；以致史思明再度攻陷光復不久的河、洛，西戎也乘機逼困京輔。第七句「故老思飛將」中的故老，實是詩人的自稱；飛將則指功業彪炳而被投閒置散的子儀。第八句「何時議築壇」，用韓信拜將的故事，表示對子儀復職的殷切期待。

全詩八句，句句都以歷史為背景，句句都有典實和來處；由此我們可以明白何以後人要稱杜詩為「詩史」的道理。這首感傷時事的詩，真寫得如怨如慕，如泣如訴，字裏行間，也充盈著詩人悲天憫人、憂恤國難的情懷。

八〇、禹　廟❶

杜　甫

禹廟空山裏，秋風落日斜。
荒庭垂橘柚❷，古屋畫龍蛇❸。
雲氣生虛壁❹，江聲走白沙❺。
早知乘四載❻，疏鑿❼控三巴❽。

【作者】杜甫，見前一一一頁。

【韻律】這是一首仄起格的五言律詩。詩中僅「雲」、「早」、「疏」三字用可平可仄外，其餘各字的平仄，均合定式的格律。詩中前三聯，兩兩各自對仗，其實律詩只要在二、三兩聯對仗便可，但詩人多喜作偶句，因此首聯便的對起來。詩中因景生情，因為從寫景入題，較為容易。〈禹廟〉一詩，首句首聯，便點出禹廟的位置，而上下兩句一聯，意思一貫而下，是為流水對，也是「開門見山」式的作法，首句已點題。「荒庭」對「古屋」，「雲氣」對「江聲」，有實景有虛景，有靜景也有動景，故排比中有對比，全憑詩人巧作安排。

詩用下平聲六麻韻，韻腳是：斜、蛇、沙、巴。

【注釋】❶禹廟　供奉夏禹的祠廟。在今四川省忠縣對岸臨江的山崖上。《清一統志・四一六》載：「禹廟，在州南過江三里，唐杜甫有詩。」州，指忠州，民國改忠縣。❷橘柚　橘與柚。傳說禹平洪水，島夷（東南海島之夷）進貢之物。見《尚書・禹貢》。❸龍蛇　當堯之時，洪水氾濫於中國，龍蛇盤據大地，人無居所；禹掘地疏通洪水，把龍蛇驅回草澤裏，人民才得安居。見《孟子・滕文公下》。❹雲氣生虛壁　指雲霧繚繞於廟壁之間。生虛壁，一作「噓青壁」。❺江聲走白沙　形容江水湍急，使白沙捲動，隨流水奔流。聲，一作「深」。❻四載　古代四種交通工具。即陸行乘車，水行乘舟，泥行乘橇，山行乘檋。見《史記・夏本紀》。橇，形如箕，兩頭微起，可在泥上滑行。檋，或作「梮」。登山時乘坐的便轎。❼疏鑿　疏導開通。一作「流落」。❽三巴　地名。秦置巴郡，西漢置巴東郡，東漢末劉璋置巴西郡，合稱三巴。今四川省嘉陵江、綦江以東一帶屬之。

【語　譯】 禹廟矗立在空曠的深山裏，秋風颯颯，落日斜照。荒寂的廟院中橘柚低垂，古屋裏的殘壁上畫著龍蛇。雲霧繚繞於廟壁間，江水湍急，挾沙奔流。很早就聞知禹王曾經乘坐四種交通工具，疏通水道，控制了三巴。

【賞　析】 這首詩作於代宗永泰元年（西元七六五年）秋天，杜甫五十四歲。當時詩人出蜀東下，路過忠州，經禹廟，寫下此詩。

夏禹奉大舜的命令治理洪水，遍乘四載：車、舟、橇、檋，在外跋涉了十三年，過家門而不入，以致手無指甲，足無脛毛，半身萎縮麻痺，舉步艱難；但他終於順著水性，因勢利導，平抑大患，使後人得到寶貴的生活空間，安居在曾被洪水淹沒的土地上。治水的同時，他又實地考察各地的出產，確定了各獻方物的國家貢賦制度。他對國家民族的貢獻，既巨大又長遠；可是安平日久，一般人早已把他淡忘。

詩人博覽載籍，熟知禹功，當他到達忠州，無處投靠，暫時棲身於龍興寺（作有〈題忠州龍興寺所居院壁〉詩），仍特地過渡江南，參謁臨江建築的禹廟。忠州是一個「東通巴峽，西達渝（今重慶市）、涪（今四川省涪陵縣），山險水深，介乎往來之衝」（《清一統志．四一六》引舊州志）的要地，但在禹尚未鑿通三峽、控引江水以前，卻是一片澤國。不知何時有人在這深受禹賜的地方建廟祀禹。

「禹廟空山裏，秋風落日斜」，寫祠廟反映著落日餘暉，在空山中更顯得莊嚴巍峨，無比榮耀；詩人在嚴肅的秋風蕭瑟聲中登臨參拜，心中充滿了感激與崇敬。

「荒庭垂橘柚，古屋畫龍蛇」，寫廟中的情況：荒庭衰草敗枝之中，有橘柚結實累累，充斥著無盡的生機；古屋的殘壁之上，畫著飛舞的龍蛇，展示出充沛的活力；廟雖荒涼古舊，卻了無頹敗的氣象。《尚書．禹貢》說：「島夷卉服，厥篚織貝，厥包橘柚。」原來橘柚是禹平水土後島夷所進獻的，現在卻蕃殖於廟庭。《孟子．滕文公下》說：禹掘地導水入海，又「驅龍蛇而放之菹（生草的水澤）」，為人羣爭回了土地，這又是壁畫龍蛇的依據。那麼詩人筆下的橘柚、龍蛇，除了用以寫實，又都渾化作大禹功績的明證。胡元瑞說：「此詩『荒庭垂橘柚』二句，與『錫飛常近鶴，杯渡不驚鷗』（見前杜甫〈題玄武禪師屋壁〉詩），皆用事入化處；然不作用事看，則古廟之荒涼，畫壁之飛動，亦更無人可著語。此老杜千古絕技，未易追也。」（見《詩藪．內篇》）極有見地。

「雲氣生虛壁，江聲走白沙」，《易．乾》：「雲從龍，風從虎。」於是詩人既見壁上畫的龍，又把視線移向廟外崖壁間的雲氣，那雲氣彷彿正和畫中的龍互相感應著。這時詩人耳聞滔滔的江聲，循聲望去，但見那馴服的江流，正捲著白沙奔向大禹開通的三峽。雖然史書已有「早知乘四載，疏鑿控三巴」的記述，怎料此刻大禹千秋不朽的功業，卻如此鮮明地呈現在眼前！

全詩由遠而近，由內而外，由昔而今，或用對比的手法，表現廟雖荒古，掩不住禹業的彪炳；或藉平實的景物，展示禹績非凡的偉大。匠心獨運，使我們對這所古廟，印象深刻；對這位聖王的犧牲奉獻，感念不已。

八一、望秦川❶

李頎

秦川朝望迥❷，日出正東峰。
遠近山河淨，逶迤❸城闕❹重。
秋聲萬戶❺竹，寒色五陵❻松。
有客❼歸歟歎❽，淒其❾霜露濃。

【作者】李頎（西元六九〇——七五一年），字不詳，唐東川（今四川省三臺縣）人。曾寄居於潁陽（即今河南省許昌市一帶）。生於唐武后天授元年，卒於玄宗天寶十載，享年六十二。開元二十三年（西元七三五年）進士及第，任新鄉縣（今屬河南省）尉。由於生性疏簡，慕神仙，厭薄世事，長於玄理，晚年辭官，回東川隱居。工詩，語多放蕩不羈，震人心神；所作邊塞詩，風格豪放，尤以律詩及七言歌行體見長。著有《李頎詩集》。《全唐詩》錄詩三卷。

【韻　律】這是一首平起格的五言律詩。全詩平仄合律，僅頸聯出句「秋聲萬戶竹」，作「平平仄仄仄」，造成下三仄的現象，但仍可通融，算是合律。詩中二、三聯對仗，合於律詩的正格，所作對仗，多寫景語。「山河」對「城闕」，「萬戶竹」對「五陵松」，對仗詞語明顯易辨。古人對仗，主張虛對虛，實對實，顏色字對顏色字，數目字對數目字；而今人論對仗，喜用文法說明句式，名詞對名詞，動詞對動詞，以詞性說明對仗的對，是較古人易於辨別。

詩用上平聲二冬韻，韻腳是：峰、重、松、濃。

【注　釋】❶秦川　地名。泛指陝西關中一帶。❷迥　遙遠。❸逶迤　曲折綿延，相連不斷的樣子。❹城闕　城門兩邊的望樓。❺萬戶　萬家。形容人家眾多。❻五陵　參見儲光羲〈洛陽道〉詩注❹。❼有客　一作「客有」。❽歸歟歎　「歎歸歟」的倒裝句。興起回鄉的感歎。語本《論語・公冶長》：「子在陳，曰：『歸歟！歸歟！吾黨之小子狂簡，斐然成章，不知所以裁之。』」❾淒其　寒涼；淒涼。其，詞尾，無義。

【語　譯】清早看秦川覺得很遙遠，太陽正從東面的山峰升起。照見遠近的山巒河渚一片明淨，曲折相連的城樓一重又一重。秋風吹動著萬戶人家的竹叢，發出颯颯的聲響，五陵一帶的松林籠罩著一片淒寒的顏色。客居他鄉的遊子興起了思鄉的感歎，寒涼的心情濃如霜露。

【賞　析】詩人既中進士，卻調到新鄉縣去當縣尉，懷才不遇，莫此為甚。這天他在長安城北，朝望秦川，百感交集，寫成這首委婉曲折的五律。

全詩結構，可剖為二：前四句表面寫朝望所見的景色，事實上東峰上的明日，象徵尊貴的帝王，詩人只能遠遠仰望，分享不到他的溫暖；山河明淨，象徵國家的清平，正是志士挺身報國的時候，而宮廷逶迤重疊，詩人被深閉固拒，排斥在遠處，不得接近。

後四句寫觸景而生之情。五陵分布在長安的北方、東北和西北，是當權的豪門貴族聚居之地。這些權貴的排擠，使得詩人心寒，使他覺得有人處便現出寒色、吐出秋聲，而大發歸歟之歎；這時上天似乎也深受感動，降下寒冷的霜露，倍增淒涼，於是大好山河，化成一個無情的世界。《禮記・祭義》：「霜露既降，君子履之，必有悽愴之心，非其寒之謂也。」詩人就依據此義，暗示他只用霜露來掩飾他的真情，減少紙上牢騷滿腹的色彩；而真正使他心寒的，非干霜露。用心之細微，遣詞之委婉，令人無限傾倒。詩有絃外之音，讀詩便得從詩人所用的物象、形象，以探其意象，才能細溯詩人內心所要表達的微意。

八二、同王徵君洞庭❶有懷

張 謂

八月洞庭秋，瀟湘❷水北流。
還家萬里夢，為客❸五更❹愁。
不用開書帙❺，偏宜上酒樓。

故人❻京洛❼滿，何日復❽同遊。

【作　者】張謂（約西元七五六年前後在世），字正言，唐河內（今河南省沁陽縣）人。天寶二年（西元七四三年）進士，初為封常清幕下，至安西。肅宗乾元中，任尚書郎，奉命出使夏口（今湖北省武昌縣西），曾在江城的南湖與李白宴飲。代宗大曆年間為潭州刺史，後官至禮部侍郎。他的詩格度嚴密，語致精深。《全唐詩》錄詩一卷。

【韻　律】這是一首仄起格的五言律詩。全詩平仄合律。次聯出句「還家萬里夢」，作「平平仄仄仄」，成下三仄，但仍算合律。詩中二、三兩聯對仗，其中「不用」對「偏宜」，非實字對，使詩句靈活，更具空間。

此詩為標準的四聲遞用法，即每聯出句的末字，構成聲調的變化，共四字，每字聲調不同，交互遞用，備有平上去入四種聲調。如詩中四聯，每聯出句的末字，為「秋」，平聲；「夢」，去聲；「帙」，入聲；「滿」，上聲。講求上聯收音字聲調的變化。詩家稱此法為「四聲遞用法」。

詩用上平聲十一尤韻，韻腳是：秋、流、愁、樓、遊。首句便用韻。

【注　釋】❶洞庭　一作「湘中」。❷瀟湘　湖南省境內的瀟水和湘水。湘水源出廣西省海陽山，東北流經全縣，灌江來注；入湖南省經零陵縣西，瀟水來會，向北流入洞庭湖，因此瀟、湘連稱。❸為客　指作者作客他鄉。❹五更　清早三時至五時的一段時間。更，是古代夜裏計時的單位名稱。從晚上七時至次日早上五時，分為五段，每段以二小時為一更，共五更。❺書帙　書套；書衣。在此借指書籍。❻故人　舊交；老朋友。❼京洛　指洛陽。因東周、東漢曾在此建都，故稱京洛。❽復　再。

【語　譯】八月的洞庭湖一片秋天景象，瀟水和湘水一起望北奔流而去。使人勾起回到萬里家鄉的夢想，作客他鄉的遊子五更醒來愁悶難當。用不著去打開書籍，這時候只適宜上酒樓借酒澆愁去啊！老朋友們都在洛陽，不知哪一天才能再一起同遊洞庭呢！

【賞　析】徵君是「徵士」的敬稱，古時稱不就朝廷徵聘的士人為徵士。王徵君是詩人的朋友，名字今不可考。他與詩人同遊洞庭湖，作詩述懷，詩人亦有同感，賦成此詩。時為乾元中，作者任尚書郎，奉命出使夏口。

農曆八月，是雨水旺盛的時節，洞庭水滿，與邊岸齊平，故《莊子》有〈秋水〉篇，開端云：「秋水時至，百川灌河。」與孟浩然有「八月湖水平」（見前〈臨洞庭〉詩）之句，所寫秋水之景相似。

全詩結構，前二句寫景，後六句寫感慨。首聯寫洞庭湖的秋景，用浩浩北流的瀟、湘之水，比喻沛然莫之能禦的歸心。因而引發後四句的感懷，用對仗寫「有懷」；頷聯接述居家的舊夢、為客的新愁，感情真摯而深厚。

頸聯寫無心讀書，借酒澆愁。落句寫飲酒之際，腦海又泛起故人同遊京洛的景象，點出詩題中的「同王徵君洞庭」的題意。總之越梳理，越煩亂，那滿腔剪不斷的離愁別恨，正似瀟、湘之水灌入洞庭，要使平湖的秋水決堤氾濫。

這是一首吐語平實、直抒胸臆的純情之作。

八三、渡揚子江❶

丁仙芝

桂楫❷中流望，空波兩岸明。
林開揚子驛❸，山出潤州城❹。
海盡邊陰靜❺，江寒朔吹❻生。
更聞楓❼葉下，淅瀝❽度❾秋聲❿。

【作　者】丁仙芝（西元七二七年前後在世），仙，一作「先」。字元禎，唐曲河（今江蘇省丹陽縣）人。開元進士，曾任餘杭尉。《全唐詩》錄詩十四首，多交友旅遊之作。

【韻　律】這是一首仄起格的五言律詩。全詩平仄除「山」、「更」兩字用可平可仄外，其餘均合律，與五律的定式相同。詩中前三聯均對仗句寫成，寫渡揚子江所見之景。

詩用下平聲八庚韻，韻腳是：明、城、生、聲。

【注　釋】❶揚子江　長江由江蘇省江都縣至鎮江縣之間，古稱揚子江（今為裏運河的南段），因古有揚子津（今在江蘇省江都縣南，今距江已遠），唐置揚子縣而得名。近世則通稱長江為揚子江。❷桂楫　用桂木做成的船槳。在此借指船隻。❸揚子驛　即揚子津驛站。在今江蘇省江都縣南，位於長江北岸，與南岸的潤州城相望。❹潤州城　隋唐時潤州故治，在今江蘇省鎮江縣。見《清一統志・鎮江府一》。❺邊陰靜　指海邊幽暗寧靜。❻朔吹　朔風；嚴寒的北風。即寒風。❼楓　一作「風」。❽淅瀝　形容落葉聲。❾度　度過；傳來。❿秋聲　秋風吹草木時所發出的肅殺之聲。

【語　譯】船兒行到江心，放眼望去，空闊的波面映照著兩岸，格外明晰。北岸隔著樹林可以遙見揚子驛，南岸是被羣山環抱的潤州城。海的盡頭一片幽暗靜謐，淒厲的秋風像北風般吹得江面生寒。又聽到楓葉飄然墜落，傳來淅瀝的秋聲。

【賞　析】這首五律，是詩人中進士後任餘杭縣尉時，深秋渡江所寫的。縣尉是縣令的屬吏，是主管地方治安的小官。

詩筆由首句中的「望」字展開，前半只用白描的手法，冷靜客觀地記敘瞻望中的景色：

第一聯寫中流所見的近景。那空闊的波面、明朗的兩岸，呈現出一片雖清虛開敞卻平淡無奇的風貌；這促使詩人把眼光投向更遠的地方，開拓他的視野。

第二聯對仗寫大江南、北岸較遠處的景象。北岸密林開口處，是商旅雲集的揚子驛；南岸在崇山峻嶺中，有繁華的潤州城；然而城市鼎沸的人聲、驛站車馬的喧囂，都被隔在遠方，沒有打破詩人耳際的清靜。

詩的後半，寫外來的刺激，掀起了詩人心海的波濤：

第三聯詩人寫當面的景物及身心的感受。這時船正順流而下，那海的盡頭，幽暗靜謐，而江心的寒風，又提醒他歲聿云暮，一年將盡，格外冷凍刺骨。

於是第四聯詩人寫船靠近楓林下的江岸，眼見泣血的紅葉，耳聞銷魂的秋聲，似乎都為他流落江上、懷才不遇而愴慟。

全詩由近及遠，自外而內，於閒適中透出無限悲切，自然流麗而感人，在在展現出詩人圓熟的手法及溫厚的情懷。

八四、幽州❶夜飲

張　說

涼風❷吹夜雨，蕭瑟❸動寒林❹。
正有高堂宴❺，能忘遲暮心❻。
軍中宜劍舞，塞上重笳音❼。
不作邊城將❽，誰知恩遇❾深。

【作　者】張說，見前五七頁。

【韻　律】這是一首平起格的五言律詩。全詩平仄，依照定式而寫成，其中有「蕭」、「遲」、「恩」三字用可平可仄，但依然合律。詩中前三聯各自對仗，寫出幽州邊荒秋殺後的景象，從詩的聲情，可讀出該詩音韻之美。如涼風夜雨、蕭瑟寒林，聲聲悽惻；高堂宴飲，喧譁忘歸；軍中劍舞，塞上悲笳，處處均是邊塞聲。此詩除依五言律詩的平仄寫成外，更使用詩意中的聽覺意象，應用詩歌聲情的技巧，與詩歌韻律相結合，所以高妙。

詩用下平聲十二侵韻，韻腳是：林、心、音、深。

【注　釋】❶幽州　古州名。約有今河北省北部及遼寧省地。天寶中一度改為范陽郡，治所在薊，即今河北省大興縣。❷涼風　北風。《爾雅・釋天》：「北風謂之涼風。」❸蕭瑟　風吹草木所發出的聲音。❹寒林　秋冬時滿布寒意的樹林。❺高堂宴　在高大寬敞的廳堂內所擺設的宴席。❻遲暮心　此處指年齡雖高，猶不忘建立功業的雄心。遲暮，喻晚年。❼笳音　胡笳的聲音。胡人捲蘆葉為笳，吹以作樂。後改以竹為管，飾以樺皮，上有三孔，兩端加角，長約二尺四寸。❽邊城將　戍守邊疆的將領。❾恩遇　皇帝所賜予的恩寵。

【語　譯】北風挾帶著夜雨，蕭索悽惻，吹動了滿布寒意的樹林。高大的廳堂上正擺設著宴席，叫人忘卻年老而燃起雄心。在軍中最適合舞劍取樂了，邊塞上也當響著高吭的胡笳聲。如果不是身為戍守邊城的將領，誰能領會聖恩的浩大呢！

【賞　析】據新、舊《唐書》，開元元年（西元七一三年），太平公主謀反，玄宗用張說計，盡誅其黨，遂召說為中書令，封燕國公。不久，張說被宰相姚崇設計陷害，相繼貶為相州刺史、岳州刺史，後又以右羽林將軍兼檢校幽州都督。這首詩應是開元二、三年時，詩人在幽州任所作的。

一個深得君王寵信、享盡榮華富貴的朝臣，竟落魄塞上，在涼風夜雨中以劍舞、胡笳佐酒，何等傷慘？但是溫柔敦厚的詩人，卻把個人的創痛，巧妙地埋藏在字裏行間，以致王相《新鐫五言千家詩箋註》把此詩說成：「燕公巡邊，城（按：疑『夜』之譌字）宴之作。言涼風生而夜雨至，北地寒而林木蕭瑟矣；高堂之上，與諸君會宴，暫忘年遲歲暮之思耳。軍中之樂，以舞劍為歡；塞士之音，以吹笳為曲；則吾與諸君飲此宴而享此樂，皆聖主之恩也。不至邊庭，安知此樂哉？」其實王氏所體察的，只是詩人賦予此詩的表面意義：一方面藉以鼓舞士氣，平撫戍人歲暮思歸之心；一方面用來安慰自己，冀望君王的恩遇常在。

可是深入一層考察，詩人的情感可就不像表面那麼平靜了。破題「涼風吹夜雨，蕭瑟動寒林」二句，便挾風持雨地打入心扉，使人心絃立即伴隨寒林而顫動。那風雨莫非就是詩人所承受的災難，那寒林莫非便是詩人當時的心境麼？

「正有高堂宴，能忘遲暮心」二句，詩人的本意該是說身受的切膚之痛，幸得此宴而化解；但是遲暮之思，卻永難忘懷。所謂「能忘」，有怎能忘、不能忘的意思；而「遲暮心」取義於屈原《離騷》：「惟草木之零落兮，恐美人之遲暮。」以美人比喻君王，是說唯恐君王年老，不得及他壯盛時輔助他創業垂統。這種孤臣孽子之意，刻骨銘心，必是詩人越想忘越忘不了的。

固然「軍中宜劍舞，塞上重笳音」，可是劍舞充滿殺氣，笳音令人膽寒，如何比得上京師裏燕歌趙舞的賞心悅目？這樣將今比昔地想一想，那麼落句「不作邊城將，誰知恩遇深」，分明是詩人把今昔作了對比之後，發自深心的感慨；但他不說哀怨，反而說君恩深重，使其為「邊城將」，措詞至為巧妙，是詩中溫柔敦厚之處。

七言绝句

八五、春日偶成❶

程　顥

雲淡風輕❷近午天❸，傍❹花隨柳過前川❺。
時人❻不識❼余心樂，將謂偷閒❽學少年。

【作　者】程顥（西元一〇三二——一〇八五年），字伯淳，世稱明道先生，洛陽人。生於北宋仁宗明道元年，卒於神宗元豐八年，享年五十四。

顥年二十六中進士第，神宗朝，以薦為太子中允、監察御史。後與王安石不合，出為簽書鎮寧軍判官。元豐八年召為宗正寺丞，時顥監汝州鹽稅，未及任而以疾終。程顥曾與其弟程頤（伊川先生）同師事於周敦頤，世稱「二程」，為北宋著名的理學家。其學出入於佛老，返求於六經，尤深研《易經》而有所得。主張「天即理」，以識仁為主，以誠敬存仁，是繼周敦頤之後，開拓宋代理學的大師。其所作詩，多落於議論說理，故多理趣。著有《明道集》。死後其遺文語錄，均收錄在《二程全書》中。《宋史》有傳。

【韻　律】這是一首仄起格平聲韻的七言絕句。絕句有平聲韻和仄聲韻的現象，一般以平聲韻為常見。且絕句共四句，其結構以起、承、轉、合為定法，是我國小詩的典型，也可以說是我國最精美的詩歌形式。

此詩平仄合律。近體詩的作法，每句每個字的平仄要依照定式的格律，只有每句的第一、三、五字，可略為自由，即可用平也可用仄，第二、四、六字要按格律的規定，也就是前人所說的「一、三、五不論，二、四、六分明」。其實一、三、五不是完全不論，只有在不影響二、四、六變成「孤平」時，才可以不論，否則非論不可。例如詩中的第二句「傍花隨柳過前川」，定式是「平平仄仄仄平平」，由於首字「傍」字用可平可仄，如不在第三字「隨」字將仄聲改為平聲，便成為「仄平仄仄仄平平」，如此第二字便成為孤平了。在近體詩中，「平聲不可令單」，平聲令單，成為「孤平」，是近體詩中的大忌。因此詩人往往會將此句的平仄調成「仄平平仄仄平平」，這樣就不會使第二字變成孤平。

詩用下平聲一先韻，韻腳是：天、川、年。首句便用韻。

【注　釋】❶春日偶成　《二程全書・文集・三》作〈偶成〉，注云：「時作鄠縣主簿。」❷雲淡風輕　形容天氣和煦怡人。❸午天　正午的時候。古稱上午十一時至下午一時為午時。❹傍　靠近；依附。一作「望」。❺前川　前面的河流。❻時人　與作者同時的人。時，一作「旁」。❼識　知悉；知道。❽偷閒　在百忙中抽出時間以過休閒生活。

【語　譯】將近正午時分，雲很淡，風很輕柔，我依著花徑，沿著垂柳，漫步走過前面的溪流。世人不知道我心中的快樂，將會說我偷著空閒，學那少年郎哪！

【賞　析】這是一首詞意流暢、理趣盎然、自抒興會的小詩。

明道先生雖然置身春光明媚中，但他所關注的，並不是當前的美景，他用後兩句「時人不識余心樂，將謂偷閒學少年」來表示他的喜樂與少年春遊不同；然而這不同在哪裏？要解答這個問題，我們必須追溯先生的學術思想。

他是一位理學大師，平日所講的是天人性命的道理，所尋的是成為聖人的途徑。他曾說：「天地之大德曰生。天地絪縕，萬物化醇。……萬物之生意最可觀，此元者善之長也，斯所謂仁也。人與天地一物也，而人特自小之，何耶？」（見《二程全書・遺書・十一》）意思是天地的大德是使萬物各遂其生。也就是天地間陰陽二氣，交互作用，共相合會，使萬物受其影響，自然發育滋長，而至於精醇。這天地的大德便是仁，而聖人便是與天地合其德的仁者。先生認為人本來與天地是一體的，但常人自貶身價，將我與世界分開，自絕於天地；所以我人修養的目的，即在破除這種障礙，回返萬物一體的最高境界，發揮我們的仁德。他又說：「學者須先識仁，仁者渾然與物同體。義、禮、智、信皆仁也。識得此理，以誠信存之而已。」「仁者以天地萬物為一體，故博施濟眾，乃聖人之功用。」（並見《二程全書・遺書・二》）

本著渾然與物同體的理念，當明道先生在陰陽和合的春午，傍花隨柳走過前川，觸目盡是萬物化醇、欣欣向榮的氣象；於是他益覺萬物之生機可觀，益覺大自然創造化育的神奇偉大，也深深體會到聖人博施濟眾的胸懷；更堅定了自己「識得此理，誠敬以守之」的信念。

這剎那間悟證其道的滿足與快樂，是無法言傳的。縱使說出來，一般人也不一定能了解。何況時人只見明道先生這天突然脫離常軌，不在家中用功，卻跑到河邊閒蕩，安得不笑他「偷閒學少年」呢？從這個角度看，先生不但善體天地之心，更妙得人心之微。

八六、春日

朱熹

勝日❶尋芳❷泗水❸濱❹，無邊光景❺一時新。
等閒❻識得❼東風❽面，萬紫千紅❾總是春。

【作者】朱熹（西元一一三〇——一二〇〇年），字元晦，又稱仲晦。晚年號晦菴、晦翁。學者稱紫陽先生，又稱考亭先生。諡文。世稱朱子，又稱朱文公。徽州婺源（今江西省婺源縣）人，出生地是南劍州尤溪（今福建省尤溪縣）。生於南宋高宗建炎四年，卒於寧宗慶元六年，享年七十一。

朱子年十八登進士第，其後雖歷事高宗、孝宗、光宗、寧宗四朝，累官至煥章閣待制，但僅斷續任職九載，而居閒講學四十餘年，著述之富、從遊之盛，皆前儒所不及。朱子集宋代理學之大成，為學主張窮理以致其知、反躬以踐其實，而以「居敬」為根本。所著《四書章句集注》，元、明、清三代皆據以取士；此外著有《詩集傳》、《周易本義》、《楚辭集注》、《通鑑綱目》等書，又有後人編輯的《朱子大全集》一百卷、《續集》十一卷、《別集》十卷，皆行於世。《宋史》有傳。

【韻律】這是一首仄起格平聲韻的七言絕句。全詩除第三句外，其餘平仄均合乎格律。第三句「等間識得東風面」，作「仄平仄仄平平仄」，應為「平平仄仄平平仄」才合律，只因第一字「等」字，本宜平而用仄，使第二字「閒」字成為「孤平」，因此第三句成為拗句。

詩用上平聲十一真韻，韻腳是：濱、新、春。首句便用韻。

【注　釋】❶勝日　美好晴和的日子。指良辰。❷尋芳　出遊賞花。❸泗水　水名。一名泗河。在山東省中部，源出泗水縣東陪尾山南麓，因水源有四，故名泗水。古代泗水在泗水縣北與洙水合流而西，流經魯國都城曲阜之北，又分為二水，泗水在南，洙水在北。孔子講學的地方，就在二水之間。❹濱　水涯。❺光景　景色；風光。❻等閒　隨意；無意。❼識得　認識到；領略到。❽東風　春風。❾萬紫千紅　形容春天百花齊放，美不勝收的景象。

【語　譯】天氣晴和的日子出遊賞花，來到泗水岸邊，一望無際的風光，令人頓覺耳目一新。無意間領略到春風的面貌，瞧那百花齊放，萬紫千紅，都是春色啊！

【賞　析】一般人詠春，只寫春日、春風、春花、春景，卻不管春日何以溫暖、春風何以和煦、春花何以燦爛、春景何以清新？可是理學大家朱子不然。

在朱子的思想體系中，宇宙的本體是「太極」。他說「總天地萬物之理，便是太極」（見《朱子語類・九四》）；「理也者，形而上之道也，生物之本也」（見《朱子文集・五八》）。又說「本只是一太極，而萬物各有稟受，又自各全具一太極爾。如月在天，只一而已；及散在江湖，則隨處而見，不可謂月已分也」；「蓋統體是一太極，然又一物各具一太極」（並見《朱子語類・九四》）。因此他作這首詩來證實他的理論。

全詩結構，前兩句寫景，後兩句寫感受，起承轉合，整體完備。詩的前兩句「勝日尋芳泗水濱，無邊光景一時新」，寫他在水濱所見之景，因而引發後兩句中的「東風」與「萬紫千紅」的感受。

春天的東風本是無形的，可是它一旦吹來，吹得百花齊放，萬紫千紅，那美麗的光景，就形成了東風動人的面貌；而這面貌被朱子無意間觀察到了，所以他寫下「等閒識得東風面」的句子。我們可以說東風便是百花的太極，是朱子所謂「一物各具」的太極。

可是無論百花也好，東風也好，都不是憑空而來，都因春回大地而滋生的，所以朱子以「萬紫千紅總是春」作為全詩的終結，把理說到極盡處，托出了更高層次的太極。

他不著痕跡地把哲理包容在寫景的詩句中，收到意在言外的效果，可謂匠心獨運，極具巧思和理趣。

八七、春宵❶

蘇軾

春宵一刻❷值千金，花有清香月有陰❸。
歌管❹樓臺聲細細❺，鞦韆❻院落❼夜沉沉❽。

【作者】蘇軾（西元一〇三七——一一〇一年），字子瞻，號東坡居士，眉州眉山（今四川省眉山縣）人。生於北宋仁宗景祐四年，卒於徽宗建中靖國元年，享年六十五。蘇洵長子。

軾於嘉祐二年入京應舉，得到主考官歐陽脩的賞識，中進士，時年二十一。神宗時，曾任祠部員外郎，密州、徐州、湖州等州知府，關心民生，懷抱政治理想，因反對王安石變法，被貶謫黃州。哲宗即位，太皇太后用舊黨，召為翰林學士，出知杭州，後遷為禮部尚書。不久哲宗親政，新黨專權，又被貶至惠州、澹州、潁州，最後北回時死在常州。他是當時文壇的領袖，學識淵博，才情卓絕，詩、詞、散文（唐宋八大家之一）都達到極高的藝術境界，無論論政、抒情或吟詠自然景色，莫不流露出豪放雄渾的氣勢與創新俊逸的風格，對後世文學有深遠的影響。擅長行、楷書，自成一格，與蔡（襄）、米（芾）、黃（庭堅）合稱「宋四大家」。論畫主張神似，喜畫枯木怪石。著有《仇池筆記》、《東坡志林》、《東坡全集》、《東坡詞》等。《宋史》有傳。

【韻　律】這是一首平起格平聲韻的七言絕句。全詩平仄合律，僅「花」與「歌」兩字用可平可仄，但不影響全詩的格律，詩中每句第一字孤平，在近體詩中是被允許的，不算是孤平。

詩用下平聲十二侵韻，韻腳是：金、陰、沉。首句便用韻。

【注　釋】❶春宵　春天的夜晚。宵，夜。《東坡全集》詩題作〈春夜〉。❷一刻　古時分一晝夜為一百刻。一刻形容極短的時間。❸陰　指月光所形成的陰影。❹歌管　唱歌奏樂。泛指樂音。❺聲細細　形容聲音幽雅，飄忽不定。❻鞦韆　遊戲器具。在高架、橫木繫二繩，使垂懸而下，繩端橫繫一板，人持繩坐或站立板上，用力向空中搖盪以為戲。也作「秋千」。❼院落　庭院；院子。❽夜沉沉　形容夜色深沉的樣子。沉，一作「沈」。

【語　譯】春天的夜晚極寶貴，一刻抵得上千金，花兒透著淡淡的清香，月兒也灑下清陰。幽幽細細的樂音正從樓臺上飄來，院子裏的鞦韆靜靜垂懸著，夜已經很深了。

【賞析】東坡詩詞，素以豪放著稱；但這首〈春宵〉詩，卻寫得無比輕柔細膩，表現出他多面的才情。

「春宵一刻值千金」，早已成為傳誦千古的名句，這是一首開門見山式的詩，首句統攝全詩，其後三句，均說明春宵之美好，以證其「值千金」之義。良宵苦短，只為雖無鳥語，卻遺有百蕊的清香；雖無人蹤，而風月正播弄得花影繽紛，別具一種旖旎醉人的幽趣。

白晝流連花下的多情人，此時湧入遠方的秦樓楚館，他們的歌唱管絃之聲遠從夜空飄來，變得那樣的綿長輕細。庭院裏的鞦韆，靜靜地垂懸著，嬉耍終日的少女，也許在夢中迎風擺盪，業已化為真仙。只有別具詩心和詩眼的詩人在深沉的夜色中，獨自咀嚼這一刻千金的春夜。

詩人用倒敘法寫成這首詩，他破格地把警句寫在開端，然後一句一句地接應，而用尾句與之相扣，合成一個完美無缺的巧連環，新穎可愛。

八八、城❶東早春

楊巨源

詩家❷清景在新春❸，綠柳纔黃❹半未勻❺。

若待上林❻花似錦❼，出門俱是❽看花人。

【作　者】楊巨源（約西元八〇〇年前後在世），字景山，唐河中（今山西省永濟縣。本稱蒲州，唐改）人。

貞元五年進士。累官至國子司業。年七十致仕返鄉，時宰奏請任河中少尹，食祿終身。其詩寫景清麗，所作樂府多用舊題，情采豔發，在中唐詩家中，堪稱特色。有集五卷，《全唐詩》錄詩一卷，一百五十七首。

【韻　律】這是一首平起格平聲韻的七言絕句。全詩平仄合律，除「清」、「上」、「出」三字，在一、三、五上用可平可仄外，其餘都依格律。然第四句就因「出」字，本宜平而用仄，使「門」字成了孤平，這是格律上的小疵，造成末句是拗句。中唐和宋代江西派詩人喜歡寫拗句，雖然犯律，但內容自然流利，仍屬佳句。

詩用上平聲十一真韻，韻腳是：春、勻、人。首句便用韻。

【注　釋】❶城　指唐代京城長安。故城在今陝西省長安縣西北。❷詩家　詩人的統稱。❸新春　即早春。❹纔黃　指初發的黃色葉芽。纔，同「才」。始；初。❺勻　均勻。❻上林　苑名。即上林苑。故址在今陝西省長安縣西。建於秦代，漢武帝時加以擴充，為漢宮苑。此處借指花木扶疏的遊覽勝地。❼錦　用彩色絲線織成的美麗織物。❽俱是　都是。

【語　譯】早春給詩人們帶來了清麗的景致，嫩黃的柳葉芽兒才剛剛吐出，一半還沒綠勻呢！如果要等到上林苑花團錦簇時才來觀賞，那時節出門所見，便都是來看花的人了！

【賞　析】這首詩要分表、裏兩個層面去讀。表面上，寫詩家感覺敏銳，洞燭機先，賞春於柳葉初發、生意最盛之時；不似一般人，必待花團錦簇，才趕去看它凋零之前的華麗璀璨；而內裏卻隱含著感慨，慨歎世人凡事後知後覺，人云亦云，常有「一窩蜂」的傾向，把賞花的情趣破壞無遺。

全詩結構，前兩句寫景，後兩句假設引發感慨。詩的前兩句，刻劃新春清麗的景色，「綠柳纔黃半未勻」，描寫得極其神似透徹，點出「早春」。新春之時，黃河以北，大地經過一冬的冰封，尚未甦醒，一片焦枯，只有東風中的柳條，最先冒出鵝黃色的葉芽，再發育成嫩綠的葉片。這枝條上的鵝黃嫩綠，鮮麗耀眼，把沉寂的大地頓時點綴得生意盎然，使人看了心中立刻充滿了希望和活力，這也只有詩家才能領略欣賞。

詩的後兩句，「若待上林花似錦，出門俱是看花人」，其中的「若」字，是個關鍵字。是說如果等到林花盛開再出門探春，便成了湊熱鬧的庸人，那就太遲了。花開固然豔麗，可惜開完就要凋謝。面對似錦的林花，若進而想到春殘花落的景象，又情何以堪呢？而且人潮摩肩接踵，悠閒的心情盡失，有何樂趣可言？這是詩家獨具慧眼，也是留給世人的警語。

八九、春　夜❶

王安石

金爐❷香盡漏聲❸殘❹，翦翦❺輕風陣陣寒。

春色惱人❻眠不得，月移花影上欄杆❼。

【作　者】王安石（西元一〇二一——一〇八六年），字介甫，號半山，撫州臨川（今江西省臨川縣）人。生於北宋真宗天禧五年，卒於哲宗元祐元年，享年六十六。

仁宗慶曆二年（西元一〇四二年）進士。初任地方官，而有政績，嘉祐三年上萬言書，主張政治改革；神宗熙寧二年，任參知政事，翌年拜相，推行青苗、均輸、農田、水利等新法，後為舊黨所反對，無功罷相。晚年退居江寧（今南京市）。神宗元豐年間，加封荊國公，世稱「荊公」。安石詩、詞、散文俱佳，為唐宋八大家之一；詩風險峭奇拔，是北宋傑出的文學家。著有《臨川集》一百卷，及《周官新義》、《唐百家詩選》等。《宋史》有傳。

【韻　律】這是一首平起格平聲韻的七言絕句。全詩平仄合律，沒有犯律的現象。第三句「春色惱人眠不得」，作「平仄仄平平仄仄」，第一字「春」字是孤平，在絕律中第一字孤平是被允許的。此句本為「仄仄平平平仄仄」，由於第一、三字用可平可仄，但不影響格律，亦即沒有造成二、四、六的孤平，因此一、三、五是可以自由的。

詩用上平聲十四寒韻，韻腳是：殘、寒、杆。首句便用韻。

【注　釋】❶春夜　《臨川集・三一》作〈夜直〉，今語值夜之意，指在宮禁中值夜。❷金爐　華美的銅製香爐。❸漏聲　漏壺滴水的聲音。漏壺是古代漏水計時所用的計時器，也叫「漏刻」。❹殘　將盡。❺剪剪　形容風吹微寒的樣子。一作「翦翦」。❻惱人　惹人煩惱。❼欄杆　本字作「闌干」。杆，一作「干」。

【語　譯】香爐裏的香已經燃盡，更漏聲也逐漸消失，涼風輕輕吹來，帶來陣陣寒意。春天佳景惹人煩惱，叫人睡不著，月兒偏偏又把花的影子移照到欄杆上來呢！

【賞　析】據《臨川集》所錄，此詩原題〈夜直〉，知是荊公當年在宮中值夜所作。

全詩寫宮廷的夜晚非常寧靜，景致也不凡，不同於一般民間所見。

詩中前兩句：「金爐香盡漏聲殘，剪剪輕風陣陣寒」，是描寫宮中子夜以後的情景，起、承一貫，敘述爐中燃點的薰香既已燒盡，夜已深沉，而漏壺中的水也快滴完；於是吹在臉上的輕風，也隨著漏滴聲殘，而越來越寒，人也因此越來越清醒，難以入眠。

轉、合兩句：「春色惱人眠不得，月移花影上欄杆」，在描寫心中欲眠不得的懊惱。這兩句詩文是倒裝的。清醒的荊公把目光投向窗外，只見月光把花影慢慢移上了欄杆，那是月亮西下、擡高花影的結果。逆光的花木在輕風裏舞動，花木的清影在欄杆上搖曳，這無邊春色，充滿詩情畫意，使亟於獲得休息、以便來朝處理國政的荊公更無法成眠、更加心急，終致感到煩惱。

這首詩，荊公把徹夜不眠的過程，歷歷如繪地記錄下來，詩筆峻峭洗煉，第一句中的「殘」字，十足傳達了漏聲將盡的情韻；末句的「上」字，明白顯示出月亮的西下；第三句中的「惱」字，惱得恰合宰相的身分；而香盡的金爐，也透露出宮中豪華的氣象，表明了身之所在，《宋詩紀事・十五》引敖陶孫詩評：「評王荊公如鄧艾縋兵入蜀，要以險絕為功。」可謂一語中的。

九〇、初春小雨❶

韓　愈

天街❷小雨潤如酥❸，草色遙看近卻無。

最是一年春好處，絕勝❹烟柳❺滿皇都❻。

【作　者】韓愈（西元七六八——八二四年），字退之，鄧州南陽（在今河南省孟縣西）人。生於唐代宗大曆三年，卒於穆宗長慶四年，享年五十七。

早年而孤，由兄嫂撫養。貞元八年進士，累官至吏部侍郎。卒謚文；先世居昌黎，宋元豐中追封昌黎伯，故世稱韓文公、韓昌黎。愈博通經史百家，崇儒術，闢佛老。與柳宗元領導古文運動，反對六朝以來駢儷的文風，提倡散體。文筆雄健，內容閎富，被列為唐宋八大家之首，為後世古文家所宗；他的詩因力求新奇，時而流於險怪，對宋詩影響很大。有《昌黎先生集》四十卷、《外集》十卷、《遺文》一卷。《全唐詩》錄詩十卷。新、舊《唐書》有傳。

【韻　律】這是一首平起格平聲韻的七言絕句。全詩平仄配合格律，次句「草色遙看近卻無」，其中「看」字有二讀，此處讀成平聲，是配合「仄仄平平仄仄平」格律的緣故。其次第三句第三字「一」字，用了可平可仄，第四句「絕勝烟柳滿皇都」，用「仄平平仄仄平平」的句法，即第一字用了仄聲，因此第三字將仄聲改為平聲，使第二字不致成為孤平，便成了「仄平平仄仄平平」，也是合律。

詩用上平聲七虞韻，韻腳是：酥、無、都。首句便用韻。

【注　釋】❶初春小雨　《昌黎先生集・十》作〈早春呈水部張十八員外二首〉，此為第一首。❷天街　皇城中的街道。❸酥　用乳酪製成的白色脂膏，可食用或入藥。在此比喻滑潤細膩。❹絕勝　絕對勝過；遠遠超過。

❺烟柳　楊柳堆烟。形容盛春柳條濃綠，遠看彷彿生烟的樣子。烟，一作「花」、「煙」。❻皇都　皇城；京城。

【語　譯】京城的街上正飄著潤滑細膩的雨絲，遙看遠處一片草色碧綠，近看卻又不見了。這是每年春天最美的時節，絕對要比滿城楊柳堆烟的盛春景致要美得多呢！

【賞　析】韓文公這首詩，作於長慶三年春，是他晚年的作品。詩的原題是〈早春呈水部張十八員外二首〉，張員外的名字，今不可考。水部，官名，唐代為工部四司之一，掌有關水道的政令，置郎中及員外郎；所以第二首是「莫道官忙身老大，即無年少逐春心。憑君先到江頭看，柳色如今深未深？」

「天街小雨潤如酥」：酥，也叫酥油，是北方游牧民族用乳酪製成的脂膏，平常加在茶水、糌粑中食用，使更柔滑爽口，但在都城裏，應屬珍貴的食品；而在古代農業社會中，春雨是最可貴的，它總是伴著和風，飄然而下，先微微浸潤大地的表層；當人們在濕潤的街道上不斷往來的時候，就把路面的水土和成均匀細滑的春泥。文公用酥來比喻春雨的滑膩，同時也顯現出春雨的可貴，真是面面俱到的玲瓏手法。

「草色遙看近卻無」：是更為精緻的描寫，那是很細心的人才會察覺的現象。小雨滋潤，春草初萌，如果遠遠地、平平地望去，那初出土的新芽匯聚成一片片迷濛嫩綠的草色；可是當逼近俯視時，它們便分散開來，實在太小了，每個尖端上的綠色太少了，少得肉眼根本無法察覺其存在；所以在遠處所見的草色，到近處卻沒有了；可謂巧筆著春，靈動高明。

「最是一年春好處，絕勝烟柳滿皇都」：旨在說明春天的好處，是初春帶來滋潤萬物的春雨，而非暮春帶來妝點皇都的烟柳。文公抛開常人所樂道的春光，而著眼於春日造化的功能；可見他不但在寫實上勝人一等，在見識上也獨步千古，超羣絕倫。無怪以蘇軾之才，也要模仿他的筆意，寫下「荷盡已無擎雨蓋，菊殘猶有傲霜枝。一年好景君須記，最是橙黃橘綠時」（〈贈劉景文〉詩）的詩篇了。

九一、元 日❶

王安石

爆竹❷聲中一歲除❸，春風送暖入屠蘇❹。
千門萬戶❺曈曈❻日，總把新桃換舊符❼。

【作 者】王安石，見前二一七頁。

【韻 律】這是一首仄起格平聲韻的七言絕句。全詩的平仄，每字都依照定式，沒有一個字出律。絕、律詩是最精美的詩歌，無論音韻聲律，句法節奏，參差對仗，全篇承繼結構，都是達到最精緻的效果，因此絕、律詩是詩中的精品，首首千錘百鍊，巧構形似，表現翡翠蘭苕之美。近體要依詩律來寫，在一定的格律中，不但要包涵複雜的情意，還要有豐富的想像和高深的理想，這便端看詩人的巧思了。

今日讀詩，辨平仄較難，尤其是辨入聲字，更加困難。由於國語中無入聲，如此詩「竹」、「一」、「入」、「日」等字，均為入聲字，在詩中入聲為仄，而每首詩都有入聲字，在音調上便多一層變化。因而入聲的短促、頓挫，使詩歌的聲調，起了抑揚頓挫的效果，也合乎沈約「聲律說」所說的：「若前有浮聲，則後須切響，一簡之內，音韻盡殊，兩句之中，輕重悉異，妙達此旨，始可言文。」（見《宋書・謝靈運傳論》）文中所指的浮聲，便是平聲，切響便是仄聲。

詩用上平聲七虞韻，韻腳是：除、蘇、符。首句便用韻。

【注　釋】❶元日　指農曆正月初一。❷爆竹　古人於元旦雞鳴而起，在庭中用火燒竹，畢剝有聲，火花迸裂，稱為爆竹，用以驅山魈惡鬼。後人改用紙捲包火藥燃放，也稱爆竹，或叫爆仗。❸除　過；去。《詩經・小雅・斯干》：「風雨攸除。」釋文：「除，去也。」❹屠蘇　藥酒名。也作「酴酥」。將屠蘇草浸泡酒中，稱屠蘇酒。舊俗在農曆正月初一，全家共飲屠蘇酒，以示團圓。一說可除瘟疫。見晉宗懍《荊楚歲時記》。❺千門萬戶　指家家戶戶。❻曈曈　旭日漸明的樣子。❼總把新桃換舊符　都拿新桃符更換舊桃符。古代於臘月除夕用桃木板畫神荼、鬱壘二神或書寫二神之名於其上，懸於門戶旁，用以驅鬼、避邪，稱為桃符。至五代後蜀時，又於桃符板上書寫聯句；後又改以紙代桃木，遂演變成今日的春聯。

【語　譯】一年的歲月就在爆竹聲中過去了，春風送來的暖意也融入屠蘇酒中。家家戶戶總是在朝陽溫煦的日子裏，將舊的桃符撕去，換上新的。

【賞　析】這首詩所描寫的年景和舊俗，非常詳實生動；但因荊公曾拜相變法，後人以為他賦此詩，也帶有自我期許的意味，句句都依類託寓，別有所指。

「爆竹聲中一歲除」，是說新年來臨，舊年已去。「春風送暖入屠蘇」，是說春風送來暖氣，化育萬物，也使釀造中的屠蘇酒成熟，全家一起喝了，慶祝團圓。「千門萬戶曈曈日」，是說家家戶戶受到朝陽越來越多的光照。「總把新桃換舊符」，是說所有的人民都換上了新的桃符、新的春聯，以迎接新春。

其實詩的解釋是多方面的，詩有多義性。該詩寫元日，一年新歲的首日，景色氣象新，大有「一元復始，萬象更新」的境界。就詩論詩，這是讀詩的第一層意義，至於詩的第二層或多重性的意義，那就靠讀者去發揮聯想了。

九二、上元❶侍宴❷

蘇　軾

淡月疏星遶❸建章❹，仙風吹下御爐❺香。
侍臣鵠立❻通明殿❼，一朵紅雲❽捧玉皇❾。

【作　者】蘇軾，見前二一二頁。

【韻　律】這是一首仄起格平聲韻的七言絕句。全詩平仄大致合律，惟第三句「侍臣鵠立通明殿」，作「仄平仄仄平平仄」，因第一字的不合律，造成第二字的孤平，使整句變成拗句，可知「一、三、五不論」，是在不造成孤平的原則上，才可以不論；否則，便非論不可了。如這首詩的第三句第一個字，本宜平而用仄，故造成本詩成為拗絕。宋人寫詩，喜歡寫拗句，尤其是黃庭堅的江西詩派，拗句是他們的特色。

全詩的結構，絕句共四句，每句的承接，以起、承、轉、合為絕句的架式。起、承兩句為一聯，詩意相承，轉、合兩句為一聯，要轉得活潑，結束得精巧，不與一、二句的詩意相承，要別開生面，才有佳趣。絕句大抵前兩句多景語，後兩句多情語，這首〈上元侍宴〉也不例外。

詩用下平聲七陽韻，韻腳是：章、香、皇。首句便用韻。

【注　釋】❶上元　指農曆正月十五日，又稱元宵節。❷侍宴　陪伴皇帝宴飲。❸遶　圍繞。通「繞」。❹建章　本為西漢宮名。建於武帝太初元年。故址在今陝西省長安縣西。後詩文中常用以泛指宮闕。此處亦取後義。❺御爐　皇宮內府帝王專用的香爐。❻鵠立　形容羣臣如鵠鳥延頸肅立。❼通明殿　古代傳說中天上玉皇大帝的神殿名。在此借指皇宮。❽紅雲　朝見皇帝的羣臣穿著紅袍，簇聚如雲，故稱紅雲。❾玉皇　天上的玉皇大帝。在此借指當時的帝王。

【語　譯】淡淡的月光、稀疏的星兒圍繞著宮闕，御爐的香氣隨著陣陣仙風飄來。侍宴的臣子們像鵠鳥般延頸肅立，在通明殿內陪伴著天子，有如一朵紅雲簇擁著玉皇大帝哪！

【賞　析】古代帝王每逢年節，都在宮中設筵，大會羣臣；臣子們也就即席賦詩，歌頌天子，君臣同樂，稱之為「侍宴」，或稱「應制」。

全詩結構，前兩句寫景語，後兩句寫情語。起句「淡月疎星遶建章」，除了表明宴會在晚上舉行，也把皇宮擡上了天庭，化作了仙宮。承句「仙風吹下御爐香」，一方面比喻皇恩的澤被，一方面也把香烟化作了天上的祥雲，增加仙宮的氣氛。第三句「侍臣鵠立通明殿」，直接把皇宮稱作玉帝的通明殿，描寫羣臣肅立宮中，場面既盛大又肅穆。結句「一朵紅雲捧玉皇」，也乾脆把皇帝尊為玉皇大帝，描繪身穿紅袍的大臣們，好比紅雲般簇擁著君王，渲染歡樂宴飲達到極致的情況。

侍宴應景的詩篇，也有微加諷諫之辭的；但大多即景鋪陳，歌功頌德。東坡此首把元宵歡宴，寫得既肅穆又熱鬧，即屬典型的侍宴應景詩。

九三、立春❶偶成　　張　栻

律回❷歲晚冰霜少，春到人間草木知。
便覺眼前生意❸滿，東風吹水綠參差❹。

【作　者】張栻（西元一一三三——一一八〇年），字敬夫，號南軒，綿竹（今四川省德陽縣北）人，後遷居衡陽。生於南宋高宗紹興三年，卒於孝宗淳熙七年，享年四十八。

栻從胡宏習理學，及長，與朱熹、呂祖謙相為師友，時稱「東南三賢」，是南宋的理學家，也是詩人。官至吏部侍郎、右文殿修撰。著有《南軒易說》、《癸巳論語解》、《癸巳孟子說》、《南軒集》、《經世編年》等書。《宋史》有傳。

【韻　律】這是一首平起格平聲韻的七言絕句。全詩的平仄，除第一句拗句外，其餘各句都合律。

第一句「律回歲晚冰霜少」，作「仄平仄仄平平仄」，首句不入韻，應是「平平仄仄仄平平仄」，只因第一字宜平而用仄，造成第二字成為孤平，無法彌補，因此成拗句。

詩中一、二兩句對仗，三、四兩句不對仗，絕句的好處是格律僅限於平仄的限制，不受對仗的約束，因此四句中可以對仗也可以不對仗。首句可以用韻也可以不用韻，但不用韻，則首句末字一定要收仄聲，此詩首句便不用韻，末字「少」字，是仄聲，合乎絕句的作法。另外絕句是平聲韻，第三句的末字，也一定要是仄聲；相反地，如果是用仄聲韻，那第三句的末字，便一定是平聲；此詩亦合乎要求。

詩用上平聲四支韻，韻腳是：知、差。

【注　釋】❶立春　二十四節氣之一。在農曆正月、國曆二月三日至五日。❷律回　指陽氣回生。律，古代用以占驗時氣變化的儀器。由十二支口徑相同、長短不一的管子製成。上古用竹，後世改用銅或玉。奇數的六支稱「律」，偶數的六支稱「呂」。律代表陽，呂代表陰。❸生意　生機；生氣。指萬物滋生蕃育而欣欣向榮的現象。❹參差　高低不齊的樣子。

【語　譯】一年將盡，陽氣回生，這時冰霜也少了，春天來到人間，而草木總是最先知道。人們立刻感覺到眼前生機處處，春風吹過水面，綠意盪漾，波光粼粼。

【賞　析】古代占驗時氣的律管有十二支，分作陰、陽兩類。陽管六支，分別稱作黃鐘、太簇、姑洗、蕤賓、夷則、無射，合稱六律；陰管六支，分別稱作大呂、夾鐘、仲呂、林鐘、南呂、應鐘，合稱六呂；總稱律呂或十二律，簡稱為律。古人把黃鐘、太簇等六律，分別與農曆十一月、正月、三月等奇數月相配；把大呂、夾鐘等六呂，與農曆十二月、二月、四月等偶數月相配。所以如此相配，據《後漢書・律曆志上》及《禮記・月令》注疏的說法，是把十二支律管放在密閉的房屋中，用葭灰塞住管口，某月份一到，和它相應的律管中的葭灰，就被裏面的氣吹得飛散出來。這種說法，迄今雖未能用科學方法證驗，卻歷代相沿，為詩文家所採信。

因為每年從冬至那天起，夜晚一天天縮短，白晝一天天增長，古人認為是陰氣下藏、陽氣上舒的關係，所以將冬至看成節氣的起點，把和冬至所在的月份（農曆十一月）相應的黃鐘列為十二律的開首，而把和農曆十月相應的應鐘列為末尾。每經十二個月，十二律周而復始，由應鐘回到黃鐘，就叫做「律回」。律回在農曆十一月，正當一年的末尾，故詩言「歲晚」。冬至以後陽氣日盛，陰氣所生的霜雪日減，故詩言「冰霜少」。所以從首句「律回歲晚冰霜少」，可以窺見南軒先生是一位知識廣博、慎思明辨的學者。但是他這樣說，並非要賣弄學問，而是藉以提起下句「春到人間草木知」，讚美草木的先知。同時這兩句構成對仗，具有詩歌中對稱之美。

立春是孟春正月的節氣，《禮記・月令》說：「是月也，天氣下降，地氣上騰，天地和同，草木萌動。」萌動是發芽滋長的意思。見到草木滋長，才發覺春到人間；可是草木在冰霜少的歲末就知道了，所以能隨著春的腳步萌動，隨著春天而來到人間。因此首、二兩句已點題，配合「立春」詩題。又由於是因景而生感懷的詩，故以「偶成」命篇。

詩中後兩句「便覺眼前生意滿」，「滿」是詩眼所在，它上承首句「冰霜少」的「少」字，點明生意之滿，肇因於冰霜之少；下啟「東風吹水綠參差」的「綠」字，表達春水之綠，實緣於生意之滿。於是律回春來，綠意生機滿人間，寫景感時，合乎短詩的節奏。全詩以生意為樞機，起承轉合，曲盡其妙；而詞理貫串，意象生動，尤其令人激賞。

九四、打毬圖❶

晁說之

閶闔❷千門萬戶❸開，三郎❹沉醉❺打毬❻回。
九齡❼已老韓休❽死，無復明朝❾諫疏❿來。

【作　者】《千家詩》題晁無咎作。王相注：「宋晁無咎，字景遷，官至祕閣正字、兼右補闕。」未悉所本。《宋詩紀事・二八》錄有〈明皇打毬圖〉詩，即本詩，乃「晁說之」所作，今從《宋詩紀事》的說法，視為晁說之所作。

晁說之（西元一〇五九——一一二九年），字以道，號景迂生，宋濟州鉅野（今山東省鉅野縣）人。生於北宋仁宗嘉祐四年，卒於南宋高宗建炎三年，享年七十一。神宗元豐五年進士，官至徽猷閣待制。有《景迂生集》。

【韻　律】這是一首仄起格平聲韻的七言絕句。前兩句平仄合律，後兩句平仄不調，是為拗絕。第三句「九齡已老韓休死」，作「仄平仄仄平平仄」，如第一字為平聲，便整句合律，但「九」字為仄聲，使第二字「齡」字成為孤平，二、四、六的孤平，是絕、律詩的大忌。第四句「無復明朝諫疏來」，作「平仄平平仄平平」，因第六字「疏」字為平聲，如用仄聲，便合律格，成為「仄仄平平仄仄平」。近體詩不合律的緣故，是因內容而犧牲格律，「九齡已老韓休死，無復明朝諫疏來」，就形式而言，是拗句，不合格律；但就內容而言，仍然是好句，具有詠史詩藉古事以諷今的效果，因此作者為了詩的內容而放棄格律的工整。

詩用上平聲十灰韻，韻腳是：開、回、來。首句便用韻。

【注　釋】❶打毬圖　《宋詩紀事．二八》詩題作〈明皇打毬圖〉。❷閶闔　傳說中的天門。借指宮門。此句《宋詩紀事》作「宮殿千門白晝開」。❸千門萬戶　形容宮殿屋宇宏偉，門戶眾多。❹三郎　指唐玄宗李隆基。排行第三，小名三郎。❺沉醉　大醉；沉湎於酒。❻打毬　騎在馬上擊球的遊戲。始於唐代，今陝西乾陵出土的章懷太子墓、懿德太子墓，墓道壁上畫有打毬圖。《封氏聞見記．打毬》：「開元、天寶中，玄宗數御樓觀打毬為事，能者左縈右拂，盤旋宛轉，殊可觀。然馬或奔逸，時致傷斃。」❼九齡　即張九齡。字子壽，儒雅有文才，玄宗時中進士，累官至中書侍郎、同中書門下平章事。時玄宗在位日久，稍怠政事，九齡每犯顏極諫；帝生日，王公貴臣皆獻寶鏡，九齡獨上事鑑十章，極言古今興廢之道，號「千秋金鑑錄」，以伸諷諭。後因諫阻李林甫薦用牛仙客，為林甫所忌，罷相家居而卒。❽韓休　唐玄宗時官拜黃門侍郎、同中書門下平章事。工文辭，性耿直，善於剖析時政得失。休為相時，帝田獵、宴樂稍過，必問左右：「韓休知否？」往往話才問完，諫疏就呈上來了。帝因常慼不樂。左右建議把韓休逐去，玄宗念其忠貞，終不忍罷之。後以太子少師卒，贈揚州大都督，諡文忠。❾無復明朝　是倒裝句，即「明朝無復」。無復，不再有的意思。《宋詩紀事》作「明日應無」。❿諫疏　規勸進諫的奏章。古代臣子對朝政得失、帝王舉止等有意見時，常以書面勸諫。

【語　譯】宮中大大小小的門戶都開啟了，那位小名三郎的玄宗皇帝正打完毬回來，常帶著一身醉意。敢言的張九齡已經告老乞休，而忠直的韓休也已因病身死，明日早朝時再也沒有人會呈上直諫的奏疏了。

【賞　析】唐玄宗本是一個有為的君主，即位後先後用姚崇、宋璟、韓休、張九齡等忠賢為相，政治清平，人民安樂，史稱開元之治。但天寶以後，因在位日久，怠忽國政，寵幸楊貴妃，與楊貴妃的姊妹秦國、韓國、虢國夫人，淫佚無度，沉湎於酒，日以田獵打毬為樂；信任奸相李林甫、楊國忠等，終於大權旁落，形成藩鎮割據、尾大不掉的局面，且因此招致安祿山的叛亂，而於天寶十五載倉皇入蜀，蓋世英名，毀於一旦。

詩人所詠的打毬圖，畫的是玄宗打毬歸來的情景。宮禁的大門和各殿堂的門戶，全都開著，暗示宮裏上上下下全隨帝王到毬場上助興去了。詩人稱九五之尊的帝王為三郎，具有《春秋》筆意。玄宗既不務帝王的事業，不守帝王的本分，只曉得去學紈袴子弟，就和一般人家中的大郎、二郎無異；稱他三郎，誰曰不宜？

詩中只提到一個三郎，但畫家畫的必不止他一個人。畫中的三郎沉醉了，也許乘車，也許坐轎，左右有近臣服侍著，前後有人馬簇擁著，究竟有多少人，只怕數也數不清吧！可是在這熱鬧畫面的背後，畫家難道沒有寓意嗎？眼看曾經締造一個盛世的帝王沉淪至此，難道不探索其中的原因嗎？詩人便引出「九齡已老韓休死，無復明朝諫疏來」的感慨，賢相告老退隱，忠臣因病身死，感時憂國，豈不正是畫家的心聲嗎？所謂「詩中有畫，畫中有詩」，豈止對王摩詰的山水詩畫而言；也是這首詩和打毬圖的寫照啊！

九五、宮詞❶

王建

金殿❷當頭紫閣❸重，仙人❹掌上玉芙蓉❺。
太平天子朝元日❻，五色雲車❼駕六龍❽。

【作者】《千家詩》題為林洪作，未詳所本。今查《全唐詩．三〇二》王建〈宮詞〉百首裏錄有此詩（第九十一首），知當為王建所作，通行本《千家詩》題林洪作，有誤。

王建（約西元七五一——八三五年間在世），字仲初，唐潁川（今河南省許昌縣）人。大曆十年（西元七七五年）登進士第，初為昭應縣丞、渭南尉，後官侍御史。太和中，出為陝州司馬，從軍塞上，後歸咸陽，卜居原上。建常游於韓愈之門，與愈為忘年交。工樂府，作品多反映民生疾苦，風格清麗深婉，與張籍相似，世人並稱「張王樂府」，所作〈宮詞〉百首尤為人所傳誦。有《王司馬集》八卷。《全唐詩》錄詩六卷。

【韻律】這是一首仄起格平聲韻的七言絕句。全詩平仄合律。第三句「太平天子朝元日」，原格律應是「平平仄仄平平仄」，今因一、三兩字用可平可仄，為了使第二字不造成孤平，便寫成「仄平平仄平平仄」，也依然合乎格律。

詩用上平聲二冬韻，韻腳是：重、蓉、龍。首句便用韻。

【注　釋】❶宮詞　專以描寫宮廷生活為題材的詩歌。形式多為七言絕句。始於南朝梁代三蕭的宮體詩，其後唐代王昌齡、元稹等均有此類作品；但以「宮詞」為題的，則以王建的〈宮詞〉百首為最早。❷金殿　華麗的宮殿。在此指唐代華清宮中的長生殿。❸紫閣　古代以天上的紫微垣為天帝的居處，故稱神仙的樓閣為紫閣。在此指唐代奉祠玄元皇帝（老子）的朝元閣。❹仙人　指仙人的雕像。❺玉芙蓉　雕成芙蓉花形的玉盤。即仙人掌上的承露盤。❻朝元日　唐代天子朝拜玄元皇帝（老子）的日子，即正月初一。❼五色雲車　繪有五種顏色的雲的車子。古人以五色雲為一種吉祥的徵兆。此處指天子的車駕。❽六龍　稱美天子車駕的六匹駿馬。

【語　譯】長生殿的正前面是崇高的朝元閣，閣前那對金仙人，掌上捧著承露的玉盤。在太平盛世的正月初一，為了朝拜玄元上帝，天子乘著五彩雲車，駕著六匹駿馬前來。

【賞　析】唐代帝王崇信道教，因與老子李耳同姓，於是追尊老子為玄元皇帝，並在驪山華清宮中築朝元閣奉祀。閣前有二柱，高數丈，上有金仙人以手掌擎捧芙蓉盤以承接甘露的雕像。閣北與長生殿相望，唐皇祭祀玄元，就在此殿齋沐。

此詩的前兩句「金殿當頭紫閣重，仙人掌上玉芙蓉」，金殿即指長生殿，紫閣即指朝元閣，玉芙蓉即指芙蓉盤而言，連同後兩句「太平天子朝元日，五色雲車駕六龍」，都是寫實的詩句，描寫唐明皇朝元的盛況，極為華麗莊肅。但詩人稱明皇為「太平天子」，有諷刺他過慣了太平日子，卻喪失了居安思危的憂患意識，終不免陷於禍亂的意味。能把一首原以華辭麗藻歌功頌德的宮詞，提升到諷諭詩的境界，是作者手法過人之處。詩中四句，前兩句寫景，後兩句敘事，從敘事中託諷，使全詩具有以史諷今的效用。

九六、宮詞

林洪

殿上袞衣❶明日月，硯中旗影❷動龍蛇。
縱橫❸禮樂三千字，獨對丹墀❹日未斜。

【作者】《千家詩註釋》此詩題林洪作，王相注：「宋林洪，字夢屏，莆田人。有〈宮詞〉百首。」未詳所本；與《宋詩紀事．七三》林洪條云：「洪字龍發，號可山，泉州人，有西湖衣鉢。」當非一人。今依坊間通行本，視為《宋詩紀事》所錄之宋林洪所作。

林洪，自稱林逋七世孫，淳祐間以詩名。生平事蹟不詳。

【韻律】這是一首仄起格平聲韻的七言絕句。全詩平仄合律。首句不用韻，應是「仄仄平平平仄仄」，今第三字「袞」字，為仄聲，是用可平可仄的彈性。次句用「仄平平仄仄平平」的句式，本應為「平平仄仄仄平平」，由於首字用仄，故改第三字的仄聲為平聲，以避免第二字為孤平，由於一、三平仄可自由，又不形成孤平，故寫成「仄平平仄仄平平」的句法，也是合律。三、四兩句的平仄，則完全合乎標準格律，沒有用可平可仄的現象。

詩中一、二兩句對仗，寫宮景華麗，「殿上袞衣明日月」對「硯中旗影動龍蛇」，有對仗之美。

詩用下平聲六麻韻，韻腳是：蛇、斜。

【注　釋】❶袞衣　古代天子的禮服。繪日、月、星辰、山、龍、花蟲（雉）於衣，繡宗彝、藻、火、粉米、黼、黻於裳。在此則借指身穿袞衣的天子。❷硯中旗影　指宮中旌旗倒影於硯中。❸縱横　隨意馳騁，無所拘束。此處比喻文思泉湧，下筆揮灑自如。❹丹墀　古代宮殿石階。因以紅漆塗飾，故名。丹，紅色。墀，臺階。

【語　譯】在金鑾殿上應試時，看見皇帝身上的龍袍光爍如同日月，硯池裏飄著宮旗的影子，有如龍蛇鑽動。我談禮論樂洋洋灑灑寫下了三千言，獨自面對宮殿的紅石階，等著呈交，這時太陽還沒有西斜呢！

【賞　析】這首詩，描寫殿試的盛況。

「殿上袞衣明日月」，是詩人見到袞衣上所繪的日月，觸發靈感而寫成的。在修辭上，他用天子所穿的袞衣指稱天子；在取譬上，他用日月之明比喻天子的威嚴，把殿上盛服的天子又比作光華奪目、令人不敢仰視的日月；頗具匠心。

「硯中旗影動龍蛇」，寫殿下的景象。詩人巧妙地把這繁雜的景象納入眼底小小硯池之中。有硯，則有硯前的士子；有旗影，則有殿下衛士手中的旌旗。而翻飛的旌旗，形成墨水中躍動的龍蛇；龍蛇既可比喻殿下士子都是非常的人；也可象徵士子心靈的活絡、筆墨的酣暢、文章的巧思。

「縱横禮樂三千字」，三千字形容對策極長，字數不必定三千；一如「萬言長策」，未必恰有萬字。這句詩強調士子中最為特出的一位，他學有根柢，精通治術，才情駿發，文思泉湧，數千言有關政刑的對策，都能本於禮樂詩書，一揮而就。

「獨對丹墀日未斜」，寫這位才士收筆最早，故言「獨」；因天子威嚴，不敢再度仰望，故言「對丹墀」；因時光未晚，故言「日未斜」。由此亦足見他才思敏捷，冠絕羣倫。詩人用意與閒適的筆觸，為才士得志而欣喜，為國家得人而慶幸，結束得饒有餘味。

九七、咏華清宮❶

杜常

行盡江南數十程❷，曉星❸殘月入華清❹。
朝元閣❺上西風❻急，都入長楊❼作雨聲。

【作者】《千家詩》題王建作。然查今王建〈宮詞〉，並無此詩。《全唐詩．七三一》以為杜常所作，並說杜常為唐末人，存詩僅此一首。然明楊慎《升庵詩話．五》考證詳實，證明杜常為宋人，今對照《宋史．杜常傳》，知《全唐詩》有誤。

杜常，字正甫，宋衛州人。昭憲皇后族孫。登進士第，調河陽司法參軍事，很受富弼禮重。徽宗崇寧中，累官至工部尚書，以龍圖閣學士知河陽軍，政績顯著。卒年九十九。《宋史》有傳。

【韻律】這是一首仄起格平聲韻的七言絕句。全詩平仄合律，除首句第一字「行」字，本宜仄而用平，不過因「一、三、五不論」，故可以自由抒寫，不受格律的限制，當然，必須以不造成二、

四、六的孤平為原則。

此詩起、承、轉、合的形式結構至為明顯，起、承兩句，由外而內，次句承，點出華清宮，與詩題切合。三、四句轉合，寫廢圮的華清宮，已在西風急雨中頹壞。四句均不對仗，詩意一貫，前後想像中的華清宮與實際的華清宮造成對比，使後半轉得活潑。

詩用下平聲八庚韻，韻腳是：程、清、聲。首句便用韻。

【注　釋】❶咏華清宮　《全唐詩・七三二》題作〈華清宮〉，無「咏」字。咏，一作「詠」。❷程　路程；驛程。❸星　一作「風」。據明楊慎《升庵詩話・五》考訂，知「風」字為誤。❹華清　唐代離宮名。一名驪山宮，簡稱驪宮。在今陝西省臨潼縣城南驪山的西北麓，玄宗每出巡，都帶楊貴妃來此。驪山有硫磺溫泉，古稱湯泉。貞觀十八年詔建湯泉宮。咸亨二年改名溫泉宮。天寶六年擴建，易名華清宮。見《清一統志・二二八・西安府二》。❺朝元閣　唐閣樓名。建於驪山華清宮中，北向正門津陽門。唐朝崇奉道教，在此奉祀玄元皇帝（老子），玄宗天寶七年，傳說玄元皇帝顯聖於朝元閣，遂改名降聖閣。見宋程大昌《雍錄・四》。❻西風　即秋風。❼長楊　樹名。即白楊樹，又名參天樹。元李好文《長安志圖・中》：「長楊，關中人家園圃池沼多植白楊，今九龍池尤多，皆大，合抱長數丈，葉原多風，恆如有雨。因憶唐人詩『朝元閣上西風急，都入長楊作雨聲』正謂此樹，以見故宮悲涼之意也。」一說長楊為漢宮名。然長楊宮在盩厔（今陝西省盩厔縣東南），距離朝元閣五百餘里，故此說有誤。見明楊慎《升庵詩話・五》。

【語　譯】由江南一路行來，經過幾十天的驛程，在天剛破曉時，我披著晨星、踏著殘月，走進了華清宮。上了朝元閣，西風很急，一一吹打在長楊樹上，化作了瀟瀟的雨聲。

【賞　析】驪山距唐代的都城長安不遠，山間的溫泉水質細滑極為有名，所以自秦、漢以至隋、唐，歷代帝王，無不到此地遊息。唐玄宗是最喜愛驪山的君主，他每年十月前往，直到歲末才回宮，因此他也在山麓為隨行的公卿百官築有府邸。當玄宗專寵楊貴妃以後，更把原有的溫泉宮大肆擴建，改名華清，宮殿包裹著驪山，圍牆環繞其外。中央最重要的建築物是奉祀玄元皇帝老子的朝元閣，和專供天子齋戒朝元的長生殿。在東南隅的觀風樓下，更有夾城潛通禁中的大明殿，便於他和貴妃不時往來。於是高入青雲、仙樂飄飄的驪山宮，頓時成了人間天堂，也成為上下物議的焦點。不久以後，這所華麗的離宮就受到安祿山慘重的破壞，憲宗元和年間雖然整修一次，卻也無心遊幸，又任它逐漸荒廢。

杜常所詠的華清宮，就是這座已經荒蕪的宮苑。

「行盡江南數十程」，是說他從江南出發，經過數十天的行程，懷著綺麗的憧憬來到驪山。「曉星殘月入華清」，是說他迫不及待地清晨入宮，可是剩下的宮殿不多了，且破損了，一如天上稀落的晨星、西沉的殘月，冷冷清清，當年的盛況已不復存在。「朝元閣上西風急」，記他登上昔日神聖不可侵犯的禁地，如今卻杳無人蹤，只有秋風峻急地吹著，人事的興衰，引起他的感傷。

於是詩人用結句「都入長楊作雨聲」，把他的感傷託秋風送入白楊樹，化作如泣如訴的雨聲。

關於此詩，明代楊慎《升庵詩話．五》中，有一條「杜常華清宮」融合元代李好文《長安志圖．中》的說法，考證此詩有三誤：一是作者姓名、時代有誤。二是字誤，即詩中的「曉星」誤作「曉風」。三是意誤，「長楊」應為樹名，一般解釋誤作宮名。所言皆有依據，能釋千古之疑義，故今從其說。

九八、清平調❶詞

李白

雲想衣裳花想容，春風拂檻❷露華❸濃。
若非羣玉山❹頭見，會❺向瑤臺❻月下逢。

【作者】李白，見前一一頁。

【韻律】這是一首仄起格平聲韻的七言絕句。原詩共三首，是三首聯章的樂府絕，每首用韻不同，但詩意卻是一脈相承。今所選的只是其中的第一首。

全詩平仄合律，七言仄起格首句的定式是「仄仄平平仄仄平」，而「雲想衣裳花想容」為「平仄平平平仄平」，第一字「雲」和第五字「花」，是合乎「一、三、五不論」，且不造成二、四、六字孤平的原則，故依然是合律的。其他三句，都合乎格律。

詩用上平聲二冬韻，韻腳是：容、濃、逢。首句便用韻。

【注釋】❶清平調　古樂曲名。唐開元中，皇宮內牡丹花盛開，玄宗與楊貴妃同到沉香亭觀賞，特召李白命作〈清平調詞〉三章，令梨園子弟以絲竹伴奏，帝自吹玉笛相和。見《樂府詩集・八十・清平調・題解》。❷檻　欄干。如讀為ㄎㄢˇ，則當門檻、門限解。作為欄干解，便讀成ㄐㄧㄢˋ，是配合第三首的「沉香亭北倚欄干」。參見

「賞析」。❸露華　形容美麗晶瑩的露珠。❹羣玉山　古代神話中的仙山。相傳為西王母的住所。羣玉，又名玉山。見《山海經・西山經》。《穆天子傳・二》：「天子北征東還，乃循黑水，癸巳，至于羣玉之山。」注：「即《山海經》玉山，西王母所居者。」❺會　應當。❻瑤臺　古代神話中仙人所居住的地方。《拾遺記・崐崙山》：「傍有瑤臺十二，各廣千步，皆五色玉為臺基。」

【語　譯】柔雲好似她的衣裳，好花恰如她的容顏；當春風輕拂過欄干時，沾著露水的花兒，就愈發穠豔了。像她這般的美人兒，若不是在羣玉山頭見到，便是要在瑤臺仙境的月光下才能遇到啊！

【賞　析】李白的〈清平調詞〉，本是三首聯章的樂府絕句，內容一貫相承，這裏選錄的是第一首。另外二首為：

一枝紅豔露凝香，雲雨巫山枉斷腸。
借問漢宮誰得似？可憐飛燕倚新妝。

名花傾國兩相歡，長得君王帶笑看。
解釋春風無限恨，沉香亭北倚欄干。

據《新唐書・文藝傳》載，玄宗和楊貴妃坐在沉香亭賞花，想召李白作一首新詞配樂，歌詠其事；可是李白來時已經醉了，左右用冷水給他洗臉，才稍微清醒。他半醉半醒拿起筆來，當著君王，面對名花傾國，立刻寫成這婉麗精切的詞章。玄宗讀後非常喜愛，曾數度召見賜宴。

這三首詞中，以第一首最為風流旖旎，丰神絕世。李白用輕柔的白雲比喻楊妃飄逸的春裝，用穠豔的花容比喻美人豐盈的玉貌，用春風比喻仁澤天下的帝王，用甘露比喻浩大的皇恩，把一位仰承皇恩，益增嬌豔的絕色美女，捧上羣玉山頭，置諸瑤臺月下，渾化作至善至美的仙子。

但是「雲想衣裳花想容」這句詩，雲、裳並舉，花、容難分，不僅說看見雲就想起楊妃的衣裳，看見花就想起她的容顏；也寓有見到楊妃的衣裳就想起雲，見到她的容顏就想起花的意味；語意雙關，極盡空靈。李鍈《詩法易簡錄》說得好：「三首人皆知合花與人言之，不知意實重在人，不在花也；故以『花想容』領起，側重在人一邊。『露華濃』，乃花最鮮豔之時；『春風拂檻』，又花最風韻之候；言必此時之花，方可以想像其容，則其容之美為何如？說花處即是說人，故下二句極讚其人，方接得去，不然忽說花又說人，便不接貫矣。」拂檻的春風，也吹得帶露的牡丹搖曳生姿，益增風韻，所以說「春風拂檻，又花最風韻之候」。李氏這一番議論十分中肯。

九九、題邸❶間壁

鄭會

酴醾❷香夢怯❸春寒，翠掩重門❹燕子閒。
敲斷玉釵❺紅燭冷❻，計程❼應說到常山❽。

【作　者】《千家詩》題鄭谷作。鄭谷（西元？——八九七年左右），字守愚，唐袁州宜春（今江西省宜春縣）人。僖宗光啟三年進士及第，官至都官郎中。七歲能詩，名盛唐末。他的詩清婉明白，不俚而切。有《雲臺編》三卷、《宜陽集》三卷、《外集》三卷。

今查《全唐詩》，鄭谷無此詩，據《宋詩紀事．六四》錄有鄭會的〈題邸間壁〉詩。知當為鄭會所作。鄭會，字文謙，號亦山，南宋貴溪（今江西省貴溪縣）人。游朱熹、陸九淵之門。嘉定四年進士，累官禮部侍郎，為史彌所忌，引疾歸，卒諡文莊。有《亦山集》。

【韻　律】這是一首平起格平聲韻的七言絕句。全詩平仄合律。首句第三字「香」，以及第三句第一字「敲」和第三字「玉」，都是合乎「一、三、五不論」，且不造成二、四、六孤平的原則，自由活用平仄的。末句用「仄平平仄仄平平」，也是合乎平仄調。

詩用上平聲十五刪韻，韻腳是：閒、山。首句末字「寒」字，是逗韻，用刪的鄰韻寒韻；閒、山二字是刪韻。

【注　釋】❶邸　旅館；客舍。❷酴醿　花名。以花色黃白似酴醿酒而得名。也作「酴醾」、「荼蘼」。又名佛見笑。《墨莊漫錄．九》：「酴醿，花，或作荼蘼。一名木香。有二品：一種花大而棘，長條而紫心者，為酴醿；一品花小而繁，小枝而檀心者，為木香。」❸怯　畏懼；害怕。❹重門　重重的門戶。❺玉釵　玉製的髮釵。❻紅燭冷　指紅燭將盡，光越來越弱。❼計程　計算旅程。❽常山　縣名。今屬浙江省。

【語　譯】從酴醿花香的夢中凍醒過來，春天的寒氣真叫人畏怯呢！翠綠的酴醿花叢深掩著重重門戶，飛燕雙雙，悠閒地穿梭著。她手裏的玉釵都被敲斷了，更深燭殘，她還在算計心上人的旅程，口裏說著：該到常山了罷！

【賞析】這是一首閨怨的詩。詩人遠離故鄉，投宿於常山的旅館，夜深人靜時，他思念起妻子和家園，便作了這首詩題在壁上。

相思之情太深了，妻子的形象在心中刻劃得太清晰了，妻子的個性他了解得太透徹了，於是他反以妻子為描述對象，寫下這首詩，從清晨到深夜，譜下竟日相思的情懷。

酴醾花是詩人伉儷喜愛的花，花開時節，他倆相偎相依，一同觀賞，一同沉浸在花的清香裏，那是多麼溫馨的日子！可是現在呢？「酴醾香夢怯春寒」，詩人彷彿看見愛妻清晨在春寒裏從溫馨團居的夢中醒來，獨自困守那份寒涼的情景，寫下這淒切的詩句。那個「怯」字，既表示春寒使美夢怯退，趕走了美夢；又表示夢醒的人兒畏怯於春寒，因為孤單而感到寒冷可怕；詞意是多重的。

詩的第二句，寫白天的情形。妻子把自己關在屋裏，屋外只有翠綠的酴醾叢掩護著深鎖的重門，不見人蹤，於是飛燕雙雙，樂得在那兒悠閒自適地往來穿梭，而見燕子雙飛就使她更思念丈夫。

後兩句寫深夜的狀況。她一定有遇到焦急無主就不自覺地拔下玉釵在桌上敲打的習慣；在這更深燭殘的時候，玉釵只怕要被敲斷了，而她仍然在敲著。她心中計算著丈夫的行程，口裏咕噥著他此刻棲身的所在。她應知道身在常山的丈夫，也正是如此朝思暮想的繫念著她吧？

一〇〇、絕句

杜甫

兩個❶黃鸝❷鳴翠柳，一行白鷺❸上青天。
窗含西嶺❹千秋雪❺，門泊❻東吳❼萬里船❽。

【作者】杜甫，見前一一一頁。

【韻律】這是一首仄起格平聲韻的七言絕句。全詩平仄合律，惟第二句「一行白鷺上青天」，作「仄平仄仄仄平平」，由於第一字用仄聲，使第二字成為孤平，於是使此句變成不合律的拗句。

全詩兩兩對仗，「兩個黃鸝鳴翠柳」對「一行白鷺上青天」，「窗含西嶺千秋雪」對「門泊東吳萬里船」，極為巧妙，如數字對數字，「兩個」對「一行」，「千秋雪」對「萬里船」。又如顏色字對顏色字，「黃鸝」對「白鷺」，「翠柳」對「青天」。又如方位對方位，「西嶺」對「東吳」。對仗工巧，設色鮮明，且整首詩如同一幅畫，充滿畫趣。

詩用下平聲一先韻，韻腳是：天、船。

【注釋】❶個　一作「箇」。同音通用。❷黃鸝　黃鶯鳥的別名。又叫黃鳥、倉庚。色黃，嘴尖呈淡桃紅色，自眼端至頭後有黑色紋，翅膀也有黑色的羽毛。鳴聲悅耳清麗，人類常籠飼以供玩賞。❸白鷺　水鳥名。即鷺鷺。羽色純白，嘴長而尖，頸、腳皆細長，適於涉水捕食魚蟲及蛙類。常羣棲池沼溪河等淺水域附近的樹林中。❹西嶺　指岷山。❺千秋雪　指高山上長年不化的積雪。❻泊　停船靠岸。❼東吳　今江蘇省吳縣一帶，舊稱東吳。《杜詩鏡銓・十二》：「范成大《吳船錄》：蜀人入吳者，皆從合江亭登舟，其西則萬里橋。句亦寓下峽意。」❽萬里船　泛指航行遙遠的船。

【語　譯】兩隻黃鶯在翠綠的柳樹上鳴叫，一行白鷺直往青天飛去。窗外岷山山頭堆著千年不化的積雪，門前停泊著萬里外東吳開來的船隻。

【賞　析】唐肅宗寶應元年（西元七六二年），成都尹嚴武入朝，劍南兵馬使徐知道叛亂，杜甫從成都避往梓州。次年，安、史之亂平定。又過一年是代宗廣德二年，嚴武復為成都尹，兼劍南東西川節度使，還鎮成都，杜甫也攜眷投奔，回到他成都的草堂。

大小的亂事都已敉平，還鄉有望，又值春夏之交，天氣晴和，草木茂暢，杜甫的心境異常開朗；隨著興之所至，寫下四首小詩，合成一組，題作〈絕句四首〉。這兒選錄的是其中的第三首。

詩的上下聯都用對仗句，造成一種強烈的對比效果，相映成趣。「兩個黃鸝鳴翠柳」，寫牠們兩情繾綣，嚶嚶和鳴，只願在翠柳中長相廝守；「一行白鷺上青天」，卻寫牠們心懷壯志，離別錦繡大地，一飛沖天。「窗含西嶺千秋雪」，是說那如畫的窗景是靜止的，而「門泊東吳萬里船」，是說天下太平了，長江的水道，又可以萬里暢達無阻了。由於安、史之亂，使長江的船隻不能直抵長江下游東吳一帶，如今門外能停泊東吳來的船隻，表示安、史之亂已平，對外可以萬里暢通無阻了，豈不叫人心喜？這兩聯的出句（上句）都隱藏著杜甫對草堂的眷戀難捨；而對句（下句）

卻顯露出他「即從巴峽穿巫峽」、「青春作伴好還鄉」的意願。既有青天、萬里之想，他的心已經登上門泊的歸舟；環圍在「黄」、「翠」、「白」、「青」亮麗彩色中的草堂，再也留他不住，而將退居在他心坎裏，像西嶺上的千秋雪，直到永遠。

這四句詩，完整表達出繁複的情景，句句成畫，語語生情，有聲有色，珠璣滿紙，真是難得的神來之筆。

一〇一、海棠❶

蘇軾

東風嫋嫋❷泛❸崇光❹，香霧空濛❺月轉廊❻。
只恐夜深花睡去，故❼燒高燭❽照紅粧❾。

【作者】蘇軾，見前二二二頁。

【韻律】這是一首平起格平聲韻的七言絕句。全詩平仄合律。末句本為「平平仄仄仄平平」，如今換為「仄平平仄仄平平」，也是合律。

詩用下平聲七陽韻，韻腳是：光、廊、粧。首句便用韻。

【注釋】❶海棠　植物名。四月間開花，花梗暗紅色，花瓣外半紅半白，內面粉紅，十分豔麗。❷嫋嫋　微弱輕柔的樣子。❸泛　盪漾。❹崇光　指從高空照下的月光。❺空濛　形容雲烟或水氣迷漫的樣子。一作「霏霏」。❻月轉廊　指月光由庭院轉入迴廊。❼故　一作「更」。❽高燭　高大的蠟燭。❾紅粧　指盛妝的美女。此處將花擬人化，以美女相喻。粧，「妝」的俗字。

【語　譯】春風輕柔地吹拂著，月光盪漾如水，含著花香的霧氣迷漫，月兒由院子轉入迴廊。只怕夜深了花兒睡去，所以點上長長的蠟燭，照著她嬌豔的紅色身影。

【賞　析】這是東坡居士秉燭夜賞海棠的詠物詩。

「東風嫋嫋泛崇光，香霧空濛月轉廊」，寫園庭的實景。園裏的東風不但搖曳海棠，使它嫋嫋生姿；也暗中吹送它的幽香，使之溶化於空濛的薄霧中。轉過長廊的明月，從廊西跨到廊東，剛剛越過中天，正是「崇光」的來源；這透過薄霧的月光是朦朧的，再從花上反射盪漾開來就更加朦朧了；而這一片朦朧的月色，烘托得花容更具含蓄之美。這兩句詩，詞意糾結，理路分明，東坡把一切都涵容進去，極見功力。

「只恐夜深花睡去，故燒高燭照紅粧」，自述憐花的深情。「夜深」承「月轉廊」而來。夜一深，就怕花也隨人入睡；可是花一睡去，便長眠不醒了。於是東坡燃起燭照她，權充護「花」使者，大有伴她到天明的意味，展示詩人天生多情與俠骨柔腸的唯美情懷。於是此情此景，交相輝映，形成動人的畫面。

東坡豪放多情，後兩句以花喻人，人花難分，使人讀罷，也會油然興起惜玉憐香之情，詩歌的多義性，使詩歌帶有寬度，構成絃外之音的奧祕。

一〇二、清　明❶

王禹偁

無花無酒過清明，興味❷蕭然❸似野僧❹。

昨日鄰家乞新火❺，曉窗❻分與❼讀書燈。

【作　者】王禹偁（西元九五四——一〇〇一年），字元之，北宋濟州鉅野（今山東省鉅野縣）人。生於五代北漢乾祐七年，卒於北宋真宗咸平四年，享年四十八。太宗太平興國八年（西元九八三年）進士，官至翰林學士。因他天性正直，為文著書，常鍼砭時弊，不稍避諱，曾被貶三次。宋初文風浮靡，他因力倡詩學杜甫、白居易，文學韓愈、柳宗元，所以風格也平易樸實。著有《小畜集》、《承明集》等。

【韻　律】這是一首平起格平聲韻的七言絕句。全詩平仄合律。第三句「昨日鄰家乞新火」，作「仄仄平平仄平仄」，是單拗，也就是第五字「乞」字，本宜平而用仄，是為拗字，故將第六字「新」字，改為平，以救上字，如此依然合律。結句「曉窗分與讀書燈」，作「仄平平仄仄平平」，是第一字、第三字可平可仄自由，又沒造成第二字孤平所寫的句法，依然合律。

詩用下平聲八庚韻，韻腳是：明、僧、燈。首句便用韻。

【注　釋】❶清明　二十四節氣之一。在冬至後一百零六日。約今國曆四月五日或六日。我國自唐、宋以來，是日有踏青、掃墓的習俗。見《燕京歲時記・清明》。❷興味　趣味；情趣。❸蕭然　冷清空寂的樣子。❹野僧　山野的行腳僧。❺新火　古代鑽木取火，四季所用木材不同，換季時用新木材所取的火，叫新火。唐、宋習俗，清明前一日禁用火，吃冷食，稱寒食節；到清明日再用榆、柳木起新火。參見韓翃〈寒食〉詩注❶。❻曉窗　天剛亮時的窗口。❼分與　分給。

【語　譯】沒有花也沒有酒地過了清明節，冷清淒涼好似那山野的苦行僧。昨天向鄰舍人家要來取火用的新木柴，拂曉時在窗下讀書，正好可以分一點來用。

【賞　析】清明佳節，本是親友團聚、賞花飲酒的好日子；但是這個清明，詩人卻在無花的野地和無酒的窮境中，像荒原裏的苦行僧般獨自一人淡淡度過。

詩人實在太貧苦了，他窮得買不起取火的新木材，偏偏遇到清明前一天的寒食節，家家必須把舊火滅絕，晚上再點燃新的火種，以供來日起火煮飯；於是他只得向鄰居去乞火。

清明節天亮的時刻，正是家家忙著晨炊的時候，詩人取出昨日向鄰舍要來的新木柴，點了些，便在燈下讀起書來。

古代的窮書生，生活清苦，猶如苦行僧，從開端兩句，便寫出樸質的生活，已到困窮的境地，「無花無酒過清明」的無奈，故「興味蕭然」。繼而轉合開朗，向鄰家乞火，黎明前點燈苦讀，猶不失書卷氣，且自得其趣，安於「君子固窮」的現實。

這位乞火而不乞食、以書代食的聖者，用最平實的字句，記下艱困的一日，毫無怨尤，不唯表現他在困頓中仍能貫徹他詩學杜、白的主張，而且卓然有成；也表現他是一位了不起的、守道不移的真君子。藉著短詩一則，表達自己的秉性和遭遇，語氣平淡，而落寞滿紙，這是詩人的高明處。

一〇三、清　明❶

杜　牧

清明時節雨紛紛❷，路上行人欲斷魂❸。
借問酒家❹何處有？牧童遙指杏花村❺。

【作　者】杜牧（西元八〇三——八五二年），字牧之，京兆萬年（今陝西省西安市）人。生於唐德宗貞元十九年，卒於宣宗大中六年，享年五十。

杜牧為杜佑之孫。文宗太和年間進士，官至中書舍人。長於近體詩，七絕尤為著名；後人稱為「小杜」，以別於「老杜」杜甫。所寫抒情、詠史小詩，多清麗生動。晚唐藩鎮跋扈，邊疆多事，詩文多藉古諷今，寓意深遠。著有《樊川文集》。《全唐詩》錄詩八卷。新、舊《唐書》有傳（均附於〈杜佑傳〉後）。

【韻　律】這是一首平起格平聲韻的七言絕句。全詩平仄合律。末句用「仄平平仄仄平平」的句法，其他「時」、「酒」兩字可平可仄，只要不造成二、四、六的孤平，是被允許的。

詩用上平聲十三元韻，韻腳是：魂、村。首句用逗韻，「紛」是十二文韻，「魂」、「村」是十三元韻；首句逗韻用「元」的鄰韻，不算出韻，這是用韻規則中，被視為叶韻的。

【注釋】❶清明　參見王禹偁〈清明〉詩注❶。❷紛紛　雜亂細密的樣子。❸斷魂　銷魂；失魂落魄。在此用以形容極度的哀傷。❹酒家　賣酒的人家。即酒店；酒肆。❺杏花村　開滿杏花的村落。在今安徽省貴池縣城西。《江南通志・三四・池州府》：「杏花村，在府秀山門外里許，因唐杜牧詩有『牧童遙指杏花村』得名。」

【語譯】清明時節下著綿綿細雨，路上的行人心中哀切，幾乎要斷魂喪魄。請問這一帶哪裏有酒店啊？牧童用手指著遠處開滿杏花的村落。

【賞析】據《江南通志・三四》載，這首詩是杜牧遠離故鄉京兆，在池州（治所在今安徽省貴池縣）當刺史時所作的。

清明節在農曆三月初，又稱三月節，唐、宋以來，都是家人團聚，同往郊外踏青、掃墓，敦序天倫的佳節。

這一個細雨紛紛的清明，杜牧在道路上獨自徜徉，心中既為懷念親友而惆悵，又為春雨擾人而煩惱；於是放眼望去，過往行人亦盡是愁眉苦臉、失魂落魄的樣子。

其實行人的「欲斷魂」，實因杜牧自己觸景生情，思念恩親所致，所謂「愁人眼裏盡愁人」。他身為刺史，雄長一方，見郡民掃墳便援筆抒發眼前的實景和感懷。由此可知感人的好詩在於寫真感情、真景物；也唯有流露真情的作品才可能傳誦千古。全詩起、承、轉、合的結構至為明顯，章法井然有序，即前兩句寫清明節，在郊外所見之景，後兩句轉、合，化哀傷為喜悅之畫面，充滿情趣，亦留下「借問酒家何處有？牧童遙指杏花村」不朽的名句，並與前兩句造成對比，耐人尋味。

問則有聲，指則有形；見開滿杏花的村莊而不見酒家，心知酒家就隱在耀眼的杏花之下。著語不多，卻使我們如聞其聲、如見其貌、如臨其境；縱使不會喝酒，也必然心嚮往之吧！詩中情意景物交融，清明孺慕之情，清明春氣濃郁，均涵容在詩中。

杜牧的〈清明〉詩，傳誦千載而彌盛，好事者甚至將它斷成長短句，詩意不改，且多一層情趣，其句如下：「清明時節雨，紛紛路上行人，欲斷魂。借問酒家何處？有牧童遙指杏花村。」詩為齊言詩，詞為長短句，同樣一首，而兼具詩和長短句的格律，卻是不易多見的佳構。

一〇四、社日❶ 張演

鵝湖❷山下稻粱肥，豚柵❸雞棲❹對掩扉。

桑柘❺影斜春社❻散，家家扶得醉人歸。

【作者】這首詩《全唐詩．六〇〇》錄在張演名下，演詩僅此一首，題作〈社日村居〉，校注說：「一作王駕詩。」《全唐詩．六九》又錄王詩六首，此詩重出，題作〈社日〉，校注又說：「一作張演詩。」未作裁決；今姑且兩說並存。

張演，字裕之。年里不詳。唐懿宗咸通十三年（西元八七二年）進士。

王駕（西元八五一年——？），字大用，號守素先生，唐河中（今山西省永濟縣）人。昭宗大順元年（西元八九〇年）進士，官至禮部員外郎。原有詩集六卷，今僅《全唐詩》所錄六首傳世。

【韻　律】這是一首平起格平聲韻的七言絕句。全詩平仄合律，只有出現一、三、五不論而又不造成二、四、六字孤平的情形，所以是被允許的，如「山」、「豚」、「桑」、「影」、「扶」等字的平仄便是。

詩用上平聲五微韻，韻腳是：肥、扉、歸。首句便用韻。

【注　釋】❶社日　《全唐詩．六〇〇》題作〈社日村居〉。社日是祭祀社神的日子。立春後第五戊日為春社，立秋後第五戊日為秋社。漢以前只有春社。《荊楚歲時記》：「社日，四鄰並結綜會社，牲醪，為屋於樹下，先祭神，然後饗其胙。」❷鵝湖　山名。在江西省鉛山縣北。山上有湖，多生荷，舊名荷湖山，晉末有龔氏，畜鵝於此，更名鵝湖山。後來上築鵝湖寺院，成了宋儒朱熹、呂祖謙、陸九淵兄弟講學之所。❸豚柵　豚，小豬。柵，豬圈。一作「穽」。❹雞棲　雞羣止息之處，指雞舍。棲，也作「栖」。鳥類止息的意思。一作「塒」。鑿牆建造的雞窩叫塒。❺柘　木名。桑樹的一種，葉可飼蠶，故古多桑、柘並稱。❻春社　祭名。春日祭祀土地神，以祈豐收。周代在甲日舉行，後改成立春後第五個戊日。

【語　譯】鵝湖山下的稻子和高粱都長得很肥美，豬圈和雞舍相對，而且都關上了門。桑柘的樹影斜了，春社的集會也散場了，家家都扶著喝醉酒的人回去哩！

【賞　析】社是掌管土地的尊神。在舊時的農業社會裏，祭社是最隆重的盛典；起初只在每年立春後第五個戊日，即春分前後，舉行一次，叫做春社，祈求五穀豐收，六畜興旺；漢以後又在立秋後第五個戊日，即秋分前後，舉行一次叫做秋社，報答社神的恩賜；這就是古書上所謂的「春祈秋報」。

每逢社日，四鄰的人結集在一起，共同湊錢祭神，舉行賽會，有的地方雇戲班演戲，有的地方逕自歌舞奏樂。因歷代相傳，吃了祭神所用的酒肉（即「胙」），就會得到神的庇護；所以大家在狂歡終日之後，又於傍晚時分盡情分享豐盛的祭品，不醉無歸。

這首詩所詠的就是春社已散的情景。

詩人用「鵝湖山下」表明地點，用「桑柘影斜」標示時間，用「春社散」，把當天的盛況輕輕帶過，而奮力地揮動生花妙筆，寫出「家家扶得醉人歸」清新感人的詩句，予人以無窮的歡愉之感。

這首詩並不具太多意象；它所以令人感動，是因前三句的自然寧謐和結句點出村人社日的平和與滿足。詩人的村莊位於有湖的山下，先就占了地利，不虞缺水；而當春社之日，稻粱肥美，桑柘蔭濃，雞豚繁殖，已經呈現出一片普獲神佑、欣欣向榮的景象；那虛掩的門扉，象徵社會的安定與天下的太平；那既散的春社，似乎猶在發放狂熱賽會的餘溫；這種種的事物，莫不鼓舞大眾，賦予希望，使他們始而開懷暢飲，終於陶然入醉，在落日餘暉中，任由家人扶持而歸，酣然就夢。

一〇五、寒　食❶

韓　翃

春城無處不飛花，寒食東風御柳❷斜。
日暮漢宮❸傳蠟燭❹，輕煙散入五侯家❺。

【作　者】韓翃，字君平，唐南陽（今河南省南陽縣）人。生卒年不詳。天寶十三年（西元七五四年）進士，官至中書舍人。他的詩詞采富麗，筆法工巧。為「大曆十才子」之一。原有集，已佚。今傳《韓君平集》，為明人所輯。《全唐詩》錄詩三卷。

【韻　律】這是一首平起格平聲韻的七言絕句。全詩平仄合律，僅「無」、「寒」、「漢」三字，與定式的平仄相反，但合乎「一、三、五不論」的規定，可以不講求，又因不造成二、四、六的孤平，是可以通融的。

詩用下平聲六麻韻，韻腳是：花、斜、家。首句便用韻。

【注　釋】❶寒食　節令名。在冬至後一百零五天，清明前一或二日，時當農曆暮春三月，常有風雨。相傳春秋時介之推從晉文公流亡十九年，文公復國，推逃祿退隱緜山（今山西省介休縣東南），公焚山以求其出，推與母抱木燒死。文公就下令每年此日不得舉火，以為紀念，世稱寒食節。一說：《周禮・秋官・司烜氏》仲春以木鐸修國中火禁，那麼禁火本周代舊制，不始於春秋。見王三聘輯《古今事物考・一》。❷御柳　御苑之柳，即皇宮內苑裏的柳樹。舊俗，寒食日折柳插於門上，清明日皇帝宣旨改火，以榆、柳之火賜近臣，以示恩寵。❸漢宮　暗喻唐宮。❹傳蠟燭　點燃蠟燭作為火種，依次傳送給寵貴大臣。❺五侯家　泛稱專權的宦官之家。據《後漢書・宦者傳》，漢桓帝封宦官單超為新豐侯、徐璜為武原侯、具瑗為武陽侯、左悺為上蔡侯、唐衡為汝陽侯，以犒賞他們誅除梁冀及其親黨的功勞。五人同日受封，故世謂之「五侯」。而朝中亦從此權歸宦官，朝政日亂。此處借諷唐肅宗、代宗以來宦官權盛，德宗時益甚，以致朝綱不振，有如漢末之世。

【語　譯】春天京城裏沒有一處不飛舞著花絮，寒食節這日，春風把皇宮裏的柳條兒吹得左右傾斜。黃昏時宮廷裏傳點起蠟燭，縷縷燭烟都散化到權貴的宅院去了。

【賞　析】這是一首寒食即景，借漢諷唐的名詩，作於唐德宗建中初年，據孟棨《本事詩・情感第一》，德宗非常賞識此詩，特授駕部郎中知制誥的顯官給韓翃。因為當時江淮刺史也叫韓翃，帝親書此詩，並御批「與此韓翃」。指名給寫〈寒食〉詩的韓翃，一時傳為佳話。

詩人筆下的「春城」，指的是京城長安，時當暮春，正是花落柳濃時節。詩人先用「無處不飛花」，把全城籠罩在落英繽紛的絢爛背景中，再用「寒食東風」句，將人的視線聚會在御苑的綠柳上，使我們聯想到寒食折柳插門上的舊俗，以及清明改火的習慣；詩人很自然地利用一般的景物把詩引進諷諫的主題。

三、四句寫日暮後特殊的景象。因為禁火，所有的人家都隱沒於黑暗之中，獨獨宮中燭火輝煌，率先開禁，忙著傳燭分火；然後眼看著一支支冒著輕烟的蠟炬，有如流星趕月，散入恃寵弄權的宦官之家。詩人在萬暗中揭舉燭光照亮他們驕貴的特權，使之成為十目所視、十手所指的對象而無所遁形，這是何等高明的手法！難怪清王應奎《柳南隨筆・六》說：「唐之亡國，由於宦官握兵；實代宗授之以柄。此詩在德宗建中初，只『五侯』二字見意，唐詩之通於《春秋》者也。」

一〇六、江南春

杜　牧

千里鶯啼綠映紅❶，水村❷山郭❸酒旗❹風。
南朝❺四百八十寺❻，多少樓臺❼烟雨❽中。

【作　者】杜牧，見前二四九頁。

【韻　律】這是一首仄起格平聲韻的七言絕句。全詩平仄合律。第二句用「仄平平仄仄平平」的句法。第三、第四兩句，是雙拗的現象，即第三句「南朝四百八十寺」，出句作「平平仄仄仄仄仄」，第四字、第六字均用仄聲，便造成不合律而拗了，於是對句「多少樓臺烟雨中」作「平仄平平平仄平」，在第五字「烟」字，本宜仄，故意改用平聲，以救上句，這種以對句救出句的方法，便是雙拗，救過之後，仍然合律。在唐人七絕中，雙拗的例子極少，因此杜牧的〈江南春〉，便往往是說明七絕詩雙拗的唯一範例。

詩用上平聲一東韻，韻腳是：紅、風、中。首句便用韻。

【注　釋】❶綠映紅　綠樹與紅花相互輝映。❷水村　水鄉。❸山郭　依山建造的外城。❹酒旗　酒店的標幟。

又稱酒帘、酒望、望子。❺南朝　朝代名。自西元四二〇至五八九年，史稱南朝。其中包括：東晉、宋、齊、梁、陳等朝，均建都於建康，領土乃三國時吳、蜀舊地，相當於今淮水以南，故稱南朝。❻四百八十寺　極言佛寺眾多。南朝帝王與名門豪族都崇信佛教，大興佛寺。❼樓臺　高樓臺榭。指寺院的建築。❽烟雨　迷濛細雨。烟，一作「煙」。

【語　譯】千里行來，一路上都是黃鶯婉囀的啼聲，綠樹與紅花相互輝映，水鄉山城裏到處都有酒旗迎風招展。然而南朝興建的四百八十座佛寺，如今還有幾座矗立在迷濛的細雨中呢？

【賞　析】這首詩描寫江南春景，優美如畫；但在寫景中，也寓有深刻的感慨。

全詩結構優美，前兩句便點題，尺幅千里的詩畫中，有「紅」花、「綠」樹，有「山郭」、「水村」等靜景，又有「鶯啼」婉囀，有「酒旗風」等動景，在春暉之下，動靜相映，莫不嬌美亮麗，充分顯現山明水秀、鳥語花香的江南春色。

後兩句寫烟雨中的佛寺，與前兩句寫晴光對比。在這張圖畫裏，地勢有起伏的變化，天氣也有陰晴的不同。南朝遺留下大量的佛寺，如今有很多亭臺樓閣，若隱若現，聳立在遠方茫茫烟雨中，為明朗的畫面增添了朦朧深遠的韻致；也為頌讚的詩篇，注入一縷懷古傷今的情愫。

第一句中的「千里」，有的版本作「十里」，那是誤據明代楊慎的說法妄改的。楊慎《升庵詩話．八》說：「千里鶯啼，誰人聽得？千里綠映紅，誰人見得？若作十里，則鶯啼綠紅之景、村郭、樓臺、僧寺、酒旗，皆在其中矣。」試想十里之中如何容有陰晴？如何能包羅四百八十寺的樓臺？如何能展現整個江南的春色？其錯誤是顯而易見、不言而喻的。而詩中的「千里」、「四百八十寺」、「多少」，是短短二十八字的絕句，強調數字的變化，也是古來容納數字最多的一首詩，造成用數目字構成詩的諧趣。因此這首詩除了呈現「江南春」的畫境外，尚有諧趣。

一〇七、上高侍郎❶

高蟾

天上❷碧桃❸和露種，日邊❹紅杏倚雲栽❺。
芙蓉❻生在秋江上，不❼向春❽風怨未開。

【作　者】高蟾，唐河朔間（今河北一帶）人。生卒年不詳。僖宗乾符三年（西元八七六年）進士，昭宗乾寧年間為御史中丞。蟾生性倜儻離羣，崇尚氣節；詩體氣勢雄偉，態度諧遠。《全唐詩》錄詩一卷。

【韻　律】這是一首仄起格平聲韻的七言絕句。全詩平仄合律。首句第一、第三兩字不與定式的平仄相同，是合乎「一、三、五不論」的規定，雖用可平可仄，但並未造成二、四、六有孤平的現象，仍算是合律。次句用「仄平平仄仄平平」的句法，第三句第三字「生」字，是在可平可仄的範圍下而活用。

詩中一、二兩句對仗，「天上碧桃和露種」對「日邊紅杏倚雲栽」，寫景明麗，輕豔如詞，後兩句為散句，轉、合雖寫景，但有絃外之音。短詩的結構，大致缺少變化，句法固定，起承轉合，成為定局，但平仄的限定，句法的精巧，已成翡翠蘭苕，圓熟可愛。

詩用上平聲十灰韻，韻腳是：栽、開。

【注　釋】❶上高侍郎　《全唐詩・六六八》作〈下第後上永崇高侍郎〉，當據補。永崇，長安坊名。高侍郎，《唐才子傳・九》作「馬侍郎」。❷天上　比喻朝廷。❸碧桃　桃的一種。花複瓣，有白、紅、粉紅、洒金等色。果實成熟呈碧綠色，故名。又稱千葉桃。❹日邊　比喻皇帝身邊。❺栽　種植。❻芙蓉　即荷花。❼不　《唐才子傳・九》引作「莫」。❽春　一作「東」。

【語　譯】天上的碧桃是和著甘露一起種下的，日邊的紅杏是憑依著彩雲栽植的。那荷花長在秋江裏，要晚到夏日才開放，卻不曾向東風抱怨過哪！

【賞　析】《唐才子傳・九》：「(高蟾)初累舉不上，題省墻間曰：『冰柱數條搘（支撐）白日，天門幾扇鏁明時。陽春發處無根蔕，憑仗東風次第吹。』怨而切。是年人論不公，又下第；上馬侍郎云：『……(即此詩，從略)。』意指亦直，馬憐之；又有『顏色如花命如花』之句，自況時運蹇窒；馬因力薦，明年李昭知貢，遂擢桂。」擢桂指應考登科而言。因蟾舉乾符三年進士，知此詩作於二年。

唐代科舉，舉子考前先得向達官貴人呈獻詩文，請求薦舉，否則錄取無望；形成士子奔走門路、夤緣附會的風氣，這首詩就是針對這種風氣所提出的抗議。

全詩結構，四句似在寫景，其實都在暗示情事。詩的前兩句「天上碧桃和露種，日邊紅杏倚雲栽」，碧桃、紅杏都開豔麗的花朵，詩人用以比喻那些春風得意的士子，說明他們所以能夠長到「天上」，接近「日邊」，只因為有人分霑了達官的雨露，平步青雲；有人倚仗著家世的高貴，扶搖直上。字裏行間，充滿了憤憤不平之氣。

詩的後兩句「芙蓉生在秋江上，不向春風怨未開」，詩人以秋江芙蓉自況。江邊的地勢是最低的，和「倚雲」的高地不能相比；秋天只有肅殺的風霜，和春天潤澤的雨露也不能相比。但是這無所憑恃的芙蓉，笑傲秋江，不肯與桃、杏爭春，也不因為遲開而向春風抱怨。這兩句詩更深一層的寓意是：詩人對自己的才德充分自信，表示他雖然遲「開」，但畢竟還是要「開」的！

就是這不卑不亢、求仁得仁的志節感動了當政的馬侍郎或高侍郎吧？詩人在「馬憐之」、「馬因力薦」之下，終於在詩成的明年中士。

詩中用「碧桃」、「紅杏」、「芙蓉」等意象，帶有幾分香豔氣，近乎詞的穠麗。

一〇八、絕句

僧志南

古木陰中繫短篷❶，杖藜❷扶❸我過橋東。

沾衣欲濕杏花雨❹，吹面不寒楊柳風❺。

【作　者】《千家詩》題僧志安作，王相注云：「唐時僧。」然《宋詩紀事・九三・釋子下》錄此詩，題志南作，引《娛書堂詩話》：「僧志南能詩，朱文公嘗跋其卷云：南詩清麗有餘，格力閒暇，無蔬筍氣，如『沾衣』云云，余深愛之。」當從之。南生平已不可考，如依計有功《宋詩紀事》的說法，當是宋人。

【韻　律】這是一首仄起格平聲韻的七言絕句。全詩平仄合律。次句用「仄平平仄仄平平」的句法。三、四兩句，是孤平拗救的句子，即第三句「沾衣欲濕杏花雨」作「平平仄仄仄平仄」，由於第五字「杏」字，本宜平而用仄，便是拗了，造成第六字「花」字成為孤平，因此在下句第五字「楊」字，故意將仄聲改為平聲，以救上句的拗折，這種拗救的方式，稱為孤平拗救。其次，末句一、三兩個字的平仄，均在可平可仄的範圍中，故沒有出律，依然算是合律的詩。

詩中後兩句對仗，「沾衣欲濕杏花雨」對「吹面不寒楊柳風」，措詞自然，佳對天成，毫無匠痕。尤其是「欲濕」對「不寒」，「杏花雨」對「楊柳風」，巧妙生動，近乎天工。

詩用上平聲一東韻，韻腳是：篷、東、風。首句便用韻。

【注　釋】❶短篷　有篷的小船。❷杖藜　拄著藜杖。藜木的老莖輕且堅，是做枴杖的好材料。❸扶　扶助。❹杏花雨　清明節前後杏花開時所下的雨。❺楊柳風　指春風。

【語　譯】在古木的樹蔭下繫好小舟，藜杖拄扶著我走向小橋東邊。迎面飄來夾帶杏花的雨絲沾濕了我的衣衫，春風吹在臉上，一點兒也不覺得寒冷。

【賞　析】這首絕句，前半寫繫舟古樹濃蔭、扶杖走向橋東的過程；後半寫人在橋東就春來的所見和感受，極富閒情之趣。

那小橋流水、楊柳杏花、沾衣欲濕的細雨、吹面不寒的春風，十足代表著江南春日的旖旎風貌和醉人特色；無怪志南和尚要不辭勞苦，好不容易在小河西岸找到地方靠岸，又靠著藜杖之助爬坡上橋，踱向東岸去盡情欣賞。

全詩結構穩當慎密，措詞清新秀麗，尤其後面的一組對仗句，工穩而自然，已成名句。沾衣「欲濕」，是將濕而未濕的意思。春雨那麼細微，落在衣上就不見了；但水才消失，雨又飄下來，給人那麼一絲絲的濕意；如此反覆循環，就形成「欲濕」的意象。這意象被心靈敏感的志南精確完美地捕捉了。

當細雨飄落杏花，在花瓣上結成水珠，均瓅生輝，那或紅或白的花朵就分外豔麗奪目了；吹面不寒的春風，使人感覺不出它的吹拂，只覺得臉上有一抹輕柔的涼意；但這風吹在楊柳上，那碧綠的枝條就左右款擺，顯示有風且春意已濃。

志南是出家人，但他寫這首詩，完全以自我為中心，他興致未了，就悠然登舟尋春；他看中了橋東的風景，就毅然捨舟登陸；他全心全意地去體味杏花雨和楊柳風而沉醉其中；純粹表現出詩人的本色，了無談禪弘法的意識。朱熹曾說志南的詩「清麗有餘，格力閒暇，無蔬筍氣」，「蔬筍氣」指僧道那種口不離仙佛的說教氣息，可謂十分中肯。

一〇九、遊小園不值❶

葉紹翁

應嫌屐齒❷印蒼苔❸，十扣❹柴扉❺九不開。
春色❻滿園關不住，一枝紅杏出牆來。

【作　者】《千家詩》題葉適作，查葉氏《水心集》無此詩，今從《宋詩紀事》改為葉紹翁作。葉紹翁，字嗣宗，號靖逸，南宋處州龍泉（今浙江省龍泉縣）人，一說建安（今福建省建甌縣）人。生卒年不詳。約於宋寧宗、理宗時代在世。善詩，長於七言絕句，屬江湖派詩人。有《靖逸小集》。

【韻　律】這是一首平起格平聲韻的七言絕句。全詩平仄合律，其中一、三、五字，有可平可仄的現象，即「屐」、「春」、「滿」等字，但並無造成二、四、六的孤平，視為合律。末句用「仄平平仄仄平平」的句法，也是一、三字可平可仄，形成定式外的變格。寫近體詩的人，都宜學習定式以外的幾種平仄的活用，才不致被格律困縛，使情意得以自由發揮。

詩用上平聲十灰韻，韻腳是：苔、開、來。首句便用韻。

【注　釋】❶不值　不遇；沒有遇到。此處指沒有人應門。❷屐齒　木屐底部的齒。在此指足跡、腳印。❸蒼

苔　青苔。❹扣　擊；敲。通「敂」、「叩」。❺柴扉　即柴門、木門。❻春色　春天的風光景色。

【語　譯】想必園子裏的主人是不喜歡木屐的鞋印踩踏了青苔罷！所以每次我去敲柴門，他都不肯來開。不過，滿園的春色也是關不住的，有一枝紅色杏花已經伸出牆頭來了呢！

【賞　析】這座柴門深掩的小園，外表非常簡陋，可是詩人為甚麼要一再前來呢？

從詩的前兩句「應嫌屐齒印蒼苔，十扣柴扉九不開」可知，詩人曾經造訪過小園；園裏不但栽種了花木，地上更布滿了青苔，鬱鬱蒼蒼，幽雅非凡。主人連地面的青苔都不忍踐踏，可見他對園中的一花一木是呵護備至；難怪他要圍以高牆，閉以柴扉，縱使憐花惜木的詩人來訪，也十九被摒於門外。這真是使詩人深感遺憾的事情。

被拒的次數多了，再入園一遊的心也許慢慢冷卻了；可是詩人這一次走過小園，竟然「春色滿園關不住，一枝紅杏出牆來」。

「紅杏枝頭春意鬧」（宋祁〈玉樓春〉詞），這紅杏似解語花般彷彿是特地出來和詩人打照面的，於是那悄悄透出牆來的一點春色，使詩人不禁莞爾了。這時詩人靈慧的詩心和明媚的春光相激盪，使他寫下這首推陳出新、餘韻不絕的傑作，無論唐人的「一枝紅杏出牆頭，牆外行人正獨愁」（吳融〈途中見杏花〉詩）、「獨照影時臨水畔，最含情處出牆頭」（吳融〈杏花〉詩），或是宋人的「楊柳不遮春色斷，一枝紅杏出牆頭」（陸游〈馬上作〉詩）、「一段好春藏不盡，粉牆斜露杏花梢」（張良臣〈偶題〉詩），都比不上這首詩的生動自然。小詩的美好，在於有佳趣，「春色滿園關不住，一枝紅杏出牆來」，是畫趣，也是情趣。後人用「紅杏出牆」的成語，又帶有浪漫的意味；

好詩人人吟誦，雖是斷章取義，卻增廣詩的寬度，也是詩的一種特色。

一一〇、客中行❶

李　白

蘭陵❷美酒鬱金❸香，玉椀❹盛來琥珀❺光。
但使❻主人能醉客，不知何處是他鄉❼。

【作　者】李白，見前一一頁。

【韻　律】這是一首平起格平聲韻的七言樂府絕。全詩平仄合律，只第三句第三字使用可平可仄外，其餘都依定式的平仄，合乎韻律。末句採用「仄平平仄仄平平」的句式。李白天才橫溢，寫詩往往不就範，破格抒寫，但他的〈客中行〉，卻規規矩矩按格律來寫。詩中後兩句對仗，如不用心去看，不容易被發現出來。「但使」對「不知」，「主人」對「何處」，對仗不甚工整，但勉強可成立；「能醉客」對「是他鄉」，則堪稱巧妙。古人云：「虛對虛，實對實。」實字對容易寫，虛字對難工，因此在對仗句中，虛字對的技巧，是詩中引人入勝的地方。

詩用下平聲七陽韻，韻腳是：香、光、鄉。首句便用韻。

【注　釋】❶客中行　一作〈客中作〉。行，古代樂府詩體的一種。《文體明辨‧樂府》：「樂府命題，名稱不一。蓋自琴曲之外，其放情長言、雜而無方者曰歌，步驟馳騁、疏而不滯者曰行；兼之曰歌行。」❷蘭陵　唐縣名。在今山東省嶧縣。❸鬱金　香草的一種。古時用其塊根浸酒，浸後酒帶金黃色。❹玉椀　即玉碗。椀，同「碗」。❺琥珀　松柏樹脂的化石。色黃褐或紅褐，含光澤。❻但使　假使；只要。❼他鄉　異鄉；外鄉。

【語　譯】蘭陵縣產的美酒有鬱金香般的芬芳，盛在玉碗裏會發出琥珀色的光澤。只要主人用它來勸客醉飲，客人便會忘記身處他鄉了。

【賞　析】〈客中行〉是採歌行體寫成的樂府詩，樂府詩是合樂的詩，可絃歌吟唱。這首詩是李白天寶初年離開長安，流寓東魯，在蘭陵作客時寫成的。

全詩結構，前兩句寫酒，後兩句寫情，情思巧妙。「蘭陵美酒鬱金香，玉椀盛來琥珀光」，詩人用蘭陵說明了酒的產地，同時也點明了作客的地方。主人用光潔潤澤的玉碗、盛泛著琥珀色的鬱金美酒勸飲，足見他待客的真摯，以及對李白這位豪客認識的深刻。主人這一番盛情美意，不待言傳，詩人就心領神會，納入詩篇了。「蘭陵美酒」是酒味的描寫，「鬱金香」是酒香的描寫，「玉椀盛來琥珀光」是酒色的描寫，可算是著筆生動。

「但使主人能醉客，不知何處是他鄉」，是詩人承主人熱情的勸酒，不禁醉了，酒醉忘憂，竟不知自己是身在異鄉。此句表現主人待客的殷勤和賓主間情意的融洽。一定得醉了才「不知何處是他鄉」，那麼不醉時，異鄉流落的心情便可見一斑了；說主人能用玉碗盛美酒使他暫忘苦惱，正是對主人最大的恭維，這種以豪飲報盛情的壯舉，把「斗酒詩百篇」的謫仙本色，表現得淋漓盡致。

一一一、題屏❶

劉季孫

呢喃❷燕子語梁間，底事❸來驚夢裏閒。
說與旁人渾❹不解，杖藜❺攜酒看芝山❻。

【作者】劉季孫，字景文，宋開封祥符（今河南省開封縣）人。生卒年不詳。博學能詩，仁宗嘉祐年間，監管饒州（今江西省鄱陽縣）酒務，後得蘇軾推薦，除知隰州（今山西省隰縣），官至文思副使。為官清正，固守名節，死時境況蕭條，惟留文物書畫而已。

【韻律】這是一首平起格平聲韻的七言絕句。全詩平仄合律，唯末句用「仄平平仄仄平平」的句法，是第一字本為平聲而用仄，於是將第三字本為仄聲改為平聲，第一字才不致成孤平，也是合律的。

詩用上平聲十五刪韻，韻腳是：間、閒、山。首句便用韻。

【注釋】❶題屏　題屏風的詩。與「題壁」的詩相同，都屬於即席口占的詩。《宋詩紀事・三〇》此詩題作〈題饒州酒務廳屏〉。❷呢喃　形容燕子的鳴叫聲。❸底事　猶言何事、何故。❹渾　全。❺杖藜　拄著藜杖。杖，拄杖。當動詞用。藜，藜杖，是用藜莖做的手杖。❻芝山　山名。在江西省鄱陽縣北，為仙霞嶺的餘脈。初名土素山，唐刺史薛振在山巔得芝草三莖，於是改名芝山。見《清一統志・饒州府一》。

【語　譯】燕子在屋樑間呢喃，為了何事要來驚醒人家夢裏的閒情呢？內心事要說給旁人聽是不能懂得的，不如拄著藜杖，帶著酒，去欣賞芝山的風景。

【賞　析】〈題屏〉是一首詠懷詩，自傷寂寞不遇。《宋詩紀事》詩題作〈題饒州酒務廳屏〉，則說明了寫詩的地點，以及作詩的背景。

「呢喃燕子語梁間，底事來驚夢裏閒」，是說燕語呢喃，令人不解，所以不知牠們為甚麼要打破人夢中的悠閒，使自己回到充滿煩惱、緊張的現實裏。詩中的燕字，有絃外之音，暗示「小人」，與「鴻鵠」相對比。

「說與旁人渾不解，杖藜攜酒看芝山」，是說自己的心事，說出來旁人也不會理解，只好攜酒造訪芝山，去學李白與敬亭山「相看兩不厭」。

全詩哀而不怨，深得《詩》教「溫柔敦厚」的意旨。第三句尤其巧妙，使人初看時以為針對燕子語說的，把這首詩當作遊戲之作，而忽略了作者的鴻鵠之志。可是當時詩人還是遇見了知音。王安石特別賞識他的才華，讀這首詩，特別加以舉薦。《石林詩話‧下》載：「劉季孫初以左班殿直監饒州酒，王荊公為江東提刑，巡歷至饒，按酒務。始至廳事，見屏間有題小詩曰：『呢喃燕子語梁間……。』大稱賞之。問專知官誰所作，以季孫言，即召與之語，嘉歎升車而去，不復問務事。既至傳舍，適郡學生持狀立庭下，請差官攝州學士，公判監酒殿直，一郡大驚，遂知名云。」

據《宋史‧王安石傳》，荊公為江東提刑，是在仁宗嘉祐三年（西元一〇五八年），因此〈題屏〉一詩，是劉季孫在嘉祐三年以前完成的詩。

一一二、漫興❶

杜甫

腸斷❷春江❸欲盡❹頭，杖藜❺徐步❻立芳洲❼。
顛狂❽柳絮❾隨風舞，輕薄❿桃花逐水流。

【作者】杜甫，見前一一一頁。

【韻律】這是一首仄起格平聲韻的七言絕句。全詩平仄合律。次句用「仄平平仄仄平平」，也是合律的句法。後兩句採用對仗句，「顛狂柳絮」對「輕薄桃花」，「隨風舞」對「逐水流」，對仗顯著。杜甫詩偏重格律的塑造，寫作極為用心，正如他在〈偶題〉詩中說的：「文章千古事，得失寸心知。」表明他對寫作不敢掉以輕心。又在〈遣悶〉詩云：「晚節漸於詩律細，誰家數去酒杯寬。」說他晚年對詩中格律的配應愈發講究，這也是杜詩往往特具韻律美、自然美和藝術美的原因。

詩用下平聲十一尤韻，韻腳是：頭、洲、流。首句便用韻。

【注釋】❶漫興　指乘興之所至而率意賦成，不刻意講求詞律工整的詩。杜甫有〈絕句漫興九首〉，此為第五首。清楊倫的《杜詩鏡銓・八》引《杜臆》云：「興之所到，率然而成，故曰漫興，亦竹枝、樂府之變體也。」

❷腸斷　形容極度愁苦和悲痛。同「斷腸」。❸春江　一作「江春」。❹盡　一作「白」。❺杖藜　參見劉季孫〈題屏〉詩注❺。❻徐步　緩步；慢行。❼芳洲　羣花叢聚的小洲。❽顛狂　瘋狂；發瘋。顛，通「癲」。❾柳絮　柳樹的花結實後，種子上帶有白色絨毛，風起則隨風飛落飄散，俗稱柳絮。也叫柳綿、柳花。❿輕薄　言行不敦厚、不莊重。

【語　譯】春天的江水盡頭最叫人愁腸寸斷了，我拄著藜杖漫步，佇立在羣花叢聚的小洲上。祇見顛狂的柳絮隨風飛舞，輕薄的桃花正追逐著水波流向遠方。

【賞　析】〈絕句漫興九首〉，是少陵晚年傷春的作品。這裏選錄的是第五首。

從第四首「二月已破三月來，漸老逢春能幾回。莫思身外無窮事，且盡生前有限杯」看來，此詩「腸斷春江欲盡頭，杖藜徐步立芳洲」，令少陵斷腸的實不止因江春欲盡，也緣自己的年老暮遲。

詩中後兩句「顛狂柳絮隨風舞，輕薄桃花逐水流」，不止恨柳絮顛狂，桃花輕薄，盡棄惜春老人而去，也因餘年有限，越想「莫思身外無窮事」，越為那些身外之事所苦。終其一生，看過多少夤緣得勢的小人顛狂自肆，多少競尚浮華的輕薄子弟與世浮沉；於是他寫下這兩句詩，既借人比擬柳絮、桃花，又託柳絮、桃花以諷刺人。真是筆意縱橫，興會淋漓，極盡酣放之能事。所以杜甫詩中的〈漫興〉，乘興所感，無一定的主題，卻都是人生閱歷的感觸，隨手拈來，自有深沉的境界。

一一三、慶全庵桃花❶

謝枋得

尋得桃源❷好避秦❸，桃紅又是一年春。

花飛莫遣❹隨流水，怕有漁郎❺來問津❻。

【作者】謝枋得（西元一二二六——一二八九年），字君直，號疊山，南宋弋陽（今屬江西省）人。生於南宋理宗寶慶二年，卒於元世祖至元二十六年，享年六十四。理宗寶祐四年（西元一二五六年）進士，恭帝德祐中知信州。宋亡，遁隱建寧（今屬福建省）唐石山，常麻衣東向哭。元至元中，訪求遺才，地方官強制送往大都，因而絕食而死。他是一位身受國破家亡之痛的愛國詩人，作品傷時感舊，沉痛蒼涼。編有《文章軌範》一書。原有集，已散佚，後人輯有《疊山集》。《宋史》有傳。

【韻律】這是一首仄起格平聲韻的七言絕句。全詩平仄合律。詩中「尋」、「來」二字是用可平可仄，但不影響全詩的律化。詩句的結構，詞承情意而流轉，起承轉合，極為流利。從桃花想到桃花源，由桃花源想到避秦的淨土，轉而為桃花飛，隨流水，引來問津漁郎，結構首尾圓合，音韻自然。

詩用上平聲十一真韻，韻腳是：秦、春、津。首句便用韻。

【注　釋】❶慶全庵桃花　一題作〈慶全庵桃〉。恐有漏字。慶全庵，寺庵名。地點未詳。❷桃源　即桃花源。典出晉陶潛所著〈桃花源記〉。記述武陵漁夫偶入桃花源，見一村莊，村人言其祖先逃避秦時亂，率領妻子鄉親來此僻靜之處，過著自給自足、怡然無爭的農村生活。後世遂以桃源來形容與現實社會隔絕的理想安樂的境地。此處則借喻慶全庵幽靜的環境。❸避秦　逃避暴秦的禍亂。此處以秦喻元。❹遣　使；教。❺漁郎　即漁夫。借指外來閒雜的人。❻問津　尋問津渡的所在。津，渡口。

【語　譯】尋得一處桃花源好躲避秦亂，桃花紅豔，又是一年春天。花謝飄飛時莫讓它隨著流水而去，怕有武陵漁夫前來詢問津渡所在哩！

【賞　析】慶全庵地點未詳，或許是疊山先生隱居草庵的名字，取慶獲全身，未敗名節的意思。這名字就透露出他心中對亡國的慘痛。

草庵周圍有桃花，有流水，和靖節先生筆下的桃花源有點相似；宋亡後，他就遁隱，躲避元人的騷擾。因此，詩的第一句便說「尋得桃源好避秦」。

心懷故國，隱遁的生活也充滿驚險，歲月並不好過，「桃紅又是一年春」，是深慶在患難之中桃花再開，又平安度過了一年。眼見花開固然使人欣喜，但是一想到自身的處境，又不免憂心如焚。

「花飛莫遣隨流水，怕有漁郎來問津」，用的仍是〈桃花源記〉「後遂無問津者」的典故。這兩句詩，表面上是說怕流水帶著落花引來好事的漁郎，說得非常輕鬆；事實上飛花隨流水俱去，也會引起詩人的殷憂，唯恐惹來好奇的遊人，敗露行藏，徒增麻煩，才是他的本意。綜觀全首，敘事輕淡，用典巧妙，藉桃源事寫慶全庵，含蓄而有深意，堪稱佳構。

一一四、玄都觀桃花❶

劉禹錫

紫陌❷紅塵❸拂面來，無人不道看花回。
玄都觀裏桃千樹，盡是劉郎❹去後栽。

【作　者】劉禹錫，見前四二一頁。

【韻　律】這是一首仄起格平聲韻的七言絕句。全詩平仄全按定式寫成，並無可平可仄活用的現象。這種全依格律寫成的詩，為數極少，此首可視為標準詩律。

詩中平仄的調配，也極有趣，七言絕句共二十八字，平仄的分配，各占一半，即平聲字占十四字，仄聲字也占十四字。每句分配的現象，仄起格仄聲是四三三四，平聲是三四四三；平起格平聲是四三三四，仄聲是三四四三，合乎沈約在《宋書・謝靈運傳論》中所說的：「前有浮聲，後有切響。」而平仄的調配，造成音節的和諧，使人讀起詩來，抑揚有致，構成詩歌的結構之美。

詩用上平聲十灰韻，韻腳是：來、回、栽。首句便用韻。

【注　釋】❶玄都觀桃花　《劉夢得集・四》作〈元和十年自朗州承召至京戲贈看花諸君子〉，卷首目錄題〈戲贈看花諸公〉。十年，《全唐詩．三六五》誤作十一年。參閱後〈再遊玄都觀〉「賞析」。玄都觀，隋、唐時的道觀名。在唐京師長安城南崇業坊。❷紫陌　指京城的道路。❸紅塵　指飛揚的塵土。❹劉郎　作者自稱。

【語　譯】京城街道上揚起的塵土迎面飛來，路上沒有人不說是看花回來。玄都觀裏的千株桃樹，全是我離開後才栽種的哩！

【賞　析】唐順宗永貞元年（西元八〇五年），劉禹錫參加王叔文領導的政治革新運動，整肅貪汙，反對宦官專權、藩鎮割據等。會帝病，宦官俱文珍等迫順宗退位，擁立憲宗，貶叔文為渝州司戶，禹錫為朗州（今湖南省常德縣）司馬。到了憲宗元和十年（西元八一五年），朝廷召回禹錫及與他同時被貶的柳宗元等人，他才又回到長安，並寫了這首詩，諷刺當朝的權貴和趨炎附勢的小人。

這首絕句，表面寫去國十年，又得目睹都人賞花的盛況；如果他不在原詩題中表明「戲贈看花諸君子」，我們就很難發現隱藏在詩語裏的譏忿之情。

頭兩句寫往來京都觀道路上人馬喧囂，塵土飛揚的情況。看了花的無人不稱讚花的美好，要去看的聽了就更加急切地蜂湧而去，都忘了拂面而來的塵土。詩人雖對觀裏的桃花未著一辭，而花的榮盛已躍然紙上，不待言傳，顯示詩筆的工巧。後兩句，表明十年前他在長安，玄都觀未嘗有桃樹，而今卻千株成林，極盛一時，令人有不勝今昔之感。

但是骨子裏呢？他用玄都觀比喻朝廷，用桃千樹比喻他去國後保守派宰相李吉甫扶植的新貴，又用看花人比喻那些奔走權門的小人；那麼這詩所寫的，盡是「劉郎」歷劫歸來，看在眼裏、恨在心中，漫天塵土、烏烟瘴氣的怪現狀。難怪那些權貴參透玄機之後，立刻又把他調任連州（今廣東省連縣）刺史，貶離長安；以致同被召還的柳宗元也受到池魚之殃，被遣到柳州去。

一一五、再遊玄都觀❶

劉禹錫

百畝庭中❷半是苔❸，桃花淨盡❹菜花開。
種桃道士❺歸何處？前度劉郎今又來。

【作者】劉禹錫，見前四二頁。

【韻律】這是一首仄起格平聲韻的七言絕句。全詩平仄合律，唯第三句是拗句，因此此詩為拗絕。第三句因首字「種」字，本宜平而用仄，造成第二字「桃」字成為孤平，如果在第三字處用平聲，便成合律的句法，但詩中第三字仍然用仄，故第三句成為拗句。末句第一字、第五字是用可平可仄，但並無孤平的現象，是合律的句法。

詩用上平聲十灰韻，韻腳是：苔、開、來。首句便用韻。

【注釋】❶再遊玄都觀　又作〈再遊玄都觀絕句〉。作者被貶，十四年後，再次被召回京師，有感而作此詩，與前首〈玄都觀桃花〉，也相距十四年，故題此詩為〈再遊玄都觀〉。❷庭中　庭院內。❸苔　青苔；苔蘚。❹淨盡　全都落盡。❺種桃道士　崇奉道教而又從事教務的人。也比喻前任保守派的宰相李吉甫等。

【語　譯】百畝的庭院一半長了青苔，桃花全謝了，只剩下滿園的菜花。當初種桃的道士都到哪裏去了？前次離開的劉郎今日又回來了。

【賞　析】這首詩是前面〈玄都觀桃花〉詩的續篇。前首是元和十年（西元八一五年），這首是太和二年（西元八二八年），前後相距十四年。詩前有小引，云：「余貞元二十一年（按：即永貞元年，西元八〇五年）為屯田員外郎時，此觀中未有花木。是歲出牧連州，尋貶朗州司馬。居十年，召至京師，人人皆言：有道士手植仙桃，滿觀如爍晨霞，遂有前篇，以志一時之事。旋左出牧，于今十有四年，得為主客郎中，重遊茲觀；蕩然無復一樹，唯兔葵、燕麥動搖於春風耳。因再題二十八字，以俟後遊。時大和二年三月。」大和即太和，是文宗的年號。其二年當西元八二八年。

在這十四年裏，世局變化很大，皇帝歷經憲宗、穆宗、敬宗、文宗四朝；宰相則由武元衡、裴度而牛僧孺，換了三人；牛、李黨爭，藩鎮割據，宦官專權，相繼不輟，一團混亂。所以詩人再遊玄都觀訪花，原想藉以散心，不料物換星移，人事全非，徒增感慨！

詩的前兩句寫道觀荒蕪的景象，但「桃花淨盡菜花開」，似乎也暗示著不同政治勢力的消長。而後兩句寫一座歷經隋、唐兩代的道觀忽然中衰，必然有其政治背景，那麼比喻李吉甫的「種桃道士」既然不知去向（按：已死於元和九年，西元八一四年），桃花淨盡，實在是理所當然的事情。可是，這傲骨天生的「劉郎」絲毫未改，前次被逐，如今又來了。在「前度劉郎今又來」的詩句中，更充塞著一股頂天立地的豪壯之氣。

劉禹錫藉遊玄都觀的兩首詩，道盡自己被貶後重回長安的感慨。唐室中葉以後，黨爭劇烈，加以藩鎮的割據、宦官的爭權，使有為之士，一一捲入黨爭而浮沉不已。讀這兩首詩如不明白當時的政事與局勢，就不易了解其中所暗示的絃外之音。

一一六、滁州❶西澗❷

韋應物

獨憐❸幽草❹澗❺邊生❻，上有黃鸝❼深樹❽鳴。

春潮帶雨晚來急，野渡❾無人舟自橫。

【作者】韋應物，見前四〇頁。

【韻律】這是一首平起格平聲韻的七言絕句。全詩平仄的變化較為複雜，前兩句與後兩句為平起，是失黏失對的句法。首句「仄平平仄仄平平」，是合律的，次句第五字「深」字是可平可仄，不影響格律。第三句、第四句，是用孤平拗救的句法，即第三句出句第五字「晚」字，本宜平而用仄，是拗字，造成第六字「來」字為孤平，於是在第四句對句中，將第五字「舟」字，本宜仄而改為平聲，以救上句的拗，這種拗救的方法，是為孤平拗救。

全詩兩聯均各自對仗，且不露匠痕，「獨憐幽草」對「上有黃鸝」，對仗靈活，「澗邊生」對「深樹鳴」；「春潮帶雨晚來急」對「野渡無人舟自橫」，可謂生動流麗，寫景巧構，塑意精緻。

詩用下平聲八庚韻，韻腳是：生、鳴、橫。首句便用韻。

【注釋】❶滁州　州名。治所在今安徽省滁縣。當時韋應物任滁州刺史。❷西澗　俗名上馬河。在滁縣城西。宋代已淤塞。❸獨憐　獨獨喜愛。❹幽草　長在偏僻幽靜處的野草。❺澗　夾在兩山之間的水流。❻生　一作「行」。❼黃鸝　黃鶯的別名。❽深樹　樹林深處。❾野渡　荒野人少的渡口。

【語譯】我獨獨喜愛生長在澗畔的芳草，茂密的樹上有黃鶯在鳴叫。黃昏時潮水和春雨交加，來勢洶洶，郊外的渡口，沒有人往來，只有船兒在水上隨風橫轉著。

【賞析】韋應物的詩，以描寫田園風物、意境恬淡高雅著稱。這一首是廣受世人喜愛的山水名篇，寫於唐德宗建中二年（西元七八一年）之後，即作者在滁州刺史任內所作。

詩的前兩句「獨憐幽草澗邊生，上有黃鸝深樹鳴」，一開始就表現出詩人孤高的天性，別人爭相愛花，他卻獨憐澗邊的幽草，獨羨幽草悠然自得，不尚繁華，能整天聆聽林木深處傳來的黃鸝聲。而後兩句「春潮帶雨晚來急，野渡無人舟自橫」，詩人刻劃入晚的景象。白天，他沉醉在澗草鳴禽之中，渾然忘我；但是那挾雨俱來的晚潮激流，拍打著澗水的兩岸，是那樣勁急喧囂，又把詩人喚回現實。當他定睛望去，野渡闃無人蹤，只見湍急的澗水中，一舟隨風逍遙而自橫，好一片風雨中的寧靜！於是詩人又沉醉在這片寧靜之中，化作那優柔適會的小舟。莊子說：「巧者勞而知者憂；無能者無所求，飽食而遨遊，汎若不繫之舟，虛而遨遊者也。」（見《莊子・列禦寇》）詩人大概有感於此，而藉舟抒懷，聊以自勉吧！

王阮亭《萬首絕句選・凡例》云：「元趙章泉、澗泉選唐絕句，其評注多迂腐穿鑿，如韋蘇州〈滁州西澗〉一首：『獨憐幽草澗邊生，上有黃鸝深樹鳴。』以為君子在下、小人在上之象。以此論詩，豈復有風雅耶？」所言甚是。又後聯極富畫趣；唐人詩中，有畫趣的詩人，以王維、韋應物、柳宗元諸人最為擅長，不但詩中有畫，且塑景清麗孤絕，別有天地。

一一七、花影

蘇軾

重重疊疊❶上瑤臺❷，幾度❸呼童掃不開❹。
剛被太陽收拾去，卻教明月送將來❺。

【作者】蘇軾，見前二一二頁。

【韻律】這是一首平起格平聲韻的七言絕句。全詩平仄合律。第三句「剛」、「太」二字用可平可仄，但不影響句子的合律，第四句用「仄平平仄仄平平」的句法。後聯三、四兩句對仗，「剛被太陽收拾去」對「卻教明月送將來」，是為「反對」，「太陽」對「明月」，「收拾去」對「送將來」，詞意相反，是為反對。《文心雕龍．麗辭》中有四對的說法：「言對為易，事對為難，反對為優，正對為劣。」反對造成情意、景物的對比，可增加詩中的趣味和詩境。

詩用上平聲十灰韻，韻腳是：臺、開、來。首句便用韻。

【注　釋】❶重重疊疊　層層累積，縱橫交錯。在此指花影斑剝。❷瑤臺　美玉砌成的高臺。❸幾度　幾次。❹掃不開　指花影掃不掉。❺剛被太陽收拾去二句　是說太陽下山，花影消失，故云「剛被太陽收拾去」。繼而月亮東升，又投出花影，故云「卻教明月送將來」。將，有「了」的意思。

【語　譯】斑剝交錯的花影映照在玉臺上，叫童子掃了幾回卻總是掃不掉。眼看太陽下山時把它收拾去了，不想明月卻又把它送了來。

【賞　析】宋神宗熙寧二年（西元一〇六九年）以王安石為相，行新法，一世名流，皆不願合作，乃不得不用新進的人，如呂惠卿、韓絳、章惇等，都是新黨的健將；而當時反對新政的人，都被斥退，如富弼、韓琦、歐陽脩、蘇軾等均是。

王安石於熙寧七年四月，薦韓絳代己，又薦呂惠卿為參知政事，自請罷相；二人守其成規，不敢少失。次年二月，復拜安石為相，但為呂惠卿所忌，不及二載，安石堅請退休，不復問政。元豐八年（西元一〇八五年），神宗崩，哲宗年幼，太皇太后高氏（英宗后）及宣仁太后一同垂簾聽政，以司馬光為相，光盡改安石法度，罷黜新黨。

哲宗元祐八年（西元一〇九三年），宣仁太后崩，哲宗親政。次年改元紹聖，又以新黨章惇為相，對元祐黨人三十二人，加以報復，蘇軾、蘇轍、呂大防、范祖禹、程頤等皆遭貶官。

這首詩應是紹聖年間所作。全詩用擬人法寫成。花影比喻新黨黨人的魅影，瑤臺比喻朝廷，太陽比喻宣仁太后，明月比喻哲宗。詩中充滿了無奈的情懷，令人感喟。

其實，單單就詩論詩，這首詩的寫作技巧，也很高妙。詩題為〈花影〉，每句中均有「花影」

在，但詩句中卻無「花影」的字眼，巧思成篇，不同凡響。

一一八、北山❶

王安石

北山輸綠❷漲橫陂❸，直塹回塘❹灩灩❺時。

細數落花因坐久❻，緩尋芳草❼得歸遲❽。

【作者】王安石，見前二一七頁。

【韻律】這是一首平起格平聲韻的七言絕句。全詩平仄合律。首句和末句均用「仄平平仄仄平平」的句法，第三句「落」字用可平可仄，但不影響格律。

詩中後聯對仗，「細數落花因坐久」對「緩尋芳草得歸遲」，是王安石的名句。不僅對仗巧妙，詞面對得精巧，詞意情意俱切，尤其反映晚期罷相後的閒情；有細數落花，有緩尋芳草；是孤寂，也是逸致，因此成為名聯佳句。

詩用上平聲四支韻，韻腳是：陂、時、遲。首句便用韻。

【注釋】❶北山　即鍾山。又名蔣山、紫金山。在今南京市中山門外。王安石晚年的別墅在此。❷輸綠　送來綠水。指北山流來的綠水。❸橫陂　橫亙的堤岸。陂，池畔障水的岸。❹直塹回塘　筆直的水溝和彎曲的池塘。❺瀲瀲　波光盪漾的樣子。瀲，「灩」的俗字。❻細數落花因坐久　全句是說：坐在草地上，細細的數看落花，因此坐得特別久。❼緩尋芳草　慢慢地尋找芳草。❽歸遲　回家時晚了一些。

【語　譯】北山流來的綠水漲滿橫堤，直塹和曲塘裏的水也正波光盪漾。因為細細地數看落花，所以坐得特別久，又因為慢慢地尋找芳草，所以回家時晚了些。

【賞　析】王荊公晚年退居江寧（今南京市）北山，閉門不言政事，而專心於詩作。他這一個時期的作品，恬淡閒適，和壯年時代的豪放雄奇截然不同，也最受後人的喜愛。

這首〈北山〉詩，就是荊公晚年作品之一。上聯寫綠水盈滿，下聯寫芳草落花，洋溢著無限的春光，更是巧妙聯對；而詩人無牽無掛地徜徉其間，盡情地久坐遲歸，心境也異常閒適。宋葉夢得《石林詩話・上》云：「王荊公晚年詩律尤精嚴，造語用字，間不容髮。然意與言會，言隨意遣，渾然天成，殆不見有牽率排比處。如……至『細數落花因坐久，緩尋芳草得歸遲』，但見舒閒容與之態耳。而字字細考之，若經檃栝權衡者，其用意亦深刻矣。」又「細數落花」二句，有情趣，也有閒情之境。宋吳曾《能改齋漫錄・八》云：「蓋本於王摩詰『興闌啼鳥喚，坐久落花多』（〈從岐王過楊氏別業應教〉詩），而其辭意益工也。」可見王安石在「落花」上造景造境和王維一樣都帶有寧靜的禪意。

一一九、湖　上❶

徐元杰

花開紅樹亂鶯啼，草長平湖❷白鷺❸飛。
風日❹晴和人意好❺，夕陽簫鼓❻幾船歸。

【作　者】徐元杰（西元一一九六？——一二四五年），字伯仁，南宋信州上饒（江西省上饒縣）人。

理宗紹定五年（西元一二三二年）進士，官至工部侍郎。著有《楳埜集》十二卷。《宋史》有傳。

【韻　律】這是一首平起格平聲韻的七言絕句。全詩平仄合律。「紅」、「風」二字，是一、三、五不論平仄處，也不影響詩的格律。末句用「仄平平仄仄平平」的句法。詩中首聯對仗，「花開紅樹亂鶯啼」對「草長平湖白鷺飛」，以景語成對，起、承優美。轉、合是散句，不成對仗，屬情語；情景配置得宜。

詩用上平聲五微韻，韻腳是：飛、歸。首句末字「啼」字，是逗韻。「啼」為齊韻，詩中的逗韻在開端處，可以用鄰韻來叶韻，故不算出韻，仍然合於用韻的規則。

【注　釋】❶湖上　湖，指今杭州西湖。上，謂邊畔。❷平湖　平靜的湖面。❸白鷺　鳥名。即鷺鷥鳥，棲息於水澤田間，羽毛白色，故名。❹風日　一作「風物」。❺人意好　指遊湖的人興致、心情好。意，意緒；心情。❻簫鼓　吹簫和打鼓。在此泛指絃歌。

【語　譯】開滿紅花的樹上，有羣鶯在亂啼，綠草很長，湖面很靜，白鷺在湖上翱翔。風和日麗，人們的遊興很高，黃昏時，一艘艘的遊船滿載著夕陽和絃歌歸來。

【賞　析】這首小詩，描寫西湖春日薄暮的景物。是一首即景的寫景詩。

全詩結構：前兩句作景語，後兩句作情語，情景相互交融。第一聯「花開紅樹亂鶯啼，草長平湖白鷺飛」，對仗非常工穩。花是「紅」的，開在樹上，把樹變成紅色；草是「綠」的，映入平湖，把水染成綠色。「黃」鶯在燦爛的紅花中忽進忽出，縱聲啼唱；「白」鷺在碧綠的平湖上靜靜的、緩緩地翔飛。這一紅一綠、一黃一白、一疾一徐、一鬧一靜，都在我們的視覺和聽覺上，形成美麗而強烈的對比，也引來畫趣。

第三句「風日晴和人意好」，是貫串全局的主幹。它不但點明鶯啼、鷺飛、人意好是由於「風日晴和」；也因「人意好」而興起末句「夕陽簫鼓幾船歸」，使得夕陽映照的湖畔，更洋溢著人聲和樂歌聲，與樹間的鶯啼相應和，以致湖上的春光更加有聲有色，多彩多姿，充盈著歡欣的氣象；且後兩句寫人事，遊春人的雅興因湖光日暖而更暢快，因而夕陽簫鼓，人人盡興歸來。

一二〇、漫　興

杜　甫

糝徑楊花❶鋪白氈❷，點溪荷葉疊❸青錢❹。

笋根❺稚子❻無人見，沙上鳧雛❼傍❽母眠。

【作　者】杜甫，見前一一一頁。

【韻　律】這是一首仄起格平聲韻的七言絕句。全詩平仄合律。次句用「仄平平仄仄平平」的句法，三句因首字本為平聲而用仄，造成第二字「根」字成為孤平，此句便成拗句。其中「鋪」、「沙」二字用可平可仄，但不影響格律。

全詩兩兩對仗，「糝徑楊花鋪白氊」對「點溪荷業疊青錢」，「笋根稚子無人見」對「沙上鳧雛傍母眠」，景色清麗，流露「漫興」的情趣和畫趣。詩歌的形成結構往往也牽連到詩歌的內容結構，此詩便是例子；因對仗的形式技巧，引發詩趣的完成，手法高妙。

詩用下平聲一先韻，韻腳是：氊、錢、眠。首句便用韻。

【注　釋】❶糝徑楊花　鋪滿糝狀楊花的小路。糝，碎粒；散狀。❷氊　碾揉獸毛所製成的毯狀物。「氈」的俗字。❸叠　「疊」的俗字。一作「累」。❹青錢　即青銅錢。形容荷葉初生時，圓小如青錢。錢，一作「鈿」。❺笋根　笋，同「筍」。竹的地下莖，又稱筍鞭，俗稱竹根。笋，一作「竹」。❻稚子　筍的別名。《事物異名錄．蔬部．筍》：「《竹譜》：『筍，世呼為稚子。又名穉龍、曰籜龍、曰龍孫。』」此處用指筍根上的嫩芽。稚，一作「雉」。❼鳧雛　即小水鴨。❽傍　靠；依偎。

【語　譯】灑滿細碎楊花的小路，好似鋪上白毯子一般，小荷葉點點綴滿溪面，像是堆疊著無數的青錢。竹筍的根上抽出嫩芽，沒有人瞧見，沙灘上的小水鴨們正倚偎著母鴨甜睡著呢！

【賞析】杜甫作〈絕句漫興九首〉，這是其中的第七首。其第五首，前面已錄，可參看。所謂「漫興」，便是隨興之所至而寫成的詩。

這首絕句，寫暮春的景物，用兩聯工整的對仗句構成，每句描寫一物，引來情趣和畫趣。

杜甫晚年心境閒靜，江邊溪畔閒步，見春景和熙明媚，引發一些感興，全詩結構，便是因景而生閒情，使無情天地，化為有情世界。首聯一、二兩句，寫楊花鋪白，荷葉疊青，而其中「糝」、「點」用字的精巧，可謂辣手作文章。楊花糝白，使小路糝上一層白色的楊花，溪荷點青，使河面露出點點青色的荷葉，設色自然，造句精美。次聯三、四兩句，寫幼筍初生，鳧雛傍母，一靜一動，對舉成趣，尤其是寫母子相依之景，雖非人事，但描寫自然界的動植物，如老竹和新筍，母鳧和小鳧，自有情深的一面，詩人以無比敏銳的心靈，捕捉眼前的物華，繪成一幅充滿生意的暮春景色圖，真可謂妙手偶得、渾然天成之作。

清楊倫《杜詩鏡銓．八》評此詩：「此及下首，皆寫入夏景。」又云：「絕句以太白、少伯為宗，子美獨創別調，頹然自放中，有不可一世之槩。」

一二一、春晴❶

王駕

雨前初見❷花間蕊，雨後全❸無葉底❹花。

蜂蜨紛紛❺過牆去，卻疑❻春色在鄰家❼。

【作　者】王駕，字大用，自號守素先生，唐河中府（故治在今山西省永濟縣）人。生卒年不詳。昭宗大順元年（西元八九〇年）進士，官至禮部員外郎。《全唐詩》錄詩六首。

【韻　律】這是一首平起格平聲韻的七言絕句。全詩平仄合律。首句因第一字、第三字不論，自由活用平仄，又不造成孤平，便成「仄平平仄平平仄」的句法。第三句是單拗，本來定式的平仄是「仄仄平平平仄仄」，如今第一字「蜂」字本為仄而為平，不影響格律，但第五字「過」字，本宜平而用仄，便是拗而不合律，因此第六字「牆」字，故意將仄聲改為平聲，以救上字的拗折。第四句採用「仄平平仄仄平平」句法。

詩用下平聲六麻韻，韻腳是：花、家。

【注　釋】❶春晴　《全唐詩・六九〇》作〈雨晴〉，校注云：「一作〈晴景〉。」❷初見　第一次看到。❸全　一作「兼」。❹底　一作「裏」。❺蜂蜨紛紛　一作「蛺蝶飛來」。蜨，「蝶」的本字。❻卻疑　且疑心。卻，且也。疑，懷疑。❼鄰家　指隔壁人家；鄰居。一作「人家」。

【語　譯】下雨之前第一次看到含苞待放的花蕊，雨後卻全不見了，只剩下葉子。只見許多蜜蜂、蝴蝶紛紛飛過牆去，不禁叫人懷疑：春天的景色就在隔壁人家呢！

【賞　析】這是一首描寫雨後春殘的小詩，寫得略帶傷感而富有情趣。

第一聯「雨前初見花間蕊，雨後全無葉底花」，寫春花初綻，禁不起一番風雨，晴時再去觀賞，盡已化作春泥，連葉底也靡有孑遺；慨歎春光短暫，要人珍惜春晴的可愛。

第二聯「蜂蜨紛紛過牆去，卻疑春色在鄰家」，寫原本留戀牆裏花蕊間的蜂蝶，此時紛紛越牆而去，令惜春的詩人，懷疑春色仍留在鄰人家裏，心存無限遐想，餘韻無窮。

絕句的巧妙，在於轉、合一聯，短短二十八字，要能勾畫出詩趣和詩境，本詩轉合靈巧，用因果倒置法，引人入勝，「蜂蜨紛紛過牆去」是果，「卻疑春色在鄰家」是因，因果貫連，引來詩趣。

一二二、春暮

曹豳

門外無人問落花，綠陰❶冉冉❷遍天涯❸。
林鶯啼到無聲處❹，青草池塘獨聽蛙❺。

【作者】曹豳，字西士，號東圳，南宋溫州瑞安（今浙江省瑞安縣）人。

豳小時從錢文子學，及長，登寧宗嘉泰二年（西元一二〇二年）進士，授安吉州教授，其後歷重慶府司法參軍、左司諫、起居郎等職。在左司諫時，與王萬、郭磊卿、徐清叟等素有正直的聲譽，時人稱他們為「嘉熙四諫」。後任寶章閣待制致仕，卒諡文恭。曹豳能詩文，所作詩以自然樸質見稱，詩意明暢輕巧，寫景清麗。《宋史》有傳，附於〈曹叔遠傳〉後。

【韻律】這是一首仄起格平聲韻的七言絕句。全詩平仄合律，惟第二句因第一字「綠」字，本宜平而用仄，造成第二字「陰」字成為孤平，但無補救，是為拗句。其他如「門」、「青」二字，本是可平可仄，並不影響格律。末句「聽」字，在此要讀成去聲；詩中有些字有兩讀的現象，得依詩律的平仄來決定，此句詩律是「仄仄平平仄仄平」，第六字是仄，因此「聽」字不能讀成平聲，要讀成仄聲，才合格律。

　　詩用上平聲九佳韻，韻腳是：涯、蛙。「花」字是逗韻，用六麻韻，雖與九佳不同韻，但逗韻可用鄰韻或主要元音相同的字押韻，所以仍然是叶韻的。

【注釋】❶綠陰　樹陰。❷冉冉　慢慢進行的樣子。在此指綠陰慢慢地擴張。❸天涯　天邊。指極遠的地方。❹林鶯啼到無聲處　林中黃鶯聲老，不再啼叫了。指暮春時節。無聲處，沒有聲音時。❺獨聽蛙　只聽得青蛙喧聒鳴叫。

【語譯】門外落花飄零卻無人過問，綠樹的濃陰正緩緩地染遍天涯。暮春了，林子裏的黃鶯鳥已不再啼叫，只有長滿青草的池塘傳來一片蛙聲。

【賞析】這首題名「春暮」的絕句，全篇不著春字、暮字，卻句句刻劃著暮春的形影，字字傳達著初夏的跫音。

　　前面兩句寫綠陰取代了林花，後面兩句寫蛙鼓接替了鶯啼，詩人充分而精準地掌握住暮春物候的更迭，使全詩與題文絲絲相扣。

全詩結構，用自然界景物的轉換，暗示時節的推移，由春暮到初夏，反映了詩人的閒情詩趣。首、二兩句用自然界的景色變化，說明時節的轉移，點出「落花」已多，因此無人再關心花事，可見暮春已到，花落春殘，繼而「綠陰冉冉遍天涯」，已入初夏「綠肥紅瘦」的節候。三、四轉合句，用自然界鶯啼蛙鳴的聲音，說明時節的轉移，從「林鶯啼到無聲處」，鶯已不啼，繼而來的是，青草池塘的蛙鼓雷鳴。全詩前兩句用視覺意象暗示暮春，後兩句用聽覺意象暗示初夏，有畫趣又有情趣。

一二三、落　花❶

朱淑貞

連理枝❷頭花正開，妒❸花風雨便相催❹。
願教青帝❺常為主，莫遣❻紛紛點翠苔❼。

【作　者】朱淑貞，號幽棲居士，南宋錢塘（今浙江省杭州市）人，一說海寧（今屬浙江省）人。生卒年不詳，約生於高宗紹興前後。

朱氏精通音律，善於詩詞；但因嫁作市井商人婦，很不順心，作品多抒發內心的鬱悶和幽怨，風格沉鬱哀婉。死後，宛陵魏端禮把她的詩輯為《斷腸集》二卷，另有《斷腸詞》一卷。

【韻　律】這是一首仄起格平聲韻的七言絕句。全詩平仄合律。二、三兩句的平仄稍有變化，都是因「一、三、五不論」，有平仄活用的自由，且不會影響到二、四、六的字成「孤平」，所以才會寫成「仄平平仄仄平平」的句法；同時第三句不用韻，末字收仄，便成「仄平平仄平平仄」，依然合律。

詩用上平聲十灰韻，韻腳是：開、催、苔。首句便用韻。

【注　釋】❶落花　《斷腸集》詩題作〈惜春〉。❷連理枝　不同根的兩棵樹，其枝幹相連為一。舊時以為吉祥之兆，常用以比喻夫妻美滿的愛情。❸妬　同「妒」。嫉妒。❹催　通「摧」。摧殘。❺青帝　春神。五天帝之一。又稱蒼帝、東帝。❻莫遣　不教；莫使。❼點翠苔　散落在地面的青苔上。

【語　譯】連理枝頭的花兒正在開放，那愛嫉妒的風雨便來摧殘。但願春神常常替花兒們作主，莫教花瓣兒散落紛紛，點染了地上的青苔。

【賞　析】朱淑貞是一位多愁善感的女詩人兼詞人，相傳她嫁給一位市井商人，婚姻很不如意，所以作品多寫閨閣的幽怨。

這首〈落花〉詩，詩人見枝頭花開正好，便憐它將為風雨摧殘，紛落翠苔，而祈求春神作主保護，使好花長在，隱含願有情人常為眷屬的美意。寓意率真，辭意清婉，很能表露她細膩多情的天性。

古今詠「落花」的詩不少，但主題都因落花而有所感傷；此詩是詠物詩，從落花出發，聯想到暮春花殘；聯想到美人遲暮，佳人凋落；聯想到青春消逝，春光不再；聯想到女子紅顏薄命的遭遇和下場。落花飄零，總帶有淒美的悲劇成分，使人看到落花便想起古代多少紅顏奇女子，西施、蔡琰也好，綠珠、楊貴妃也罷，甚至李清照、朱淑貞也一樣，她們都一一與落花俱逝，留給後世無盡的感念和惋歎。

一二四、春暮遊小園

王　淇

一從❶梅粉❷褪❸殘粧❹，塗抹新紅上海棠❺。
開到荼蘼❻花事了❼，絲絲天棘❽出莓墻❾。

【作　者】王淇，字菉猗（一作「漪」），宋人。生平事蹟不詳。

【韻　律】這是一首平起格平聲韻的七言絕句。全詩平仄合律。首句本為「平平仄仄仄平平」，改用「仄平平仄仄平平」的句法，其他各句都依律而作，僅「塗」、「開」、「天」三字，在格律上宜仄而用平，都是在「一、三、五不論」的條件下，准許它用平或用仄，有自由伸縮的餘地，加上並沒有導致二、四、六的字成孤平，所以被視為合律。

詩用下平聲七陽韻，韻腳是：粧、棠、墻。首句便用韻。

【注　釋】❶一從　自從。❷梅粉　指白色的梅花。❸褪　脫落；卸下。❹粧　「妝」的俗字。❺海棠　植物名。四月間開花，花色粉紅，十分豔麗。❻荼蘼　花名。即酴醾。又名佛見笑。有刺，春夏間開花，色黃白，重瓣有芳香。❼花事了　指百花已經殘敗，花季結束。了，結束；完了。❽天棘　楊柳的別名。見《冷齋夜話・四》。一說天棘為佛書所稱的青棘香。見《鶴林玉露・十》。❾莓墻　長有青苔的墻。莓，莓苔；青苔。墻，一作「牆」。

【語　譯】自從素梅卸了妝後，海棠便馬上給自己塗抹了豔麗的新紅。一直到荼蘼花開，百花開始凋殘，花季才算結束，這時便有絲絲的柳條兒爬到長滿青苔的牆頭來了。

【賞　析】此詩雖以〈春暮遊小園〉為題，寫的卻是三春的花事；可見詩人在這個春天，不斷造訪這所花園，直到花落柳長，才意猶未盡地寫下這首小詩，傾訴他對春天的喜愛，以及對春花次第開放的細心觀賞，一一領略花開至極致之美。

詩中從梅花寫起，梅花謝了，海棠盛放，詩人用「一從梅粉褪殘粧，塗抹新紅上海棠」來描寫，從臘梅到初春海棠花開，把花比擬成青春美女，一個卸妝，一個上妝，爭奇鬥妍，無比俏麗。

三、四兩句，從荼蘼花謝，到楊柳抽條細長，也是時節的更替。荼蘼，也作「酴醾」。蘇東坡有詩云：「酴醾不爭春，寂寞開最晚。」（杜沂〈遊武昌以酴醾花菩薩泉見餉〉詩之一）可見春花之中，荼蘼開得最遲，所謂「開到荼蘼花事了」，正是寫實之筆。但花事雖了，詩人好事，又用「絲絲天棘出莓墻」，把垂楊拋出了牆外，使春天銜接到夏季；那麼夏日炎炎之時，這園中的柳蔭，又成理想的納涼之所，詩人仍將為柳條所綰而無法忘情吧？詩人把小園景色的轉變，細細寫入詩中，足見必是園日涉而成趣，而詩人的深情亦由此可見。

一二五、鶯　梭❶

劉克莊

擲❷柳遷喬❸太有情，交交❹時作弄機❺聲。
洛陽三月花如錦❻，多少工夫❼織得成？

【作　者】劉克莊（西元一一八七——一二六九年），字潛夫，號後村居士，莆田（今福建省莆田縣）人。生於南宋孝宗淳熙十四年，卒於度宗咸淳五年，享年八十三。

莊以世家子入仕，理宗淳祐間特賜同進士出身，官至龍圖閣學士。善詩詞，其作品繼承陸游和辛棄疾的傳統，筆力雄健，風格豪邁，是江湖派為首的大家。有《後村居士大全集》。《宋史翼》有傳。

【韻　律】這是一首仄起格平聲韻的七言絕句。全詩平仄合律。第三句本為「平平仄仄平平仄」，採用「仄平平仄平平仄」的句法，其他如「時」、「多」，是用可平可仄的變化，但在不影響格律的前提下，是可以不講求的，仍然算合律。

詩用下平聲八庚韻，韻腳是：情、聲、成。首句便用韻。

【注　釋】❶鶯梭　形容黃鶯跳躍飛舞，往來如梭。❷擲　投；拋棄。❸遷喬　指鳥類逢春，由避寒的幽谷，遷居到喬木之上。語本《詩經・小雅・伐木》：「出自幽谷，遷于喬木。嚶其鳴矣，求其友聲。」鳥之喬遷為求友，故云「太有情」。❹交交　形容黃鶯的鳴叫聲。《詩經・秦風・黃鳥》：「交交黃鳥，止於棘。」❺機　指織布機。❻錦　以彩色絲織成的美麗織物。❼工夫　工程所需的人力和時間。

【語　譯】有情有義的黃鶯鳥在柳林和喬木間穿梭奔忙，時時交交地鳴叫著，彷彿織布機的聲音。陽春三月洛陽城繁花盛開，有如錦繡一般，這黃鶯兒要花多少工夫才織得成啊？

【賞　析】在這首詩中，詩人以天地為織機，以洛陽三月的萬物為錦繡，以流鶯為梭，以交交嚶鳴為機杼聲，讚頌自然的偉大雄奇，氣勢極為豪邁，神思異常巧妙，氣韻亦生動活潑。「洛陽三月花如錦」，一語道盡無邊的春色，任人見此，皆不免要發出「多少工夫織得成」的讚歎，詩人先得人心之所同，寫下這首傳誦一時的佳篇。

詩人豐富的想像力、奇異的聯想，創造出反常而合道的詩趣。此詩題作「鶯梭」，構思巧妙。開端便形容黃鶯穿梭飛舞於柳條間，如同織布機上的梭，因此黃鶯的交交聲，被聯想成機杼聲；入題便應詩題。

接著轉、合兩句，先把三月花開的洛陽城比成錦緞，再問是鶯梭花費多少工夫織成的呢？如此用疑問句作結，確是佳趣無窮。詩人善用巧思，故意寫些反常的話，但又合乎道理，是引生詩趣的關鍵所在。

一二六、暮春即事

葉　采

雙雙瓦雀❶行書案❷，點點楊花❸入硯池❹。
閒❺坐小窗讀周易❻，不知春去幾多時❼？

【作　者】《千家詩》題葉李作。今據《宋詩紀事．四九》改為葉采作。葉采，字仲圭，號平巖，南宋邵武（今福建省邵武縣）人。生卒年不詳。理宗淳祐元年（西元一二四一年）進士，官至祕書監。所作詩恬淡有韻致。

【韻　律】這是一首平起格平聲韻的七言絕句。全詩平仄合律，唯第三句是拗句，本應作「仄仄平平平仄仄」，今作「平仄仄平仄平仄」，第四字成孤平，第五、第六字是單拗的句法，但因第四字孤平，使整句的平仄不合律而成拗句，因此這首詩是拗絕。末句用「仄平平仄仄平平」的句法。首聯是對仗句，「雙雙瓦雀行書案」對「點點楊花入硯池」，以景語對仗，以「雙雙」、「點點」構成重言對。

詩用上平聲四支韻，韻腳是：池、時。

【注　釋】❶瓦雀　麻雀。因麻雀常行跳於屋瓦之間，故名。❷書案　書桌。❸楊花　楊柳於春天開花，如白絮因風飛散，故又名柳絮。❹硯池　硯臺中儲水的地方。❺閒　一作「閑」。二字通用。❻周易　書名。也叫《易經》。是十三經之一。相傳伏羲畫八卦，後重為六十四卦；周文王作〈繫辭〉，就是卦辭和爻辭；孔子作〈十翼〉。本來是卜筮用書，孔子用來教學，以說明自然和人事的變化，作為個人修養處世的參考，此後始成為儒家的經典。❼幾多時　一作「已多時」。是指時間已久，即春去已久。如作「幾多時」，便是問春光離開有多久了？意指春天離去，但沒有察覺出來，暗喻日子悠閒自適，不覺時光流逝。

【語　譯】一對對的麻雀在書桌上漫步，點點的柳花也飄進了硯池。我悠閒地坐在小窗邊讀《周易》，忘了時光的流轉，不知道春天已離開多久了呢！

【賞　析】《暮春即事》，《宋詩紀事．四九》作〈書事〉。即事指當前的情事，所以這兩個題目意義是相通的。

這首詩所表達的，是詩人的達觀閒適之情。第三句「閒坐小窗讀周易」，是詩眼，亦即關鍵性的詩句。

詩人閒來無事，靜坐在小窗前閱讀《周易》，沉迷在大易變易、簡易、不易的天人事理之中。當他偶然擡起頭來，看見成雙的麻雀在他書桌上跳躍，楊花點點落入他的硯池；想起季節不斷地推移，春光不知又消逝了幾許，這是人力絕不能挽回的；於是信筆寫下這首小詩，表明他恬淡無為、順應自然的心境。

「即事」或「即景」的詩，開端多寫景語，由景引來感慨，故其結構，通常前兩句作景語，後兩句作事語或情語，此詩也不例外：開端寫麻雀行書案，楊花入硯池，自然的景象，有「閒靜」之趣，也有幾分禪意。後兩句寫讀《周易》時，使人忘卻春去幾多時，讀《易》忘時，忘了人間的時逝歲移，有禪機意。題作〈暮春即事〉，便是寫暮春的感懷，有恬澹之趣，有時逝而不知的寧靜感；再者，前後相承，由動入靜，從瓦雀行書案、楊花入硯池的畫面，烘托出詩的主題——閒坐小窗讀《周易》，靈動而有韻致，已臻「詩中有畫」的妙境。

一二七、登山❶

李涉

終日昏昏❷醉夢❸間，忽聞春盡強❹登山。
因過竹院逢僧話，又❺得浮生❻半日閒❼。

【作者】李涉，號清谿子，唐洛陽（今河南省洛陽縣）人。生卒年不詳。

涉初與弟子李渤隱居廬山，憲宗元和年間（西元八〇六——八二〇年），為太子通事舍人，旋貶峽州（今湖北省宜昌縣）司倉參軍。文宗大和年間（西元八二七——八三五年），為太學博士，不久又被流放康州（今廣東省德慶縣）。有集一卷。《全唐詩》錄詩一卷。

【韻律】這是一首仄起格平聲韻的七言絕句。全詩平仄合律。「終」、「春」二字為一、三、五可平可仄活用處，並無造成二、四、六孤平的現象，故可以不論。詩中「強」字，作勉強的「強」，讀成仄聲；又「過」字，在詩中有二讀，此處因格律要作平聲，因此讀成平聲，如讀為仄聲，則不合格律。

詩用上平聲十五刪韻，韻腳是：間、山、閒。首句便用韻。

【注　釋】❶登山　《全唐詩・四七七》作〈題鶴林寺僧舍〉，校注云：「寺在鎮江。」❷昏昏　沉迷不醒的樣子。❸醉夢　酒醉不醒的樣子。❹強　勉強。❺又　一作「偷」。❻浮生　指人生。人生苦短，浮沉不定，故稱。語本《莊子・刻意》：「其生若浮，其死若果。」❼閒　一作「閑」。

【語　譯】終日昏昏沉沉在醉夢中度過，忽然聽說春天將要結束了，才勉強去登山尋春。因為打從竹林禪院經過時遇見山僧，聆聽了很多好話，今天算是又偷得半天的悠閒。

【賞　析】李涉本想隱居不仕，後來應召做官，又兩次遭到貶黜，所以他心中滿是「紆鬱不能伸」（見〈懷古〉詩）的情愫，難免借酒澆愁，昏沉於醉夢之中。

據《全唐詩》，這首詩原題在鎮江鶴林寺的僧舍壁上。詩題作〈題鶴林寺僧舍〉，而其中「偷得浮生半日閒」，是久已膾炙人口的名句。

前兩句「終日昏昏醉夢間，忽聞春盡強登山」，詩人自道在醉夢中錯過大好春光，聞說春意闌珊，才突然猛醒，勉強登山尋春去。可是事既出於勉強，做起來必定索然無味，註定要令人失望的。

然而後兩句「因過竹院逢僧話，又得浮生半日閒」，語意一轉，猶如絕處逢生，使事情有了轉機。長久生活在苦海中的詩人，在竹林禪院會見高僧，聆聽他講述人生如寄、世法無常之理，使他恍然大悟，自覺一向太耽溺於得失成敗、紅塵擾攘的表相之中了，今天算是偷得半日清閒，尋回不少生趣。

本詩通篇筆調散淡，卻禪趣盎然，寫登山而得禪心，醒人耳目，堪稱佳作。

一二八、蠶婦❶吟

謝枋得

子規❷啼徹❸四更❹時，起視❺蠶稠❻怕葉稀。
不信樓頭楊柳月，玉人❼歌舞未曾歸❽。

【作者】謝枋得，見前二七一頁。

【韻律】這是一首平起格平聲韻的七言絕句。全詩平仄合律，且每一字均按格律上的平仄寫成，惟第一句和第四句均採用「仄平平仄仄平平」的句法。

詩用上平聲五微韻，韻腳是：稀、歸。首句便用韻，是採逗韻，韻字為「時」，是用微韻的鄰韻四支韻，仍然算是叶韻。

【注釋】❶蠶婦　飼養蠶的婦女。蠶，是蠶蛾的幼蟲，食桑葉，能吐絲結繭而化為蛹，成蛾時即破繭而出。所吐的絲可為高級織物。自古即為人類所飼養。❷子規　鳥名。即杜鵑。啼聲似「不如歸去」。❸啼徹　啼聲響遍各地。❹四更　古代將一夜分成五個時段，每一時段為一更，四更是在黎明之前的時段，約夜裏一點到三點時。❺起視　起身探視。❻稠　又密又多。❼玉人　指美女。❽未曾歸　在此指出外歌舞尚未回來。

【語　譯】四更時子規鳥的啼聲響遍各地，起身探視稠密的蠶兒，擔心桑葉太少了。不相信高掛在樓頭的明月已經沉落到楊柳樹梢後了，那些出外歌舞的美人們未曾歸來。

【賞　析】這首歌詠蠶婦辛勤的詩，卻用生活方式與她截然不同的玉人相比襯。這「玉人」指的是雇主家如花似玉、年輕貌美的女眷。

全詩的結構，分前、後兩聯，前兩句寫養蠶婦，後兩句寫歌舞的玉人，以夜裏的「四更時」將兩種婦女作比較，如此相較之後，始知蠶婦的辛勞。四更天是黎明之前的時刻，子規到處啼鳴，把蠶婦喊醒，她趕緊起身去探視蠶兒們，唯恐桑葉不夠，把牠們餓壞，不能吐絲。

這時遠處傳來歌舞的樂音，循聲望去，高掛在樓頭的明月，居然已墜到楊柳樹梢了；儘管子規一聲聲「不如歸去」、「不如歸去」地啼著，可是那身穿綾羅、歌舞方酣的玉人們，仍然不曾歸寢。

同樣是女子，境遇何等不同！蠶婦感到迷惑了，不相信已經是子規啼徹的四更天了，那盛妝的美人們還沒有歸來。詩人很工巧地用「子規啼」與「未曾歸」首尾呼應，來傳達這個意旨，短短一首詩，含有無限的託諷，這也是詩人運用文字最高妙的技巧所在。

一二九、晚　春❶

韓　愈

草木❷知春不久歸❸，百般紅紫鬥芳菲❹。
楊花榆莢❺無才思❻，惟解漫天❼作雪飛。

【作　者】韓愈，見前二一九頁。

【韻　律】這是一首仄起格平聲韻的七言絕句。全詩平仄合律。第二句用「仄平平仄仄平平」的句法，在三、四兩句中，因為格律的緣故，又因有些字在詩中有兩讀的現象，所以將「思」字讀成仄聲，將「漫」字讀成平聲。

詩用上平聲五微韻，韻腳是：歸、菲、飛。首句便用韻。

【注　釋】❶晚春　一作〈游城南晚春〉。❷木　一作「樹」。❸知春不久歸　是說知道春季即將結束，不久即將歸去。❹芳菲　花草的芳香。❺榆莢　榆樹所結的果實。榆樹先開花結果，後長葉，果實形狀像小錢，相聯成串，俗稱榆錢，可供食用。榆莢成熟時，其上有白色絨毛，能隨風飄揚，與楊花相同，故詩句云：「漫天作雪飛。」❻才思　才氣與思想。指才情。❼漫天　彌漫天空，即滿天的意思。

【語　譯】草木知道春天不會久留，馬上就要回去，於是各式各樣的花兒都把握時機，紅的紫的爭相門豔，展現芳菲。楊花和榆莢因為沒有才氣和思想，只知道像雪花一樣滿天飛舞。

【賞析】韓愈詩筆所繪的晚春圖，不但多采多姿、芳菲滿紙，而且極有情趣，也極具視覺意象之美，把讀者立即帶進一個萬紫千紅的綺麗世界。

他用擬人的手法，將春天比擬成「人」，因此寫得春與草木各具性情。執意歸去的春，即將離去，是誰也挽留不住的。草木不但知道春快走了，而且各逞紅紫，互鬥芳菲，不惜在春前爭寵於一時；其中素樸的楊花和榆莢，雖然沒有才思，沒有百花的風華芬芳，但是也都一起來共襄勝景，榆莢化作了人見人愛的榆錢，楊花卻化作雪片，漫天飄飛，無遠弗屆，在百般紅紫之上撒下一片迷離，為靜止的大地增添無限動感，使晚春的光景更加繁華熱鬧，也更具特色。

韓愈寫這首即興的小品，手法太鮮活了，後人一見「楊花榆莢無才思」二句，多以為他在揶揄楊花和榆莢，必然有所諷諭，紛紛揣摩其中的寓意；但又見仁見智，異說紛陳，得不到共識。其實晚春景色的迷人，在於楊花、榆莢飛舞，不在羣芳鬥妍；韓愈是目觸楊花、榆莢作雪飛，籠罩了紅紫芳菲之景，才生起了詩情，且白絮襯紅花，晚春的景致方才顯得絢爛多采，也方才顯得詩情畫意。

一三〇、傷　春

楊萬里

準擬❶今春樂事❷濃❸，依然❹枉卻❺一東風。
年年不帶看花眼❻，不是愁中即病中。

【作　者】《千家詩》題楊簡作。然《誠齋集》錄有此詩，知當為楊萬里所作。

楊萬里（西元一一二七——一二〇六年），字廷秀，號誠齋，吉州吉水（今江西省吉安縣）人。生於南宋高宗建炎元年，卒於寧宗開禧二年，享年八十。

楊萬里為南宋愛國詩人，其生年即南宋的始年。高宗紹興二十四年進士，官至祕書監。關心國家政治民生疾苦，正直敢言。他的詩和當代尤袤、范成大、陸游齊名，並稱「南宋四大家」。造語平易自然，風格清新活潑。著有《誠齋集》。《宋史》有傳。

【韻　律】這是一首仄起格平聲韻的七言絕句。全詩的平仄，都依格律的規定寫成，其中並無應用可平可仄的字。詩中入聲字特別多，而國語無入聲字的讀音，因此今人作詩讀詩，在格律上容易起錯，誤把入聲字看作平聲。古曲詩詞中的入聲字，一律作仄聲，如此詩中的「樂」、「卻」、「一」、「不」、「即」等字，都是入聲字，在格律上當然都是仄聲。其次，第三句中的「看」字，在詩中有兩讀的現象，在此依格律要讀成平聲。

詩用上平聲一東韻，韻腳是：風、中。首句用逗韻，「濃」字是上平聲二冬韻，用一東的鄰韻冬韻作叶韻，在近體詩用韻的規則上，是被允許的。

【注釋】❶準擬　預想；原本料想。❷樂事　足以使人歡樂的事。❸濃　一作「醲」。二字通用，皆為濃厚的意思。❹然　一作「前」。❺枉卻　徒然。有白白孤負了的意思。卻，語氣詞，用於動詞之後，表示完成。相當於「了」。❻不帶看花眼　指沒有賞花的眼福。即無心思賞花。花，此處指海棠。見「賞析」。眼，一作「福」。意皆指眼福。

【語譯】預料今年春天會有很多歡樂的事，不想依然辜負了東風的美意。因為年年都沒有賞花的眼福，不是坐困愁城，就是病魔纏身。

【賞析】詩人出生於宋欽宗靖康二年（西元一一二七年），當年金人執徽、欽二帝北去，五月，高宗即位於南京，改元建炎。此後終其一生，國家都處於與金對立的禍患之中，使他憂國傷時不已。晚年且以直言忤孝宗，又為韓侂冑所斥，不獲重用。

這首〈傷春〉詩，收在《誠齋集・三七》的《退休集》中，原題〈曉登萬花川谷看海棠〉，為其二首之二，可見是詩人退休以後的作品。前面一首是：

夜雨朝晴花睡餘，海棠傾國萬花無。
館娃一樣三千女，露滴燕脂洗面初。

觀看傾國館娃一樣的海棠，本當是賞心樂事，是詩人開春以前早就盼望的；怎奈東風吹得百花開，卻吹不開他為國仇家恨所緊鎖的心扉；愁對含睡的嬌顏，枉費了東風的美意，只有自恨多愁多病，沒有看花的眼福而已。在這首詞意淺近，不避「年年不帶看花眼」這種白話文句的詩中，詩人不但充分表達了他的感情，也充分發揮了他獨具的風格。

全詩顯示「傷春」的主題，在於末句「不是愁中即病中」，前三句均在烘托春來但不能行賞春的樂事，枉卻東風的到來、春花的綻放，這是「三一格」對比的寫法，前三句寫春來的盛況盛景，後一句寫心境的哀愁多病，使前後造成鮮明對比，引來情趣。

此外，詩中多虛詞，使詩句的吟誦，更留有餘裕的空間，如「準擬」、「依然」、「不是」等詩語，促使詩歌的境界更寬闊，沒有急促之感。

一三一、送　春❶

王　令

三月殘花落更❷開，小簷❸日日燕飛來。

子規❹夜半❺猶啼血❻，不信東風喚不回❼。

【作　者】《千家詩》題王逢原作，係以字代名，今改之。

王令（西元一〇三二——一〇五九年），字逢原。祖居魏之元城（今河北省大名縣），幼隨叔祖乙居廣陵（宋併入江都，今江蘇省江都縣），遂為廣陵人。生於北宋仁宗明道元年，卒於仁宗嘉祐四年，享年二十八。

少時倜儻不羈，既長，折節力學，王安石把妻吳氏的妹妹嫁給他，以為可與他共建功業於天下；不料，事與人違，雖有壯志，但年壽不逮，早夭而卒。他的詩氣勢雄渾，構想新穎，富於浪漫色彩。有《廣陵集》三十一卷。《宋史翼》有傳。

【韻　律】這是一首仄起格平聲韻的七言絕句。除首句與末句合律外，二、三兩句都有孤平的現象，皆因第一字本應平而用仄，使第二字成為孤平，如果在第三字處也改為平聲，便成了「仄平平仄仄平平」和「仄平平仄平平仄」的句法，依然還是合律的句子，如今寫成「仄平仄仄仄平平」和「仄平仄仄平平仄」，「簷」和「規」是孤平，犯了二、四、六字「平聲不可令單」的格律，因此此詩是拗絕，即二、三兩句不合律，是拗句。

詩用上平聲十灰韻，韻腳是：開、來、回。首句便用韻。

【注　釋】❶送春　《廣陵集・十五》作〈春怨〉。❷更　再；又。❸小簷　低小的屋簷。❹子規　即杜鵑鳥。❺夜半　即半夜。❻啼血　相傳杜鵑悲啼，直到吐血才停止。❼不信東風喚不回　指杜鵑鳥不相信春光喚不回來。東風，借指春光、春天。

【語　譯】暮春三月，有的花謝了，有的花接著再開，低簷下每天都有燕子飛來。半夜裏子規還在悲啼，似乎不相信春光喚不回來。

【賞析】王令的〈送春〉詩，原題作〈春怨〉，取怨春歸去、依依送別的意思。

第一聯「三月殘花落更開，小簷日日燕飛來」，是藉有情的花和燕，怨絕裾而去的春，信手拈來，自有一股淡淡的輕愁。已殘的花指海棠、桃、李，更開的花指荼蘼，荼蘼開後，一春的花事才算終了。

第二聯「子規夜半猶啼血，不信東風喚不回」，詩人把杜鵑的啼鳴，想像成是為喚回春天而鳴叫。從天明啼叫到夜半，從口乾舌燥啼呼到吐出鮮血，就是不相信東風有那麼硬的心腸喚它不回，非啼到它回來不可！這份堅忍和執著真是感人肺腑，且造語新奇，沒有豐富想像力的詩人是寫不出來的。

全詩主題在「送春」，詩人用視覺意象，寫下三月所見的景色，首言殘花落而花再開，燕子穿梭於小簷花圃之間，而春已離去，情致淡遠；接著詩人更用聽覺意象，暗示春光一去不再回，說子規聲聲想挽回春天，但啼到半夜吐血，依然喚它不回，設景淒絕。後兩句送春，已有怨意，故原題作〈春怨〉，也很切題。

一三二、三月晦日送春❶

賈島

三月正當三十日，春風❷別我苦吟❸身。

共❹君今夜不須睡，未到曉鐘❺猶是春。

【作　者】賈島，見前五二頁。

【韻　律】這是一首仄起格平聲韻的七言絕句。全詩平仄合律。首句一、三均用可平可仄，但沒有造成孤平，是可以不講求的。第二句合律。三、四兩句是孤平拗救的句法，即第三句「共君今夜不須睡」，作「仄平平仄仄平仄」，第五字「不」字，本宜平而用仄，是不合律而拗折，使第六字「須」字成為孤平，因此在第四句對句處，故意將第五字「猶」字，本宜仄聲，特地改成平聲，以救上句，這種以對句救出句的方式，是為孤平拗救。

詩用上平聲十一真韻，韻腳是：身、春。

【注　釋】❶三月晦日送春　《長江集．十》作〈三月晦日贈劉評事〉。晦日，農曆每月的最後一天。在此指三月三十日。評事，官名。其人不詳。❷春風　指春光、春天的景象。一作「風光」。❸苦吟　指錘煉詩句，一再吟哦修改，刻苦求工。❹共　與；同。❺曉鐘　指清晨報曉的鐘聲。

【語　譯】正值三月三十日，是春季的最後一天，春光馬上就要告別我這個苦吟的人了。我和你今晚都不要睡，因為在報曉的鐘聲還沒敲響以前，仍然還是春天啊！

【賞　析】賈島和孟郊，是唐代「苦吟詩人」的代表，他們每作一句詩，必定反覆吟哦推敲，刻苦求工而後已。

賈島〈送無可上人〉詩有「獨行潭底影，數息樹邊身」句，極為得意，曾自注道：「二句三年得，一吟雙淚流。知音如不賞，歸臥故山秋。」雖宋人魏泰不以為然，說：「不知此二句有何難道，至於三年始成，而一吟淚下也？」可是他認真創作的態度，仍教人欽佩。

這首詩是賈島與友人劉評事夜晚守春時所作的。他用「三月正當三十日」，點明詩題中的「晦日」；又用「春風別我苦吟身」，作夫子自道式的告白，承認自己的「苦吟」，並刻意表明春風向我告別，故我送春歸去，顯現出苦吟所得的新意。至於後兩句「共君今夜不須睡，未到曉鐘猶是春」，以為春到曉鐘響起才會離去，要與劉君終夜相伴，好好惜春，造語新奇，且富有詩意。

但是依據我國傳統曆法的規定，三月晦日止於當天的午夜十二時（今二十四時），從午夜十二時開始，就當計入初夏的四月一日了。然文學是浪漫的，我們讀詩不必拘泥於科學的事實，文學自非科學，當有它富於彈性和感性之處。

一三三、客中❶初夏

司馬光

四月清和❷雨乍❸晴，南山❹當戶❺轉分明。
更無❻柳絮因風起，惟有葵花❼向日傾。

【作者】司馬光（西元一〇一九——一〇八六年），字君實，號迂夫，晚號迂叟，陝州夏縣（今山西省夏縣）人。因居涑水鄉（今夏縣西），世稱涑水先生。生於北宋真宗天禧三年，卒於哲宗元祐元年，享年六十八。

仁宗寶元元年（西元一〇三八年）登進士第，歷仕仁宗、英宗、神宗三朝。神宗時，因反對王安石的新法，求去，出判西京御史臺，閒居洛陽十五年。哲宗即位，入朝為相，盡罷新法，恢復舊制，在位八月而卒，諡文正，追封溫國公。主編《資治通鑑》，著有《涑水紀聞》、《溫國文正司馬文集》等。《宋史》有傳。

【韻　律】這是一首仄起格平聲韻的七言絕句。全詩平仄合律。第三句「更無柳絮因風起」，「更」字的讀音有平聲和去聲兩讀的現象，讀平聲作「更改」、「更漏」解，但詩中的「更無」，當讀成去聲，作「再無」、「再沒有」講，如此便成「仄平仄仄平平仄」，第二字是孤平，所以是拗句。其他如「當」、「惟」二字，是平仄不講求處，但不影響詩的合律，故可以不論。

詩用下平聲八庚韻，韻腳是：晴、明、傾。首句便用韻。

【注　釋】❶客中　在外鄉寄居作客。❷清和　天氣清明暖和。在我國北方多指春夏之交四月的天氣。❸乍　初；才。❹南山　泛指南面的山嶺。❺當戶　對門；與房子正對面。❻更無　再無；又無。❼葵花　花名。即向日葵。

【語　譯】四月的天氣清爽暖和，剛剛雨過放晴，對門的南山景色顯得格外明媚。這時再沒有柳絮隨風飛舞了，只有葵花向著太陽傾長。

【賞　析】這首詩可能是司馬光出判西京御史臺，寄居於洛陽時所作的。

前二句純粹寫初夏的光景，描繪農曆四月夏雨初晴，南山分明、歷歷在目的情狀，異常妥帖逼真。

後二句各用一個典故：

《世說新語・言語》：「謝太傅（安）寒雪日內集，與兒女講論文義，俄而雪驟，公欣然曰：『白雪紛紛何所似？』兄子胡兒曰：『撒鹽空中差可擬。』兄女（道蘊）曰：『未若柳絮因風起。』公大笑樂。」是第三句的出處。

李商隱〈為安平公華州進賀皇躬痊復物狀〉：「值一人之有慶，當春日之載陽。心但葵傾，跡猶匏繫。」以夏日比皇躬，以葵傾表己心的嚮慕，是第四句的出處。

這兩句詩，都是融情於景，一語雙關的。就景來說，「更無柳絮因風起，惟有葵花向日傾」，是寫實的詩句，四月以來，再沒有柳絮因風而起，只有葵花向日傾長，忠實地道出眼前的物候。但就情而論，司馬光與王安石不合，閒居西京十五年，專意編修《資治通鑑》，絕口不言政事，心情坦蕩，再沒有與新黨相爭的是非之心；「更無柳絮」句，或許指此而言。《宋史・司馬光傳》：「（光）請判西京御史臺歸洛，自是絕口不論事。而求言詔下，光讀之感泣，欲嘿不忍，乃復陳六事，又移書責宰相吳充，事見〈充傳〉。」亦可見他「葵花向日」的話，出自衷誠，絕非虛言。

一三四、有約❶

趙師秀

黃梅時節❷家家雨，青草池塘處處蛙❸。

有約不來過夜半❹，閒敲棋子落燈花❺。

【作　者】《千家詩》題司馬光作。然《清苑齋詩集》錄有此詩，知當為趙師秀所作。

趙師秀（西元？——一二一九年），字紫芝，號靈秀，又號天樂，南宋永嘉（今浙江省永嘉縣）人。

光宗紹熙元年進士，官至高安推官。詩風野逸清瘦。與徐照，號靈暉；徐璣，號靈淵；翁卷，號靈舒，合稱「永嘉四靈」，是為四靈派。有《清苑齋詩集》一卷。

【韻　律】這是一首平起格平聲韻的七言絕句。全詩平仄合律。第三句第五字「過」字，有兩讀，一讀成平聲，一讀成去聲，但意義相同，在此要讀成平聲才合律。

詩中首聯寫景對仗，「黃梅時節」對「青草池塘」，時間對空間，「黃」對「青」，對仗穩妥。「家家雨」對「處處蛙」，是重言對，而且是用視覺意象和聽覺意象混合而成的對仗句，給人一種鮮明的感受。

詩用下平聲六麻韻，韻腳是：蛙、花。

【注　釋】❶有約　《清苑齋詩集》題作〈約客〉。❷黃梅時節　梅熟多雨的季節。在農曆四、五月間。❸蛙　在此指蛙的鳴聲。❹夜半　即半夜。❺燈花　結成花形的燈心餘燼。

【語　譯】黃梅成熟的季節，家家戶戶都籠罩在綿綿陰雨中，長滿青草的池塘裏，到處都是青蛙的鳴叫聲。朋友失約沒來，已經過了半夜了，一個人無事，拿起桌上的棋子敲呀敲的，竟把燈花都震落了。

【賞析】這首寫因朋友爽約深感失望的小詩，極有情致。

第一聯用對仗句。「黃梅時節家家雨」，是說家家戶戶的人都為梅雨所苦；「青草池塘處處蛙」，是說但是池畔的青草卻因得雨而繁生，青蛙也因遇雨而歡騰雷鳴。兩相對比，更顯得困守家中之人的寂寞無奈，而期待客人來訪的心情便愈發迫切了。

第二聯「有約不來過夜半，閒敲棋子落燈花」，寫得更傳神。詩人用出句點明題目，並表示他未曾放棄希望，再用對句顯示他的無聊和絕望，並暗示約客的目的原在下棋，早已擺好棋盤、棋子，枯等而未見客來，有閒情的詩趣。

古人認為燈花是吉兆，所以詩人眼瞅燈花、閒敲棋子的時候，一心想望客人會翩然來臨；但敲到燈花都震落了，可見等待時間的久長與獨自苦候、百無聊賴的心情。

本詩在寫瞬間的感觸，將半夜等待客人的心境和外界雨天蛙鳴的景象結合，造成畫趣和情趣的結合，自然雋永而耐人玩味。

一三五、初夏睡起❶

楊萬里

梅子❷流酸濺❸齒牙，芭蕉❹分綠上❺窗紗❻。

日長睡起無情思❼，閑看兒童捉柳花❽。

【作　者】《千家詩》題楊簡作。然《誠齋集．三》錄有此詩，知當為楊萬里所作。

楊萬里，見前三〇四頁。

【韻　律】這是一首仄起格平聲韻的七言絕句。全詩平仄合律，惟第三句「日長睡起無情思」作「仄平仄仄平平仄」，第二字是孤平，因此不合律而成拗句。詩中「梅」、「分」、「閑」等字，是一、三、五不論處，並不影響格律，可以自由。

首聯寫景對仗，「梅子流酸濺齒牙」對「芭蕉分綠上窗紗」，能寫節候之景，點出初夏時令。且所用辭語，極富創意，尤其用「流酸」對「分綠」，是新創語，別致靈動；「濺齒牙」對「上窗紗」，不避俚俗，故特別新穎。這是對仗的工巧，合乎「唯陳言之務去」的要訣。

詩用下平聲六麻韻，韻腳是：牙、紗、花。首句便用韻。

【注　釋】❶初夏睡起　《誠齋集．三．江湖集》題作〈閑居初夏午睡起二絕句〉，此為其二首之一。❷梅子　梅樹所結的果實。味酸，立夏後熟。生者色青，叫青梅；熟者色黃，叫黃梅。❸濺　迸射；液體受衝擊而四處飛射。一作「軟」。❹芭蕉　果樹名。多年生草本植物，高約五公尺，葉寬大，長橢圓形，可長達二公尺。果實可食，根莖花蕾均可入藥。❺上　一作「與」。❻窗紗　窗子上所糊的薄絹。作用在防止蚊蚋入室。❼情思　心緒；心情。❽柳花　柳樹的花。即柳絮。

【語　譯】梅子的汁液流濺，酸味沁牙，芭蕉的翠陰映綠了窗紗。夏日晝長，午睡醒來，沒有甚麼心情，閒看著孩子們追捉柳絮玩耍。

【賞析】據原詩題〈閑居初夏午睡起〉知，這首詩作於一個初夏的午後。既是閒居，自然無事，午睡足，悠悠醒轉，閒適逍遙之情可以想見。

梅子鮮嫩微黃，摘下試咬一口，汁液濺得滿口，酸味滲入牙縫。寫景敘事，不避俚俗，真實有境界。承句也寫景，「芭蕉分綠上窗紗」，與上句對仗，寫夏日的驕陽斜照在芭蕉葉上，反射出來的綠光投映在窗紗上，把它染成了嫩綠的顏色，這顏色彷彿又溶入我們的心海。楊萬里寫詩，好用口語，是南宋白話詩派的詩人共有的特色。

殘餘的楊花，寥若晨星，不復暮春如雪的盛況；所以兒童偶爾看見一兩朵，就像捕捉流螢似地追逐著。他們天真活潑的憨態多麼可愛！難怪原無情思的詩人，看在眼裏，喜在心田，詩興為之大發，而以「日長睡起無情思，閑看兒童捉柳花」，抓住人間的佳趣，寫下動人而有情致的畫面。詩中用「捉」字，使詩趣洋溢，顯出詩人用字的技巧。

一三六、三衢❶道中

曾幾

梅子黃時日日晴，小溪泛盡❷卻山行❸。
綠陰❹不減❺來時路，添得黃鸝❻四五聲。

【作　者】《千家詩》題曾紆作。然《茶山集・八》錄有此詩，知當為曾幾所作。

曾幾（西元一〇八四——一一六六年），字吉甫，號茶山居士，贛州（今江西省贛縣）人。生於北宋神宗元豐七年，卒於南宋孝宗乾道二年，享年八十三。

幾官至禮部侍郎。他的詩，上承杜甫、黃庭堅，下傳陸游，風格輕快活潑。有《茶山集》。《宋史》有傳。

【韻　律】這是一首仄起格平聲韻的七言絕句。首句和末句平仄合律，第二、第三兩句都因首字用仄聲，造成第二字孤平的現象，因此二、三兩句是拗句。

詩用下平聲八庚韻，韻腳是：晴、行、聲。首句便用韻。

【注　釋】❶三衢　山名。在今浙江省衢縣。❷小溪泛盡　指小船沿溪划到盡頭。❸卻山行　再改行山路。卻，且；又；再。❹綠陰　樹陰。❺減　少於。❻黃鸝　即黃鶯鳥。

【語　譯】梅子黃熟時節天天都是晴朗的好天氣，泛舟到了小溪盡頭，再改行山路。兩旁的綠樹濃陰不比來時的溪畔少，且多了幾聲黃鶯兒的啼囀呢！

【賞　析】夏初梅子黃熟之時，一般都是梅雨季，難得這年竟日日晴天，故詩人乘興去三衢山遊玩，又為詩記述途中的聞見。

詩人用清淡的筆觸，描繪在當雨而晴的季節中的欣喜和慶幸，泛舟到水盡處，復改為山行，能窮盡山水的幽趣。走在山路之上，雖較乘舟辛苦，但綠陰交覆，隔絕了炎炎夏日，和適才在水上的情況完全一樣；而山林的深處，偶爾傳來幾聲黃鶯的鳴囀，平添了無限詩情，也更覺山幽林深，故山行有「鳥鳴山更幽」的佳趣。「綠陰不減來時路，添得黃鸝四五聲」，清淡脫俗，全無塵味，道出「三衢道中」雖是山行，而「綠陰不減」，反而比泛舟更具情味。詩人寫景，淡而有佳趣，是為上品。

一三七、即　景❶

朱淑貞

竹搖清影罩❷幽窗❸，兩兩時禽❹噪❺夕陽。
謝卻❻海棠飛盡絮❼，困人❽天氣日初長。

【作　者】朱淑貞，見前二九〇頁。

【韻　律】這是一首平起格平聲韻的七言絕句。全詩平仄合律。首句和末句均用「仄平平仄仄平平」的句法，也就是第一字本宜平而用仄，因此把第三字改為平聲，避免使第二字成孤平。一、三兩句依平仄規格寫成，惟三句「海」字本宜平而用仄，但無犯律，可以不論。

詩用下平聲七陽韻，韻腳是：窗、陽、長。首句便用韻。

【注　釋】❶即景　把眼前的景物納入詩中，以抒發情感。《斷腸集》題作〈清晝〉，意謂清寂的白晝。❷罩　籠蓋。❸幽窗　靜謐的窗子。❹時禽　應時的鳥兒。如春天的黃鶯、秋天的雁。❺噪　鳥蟲喧叫。此處指鳥鳴。

❻謝卻　凋落了；凋零了。卻，語氣詞，表示完成，相當於「了」。❼絮　指柳絮。❽困人　使人感覺困倦。

【語　譯】搖曳的竹影籠罩在幽靜的紗窗上，日落時分一對對應時的鳥兒喧叫著。海棠謝了，柳絮也不再飄飛，在叫人困倦的天氣裏，感覺到白晝開始漸漸在加長。

【賞　析】讀完這首詩，我們會發現其中潛伏著訴不盡的寂寞與幽怨。

「竹搖清影罩幽窗」，那個「幽」字點出了屋內的沉寂，也暗示著閨中怨女的形隻影單。「兩兩時禽噪夕陽」，寫窗外夕陽下成雙成對的鳥兒嚶嚶和鳴，但看在怨女的眼裏，那行為是可嫉可恨的；傳入怨女的耳中，那鳴聲是聒噪煩人的。

「謝卻海棠飛盡絮」，是說三春花事已了，再沒有可以賞心的樂事。「困人天氣日初長」，是說夏日悶熱的天氣不但使人身心疲憊，而且從現在開始，白晝卻一天比一天長，令人一天比一天孤寂難奈，真不知如何度過。

閉上眼睛，那坐在竹影籠罩的幽窗下吮墨摛詞、幽怨盈懷的女詩人，就會在我們心中浮現。由外界的景物來引發人的情意，這是即景詩的特色。詩中多景語，從景語中，引來情語，因此「困人天氣日初長」，成為傳世動人的佳句。

一三八、夏日❶

戴復古

乳鴨❷池塘水淺深，熟梅天氣❸半晴陰。
東園載酒西園醉❹，摘盡❺枇杷❻一樹金❼。

【作　者】戴復古，字式之，號石屏，南宋臺州黃巖（今浙江省黃巖縣）人。生卒年不詳。

復古曾從林景思、徐似繼遊，又登陸游之門，講明詩法後，四處遊歷，二十年然後歸，而詩乃大進。真德秀稱其句法不減孟浩然，由是天下知名。有《石屏詩集》六卷，卷首載其父戴敏（東皋子）的詩十首。另有詞一卷。《宋史翼》有傳。

【韻　律】這是一首仄起格平聲韻的七言絕句。全詩平仄合律。首句第二字「鴨」字，是入聲字，為仄聲，如用國語，則會誤以為是平聲。又首句第二字是仄聲，故屬於仄起格的詩。次句用「仄平平仄仄平平」的句法，三、四兩句，依律寫成，是合律的絕句。

首聯用對仗句來寫夏日的景色，使開端景語生色不少，「乳鴨池塘」對「熟梅天氣」，尚稱工穩，「水淺深」對「半晴陰」，「水」對「半」，對仗不算妥切，因「水」是名詞，「半」是數詞，實有名詞對數詞，不妥。「淺深」對「晴陰」，卻是十分得宜，但也有缺點，缺失在聲調上，「仄平」

對「平平」，對仗不工，最好是「仄仄」對「平平」，才是絕配。

詩用下平聲十二侵韻，韻腳是：深、陰、金。首句便用韻。

【注釋】❶夏日　《石屏詩集・六》作〈初夏游張園〉。張園，園名。未聞其詳。似有東、西之分。❷乳鴨　出生不久的小鴨。❸熟梅天氣　梅子成熟的季節。在農曆四、五月間，即初夏。❹東園載酒西園醉　全句是說：從東園飲酒，飲到西園，而且飲到酣醉。東園、西園並無特指，只是在詩中造成對比的效果而已。❺摘盡　採盡；採完。❻枇杷　果樹名。常綠小喬木。開白花，有香味。果實球形，農曆四月熟，呈黃色，供食用或藥用。❼一樹金　指枇杷成熟時，滿樹金黃色，故云。

【語譯】小鴨們或深或淺地在池塘裏浮游著，梅子成熟的初夏天氣忽晴忽陰。我從東園一路醉飲到西園，也把一樹樹金黃的枇杷都摘遍了。

【賞析】復古《石屏詩集》，卷首錄其父東皋子詩，而收本詩於卷六絕句中，知是復古的作品，而非戴敏的詩。《宋詩紀事・六三》將此詩收在戴敏的名下，顯然有誤。

這首詩寫於醉遊張園之後，很能把握初夏暢遊的情懷。

蘇東坡〈惠崇春江晚景〉詩有「春江水暖鴨先知」的名句，但初暖的春水仍夠寒冷，乳鴨是受不了的；到了初夏，水真的暖了，所以張園池塘中的乳鴨在水上忽淺忽深的嬉游，由此可知夏日已到。

梅雨季節，雖然晴陰參半，雨天總是大殺風景，所幸這日是個大好晴天，所以詩人才能載酒從東園喝到西園，酒菜吃完了又採食樹上黃橙橙的枇杷。「摘盡枇杷一樹金」，該是酒醒以後的估量之詞，表示心情愉悅，既豪飲又能吃，詩筆酣暢無比。

一三九、晚樓閒坐❶

黃庭堅

四顧山光接水光❷，凭欄❸十里芰荷❹香。
清風明月無人管，并❺作南來❻一味涼。

【作　者】《千家詩》題王安石作。然《山谷集・十一》錄有此詩，知當為黃庭堅的作品。

黃庭堅（西元一〇四五——一一〇五年），字魯直，號山谷道人，洪州分寧（今江西省修水縣）人。生於北宋仁宗慶曆五年，卒於徽宗崇寧四年，享年六十一。

庭堅為英宗治平四年進士，為官屢遭貶謫。他的詩初學杜甫，卻能自闢門徑，倡導點鐵成金、脫胎換骨的技巧，講究鍛字煉句，使宋詩走上拗體拗句的途徑，在內容上開闢以理趣為主的詩境，要求別有創意。為江西詩派之祖。與秦觀、張耒、晁補之同出蘇軾門下，人稱「蘇門四學士」。又長於書法，是「宋四大書家」之一。晚年位雖黜而名益高，詩與蘇軾齊名，並稱「蘇黃」。著有《山谷集》。《宋史》有傳。

【韻　律】這是一首仄起格平聲韻的七言絕句。全詩平仄合律。詩中第三句第三字「明」字，本宜仄而用平，是一、三、五不論平仄處，不影響格律，可以自由。其餘均依定式的平仄寫成。其次，詩中有幾處入聲字，如「接」、「十」、「月」、「作」、「一」等，均作仄聲，如依國語讀音，容易將「接」和「十」誤為平聲。

詩用下平聲七陽韻，韻腳是：光、香、涼。首句便用韻。

【注　釋】❶晚樓閒坐　《山谷集．十一》題作〈鄂州南樓書事四首〉，此其四首之一。鄂州在今湖北省鄂城縣。南樓，在鄂州城，樓上可以遠眺。書事，記事。❷山光接水光　山水的景色相連接。❸凭欄　倚靠著欄杆。凭，同「憑」。欄，一作「闌」。❹芰荷　指荷花。《楚辭．屈原．離騷》：「製芰荷以為衣兮。」補注：「芰，荷葉也。」❺并　合併；合一。一作「併」。❻南來　指從南方吹來。一作「南樓」。

【語　譯】縱目四望，山色接連著水光，倚欄閒眺，十里長塘裏的荷花香氣襲人。清風明月因為沒人照管，便同荷香從南面吹來陣陣清涼。

【賞　析】據任淵《山谷內集詩注．原目．十八》，此詩作於徽宗崇寧二年（西元一一〇三年），黃庭堅五十九歲。

詩人所詠的南樓，是一座有名的古樓，在今湖北省鄂城縣南。《晉書．庾亮傳》：「亮在武昌，諸佐史殷浩之徒，乘夜往共登南樓，俄而不覺亮至，諸人將起避之。亮徐曰：『諸君少住，老子於此處興復不淺。』便據胡牀與浩等談詠竟坐。」又李白〈陪宋中丞武昌夜飲懷古〉詩：「清景南樓夜，風流在武昌。」均指此樓而言。詩人〈南樓畫閣觀方公悅二小詩戲次韻〉詩云：「十年華屋網蛛塵，大旆重來一日新。五鳳樓前脩造手，箇中餘刃亦精神。」則知南樓久廢，經方公悅重修，始煥然一新。方公悅，名澤，莆田人，多與詩人唱和。

這首〈晚樓閒坐〉的小詩，文句淺白，但「清風明月無人管，并作南來一味涼」，是說因為無人管束，故而月益白、風益清，遂相輔相成，合作一股沁人的清涼，自南而來，寫得涼爽宜人之至，頗有閒適之情，亦合乎自然的理趣。任淵注：「莊子曰：『為之四顧，為之躊躇。』常建詩：『山光悅鳥性。』退之詩：『曲江荷花蓋十里。』《太平廣記・鬼詩》：『明月清風，良宵會同。』歐陽公詩：『惟有清秋一味涼。』」然則庭堅此詩看似淺白，卻句句皆有來歷，作者脫胎換骨技巧之高，可見一斑。

一四〇、山居夏日❶

高　駢

綠樹陰濃夏日長，樓臺倒影❷入池塘。
水晶簾❸動微風起，滿架薔薇❹一院香。

【作　者】高駢（西元八二一——八八七年），字千里，幽州（治在今北平市西南）人。生於唐穆宗長慶元年，卒於僖宗光啟三年，享年六十七。

高駢的先祖世代為禁軍將領，駢於懿宗時，歷官秦州經略使、安南經略招討使等職。僖宗時，任劍南、鎮海、淮南節度使。及黃巢陷廣州，駢傳檄天下，共同討賊，威震一時。後割據揚州，擁兵自重，終為部將畢師鐸所殺。他雖出身行伍，但喜愛文學。《全唐詩》錄詩一卷。新、舊《唐書》有傳。

【韻　律】這是一首仄起格平聲韻的七言絕句。全詩平仄合律。第三句用「仄平平仄平平仄」的句法，其餘各句均依定式的平仄寫成。詩中「綠」、「日」、「入」、「一」等是入聲字，一律視為仄聲。詩用下平聲七陽韻，韻腳是：長、塘、香。首句便用韻。

【注　釋】❶山居夏日　《全唐詩・五九八》詩題作〈山亭夏日〉。雖一字之差，但「山居」比「山亭」範圍寬闊；從詩的內容也分辨不出作者原題為何。❷倒影　水中倒映的影子。❸水晶簾　像水晶一樣晶瑩剔透的簾子。在此形容水波盪漾。水晶，一作「水精」。義同。❹薔薇　植物名。落葉灌木，品種很多，花色不一，極為嬌豔。農曆四、五月開花。果實球形，褐紅色。種子名營實，可供藥用。

【語　譯】綠樹的樹陰很濃密，夏日裏，白晝漫長，亭樓臺榭的影子倒映在池塘裏。微風輕拂，水面好似晶瑩的簾子般波光盪漾，而滿架盛開的薔薇也流播著一院子的清香。

【賞　析】這首詩原題〈山亭夏日〉，表示詩人所詠的是在山上涼亭中所見的夏景。《千家詩》作〈山居夏日〉，也能切合詩的內容。

全詩多景語，用景物來表現夏日山居的感觸和閒情。第一句「綠樹陰濃夏日長」，就給我們一種鬱悶炎熱的感覺。仔細追究，在這簡單的述事句中，卻隱藏著多重意義：由於樹已綠，陰已濃，我們可以想像那應是仲夏季節，仲夏時樹才會綠而茂盛，陰才會濃；而且當時必然烈日高照，因為日愈烈，陰才會愈濃。又由於夏日漫長的描述，我們可以想像那是過午不久的時刻；午後，暑熱更加難當，給人日長如小年的感覺，詩人因而從燠熱的屋中出來，閒坐在山亭裏遠眺。

接下來「樓臺倒影入池塘」，顯示當時波平如鏡，倒影清晰。在這炎炎夏日，似乎一切都呈靜止狀態，令人屏息。

然而第三句「水晶簾動微風起」，筆調一轉，便和馮延巳〈謁金門〉詞：「風乍起，吹皺一池春水」有異曲同工之妙；而詩人先見「水晶簾動」，然後才察覺「微風起」，以表現清波的盪漾、風的輕微，為全詩注入了生氣，尤為精緻。

最後「滿架薔薇一院香」，又把夏季的時花寫得異常蕃盛而色香俱全。那醉人的芬芳，隨著幾乎感覺不到的微風，瀰漫在院子裏，充盈在詩人的懷袖中，叫人忘記暑熱，由此亦可見詩人的心境十分閒靜，因此能細細體會周遭景物的寧靜幽美，把夏日的閒情意趣渲染得淋漓盡致。

一四一、田家❶

范成大

晝出耘田❷夜績麻❸，村莊兒女❹各當家❺。
童孫❻未解供❼耕織，也傍❽桑❾陰學種瓜。

【作者】范成大（西元一一二六——一一九三年），字致能，號石湖居士，吳縣（今江蘇省吳縣）人。生於北宋欽宗靖康元年，卒於南宋光宗紹熙四年，享年六十八。

成大為高宗紹興二十四年進士。曾奉命使金，抗節不屈，幾乎被殺。官至參知政事。晚年退居故鄉石湖。有文名，尤工詩，和陸游、楊萬里、尤袤合稱「南宋中興四大家」。他的詩清新樸素，題材廣泛，田園詩尤其清麗，通俗易懂。著有《石湖詩集》等。《宋史》有傳。

【韻　律】這是一首仄起格平聲韻的七言絕句。全詩平仄合律。詩中僅第二句第三字「兒」字，本宜仄而用平，是平仄不講究處，其餘各字都依定式的格律寫成。詩中「出」、「績」、「各」、「織」、「學」等字是仄聲字，「出」、「績」二字，在二、六關鍵字上，以國語的讀音，往往會誤以為是平聲，其實並不出律。

詩用下平聲六麻韻，韻腳是：麻、家、瓜。首句便用韻。

【注　釋】❶田家　《石湖詩集・二七》有〈四時田園雜興六十首〉，此為〈夏日田園雜興十二絕〉之七。❷耘田　除去田裏的雜草。❸績麻　把麻分開，搓接成線。❹兒女　青年男女。❺各當家　各自管理自己的事務。❻童孫　幼孫；幼小的孫子。❼供　從事。❽傍　靠近。❾桑　植物名。即桑樹，葉可育蠶，果實名桑椹，可食。農家多栽種以為副業。

【語　譯】白天到田裏去除草，晚上還要搓麻織布，村莊裏的青年男女各自忙著自己分內的事。小孩們雖然不懂得從事耕田和織布，但是他們也蹲在桑樹的樹陰下學著大人們種瓜呢！

【賞　析】這首描寫夏日農村生活的小詩，淺白通俗似白居易，淳厚質樸似陶淵明，把農家男女老少的勤勉守分，寫得既忠實又感人。

詩中出現的「兒女」是第二代，他們有的晝出耘田，有的做完家事又在燈下績麻，各有忙不完的耕織的事。而白天在桑陰下學種瓜的「童孫」是第三代，他們雖不懂得從事家業，卻寓教於樂，玩的是有關農耕的遊戲。

那麼為父母的第一代人呢？他們不必像兒女那麼操勞了，但也不會在家吃閒飯；必要時去支援兒女，閒暇時含飴弄孫，那祥和的景象，都在我們意想之中。

田園詩的可愛，在於寫農事，真實而富有情趣，樸質而充滿活力。詩中首聯便點出農村兒女各自當家，晝夜勤作息，忙於耘田和績麻。末聯特寫村莊的小孩不懂耕織，也在桑陰旁學大人種瓜，這是極富詩趣的畫面，使人讀後，喜愛農村生活的充實和勤樸之風，短短四句，寓有綿延無盡的美感和生命力。

一四二、村莊即事❶

翁　卷

綠遍山原❷白❸滿川，子規❹聲裏雨如烟❺。

鄉村四月閒人少，纔了❻蠶桑又插田。

【作　者】《千家詩》題為范成大作。然《西巖集》卷末錄有此詩，知當為翁卷所作。

翁卷，字續古，一字靈舒，南宋永嘉（今浙江省永嘉縣）人。生卒年不詳。理宗淳祐三年（西元一二四三年）登鄉薦，與趙師秀、徐照、徐璣齊名，合稱「四靈」。他的詩自吐性情，無所依傍，為江湖詩派中矯矯自立者。著有《西巖集》。《宋史翼》有傳。

【韻　律】這是一首仄起格平聲韻的七言絕句。全詩平仄合律。次句用「仄平平仄仄平平」的句法，第三句因為配合格律的關係，將前四字寫成倒裝，本來應為「四月鄉村閒人少」。詩中的倒裝句，使散文句衍變為詩句，更合乎詩歌的句法。末句第一字「纔」字，本宜仄而用平，因無礙於格律在此可以不論。詩中有四個入聲字，即「綠」、「白」、「月」、「插」，均作仄聲。

詩用下平聲一先韻，韻腳是：川、烟、田。首句便用韻。

【注　釋】❶村莊即事　《西巖集》詩題作〈鄉村四月〉。❷山原　高山和平原。原，寬闊平坦的土地。❸白水。指泛著銀白色的河水。❹子規　即杜鵑。❺雨如烟　細雨迷濛，有如烟霧。烟，同「煙」。❻纔了　剛剛完畢；才結束。

【語　譯】碧綠遍染著山陵和平原，河水流映著一片銀白的天光；杜鵑聲裏，烟雨迷濛。四月的鄉間，沒事做的人很少，剛剛採了桑把蠶餵飽，又要忙著下田去插秧哩！

【賞　析】這首如畫的小詩，寫得有聲有色，有動有靜，極為迷人。

「村莊即事」是田園詩中極為普遍的詩題，「即事」、「即景」的詩，是將所見的景色和事物，寫成詩篇，而〈村莊即事〉，便是寫農村所見的事物，詩中題材，景語、事語各半，首聯為景語，次聯為事語。

第一聯「綠遍山原白滿川，子規聲裏雨如烟」，所描繪的是四月鄉村的大背景。這整個背景是籠罩在濛濛烟雨中的青山白水，處處傳來子規的鳴聲，使初夏的村莊，洋溢著鬱勃的生氣和朦朧的美感。詩中的「綠」、「白」二字，構成鮮明的對比，加以雨如烟為布景，鮮活優美，是農村的本色。又「子規聲裏」，亦正好牽出轉、合句中的「四月」。

第二聯「鄉村四月閒人少，纔了蠶桑又插田」，詩人在田間插入農夫、農婦合力插秧的特寫，甚至阡陌上也有老少忙著做些農事。總之在這農忙的四月，不僅閒人「少」而已，根本就找不到任何的閒人，以事語寫農家辛勤，並舉「蠶桑」、「插田」為例，也正是「農事」的主要工作。詩人深於觀察和取材，能將農家的生活深入描寫，無形中歌頌了農家樸實勤勞的傳統美德，亦可見其平日對於民生的深切關懷。

一四三、題榴花❶（榴花）

韓愈

五月榴花照眼明，枝間時見子❷初成。
可憐❸此地無車馬，顛倒❹蒼苔❺落絳英❻。

【作　者】《千家詩》將此詩列為朱熹作。然《四部叢刊．朱文公校昌黎先生集》題作〈榴花〉，視為韓愈的詩。《全唐詩．三四三》亦錄有此詩，是〈題張十一旅舍三詠〉之一，也題作〈榴花〉。可知《千家詩》將此詩誤植為朱熹所作。

韓愈，見前二一九頁。

【韻律】這是一首仄起格平聲韻的七言絕句。全詩平仄合律，只有第三句因第一字「可」字，本宜平而用仄，使第二字「憐」字成為孤平，因而第三句便成為拗句，但仍然不算出律。

詩用下平聲八庚韻，韻腳是：明、成、英。首句便用韻。

【注釋】❶榴花　即石榴花。種子為漢張騫出使西域時，自安石國攜回，故原名安石榴。見《博物志校證・佚文》。後略稱石榴。屬落葉灌木，農曆四、五月開花，色紅。果實球形，熟則表皮呈紅色，易開裂。種子之外圍有紅肉，甜美而略帶酸味，供食用。根、皮可入藥。❷子　指才成形的小石榴。❸可憐　可惜。❹顛倒　形容雜亂的樣子。❺蒼苔　即青苔。❻絳英　指紅色的花瓣。

【語譯】五月裏石榴花盛開，紅豔如火，鮮明耀眼，枝葉間不時可以看到剛剛結成的小石榴。可惜這個地方沒有車馬經過，祇好任由花瓣兒雜亂地散落在蒼苔上。

【賞析】詩題作〈題榴花〉，在韓愈集中作〈榴花〉，《全唐詩》則標明是〈題張十一旅舍三詠〉中的第一首，也作〈榴花〉。張十一，不知何許人。

石榴花在夏季五月盛開，豔麗如火，在陽光下非常耀眼，韓愈用「五月榴花照眼明」來形容，可謂寫景明確。

石榴花開之後，子房膨大成實，但當五月榴花照眼、枝葉茂密之時，為數尚少，不易看見，故云「枝間時見子初成」，「時見」是偶爾看見的意思。

三、四兩句轉為感慨，豔麗多子的石榴，文人常愛繪入圖畫。但韓愈所見的花叢，地處偏僻，車馬罕至，自開自謝，胡亂落在蒼苔之上，那絳紅的殘英，襯以碧綠的青苔，更加令人觸目驚心，所以韓愈發出「可憐此地無車馬，顛倒蒼苔落絳英」的慨歎。在他的心中，除了憐惜好花無人欣賞，也在惋歎良才不得重用吧？抑或悲歎那才貌雙全的女子未能找到好的歸宿？很明顯地，後兩句藏有絃外之音，唯詩人創作此詩時的意識形態為何，已不得而知。

一四四、村晚

雷　震

草滿池塘水滿陂❶，山銜❷落日浸❸寒漪❹。
牧童歸去橫❺牛背，短笛無腔❻信口吹❼。

【作　者】雷震，宋人。生平事蹟不詳。

【韻　律】這是一首仄起格平聲韻的七言絕句。全詩平仄合律。第三句用「仄平平仄平平仄」的句法，依然合律，其他各句都依定式的平仄寫成。詩中末句「短笛」的「笛」字是入聲字，故屬仄聲。

詩用上平聲四支韻，韻腳是：陂、漪、吹。首句便用韻。

【注　釋】❶陂　池畔障水的岸。❷銜　含；啣。❸浸　泡；淹沒。❹寒漪　寒冷的波紋。❺橫　側身而坐。指橫坐。❻無腔　沒有一定的曲調。《正字通》：「俗謂歌曲調曰腔。」❼信口吹　隨口吹奏；不加思索地吹。

【語　譯】池塘裏長滿了青草，陂岸也漲滿了水，遠山銜著落日，倒映在寒波裏。牧童橫坐在牛背上，要回家去，口裏隨意吹著短笛，沒有一定的曲調。

【賞　析】詩人筆下描寫的應是仲夏農村薄暮的景色。全詩結構，構成一幅「村晚」的景觀，後兩句帶來生動的畫面，極富畫趣。

首句「草滿池塘水滿陂」，詩人連用兩個「滿」字，強調當年的氣候溫和，雨水充沛，草木暢茂，豐收可期。

次句「山銜落日浸寒漪」，點明題目中的「晚」字。山銜落日，已經給我們一個晚霞燦爛的印象；而那倒影沉浸在爽適寒涼的碧綠微波之中，益增躍金沉璧、美不勝收的姿采。

隨後詩人以「牧童歸去橫牛背，短笛無腔信口吹」，把我們的注意力從絢麗的背景引向牛背上橫坐的牧童，又從牧童身上引向他信口吹奏的短笛。於是那無腔無調的笛聲，嘹亮地隨風飄蕩山野，為晚村加添了無比的安閒。

詩中畫境和畫趣的塑造，是詩人用心的所在，詩是用文字塑造的畫面，與繪畫者用線條和色彩不同，詩中以「村晚」為題，以「草滿池塘」、「水滿陂」、「山銜落日」、「浸寒漪」等景象，構成村晚的畫面。但精采的是「牧童」放牧歸來，橫坐在牛背上，信口吹弄短笛，點出「鄉村」的村意，那份自由自在，渲染出鄉間特有的情調，亦極富野趣。

一四五、茅　檐❶

王安石

茅檐常掃淨❷無苔，花木成蹊❸手自栽。
一水護田將綠遶❹，兩山排闥❺送青來。

【作　者】王安石，見前二一七頁。

【韻　律】這是一首平起格平聲韻的七言絕句。全詩平仄合律。各句都依定式的平仄寫成，末句採用「仄平平仄仄平平」的句法，依然合乎格律。

詩中後兩句寫景對仗，有開闊的境界。「一水護田」對「兩山排闥」，「將綠遶」對「送青來」，尤其「綠」與「青」的對仗，有綿密的生機和生命力；且對靜景的處理，用動態的語調，是其特色。

詩用上平聲十灰韻，韻腳是：苔、栽、來。首句便用韻。

【注　釋】❶茅檐　《臨川集・二九》題作〈書湖陰先生壁二首〉，此為二首之一。湖陰先生，楊德逢的別號，他是王安石住在金陵（今南京市）紫金山下時的鄰居。《千家詩》取其詩開端首二字為題，合於古代詩歌命題的方式。茅，一作「茆」。音義同。檐，一作「簷」。音義同。❷淨　一作「靜」。❸蹊　步行小徑。一作「畦」。

❹遶　圍繞。通「繞」。❺排闥　推開門戶。

【語　譯】草房的屋簷下經常打掃，很乾淨，沒有苔痕，門前的花木是主人親手栽種的，花木底下已經被踩踏出一條小徑。一彎溪流環護著綠油油的稻田，對門有兩座青山，只要一推門，它們便把青翠的山色送進來。

【賞　析】荊公這首題在鄰友湖陰先生壁上的詩，表面上寫廬舍的雅淨，環境的佳妙；但實際上卻在讚美主人品德的高潔與智慧的圓融。

一位退隱山中的高士，雖不能兼善天下，卻可以獨善其身；「茅檐常掃淨無苔，花木成蹊手自栽」這兩句詩，正是主人這種才德的寫照。茅屋簷下是比較陰濕、易生青苔的地方；但此屋簷下無苔，非關眾人踐踏、車馬蹂躪，只為先生勤於清掃所致。而先生手栽的花木之下，自成蹊徑；這蹊徑必非主人獨自踏成，而是華實感物，眾人來賞的結果。這也暗示著主人「德不孤，必有鄰」。

那麼主人的智慧由何處顯現呢？只就他結廬的境界就可見一斑了。有道是：「仁者樂山，智者樂水。」湖陰先生的草堂之前，「一水護田將綠遶，兩山排闥送青來」，用對仗句寫成，環護著良田的白水，伴著迎面的青山，正是仁智雙修者的福地，也給人一種豐足安舒的感覺。宋人葉夢得《石林詩話．中》云：「荊公詩用法甚嚴，尤精於對偶。嘗云：用漢人語，止可以漢人語對，若參以異代語，便不相類。如『一水護田將綠遶，兩山排闥送青來』之類，皆漢人語也。」同時王安石詩喜愛用「青」和「綠」二字，青和綠是冷色，含有智慧、冷靜、充滿生機，這也是詩人心境的寫照。而「排闥送青」，更形成一股胸襟開拓、榮辱皆忘的氣勢。定居在這樣的地方，真可謂「別有天地非人間」了。

一四六、烏衣巷❶

劉禹錫

朱雀橋❷邊野草花，烏衣巷口夕陽斜。
舊時王謝❸堂❹前燕，飛入尋常❺百姓家。

【作　者】劉禹錫，見前四二頁。

【韻　律】這是一首仄起格平聲韻的七言絕句。全詩平仄合律。「朱」、「飛」二字，在一、四句的第一字上，本宜仄而均用平聲，是不論平仄處，同時這兩字的下字都是仄聲，表面看來是孤平，但因詩句的首字是孤平，可以通融，仍然算是合律。第三句用「仄平平仄平平仄」的句法，也合平格律。

詩中首聯寫景對仗，〈烏衣巷〉詩是〈金陵五題〉中的一首，屬於懷古詠史的詩，開端以地名作對偶，點出地點和景色，「朱雀橋邊野草花」對「烏衣巷口夕陽斜」，真是絕配，尤其「野草花」對「夕陽斜」，其中「花」對「斜」，花是用名詞作動詞用，花指開花，來對夕陽西斜的斜，更見工巧。

詩用下平聲六麻韻，韻腳是：花、斜、家。首句便用韻。

【注 釋】❶烏衣巷　地名。在今南京市東南。三國吳時於此建烏衣營，因兵士服烏衣而得名。東晉宰相王導、謝安等豪門士族皆世居於此。❷朱雀橋　即朱雀桁。東晉、南北朝時建康城正南朱雀門外的浮橋，橫跨秦淮河上，是由城中通往河南烏衣巷的交通孔道（在今南京市鎮淮橋東）。❸王謝　王、謝兩姓都是六朝時的名門士族。❹堂　高大的廳堂。《江南通志・三〇》：「烏衣園，在江寧縣城南烏衣巷之東，王、謝故居也。舊有堂，額曰來燕。」❺尋常　平常；一般。

【語 譯】朱雀橋畔長滿了野草野花，烏衣巷口一片夕陽殘照。從前築巢在王導、謝安家堂前簷下的燕子們，如今都飛到平常的百姓家裏去了。

【賞 析】這是詩人憑弔古蹟、感懷舊事的得意名篇，也一直受到後世的讚賞和傳誦。

烏衣巷是東晉、南北朝時豪門士族的聚居之地，與建康南門只隔著一條秦淮河，賴朱雀橋加以聯繫。當年這條公卿將相每日必經的大道，必然整治得花木扶疏，光潔美麗。

可是五百年後，詩人通過朱雀橋，探訪烏衣巷的時候，一切都改變了。他只見「朱雀橋邊野草花，烏衣巷口夕陽斜」，一片荒蕪的景象，籠罩在夕陽殘照裏，再也看不到往昔的盛況，令人不勝今昔之感。而「野草花」、「夕陽斜」，有花花草草和過時過氣沒落的慨歎。

據《江南通志・三〇》載，王導和謝安的故居在烏衣巷東的烏衣園，舊有堂，名為「來燕堂」。可見詩人說「舊時王謝堂前燕，飛入尋常百姓家」，是有來由的。燕子喜歡把窩築在高廳大堂的簷檁之上，而且年年去而復來，回歸舊巢。王、謝的家族早沒落了，廳堂早圮廢了，那些燕子的後裔仍然回到原處，但只能飛入一般百姓的家裏，也跟著沒落了！這五百年間的盛衰，詩人巧妙地用燕子來貫串，真可謂「羚羊挂角，無跡可求」，而「其妙處透徹玲瓏，不可湊泊」（二語並見宋嚴羽《滄浪詩話・詩辯》）。

以感懷、詠懷來詠史，所寫的景語，在在都有雙關意，而字字亦暗含史筆的褒貶。詩中用字的多義性，全靠詩人的靈思和巧筆生花。

一四七、送使安西❶

王　維

渭城❷朝雨浥❸輕塵❹，客舍❺青青柳色新❻。
勸君更盡❼一杯酒，西出陽關❽無故人❾。

【作　者】王維，見前二七頁。

【韻　律】這是一首平起格平聲韻的七言絕句。本題是〈送元二使安西〉，後遂被於歌，題作〈渭城曲〉、〈陽關曲〉或〈陽關三疊〉，於是便可視為樂府絕。

全詩平仄合律，但在格律上的應用較為複雜，全詩一、二兩句與三、四兩句都採用平起格的句式，便形成了「失黏失對」的架構，與一般的平起格在平仄上的變化，略有不同，一般平起格三、四句的平仄是「仄仄平平平仄仄，平平仄仄仄平平」，如今寫成「平平仄仄平平仄，仄仄平平仄仄平」，這便是失黏失對的句法，依然合律。但此詩三、四兩句，又是孤平拗救的句法，即第三句第五字應為平聲，今作仄聲，便是拗而不合律，同時使第六字「杯」字為孤平，於是在對句第五字處，即「無」字，故意將仄聲改用平聲，以救出句的拗折，救過之後，便算是合律。

詩用上平聲十一真韻，韻腳是：塵、新、人。首句便用韻。

【注　釋】❶送使安西　一題作〈送元二使安西〉；又一作〈渭城曲〉。見《樂府詩集‧近代曲辭》。元二應是王維的好友，名字和生平不詳。安西，唐都護府名。治所在龜茲城，即今新疆省庫車縣。❷渭城　即秦都咸陽故城，在今陝西省西安市西北、渭水北岸。唐代在長安送親友西出塞外，多在此地作別。❸浥　濕潤。一作「裛」。❹輕塵　輕揚的塵土。❺客舍　供旅客投宿的旅館。即旅店、客棧。❻青青柳色新　一作「依依楊柳春」，又作「青青柳色春」。❼更盡　再喝完的意思。❽陽關　古代關名。在今甘肅省敦煌縣西南古董灘，因在玉門關南方而得名。與玉門關同為漢、唐通西域的門戶，玉門關為北道，陽關為南道，而南道自古稱為「陽關大道」，是通往西域的主要線道。❾故人　舊交；老朋友。

【語　譯】渭城早晨下了雨，濕潤了輕揚的塵土，館驛一帶的柳樹，顏色更青翠了。勸您再乾掉這一杯吧！因為此番西去，出了陽關，就再遇不到相識的朋友了。

【賞　析】〈送元二使安西〉，本是一首七言絕句，後來被配上曲調，收入樂府，宋郭茂倩《樂府詩集‧近代曲辭》題作〈渭城曲〉。唐人已把此曲當作送別曲使用，並把末句「西出陽關無故人」反覆疊唱三次，稱為「陽關三疊」；但是也有其他疊唱的方法，見於宋蘇軾的《東坡志林》和明田藝蘅的《陽關三疊圖譜》等書，此不具論。

詩人從長安送好友元二出使安西，一直送到都門外三十里的渭城。詩的前兩句「渭城朝雨浥輕塵，客舍青青柳色新」，表面上只說明了作別的時間和地點。但柳色的青新，是仲春的景象，表示天氣乍暖，是適合遠行的季節；而清晨下過一場小雨，不多不少，恰好潤濕了路面容易飛揚的沙土，通行其上，既不泥濘難行，也無風塵之苦，令人神清氣爽；這都是值得為朋友慶幸的事情。可是客舍之前，楊柳依依，每一枝條都露出流連難捨的樣子，又提醒詩人這是作別的時候了；於是離情別緒便在此時一一凝聚，且濃得化不開。

古人送別，折柳相贈，有挽留的意思。「柳」與「留」音近，因此在送別詩中，往往用「楊柳」的意象，其中便含有別情。

而詩的後兩句「勸君更盡一杯酒，西出陽關無故人」，就是詩人情意的高度反射，情到多時難為言，千言萬語化入醇酒，隱忍含蓄，真摯感人。從這最後迸出的道別話中，可以得知這兩位老友已然悵飲多時，但詩人仍要獻上最後一杯故人的酒，以表達他無盡的祝福。而那無比洗練的「西出陽關無故人」的詩句中，復蘊藏著難分難捨又關懷備至、千言萬語也訴說不盡的深情。無怪古人送別，每歌至此處，都要再三詠歎了。

一四八、題北榭碑❶

李白

一為遷客❷去長沙❸，西望長安❹不見家。

黃鶴樓❺中吹玉笛，江城❻五月落梅花❼。

【作者】李白，見前一一頁。

【韻律】這是一首平起格平聲韻的七言絕句。全詩平仄合律。首句用「仄平平仄仄平平」的句法，二、三兩句首字「西」和「黃」字，本為仄而用平，但不影響格律，依然是合乎格律，此詩入聲字不少，讀起來聲調的變化更大。「笛」為入聲，是仄聲字，用國語讀音容易誤以為是平聲。

詩用下平聲六麻韻，韻腳是：沙、家、花。首句便用韻。在絕句中，首句如不用韻，多用仄聲，平起便成「平平仄仄平平仄」，仄起便成「仄仄平平平仄仄」的句式；如用韻，平起便成「平平仄仄仄平平」，仄起便成「仄仄平平仄仄平」的句式。以上所述，大都以平聲韻的句式而言。平仄的規律，是寫詩時約定俗成的，因為有平仄的調配，吟誦時才顯得出音韻聲調之美。

【注釋】❶題北榭碑　清王琦注《李太白全集‧二三》作〈與史郎中欽聽黃鶴樓上吹笛〉，注云：「欽，繆本作『飲』。」黃鶴樓四面皆有臺榭，此詩題於北榭的碑上。❷遷客　因罪被貶謫到遠地的人。❸長沙　即今湖南省長沙縣。漢文帝召賈誼為博士，不久提升至太中大夫，將任以公卿，為馮敬、灌嬰等所譖毀，貶為長沙王太傅。李白以此事自況。❹長安　唐都城名。故城在今陝西省長安縣西北。❺黃鶴樓　參見崔顥〈黃鶴樓〉詩注❶。❻江城　指江夏（今湖北省武昌縣）。❼落梅花　笛曲名。羌族樂曲。一名〈梅花落〉。

【語譯】我和賈誼一樣被貶官流放到長沙去，翹首西望長安卻看不見家。有人在黃鶴樓上用玉笛吹著〈落梅花〉的曲子；使得江城五月梅花紛飛，滿地淒涼。

【賞析】此詩成於唐肅宗乾元六年(西元七五八年),是李白被流放夜郎,經過江夏,遊覽黃鶴樓時所作。

安祿山造反,李白一度被永王李璘辟為府僚佐。後璘陰謀割據江左,白逃還彭澤。及璘敗,白受牽連,慘遭流放。詩的第一句「一為遷客去長沙」,就是他借用西漢賈誼受人讒毀、貶官長沙的典故,發洩心中無辜受害的悲憤;而第二句「西望長安不見家」,則傾訴他對京都和舊家的戀念;這其間充滿了詩人的憤懣無奈、含冤莫白的痛苦。

沉浸在深切痛苦的詩人,忽聞「黃鶴樓中吹玉笛,江城五月落梅花」,就更加悲怨了。高遠之處傳來的笛聲,真是如怨如慕,如泣如訴,而這支〈落梅花〉的曲子,吹奏得冰肌玉骨、鬥豔傲寒的梅花漫天撒下,更令知音的詩人悲不自勝;雖時當仲夏五月,天候炎熱,但詩人想到梅花抗不住自然的霜雪,紛紛凋殘;自己以血肉之軀,如何抵得了人為的霜雪?也不禁心底生寒,如處嚴冬,而倍感淒涼。

清朝沈德潛《唐詩別裁・二十》說:「七言絕句,以語近情遙、含吐不露為貴;只眼前景、口頭語,而有絃外音,使人神遠;太白有焉。」甚得太白詩的妙處。我們不難從「吹玉笛」、「落梅花」這種「眼前景」、「口頭語」,了解其「語近情遙,含吐不露」的深意。

一四九、題淮南寺

程　顥

南去北來休❶便休，白蘋❷吹盡楚江秋。
道人❸不是悲秋❹客，一任❺晚山相對愁。

【作　者】程顥，見前二〇七頁。

【韻　律】這是一首仄起格平聲韻的七言絕句。全詩平仄大致合律，因第三句為拗句，是為拗絕。首句平仄的變化很大，一、三、五的平仄，均與定式相反，但二、四、六並無孤平，故仍然合律。次句用「仄平平仄仄平平」的句法，是合律的。三句便因首字「道」字，為平聲而改用仄，使第二字「人」字成為孤平，如在第三字配以平聲，便合律，但第三字並無改動，因此第三句便不合律，成為拗句。末句第三、第五字的平仄與定式相反，但二、四、六無孤平，也算合律。

詩用下平聲十一尤韻，韻腳是：休、秋、愁。首句便用韻。

【注　釋】❶休　息止；歇息。❷白蘋　一種水草名。又名馬尿花、水鼈。秋天開花，花色白。❸道人　修道的人。在此作者自比。❹悲秋　對著秋景而傷悲。古人言：「女子傷春，男子悲秋。」❺一任　任憑；聽任。

【語　譯】南去北來，我想休歇便休歇，白蘋草被西風吹得殆盡，楚江一片秋意。我這個修道人不是個會見秋生悲的人，任由它兩岸青山在黃昏裏相對悲愁。

【賞　析】這是一首口占題壁的詩，詩題為〈題淮南寺〉，是作者秋遊淮南寺，有感於所見的秋景，觸興而隨口詠成的小詩。淮南寺，在今江蘇揚州附近。

全詩結構，就眼前所見的人物和景色，寫入詩中，起、承寫景物和人事，轉、合寫感慨，但末句仍以景託情，意趣高遠。

首句就淮南寺前人來人往引發啟端，人事的變化流動，一切聽任自然，因此「南去北來休便休」，不取任何干擾，聽其自然，要休歇便休歇，而寺外的景色，也是春去秋來，聽任季候的轉換，於是又見白蘋花開過、楚江秋來的景象。首聯點出寺前人事和景色的變化。

三、四兩句就寺前人事、物候、景色的遷徙，引來感慨，由於作者是理學家，對自然的變易，常秉持不變以觀之的心境，「道人不是悲秋客，一任晚山相對愁」，修道的人不為景色的變遷而嗟歎，以理性觀察過往的人、過往的時令，便不會像一般人那樣容易悲秋。但結句又以「一任晚山相對愁」，任憑晚山對晚山而生愁吧，「道人」不愁，讓「晚山」相對愁，這是詩趣的所在。面對人事、景物的流轉，感發晚山浩浩的愁思，這種浩然遼闊的境界，在末句中，一語道出，只有大智慧者，始能言及。所以詩中以景託情處，便是高妙的地方。

一五〇 秋月

程顥

清溪流過碧山頭，空水澄鮮一色秋❶。
隔斷紅塵❷三十里，白雲紅葉❸兩悠悠❹。

【作　者】程顥，見前二〇七頁。

【韻　律】這是一首平起格平聲韻的七言絕句。全詩平仄合律，僅「流」、「空」二字，用可平可仄，但不影響全詩的格律。末句用「仄平平仄仄平平」的句法，仍然合於格律。詩中「碧」、「一」、「色」、「隔」、「十」、「白」、「葉」等字是入聲字，一律作為仄聲。

詩用下平聲十一尤韻，韻腳是：頭、秋、悠。首句便用韻。

【注　釋】❶空水澄鮮一色秋　是說天空和水流一樣的清新透明，顯露秋天的顏色。空水，天空和清溪。澄鮮，形容景色清新滄遠。❷紅塵　飛揚的紅色塵埃。形容繁華熱鬧之地。此處指人間。❸紅葉　指槭、楓、柿等樹的葉子，入秋則色轉紅。葉，一作「樹」。❹悠悠　安閒自在的樣子。

【語　譯】清澈的溪水流過碧綠的山頭，天空和水流一樣的清新明透，顯露出秋的顏色。這兒和喧囂的人間斷隔了三十里遠，白雲和紅葉都顯得十分安閒而自在。

【賞　析】程顥的〈秋月〉，是一首寫秋景兼具理趣的詩。（編案：一說近人考證以為本詩應為朱熹的〈入瑞巖道間得四絕句呈彥集充父二兄〉其中一首。詩歌正文「紅葉」作「黃葉」；「兩悠悠」作「共悠悠」。）詩人藉秋月的明淨，顯示出一片空明的世界，展現清明剔透的心境。宋代理學興盛，詩歌也受理學影響，開啟了沉思、反省、思維的理趣。就如同一塊青玉，經過玉工的雕琢，供人把玩品賞，久久也不厭倦。

全詩結構，從首聯寫眼前所見的景色，到次聯轉入塵表以外世界的描寫，才體察「白雲紅葉兩悠悠」的心境，這種澄鮮、空明的秋月秋景，引發安閒自得的境界，是程顥所要營求的心靈世界。

秋的鮮活、秋的寧靜，在秋月下，越容易呈現這種境界。在一年之中，秋是凋剎的季節，秋是人間走遍、經過繁華之後，將往事一一沉澱的季節，因此經過一番省思之後，秋空的清明、秋景的鮮活，便是這首詩所要表現的主題。詩中從外界的景色寫起，由「清溪」、「碧山頭」，引出天「空」秋「水」的「澄鮮」，使人驚覺到秋日的天空和流水是一樣的顏色。

後兩句轉化，進入詩人超越的心靈世界，在月光下，紅塵已遠，前塵往事已沉澱，這時才能進入「白雲紅葉兩悠悠」怡悅的情境。全詩並未提到「秋月」，而秋月照臨之下的景色，卻在澄鮮而空明的意象中教人自然心領神會。

一五一、七夕❶

楊朴

未會❷牽牛❸意若何❹？須邀織女❺弄金梭❻。
年年乞與人間巧❼，不道❽人間巧幾多❾？

【作者】楊朴，字契元，北宋新鄭（今屬河南省）人。生卒年不詳。

少年時，與畢士安同學，士安將他舉薦給朝廷，宋太宗以布衣召見，楊朴賦〈莎衣〉詩，詩中云：「軟綠柔藍著勝衣，倚船吟釣正相宜。蒹葭影裏和煙臥，菡萏香中帶雨披。狂脫酒家春醉後，亂堆漁舍晚晴時。直饒紫綬金章貴，未肯輕輕博換伊。」表明紫綬金章雖然珍貴，但仍不願以草野的狂狷生涯換取紫綬的仕者生活，於是不就官職。曾隱居嵩山多年，常騎牛騎驢往來於村落間，詠一些閒適隱逸的詩。《宋詩紀事．五》引《蒙齋筆談》說，楊朴性怪，每欲作詩，常伏身雜草間，如尋獲詩句，便從草中躍出，遇到的人，都為之驚嚇。著有《東里集》。

【韻　律】這是一首仄起格平聲韻的七言絕句。全詩依定式的平仄寫成，是一首標準的詩格。學寫七絕的人，可依此詩平仄的格律來寫詩，從一定的格律中，翻出不平凡的詩情和詩意。詩中「若」、「織」、「不」等字，為入聲字，當以仄聲看待。

詩用下平聲五歌韻，韻腳是：何、梭、多。首句便用韻。

【注　釋】❶七夕　民俗節日。農曆七月七日的夜晚。見注❼。❷未會　未能領悟；不明白。❸牽牛　星名。古人以牛宿為牽牛星，今人則以河鼓為牽牛星。牛宿在黃道邊，共六顆。河鼓在銀河邊，三星平列，俗稱扁擔星、牛郎星。❹意若何　是怎樣的想法。❺織女　星名。屬天琴座。在銀河西，與河東的牽牛星相對。我國上古傳說是織布女，為天帝的女兒；漢時民間傳說，與牛郎相戀結為夫婦，因疏於工作，被天帝強分於天河兩側，每年農曆七月七日渡河與他相會一次，有鵲為橋。❻金梭　黃金作成的用以牽引緯線的織布器具。❼巧　即乞巧。相傳每年農曆七月七日的晚上，牛郎、織女二星在天上的銀河相會。因織女善長織布，舊時婦女們於是穿針設瓜果以祭拜，向織女乞賜巧藝和巧慧，稱為乞巧。❽不道　不知；不覺。❾幾多　多少。詢問數量的疑問詞。幾，一作「已」。

【語　譯】不知道牛郎今夜有些甚麼想法？他應當會邀約織女穿金梭織出燦爛的雲霞羅。人間年年都向織女乞巧，不知人間的機巧已經有多少了呢！

【賞析】自古以來，詠「七夕」的詩不少，各就七夕的景物、典故、情事，各執一端，感發而成篇。此詩就七夕「乞巧」一事為主題，聯想人間的機巧寫成，極富情趣。

農曆七月七日的夜晚，民俗稱為「七夕」，相傳是晚，天上的牛郎和織女星一年一度在鵲橋上相會，這則含有愛情的故事，多少帶有幾分淒美的情調。今人反而將七夕視為中國的「情人節」。古人將七夕視為「乞巧」，從秦、漢以來，便是如此，尤其是閨閣中的女子，有拜新月和乞巧的習俗；「拜新月」是始於唐代，因此敦煌曲中有〈拜新月〉的歌謠。而「七夕」設瓜果，拜牽牛、織女星，向織女乞賜巧藝和巧慧，始於漢代（見《荊楚歲時記》）。因此作者從牽牛、織女寫起，轉合聯想到人間乞巧事，最後以反問人間的機巧到底多到何種程度作結，別具創意。

全詩詩意緊密關聯，環環相扣，結構謹嚴。全篇用設問體寫成，但都沒有答案，讓讀者自己去想像。開端兩句，是問牽牛星，不知牽牛星在七夕時有些甚麼想法，應當邀約織女星穿梭織出燦爛的雲霞。

繼而在後兩句，引發對乞巧事，發揮聯想，「年年乞與人間巧，不道人間巧幾多」，人間年年向織女乞巧，至今人間的機巧，不知有多少？其中含有雙關意，也就是人間機巧已夠多，太多的機巧，便會有巧詐的事發生，使人難以防範。因此這首詩的可愛，在於後兩句的聯想引發出來的問題，有絃外之音，如果用「不道人間巧已多」，便落於肯定之辭，用「不道人間巧幾多」，反而用詰問之詞，更為靈活，更為讀者預留回響的餘地，所以高妙。

一五二、立秋❶

劉翰

乳鴉❷啼散玉屏空❸，一枕新涼一扇風❹。

睡起秋聲❺無覓處，滿階梧葉❻月明中。

【作者】《千家詩》作劉武子，是以字代名，今改之。

劉翰，字武子，宋長沙（今湖南省長沙縣）人。往來於江東、吳、越等地，生平事蹟不可考。著有《小山集》。《宋詩紀事》附有小傳並錄其詩七首。

【韻律】這是一首平起格平聲韻的七言絕句。全詩平仄合律。首句和末句都用「仄平平仄仄平平」的句法，二、三兩句，均按照定式的格律寫成。詩中「玉」、「一」、「覓」、「葉」、「月」等字，都是入聲字，在詩中均作仄聲。

詩用上平聲一東韻，韻腳是：空、風、中。首句便用韻。

【注釋】❶立秋　節氣名。二十四節氣之一。在國曆八月七日到九日。為一年中進入秋季的第一天。❷乳鴉　指初生不久的小烏鴉。❸玉屏空　像玉屏一樣明淨的天空。玉屏，玉製的屏風。❹一扇風　一陣秋風。❺秋聲　在此指秋風吹動梧桐葉的聲音。❻滿階梧葉　臺階上落滿了梧桐葉子。《宋詩紀事》引作「滿街梧葉」。

【語　譯】小烏鴉聒噪，叫亮一片明淨如玉屏似的天空，一陣風來，帶來一枕的秋意新涼。臨睡前秋聲四處，睡起時，尋找秋聲卻無處可尋，月光下只見滿臺階跌落的梧桐樹葉。

【賞　析】在二十四節氣中，有「立春」、「立夏」、「立秋」、「立冬」，將一年四季，明確的分立。所謂「立秋」便是秋天的開始，古人常以節候為題，寫氣候的流轉所引發的感慨。

全詩結構，依絕句的定型：起、承、轉、合的形式結構寫成。起、承一聯，轉、合一聯。起、承寫秋風，轉、合寫秋聲，整體結合為「立秋」。看得出作者對整首詩的結構，是經過一番巧思和安排。

詩中景語多，情語少。從意象來看，作者運用「乳鴉」、「玉屏空」、「新涼」、「一扇風」、「秋聲」、「梧葉」、「月明」等景物景色，構成秋的顏色、秋的聲音、秋的容貌、秋的感受。由於秋風來到，乳鴉啼，秋空一片無雲，有如玉屏般明淨，於是一枕新涼，一扇風。接著寫入睡時，「秋聲」四起，但醒來卻不知秋蹤何處，只看到「滿階梧葉月明中」，是秋意，也是秋容。有意覓秋，秋蹤卻無覓處，惟見月光下，滿階梧桐落葉，那原來正是秋的蹤跡啊！這兩句以尋秋作結，寫來俏皮，極富詩趣。

一五三、七　夕❶

杜　牧

銀燭❷秋光冷畫屏❸，輕羅小扇❹撲流螢❺。
天街❻夜色涼如水，臥看❼牽牛織女星❽。

【作　者】杜牧，見前二四九頁。

【韻　律】這是一首仄起格平聲韻的七言絕句。全詩平仄合律，除首句第一字「銀」字用可平可仄外，其餘均依定式的格律寫成。其中「燭」、「撲」、「色」、「織」等字為入聲字，當視為仄聲。

詩用下平聲九青韻，韻腳是：屏、螢、星。首句便用韻。

【注　釋】❶七夕　《樊川文集・外集》與《全唐詩・五二四》均題作〈秋夕〉。秋夕是秋夜，七夕便是農曆七月七日夜，為乞巧節。❷銀燭　明亮的燭火。銀，一作「紅」。❸畫屏　繪有圖畫的屏風。❹輕羅小扇　輕薄絲織品製成的小團扇。❺流螢　夜裏到處飛行的螢火蟲。❻天街　京城的街市。一本作「天階」，有二說：一指露天的臺階；一指皇宮的臺階。均可通。天階又有作「瑤階」。❼臥看　一作「坐看」。坐看是坐在臺階上，臥看是躺臥在臺階上。❽牽牛織女星　參見楊朴〈七夕〉詩注❸、❺。

【語　譯】白色的燭光映照在畫屏上，使人感到幾分秋涼，她拿著一把羅紗做的小扇，在撲打著流螢。不一會兒，她就在夜涼如水的臺階口躺臥下來，仰看天上的牽牛、織女星。

【賞　析】〈七夕〉一詩，又作〈秋夕〉，是一首宮體詩，寫閨閣中的女子，在初秋的夜晚，由室內走向室外，由撲流螢到臥看牽牛、織女星，有思慕愛情的暗示。全詩勾畫出少女的心態，至為細膩入微。

首聯寫一少女在七夕或秋夜時的寂寞，面對「銀燭」、「畫屏」的秋夜，用「冷」字點出少女寂寥的心境。次句便承首句，引讀者到戶外，見此少女手握小扇，在秋夜裏追撲流螢，畫面優美，愈見閒情；有畫趣，也有情趣。

三、四兩句，仍然就少女在七夕的活動深入描寫，由外而內，寫少女活潑地追撲流螢，是動的一面；但靜的一面，在露天的臺階上躺臥下來，仰頭看銀河邊，牽牛和織女星一年一度的鵲橋相會，關於少女內心對愛情的渴望，用牛郎、織女來暗示，是詩人巧妙的安排。詩中「臥看」或「坐看」情境不同，「坐看」寫少女的矜持，如「臥看」便帶有天真爛漫的情態，所以詩中用字，值得推敲。此外詩中凡是用「牛郎織女」的神話，都含有思慕愛情的絃外之音，這是詩歌中經常使用的意象，具有暗示或象徵的效果。

全詩畫面統一，描寫一位天真活潑少女在秋夕的活動，由外表的秋冷到內心思慕愛情的活動，由室內寫到室外，細致而有畫趣。杜牧詩措詞綺麗，造境塑情冷豔，畫面優美，是晚唐冷豔詩風重要作家之一。與李商隱同屬「多情」詩人，他的絕句，寫得圓熟可愛，有「翡翠蘭苕」美上加美的特色，使人百讀不厭。

一五四、中　秋❶　　蘇　軾

暮雲❷收盡溢❸清寒❹，銀漢❺無聲轉玉盤❻。
此生此夜不長好❼，明月❽明年何處看？

【作者】《千家詩》將此詩列為杜牧作。然《東坡全集．前集．八》錄有此詩（即〈陽關詞〉三首之三），知此詩當為蘇軾所作。

蘇軾，見前二一二頁。

【韻律】這是一首平起格平聲韻的七言絕句。全詩平仄合律，是用「失黏失對」的句法，即首聯用平起格，次聯也用平起格；亦即第三句的平仄，依定式應是「仄仄平平平仄仄」，今第三句的平仄用「平平仄仄平平仄」，第四句的平仄用「仄仄平平仄仄平」。

此詩平仄的變化很大，首句用「仄平平仄仄平平」的句法，次句除「銀」字，本宜仄而用平，在一、三、五上是可自由，不受限制，其他各字都依平仄譜寫成。三、四兩句是用孤平拗救的句法寫成，第三句第二字「生」為孤平，無法補救，是為拗句，其下「不」字本宜平而用仄，造成第六字「長」字成拗平，是拗折；因此在第四句第五字「何」字，本宜仄而改用平聲，以救上句的拗折和孤平。

又三、四兩句用對仗句，「此生此夜」對「明月明年」，「不長好」對「何處看」，尤其重出字的對仗不好寫，「此生此夜」的「此」，用「明月明年」的「明」相對，是詩人運用巧思的地方，造意精到，工巧已極。

詩用上平聲十四寒韻，韻腳是：寒、盤、看。首句便用韻。

【注釋】❶中秋　農曆八月十五日，是為中秋。詩題一作〈中秋月〉，意更明確，可與詩意配合。❷暮雲　晚雲。❸溢　充滿；瀰漫。❹清寒　天氣清朗而有寒意。在此指月亮放出清冷的光。❺銀漢　即銀河。❻玉盤　比喻圓而明的月亮。❼不長好　指好景不常在。也用以暗示命運不佳。❽明月　皎潔明亮的月。

【語譯】天上的晚雲收藏不見，月亮擴散著清冷的光輝，只見天河邊靜悄悄轉動著玉盤。此生此夜，如此的好景不常存在，明月啊，明年此時，不知道我將在何處觀賞妳啊！

【賞析】詩題作〈中秋〉，依原題作〈中秋月〉，更為妥切。詩中因見中秋月而引發明年此夜，是否依然常好，是因景而見情的節令詩。

全詩結構謹嚴，章法明晰，前兩句作景語，後兩句作情語，由景生情，自然高妙。

一、二兩句，就以詩題「中秋月」為中心，寫中秋月的清輝和無雲的秋空，此時明月圓如玉盤，無聲流轉於銀河旁，寫景明潔。蘇軾對月色、月景的描繪，時有心得，如「溢清寒」、「轉玉盤」，形容月光，描摹月貌，都很妥切而巧妙，如他在另一首〈中秋月〉中，寫月色的佳句，有「鎔銀百頃湖，掛鏡千尋闕」、「明月未出羣山高，瑞光千丈生白毫」，對月色、月光的描寫，可謂曲盡其狀。

三、四兩句，見月抒感，在秋涼的月夜下，思想自身的境遇，自有幾分淒涼。蘇東坡一生曠達，唯仕宦之途，偏多橫厄，屢次因小人讒言而遭貶官，年年在宦海中浮沉不定，居無定所，心緒難免寥落，因此引發「此生此夜不長好」的浩歎，仰問明月，「明年何處看？」設想有趣，明月豈能回答，妙在無法回答，誰能預測明年中秋時，是否健在？浩浩天涯，渺渺人生，在明月下，感歎人生的多難，有幾分疏曠之境。而此時四下寂然，只有明月如玉盤，靜靜地在銀漢之間移轉。寫深夜的月色，與「月出於東山之上，徘徊於斗牛之間」（〈赤壁賦〉）寫初月的景象，大異其趣，而各有勝場。

一五五、江樓有感❶

趙嘏

獨上江樓思悄然❷，月光如水水如天❸。
同來玩❹月人何在❺？風景依稀❻似去年。

【作者】趙嘏，字承祐，山陽（今江蘇省淮安縣）人。生卒年不詳。

唐武宗會昌二年（西元八四二年），登進士第。宣宗大中年間，仕至渭南尉卒。趙嘏的詩，詩意贍美，多登臨抒感的作品，也喜愛寫宮體，曾依隨薛道衡的詩句為題，寫〈昔昔鹽二十首〉。因杜牧非常喜愛他的〈長安晚秋〉詩中的佳句：「殘星幾點雁橫塞，長笛一聲人倚樓。」人稱「趙倚樓」。同時他長於七律，對仗句特別工巧，如寫錢塘的聯句：「一千里色中秋月，十萬軍聲半夜潮。」堪稱佳聯。著有《渭南集》。《全唐詩》錄詩兩卷，凡一百四十九首，且多絕、律詩。

【韻　律】這是一首仄起格平聲韻的七言絕句。全詩平仄合律。次句用的是「仄平平仄仄平平」的句法；而除了「思」、「風」兩字在不影響詩的格律下用可平可仄外，其餘均依定式寫成。

詩用下平聲一先韻，韻腳是：然、天、年。首句便用韻。

【注　釋】❶江樓有感　一題作〈江樓舊感〉，又一作〈感懷〉。江樓，臨江的樓閣。有感，是指有所感慨。也就是登臨江樓而有所感慨。如題為〈舊感〉，是專指對往事有所感慨。如作〈感懷〉，便是指內心有所感慨。因此〈江樓有感〉題意較切、較寬。❷悄然　憂愁的樣子。一作「渺然」。意思是指情思浩茫無際。❸月光如水水如天　全句是說：在月光的映照之下，水天如同一色。❹玩　欣賞；品賞。一作「望」。❺人何在　指如今人在何處。在，一作「處」。❻依稀　彷彿。

【語　譯】獨自登上臨江的小樓，思緒是那麼悽愴，空明的月光如水，而水光又映照著天光，水天一色。去年同來賞月的人，如今在何處呢？眼前的風景，依稀如同去年啊！

【賞　析】在古人詩篇中，以「登臨」、「懷古」、「送別」之類的詩為最多，這首〈江樓有感〉是屬於登臨的詩。登臨詩，是風景詩的一種，前人往往名之為「山水詩」，其實風景詩的範圍廣，山水詩的範圍小，但在古代用「山水詩」而不用「風景詩」的名稱，是約定俗成的慣例造成的，當然「山水」便包括了一切風景。

〈江樓有感〉全詩章法分明，前兩句寫獨自登樓，見月光如水水如天，寫秋夜景色的空明，水天一色，如此月夜，去年也曾在此見過，那時同來的人不少，而今年卻「獨上江樓」，不自覺引來「思悄然」的傷感。後兩句更進一步道出「思悄然」的原因，是「同來玩月人何在？風景依稀似去年」，點出詩題的「有感」。全詩結構，採用因果倒置的手法，同時前兩句點「江樓」，後兩句點「有感」去年的秋夜和今年的秋夜，雖同樣是在江樓上「玩月」，但景物依舊，人事全非，自然引來人事悲歡離合的感慨。

詩中造景造情自然明快，利用對比的手法，造成詩中感人的情境。同來玩月的人，去年和今年大不相同，然而江樓上的風景，依稀和去年一樣，韶光似水，流年無情，舊地重遊，睹物思人，觸景傷懷，自是人之常情。以平常心寫平常事，這正是此詩造語清淡，卻令人魂動情牽的原因所在。

一五六、西　湖❶（題臨安邸）

林　升

山外青山樓外樓❷，西湖歌舞幾時休❸？
暖風❹熏❺得遊人醉，直❻把杭州❼作汴州❽。

【作　者】《千家詩》將此詩列為林洪所作，詩題作〈西湖〉。清人厲鶚所輯的《宋詩紀事．五六》，卻將此詩列為林升所作，詩題為〈題臨安邸〉。今依《宋詩紀事》，視為林升所作。臨安，即今杭州市，是南宋時首都的所在地。邸，是旅社。

林升，為南宋時人。生平事蹟不詳。

【韻　律】這是一首仄起格平聲韻的七言絕句。全詩平仄合律。詩中「山」、「樓」、「歌」等字，都在「一、三、五不論」上，可以自由，加上並不造成二、四、六的孤平，當然是被允許的。第三句用「仄平平仄平平仄」的句法，也是合律。其次，詩中「得」、「直」、「作」等字為入聲字，宜視為仄聲，才合乎定式的平仄。

詩用下平聲十一尤韻，韻腳是：樓、休、州。首句便用韻。

【注　釋】❶西湖　湖澤名。在浙江省杭州市的西面。又名錢塘湖、明聖湖、金牛湖、西子湖。湖三面環山，周長約三十里，有兩高峰南北對峙。湖中有蘇、白二堤，分隔湖水為裏湖、外湖、南湖、岳湖數區。四季風光宜人，春二、三月，外埠士女在此遊湖或進香，人潮如織，俗稱香市。一作〈題臨安邸〉。❷山外青山樓外樓　形容西湖周圍的山巒疊翠，樓臺亭閣遠遠近近，層層重疊，故山外有青山，樓外有樓。❸幾時休　甚麼時候才停止。休，停止；罷休。❹暖風　和風。指春風。❺熏　沁入。當動詞。同「薰」。❻直　竟然。❼杭州　府名。春秋時吳、越二國之境。本名錢塘。漢為會稽郡。隋置杭州。五代時吳越王錢鏐建都於此，稱西府。宋建炎三年，高宗南渡後，升為臨安府，為南宋京都的所在地。見《太平寰宇記・九三・杭州》、《清一統志・二八三・杭州府一》。❽汴州　古州名。北宋京都的所在地，故城在今河南省開封縣北。本為春秋時鄭地，戰國魏都。東魏置梁州，北周時改名汴州，五代梁以此為都，開平元年改為開封府，號東都。後唐復為汴州，後晉復為開封府，號東京。北宋相沿。見《文獻通考・三二〇・輿地考六》。

【語　譯】青山之外還有青山，樓臺之外還有樓臺，而西湖上的歌舞，要到甚麼時候才會罷休呢？和暖的春風輕輕地吹，把湖上的遊客都熏得像醉酒一般，竟然把杭州當作汴州看待。

【賞析】此詩詩題為〈西湖〉，其實是以小見大，極具時代意義和民族意識的愛國詩。詩人有見於南宋京都人士，在西湖醉人的景色中流連，在山外山、樓外樓，綺靡的歌舞聲色中耽溺沉淪，忘了江北仍為金人所盤據。於是「直把杭州作汴州」，一語道出心頭事，慨然沉痛，擲地有聲，具有「史筆」的褒貶手法。所以儘管此詩作者和詩題說法互異，但並不影響這首詩的完美性和不朽性。

此詩開端，以西湖的景色起筆，「山外青山樓外樓」，儘管別處也有此景，但因首句只用七個字便勾畫出西湖一帶特有的景色，從此以後，「山外青山樓外樓」，就專屬於西湖所特有，也成為描繪西湖景致的代表名句。這情形就如同《老殘遊記》中，劉鶚描寫濟南的景色：「四面荷花三面柳，一城山色半城湖。」此句便從此成為濟南府所專屬。

次句承上，「西湖歌舞幾時休」便含有責難口氣，指責那些避難的人，沉醉於歌舞之中，終日紙醉金迷，忘卻國難當前。詩人措詞含蘊，不願直說，只詰問：「歌舞幾時休？」合乎溫柔敦厚的《詩》教。

三、四兩句轉合，提出更深一層的責問，手法仍然含蓄，在此春暖花開的西湖，「暖風熏得遊人醉」，然「長安雖好，不是久留之地」，真切地提醒世人，莫把杭州當汴州。由此可見南宋偏安，並非無憂國之人，詩人忠言直諫，透過詩篇的諷誦，無異於太史公的史筆；千古忠義事，短短二十八字，便能涵括，是詩人的巧慧處。詩有醒世的作用，故有人說：「權力使人腐化，但詩歌使人淨化。」詩的功能，便在於具有潛移默化之效。

一五七、西湖（曉出淨慈送林子方）

楊萬里

畢竟❶西湖❷六月中，風光❸不與四時同。
接天蓮葉❹無窮碧，映日荷花❺別樣❻紅。

【作者】《千家詩》將此詩列為蘇軾所作，然蘇東坡集內無此詩。南宋楊萬里的《誠齋集．二三》收有此詩，題為〈曉出淨慈送林子方〉，知此詩當為楊萬里所作。

楊萬里，見前三〇四頁。

【韻律】這是一首仄起格平聲韻的七言絕句。全詩平仄合律，全依格律寫成，第三句用「仄平平仄平平仄」的句法。詩中後兩句對仗，描寫蓮葉的「碧」與荷花的「紅」，造成顏色上強烈的對比，成為寫景的名聯。其次，此詩用入聲字最多，如「畢」、「六」、「月」、「不」、「接」、「葉」、「碧」、「日」、「別」等，共有九字，因此讀來在音節上、聲調上特別鏗鏘。

詩用上平聲一東韻，韻腳是：中、同、紅。首句便用韻。

【注釋】❶畢竟　到底；究竟。❷西湖　參見林洪〈西湖〉詩注❶。❸風光　風景；景象。❹蓮葉　荷花的葉子。❺荷花　即蓮花。又名芙蕖。生淺水中，夏月開花，有紅、白等色。實曰蓮子，地下莖曰蓮藕，皆可食。

❻別樣　格外；不同於一般。

【語　譯】六月的西湖，畢竟是特殊的，風光的秀麗，與四季的景象迥然不同。接連到天邊的蓮葉，帶來一望無際的翠綠，在太陽映照下的荷花，顏色格外鮮紅。

【賞　析】楊萬里的《誠齋集・二三》中收有此詩，詩題為〈曉出淨慈送林子方〉，共兩首，第一首是：「出得西湖月尚殘，荷花蕩裏柳行間。紅香世界清涼國，行了南山卻北山。」本詩是其中的第二首。曉出，是清早出門。淨慈，寺名，杭州西湖著名的佛寺。林子方，曾任直閣祕書，為楊萬里的朋友。

此詩是盛讚西湖的景致，尤其著重在蓮荷上，六月的清早，西湖的風光畢竟非凡。全詩採用因果倒置的技巧，開端用「畢竟」的語調，有故作驚人之筆，先說出結果，後道出原因。

一、二兩句是果，「畢竟西湖六月中，風光不與四時同」是結論，是結果，何以西湖的六月，風光與四時不同？用肯定句強調，故用「畢竟」一詞。詩歌的語言與散文不同，此二句純用詩歌的語言，如散文句法，是：「六月西湖的風光，畢竟與四時不同。」今寫成此聯，句法用倒裝，且能引人入勝。

三、四兩句是因，「接天蓮葉無窮碧，映日荷花別樣紅」是說明，是原因；說明六月的西湖風光，畢竟與四時的風光不同，其原因在於一望無際的蓮葉接天，荷花映日格外鮮紅。且接天與映日一聯對仗，重點在「碧」與「紅」上，顏色字的經營，雖大紅大綠，在自然界中，並不俗氣。

全詩除了大量使用入聲字，語調特別鏗鏘外，對於色彩的運用，也是極為出色，尤其全詩純以意運，一氣呵成，語意連貫，極易成誦。

一五八、湖上初雨❶

蘇軾

水光瀲灩❷晴初❸好，山色空濛❹雨亦奇。
欲把西湖❺比西子❻，淡粧濃抹❼總相宜❽。

【作者】蘇軾，見前二一二頁。

【韻律】這是一首平起格平聲韻的七言絕句。全詩大致合律，惟首句是拗句，因第一字「水」字，本宜平而用仄，造成第二字「光」字是孤平，如果在第三字上用平，便可造成「仄平平仄平平仄」的句法，但首句第三字仍用仄，便成「仄平仄仄平平仄」，是為拗句。第二句「山」字雖為孤平，但在每句第一字上的孤平，是被詩家所允許的，不算拗，依然合律。第三句是單拗的句法，即第五字「比」字，本宜平而用仄，便是拗字，故在第六字「西」字，本宜仄而改用平聲以救上字的拗，這種本句自救的方式，稱為單拗。第四句用「仄平平仄仄平平」的句法，是合律的。就整首詩而言，因首句的拗句，是為拗絕。

首聯對仗，出句寫晴，對句寫雨，晴、雨相對仗。「水光瀲灩」對「山色空濛」，「晴初好」對

「雨亦奇」，「瀲灩」對「空濛」又是疊韻對，因為這兩個詞語，各自的韻母是相同的，所以造成疊韻的現象；雙聲、疊韻的使用，目的在使音讀上造成和諧之感。

詩用上平聲四支韻，韻腳是：奇、宜。

【注　釋】❶湖上初雨　一題作〈飲湖上初晴後雨二首〉。此乃倒裝句，是指初晴後雨，飲於湖上的意思。湖，指西湖。❷瀲灩　水波晃漾，波光閃動的樣子。灩，「灩」的俗字。❸初　一作「偏」、「方」。❹空濛　形容雲烟或水氣迷濛的樣子。❺西湖　參見林洪〈西湖〉詩注❶。❻西子　春秋時代越國美女西施。❼淡粧濃抹　指婦女淡雅和濃豔不同方式的妝扮。粧，同「妝」。❽相宜　合適；得當。

【語　譯】晴天的西湖，波光閃動特別美好，雨天的西湖，山色空濛也有它出奇的一面。如果把西湖比做西施，無論淡妝也好，濃抹也罷，總是那麼合適得宜。

【賞　析】據東坡先生詩集，此詩詩題為〈飲湖上初晴後雨二首〉，此為第一首，第二首是：「朝曦迎客灩重岡，晚雨留人入醉鄉。此意自佳君不會，一杯當屬水仙王。」詩中的晴、雨對舉，配合詩題，第一首尚無提到飲酒，第二首才點出「飲湖上」。水仙王，是湖上有水仙王廟。

全詩章法分明，結構巧妙，前兩句，寫西湖湖光山水之美；第一句寫晴天的風光，偏重於湖面上的「水光」，第二句寫雨天的風光，著重在西湖四周的「山色」，並且構成對仗句，對仗得十分妥切。同時巧妙點出詩題「初晴後雨」。

詩中後兩句更是傳神，將西湖人格化，用擬人格的手法，把西湖比成天下第一美女西施，不管是「淡粧」，抑是「濃抹」，都是那麼合宜，而西湖之美，晴、雨兩相宜，晴是濃抹，雨是淡粧，這項移情作用與奇特的聯想，帶來詩歌的奇趣，成為傳誦千古的佳句，這正是東坡高人之處。

蘇東坡寫西湖景色的詩不少，大抵是他在熙寧六年出任杭州通判後所寫的，而以此首最為佳絕。他如〈西湖絕句〉：「春來濯濯江邊柳，秋後離離湖上花。不羨千金買歌舞，一篇珠玉是生涯。」又〈夜泛西湖〉：「菰蒲無邊水茫茫，荷花夜開風露香。漸見燈明出遠寺，更待月黑看湖光。」等首，意象雖美，不及此詩明快。

一五九、入　直❶

周必大

綠槐❷夾道❸集昏鴉❹，敕使❺傳宣坐賜茶。
歸到玉堂❻清不寐❼，月鉤❽初上紫薇花❾。

【作　者】周必大（西元一一二六——一二〇四年），字子充，一字洪道，晚年自號平原老叟，廬陵（今江西省吉安縣）人。生於北宋欽宗靖康元年，卒於南宋寧宗嘉泰四年，贈太師，諡文忠，享年七十九。

必大登紹興二十年（西元一一五〇年）進士第（見《宋史・周必大傳》），清厲鶚的《宋詩紀事》據《咸淳臨安志》所載，謂必大是在紹興二十一年登科，並中博學宏詞科。孝宗時，累官右丞相，為人剛正，頗有政聲。退休後，與楊萬里、范成大等交往，多贈答應酬之作。著有《玉堂類稿》、《玉堂雜記》、《平園集》。《宋史》有傳。

【韻　律】這是一首平起格平聲韻的七言絕句。全詩平仄合律。第一句和第四句均用「仄平平仄仄平平」的句法，依然合律。詩中「綠」、「夾」、「集」、「勅」、「玉」、「不」、「月」等字為入聲字，屬於仄聲。

詩用下平聲六麻韻，韻腳是：鴉、茶、花。首句便用韻。

【注　釋】❶入直　古代官員到皇宮內值班供職。直，同「值」。值班的意思。詩題一作〈入直召對選德殿賜茶而退〉。❷槐　即槐樹。落葉喬木，高十五至二十五公尺。花黃白色，蝶形。材質堅密，供建築用。❸夾道　指排列在道路兩旁。❹昏鴉　黃昏時的烏鴉。❺勅使　奉有皇帝詔令的使節。勅，同「敕」。❻玉堂　指翰林院。唐、宋以後，稱翰林院為玉堂。宋蘇易簡為學士，太宗以紅羅飛白書「玉堂之署」四字以賜。見宋葉夢得《石林燕語．七》。❼清不寐　精神清爽，睡不著覺。❽月鉤　月兒如鉤。指新月。❾紫薇花　花名。又名百日紅、滿堂紅、癢癢花。落葉喬木，高三至七公尺。夏秋間開花，色紅或白，花瓣或帶紫。當時翰林院中栽有此花。

【語　譯】道路兩旁綠槐樹上聚集著黃昏時的烏鴉，宮中內侍詔我進見皇上，並得皇上的賜坐與賜茶。回到翰林院後，我興奮得難以入睡，只見如鉤的月兒照在滿院的紫薇花上。

【賞　析】詩題〈入直〉，是指詩人到皇宮值班，詩題一作〈入直召對選德殿賜茶而退〉，對該詩的創作背景，說明更為詳盡。詩人時任右丞相，傍晚時在選德殿，應皇上的召對，皇上並賜茶議政，退朝後，回翰林院，由於內心情緒振奮，是夜不能入眠，寫下此詩。

全詩主題，在記事寫景，寫宮中入直的情景，抒情和感慨的成分較少。與唐人的應制詩相仿。從這首詩，可略知古代官員入朝退朝居官的進退與當時的情景。一般官員受皇上的知遇召見，這是榮寵的事，周必大把入直、接受皇帝的接見和賜茶的事，用詩記錄下來，寫出事後的心境。

詩的可愛，在於寫情景的真，此詩詩人的率真，溢於言表。一、二兩句，寫宣詔入宮的時間和情景，與一般清晨上朝時不同，是在傍晚時分，只見宮中綠槐夾道，昏鴉已棲樹梢，宮中侍者宣傳進見，於是欣承皇上的接見和賜茶。三、四兩句，寫退朝後回到翰林院，由於興奮，眼看月兒照在紫薇花上，仍難入睡。後兩句十分含蓄，用「清不寐」寫承恩後內心的喜悅，末句用「月鉤初上紫薇花」作結，景中也有昇平祥和的景象。

大官員寫居官的詩，一般都是臺閣體，內容多半雍和中正，感觸較少，所以能動人魂魄的不多。此詩小巧玲瓏，側寫敬承皇恩的喜悅之情，無一般歌功頌德之語，是其不俗處。

一六〇、水亭❶

蔡確

紙屏❷石枕❸竹方牀❹，手倦拋書午夢長❺。
睡起莞然❻成獨笑，數聲漁笛❼在滄浪❽。

【作　者】蔡確（西元一〇三七——一〇九三年），字持正，泉州晉江（今福建省晉江縣）人。生於北宋仁宗景祐四年，卒於哲宗元祐八年，享年五十七。

登宋仁宗嘉祐四年（西元一〇五九年）進士。神宗時，歷任御史中丞、參知政事，元豐五年（西元一〇八二年），拜尚書右僕射，兼中書侍郎。初依附王安石，後得知神宗不滿王安石的變法，反而上疏彈劾。任職期間，陷害忠良，冤獄苛政，司馬光、呂公著進用，蔡確始遭貶謫，初罷陳州，接著徙安州、鄧州，再貶為新州安置，死於貶所。《宋史》有傳。

【韻　律】這是一首平起格平聲韻的七言絕句。全詩平仄大致合律，惟首句因第一字「紙」字不合律，造成第二字「屏」字成孤平，因此成為拗句。末句用「仄平平仄仄平平」的句法，也是合律。詩中「石」、「竹」、「獨」、「笛」等字為入聲字，當視為仄聲。

詩用下平聲七陽韻，韻腳是：牀、長、浪。首句便用韻。

【注　釋】❶水亭　一題作〈夏日登車蓋亭〉。車蓋亭在安陸郡（今湖北省安陸縣）。❷紙屏　以紙黏製的屏風。❸石枕　石頭枕。❹竹方牀　長方形的竹牀。❺午夢長　指午覺的時間很長。❻莞然　微笑的樣子。❼漁笛　漁人的笛聲。❽滄浪　水名。即漢水，在湖北省境。此處泛指水上。戰國時楚人屈原曾作〈漁父〉篇，引當時的漁歌：「滄浪之水清兮，可以濯吾纓；滄浪之水濁兮，可以濯吾足。」

【語　譯】我躺在紙屏風後那張方竹牀的石枕上看書，手累了，拋下書本，好好睡箇長長的午覺。睡醒時，不覺獨自莞然微笑，聽到幾聲漁笛，正從水面上飄來。

【賞　析】宋胡仔《苕溪漁隱叢話・後集・三五》云：蔡確出守安陸時，夏日登車蓋亭，作絕句十首，寫夏日閒適、逍遙自在的生活。原詩詩題作〈夏日登車蓋亭〉，一作〈水亭〉，《千家詩》選其中一首，寫夏日亭中午睡後的情景，閒適自得，有如羲皇上人。

小詩巧妙，在於以小見大，把握一瞬間的感受。本詩寫炎夏午後，在水亭中午睡，前兩句寫初睡的情景，「紙屏石枕竹方牀」，全都是消暑的佳品，躺臥其上，涼爽可知；承句「手倦拋書午夢長」，躺在方牀上，順便閱讀，累了，拋書入夢，午睡正酣。

後兩句寫睡起後，閒適自在，醒來獨自莞爾獨笑，心境的恬淡滿足，盡在「莞然成獨笑」中，而末句以「數聲漁笛在滄浪」收結，「滄浪漁歌」，能與世推移，含有歸隱、退隱之意。詩的佳妙，在於後兩句的莞然獨笑，只聽得水上傳來漁父的笛聲，隱含「滄浪之水清兮，可以濯吾纓；滄浪之水濁兮，可以濯吾足」的自得其樂和處世智慧。長長炎夏，讀此詩誠可消暑。

〈夏日登車蓋亭〉詩有絕句十首，其他如：「公事無多客亦稀，朱衣小吏不須隨。溪潭直上虛亭裏，臥展柴桑處士詩。」「風搖熟果時聞落，雨滴餘花亦自香。葉底出巢黃口鬧，波閒逐隊小魚忙。」等，每一小詩，均有佳趣，寫景入微，清新可喜，值得一讀。

一六一、禁鎖❶

洪咨夔

禁門❷深鎖寂無譁❸，濃墨淋漓❹兩相麻❺。
唱❻徹❼五更天未曉，一墀❽月浸紫薇花❾。

【作　者】《千家詩》各本題洪遵作。今據《宋詩紀事．六一》錄此詩為洪咨夔所作而改。

洪咨夔（西元一一七六——一二三五年），字舜俞，號平齋，於潛（今浙江省臨安縣）人。生於南宋孝宗淳熙三年，卒於理宗端平二年，享年五十九。

寧宗嘉泰二年（西元一二〇二年）進士。理宗朝，官至刑部尚書、翰林學士。喜愛楊萬里的詩，風格與江西派相近。並喜愛儒學，與真德秀相交游。著有《平齋集》、《兩漢詔令覽抄》、《春秋說》。

【韻　律】這是一首平起格平聲韻的七言絕句。詩中平仄大致合律，惟末句為拗句，因末句首字「一」字為仄聲，因而次字「墀」字成為孤平，便成拗句。這種三句合律，其中只有一句不合律的詩，稱為拗絕。

詩中「寂」、「墨」、「徹」、「一」、「月」等字均為入聲字，當視為仄聲。

詩用下平聲六麻韻，韻腳是：譁、麻、花。首句便用韻。

【注　釋】❶禁鎖　一題作〈直玉堂作〉，是在翰林學士院值班的意思。❷禁門　皇宮內不得任意出入的門戶。❸譁　喧鬧。❹淋漓　酣暢的樣子。❺兩相麻　在兩張麻紙上草擬拜相的詔書。唐、宋時以黃、白麻紙寫詔書，因稱詔書為麻。見宋葉夢得《石林燕語．三》。❻唱　指唱時報曉。古代有專門負責在天快亮時高唱時辰、向朝臣報曉的官，叫雞人。見《周禮．春官．雞人》。❼徹　罷；結束。❽墀　臺階。一作「池」。❾紫薇花　參見周必大〈入直〉詩注❾。

【語　譯】禁宮中門戶深鎖，四周寂靜沒有喧譁，我在兩張麻紙上，用濃墨淋漓揮灑地擬寫拜相的詔書。宮中報曉的官員已唱報五更，而天還沒有亮，只見月光如水，浸潤著階上的紫薇花。

【賞　析】這首詩的題目，《宋詩紀事．六一》作〈直玉堂作〉，應是詩人當翰林學士，在翰林學士院宿夜值班所寫。宋代的翰林學士院，職掌在內朝起草詔旨，與內侍省下所設總管天文、書藝、圖書、醫官四局的翰林院有別。

在這個值班的夜晚，詩人奉命草擬拜相的詔書。任命宰相，是國家隆重的大事；草擬拜相的詔書，是個人光榮而難得的際遇；所以完成使命後，平齋賦詩紀念。

詩的前兩句，寫在玉堂草詔的情形。「禁門深鎖寂無譁」，寫他所處的環境寧靜而無人干擾，有助於安心沉思。「濃墨淋漓兩相麻」句，「濃墨」二字，除了表示他持事慎重，也寓有構想長久的深意。因為墨要研磨得久才會濃，而長久研墨之際，正是詩人運思構想之時。在安靜的環境中深思熟慮，於是詩人文思泉湧，筆墨酣暢，在兩頁黃麻紙上洋洋灑灑地寫就拜相的詔書。

詩的後兩句，寫完成使命的時間與窗外的景色。「唱徹五更天未曉」，是說時至五更，天還未亮，離上朝的時間尚早，表達他迅速完成任務後的從容自得。而「一墀月浸紫薇花」，是說放下文筆，縱目窗外，只見丹墀之上，月光如水，浸潤著紫薇花。這句詩，不但充滿了詩情畫意，詩人似乎也以紫薇花自況，而以月光比喻皇帝的恩寵，感念自己榮膺大命，沉浸於帝王的恩寵之中。

這首小詩，著墨不多，卻委婉有致地表達了詩人的心曲，堪稱臺閣體中的佳作。

一六二、竹　樓❶

李嘉祐

傲吏❷身閒笑五侯❸，西江❹取竹起高樓。
南風❺不用蒲葵扇❻，紗帽❼閒眠對水鷗❽。

【作　者】李嘉祐，字從一，唐趙州（今河北省趙縣）人。生卒年不詳。玄宗天寶七年（西元七四八年）進士。肅宗上元中為臺州刺史，代宗大曆中復為袁州刺史。與嚴維、劉長卿、冷朝陽等人友善。他的詩婉麗華美，具齊、梁遺風。有《李嘉祐集》一卷。《全唐詩》錄詩二卷。

【韻　律】這是一首仄起格平聲韻的七言絕句。全詩平仄合律，僅「紗」字為一、三、五不論處，即仄聲處而改用平聲，但不影響格律。其餘均依定式的平仄寫成。詩中「竹」、「不」為入聲字，宜視為仄聲。

詩用下平聲十一尤韻，韻腳是：侯、樓、鷗。首句便用韻。

【注　釋】❶竹樓　一題作〈寄王舍人竹樓〉。❷傲吏　恃才狂傲的官吏。❸五侯　泛指位高爵顯的大官們。參見韓翃〈寒食〉詩注❺。❹西江　江水以西的地區。作者居袁州，袁州治所在今江西宜春，位於贛江之西，故名。❺南風　夏季自南方吹來的熱風。也叫薰風、凱風。❻蒲葵扇　用蒲葵葉製成的扇子。也叫蒲扇、葵扇。❼紗帽　即烏紗帽。本為古代君主或顯貴者所戴的帽子，後泛指官帽。❽水鷗　即水鳥。

【語　譯】性情高傲的官吏因為清閒無事，喜歡恥笑那些權貴們，他從西江運來竹材，起造了一座高樓。竹樓上南風送爽，用不著蒲葵扇子，可以把烏紗帽擱在一旁，對著水鷗高眠。

【賞　析】這首〈寄王舍人竹樓〉詩，是詩人任袁州刺史時所作。當時袁州治所在今江西省宜春縣，位於贛江之西，所以詩中有「西江取竹起高樓」的句子。

古代「舍人」為官名，但也作為王公貴官侍從賓客、親近左右的通稱。詩中的王舍人，傲笑五侯，閒對鷗眠，應該屬於前者。他的名字年里，今皆不詳。

竹幹空虛有節，自古文人把它作為君子的象徵；因此王舍人取竹起高樓，用以表明自己的志節高尚，詩人則藉竹樓以稱頌王舍人的亮節高風。詩的前兩句「傲吏身閒笑五侯，西江取竹起高樓」，意在點明這位傲骨天生的舍人，有為有守，心跡高潔。

至於詩的後聯，出句「南風不用蒲葵扇」，是說身居高樓，自然有南風送爽，用不著揮扇驅逐暑熱；寓有品德高超，就能居易俟命，不為塵俗所困擾的意思。而對句「紗帽閒眠對水鷗」，是說舍人雖身為官吏，但心志淡泊，所以對鷗閒眠的時候，自有一份半官半隱的飄逸。在這兩個表面記實的詩句中，詩人注入了對舍人無限的欽仰和讚賞。詩中用「竹」讚王舍人的高潔有操守，用「對水鷗」形容他閒散飄逸，可以高臥竹樓的不俗。

一六三、直中書省❶　　白居易

絲綸閣❷下文章❸靜，鐘鼓樓中刻漏❹長。

獨坐黃昏誰是伴？紫薇花❺對紫薇郎❻。

【作　者】白居易（西元七七二——八四六年），字樂天，他的先祖是太原人，後來遷居下邽（今陝西省渭南縣），便成為下邽人。生於唐代宗大曆七年，卒於武宗會昌六年，享年七十五。

白居易是早慧詩人，在六、七個月時，便能認得之、无二字，五、六歲時會寫詩，十六歲來長安，拜見顧況，顧況讀他的〈賦得古原草送別〉詩，有「野火燒不盡，春風吹又生」句，大加讚許。二十九歲登進士第，三十一歲又應試吏部，中甲科，任祕書省校書郎，後歷官刑部尚書。晚年好佛，居洛陽，往來於龍門山的香山寺，自稱香山居士，又號醉吟先生。白居易在元和年間，與李紳、元稹等提倡新樂府，主張詩歌是繼承《詩經》的言志精神，為時事而作。詩風清新平易，近於白話。元和、長慶時，與元稹以詩相唱和，世稱「元白」。後又與劉禹錫齊名，時稱「劉白」。著有《白氏長慶集》七十一卷。《全唐詩》錄詩三十九卷。新、舊《唐書》有傳。

【韻　律】這是一首平起格平聲韻的七言絕句。全詩平仄合於格律。末句用「仄平平仄仄平平」的句法，其中「閣」、「刻」、「獨」等字為入聲字，故為仄聲。

詩中一、二兩句為對仗句，「絲綸閣下」對「鐘鼓樓中」，「文章靜」對「刻漏長」。

詩用下平聲七陽韻，韻腳是：長、郎。

【注　釋】❶直中書省　一題作〈紫薇花〉。紫薇花，是唐代中書省中常栽種的花，因此唐人用紫薇花代表中書省。❷絲綸閣　草擬帝王詔書敕命的地方。舊稱帝王的詔敕為絲綸。語本《禮記·緇衣》：「王言如絲，其出如綸。」疏：「王言初出微細如絲，及其出行於外，言更漸大如似綸也。」❸章　一作「書」。❹刻漏　古代計時的器具。也叫漏刻、漏壺。刻為刻度數的漏箭，漏為盛水的銅壺。用銅壺盛水，底穿一孔，壺中立箭，上刻度數，壺中水因漏而漸減，箭上刻度漸次顯露，據此測知時刻。通常晝漏六十刻，夜漏四十刻；冬至則相反，春秋晝夜各五十刻。歷代形制不一。見《續通志·一〇二·天文六·刻漏》。❺紫薇花　參見周必大〈入直〉詩注❾。❻紫薇郎　也作「紫微郎」。唐代中書舍人的別稱。唐開元元年改中書省為紫微省，中書令為紫微令，中書舍人為紫微舍人，取天文紫微垣為義。見《舊唐書·職官志》。

【語　譯】絲綸閣內，詔書很少，十分閒靜，聽著鐘鼓樓上不變的滴漏聲，覺得日子過得特別漫長。每天從清早坐守到黃昏，與誰為伴呢？祇有屋外的紫薇花對著屋內的紫薇郎。

【賞　析】《白氏長慶集》和《全唐詩》中，此詩詩題均作〈紫薇花〉，用「紫薇花」象徵「中書省」。白居易曾任中書舍人，他在中書省值班時，寫下這首〈紫薇花〉。《千家詩》題作〈直中書省〉，「直」同「值」，值班的意思，也能切合詩的主題。

全詩結構，前半點出上班的地點，後半抒寫詩人上班時的情景和感慨。因此前兩句作景語，後兩句作情語。開端寫景採對仗句，從「絲綸閣」寫到「鐘鼓樓」，都是坐在翰林院裏，用聽覺意象來寫詩；絲綸閣是天子撰寫和發布詔書的地方，因此只感覺其中的肅靜無聲，次句寫鐘鼓樓，是宮中報時辰的所在地；鐘鼓樓時時傳來報時刻的時辰。所謂「鐘鼓樓」，是指晨鐘暮鼓，也就是晨間用擊鐘報時，晚間用擊鼓報時。

後兩句是寫值班所見所感的情景，也是這首詩的佳趣所在。詩是精美的語言，又含有高度的情趣，「獨坐黃昏誰是伴」，是問語，「紫薇花對紫薇郎」是答語。問語只提獨坐黃昏，其實是從清晨到黃昏，一人獨坐，既為「獨坐」，何來「誰是伴」？但詩語要「反常而合道」，才有詩趣，於是回答時用「紫薇花對紫薇郎」，便能引出情趣來。短詩的可愛，在於能表達絃外之音，由於詩人懷才不遇，雖身居中書省，但操筆的機會不多，可見未被重用，故於值夜時，引來百無聊賴的清冷之感，黃昏獨坐，有誰為伴？惟有花與人相對無言，意在言外，是含而不露的高筆。

一六四、觀書有感❶

朱　熹

半畝方塘❷一鑑❸開，天光雲影❹共徘徊❺。
問渠❻那得清如許❼？為有源頭❽活水❾來。

【作　者】朱熹，見前二一〇頁。

【韻　律】這是一首仄起格平聲韻的七言絕句。全詩平仄合律，惟第三句因第一字本應平而用仄，造成第二字「渠」字成孤平，所以成為拗句，因此此詩屬拗絕。詩中「一」、「得」、「活」等字為入聲字，當以仄聲看待。

詩用上平聲十灰韻，韻腳是：開、徊、來。首句便用韻。

【注　釋】❶觀書有感　《朱文公文集・二》題作〈觀書有感二首〉，《千家詩》將第一首題作〈觀書有感〉，第二首題作〈泛舟〉。❷方塘　方形的池塘。❸鑑　鏡子。❹天光雲影　指映在水裏的天色和雲彩。❺徘徊　往返迴旋不進的樣子。此處指水塘上的雲影來回移動。❻渠　彼；他。指池水。❼清如許　如此清澈明亮。❽源頭　水源。❾活水　指流動的水。與「死水」相對。

【語　譯】那半畝見方的池塘有如一面鏡子，讓天上的光影和雲彩來回地在水面上移動流轉。試問池塘：為甚麼能如此的清澈明亮？原來是因為源頭處有活水不斷地流進來呀！

【賞　析】宋人的詩，多流於說理，一方面是唐人已把抒情詩發揮到極致，抒情的好句被唐人道盡，宋人不得不向說理的道路上另闢蹊徑；另一方面是，宋代理學興盛，因此宋代的文藝思潮，也趨向於沉思的說理。而唐詩主情，宋詩主理，便成了唐、宋詩的差別和分野。

朱熹的〈觀書有感二首〉，都是說理的詩。但詩句與詩題不直接配合，第一首寫「方塘」，第二首寫「巨艦」，都是用比擬的手法寫成。詩題用「觀書有感」，不用「讀書有感」，「觀」與「讀」的差別，在於「觀」有客觀性，有省思、反觀的作用，「讀」為主觀性，且缺乏超越感。至於詩句用比擬手法，觀書在於「心」，有感也在於「心」。朱熹主張讀書有四到，即目到、口到、手到、心到。如心不到，一切皆是浮光掠影，沒有效果。

在此詩中，將「半畝方塘」比擬為「方寸之地」的心，宋人將「心」視為「理性」的所在，故有心即理、性即理的說法，但這種論點畢竟是理學或心性之學，而非詩，詩的寫法便不能如此直接，詩要含蓄，要委婉，要蘊含絃外之音，詩畢竟是感性的，雖然是說理的詩，也不能直接了當的道破。因此朱熹以「半畝方塘」來比擬「心」，心性的清澈明亮，這是天賦的，而如何能保有澄澈的心，不受外界名利慾望所汙染，惟有靠那「源頭活水」不斷地注入、換新。朱熹用池塘的明鑑比心，用「源頭活水」比喻不斷的省思、反省，才能保有天賦的理性。因此這首詩雖流於說理，但不流於說教，可以說是一首既饒理趣、又富理境的佳作。尤其「問渠那得清如許？為有源頭活水來」，已成為朱熹的代表佳句，同時也變成了治學和做人的格言；理學家強調的是，一個人要讓心靈明澈，須要不斷地明「明德」，克己復禮，慎思明辨，才能發揮天賦的理性，這也是本詩的詩旨所在。

一六五、泛舟

朱熹

昨夜江邊春水生❶，艨艟❷巨艦❸一毛輕。
向來❹枉費❺推移力❻，此日中流自在❼行。

【作者】朱熹，見前二二〇頁。

【韻律】這是一首仄起格平聲韻的七言絕句。全詩平仄大致合律，只有第三句因第一字「向」字，本宜平而用仄，造成第二字「來」字成為孤平，是拗句。其他三句平仄均合於格律，因此全詩是拗絕。

詩用下平聲八庚韻，韻腳是：生、輕、行。首句便用韻。

【注　釋】❶春水生　春天的河水高漲。❷艨艟　戰船。形狀狹長用以衝撞敵船。在此指大船。❸巨艦　大戰船。艦是四方施板以禦矢石的戰船。❹向來　一向；原來。指水淺時。❺枉費　白費；徒然耗費。❻推移力　推動的力量。❼自在　任意；自由。

【語　譯】昨夜，江邊的春水高漲，大船巨艦行駛江中輕如一毛。以前水淺時，想要推動它也是白費力氣，如今船行中流，可以自由自在地行駛。

【賞　析】朱熹的〈觀書有感〉有兩首，這是其中的第二首，《千家詩》將此詩題作〈泛舟〉。

朱熹為理學家，作詩也帶有哲理，深富理趣。第一首的〈觀書有感〉，是以半畝方塘來比喻虛靈不昧的心，由於有源頭活水來，使它永遠清澈明淨。第二首的〈觀書有感〉，是以江上巨艦來比喻理性的流行，可以自由自在，毫不費力地隨春水而流轉。

讀書可以提高人生的境界，朱熹的第二首〈觀書有感〉，是由於讀書的啟示，發覺人性的尊嚴和價值。人性就是理性，主張「性即理也」，人類的理性是得自於天，只要順乎人性的發展，便可以使理性光大、流行。詩中藉春水來的時候，水上的大船便可毫不費力地自在流行以為喻，因此這是一首說理的詩，但不是直接議論，而用譬喻的手法寫成。

詩中前兩句，類乎寫景，寫巨艦行於春水之上，輕如一毛。三、四兩句，進而寫巨艦在淺水時推移十分費力，但在春水中卻能自在的流行。其實朱熹是藉泛舟說明理性的流行，而理性的流行是得自於讀書有得。從詩的表面看，像是一首寫景詩，而實際上是在說明一樁道理。詩的可愛，便在於它具有彈性和寬度，而絃外之音便是高妙處。

一六六、冷泉亭❶

林稹

一泓❷清可沁❸詩脾❹，冷暖❺年來只自知。
流出西湖❻載歌舞，回頭不似❼在山時。

【作者】《千家詩》各本題林洪作。《宋詩紀事．七四》題為林稹作，今依《宋詩紀事》而改。林稹，字丹山，南宋長洲（今江蘇省吳縣）人。生卒年不詳。神宗熙寧九年（西元一〇七六年）進士。生平事蹟不可考。

【韻律】這是一首平起格平聲韻的七言絕句。全詩平仄合律。首句用「仄平平仄仄平平」的句法，第三句「流出西湖載歌舞」是單拗，即「平仄平平仄平仄」，第一字「流」字，為可平可仄，不影響整句的格律，第五字「載」字本宜平而用仄聲，是不合律而犯拗，所以在第六字「歌」字，本宜仄而用平聲，以救上字的拗折，是為單拗拗救的句法。其他如「一」、「出」、「不」等字為入聲字，在格律上視為仄聲。

詩用上平聲四支韻，韻腳是：脾、知、時。首句便用韻。

【注　釋】❶冷泉亭　亭名。在杭州西湖飛來峰下，因亭築在名叫冷泉的澗水上而得名，為唐刺史元英建。見《清一統志・二八四・杭州府二》。❷泓　平靜清澈的深潭。❸沁　滲透；浸透。一作「浸」。❹脾　即脾臟。五臟之一，位於左上腹膈下的淋巴器官。古人常心、脾二字連用，而以脾為心的代稱。❺暖　一作「煖」。❻西湖　參見林洪〈西湖〉詩注❶。❼似　一作「是」。

【語　譯】一潭清澈的泉水，可以浸潤人的詩心，人們稱它為冷泉，可是四時的冷暖只有它自己才知道。當它流到山外的西湖，浮載過無數歌姬舞妓的遊艇，回首來處，發現自己已不再擁有在山時的清純。

【賞　析】冷泉在杭州飛來峰下，停蓄於靈隱寺山門外，唐人元英曾建冷泉亭於水中。白居易〈冷泉亭記〉形容泉水：「潺湲潔澈，甘粹柔滑，眼耳之塵，心舌之垢，不待盥滌，見輒除去。」

這首詩雖以「冷泉亭」為題，但所寫的卻是亭下的一泓清水。此水沿澗東流，注入西湖。詩的前兩句，寫泉水深且明澈，看起來就沁人心脾，觸發詩興；但泉水以「冷」為名，而它的冷暖隨著一年四季變化，卻只有它自己知道，人用眼睛是看不出來的；寫得婉曲有致，別具巧思。

詩人把這首詩的重點，落在後兩句「流出西湖載歌舞，回頭不似在山時」上。當泉水出山，流入西湖的時候，浮載著無數裝著歌姬舞女的遊船，就被那冶豔俚俗之氣汙染了，不再像在冷泉亭下、深山之中那樣清明潔淨了。王相注云：「此喻人生之初，其性本善；及其富貴驚心，物欲陷溺，則不如初性之清明也。」引申得極其中肯。有如杜甫的〈佳人〉詩：「在山泉水清，出山泉水濁。」得詩人託諷之旨；或以「在山」、「出山」比喻「隱逸」和「仕宦」的「清」、「濁」，同樣都是對世人的一種「點醒」，值得咀嚼玩味。

一六七、冬　景❶

蘇　軾

荷盡已無擎雨蓋❷，菊殘❸猶有傲霜❹枝。
一年好景❺君❻須記，最是橙黃橘綠時。

【作　者】蘇軾，見前二二二頁。

【韻　律】這是一首仄起格平聲韻的七言絕句。全詩大致合律。首句「荷盡已無擎雨蓋」作「平仄仄平平仄仄」，是因一、三、五不論，且不造成孤平，所以仍然合律。又第三句第一字宜平而用仄，造成第二字「年」字成為孤平，是為拗句，此詩亦因而成為拗絕。

宋人寫詩，喜歡寫拗句，如蘇軾、黃庭堅，以及江西詩派詩人，便以寫拗句拗體而開拓宋詩的特色。大抵唐、宋詩的不同在：唐詩主情，宋詩主理。其次唐人詩近體多合律，宋人詩近體多拗體，或平仄不合律，或句法不合律造成拗折。

此詩首聯對仗，「荷盡已無擎雨蓋」對「菊殘猶有傲霜枝」，句中有「有」、「無」二字，因此這種對仗，又稱為有無對。

詩用上平聲四支韻，韻腳是：枝、時。

【注釋】❶冬景　一作〈贈劉景文〉。景文，字季孫，曾任兩浙兵馬都監，和東坡在杭州時有詩文往來。❷擎雨蓋　指狀似雨傘的荷葉。擎，支撐；承受。蓋，傘。❸菊殘　指菊花開過。菊花有兩種，一種是花雖謝而不凋，即花開過後，仍掛在枝頭謝掉，因此用以比喻孤高、高潔。另一種菊花，開過後，花瓣會凋落滿地。❹傲霜　不屈於嚴霜。❺好景　美好的景致。一作「好處」。❻君　指劉景文。

【語譯】荷花已經失去它承雨的傘蓋，全部凋零了，秋菊雖殘謝了，還留有傲對嚴霜的枝葉。您必須好好記住啊！一年中最好的景致，就是在這橙初黃、橘才綠的時候哩。

【賞析】這首寄給景文讚頌秋末冬初景色的小詩，在東坡先生的妙筆之下，充滿生機，予人莫大的鼓舞。

春天的桃花、李花、杏花、櫻花，夏天的荷花，秋天的菊花，臘月的梅花，各逞嬌豔，別具風骨。但在「荷盡已無擎雨蓋，菊殘猶有傲霜枝」的初冬，寒梅未放，秋菊尚餘殘枝，夏荷盡已凋零，春花更是杳無蹤跡，徒然引人追思想念而已。

全詩結構，前兩句寫景以道出節令，後兩句勸友人珍惜「一年好景」當前，莫辜負好時光。在一片肅殺的冬景之中，橘、橙樹上結實累累，已成熟了。金黃色的橙子，翠綠色的橘柑，色彩奪目，形成一年中最後的、最難得的、最美麗的豐收季節，而這個季節卻被所有的人忽略了。所以東坡先生見到這絢麗的景色，感動之餘，特別告知好友：「一年好景君須記，最是橙黃橘綠時。」提醒他人生處處有佳景，為人當效孤標傲世的菊枝，經得起人世的風霜，留下千古高風。

絕句的佳妙，往往在後兩句，轉合精巧，帶來佳趣。勸友人珍愛好景，而點出好景在「橙黃橘綠時」，橙黃橘綠，意象鮮明，令人難忘。

一六八、楓橋夜泊❶

張　繼

月落烏啼霜滿天，江楓❷漁火❸對愁眠。
姑蘇❹城外寒山寺❺，夜半❻鐘聲到客船❼。

【作　者】張繼，字懿孫，唐襄州（治在今湖北省襄陽縣）人，一說南陽（今河南省南陽縣）人。生卒年不詳。

玄宗天寶十二載（西元七五三年）進士。曾任洪州（今江西省南昌市）鹽鐵判官、檢校祠部員外郎等職。他的詩，不事雕琢，詩體清迴，情韻悠遠。著有《張祠部詩集》。《全唐詩》錄詩一卷。

【韻　律】這是一首仄起格平聲韻的七言絕句。全詩平仄合律。只有「霜」、「漁」、「城」等字，在一、三、五不論的原則下，使用可平可仄，且並不造成二、四、六的孤平，故仍然合律。詩中「月」、「落」、「客」三字為入聲字，當視為仄聲。

詩用下平聲一先韻，韻腳是：天、眠、船。首句便用韻。

【注　釋】❶楓橋夜泊　一題作〈夜泊楓江〉，又一作〈夜泊松江〉。楓橋，在今江蘇省吳縣（蘇州）閶門西七里，即楓關。泊，把船停靠在岸邊。❷江楓　江上的楓樹。❸漁火　漁船上的燈火。一作「漁父」。❹姑蘇　本為山名，在今江蘇省吳縣西南。後來也稱吳縣治所為姑蘇。見《太平寰宇記・九一・蘇州》。此處即取後義。❺寒山寺　寺名。本名妙利普明塔院。在江蘇省吳縣西楓橋附近，也叫楓橋寺。初建於梁代，唐初詩僧寒山、拾得曾住於此，因而得名。❻夜半　即半夜。❼客船　詩人到此作客，故稱所乘的船為客船。

【語　譯】月亮西沉，烏鴉啼叫，如霜的流光灑滿天際。面對江邊的丹楓和水上的漁火，使我更加憂愁難眠。半夜的時候，那姑蘇城外寒山寺的鐘聲，一一傳到我的船上來。

【賞　析】這是一首膾炙人口的絕唱。是詩人自述夜泊楓橋、難以成眠的詩篇。讀過的人，無不被詩中淒迷的情景所感動；那月夜的烏啼，寒山寺的鐘聲，也彷彿跨越了時空，永遠在人間迴盪。

因為詩人描寫的是「月落」、「夜半」時的景況，而陰曆秋季的夜半，是望月開始下昃、上弦月完全西沉的時刻。如果詩人所說的是西沉的上弦月，月沉沒之後，天就昏暗了，再也看不見霜滿天的景象；所以第一句中的「月落」，應是既望前後的明月，過了中天，開始西落的意思。

為甚麼月落烏要啼呢？大概那才過中天的月輪非常明亮，巢裏的棲鴉誤以為天已破曉，便高飛啼叫起來。曹操〈短歌行〉中：「月明星稀，烏鵲南飛」的名句，所描寫的應是類似的情景。

霜是凝結在地表的東西，詩人怎麼說「霜滿天」呢？李白〈靜夜思〉有：「牀前明月光，疑是地上霜」句，照在地上泛白的月光既似凝聚的霜，那麼飄灑在空中的月光，當然也像滿天的飛霜了；月下思鄉的詩人聽到烏啼，循聲仰望，就很自然地見到「霜滿天」的景象。

月落、烏啼、霜滿天，初看像是毫不相干的事物；細想則烏因月落而啼，人因烏啼而見霜滿天，一脈相承，密不可分。詩人作這樣繪聲繪影、詳實細膩的描寫，真是傳神之至。

詩的第二句「江楓漁火對愁眠」，是說江楓漁火面對著愁慘難眠的我，使我旅愁更加深重。這前面兩句詩，連用五種事物，強調視覺意象，組合成一幅愁慘的畫面：明月使遊子懷鄉，烏啼叫離人斷腸，嚴霜令孤客心寒，丹楓有如血淚，漁火象徵幻滅無常。這些意象層層疊壓，一片寂天寞地，孤絕！冷絕！淒絕！

可是詩的後兩句「姑蘇城外寒山寺，夜半鐘聲到客船」，十四個字，用聽覺意象，只說了傳到客船上的鐘聲，語氣一轉，情感突然舒緩下來，和前兩句的急促適成對比。萬籟俱寂，古剎的夜半鐘聲，格外莊嚴肅穆。當聲浪經山歷水一波波地傳到詩人耳中，恰似天外傳來，頓時之間，那落月、烏啼，那滿天如霜的月光，那江邊暗紅的楓林，那遠處明滅的漁火，都一一幻化成無邊的空靈，溶化在悠揚平和的鐘聲裏，詩人的愁心安頓了，那無邊的空靈之美卻瀰漫迤邐，籠罩千古。

一六九、寒夜

杜耒

寒夜客來茶當酒❶，竹爐❷湯沸火初紅。
尋常一樣牕前月❸，纔有梅花❹便不同。

【作者】《千家詩》題杜小山作，是以號代名，今改之。

杜耒，字子野，號小山，北宋盱江（今江西省臨川縣）人。生卒年不詳。嘉熙年間曾任太府卿許國李全的幕客，後因李全跋扈，遭到誅戮，而杜耒也不幸株連遇害。杜耒以詩聞名，與戴復古相唱和，王安石小時曾跟杜耒從師。《宋詩紀事》錄有他的小傳。

【韻律】這是一首仄起格平聲韻的七言絕句。全詩平仄合律。首句「寒夜客來茶當酒」，作「平仄仄平平仄仄」，第一字、第三字都用可平可仄，與原定式的「仄仄平平平仄仄」雖有不同，但依然合律。次句用「仄平平仄仄平平」的句法。詩中「客」、「竹」、「一」、「月」、「不」等字是入聲字，視為仄聲。

詩用上平聲一東韻，韻腳是：紅、同。

【注釋】❶茶當酒　以喝茶代替喝酒。❷竹爐　爐子的外面套有竹編的套子。即罩有竹套的爐子。❸尋常一

樣牕前月　全句是說：今晚窗前的月亮和平常一樣。尋常，平常。牕，同「窗」。❹纔有梅花　剛開有幾朵梅花。

【語　譯】寒冷的夜裏，客人來訪，我以茶當酒來招待他，竹爐中的茶水開了，爐火也剛剛燒紅。今晚，窗外的月色和平時一樣，只因剛開了幾朵梅花，便顯得與往日大不相同。

【賞　析】〈寒夜〉一詩，寫寒夜客來主人待客的情景，雖無豐盛的佳肴美酒款待客人，但主人卻以熱茶和誠懇真摯的熱情待客，別有一番情趣。

詩題為「寒夜」，真正的主題應是「寒夜客來」。此詩作者採用「開門見山」式的技巧，在開端首句「寒夜客來茶當酒」，便將主題予以點出。寒夜有客來訪，定是知心好友，而主人以茶當酒，有一份會心的溫馨、一份深厚真摯之情；次句「竹爐湯沸火初紅」，承接上句，主客在爐邊煮茶，窗下閒話，閒適自在，既卻寒，又風雅。如今「寒夜客來茶當酒」，已成名句，常應用於友儕之間和宴席之間。好詩被人激賞，佳句便成成語。

三、四兩句寫景，雖寫窗外的景色，實則暗示賓主之間的交往，格調高雅，決非俗輩。第三句寫窗外的明月，第四句寫窗外的梅花。窗外的明月雖與往日相同，但友人的到訪，恰如梅花初開，多幾分芬芳，便不同於往日。

詩人在後兩句中，以寫景暗示友誼的高潔不俗，詩中的「月」，便暗示有「知心人」的絃外之音，而「梅花」，更暗示有「高潔」之情。可知詩人塑景的奧祕，並非隨意取景，而是有意取景，以配合「寒夜客來」的雅興。因此全詩結構小巧雅致，不僅有妙思，又能曲寫其狀，是淡而有味的小品。

一七〇、霜月

李商隱

初聞征雁❶已無蟬❷，百尺樓臺❸水接天。
青女❹素娥❺俱耐冷，月中霜裏鬬❻嬋娟❼。

【作者】李商隱（西元八一三—八五八年），字義山，號玉谿生，懷州河內（今河南省沁陽縣）人。生於唐憲宗元和八年，卒於宣宗大中十二年，享年四十六。

唐文宗開成二年（西元八三七年）進士，官至東川節度使判官、檢校工部員外郎。當時牛僧孺、李德裕結黨相爭，商隱因娶了李黨王茂元之女為妻，受到牛黨長期排斥，潦倒終生。他的詩歌擅長律、絕，文采典麗，構思精密，想像豐富，寫情深刻細膩，且能把神話、典故鎔入篇中，獨具浪漫而神祕的詩風。詠史詩則多託古諷今，含蓄中帶有悲憤。他的詩和杜牧齊名，世稱「小李杜」；又因詩作繁縟巧麗，和溫庭筠相並，世稱「溫李」；而因與溫庭筠、段成式三人，皆排行十六，又都擅長駢體儷辭，時人稱他們的作品為「三十六體」。著有《李義山詩集》、《樊南文集》。《全唐詩》錄詩三卷。新、舊《唐書》有傳。

【韻律】這是一首平起格平聲韻的七言絕句。全詩平仄合律。第三句「青女素娥俱耐冷」，作「平仄仄平平仄仄」，依然合乎格律，第五字「俱」字有兩讀，此處宜讀為平聲。詩中「百」、「尺」、「接」、「月」等字為入聲字，視為仄聲。

詩用下平聲一先韻，韻腳是：蟬、天、娟。首句便用韻。

【注　釋】❶征雁　遠行的雁。雁是候鳥，到秋天就飛向南方，尋找溫暖的地帶過冬。❷蟬　一名知了。棲食樹間，雄蟬腹面有鳴器，夏日鳴叫，過夏即死。❸臺　一作「高」。❹青女　掌管霜雪的女神。《淮南子・天文》：「至秋三月，……青女乃出，以降霜雪。」注：「青女，天神，青霜玉女，主霜雪也。」❺素娥　指月宮仙女嫦娥。因月色潔白，故稱素娥。❻鬬　較量。同「鬥」。❼嬋娟　容態美好。

【語　譯】剛聽到北雁羣鳴南歸的時候，已沒有秋蟬的悲聲。從百尺樓臺上遠眺，只見水和天相連接，一片空明。青霜玉女和嫦娥都極耐寒冷，一在月裏，一在霜間，相互比鬥著嬌美的姿容。

【賞　析】詩題為「霜月」，描寫寒月如霜，是詩人在臨水高樓上所見的秋夜景色。在草木衰落、萬物慘淡的秋天，只有秋水長天、月輪霜華是爽朗明潔、光采奪目的。所以善於即景寄興的詩人，著筆就捕捉住這四種景致，再加上飛雁寒蟬，使這首小詩的情境既典雅清麗，又逸趣橫生。

詩人在「初聞征雁已無蟬」句中，首先用南飛的雁羣揮別秋蟬，表現時光推移，業已進入中秋。在「百尺樓臺水接天」句中，用樓頭所見水色上接天光的景象，作為全詩的布景，當雁行被這布景一襯托，就透出一股寂寥蕭瑟的秋氣。

詩人再用他的彩筆為布景的地面覆滿秋霜、晴空塗上明月，霜月交輝，寒氣襲人，呈現出秋夜的玉潔冰清之美。這美固然美得不同凡俗、不落言詮，但也美得使人心生「瓊樓玉宇，高處不勝寒」的感慨，迫得詩人請青女、嫦娥出面化解，寫出「青女素娥俱耐冷，月中霜裏鬭嬋娟」的詩句。

於是詩境又起了變化，兩位耐寒仙子天上人間互鬥嬌妍，越冷越明豔動人、光華四射，令人不忍轉睛他視，令人忍不住要推想這兩位嚴寒中冰肌玉骨、高情遠致的仙子，究竟是誰的化身？葉燮《原詩》中說商隱的七絕「寄託深而措辭婉，可空百代無其匹也」，當屬知人之言。又，李商隱處晚唐，開「冷豔」的詩風，讀其〈霜月〉，尤見冷豔之特色。

一七一、梅　　王　淇

不受塵埃❶半點侵❷，竹籬茅舍❸自甘心。
只因誤識林和靖❹，惹得詩人說到今。

【作　者】王淇，見前二九二頁。

【韻　律】這是一首仄起格平聲韻的七言絕句。全詩平仄大致合律，惟次句用「仄平平仄仄平平」的句法，第三句「只因誤識林和靖」作「仄平仄仄平平仄」，是為拗句。

詩用下平聲十二侵韻，韻腳是：侵、心、今。首句便用韻。

【注釋】❶塵埃　揚散的塵土。❷侵　陵犯；冒犯。有玷汙的意思。❸竹籬茅舍　竹子編的籬笆，茅草蓋的房舍。比喻簡陋的鄉居。❹林和靖　即北宋詩人林逋（西元九六七——一〇二八年），字君復，錢塘人。隱居西湖孤山近二十年，終身未娶，於所居處植梅養鶴以自娛，因有「梅妻鶴子」之稱。他的詩風格淡遠，靈逸雅致，頗多詠梅之作。卒諡和靖先生。見《宋史・隱逸傳》。

【語譯】她向來是不肯受半點塵埃玷汙的，雖然開在竹籬茅舍旁邊，卻是自己心甘情願。只因不小心結識了癡情的林和靖，惹得詩人們把她當話題，一直談論到今天。

【賞析】歷代詠物詩都喜愛以梅、蘭、菊、竹作為詠物的對象，取其幽香、高潔，用以比喻美女佳人，或隱逸高士。如晉陶淵明好詠菊，以菊自況，其後蘇東坡也好詠菊花詩。宋人詠梅詩也很普遍，如林逋的〈梅花〉詩：「疏影橫斜水清淺，暗香浮動月黃昏。」疏影、暗香已成梅花的代稱詞，南宋姜夔，更有〈暗香〉、〈疏影〉的詞，把梅花比作冰肌玉骨的絕世佳人。林逋愛鶴愛梅，有梅妻鶴子的韻事，梅的耐寒芳潔，便成詠梅詩的特性。

王淇的詠梅詩，也有它絃外之音處：首、二兩句，寫梅不受塵埃汙染，有高潔的本性，雖居竹籬茅舍，但不求榮華，高潔猶如隱士。三、四兩句，用林逋隱居不仕，好梅成癖的典故，引來詩趣。全詩採用擬人格的手法，將梅比人，這是使用「反常而合道」的技巧，更覺情味盎然，頗為不俗。詠物詩往往運用移情作用和擬人手法，使物的特性與自己的性情相融合，以達物境與情境交融，物與境會，情與境遇，形成物中有我、物中有情的佳趣；這也是詠物詩表現情趣的慣用手法。將梅擬人化，讀到「只因誤識林和靖，惹得詩人說到今」，言下似有所怨，梅的高潔，卻也因而傳誦千古。

一七二、早春

白玉蟾

南枝❶纔放兩三花，雪裏吟香弄粉❷些❸。
淡淡著❹烟濃著月，深深籠❺水淺籠沙。

【作者】白玉蟾，原來的姓名是葛長庚，字如晦，號海瓊子。後過繼到白家，因此改稱白玉蟾，又字白叟，南宋閩清（今福建省閩清縣）人。生卒年不詳。在武夷山入道當道士，南宋寧宗嘉定中，應詔赴闕館太乙宮，封紫清明道真人。博聞強記，工畫梅竹，又擅寫詩，著有《海瓊集》。

【韻律】這是一首平起格平聲韻的七言絕句。全詩平仄合律。其中「纔」、「著」、「籠」三字，均在詩句中的第三字，合乎「一、三、五不論」的變通原則，可以自由活用。

詩中一、二兩句為散句，三、四兩句是對仗句，「淡淡著烟濃著月」對「深深籠水淺籠沙」，其中有重言對和重出對，「淡淡」對「深深」是重言對，「著」字在出句中重出一次，對「籠」字在對句中重出一次，是重出對。

詩用下平聲六麻韻，韻腳是：花、些、沙。首句便用韻。

【注 釋】❶南枝 南面向陽的枝條。❷吟香弄粉 指以花作為吟詩詠歌的題材。❸些 語氣詞。無義。❹著 附著。❺籠 覆蓋；籠罩。

【語 譯】向陽的枝頭上，剛綻開兩三朵梅花，我在雪地裏吟賞她的粉蕊，也讚頌她的芬芳。淡淡的烟霧罩著她，溶溶的月色籠著她，她的倩影，深色投映在水面上，淺色投映在沙灘上。

【賞 析】這是一首詠梅的小詩，儘管詩中並未提及梅花，但他觸筆所及，已將梅花的開放時節、梅花的姿態、梅花的香氣襲人，以及在月下水邊的倩影，都描繪無遺。這種烘雲托月法，合乎晚唐司空圖《詩品》中〈含蓄〉一品所云「不著一字，盡得風流」的意境。

全詩結構，前兩句著重梅花花容、花香的描寫，後兩句著重梅花在霧靄中、在月光下，以及在水畔、在沙灘邊的投影，寫來空靈而有仙氣。梅花開在臘月，春未至便先透春訊，故以「早春」為題，用梅的開放，透露早春的信息。

詩中首句道出南枝已有兩三朵花開放，承句卻云「雪裏吟香弄粉些」，指臘雪猶封，但已見雪梅在南枝綻開，使詩人驚覺早春的腳步已近，且梅的花態、花容、花香、花粉、花蕊，都能引發詩人的靈感而讚頌不已。

三、四兩句轉合，用對仗句描寫梅花開在早春的景象，高潔、高雅、空靈、空明；用烟靄、用月色、用水畔、用沙岸、用濃淡深淺，烘托梅花的倩影，帶有冰肌玉骨的仙氣，又有暗香浮動的佳致。故白玉蟾的〈早春〉，將梅的容貌、梅的芳香、梅的姿態、梅的顏色，描繪入神，使梅的精神和梅的品格，進入詩歌中脫俗飄逸的境界，使人也感染了早春的喜悅，同時，也感受到早春水烟花月朦朧的美景佳境。

一七三、雪　梅（其一）

盧梅坡

梅雪爭春❶未肯降❷，騷人❸擱筆❹費評章❺。
梅須遜❻雪三分白，雪卻輸梅一段香。

【作　者】盧梅坡，宋詩人。生平不詳。

【韻　律】這是一首仄起格平聲韻的七言絕句。全詩平仄合律，除首句第一字「梅」字，本宜仄而用平，是「一、三、五不論」，可自由活用外，其餘各句各字都依定式的平仄寫成。

詩中後兩句「梅須遜雪三分白，雪卻輸梅一段香」，是對仗句，等於用詩題的〈雪梅〉，作了一副鶴頂格的對聯；同時，又將「梅」、「雪」二字，再度嵌鑲於第四句中，也成為嵌鑲格的聯語。其中「三分白」對「一段香」，是數字對的對聯；以梅、雪作比較，巧妙無比。

詩中「雪」、「擱」、「筆」、「白」、「卻」、「一」等字為入聲字，當作仄聲，且「梅」、「雪」二字，反覆在詩中重出，是有意的安排，極具特色。

詩用下平聲七陽韻，韻腳是：降、章、香。首句便用韻。

【注　釋】❶爭春　春天時百花爭奇鬥豔。❷降　屈服。❸騷人　本指《楚辭・離騷》作者詩人屈原，後為詩人、文士的泛稱。❹擱筆　停筆。一作「閣」。義通。❺評章　評論高下的文章。❻遜　減；差；不如；不及。

【語　譯】梅花和雪花在春天裏爭豔，不肯相讓，使詩人停筆苦想，為了寫那評論梅花和雪花高下的文章費盡心思。如將梅、雪來比較，梅花不及雪花白，雪花卻沒有梅花的芬芳。

【賞　析】〈雪梅〉是一首詠物詩，題作「雪梅」，其實主題「詠梅」，而「雪」只是陪襯，用雪來陪襯梅的特色和精神。同時，一般的詠物詩，也不僅止於詠物而已，它必然有託物寄興的絃外之音。梅除了指梅花，它尚可以暗示具有堅貞、芬芳、潔白、耐寒、不畏橫逆等精神，因此梅是君子，是佳人，是隱士，是鬥士，也是冷豔、有節操的象徵者。如同唐人黃蘗禪師所寫的〈上堂開示頌〉：

塵勞迥脫事非常，緊把繩頭做一場。
不是一番寒澈骨，怎得梅花撲鼻香。

今人稍改原句，用以贊頌不畏橫逆的鬥士，謂：「不經一番寒澈骨，那得梅花撲鼻香。」

全詩結構共四句，前兩句故作驚人之筆，寫梅、雪爭春互不相讓，使詩人為之擱筆，費心評梅論雪，比出高下。後兩句便用對仗句，將「梅」、「雪」作一番優劣高下的比較：以「白」做標準，「梅須遜雪三分白」；若以「香」做標準，則「雪卻輸梅一段香」。但從整體來看，詩人這是暗示雪不如梅，或許此詩還不夠明顯，但在第二首中，便不難見出端倪。此首只是從外形的白和芳香來將梅、雪作一番比較，第二首還要做第二回合的較量，可謂極盡詩家風雅之能事。

一七四、雪　梅（其二）

盧梅坡

有梅無雪不精神❶，有雪無詩俗了人❷。
日暮詩成天又雪❸，與梅並作十分❹春。

【作　者】盧梅坡，見前三九四頁。

【韻　律】這是一首平起格平聲韻的七言絕句。全詩大致合律，惟末句第一字「與」字，本宜平而用仄聲，使第二字成為孤平，是拗句，故此詩為拗絕。這種現象，在宋人詩中十分常見。詩中「雪」、「不」、「俗」、「日」、「作」、「十」等字是入聲字，在平仄上當視作仄聲。詩用上平聲十一真韻，韻腳是：神、人、春。首句便用韻。

【注　釋】❶精神　氣力；活力。指神采而言。❷俗了人　是說令人感到俗不可耐。俗，俗氣；格調不高。❸雪　此處當動詞，指下雪。❹十分　形容極為充實圓美。

【語 譯】沒有雪花來映托的梅花顯得不夠有神采，如果有了雪花的烘托而沒有詩，依然令人感到俗不可耐。黃昏時梅花詩也寫好了，天又下起大雪來，於是詩、雪和梅花合成了一個完美無憾的春天。

【賞 析】盧梅坡的梅花詩，《千家詩》共選兩首。在第一首中，詩人以雪來烘托梅，使梅花在春天裏與百花爭春，引來梅、雪之爭，讓詩人也參與了爭春的陣容，於是「騷人擱筆費評章」，後來詩人總算把梅、雪作一番比較，評出高下：「梅須遜雪三分白，雪卻輸梅一段香。」從此詩人也捲入爭春鬥豔的行列中，不能皎然獨立於「爭春」的局外。於是才有第二首梅花詩的創作，從這裏可知詩人聯想力的豐富，且詩的結構巧妙，帶來無限的情趣和韻致。

第二首〈雪梅〉便從「梅」、「雪」和「詩」三項來做文章，主題當然還是在「梅花」上面，但有梅花而沒有雪花，顯得梅花不夠有精神，如果有了雪花，沒有詩人的題梅花詩，又顯得格調不高，俗不可耐。詩中第三句，轉得活潑，十分傳神：「日暮詩成天又雪」，真是如有神助，日暮時分，詩人的梅花詩寫成，同時天也下起大雪來了，此時，詩、雪、梅三者並備，於是「與梅並作十分春」，收束得極圓滿，不但是此詩的結句，同時也回應上首「梅雪爭春未肯降」，可謂首尾圓合，前後照應。短短二十八字的絕句，竟然有如此多義性的涵容、有如此曲折性的構思；從表面看來，用字遣詞自然平淡，細細品味，便知詩人必是手持千斤之椽，方作得出如此驚人的贊頌，梅花如果有知，也要為詩人的巧思大為折服罷！

詩的美好，詩材的運用是極重要的，盧梅坡能將「雪梅」寫活，主要是他用了比較法和烘托法，將「梅」與「雪」、「詩」一起比較，用「雪」、「詩」烘托「梅」的精神和特色，從梅的外表，一直寫到梅的內涵；讀了這兩首詩後，都將禁不住要讚歎詩人的神奇，且佩服他能把如此平實的事物，寫得如此深刻而富有哲思。

一七五、答鍾弱翁❶

牧 童

草鋪橫野❷六七里，笛弄晚風❸三四聲。
歸來飽飯黃昏後，不脫蓑衣❹臥月明。

【作 者】本詩為草野牧童所寫的詩，作者的時代和生平，說法紛紜，並牽連到呂洞賓的神仙故事。鍾弱翁，名傅，是北宋時人。被舉薦入朝，官至集賢殿編修、龍圖閣直學士。由於虛報邊功，遭到貶謫，於是有一牧童寫此詩送給他。而此「牧童」，當為宋人，或是一隱者，生平事蹟不詳。《宋詩紀事．九〇》，也錄有此詩，題作〈絕句〉，作者是「呂仙牧童」。呂仙，是指呂洞賓。呂仙牧童，是跟隨在呂洞賓身邊的一位牧童。《宋詩紀事》並引《西清詩話》的資料說，鍾弱翁帥兵平涼時，曾有一方士帶一牧童求見，那牧童牽一隻黃犢於庭下，後操筆寫下此詩；事後發現這位方士便是呂洞賓。

《全唐詩．八五八》將此詩列於「呂巖」名下，詩題作〈牧童〉。呂巖，即呂洞賓，號純陽子，約生於唐德宗建中初（西元七八〇——七八四年），相傳為長安京兆人，一作蒲州永樂縣人。他是禮部侍郎呂渭的孫子。曾兩次舉進士不第，後雲遊各地，修道於終南山，得道後不知所終。《全唐詩》錄有他的詩四卷。

【韻　律】這是一首平起格平聲韻的七言絕句。全詩平仄合律。但其中格律的應用變化很大，首聯與次聯都是平起，屬於失黏失對的結構，這在唐人的詩律中，是被視為合律的句法。其次一、二兩句又是雙拗的句法，首句「草鋪橫野六七里」，作「仄平平仄仄仄仄」，四、六二字均為仄聲，是雙拗的現象，故在次句「笛弄晚風三四聲」，作「仄仄仄平平仄平」，第五字「三」字，用平聲以救上句的拗折，合乎雙拗的拗救規則，救過之後，依然合律。

首聯為對仗句，「草鋪橫野六七里」對「笛弄晚風三四聲」，其中有數字，是為數字對。另「六」、「七」、「笛」、「不」、「脫」、「月」等字為入聲字，當視為仄聲。

詩用下平聲八庚韻，韻腳是：聲、明。

【注　釋】❶鍾弱翁　參見本詩作者欄。❷橫野　遍及山野。橫，充滿；充塞。❸笛弄晚風　指晚風裏飄送著笛音。弄，吹奏。❹蓑衣　用棕櫚皮編成的雨衣。

【語　譯】遼闊的原野上青草綿延了好幾里長，幾聲疏落的笛音在晚風裏飄蕩著。歸來吃罷晚飯，已是黃昏後了，於是就著蓑衣，臥躺在明淨的月光下小憩。

【賞　析】歷代將這首詩蒙上一層神仙的色彩，大抵都與呂洞賓有關。呂洞賓為八仙之一，本為唐人，原名呂巖，《全唐詩》將此詩歸為呂巖作。但《千家詩》和《宋詩紀事》，都將此詩視為宋人所作，且呂洞賓還出現在宋代，便視為神仙故事。因此從外延來研究此詩，便情節複雜且帶有幾分仙氣和神祕感。

如從內延來研究這首詩，將詩題和作者擺脫，純就詩句的內容來看，是描寫牧童傍晚歸來後的自由閒適。這首絕句，寫草野風光，意象鮮明，寫草野閒人，自由自在。

前兩句自成對仗，「草鋪橫野六七里」對「笛弄晚風三四聲」。以「草鋪橫野」、「笛弄晚風」勾畫草野風光，乾淨俐落；「六七里」對「三四聲」，是數字對，但解釋時，不必拘泥於實數，要用虛數來解釋，詩境才美，寫景才有畫趣。

後兩句寫牧童從草野歸來，依然自在灑脫，於是「歸來飽飯黃昏後，不脫蓑衣臥月明」。真如莊子所說的鼓腹而遊，含哺而嬉，逍遙如同羲皇上人。

中國道家所追求的理想，便是無牽無掛、心靈絕對自由的境界。詩中所呈現的意境和情趣，是自由灑脫的牧野生活，難怪這首詩要被沾上仙氣，與呂洞賓的故事牽連在一起，畢竟它是一首使人淡泊名利、眼界開闊、心靈解放的詩。

一七六、秦淮夜泊❶

杜　牧

烟籠❷寒水月籠沙，夜泊❸秦淮❹近酒家❺。

商女❻不知亡國恨，隔江❼猶❽唱後庭花❾。

【作　者】杜牧，見前二四九頁。

【韻　律】這是一首平起格平聲韻的七言絕句。全詩平仄合律，只是一、三字平仄的活用而使句法上有些變化，即首句「寒」字本宜仄聲而用平，不影響格律，次句合律，第三句用「平仄仄平平仄仄」的句法，第四句用「仄平平仄仄平平」的句法，三、四兩句都是一、三兩字使用可平可仄，在「一、三、五不論」的原則下，仍然合律。

　詩中「月」、「泊」、「不」、「國」、「隔」等字為入聲字，在平仄上當視為仄聲。

　詩用下平聲六麻韻，韻腳是：沙、家、花。首句便用韻。

【注　釋】❶秦淮夜泊　一題作〈泊秦淮〉。❷籠　覆蓋；籠罩。❸泊　停船靠岸。❹秦淮　河名。相傳秦始皇於方山掘流，西入江，也叫淮，因稱秦淮。有二源，東源出句容縣華山，南流；南源出溧水縣東廬山，北流。二源會合於方山，西經南京，北入長江。舊時南京的歌舞樓館、畫舫遊艇多紛集於此。❺酒家　賣酒的人家。即酒店、酒肆。❻商女　賣唱的歌女。❼江　指秦淮河。❽猶　還。❾後庭花　唐教坊歌曲名。本名〈玉樹後庭花〉，為南朝陳後主所製曲。後主名叔寶，荒淫享樂，不修朝政，終亡於隋。後遂以〈後庭花〉代表靡靡之音。

【語　譯】烟霧籠罩著寒冷的河水，月光籠罩著沙灘，天晚了，小船停泊在秦淮河畔，靠近酒家。歌女們不知亡國的悲痛，還在對江高唱〈玉樹後庭花〉的歌曲。

【賞　析】此詩是詩人寫客旅夜泊的感慨。

杜牧生於晚唐時代，社會風氣浮華，朝政紊亂，內有宦官亂政，牛、李黨爭，外有藩鎮割據，各自為政。詩人感於時代的離亂，而有居安思危的意識，在客旅建業，夜泊秦淮河畔，聽得隔江酒家歌聲不絕，靡靡之音使人忘卻國家正處危亡之際，因而有感，作成此詩。

全詩結構精巧，前兩句寫所處的時間和地點，並予以點題，後兩句寫所感之事，終成發人深省的名句。首句「烟籠寒水月籠沙」，已暗示詩題的「夜泊」，次句承接「夜泊秦淮近酒家」，更是直接點題「秦淮夜泊」。秦淮河畔在建業，是六朝以來金粉繁華的場所，青樓酒肆中紙醉金迷，風月無邊。三、四兩句轉合，就夜泊秦淮所見所聞，引來無限浩歎：「商女不知亡國恨，隔江猶唱後庭花。」詩人的感發，畢竟是驚世駭俗之言，至今猶有醒世的作用。

唐人絕句綺靡巧絕，杜牧詩猶為綺麗輕豔，然而在穠麗的情景中，尚能透出暮鼓晨鐘之音，引人省思，不失為晚唐中的「小杜」，與盛唐的杜甫「老杜」，都具有即事名篇、實寫諷諭的精神，二人前後輝映，亦是詩壇佳話。

一七七、歸雁　錢起

瀟湘❶何事等閒❷回，水碧沙明❸兩岸苔。
二十五弦彈夜月❹，不勝❺清怨❻卻❼飛來。

【作　者】錢起，見前三七頁。

【韻　律】這是一首平起格平聲韻的七言絕句。全詩平仄合律。詩中「何」、「五」二字為可平可仄處，但不影響格律。末句用「仄平平仄仄平平」的句法，也是合律的句子。

詩中「碧」、「十」、「月」、「不」、「卻」等字，是為入聲字，當視為仄聲。

詩用上平聲十灰韻，韻腳是：回、苔、來。首句便用韻。

【注　釋】❶瀟湘　水名。三湘之一。指湖南省境內的湘江。源出廣西省海陽山，在湖南省境的零陵縣西，有瀟水來會。與瀟水會合後的一段河流，名為瀟湘。此處借指湖南衡山的回雁峰，回雁峰是衡山七十二峰的第一峰，峰勢像飛雁迴旋，相傳秋雁飛至此，便棲息於湘江下，不再南飛，等過了冬天再飛回北方。❷等閒　輕易；無端；平白地。❸水碧沙明　形容瀟湘一帶風景秀麗，水清沙潔。❹二十五弦彈夜月　指湘靈（即舜妃，相傳為湘水之神）鼓瑟的神話故事。《楚辭・屈原・遠遊》：「使湘靈鼓瑟兮，令海若舞馮夷。」又《史記・封禪書》：「太帝使素女鼓五十弦瑟，悲，帝禁不止，故破其瑟為二十五弦。」弦，同「絃」。❺不勝　不堪；承受不了。❻清怨　指瑟聲的淒清哀怨。❼卻　且。

【語　譯】雁兒為甚麼飛到瀟湘後，便無端地回旋，不再南飛？這裏的水清沙淨，兩岸長滿了青苔。必定是湘江的神女在月夜裏鼓了二十五絃的瑟，那瑟聲淒清哀怨，叫你不能忍受，只好又飛回北方來的吧？

【賞　析】詩的可愛，在於有異想天開的聯想，候鳥南飛，過了冬天，又飛回北方，這原本是自然界的現象，而詩人卻想出一套合情合理的說辭，無形中增加了詩趣，也開闢了詠物詩的天地。

錢起是中唐時「大曆十才子」之一，大曆詩人繼盛唐之後，多吟詠一己情愫，由向外擴張回歸到內斂深沉，於是詠物詩應運流行。詩題為「歸雁」，詩句便著力於「歸」字。全詩結構，為配合歸雁的主題，在前兩句，安排大雁南飛，到瀟湘水碧沙明的地方，便棲息下來，「等閒」兩字，形容雁的回旋，實在巧妙。因此以「瀟湘何事等閒回」的問語作開端，是何等的從容，且具有懸疑跌宕、引人入勝的效果；承而答道：是瀟湘一帶「水碧沙明兩岸苔」的緣故，故大雁飛經此地，便棲息下來，不再南飛。(因而有回雁峰、回雁塔。)三、四兩句轉而描寫大雁北飛，是因受不了湘水之神淒清哀怨的瑟聲，才又飛回北方來。

這是詩人透過豐富的想像，從大雁來到湘江，到湘江女神善於鼓瑟的神話，又因為瑟曲有〈歸雁操〉，故而把湘靈鼓瑟的清怨，和「歸雁」的情景結合在一起，因此錢起藉「歸雁」為題，不著痕跡地牽引出客旅思歸的淒怨。

而雁的「不勝清怨」，其實是詩人自己的心情。所以詠物詩絕不止於詠物，能讀出其中的絃外之音，才能讀出詩味。

一七八、題壁❶

無名氏

一團茅草❷亂蓬蓬❸，驀地❹燒天驀地空。
爭似❺滿爐煨❻榾柮❼，漫❽騰騰❾地❿煖烘烘⓫。

【作　者】據《津逮祕書》輯南宋人張端義《貴耳集・上》云：「嵩山極峻，法堂壁上有一詩，曰：『一團茅草亂蓬蓬，驀地燒天驀地紅。爭似滿爐煨榾柮，慢騰騰地煖烘烘。』字畫老草，旁有四字：『勿毀此詩』。」得知這是一首題在嵩山法堂壁上的詩，作者姓氏不詳。

【韻　律】這是一首平起格平聲韻的七言絕句。全詩平仄合律。首句和末句均用「仄平平仄仄平平」的句法，次句依標準定式的平仄，第三句用「平仄仄平平仄仄」的句法，在一、三字上用可平可仄，稍具變化，但仍然合律。

詩中「一」、「驀」、「榾」、「柮」等字為入聲字，宜視為仄聲。

詩用上平聲一東韻，韻腳是：蓬、空、烘。首句便用韻。

【注　釋】❶題壁　又稱口占的詩，即詩人隨口吟出的詩，立即取筆墨，將詩題在牆壁上，供人吟誦。古人題壁的詩，多題在名勝寺廟的壁上，如唐人崔顥的〈黃鶴樓〉、宋人蘇軾的〈題西林壁〉。❷茅草　草名。即白茅。多年生草本。古代常用來包裹祭祀的物品。❸蓬蓬　繁盛、茂盛的樣子。❹驀地　忽然；突然。❺爭似　怎似。❻煨　以慢火烤燒。❼榾柮　斷木頭；樹的根節疙瘩。可以代炭。❽漫　滿溢。一作「慢」。❾騰騰　形容火勢興起、奮起的樣子。❿地　語氣詞。無義。⓫烘烘　溫暖的樣子。

【語　譯】一堆茅草亂蓬蓬地堆在一起，點一把火，可以突然燒得火舌滿天，但突然間又化為灰燼。不如滿爐填滿斷木根節，用小火煨著，讓火勢慢慢騰旺，散發著煖烘烘的熱力呢！

【賞　析】依據南宋張端義的《貴耳集・上》記載，這是一首題在嵩山法堂壁上的詩，既無作者姓名，也無詩題可查，應該是宋代居住在嵩山的一位老禪師所撰的偈頌，詩中含有無限的哲理。

他用燒一團茅草和燒一爐木頭來比較：燒茅草易旺易滅，燒木頭慢慢煨著，持久而耐燒，道理淺俗易知，卻寓含人生處世的哲學。詩人深入淺出的詮釋人生，要人腳踏實地，不要好高騖遠，才能有底，才能持久。

全詩共四句，前兩句寫燒茅草，易著易熄；後兩句寫燒榾柮，慢著但逐漸旺盛，且火勢持久而不衰竭。用燒茅草、燒木柴比喻人要務實、要踏實，雖然語辭粗糙，章法平平，但含有深刻的教誨作用。

一般記載在廟宇寺院的詩或聯語，警世作用往往大於品賞，因此，都希望寫得通俗，使一般村夫村婦都能懂；而其實最淺俗的詩或對聯，常常亦不乏雅俗共賞的佳篇妙作，如一和尚廟的對聯，上聯寫著：「放開肚皮吃飯」，下聯對道：「立定腳跟做人」。這是一副絕妙上乘的對子，如同這首題壁的詩一樣，雖然俚俗，卻是發人深省的哲理詩。

七言律詩

一七九、早朝大明宮❶

賈　至

銀燭朝天紫陌長❷，禁城❸春色曉蒼蒼。
千條弱柳垂青鎖❹，百囀❺流鶯繞❻建章❼。
劍珮❽聲隨玉墀❾步，衣冠身惹❿御爐香。
共沐恩波鳳池⓫上⓬，朝朝染翰⓭侍君王。

【作　者】賈至（西元七一八——七七二年），字幼鄰，唐洛陽（今河南省洛陽縣）人。生於玄宗開元六年，卒於代宗大曆七年，享年五十五。

以明經科出身，初任單父尉，曾從玄宗幸蜀，拜起居舍人，知制誥。其父賈曾，亦知制誥，故父子二人均為朝廷典章冊命的擬稿人，一時傳為美談。肅宗至德初，為中書舍人，因犯過，貶為岳州司馬。代宗寶應初，召復舊官，後官至右散騎常侍。《全唐詩》錄詩一卷，共四十六首，大抵為送別、贈答之作。新、舊《唐書》有傳。

【韻　律】這是一首仄起格的七言律詩。全詩平仄合律。次句「禁城春色曉蒼蒼」，用「仄平平仄仄平平」的句法，後四句為失黏失對，因此第六句以下，黏對失序。且第三聯出句「劍珮聲隨玉墀步」與末聯出句「共沐恩波鳳池上」，均為「仄仄平平仄平仄」，是為單拗，即第五字宜平而用仄，是拗折，第六字本宜仄而特意改為平聲，以救上字的拗失，這種本句自救的方式，便是單拗；彌補之後，仍然合律。

律詩八句，在二、三兩聯處，必須對仗。便如《新唐書·宋之問傳》云：「回忌聲病，約句準篇，如錦繡成文。」今律八句，排律八句以上，除平仄依律外，尚須對仗，是律詩的特色。「千條弱柳垂青鎖」對「百囀流鶯繞建章」，千、百為數，是為數字對；「劍珮聲隨玉墀步」對「衣冠身惹御爐香」，辭語華麗，金碧輝煌。

詩用下平聲七陽韻，韻腳是：長、蒼、章、香、王。首句便用韻。

【注釋】❶早朝大明宮　一題作〈早朝大明宮呈兩省僚友〉。早朝，古代臣子於清晨卯時（上午五點鐘）正，上朝拜見天子，稱為早朝。大明宮，唐太宗貞觀八年（西元六三四年）所建，初名永安宮，次年，改為大明宮，為皇帝臨朝聽政之處。高宗時擴建，改名蓬萊宮，為梯形宮苑，有城，北為玄武門，南為丹鳳門，北有太液池，中為紫宸殿，其南有宣政殿、含元殿。其西有麟德殿。兩省，指門下省和中書省。僚友，同事；同仁。❷銀燭朝天紫陌長　全句是說：早朝時，朝拜天子，在月光下，走在長長的京都道路上。銀燭，白蠟燭。在此指月亮和月光。朝天，朝拜天子。朝，一作「熏」。紫陌，泛稱京都的道路。❸禁城　即皇城。皇帝居住的地方，禁衛森嚴，故稱禁城。❹青鎖　指宮門。門上刻有塗成青色的連鎖花紋，故名。鎖，一作「瑣」。❺百囀　形容黃鶯啼聲婉囀。❻繞　一作「滿」。❼建章　本為漢宮名，在此指唐大明宮。❽劍珮　文武百官身上所佩帶的寶劍和玉珮。❾玉墀　宮殿前用玉石砌成的美麗臺階。❿惹　沾上；染到。一作「染」。⓫鳳池　鳳凰池的省稱。參見岑參〈和賈舍人早朝〉詩注❺。⓬上　一作「裏」。⓭染翰　持筆染墨。翰，毛筆。

【語　譯】早晨要去朝拜天子時，月光灑落在長長的京城道路上，皇城的春色在破曉時分顯得一片青翠。宮門邊外千條細柳垂拂，建章宮的四周盡是流鶯婉囀的鳴叫聲。身上佩帶的寶劍和玉珮隨著走上玉階的腳步叮噹作響，滿身的衣帽都沾染了御爐的香氣。我們這些中書省內的臣子共同沐浴著皇恩，每天執筆染墨，書寫文章，以陪侍君王。

【賞　析】〈早朝大明宮〉一詩，是賈至在肅宗乾元元年（西元七五八年）春天所作，當時，他任職中書省，為中書舍人，寫此詩送給門下、中書兩省的僚友。同時，兩省同僚如左拾遺杜甫、太子中允王維、右補闕岑參等見此詩後，均有和答詩（見後三首），由此可知唐人以詩贈答的情形。

本詩結構分明，前四句寫早朝上殿所見的景象：首聯「銀燭朝天」，便點出「早朝」，寫春曉天色未明，在紫陌上猶見月光。次聯「千條弱柳」，寫已到皇宮，見禁苑早春景色，柳垂鶯啼，點出「大明宮」充滿初春的氣息，烘托出早春的朝氣。後四句寫文武百官朝拜天子，共沐天恩的情狀：三聯「劍珮聲隨」寫文武百官上朝時，井然有序，追隨在天子的「玉墀」上，亦步亦趨，在天子的「御爐」旁，同染御爐的香氣。末聯同申願效君王的忠誠，而共沐皇恩。

賈至為中書舍人，舍人便是掌制誥，負責擬撰皇帝的文件，故末句以「朝朝染翰侍君王」收結，切合身分。

一八〇、和賈舍人早朝

杜甫

五夜漏聲催曉箭❶，九重❷春色醉仙桃。
旌旗日暖龍蛇動❸，宮殿風微燕雀高❹。
朝罷香煙攜滿袖❺，詩成珠玉❻在揮毫。
欲知世掌❼絲綸❽美，池上❾于❿今有⓫鳳毛⓬。

【作　者】杜甫，見前一一一頁。

【韻　律】這是一首仄起格的七言律詩。全詩平仄合律。本詩除二、三聯對仗外，連首聯也對仗，可視為偷春格。《詩人玉屑・詩體》：「破題已的對矣，謂之偷春格，言如梅花偷春色而先開也。」故凡首聯對仗的律詩，均稱為偷春格。杜甫的律詩，極重視聲律之美，少有出律或拗折的現象，此詩亦不例外。

詩用下平聲四豪韻，韻腳是：桃、高、毫、毛。

【注　釋】❶五夜漏聲催曉箭　全句是說：五更漏盡，更箭催促，指示已是天明時刻。五夜，五更。古人一夜分五更，第五更是淩晨三點到五點，五點以後，屬卯時，便天亮了。漏聲，更漏聲。古人計時用水漏，也稱更漏，有指示時間的箭頭，浮在刻漏水上，稱為更箭。❷九重　是指天子所居的地方。因皇宮層層閣殿，故稱九重。重，一作「天」。❸旌旗日暖龍蛇動　全句是說：暖和的太陽，照射在畫有龍蛇圖案的旌旗上，迎風飄動。❹宮殿風微燕雀高　是說微風吹拂著宮殿，而燕子和麻雀飛舞其間。❺朝罷香煙攜滿袖　指退朝時，衣袖上都薰染了御爐的香氣。❻珠玉　比喻詩中的佳句。❼世掌　世代掌理。指賈曾、賈至父子都擔任過中書舍人，掌理天子的詔誥。❽絲綸　《禮記‧緇衣》：「王言如絲，其出如綸。」後因稱帝王的詔書為絲綸。❾池上　指鳳凰池，也指中書省。❿于　一作「於」、「如」。⓫有　一作「得」。⓬鳳毛　暗示先人遺下的風采。也比喻富有文采。《南齊書‧謝超宗傳》：「王母殷淑儀卒，超宗作誄奏之，帝大嗟賞，曰：『超宗殊有鳳毛。』」謝超宗，謝靈運孫。在此藉謝超宗祖孫文章繼美，以讚賞賈至的文才，有乃父之風。

【語　譯】五更漏盡，更箭催促，已是天明時刻，皇宮內春色正濃，桃花兒嬌豔醉人。溫暖的陽光照射在畫有龍蛇圖案的旌旗上，旗影飄飄，微風吹拂著宮殿，燕子和雀兒在上頭飛旋。退朝時，衣袖上都薰染了御爐的香氣，乘興揮毫賦詩，佳句如珠玉。要想知道父子世代掌理詔書的美事，當今鳳凰池內就有這種美才哩！

【賞　析】這是杜甫酬和賈至〈早朝大明宮〉的詩，《全唐詩》題作〈奉和賈至舍人早朝大明宮〉。前人所作贈答或和答詩，有兩種方式：一為依韻奉和，一為只和其意。依韻奉和的詩，限制較嚴，要依原詩的韻腳來寫和詩；而和其意的詩，限制較少，容易發揮，只要依來詩大意而加以回贈。不過贈答的詩，不易工巧，往往落於應酬而相互褒揚。

杜甫是盛唐詩的大家，他的和賈至詩，自有不同凡響之處，他比照賈至詩的結構，前四句也是寫早朝時所見的景象，後四句寫罷朝時的情狀，特別著筆在讚賞賈至父子的文采風範，而用梁武帝盛讚謝超宗繼有先人的文才為「殊有鳳毛」的典故來讚譽賈至，是史筆的褒讚。因此南宋王相評道：「至父賈曾，中宗之朝，亦為中書舍人，明皇謂賈至曰：『先皇制明，乃爾父為之，兩朝盛典，俱出卿家，可謂繼美矣。』故子美和其詩而發讚其家風之盛。」

一八一、和賈舍人早朝

王　維

絳幘雞人報曉籌❶，尚衣❷方進翠雲裘❸。
九天閶闔❹開宮殿，萬國衣冠拜冕旒❺。
日色纔臨仙掌❻動，香烟欲傍❼袞龍❽浮。
朝罷須裁五色詔❾，珮聲❿歸到⓫鳳池⓬頭。

【作　者】王維，見前二一七頁。

【韻　律】這是一首仄起格的七言律詩。詩中前四句的平仄合乎格律，二、三兩句用「仄平平仄仄平平」和「仄平平仄平平仄」的句法。後四句的平仄，為失黏失對的現象，即第三聯的平仄與第四聯的平仄相同，雖然黏對失序，但依然合律。末聯「五色詔」三字，是為下三仄，雖然詩法有云「一、三、五不論」，第五字的平仄可以不拘，但構成孤平或下三仄時，宜盡量避免。

詩兩句成一聯，四句成一絕，八句成一律，八句以上，便成排律。清賀裳《載酒園詩話・屬對》云：「佳句每難佳對，義山之才，猶抱此恨。」他論詩中的屬對，認為佳句難對，不僅李商隱有所抱恨，王維之才，有時也難以周全。如詩中二、三兩聯對仗，「萬國衣冠拜冕旒」是佳句，上句與此句對仗，為「九天閶闔開宮殿」，則非佳句，故屬對上下兩句都要相當，確實不易。

詩用下平聲十一尤韻，韻腳是：籌、裘、旒、浮、頭。首句便用韻。

【注　釋】❶絳幘雞人報曉籌　全句是說：宮中頭戴紅巾的衛士，傳報天亮時刻的更籌。絳幘，紅色的頭巾。雞人，宮中報曉的衛士，因頭戴紅巾如同雞冠，故稱。報，一作「送」。曉籌，即更籌，夜間指示時刻的竹籤條。❷尚衣　官名。掌供天子的服飾。❸翠雲裘　形容著有彩飾的皮裘。❹九天閶闔　九重宮殿的宮門。喻天子的住處。九天，一作「九重」。閶闔，指宮門。❺冕旒　朝冠。冠前後各有下垂的綴珠叫旒。古代天子的冕旒有十二條。在此指帝王。❻仙掌　即宮中掌扇。一名障扇。以雉尾為飾，為皇帝專用。❼欲傍　依附的意思。❽袞龍　天子所穿繡有龍形的袍服。❾五色詔　用五色紙起草的詔書。❿珮聲　身上珮飾所發出的聲音。⓫到　一作「向」。⓬鳳池　鳳凰池的省稱。為中書省的所在地。參見岑參〈和賈舍人早朝〉詩注❺。

【語　譯】宮中頭戴紅巾的衛士，傳報天亮時刻的更籌，尚衣官正要給天子呈上翠雲皮裘。宮殿的九重宮門一一開啟，各國遣唐的文武使節叩拜了天子。朝陽的光芒剛剛出現，宮中的掌扇便開始晃動，御爐中的香烟依繞著皇上的袞龍繡袍飄浮。早朝完畢後，中書舍人要把天子的聖旨寫在五色紙上，於是一陣珮聲叮噹，響到中書省那頭去了。

【賞析】這是王維和賈至〈早朝大明宮〉的詩，詩題《全唐詩》題作〈和賈舍人早朝大明宮之作〉。全詩寫早朝前、早朝時、早朝後三階段不同的情景，真實而華麗。

開端兩句，詩人寫早朝前宮中衛士的「報曉」和「進翠雲裘」，顯示宮中早朝的莊嚴肅穆。中間四句，寫早朝時所見的情景，頷聯「九天閶闔開宮殿，萬國衣冠拜冕旒」，是王維的名句，盛讚大明宮中，皇帝接受臣子和各方使者的朝拜，氣勢萬千，有盛唐天子的大氣象。頸聯「日色纔臨」兩句，以小見大，寫朝日初上，滿室生輝，御爐香氣，依傍龍袍，有雍容和穆的氣氛。最後兩句寫早朝後，賈至回到中書省，忙碌裁製五色紙的起草詔書，讚頌賈至的辛勤公事，可謂不著一字，盡得風流。

清人吳喬《圍爐詩話・二》云：「唐人七律，賓主、起結、虛實、轉折、濃淡、避就、照應，皆有定法。意為主將，法為號令，字句為部曲兵卒。由有主將，故號令得行，而部曲兵卒，莫不如臂指之用，旌旗金鼓，秩序井然。」細讀王維此詩，主題的點醒，起承轉合的安排，皆井然有序，如主將調兵遣將，無一兵一卒的虛耗，字字珠璣，可謂鍊字精妙。

一八二、和賈舍人早朝

岑　參

雞鳴紫陌❶曙光寒，鶯囀皇州春色闌❷。
金闕曉鐘開萬戶，玉階仙仗擁千官❸。
花迎劍佩星初落，柳拂旌旗露未乾❹。
獨有鳳凰池❺上客，陽春一曲和皆難❻。

【作者】岑參，見前六六頁。

【韻律】這是一首平起格的七言律詩。全詩平仄合律，只是在一、三、五上有可平可仄的變化，如第二句「鶯囀皇州春色闌」，本來的定式平仄是「仄仄平平仄仄平」，今作「平仄平平平仄平」。第三句的「金」、「曉」等字的平仄，也是合乎「一、三、五不論」的原則。第四句「玉階仙仗擁千官」，用「仄平平仄仄平平」的句法。後四句的平仄則全部依定式寫成。

詩中首聯便對仗，二、三兩聯對仗，僅末聯不對仗，首聯對仗，便是偷春格的律詩。三聯對仗，都是寫春日早朝所見的景色，可知以寫景對仗是較易討好的，誠如《文心雕龍》所云：「正對為劣，反對為優。」正對是容易寫成的，難在反對。

詩用上平聲十四寒韻，韻腳是：寒、闌、官、乾、難。首句便用韻。

【注釋】❶紫陌　泛稱京都郊野的道路。❷鶯囀皇州春色闌　言皇都鶯啼，此時春光將盡。鶯囀，黃鶯鳴叫。皇州，即京都。色，一作「欲」。闌，晚也。有遲暮、殘盡的意思。❸金闕曉鐘開萬戶二句　寫宮中早朝的景象。金鑾殿上曉鐘初響，宮門萬戶一起打開，玉砌的階下，儀仗隊森嚴地排開，而百官簇擁入朝。金闕，金殿。闕，一作「鎖」。仙仗，指皇殿上的儀仗。❹花迎劍佩星初落二句　寫宮中早朝的景象。指春花迎拂著佩劍入朝者，此時星初沉而天欲明，柳條拂動宮中的旌旗，日未出而露水未乾。迎，一作「明」。佩，一作「珮」。❺鳳凰池為禁苑中池沼，亦稱鳳池。魏晉以來，設中書省於禁苑，掌機要，接近皇帝，故稱中書省為鳳凰池。唐制，宰相稱同中書門下平章事，故詩中多以鳳凰池指宰相。❻陽春一曲和皆難　指中書舍人賈至的詩高雅如同〈陽春〉曲，真教人難以奉和。陽春，曲調名。格調高雅。《文選・宋玉・對楚王問》：「其為〈陽春〉、〈白雪〉，國中屬而和者不過數十人，……是其曲彌高，其和彌寡。」

【語譯】京城的道路上傳來唱曉的雞聲，晨曦微露輕寒，皇都鶯啼，春光將殘。金殿上曉鐘初響，千門萬戶齊開，玉階下儀仗排列，百官簇擁入朝。春花笑迎著佩劍入朝者，星子剛剛沉落，柳條兒拂動著旌旗，露珠兒閃閃未乾。只有中書舍人的詩高雅如同〈陽春〉曲，教人難以奉和啊！

【賞析】這是岑參和賈至〈早朝大明宮〉的詩，《全唐詩》題作〈奉和中書舍人賈至早朝大明宮〉。全詩寫早朝時所聽所見所聞的情景，由外及內，至為雄宕華麗。

開端著筆，從「雞鳴」、「鶯囀」所聽寫起，然後從宮外及於宮內，先寫「紫陌」、「皇州」，此時天欲明而春光已晚。次聯寫「金闕」、「玉階」所見之景，此時萬戶已開，儀仗森嚴。三聯寫殿前已天明，此時花迎劍佩，文武百官朝列；柳拂旌旗，殿前氣象萬千。末聯點題，點出奉和中書舍人賈至〈早朝大明宮〉詩，稱譽其詩高雅難和，雖頌揚而不露痕跡，確實高妙。

〈和賈舍人早朝〉共三首，同為奉和的作品，然各人的取材、手法各不同，從杜甫、王維、岑參的和詩中可見，因各人著筆點的不同，所呈顯的情境便各有千秋；然所寫早朝的富盛、莊麗，文武百官的肅穆、溫雅，則是相同。

清人賀裳《載酒園詩話・和詩》云：「古人和意不和韻，故篇什多佳。始于元、白作俑，極于蘇、黃助瀾，遂成藝林業海。」其實和詩製作不易，詩是發於心靈的感動，和詩則易落於無病呻吟，勉強寫之，便多糟粕。以上這四首因皆出於大家之手，所以各呈風貌，堪稱是和詩中的佳作。

一八三、上元❶應制❷

蔡　襄

高列千峰寶炬森❸，端門❹方喜翠華❺臨。
宸遊❻不為三元夜❼，樂事❽還同萬眾心。
天上清光❾留此夕，人間和氣❿閣春陰⓫。
要知盡慶華封祝⓬，四十年來⓭惠愛⓮深。

【作　者】蔡襄（西元一〇一二——一〇六七年），字君謨，福建仙遊人。生於北宋真宗大中祥符五年，卒於英宗治平四年，享年五十六。

少年聰慧，年十九，登北宋仁宗天聖八年進士，後歷任開封、福州、泉州、杭州等地知府，曾在泉州任內興建萬安渡洛陽橋，用巨石建成，為世界著名橋樑工程之一。慶曆三年，知諫院，累官端明殿學士。卒謚忠惠。

蔡襄工書法，小楷、草書為當時第一，詩文亦清麗，時有妙品。著有《茶錄》、《荔枝譜》、《蔡忠惠集》等書。《宋史》有傳。

【韻　律】這是一首仄起格的七言律詩。全詩平仄大致合律，僅一、三、五處有可平可仄自由活用的現象，但不致成拗折。第七句「要知盡慶華封祝」，作「仄平仄仄仄平仄」，第二字、第六字都是孤平，所以是不合律的拗句。

詩中二、三兩聯對仗，依照律詩對仗的規定，「宸遊不為」對「樂事還同」，對得靈活；「三元夜」對「萬眾心」是數字對，詩中數字對原就難對，因數字中，僅「三」、「千」是平聲，其他數字都是仄聲，因而不易對得工整。下聯「天上清光」對「人間和氣」，對仗工巧；「留此夕」對「闔春陰」，「此夕」對「春陰」，勉強成對。

詩用下平聲十二侵韻，韻腳是：森、臨、心、陰、深。首句便用韻。

【注　釋】❶上元　農曆正月十五日為上元節，是夜為上元夜，也稱元宵。❷應制　唐、宋時臣子奉皇帝之命而作詩文。❸高列千峰寶炬森　唐、宋時大內宮中遇有佳節慶典，建山林形狀的綵飾牌樓，時人稱為山棚。高列千峰，便是形容山棚的高聳。寶炬森，指山棚上眾多點燃著的蠟燭。炬，燭火。森，眾多貌。❹端門　皇宮宮殿南面的正門。即午門。❺翠華　用翠羽裝飾的旗幟。即天子的儀仗。詩文中常用以指皇帝。❻宸遊　帝王出巡遊樂。宸，北斗星之位。借用為帝王居所。❼三元夜　即上元夜、元宵夜。舊說春為歲之元，正月春之元，元宵夜之元。見王相注。❽樂事　足以使人歡樂的事。❾清光　清亮的光輝。指月光。❿和氣　融洽和樂的氣氛；祥和的氣象。⓫閣春陰　收取春天陰冷之氣。閣，通「擱」。此處作置、放、停解。⓬華封祝　祝頌之詞。即華封三祝。華，地名。即華州，今陝西省華縣。封，封人。守封疆之人。《周禮》官名地官司徒之屬，掌管守護帝王社壇及京畿疆界。相傳堯到華州，華州封人祝賀他多壽、多富、多男子（即多子孫）。後遂以「華封三祝」作為祝頌之詞。⓭四十年來　宋仁宗皇帝在位四十餘年，此處取其整數。一作「四十餘年」。⓮惠愛　對人仁愛而有恩惠。指惠愛教化。

【語　譯】綵飾牌樓高聳如山，上頭插滿了明亮的燭火，端午門外，百官正欣盼著皇帝駕臨。皇上的出巡遊樂，並非為了貪看元宵美景，主要是為了與民同樂。天上月亮的清輝彷彿要留住今夜一般，顯得特別明亮，人間祥和的氣氛，也使大地收回了春天的陰冷之氣。要知道臣民所以歡騰祝頌，是因為皇上四十年來對人民的惠愛教化很深啊！

【賞　析】這是元宵節臣子奉和皇帝的應制詩。作者先從宮中的綵樓牌飾上的燈燭說起，點出「上元」燈節，是開門見山式的入題法。

全詩前六句，盛讚宮中元宵的盛況，暗示華燈彩飾，非皇上獨樂，意謂皇上能與民同樂，使元宵夜愈見人間的和諧，君民同享太平盛年。末聯作者以願效華封的三祝，祝仁宗皇帝在位四十年，能恩澤普施，使天下萬民深受其德澤恩惠來收結。

唐、宋時代，君臣多聯吟，尤其是佳節，皇帝有感而作，於是羣臣應和，應制詩因此普遍盛行。但這類應制詩多藉時景以頌皇恩，因此內容上大都缺乏新意。唯在寫作技巧上，偏重辭藻的修飾和典故的鋪敘，以展現作者的才華和文思，使皇上得知其文才，這便是應制詩的特色和主要功用。

一八四、上元應制❶

王　珪

雪消華月❷滿仙臺❸，萬燭當樓寶扇❹開。
雙鳳❺雲中扶輦❻下，六鰲海上駕山來❼。
鎬京❽春酒❾霑❿周宴，汾水⓫秋風⓬陋漢才⓭。
一曲昇平⓮人盡⓯樂，君王又進紫霞杯⓰。

【作者】《千家詩》將此詩視為王淇所作。然王珪的《華陽集》中錄有此詩，當為王珪所作。王珪（西元一〇一九——一〇八五年），字禹玉，華陽（今屬四川省）人。生於北宋真宗天禧三年，卒於神宗元豐八年，享年六十七。

仁宗慶曆二年（西元一〇四二年）進士，神宗時累官尚書左僕射，兼門下侍郎，封岐國公。卒謚文。著有《華陽集》六十卷。

【韻律】這是一首平起格的七言律詩。全詩平仄大致合律，惟第四句「六鰲海上駕山來」，作「仄平仄仄仄平平」，即第一字本宜平而用仄，使第二字「鰲」字成為孤平，是拗句；此外首句和第五句作「仄平平仄仄平平」、「仄平平仄平平仄」，是句法上的變化，仍然合律。

詩中二、三兩聯對仗，「雙鳳」對「六鰲」，「鎬京」對「汾水」，數字對數字，地名對地名，虛對虛，實對實，對仗工整。

詩用上平聲十灰韻，韻腳是：臺、開、來、才、杯。首句便用韻。

【注釋】❶上元應制　一題作〈依韻恭和御制上元觀燈〉。❷華月　華麗的月色。形容月光。❸仙臺　指皇宮內美麗的樓臺。「仙」字，非指神仙，而是形容美輪美奐，如仙境所有。❹寶扇　作為屏障護衛用的扇形儀仗。為皇帝專用。❺鳳　神鳥名。即鳳鳥。古代認為是祥瑞的象徵。常繪飾於車、旗之上。❻輦　一種用人力拉動的車子。漢以來，只有天子乘坐，故專稱天子的車駕為輦。❼六鰲海上駕山來　全句是說：彩燈堆積成山，如同巨鼇從海上浮擁而來。鰲，「鼇」的俗字。即海中大龜。鼇山，是宋時元宵燈景的一種。即把彩燈堆疊成一座山，像傳說中的巨鼇形狀，稱為鼇山。❽鎬京　地名。原名鎬。又稱西都。為周武王建都之地。在今陝西省長安縣西，澧水東岸。❾春酒　酒名。冬製春熟的酒。❿霑　分享。⓫汾水　水名。也稱汾河。在山西省境內，為黃河第二大支流。⓬秋風　指〈秋風辭〉。漢武帝行幸河東，祭拜地神后土，泛樓船於汾水之上，與羣臣飲宴，而作〈秋風辭〉。見《文選・漢武帝・秋風辭序》。⓭陋漢才　漢代君臣才情淺陋。暗指當朝君臣才情高超。⓮昇平　太平盛世。⓯盡　一作「共」。⓰紫霞杯　神仙用的酒杯。在此借指美酒。

【語　譯】殘雪消溶，月光灑滿樓臺，萬盞燈燭映照樓前，障扇隨著左右展開。宮燈上有兩隻鳳凰從雲端裏駕扶著天子的坐車而下，又有五彩的燈山，好像巨鼇駕山浮海前來。今夜這盛況可以媲美當年周武王在鎬京與羣臣共飲春酒的情形，而滿堂華才也遠勝漢武帝君臣在汾水飲宴時，吟詠〈秋風辭〉的淺陋才情。宴中奏起了太平樂曲，人人盡情歡樂，皇上欣然地又叫人進呈了一杯美酒。

【賞　析】這是元宵節時，應皇帝的詔令而寫的詩，與上首蔡襄的〈上元應制〉相同。這類的詩，在內容上大抵為歌功頌德，不容易有感人或具性靈的作品，不過，王珪此詩卻能在陳言之中，翻出新意。南宋張端義的《貴耳集・上》云：「宣和元夜，上幸端門，近臣皆進詩，有問王岐公用甚故事，答以鳳輦、鼇山，問者不樂而去，誰不知鳳輦、鼇山，故相謔耳。岐公進詩云：『雙鳳雲中扶輦下，六鼇海上駕山來。』聞者歎服。」能點鐵成金，化腐朽為神奇，一時傳為佳話。

詩中前四句作景語，寫北宋汴京宮中元宵燈節的盛況，尤以「雙鳳雲中」一聯，最為出色。詩中後四句作情語，讚揚皇上與羣臣在上元夜的宴聚，可媲美周武王於新春以春酒宴請羣臣，而當朝君臣的才華也勝過漢武帝君臣秋日濟汾河，在樓船上飲宴時吟詠〈秋風辭〉的淺陋才情。北宋宣和年間，天下昇平，君臣同度元宵佳節，君王是理應可以更進美酒一杯的了。

全詩措辭典麗，多富貴語，如華月、仙臺、寶扇、雙鳳、六鼇、春酒、紫霞等辭，類似六朝的巧構，形似金粉文學，帶來金碧輝煌的境地。

一八五、侍宴❶

沈佺期

皇家貴主好神仙，別業❷初開雲漢❸邊。
山出盡如鳴鳳嶺❹，池成不讓飲龍川❺。
粧樓翠幌❻教❼春住，舞閣金鋪❽借日懸。
侍從❾乘輿❿來此地，稱觴⓫獻壽⓬樂鈞天⓭。

【作者】沈佺期（約西元六五六——七一四年），字雲卿，相州內黃（今河南省內黃縣）人。

高宗上元二年（西元六七五年）進士，武后時，由協律郎，遷通事舍人，預修《三教珠英》。再轉給事中、考功員外郎，因貪汙及諂附張易之，被流放驩州。後再起用，為臺州錄事參軍。中宗時，為起居郎，兼修文館直學士。後歷中書舍人、太子詹事。沈佺期詩與宋之問齊名，時人稱為「沈宋體」。其詩律體精密，對仗及平仄之講求，愈趨完備，故沈宋體對唐人律詩的成立，有其不可移易的貢獻。著有《沈佺期集》，原著散佚，明人有輯本。《全唐詩》錄詩三卷。新、舊《唐書》有傳。

【韻　律】這是一首平起格的七言律詩。全詩平仄合律，二、三聯對仗也很工巧，是標準的律詩。唐代律體的成立，便是經「上官體」、「沈宋體」的嘗試，在音韻、對仗上，走上律化的途徑，完成了律詩的格律。

初唐律體的建立，與對仗有密切的關係，上官體有上官六對，將詩中的對仗，歸納成六種不同的變化。詩中「鳳嶺」對「龍川」、「粧樓翠幌」對「舞閣金鋪」，都是正名對。今人對於對仗的說明，大致以詞性的判斷為主，如名詞對名詞、動詞對動句、形容詞對形容詞之類。

詩用下平聲一先韻，韻腳是：仙、邊、川、懸、天。首句便用韻。

【注　釋】❶侍宴　一題作〈侍宴安樂公主新宅應制〉。❷別業　即別墅。在本宅以外，另築的園林宅第。❸雲漢　即銀河。《詩經・大雅・雲漢》：「倬彼雲漢，昭回于天。」箋：「雲漢，謂天河也。」❹鳴鳳嶺　嶺名。在今陝西省鳳翔縣。相傳秦穆公時，有蕭史善吹簫，穆公有女，字弄玉，愛上蕭史，結為夫婦，居於鳳臺。蕭史教弄玉吹簫，作鳳鳴，並能引來鳳凰。見《水經注・渭水》。❺池成不讓飲龍川　指安樂公主所建新宅，宅內有莊園之勝，鑿有一池，欲勝昆明池，故名為定昆池。飲龍川，指渭水。全句的意思是：定昆池鑿成後，池上風光之美，並不遜於渭水的景色。❻翠幌　綠色的帷幔。❼教　使；令。❽金鋪　鋪是附著門上，略似螺形，用來銜掛門環的金屬物。因塗上金，故稱金鋪。❾侍從　隨侍在帝王左右的人。此處當為動詞，作隨從解。❿乘輿　指國君、諸侯所乘坐的車子。⓫稱觴　舉杯敬酒。⓬獻壽　即祝壽。⓭鈞天　天上的音樂。即鈞天廣樂。鈞天，是上帝所居之宮。廣樂，寬廣之樂。語本《史記・趙世家》：「趙簡子疾，……居三日半，簡子寤，語大夫曰：『我之帝所甚樂，與百神游於鈞天，廣樂九奏萬舞，不類三代之樂，其聲動人心。』」

【語　譯】皇家公主喜好神仙，新築的別墅高接雲霄。假山的形貌完全和古代的鳴鳳嶺一樣，定昆池鑿成後，池上風光之美不遜於渭水的景致。繡樓上翠綠的帘幔教春光常駐，舞閣裏金光閃閃的門環，彷彿把太陽借來懸掛在那兒。隨從君王的車駕幸臨此地，曼妙的仙樂聲裏，大家紛紛舉杯祝壽稱賀。

【賞析】詩題一作〈侍宴安樂公主新宅應制〉。安樂公主，為唐中宗八女中的最幼女，生性驕縱，其先下嫁武三思的兒子武崇訓。武崇訓被殺，安樂公主又改嫁武延秀，奢侈無度，並賣官鬻爵，破壞綱紀，後為玄宗所誅。

當時安樂公主與長寧公主互比驕奢，相互爭築庭院；此詩為中宗景龍三年（西元七〇九年）十一月時所作，乃安樂公主新宅落成，沈佺期作侍宴應制詩，詩中盛讚公主的別業，如同神仙居處，故首聯便成為全詩的主題所在，次聯點出新宅之位置，在渭水濱鳳翔鳴鳳嶺上。三聯盛讚別墅內裝設的豪華，四聯說明侍從們跟隨皇上到此，同申新宅落成、舉觴祝賀之意。

全詩用語綺麗，亦如宋人尤袤《全唐詩話・沈佺期》所評：「魏建安後訖江左，詩律屢變。至沈約、庾信，以音韻相婉附，屬對精密。及宋之問、沈佺期，又加靡麗，回忌聲病，約句準篇，如錦繡成文，學者宗之，號為沈、宋。」

一八六、答丁元珍❶

歐陽脩

春風疑不到天涯❷，二月山城❸未見花。
殘雪壓枝猶有橘❹，凍雷❺驚筍欲抽芽。
夜聞啼雁生鄉思❻，病入新年感物華❼。
曾是洛陽花下客，野芳雖晚不須嗟❽。

【作　者】歐陽脩（西元一〇〇七——一〇七二年），字永叔，吉州廬陵（今江西省吉安縣）人。生於北宋真宗景德四年，卒於神宗熙寧五年，享年六十六。

仁宗天聖八年（西元一〇三〇年），舉進士甲科。慶曆三年（西元一〇四三年），知諫院，改右正言，知制誥。時韓琦、富弼相繼罷去，脩上書極諫，貶知滁州（今安徽省滁縣），自號醉翁。至和元年（西元一〇五四年），還為翰林學士，兼史館修撰。嘉祐二年（西元一〇五七年），知貢舉，倡明道實用之古文，天下宗之，曾鞏、蘇軾等皆出其門下。神宗初，議新法，與王安石不合，以太子少師致仕，歸隱於穎穎州（今安徽省阜陽縣），晚號六一居士。卒諡文忠。脩一生博覽羣書，以文章著名，反對宋初「西崑」浮華文風，提倡平易致用的古文，為北宋一代文壇的盟主，也是繼唐代韓愈之後，開展宋代古文運動的領導人。詩詞亦清新婉約。著有《歐陽文忠公集》、《新五代史》、《毛詩本義》、《集古錄》等。《宋史》有傳。

【韻　律】這是一首平起格的七言律詩。全詩平仄合律，只是在一、三、五處有可平可仄的彈性，並沒有造成不合律的現象。第五句用「仄平平仄平平仄」的句法，末句用「仄平平仄仄平平」的句法，也是合律的。

詩中二、三兩聯對仗，「殘雪壓枝猶有橘」對「凍雷驚筍欲抽芽」，巧對鮮活，尤其「猶有橘」對「欲抽芽」，不落入有無對中，對得活潑。「夜聞啼雁生鄉思」對「病入新年感物華」，自然流利。

詩用下平聲六麻韻，韻腳是：涯、花、芽、華、嗟。首句便用韻。

【注　釋】❶答丁元珍　一題作〈戲答元珍〉，又一作〈花時久雨之什〉。丁元珍，名寶臣，元珍其字，時任峽州判官。宋仁宗景祐三年（西元一〇三六年），歐陽脩因言忤司諫高若訥，被貶為湖北峽州夷陵縣令，因與丁元珍友善，在文集中，與丁元珍記遊或贈答的詩不少。❷天涯　天邊。指遙遠的地方。❸山城　指湖北峽州夷陵縣（今湖北省宜昌縣），依山勢建築的縣城，故稱山城。❹殘雪壓枝猶有橘　橘熟於冬，為過年時應節的水果。此處指夷陵縣一帶，二月時殘雪尚未融解，然枝頭尚有橘子。❺凍雷　春寒時的雷聲。❻鄉思　鄉愁。思，憂也。❼物華　自然的風光景色。❽曾是洛陽花下客二句　意思是：春來花開，你我曾經是洛陽賞花的遊客，如今被貶謫山城，野花開得雖晚，但也不必嗟歎。野芳，郊外的花。

【語　譯】春天的和風似乎吹不到荒遠的地方，因為在二月的山城裏還沒看到花兒開放。橘樹上的殘雪未消，枝頭還留有橘子，春筍給冷天的雷聲驚醒，就要抽出嫩芽來了。夜裏聽到雁啼，勾起我的鄉愁，異鄉新年的景物叫人感慨而平添病憂。你我曾經是洛陽賞花的遊客，而今貶謫山城，野花開得雖晚些，但也無須嗟歎啊！

【賞　析】這是歐陽脩三十一歲時所寫的詩。宋仁宗景祐三年，他因范仲淹事，言忤司諫高若訥，被貶到峽州，任夷陵縣令，是年冬十月，始至夷陵。他初遭貶謫，心中鬱悶，且夷陵為僻靜山城，因與峽州判官丁元珍結識，相與遊覽，並以詩相贈答。次年春來，因有所感，故戲作此詩，以答元珍。

全詩結構完整，前四句寫景，後四句抒感，是合乎情語、景語兼顧的詩。前四句，寫夷陵春來，二月尚未見花開，使人懷疑春風不到山城的感慨，此時殘雪猶存，冬橘尚在，春雷寒雨，竹筍已開始抽芽。「殘雪」一聯，對仗巧妙，歐陽脩〈夷陵縣至喜堂記〉：「風俗朴野，有橘柚茶筍四時之味，……江山美秀。」詩中即點出夷陵的特產。後四句寫出歐陽脩謫居的心境，「夜聞」一聯，感慨尤深，卻說夜聞啼雁，始生鄉愁；病入新年，驚知物華已新。最後兩句，以應詩題，謂你我本是洛陽賞花客，如今遭到貶謫，謫居山城，野芳雖晚，也不必嗟歎。詩中表面無怨，卻怨生絃外，得詩家三昧。

一八七、插花吟

邵　雍

頭上花枝照酒卮❶，酒卮中有好花枝。
身經兩世❷太平日，眼見四朝❸全盛時。
況復筋骸❹粗康健，那堪時節正芳菲❺。
酒涵花影紅光溜❻，爭忍❼花前不醉歸。

【作　者】邵雍（西元一〇一一——一〇七七年），字堯夫，范陽（今河北省涿縣）人。生於北宋真宗大中祥符四年，卒於神宗熙寧十年，享年六十七。

少時自雄其才，耕讀於洛陽共城蘇門山，終身不仕，稱所居為安樂窩，自號安樂先生。邵雍生於北宋盛世，歷經宋真宗、仁宗、英宗、神宗四朝，〈插花吟〉為其晚年的詩，故有「身經兩世太平日，眼見四朝全盛時」的佳句。富弼、司馬光、呂公著諸賢退居洛陽時，雅敬邵雍，並與他從遊。卒諡康節。邵雍精於《易》理，在宋代《易》學中，獨樹一幟，學者稱他的學術為百源學派，詩作亦富理趣。所著書有《皇極經世》、《觀物內外篇》、《漁樵問對》，詩集名《伊川擊壤集》。《宋史》有傳。

【韻　律】這是一首仄起格的七言律詩。此詩在格律和用韻上異於一般合律的詩，可知邵雍並不是嚴守格律的詩人。詩中第二句用「仄平平仄仄平平」的句法，是合律的。三、四兩句是孤平拗救的現象，「身經兩世太平日」作「平平仄仄仄平仄」，第五字「太」字本宜平而用仄，便是拗處，使第六字「平」字成為孤平，於是在第四句「眼見四朝全盛時」，第五字「全」字，本宜仄而故意改為平聲，以救上句的拗折，救過之後，仍然合律。第五句「況復筋骸粗康健」，為「仄仄平平平仄仄」，是不合律的拗句。六、七兩句用「仄平平仄仄平平」和「仄平平仄平平仄」的句法，是合律的句子。

律詩用韻，本限一韻，沒有通押的現象，但此詩例外，詩中用上平聲四支韻與五微韻通押，韻腳是：巵、枝、時，為「支」韻；菲、歸，為「微」韻。首句便用韻。

【注　釋】❶酒巵　酒杯。❷兩世　六十年。一世為三十年，兩世共六十年。《說文》：「世，三十年為一世。」❸四朝　指宋真宗、仁宗、英宗、神宗四個朝代。是宋代太平盛世的四個帝王。❹筋骸　筋肉和骨骸。泛指身體而言。❺那堪時節正芳菲　全句是說：何況在節候上，正是花開的季節。那堪，何況；再加上。芳菲，花草芳香。❻溜　流動的樣子。❼爭忍　怎忍。爭，同「怎」。是詩語。

【語　譯】插在頭上的花枝映照在酒杯裏，酒杯裏於是出現了花枝美好的影子。我親身經歷了六十年的太平歲月，親眼看到了四個朝代的全盛情況。何況身體大致上安康強健，再加上又正是花開時節。酒中映照著花的倩影，盪漾著紅色的流光，酒盞花前，叫人怎能不醉而歸呢？

【賞　析】此為詠盛世芳春時，飲酒歡樂的詩，首聯已點題。然後全詩環繞著飲酒歡樂的主題，道出何以值得歡樂飲酒的原因。

全詩結構，首聯從頭上插花、酒杯映花寫起，已見心中有樂，酒已微醉。二、三兩聯對仗，寫出值得飲酒歡樂的理由。第二聯對仗，寫身經六十年太平歲月，眼見四朝全盛帝王，是合抱的句法。所謂「合抱」句法，是兩句意義相同，在文字上寫成兩句對仗的句子，在駢文中也經常出現。如〈文選序〉的開端：「式觀元始，眇覿玄風。」兩句的意思，都是試觀原始時代，故稱合抱句法。第三聯對仗，寫身體尚稱康健，時節正值春天，此時不飲酒，尚待何時？於是末聯再回到飲酒插花的題旨上收結，人生苦短，為歡幾何？面對著酒杯花前，怎能不醉而歸？是生命歷經歲月之後，覺得慶幸、感激而沒有怨悔，全然是歷練後的灑脫。因此，即使人到暮年，豪情未減，又何妨拚它一醉？詞氣豪邁，流露出性情中人特有的澹泊和淳真。

一八八、寓意❶

晏殊

油壁香車❷不再逢，峽雲❸無跡任西東。
梨花院落溶溶❹月，柳絮池塘淡淡❺風。
幾日寂寥❻傷酒後，一番蕭瑟❼禁煙❽中。
魚書❾欲寄何由達，水遠山長❿處處同。

【作　者】晏殊（西元九九一——一〇五五年），字同叔，臨川（今江西省臨川縣）人。生於北宋太宗淳化二年，卒於仁宗至和二年，享年六十五。

七歲能屬文，真宗景德二年（西元一〇〇五年），以神童應試，賜同進士出身。仁宗時，以刑部尚書出任集賢殿學士，同平章事兼樞密使。喜獎掖人才，一時名士如范仲淹、歐陽脩、王安石等，皆出其門下。後出知永興軍，徙河南，以疾歸京師。卒謚元獻。擅長詩詞，風格婉麗，且多遊宴的作品。他和歐陽脩同為北宋初葉文壇的領袖，《宋史》批評他「文章贍麗，詩閑雅有情思」。著有《臨川集》、《紫微集》，俱不傳，今有詞集《珠玉詞》一卷、《蘿軒外集》傳世。《宋史》有傳。

【韻　律】這是一首仄起格的七言律詩。全詩平仄合律，只有幾處一、三、五上，使用可平可仄的變化，但沒有造成不合律的現象。第六句「一番蕭瑟禁煙中」，用「仄平平仄仄平平」的句法，也是合律的。

詩中二、三兩聯對仗，「梨花院落溶溶月」對「柳絮池塘淡淡風」，寫景優美，「梨花院落」對「柳絮池塘」，是同類對，「溶溶月」對「淡淡風」是重言對，也稱連珠對。「幾日寂寥傷酒後」對「一番蕭瑟禁煙中」，「寂寥」對「蕭瑟」，是用聯綿詞做對仗，虛實相映，對照成趣。頷聯是景語對仗，頸聯是情語對仗，景語和情語的調配，也是詩人營造詩歌結構用心之處。

詩用上平聲一東韻，韻腳是：逢、東、風、中、同。首句便用韻。

【注　釋】❶寓意　指有所寄意。本詩是因思念伊人，以抒寫情懷。❷油壁香車　古代一種以油彩繪飾車身，供婦女乘坐的車子。❸峽雲　巫山的雲。此處借指美人。即作者思念的佳人。宋玉〈高唐賦〉記載，楚襄王遊高唐，曾夢見一神女，自稱居巫山之陽，與之幽會。臨別時道：妾在巫山之陽、高丘之岨，旦為行雲，暮為行雨，朝朝暮暮，陽臺之下。」後詩文中常借巫山雲雨以喻情人的歡聚。此處為字面義。❹溶溶　水流動的樣子。此處借喻月光流動如水。❺淡淡　形容輕微的樣子。此處形容微風輕拂。❻寂寥　寂寞空虛。❼蕭瑟　形容寂寞淒涼。❽禁煙　即禁火。古代習俗在寒食節禁止生火煮飯，只吃冷食。相傳晉文公為哀思介之推而設。時在清明節前一日或二日。介之推輔佐晉文公（重耳），在國外流亡十九年，回國後，隱於緜山，不願出仕。重耳燒緜山逼他出仕，之推卻抱樹而燒死其中。文公為悼念他，禁止在之推死日生火。後世相沿成俗，稱為寒食禁火。見《太平御覽．三十》及王三聘輯《古今事物考．八．足下》。❾魚書　書信。漢樂府詩〈飲馬長城窟行〉：「客從遠方來，遺我雙鯉魚；呼兒烹鯉魚，中有尺素書。」後世詩文裏遂以「鯉魚」作為書信的代稱，亦稱魚書。❿水遠山長　形容路程長遠。

【語　譯】妳乘著芳香的油壁車離去後便不再相逢，像那巫山雲雨般任意西東，難覓芳蹤。我在月光如水的梨花院落裏對月相思，也在微風輕拂的柳絮池塘畔臨風懷想。連著幾日一個人寂寞地飲酒之後，已是蕭索淒涼的禁烟時節。我想要託人捎信給妳，不知如何才能寄達，因為山高水長，到處都一樣難通音訊啊！

【賞　析】詩題作「寓意」，就是寄意，心有所思念，寄詩以表情意。因此寄情寓意的詩，便有物指的對象。從首聯「油壁香車」句，可知所寄意的是一位女子，而她的行跡無定；萍水相逢，見面難期，更平添幾分惆悵和神祕色彩。頷聯寫前些時日見到她的地點，是在梨花月下、楊柳風前，如今芳蹤杳然，人去樓空，更教人思念懷想。頸聯寫與佳人別後，自己心情的寥落，尤其在寂寥酒後，蕭瑟清明，更易傷春，以寥落刻劃相思之苦，手法高妙。末聯點出詩題「寓意」，相思欲寄無由寄，這封寄情的書信，不知如何投遞，眼前的水遠山長而無人可託，更引來內心的憂傷。

晏殊的詩，有「西崑體」的婉麗，儘管後人評宋詩多議論，言理不言情，但晏殊的這首〈寓意〉，卻類似李商隱的〈無題〉詩。其中兩聯對仗新穎曼妙，極富韻致，「梨花院落」對「柳絮池塘」，「溶溶月」對「淡淡風」；「幾日寂寥」對「一番蕭瑟」，「傷酒後」對「禁煙中」，表現出中國詩歌中的對稱、對仗之美，使人讀來但覺相思滿紙，情意含而不露，造詞雅致，詩境悠遠，堪稱言情詩中的上品。

一八九、寒　食❶

趙　鼎

寂寂❷柴門❸村落裏，也教插柳❹紀年華。
禁煙❺不到粵人國❻，上冢❼亦攜龐老家❽。
漢寢❾唐陵❿無麥飯⓫，山谿⓬野徑有梨花。
一樽⓭竟藉⓮青苔臥，莫管城頭奏暮笳⓯。

【作　者】《千家詩》題趙元鎮作，是以字代名，今改之。

趙鼎（西元一〇八五——一一四七年），字元鎮，號得全居士，解州聞喜（今山西省聞喜縣）人。生於北宋神宗元豐八年，卒於熙宗皇統七年，享年六十三。

崇寧五年（西元一一〇六年）進士，累官殿中侍御史、御史中丞、尚書右僕射、同中書門下平章事，兼樞密使。提擢重用岳飛，後因受秦檜排擠，被貶為奉國軍節度使，繼謫居潮州五年，在秦檜迫害下絕食而死。自題銘旌云：「身騎箕尾歸天上，氣作山河壯本朝。」孝宗即位，追謚忠簡。有《忠正德文集》。《宋史》有傳。

【韻律】這是一首仄起格的七言律詩。詩中犯律的句子有三處，即二、三、七三句都是在第二字上犯孤平。「也教插柳紀年華」作「仄平仄仄仄平平」，「教」字為孤平；「禁煙不到粵人國」作「仄平仄仄仄平仄」，「煙」字為孤平；「一樽竟藉青苔臥」作「仄平仄仄平平仄」，「樽」字為孤平，是為拗句。又第三聯為孤平拗救的現象，「禁煙不到粵人國」句，第五字「粵」本當平而作仄，便是拗，造成第六字「人」字孤平，然在下句「上塚亦攜龐老家」作「仄仄仄平平仄平」，原來第五字應為仄，故意改為平聲，以救上句第五字的拗，這種現象稱為孤平拗救，這樣彌補之後，仍然合律。

詩用下平聲六麻韻，韻腳是：華、家、花、笳。

【注釋】❶寒食　節日名。即清明節前一日或二日，民俗家中禁烟火，故稱寒食。參見韓翃〈寒食〉詩注❶。❷寂寂　沉靜無聲。❸柴門　柴木作的門。形容陋屋。多指貧寒人家。❹插柳　舊俗寒食節門上插掛柳條，標誌一年春季開始。南宋吳自牧《夢粱錄・二・清明節》：「清明交三月，節前兩日謂之『寒食』，京師人從冬至後數起至一百五日，便是此日，家家以柳條插于門上，名曰『明眼』。」❺禁煙　參見晏殊〈寓意〉詩注❽。❻粵

人國　粵人居住的地方。古稱「百粵」，即今廣東、廣西一帶。❼塜　「冢」的俗字。即墳墓。❽龐老家　指隱居的龐德公一家。龐德公，東漢襄陽人。因年長，人們稱他為龐公。有令名。躬耕於峴山之南，不曾進城。與諸葛亮、司馬徽、徐庶等人交遊。劉表在荊州時，延請他出來做官，不就。後攜妻子舉家登鹿門山採藥，不知所終。見《後漢書‧逸民傳》。因龐德公隱居山中時，清明時節必攜全家上墳祭拜。此處借指一般百姓家上墳的事。❾漢寢　漢代帝王的陵墓。❿唐陵　唐代帝王的陵墓。⓫麥飯　用麥屑煮成的飯。俗稱麥屑飯。指粗食。⓬山谿　山谷；山澗。⓭一樽　一杯酒。⓮藉　憑藉；依靠。⓯笳　樂器名。笛的一種。胡人捲蘆葉為笳，吹以作樂，後以竹為管。飾以樺皮，上有三孔，兩端加角，俗稱胡笳，音色悲涼。

【語　譯】在寂靜無人的村落裏，家家的木門上也都插掛著柳條，標記著歲時更新。中原禁烟的習俗還沒傳到粵人住的這一帶來，不過每年清明，這裏的人卻和東漢龐德公一樣不忘攜家上墳。漢、唐帝王的陵墓上無人祭拜，連最粗賤的麥屑飯都看不到，倒是山谷溪澗的荒野小徑卻開滿了梨花。還是姑且斟上一杯濁酒，醉臥蒼苔，不要去管那城頭每到黃昏時所吹奏的悲涼的胡笳聲罷！

【賞　析】這是一首描寫邊野寒食即興的詩。是作者被貶嶺南，流寓廣東小村，逢寒食節所寫。

全詩結構分明，前六句用排比法，寫眼前所見的景象，所舉三件景象，都能扣題，且含有耐人尋味的深意，這是詩人獨具慧眼，取材妥帖的地方。三件景象，分布在前三聯中：首聯點出就是邊荒野戶，寒食來時，依然有插柳於門的寒食節民俗，表明自己被流放的遭遇。次聯寫兩廣地區，雖不流行寒食禁烟，但清明上墳，就連隱逸人家也不廢止，記述異地習俗與家鄉的同異處。三聯寫漢、唐的大墳陵寢，反而無人祭拜，倒是山谷野徑，卻開滿白色的梨花，暗示富貴無常，不如平凡小民，有子孫祭拜，又有梨花為伴。末聯抒感，流露幾分疏狂之情，縱使只有一杯濁酒，醉臥青苔，也能取得一時的歡樂，再也不理會城頭的畫角頻催了。詩的結束，講究截然而止卻留有無盡的餘音，此詩頗得箇中三昧。

一九〇、清明❶

黃庭堅

佳節清明桃李笑，野田荒塚❷只生愁。
雷驚天地龍蛇蟄❸，雨足郊原草木柔❹。
人乞祭餘驕妾婦❺，士甘焚死不公侯❻。
賢愚千載知誰是？滿眼蓬蒿❼共一丘❽。

【作者】黃庭堅，見前三二二頁。

【韻律】這是一首仄起格的七言律詩。全詩平仄合律。第二句和第六句，均用「仄平平仄仄平平」的句法，也是合律的句子。

二、三兩聯對仗，合乎律詩的作法，「雷驚」對「雨足」，構思特殊，「天地」對「郊原」，「龍蛇」對「草木」，都是複詞對複詞。「人乞祭餘驕妾婦」對「士甘焚死不公侯」，使用典故成對仗，是極巧妙的聯語，和李商隱在〈無題〉詩中用神話典故做對仗：「神女生涯原是夢」對「小姑居處本無郎」一樣，同屬高格調的對聯。

詩用下平聲十一尤韻，韻腳是：愁、柔、侯、坵。

【注　釋】❶清明　節氣名。參見王禹偁〈清明〉詩注❶。❷荒塚　無人祭掃的墳墓。❸雷驚天地龍蛇蟄　春天來了，春雷驚醒天地久蟄的龍蛇。蟄，冬蟄；藏蟄。有些動物到了冬天，要藏居穴中冬眠，稱為冬蟄，後引申指久伏不動為蟄。❹雨足郊原草木柔　春日雨水充足，郊外的原野上草木滋生。柔，始生；幼嫩。❺人乞祭餘驕妾婦　語本《孟子・離婁下》「齊人有一妻一妾」章。是說齊國有一戶人家，家有一妻一妾，丈夫每次到墳地去乞討人家奠祭後殘餘的酒肉，然後回家來還得意洋洋地欺騙他的妻妾，說是富貴人家請他吃飯。❻士甘焚死不公侯　晉公子重耳流亡在外十九年，介之推曾割股肉救重耳，同度患難後，重耳回國就位，是為文公。文公封賞隨他出亡的功臣時卻忘了介之推，之推恥於言功，和老母親隱居緜谷，待晉文公想起他，多次召辟他出仕，可是之推無心做官，晉文公於是放火焚燒緜山，想逼他出來，結果介之推寧可被燒死在山中，也不願出仕就公侯位。見《左傳・僖公二四年》、《異苑・十・足下之稱》、《史記・晉世家》。❼蓬蒿　蓬草和蒿草。即野草。❽坵　「丘」的俗字。即墳墓。

【語　譯】清明佳節，桃花和李花盛開，綻放笑靨，野地裏無人祭掃的墳墓卻幽幽含愁。春雷驚醒天地間久蟄的龍蛇，春日雨水充足，郊外的原野上草木滋生。不禁想起那每次到墳地求乞祭食、回家後還要向妻妾誑誇的齊人，而那廉潔的志士介之推卻甘心被燒死，也不願出就公侯高位。這其間的賢、愚、是、非，隔了千年，誰又能論斷呢？如今只看到滿目野草伴著一堆黃土罷了。

【賞析】〈清明〉一詩，是吟詠節日之作。

前四句，寫清明時節眼前所見的景象，可謂寫景在目，又具有畫趣。詩人常用排比手法或對比手法來寫景，如詩中的首聯，便用對比手法，寫清明佳節時，桃李盛開的「笑」，與荒塚無人祭掃而生的「愁」，造成對比的畫面。頷聯用排比手法，寫春雷驚動久蟄的龍蛇，春雨染綠郊原上的草木。他用「清明」、「桃李」、「荒塚」、「雷驚」、「雨足」、「龍蛇蟄」、「草木柔」等景象，勾畫出清明，使詩句與詩題切合。

後四句，引述與清明節有關的典故，然後引來感慨，作為收結。頸聯兩句，各用一典，上句引《孟子》中「齊人有一妻一妾」的故事，下句引用傳說中有關介之推的故事。尾聯引來感慨：千年之後，滿眼蓬蒿，觸目盡是黃土堆的墳場，誰能辨別哪一座是賢者的墳、哪一座是愚者的墳？句句都能切中詩題〈清明〉。

黃庭堅為江西詩派的創導人，該派講究鍛字鍊句，作詩喜用典故，如詩中第三聯「人乞祭餘驕妾婦，士甘焚死不公侯」便是屬於用典處，但尚稱切當自然。末聯其實也是用典故，漢代無名氏的〈蒿里〉詩云：「蒿里誰家地？聚斂魂魄無賢愚。」如今被黃庭堅改寫成：「賢愚千載知誰是？滿眼蓬蒿共一坵。」也可算是脫胎換骨、點鐵成金了。然而民間樂府的詩句和文人筆下的雕飾句，各有千秋，自不在話下。

一九一、清 明❶

高翥

南北山頭多墓田，清明祭埽❷各紛然❸。
紙灰飛作白蝴蝶❹，淚血染成紅杜鵑❺。
日落狐狸❻眠塚上，夜歸兒女笑燈前。
人生有酒須當醉，一滴何曾到九泉❼。

【作　者】《千家詩》題高菊卿作，是以號代名而又誤「磵」為「卿」字，今改之。

高翥，字九萬，號菊磵，南宋餘姚（今浙江省餘姚縣）人。生卒年不詳。平生隱居不仕，富詩才，是宋末江湖派詩人之一。著作有《菊磵小集》等。

【韻　律】這是一首仄起格的七言律詩。全詩平仄合律。次聯「紙灰飛作白蝴蝶，淚血染成紅杜鵑」，是孤平拗救的句法，即「仄平平仄仄平仄，仄仄仄平平仄平」。由於出句第五字「白」字，本宜平而用仄，造成第六字「蝴」字成為孤平，是拗句，因此在對句第五字「紅」字，本宜仄而改為平聲，以救上句的拗，這便是孤平拗救的現象，彌補之後，便算合律。第六句「夜歸兒女笑燈前」，用「仄平平仄仄平平」的句法，是合律的句子。

詩用下平聲一先韻，韻腳是：田、然、鵑、前、泉。首句便用韻。

【注釋】❶清明　參見王禹偁〈清明〉詩注❶。❷祭埽　指清明節在祖墳前祭祀掃墓，表達追思懷念的孝思。埽，「掃」的本字。❸紛然　盛多、眾多的樣子。❹紙灰飛作白蝴蜨　燒化的紙箔灰，風起時，有如白蝴蝶。詩中的蝴蝶，具有莊周夢蝶的絃外之音，暗示百歲光陰如夢蝶，有人生如夢的寓意。莊周夢蝶，事見《莊子‧齊物論》。蜨，「蝶」的本字。❺淚血染成紅杜鵑　祭悼親友，不覺淚下，悲傷泣血，染紅了春野的杜鵑花。❻狐狸　動物名。哺乳綱，食肉目，犬科。軀幹四肢細長，嘴尖，形貌似犬而小。毛黃紅，尾長，性機警，狡猾，穴居山野。❼九泉　相傳人死後所居住的地方。即地下，也稱黃泉。九是數字的極限，泉是地下水，以九泉比喻地下最深處。人死後埋於地下深處，故稱九泉。

【語譯】南北山頭有很多墓地，清明時節來祭祖掃墓的人絡繹不絕。燒化的紙箔灰化作白蝴蝶隨風飄飛，祭悼的人悲傷泣血，染紅了春野的杜鵑花。太陽下山後，狐狸就來睡在墳塚上。夜晚回到家中，小兒女們依舊在燈前嬉戲笑鬧。看來人生在世有酒喝時就該盡興醉飲，等到死後奠祭，一滴也到不了黃泉底下啊！

【賞析】這是一首吟詠節令的詩。詩中先以眼前所見的情景點題，然後再以抒發心中的感想收結，結構分明。

全詩列舉清明時所見三項情景，分別排列在前三聯：首聯寫清明時，南北山頭到處可以看到掃墳人，同時也已將詩題「清明」二字，用開門見山的方式點出。第二、第三聯是對仗，分別描寫墳前祭拜時，燒紙錢的紙灰紛飛，如同白蝴蝶，使人陷入莊周夢蝶、人生如夢的哲思之中；接著再回至當下，寫祭拜親友，思念故人，不覺泣血，連周遭的杜鵑花都被一一染成紅色。第二聯表面以寫景為主，但景中融入濃情，是情景交融的好手法。第三聯「日落狐狸眠塚上，夜歸兒女笑燈前」，真實的描寫，強烈的對比，是白描手法中的上品，雖帶有嘲諷的意味，但也是真實的對照；因此才引來末聯的感慨：人生當及時行樂，有酒當醉，死後要想再喝，那是不可能的。宋詩喜歡說理，但及時行樂或曠放的觀念，畢竟都是一種情緒的反應，故理中有情，情外見理，是洞察人情世故之作。

一九二、郊行即事

程顥

芳原綠野恣行❶時，春入遙山❷碧四圍。
興❸逐亂紅穿柳巷，困臨流水坐苔磯❹。
莫辭❺盞❻酒十分勸❼，只恐風花❽一片飛。
況是清明好天氣，不妨遊衍❾莫忘歸。

【作　者】程顥，見前二〇七頁。

【韻　律】這是一首平起格的七言律詩。全詩平仄合律，惟第五句「莫辭盞酒十分勸」，作「仄平仄仄仄平仄」，二、六兩字均成孤平，是拗句。末聯出句「況是清明好天氣」，作「仄仄平平仄平仄」，是單拗，本句自救後，依然合律。詩中首句便用韻，「時」字，為上平聲四支韻，其後「圍」、「磯」、「飛」、「歸」等字，為上平聲五微韻。這種押韻的變化，是借韻的現象，也就是在古體詩中，支、微韻可以通押，在近體詩中則不行，此詩在首句逗韻上，用支韻的字與微韻的字通押在一起，這種方式，便是借韻的用法。

全詩的韻腳是：時、圍、磯、飛、歸。首句便用韻。

【注　釋】❶恣行　縱情遊行；任意遊覽。❷遙山　遠山。❸興　乘興。❹苔磯　長有青苔的大石。❺辭　推卻不受。❻盞　量詞。即杯。❼勸　一作「醉」。❽風花　被風吹落的花朵。❾遊衍　隨意遨遊。衍，展延。隨處行走的意思。

【語　譯】在長滿了紅花綠草的原野裏縱情遊行，春天來到了遠山，祇見四面一片碧綠。我乘興追逐落花，穿行在楊柳小徑間，困乏了，就坐在水邊的青苔石上。莫要推辭杯中美酒和殷勤相勸的心意，因為祇怕風吹花落，片片飛散而去。何況正值清明春和氣清的好天氣，不妨隨意遨遊罷，祇是不要忘了回家。

【賞　析】詩題「郊行即事」，是遊行於郊外時，見當前事物，心有所感而寫成的詩。一般寫即事或即景的詩，大抵多著重在景物的描寫上，程顥的〈郊行即事〉也不例外。全詩前六句都在寫景，將「郊行」所見的景物，寫入篇中。

詩中首聯便切中詩題，用「芳原綠野恣行時」點出「郊行」，繼而以「春入遙山碧四圍」點出是春日郊行。接著次聯寫所見的細景，如隨興逐花而穿過柳巷，困臨流水而閒坐苔磯。又接著寫或與友人對坐勸酒，只恐春日易逝，轉眼一片花飛春去。因此引來末聯的感慨，點出「即事」。詩末的感慨是說：何況是清明時節，春和氣清，不妨盡興而遊，但不可樂而忘歸。流露出理學家的本色。

詩中「春入遙山碧四圍」，「碧」字是詩眼，用字精巧，使詩句生色。次聯、三聯對仗，尤以「興逐亂紅穿柳巷，困臨流水坐苔磯」一聯，具有巧構形似之美，能將靜景寫成動景，配合郊行的「行」字，同時也是巧妙的構思，在塑句上有精到之工。

一九三、鞦韆❶

僧惠洪

畫架❷雙裁翠絡❸偏，佳人❹春戲小樓前。
飄揚血色❺裙拖地，斷送❻玉容❼人上天。
花板❽潤霑❾紅杏雨❿，綵繩⓫斜掛⓬綠楊烟。

下來閒處從容[13]立，疑是蟾宮[14]謫降仙[15]。

【作者】《千家詩》各本錯題洪覺範所作，是因誤將法號與字混淆所致。今依《宋詩鈔》所錄僧惠洪《石門詩鈔》而改正。

僧惠洪（西元一〇七一——一一二八年），本姓彭，字覺範，筠州（今江西省高安縣）人。生於北宋神宗熙寧四年，卒於南宋高宗二年，享年五十八。因懂醫術，結識張天覺。大觀中入京，乞得祠部牒為僧。又往來郭天信之門。政和元年（西元一一一一年），張、郭得罪，覺範決配朱崖。

惠洪詩善設譬，語言清新自然，亦長於詩論，宋吳曾《能改齋漫錄．十一．浪子和尚詩》云：「洪覺範有〈上元宿嶽麓寺〉詩，蔡元度夫人，王氏荊公女也，讀至『十分春瘦緣何事，一掬鄉心未到家』，曰：『浪子和尚耳。』」惠洪雖為釋家，然詩中不失情趣，除稱浪子和尚外，也可稱為「情僧」。著有《石門詩鈔》、《石門文字禪》、《筠溪集》、《天廚禁臠》、《冷齋夜話》等。《宋詩紀事》錄有小傳。

【韻律】這是一首仄起格的七言律詩。全詩平仄合律。其中「一、三、五不論」處很多，如「春」、「人」、「花」、「疑」等字，但因沒有使二、四、六成孤平，故仍然是合律的。六、七兩句，採用「仄平平仄仄平平」、「仄平平仄平平仄」的句法，也是利用一、三、五不論的變化。

詩中二、三兩聯對仗，措辭穩當，「血色」對「玉容」，「裙拖地」對「人上天」，形容女子盪鞦韆的情景，至為傳神。「花板潤霑」對「絲繩斜挂」，「紅杏雨」對「綠楊烟」，用來形容鞦韆的外形和它架設的背景，造境極美，合乎巧構形似之言的要求。

詩用下平聲一先韻，韻腳是：偏、前、天、烟、仙。首句便用韻。

【注釋】❶鞦韆　繩戲。植木為架，懸繩其下，繩端橫繫一板，人持繩立或坐板上，向上空搖盪以為戲。❷畫架　繪有圖畫的鞦韆架。❸翠絡　鞦韆上綠色的繩索。❹佳人　貌美的女子。❺血色　紅色。❻斷送　逗弄；逗引。是宋、元人詩詞曲中常用的詩語。此處指以手向上推送。❼玉容　美好的容貌。指美人。❽花板　繪有花樣的鞦韆踏板。❾潤霑　濕潤。❿杏雨　即杏花雨。清明節前後所下的雨，因時當杏花盛開，故名。⓫絲繩　五色的繩子。⓬挂　同「掛」。⓭從容　閒適舒緩。⓮蟾宮　指月宮。⓯謫降仙　因過失被懲罰而降到人間的仙女。

【語譯】彩繪的鞦韆架上兩根綠繩偏斜著，春日裏美人在小樓前打鞦韆嬉戲。隨風飄揚的紅色裙子長拖到地上，綠繩推送高盪，彷彿要把美人送上青天。紅杏如雨，霑落在美麗的鞦韆踏板上，綠楊堆烟，斜掛在鞦韆的絲繩間。當她下了鞦韆，在一旁幽閒地站立，令人懷疑是月宮裏被謫降的仙子下凡來哩！

【賞析】〈鞦韆〉一詩，是宮體詩，在歌詠美女於春日戲鞦韆的幽閒景象。題作「鞦韆」，實為描寫「佳人春戲小樓前」的畫趣。

一首詩如同一幅精緻的畫，首先用文字點出佳人嬉戲的季節和地點，是春日小樓前的鞦韆架旁。「飄揚血色」以下四句，為律詩中兩兩對仗的句子，均寫佳人盪鞦韆的情景，能曲盡其狀，顯示出巧構形似的技巧。三、四兩句直接描寫女子盪鞦韆的外表形態，血色的羅裙拖地，隨鞦韆上下而飄揚，有如逗引玉人飄上青天；五、六兩句則描寫鞦韆架上的「花板」和「綵繩」，採以景託情的方式，使景中更富情趣，於是紅杏如雨，霑落在鞦韆的踏板上，綠楊堆烟，斜掛在鞦韆的綵繩間，使靜態之物，因佳人的搖盪，頓然生姿，因此「紅杏雨」、「綠楊烟」，既是春景，也是暗示佳人。最後兩句收結，形容佳人從鞦韆架上下來，疑為月宮裏被謫降的仙女，呼應前聯「佳人春戲」，合乎首尾圓合的技巧。

全詩措辭綺靡，有六朝金粉文學的色澤，所用詩語如畫架、翠絡、佳人、春戲、血色、玉容、花板、紅杏雨、綵繩、綠楊烟、蟾宮等，均為金粉綺麗之辭，構成一幅佳人春戲圖，著色鮮麗。

一九四、曲江對酒（其一）

杜甫

一片花飛減却❶春，風飄萬點正愁人。
且看欲盡花經眼❷，莫厭傷多酒入脣❸。
江上小堂巢翡翠❹，苑邊高塚臥麒麟❺。
細推物理❻須行樂❼，何用❽浮名❾絆❿此身。

【作者】杜甫，見前一一一頁。

【韻律】這是一首仄起格的七言律詩。全詩大致合律，惟第三句「且看欲盡花經眼」與第七句「細推物理須行樂」，均作「仄平仄仄平平仄」，第一字「且」、「細」，宜用平而改用仄聲，使第二字「看」和「推」字便成為孤平，是為拗句。其中第五、六兩句，採用「平仄仄平平仄仄」和「仄平平仄仄平平」的句法，是合律的句子。

近體詩中，律詩講究對仗，二、三兩聯對仗穩妥。其次，虛字虛詞的運用，十分靈巧。如「且看」、「莫厭」、「細推」、「何用」等辭，是虛詞的用法，使詩意在回旋的餘地，不致被實詞填滿。

詩用上平聲十一真韻，韻腳是：春、人、脣、麟、身。首句便用韻。

【注釋】❶減却　減損；減少。却，「卻」的俗字。❷且看欲盡花經眼　為「且看花經眼欲盡」的倒裝句。意指姑且看看吧！縱使眼前花兒行將落盡，而春也將盡。且看，暫看；姑且看。經，一作「驚」。❸莫厭傷多酒入脣　為「莫厭酒入脣傷多」的倒裝句。意指別怕飲入口的酒太多，而引來感傷的事也太多。厭，厭惡、害怕的意思。脣，一作「唇」。❹江上小堂巢翡翠　江邊小堂，有翡翠鳥築巢其上。巢，作動詞，指築巢。翡翠，鳥名。即翡翠鳥。又名翠雀。棲息於水邊，羽毛鮮麗，雄赤色稱為翡，雌青色稱為翠。堂，一作「棠」。❺苑邊高塚臥麒麟　芙蓉苑中的高塚，有石麒麟臥於其旁。苑，指芙蓉苑，在曲江西南。高塚，高大的墳。指富貴人家的陵墓。麒麟，在此指石雕的麒麟。麒麟，為古代傳說中的仁獸，似鹿而大，牛尾馬蹄，獨角，全身有鱗甲。多作為吉祥的象徵。苑，一作「花」。❻物理　事物的道理。❼行樂　作樂；享受。❽用　一作「事」。❾浮名　虛浮不實的名聲。浮，一作「榮」。❿絆　牽掣；拘牽。

【語譯】片片落花紛飛，減少了春日的芳菲，一陣風來，落紅萬點，叫人發愁。姑且看看眼前那即將凋零的花兒罷，別怕喝多了酒會引來太多的感傷。江邊的小堂裏都被翡翠鳥築了巢，芙蓉苑旁那些富貴人家的陵墓，只有石麒麟相伴。把萬事萬物盛衰榮枯的道理細細推敲，實在應該及時行樂啊，何必讓虛浮不實的名聲來束縛自己呢！

【賞　析】此詩標題《曲江對酒》，共二首，為聯章的詩，《全唐詩》、《分類集注杜工部詩》均題作〈曲江〉。然細讀其詩，第一首中，有「且看欲盡花經眼，莫厭傷多酒入唇」的句子，第二首中，有「朝回日日典春衣，每日江頭盡醉歸」的句子，都與喝酒有關，則以「曲江對酒」為題，較為妥切。

曲江，又名曲江池，在今陝西西安城南五公里處。原為漢武帝時所建造的人工池苑，秦為「宜春苑」、漢為「樂遊苑」的所在地。唐開元間，更疏浚其間曲折的河流，故有曲江之名。河畔增建紫雲樓、杏園、慈恩寺等建築物，且有芙蓉苑、樂遊苑等名勝，為新科進士賜宴，以及唐人佳節遊樂的著名勝地。

這二首詩是杜甫在唐肅宗乾元元年（西元七五八年）暮春，任左拾遺時所寫的。第一首「一片花飛減却春」，寫暮春遊於曲江，見江邊的景象，想人事的變化，喝酒淺酌，品味人生，悟出世事無常，當及時行樂，不受虛名羈絆的道理。

全詩結構細密，且情由景生，自然流利，不留雕琢的痕跡。首聯從暮春寫起，由「一片花飛」到「風飄萬點」的暮春，引來「正愁人」的春愁。次聯承筆，順著因景生情的軌道，著筆在曲江所見之景，眼看今年花事將盡，別懼畏酒入唇後，酒多，感傷的事也多。第三聯寫曲江上的人事變化，詩意大轉，原來繁華的小堂，天寶亂後，只見翡翠鳥築巢其上，愈顯寂寥，而芙蓉苑邊的高塚，墳邊的石麒麟靜靜地躺著，不由人警省這悲歡人生的短促；因此才道出末聯的感悟，才有「細推物理須行樂，何用浮名絆此身」的佳句，而詩中所謂的「行樂」，也不過是「對酒」、「沉飲聊自遣」罷了。

一九五、曲江對酒（其二）

杜　甫

朝回❶日日典❷春衣，每日江頭盡醉歸。
酒債尋常行處有，人生七十古來稀❸。
穿花蛺蝶❹深深見❺，點水蜻蜓款款飛❻。
傳語風光共流轉，暫時相賞莫相違❼。

【作　者】杜甫，見前一一一頁。

【韻　律】這是一首平起格的七言律詩。全詩合律。頷聯「酒債尋常行處有，人生七十古來稀」，是對仗句，且對仗工巧，已成名句。「尋常」對「七十」，是數字對，同時也是借字對；即「尋常」不作長度單位解，而作「平常」解釋。末聯出句「傳語風光共流轉」，作「平仄平平仄平仄」，是單拗，即「共」字本宜平而用仄，是拗而不合律，「流」字本宜仄而用平，是救上字的拗，稱為本句自救，拗救之後，仍為合律。

詩用上平聲五微韻，韻腳是：衣、歸、稀、飛、違。首句便用韻。

【注釋】❶朝回　下朝後回來。❷典　典當。❸酒債尋常行處有二句　前句是果，後句是因，意思是說：何以造成酒債平常行處有的結果，是因為人生七十古來稀的緣故。尋常，本為長度單位詞，八尺為尋，倍尋，一丈六為常。此處借作平常解。❹蛺蝶　即蝴蝶。❺深深見　形容蝴蝶穿花，深幽處忽隱忽現的樣子。深深，深幽的樣子。見，一作「舞」。❻款款飛　形容蜻蜓點水，從容輕飛的樣子。款款，緩慢的樣子。一作「緩緩」。❼傳語風光共流轉二句　意思是說：寄語給可愛的春光，就跟穿花的蛺蝶、點水的蜻蜓一起流轉罷，讓我欣賞這景致，那怕是短暫的，可別連這點心願也違背了呢！傳語，猶言寄語。語，一作「與」。風光，風景。在此指可愛的春光。

【語譯】下朝後回來，天天都去典當春衣，每天都在江邊盡興醉飲才回家去。到處賒欠酒錢是很平常的事，畢竟人能活到七十歲是古來少有的呢！蝴蝶在花叢深處穿梭，忽隱忽現，蜻蜓在水面從容輕飛。寄語春光，請它和蝴蝶、蜻蜓一起流轉罷！讓我欣賞這景致，即使是短暫的，也不要違背我這點小小的心願啊！

【賞析】〈曲江對酒〉其二「朝回日日典春衣」，與上一首「一片花飛減却春」，為聯章的詩。詩中的意思可以連貫，此首是繼「細推物理須行樂，何用浮名絆此身」的意思，再延展開來的一首詩。那該如何「行樂」呢？在這首詩的開端便道出下朝後日日典春衣來買醉，且「每日江頭盡醉歸」的情形。

詩中前四句，詩意一貫而下，在在都針對「曲江對酒」而發，尤其對喝酒，是苦中作樂，心頭隱藏著難以化解的愁，但詩意含蓄，真意隱藏其中。首聯兩句，指下朝後典當春衣，當然冬衣早已典當，不得不典當春衣，為何窮困到典當衣物呢？卻是為了買醉江頭。甚至還到處賒欠酒債，喝酒的理由是：人生短暫，人生七十古來稀的緣故。表面看來，似乎能言之成理，其實杜甫此時任左拾遺，因房琯事正上疏力諫，以致觸怒肅宗，由於他的意見不被採納，隨時都能招致禍害。果然這年六月，他受到懲罰，貶為華州司功參軍。

詩中後四句，詩意也密不可分，一貫相連。「穿花」一聯，寫曲江暮春的景象，穿花的蝴蝶、點水的蜻蜓，都具有動態之美。杜甫擅長寫重言對，無論狀聲或狀物，都有佳句。如〈登高〉詩的「無邊落木蕭蕭下，不盡長江滾滾來」，〈江畔獨步〉詩的「留連戲蝶時時舞，自在嬌鶯恰恰啼」，都是極出色的對仗、極生動的重言對。詩中末聯，因景而抒感作結，寄語美好的春光，能與大自然的景色共流轉，雖然春光是短暫的，但願能好好地欣賞。

仇兆鰲《杜詩詳註．六》引王嗣奭的評語：「初不滿此詩，國方多事，身為諫官，豈人臣行樂之時？然讀其沉醉聊自遣一語，恍然悟此二詩，蓋憂憤而託之行樂者。公雖授一官，而志不得展，直浮名耳，何用以此絆身哉？不如典衣沽酒，日遊醉鄉，以送此有限之年。時已暮春，至六月，遂出為華州掾。其詩云『移官豈至尊』，知此時已有譖之者，二詩乃憂讒畏譏之作也。」

一九六、黃鶴樓❶

崔顥

昔人❷已乘黃鶴❸去，此地空餘黃鶴樓。
黃鶴一去不復返，白雲千載空悠悠❹。
晴川歷歷❺漢陽❻樹，芳草❼萋萋❽鸚鵡洲❾。
日暮鄉關❿何處是，烟波⓫江上使人愁。

【作者】崔顥，見前三〇頁。

【韻律】此詩名為律詩，其實是律古參半的詩。前四句，純以意運筆，不依格律，但氣勢磅礴，為古詩筆法，只押韻，不論平仄。後四句，依律詩平仄而作，第三聯為孤平拗救的句法，即「晴川歷歷漢陽樹」，作「平平仄仄仄平仄」，「漢」字本宜平而作仄，是為拗而不合律，導致「陽」字成孤平，因而在下句「芳草萋萋鸚鵡洲」處，第五字「鸚」字，本宜仄聲，而改用平聲，以救上句第五字「漢」字的拗，這種句法，便是孤平拗救的現象，救過以後仍算合律。末聯平仄合律。

律詩二、三兩聯必須對仗，但此詩僅第三聯對仗，是一首律古各半的詩。且「黃鶴」一詞，故意重出三次，「人」、「去」、「空」三字，重出兩次，這是詩人寫此詩時，有意的重出，造成「黃鶴樓」的絕唱。

詩用下平聲十一尤韻，韻腳是：樓、悠、洲、愁。

【注釋】❶黃鶴樓　樓名。在今湖北省武昌市西蛇山上。蛇山，一名黃鶴山，山西北有黃鶴磯，峭立江中，故名。黃鶴樓即建於其上。《南齊書・州郡志下》謂仙人子安曾乘黃鶴經過此樓，故名。《太平寰宇記・江南西道・鄂州》卻記載蜀費文褘登仙，每乘黃鶴在此樓憩息，因名。二說稍異。相傳黃鶴樓始建於三國吳黃武二年（西元二二三年），歷代屢毀屢建，故可見黃鶴樓由來已久。❷昔人　指騎鶴的仙人。❸黃鶴　黃色的鶴，是傳說中的一種仙鳥。古代傳說仙人騎黃鶴。一作「白雲」。❹悠悠　久遠的樣子。❺歷歷　分明的樣子。❻漢陽　縣名。在今湖北省東部，位於漢水下游南岸，東與武昌市隔江相望，北與漢口市隔漢水相對。❼芳草　春草。❽萋萋　草木茂盛的樣子。❾鸚鵡洲　沙洲名。在今湖北省漢陽縣西南長江中。傳東漢末年，江夏太守黃祖的長子黃射在此大會賓客，有人獻鸚鵡，禰衡因作〈鸚鵡賦〉，洲因而得名。❿鄉關　指故鄉。⓫烟波　雲烟與水波。指霧靄蒼茫的水面。烟，一作「煙」。

【語譯】仙人已經乘鶴歸去了，這裏留下一座空空的黃鶴樓。黃鶴自從離去後就不曾再回來，只有千年的白雲一直在樓頂上盤桓等待。晴日的江邊，可以清楚望見漢陽一帶的樹木，也可以看到江中鸚鵡洲上茂密的芳草。太陽下山了，何處是我的家鄉呢？只見江面一片烟波蒼茫，叫人不禁愁上心頭。

【賞析】這是一首題壁的詩。也就是作者登黃鶴樓遠眺，一時有所感發，觸及鄉愁，當下題詩於牆上。全詩純以意運，不事雕琢，流利自然，成為千古傳誦的絕唱。

詩中首聯，由「黃鶴」起筆，由黃鶴聯想到仙人騎鶴，因而點出詩題「黃鶴樓」。次聯說仙人騎黃鶴離去後，就不曾回來，使白雲千載悠悠空等待。前四句是神來之筆，雖不合律，但氣勢綿密，不可分割，且黃鶴重複三次，具有頂真格喚起記憶的效果。第三聯寫樓前遠眺長江的實景，寫對岸漢陽一帶的春景與江中鸚鵡洲的春草，形成寫景的對仗。最後一聯以日暮歸何處的客旅鄉愁作結。

此詩的作法，由登樓擡頭遠望，見白雲在天，想見仙人黃鶴，然後平望漢陽，俯視長江鸚鵡洲，最後默念家鄉，黯然下樓，機杼分明，類似王粲〈登樓賦〉的結構和手法。我國古典文學中，以「登臨」為題材的作品很多，主題或登臨而思鄉，或登臨而抒懷，或登臨而感國事，或登臨而懷人，不一而足，〈黃鶴樓〉正是一首登臨而思鄉的詩，也是一首出色的名勝題壁詩。

一九七、旅懷❶

崔塗

水流花謝❷兩無情，送盡東風過楚城❸。
蝴蝶夢❹中家萬里，杜鵑❺枝上月三更。

故園書❻動❼經年❽絕，華髮❾春催❿兩鬢⓫生。
自是不歸歸便得，五湖⓬烟景⓭有誰爭？

【作　者】崔塗，字禮山，唐江南人，生卒年不詳。《全唐詩》中小傳云：崔塗為唐僖宗光啟四年（西元八八八年）進士。從他的詩中，可知他久在巴、蜀、湘、鄂、秦、隴一帶作客，且多與僧、道、隱者交往，故詩中有高蹈之想、羈旅之思，情調低沉，與晚唐杜牧、李商隱等冷豔詩風不同。《全唐詩》錄詩一卷，共一百首。

【韻　律】這是一首平起格的七言律詩。全詩平仄合律。詩中一、四、八句，皆用「仄平平仄仄平平」的句法，是一、三兩字可平可仄處的活用，二、三兩聯對仗工整。

詩用上平聲八庚韻，韻腳是：情、城、更、生、爭。首句便用韻。

【注　釋】❶旅懷　客旅感懷；作客異鄉的情懷。一作〈春夕〉，一作〈春夕旅懷〉。❷水流花謝　形容時光的流轉。❸楚城　泛指旅遊時路經的楚地城市。戰國時代楚國屬地約在今湖南、湖北、安徽、江蘇、浙江及四川巫山以東、廣西蒼梧以北、陝西洵陽以南的地方。在此指湘、鄂一帶。❹蝴蝶夢　指夢。《莊子・齊物論》記述莊子作夢化為蝴蝶，後來遂把不真實的夢幻稱做蝴蝶夢。❺杜鵑　鳥名。也叫子嶲、子規、鶗鴂、催歸、杜宇等。因鳴聲如言「不如歸去」，詩文中常以杜鵑借託歸思。❻故園書　指家書、家信。故園，昔日的家園。指故鄉。❼動　動輒；每每。❽經年　經過一年。即一整年的意思。❾華髮　白髮。❿催　一作「惟」。⓫兩鬢　兩頰上近耳旁的頭髮。⓬五湖　指太湖及太湖附近的四湖：滆湖、洮湖、射湖、貴湖等地。即昔越國大夫范蠡功成身退後，泛舟而去的地方。此處詩人借指他的家鄉浙江桐廬一帶。⓭烟景　水面上烟波繚繞的情狀。烟，一作「煙」。

【語　譯】春水流逝春花謝，兩般兒都太無情了，在送走春風的暮春時節，我路過湘、鄂一帶。家鄉萬里隔絕，只能在夢中思念，三更時分月兒斜照，杜鵑在枝上啼血。常常一整年收不到家書，音訊斷絕，而歲月催人，兩鬢已生滿白髮。原是我自己不肯歸去的啊！只要想回，便可回去，那五湖的水光烟景，有誰會來和我爭呢？

【賞　析】崔塗的詩，有浪子的情懷。此詩是他旅居湘、鄂時所作。詩中有黯然思歸的鄉愁，但詩中沒有一個「愁」字，合乎晚唐司空圖《詩品》二十四則中的〈含蓄〉一品，所謂「不著一字，盡得風流」的奧妙。

全詩前四句，寫客旅湘、鄂一帶時所見的景象，起筆便以「水流花謝」暮春的景色入篇，點出寫詩的時間，是在「送盡東風」的暮春時節，地點在「楚城」，也就是湘、鄂一帶。次聯「蝴蝶夢中家萬里，杜鵑枝上月三更」是一副以景生情的好對聯，不僅對仗工整，且情景交融，蝴蝶與杜鵑，均為春日常見的昆蟲和鳥類，但蝴蝶夢與家萬里結合，便有思鄉的感懷，杜鵑聲與月三更配合，便有夜未眠，「歸不得也」的暗示。故次聯為因景生情的好手法。後四句，著重在「感懷」上著筆，第三聯「故園書動」，寫經年難得接到家書，幾乎與家鄉的音信斷絕，而歲月催人，不覺兩鬢之間，白髮已斑斑。末聯感慨，「自是不歸歸便得，五湖烟景有誰爭？」可知崔塗仕途坎坷，詩人自云：假使我要回去，便能夠回去，只是我自己不回的呀，那五湖的風光，是沒有人和我爭奪的。崔塗家在江南五湖間，即今江蘇、浙江一帶。但他卻流浪於湘、鄂間，只是目前他還不想歸隱，所以詩末的結句是寫出心中的矛盾，雜揉黯淡春愁、仕途坎坷、欲歸還休的無奈感，意境悲涼。

一九八、答李儋❶

韋應物

去年花裏逢君別，今日花開又❷一年。
世事❸茫茫❹難自料，春愁黯黯❺獨成眠。
身多疾病思田里❻，邑❼有流亡❽愧俸錢❾。
聞道欲來相問訊❿，西樓⓫望月幾回圓。

【作者】韋應物，見前四〇頁。

【韻律】這是一首平起格的七言律詩。全詩平仄合律。首句用「仄平平仄平平仄」句法，以及第七句用「平仄仄平平仄仄」的句法，都是因一、三字可平可仄同時互動的緣故。二、三兩聯對仗，

「世事茫茫」對「春愁黯黯」，是重言對，情景兼及，合乎章法。

詩用下平聲一先韻，韻腳是：年、眠、錢、圓。

【注　釋】❶答李儋　《全唐詩》題作〈寄李儋元錫〉。李元錫，名儋，為韋應物的朋友。《全唐詩》未見李儋的詩，而從韋應物的詩中有〈贈李儋侍御〉、〈贈李儋〉、〈送元錫楊淩〉、〈寄別李儋〉、〈酬李儋〉、〈同元錫題瑯琊寺〉等與李儋酬答的詩篇，知他二人過從甚密。儋，《千家詩》誤作「瞻」，今改正。❷又　一作「已」。❸世事　人世間的事。❹茫茫　模糊不清的樣子。指世事複雜多變，難以預測。❺黯黯　沉鬱神傷的樣子。指情緒低落。❻思田里　思念故園。暗含歸田隱居的意思。田里，指故居、故里。即鄉里。❼邑　城鎮。指蘇州。❽流亡　逃亡或流落在外鄉。此處指流離失所的人。❾愧俸錢　慚愧領享公家的俸祿。意指未盡地方長官的責任。愧，慚愧。俸錢，官吏所得的薪金。❿問訊　探望；問候。⓫西樓　西邊的樓閣。當時韋應物任蘇州刺史，而詩中的西樓，便是指蘇州府的觀風樓。《清一統志．七八．蘇州府二》：「觀風樓，在長洲子城西。龔明之《中吳紀聞》：『唐時謂之西樓。白居易有〈西樓命宴〉詩。後更為觀風，今復為西樓。』」

【語　譯】去年在花開的春天和你分別，轉眼今日花開，又是一年。人世間的事複雜多變，實在難以預料，長夜獨眠，春愁叫人神傷。我如今身體多病，常常想念故里，然而看到地方上還有流離失所的人，又慚愧自己白領公家俸祿。聽說你要來探望我，我夜夜在觀風樓上企盼，已經不知等過幾次月圓了哪！

【賞　析】這是一首贈答的詩，聽說李儋要來蘇州看詩人，詩人便寫下這首詩答贈李儋。在古代，男女、夫婦、親友、君臣之間，都可以藉詩來互表情意；因此贈答的詩，也可稱為寄贈、和唱、酬唱，內容甚至廣括君臣之間的應制詩。

贈答詩最早起源於民歌中的男女對唱，即情歌中的對口，如《詩經‧齊風‧雞鳴》篇：

（女）：雞既鳴矣，朝既盈矣。
（男）：匪雞則鳴，蒼蠅之聲。
（女）：東方明矣，朝既昌矣。
（男）：匪東方則明，月出之光。
（女）：蟲飛薨薨，甘與子同夢。會且歸矣，無庶予子憎。

這對男女，已是夫婦，妻子催丈夫起牀上班，丈夫卻賴在牀上，藉口天還沒亮，是蒼蠅的聲音、月亮的光。妻子最後說：其實我也願意跟你一起著夢，但是別人上朝聚會都快回來了，不要因為我的緣故，使眾人討厭你。在對話中，頗饒情趣。

至於朋友之間，以詩相互贈答，以表情意，現存最早的要算西漢時李陵與蘇武的和答詩。其後詩人相互贈答，至為普遍，已成詩歌中主要體裁之一。

本篇是韋應物寄答朋友李儋的詩，可惜李儋的來詩已失傳，不然一來一往，其間的情節意味，更易顯現友誼的深篤。全詩採用第一人稱的方式，向友人傾訴，益見真情。開端起筆，以去年春，在花裏與你分別，而今又是花開，轉眼又一年，追述往事，敘舊增情。繼而引出頷聯對世事茫茫難自料的感慨與面對春愁黯黯獨成眠的寂寞。五、六兩句，接寫自己的懷抱，向友人訴說近況，謂近來身子多病，時時思歸，然看到城邑裏尚有流亡失業的人，便覺愧對朝廷、愧食俸錢。末聯始轉入本題：聽說你有意要來這裏敘一敘，我迫不及待地在西樓上等你，那西樓的月亮不知已經圓過幾回了呢！望月之繁，表示思念之切，著筆高妙。

全詩造語平淡樸實，卻真情洋溢；尤其開端和末聯，都是佳句。

一九九、清江❶

杜甫

清江一曲抱❷村流，長夏江村❸事事幽❹。
自去自來❺梁❻上燕，相親相近水中鷗❼。
老妻畫紙為❽棋局❾，稚子❿敲針作釣鉤。
多病所須惟藥物⓫，微軀⓬此外更何⓭求？

【作者】杜甫，見前一一一頁。

【韻律】這是一首平起格的七言律詩。全詩平仄合律，惟頸聯出句「老妻畫紙為棋局」，作「仄平仄仄平平仄」，「妻」字是孤平。一般而言，每句第一字孤平，可以不論，但二、四、六處不宜有孤平的現象，始合正格。二、三兩聯對仗，以景事相配，構成景語、情語的交錯，極合章法。

詩用下平聲十一尤韻，韻腳是：流、幽、鷗、鉤、求。首句便用韻。

【注　釋】❶清江　一題作〈江村〉。以「清江」為題，是取詩中起句的前兩字作標題；取「江村」為題，是以詩中的主題所在而命題。詩題作〈江村〉，應是作者的原題。清江是清澈的江水，在此指浣花溪。❷抱　圍繞。❸江村　江邊村落。❹幽　安閒；閒適。❺來　一作「歸」。❻梁　一作「堂」。❼鷗　水鳥名。在海邊的叫海鷗，在江邊的叫江鷗。❽為　一作「成」。❾棋局　棋枰；棋盤。棋，也作「碁」。❿稚子　幼子。也泛指孩童。⓫多病所須惟藥物　一作「但有故人分祿米」。分，一作「供」。⓬微軀　微賤的身軀。自謙之辭。⓭何　一作「無」。

【語　譯】一道清澈的江水環繞著村子流淌，江邊村落在漫長的夏日裏一片閒靜。屋樑上的燕子，隨意地飛來飛去，水中的鷗鳥，和樂地相偎相依。老妻在紙上畫著棋盤，孩童敲著鐵針作釣鉤。多病的我所欠缺的只有藥物罷了，除此之外，微賤的人還有甚麼希求呢？

【賞　析】此詩是作者居成都浣花村時所作，作詩的年代在唐肅宗上元元年（西元七六〇年），時杜甫四十九歲。詩中的主題，在「長夏江村事事幽」一句上，將江村夏日的勝事一一道出，成此佳構。

此詩的結構，章法井然，開端採開門見山式的寫法：首聯點題，寫出全詩的主旨，在「江村」生活中的幽事，這種寫法，類似古文中「冒題」的筆法，即在開端處，總冒全題，用一、兩句話籠罩全篇大意，再下各句，便只是列舉江村的種種幽事。次聯寫江村所見的幽事，舉燕子和江鷗為例，並構成對仗。寫燕子在樑上自去自來，江鷗在水中相親相近，這種自然界閒適的景致，平添江村長夏的閒情，這是物色之幽。三聯舉江村生活的幽事為例，老妻畫紙為棋局，小兒敲針作釣鉤，白描直寫，極富情趣。就對仗而言，也是絕妙的聯語，無需用典，愈見巧妙，這是人事之幽。末聯抒感，寫江村自適的生活，有與世無爭的恬適境界。

清仇兆鰲《杜詩詳註》引申涵光的評語：「此詩起二語，尚是少陵本色，其餘便似《千家詩》聲口。選《千家詩》者，於茫茫杜集中，特簡此首出來，亦是奇事。」其實，雖說今存杜甫詩有一千四百五十首之多，但其中最能表現杜甫居成都浣花村時的閒適生活的，還是以這首「老妻畫紙為棋局，稚子敲針作釣鉤」句最為出色。這種白描的對仗，近乎天籟，而整首詩，尤能代表杜甫在浣花村時的恬淡生活和心境；所以《千家詩》選此詩，堪稱慧眼獨具。

二〇〇、夏日

張耒

長夏江村風日清，簷牙❶燕雀已生成。
蝶衣曬粉花枝午❷，蛛網添絲屋角晴❸。
落落疎簾邀月影❹，嘈嘈虛枕納溪聲❺。

久斑❻兩鬢如霜雪，直欲樵漁❼過此生。

【作　者】《千家詩》題張文潛作，是以字代名，今改正。

張耒（西元一〇五二——一一一二年），字文潛，楚州淮陰（今江蘇省清江縣）人。生於北宋仁宗皇祐四年，卒於徽宗政和二年，享年六十一。

幼聰穎，十三歲能為文，十七歲作〈函關賦〉，已傳人口。二十歲進士及第，歷臨淮主簿、咸平縣丞，累遷著作郎、史館檢討。紹聖初，知潤州，後因坐元祐黨謫官。徽宗時，召為太常少卿，出知潁、汝二州，不久復坐黨籍落職。耒有雄材，長於古文和詩詞，曾從蘇軾門下，為蘇門四學士之一。及二蘇及黃庭堅、晁補之輩相繼去世，耒獨存，當時文士，多向張耒請教詩文的主張。晚年他的詩愈趨平淡，效白居易體，而樂府詩效張籍。著有《苑丘集》、《柯山集》。《宋史》有傳。

【韻　律】這是一首仄起格的七言律詩。全詩平仄合律。其中兩句第二字均有孤平的現象，即「蝶衣曬粉花枝午」，作「仄平仄仄平平仄」，「衣」字為孤平；又「久斑兩鬢如霜雪」，作「仄平仄仄平平仄」，「斑」字為孤平。但唐、宋人近體詩中，有第二字孤平的現象，大半是第一字可平可仄所造成，因此所謂「一、三、五不論」，有時還是要論的。宋人詩多寫拗體，這種第二字成孤平的現象，便是拗句。且二、三兩聯對仗，日夜對比，措辭極為巧妙，「蝶衣曬粉」對「蛛網添絲」，「花枝午」對「屋角晴」，可謂極盡巧構形似之言。「邀月影」對「納溪聲」，「邀」和「納」，用字精妙，構成詩中對仗之美，驚為天工入化。

詩用下平聲八庚韻，韻腳是：清、成、晴、聲、生。首句便用韻。

【注　釋】❶簷牙　屋簷邊角翹起如牙。在此指屋簷間。❷蝶衣曬粉花枝午　全句是說：午間，蝴蝶展翅在花枝間飛舞。蝶衣，蝴蝶的翅膀。花枝午，指午間的花枝上。❸蛛網添絲屋角晴　全句是說：晴天，蜘蛛在屋角吐絲結網。❹落落疎簾邀月影　全句是說：入夜後，稀疏的竹簾透進了月影。落落，稀疏的樣子。疎，一作「疏」。❺嘈嘈虛枕納溪聲　全句是說：夜裏，枕旁寂寞，可以聽到嘈雜的溪水聲。嘈嘈，雜亂的水流聲。虛枕，指枕邊空寂。❻斑　頭髮花白。❼樵漁　樵夫和漁人。在此當動詞用，指砍柴和捕魚。暗指在山林水邊過著隱居生活。

【語　譯】長夏江邊的村落風日清朗，屋簷間的小燕雀們羽翼已經長成。午間蝴蝶展翅在花枝上曬粉小憩，晴天蜘蛛在屋角吐絲結網。入夜後稀疏的竹簾透進了月亮的影子，夜裏枕畔空寂，可以聽到嘈雜的溪水聲。很早就花白的兩鬢，如今已成霜雪，真希望砍柴、捕魚，在山林水邊度過此生。

【賞　析】張耒的〈夏日〉詩，在寫江村夏日的生活，前六句著筆在長夏所見的景象，後兩句以抒感作結，由散而整，章法特殊。

長夏江村的生活是鬆散的，作者連舉六事以烘托，首句以「風日清」點出江村長夏的歲月，同時也點詩題「夏日」。次句舉屋簷下的「燕雀已生成」，可知是長夏。三句寫午夏蝴蝶展翅於花枝，四句寫夏日晚晴，蜘蛛結網於屋角，五句寫夏夜月出，六句寫夏夜夜深時，枕上聽溪聲。此六事，由早到晚，層次分明，且事事都是夏日江村的閒情幽景。然後末了兩句收結，像這種生活，儘管是兩鬢都斑白得像霜雪，但能打柴捕魚過此一生，也真如羲皇上人了。如果沒有後兩句的收結，全詩便會顯得鬆弛沒有歸趣，然而我們讀此詩時，不但沒有這種感覺，反而覺得由散而整，愈見精采。

同時此詩在用字上，極盡「巧構」之妙，如「簷牙」、「蝶衣」、「曬粉」、「花枝午」、「蛛網」、「添絲」、「屋角晴」、「邀月影」、「納溪聲」等都是鍊字琢詞的好例子。清厲鶚的《宋詩紀事・二六》中，引《石林詩話》的文字來評張耒的詩：「頃見晁无咎舉文潛『斜日兩竿眠犢晚，春波一頃去鳧寒』，自以為莫及。」又云：「文潛〈過宋都〉詩：『白頭青鬢隔存沒，落日斷霞無古今。』氣格不減老杜。」可知張耒詩在鍊字鍛句上，自有他工巧之處。此詩中的兩副對仗句，何嘗不是佳構？尤以「蝶衣曬粉花枝午，蛛網添絲屋角晴」，字字珠璣。

二〇一、輞川積雨❶

王　維

積雨❷空林烟火❸遲❹，蒸藜炊黍❺餉❻東菑❼。
漠漠❽水田飛白鷺，陰陰❾夏木囀❿黃鸝⓫。
山中習靜⓬觀朝槿⓭，松下清齋⓮折露葵⓯。

野老⑯與人爭席⑰罷⑱，海鷗何事更相疑⑲。

【作　者】王維，見前二一七頁。

【韻　律】這是一首平起格的七言律詩。如從首聯的平仄來分析，以為是仄起格的詩，其實，從後四句的平仄分析，才知道前四句是失黏失對的現象。但這種寫法，依然合律。

第二聯對仗句，「漠漠」對「陰陰」，更能顯示夏日水田林木的物境。前人詩話中，如翁方綱的《石洲詩話》、沈德潛的《唐詩別裁》，都稱譽「精神全在『漠漠』、『陰陰』字上」，唐李肇《國史補》以為王維是襲取李嘉祐的「水田飛白鷺，夏木囀黃鸝」詩句，實李嘉祐是中唐人，王維怎能抄襲後代人的詩句而加「漠漠」、「陰陰」的重言呢？這分明是王維自創的佳句，李嘉祐加以刪簡，而《國史補》不察，反說王維襲取，直到清人翁方綱的《石洲詩話》辨明前後的時代，加以訂正。第三聯「山中」、「松下」一聯，寫景也很清麗，是對仗句中不可多得的佳句。

詩用上平聲四支韻，韻腳是：遲、菑、鸝、葵、疑。首句便用韻。

【注　釋】❶輞川積雨　一題作〈積雨輞川莊作〉。輞川，水名。即輞谷水。在今陝西省藍田縣南終南山中。山麓有王維的別墅，稱輞川莊。王維隱居此地三十多年，其中勝景多處，維均有題詩，合稱《輞川集》。❷積雨　久雨。指連續下好幾天的雨。❸烟火　指炊烟。烟，同「煙」。❹遲　緩慢。❺蒸藜炊黍　蒸煮野菜。藜，一年生草本植物，嫩葉和新苗均可食。炊黍，做飯。黍，即「稷」的別稱，是雜糧的一種，可作飯。❻餉　饋食；給耕作者送食。❼菑　本指開墾一年的田地，此處泛指田畝。❽漠漠　在此形容水田密布的樣子。❾陰陰　形容樹木茂密的樣子。❿囀　鳴叫。⓫黃鸝　即黃鶯鳥。⓬習靜　修習靜定，以去雜念。⓭朝槿　植物名。即木槿。落葉灌木。夏秋之際開花，顏色有淡紫、粉紅和白色。朝開暮謝，故稱朝槿。古人常用以為人生無常的象徵。⓮清齋　即齋食。指素食吃齋。⓯露葵　帶露的葵菜。古人採摘這種菜，一定要待露水乾後，故名。⓰野老　居於田野的老人。此處為作者自稱。⓱爭席　爭搶席位。此處指與人爭逐地位。語本《莊子・雜篇・寓言》，說楊朱去向老子學道，路上旅店的主人很歡迎他，拿凳子給他坐，旅人們也都讓位給他；等他學成歸來時，旅客們卻不再讓座，而與他爭搶席位。這是說明楊朱已得自然之道，和一般人沒有隔膜了。郭象注云：「去其夸矜故也。」此處「野老與人爭席罷」，言早年入世，與人爭位，如今退隱，已經停止與人爭席。⓲罷　止息；停止。⓳海鷗何事更相疑　典出《列子・黃帝篇》，是說有一個在海上生活的人很喜歡鷗鳥，每天到海上和鷗鳥在一起玩，鷗鳥也喜歡親近他，沒有猜疑和顧忌。他的父親知道後，要他去把鷗鳥捉回來。第二天，他再去海濱時，鷗鳥便高飛不肯下來。由於他存有機心，使鷗鳥開始對他有了猜疑和防備。此處作者借以喻自己毫無機心，摒絕俗念。

【語　譯】久雨不停，空曠的林野上炊烟緩緩升起，農婦們忙著蒸煮飯菜，送到田畝去給田裏工作的人吃。一望無際的水田上有白鷺鷥在飛翔，茂密的樹陰中傳來黃鶯的歌唱聲。我在山中修習靜定，觀看朝槿花的開謝，也在松樹下摘折帶露的葵菜，供作清齋素食。我這個退隱田野的老人已經不再和人爭席了，海上的鷗鳥還要猜疑甚麼呢？

【賞　析】〈輞川積雨〉，詩題一作〈積雨輞川莊作〉，就內容而言，這兩則詩題，是大同小異，沒有甚大的差別。輞川是王維隱居的地方；輞川莊，是王維隱居所住的別墅。王維此詩，藉輞川恬靜的田園生活，烘托他隱居時，與世無爭的心境。

全詩結構，前四句寫輞川一帶，恬靜的田家景色，後四句寫王維在此，過靜坐禪寂與世無爭的隱逸生活。尤其末兩句，含有敘事兼感慨的語氣：野老已無爭席之心，海鷗何必相疑而高飛不下呢？大有物我相忘，進入「海客無心隨白鷗」的忘機境地。

其次，我們再了解各聯起承轉合的承接關係。首聯兩句，點出詩題，用「積雨空林烟火遲」點出「積雨」，用「蒸藜炊黍餉東菑」點出「輞川」，詩人以寫實之筆，描繪輞川一帶，久雨之後，空氣潮濕，柴薪亦潮濕，不易點燃，烟火上升徐緩，婦女忙著張羅，把飯菜送到隴畝間的景象。

頷聯承接首聯的寫景，用「漠漠」、「陰陰」的形容詞，使白鷺飛舞在水田上，黃鸝鳴叫於夏木間，顯得格外閒適，呈現出蒼茫幽深的田園境界。

頸聯轉記事，寫詩人在深山之中，修習靜坐，觀朝槿而悟人生的短暫，採露葵以供清齋素食，過著出塵超俗的恬淡生活；以朝槿、露葵的短暫，悟出「習靜」、「清齋」素靜的永恆，其中含有無盡的禪機和禪趣。

末聯敘事並抒感，詩人自謂已退出爭席的領域，厭倦塵俗的名利之爭，而用「海客無心」的典故，點出與世無爭的恬靜心境；並且呼應了頸聯中「山中習靜」、「松下清齋」的隱居生活。

清翁方綱《石洲詩話・一》云：「昔人稱李嘉祐詩『水田飛白鷺，夏木囀黃鸝』，右丞加『漠漠』、『陰陰』四字，精彩數倍。此說阮亭先生以為夢囈。蓋李嘉祐中唐時人，右丞何由預知，而加以『漠漠』、『陰陰』耶？此大可笑者也。然右丞此句，精神全在『漠漠』、『陰陰』字上，不得以前說之謬而概斥之。」由此亦可見律詩的精髓，往往在詩中的兩聯對仗句。

二〇二、新竹

黃庭堅

插棘編籬❶謹護持❷，養成寒碧映漣漪❸。
清風掠❹地秋先到，赤日行天❺午不知。
解籜❻時聞聲簌簌❼，放梢❽初見影離離❾。
歸閒我欲頻❿來此，枕簟⓫仍教到處隨。

【作　者】黃庭堅，見前三三二頁。

【韻　律】這是一首仄起格的七言律詩。全詩平仄合律，惟第六句「放梢初見影離離」作「仄平平仄仄平平」，依然合律。

詩用上平聲四支韻，韻腳是：持、漪、知、離、隨。首句便用韻。

【注　釋】❶插棘編籬　插棘條於地，編成籬笆。棘，小棗樹。即酸棗樹。此處指棘樹的枝條。❷護持　保護維持。❸漣漪　波紋；小水波。❹掠　拂過。❺赤日行天　即日正當中的意思。赤日，指赤熱的太陽。❻籜　竹筍的皮。即筍殼。❼簌簌　狀聲詞。形容細碎聲。❽放梢　抽長枝梢。指初長成的新竹在頂端發枝長杈。❾離

離　羅列清楚的樣子。⑩頻　數；屢次；時常。⑪枕簟　枕頭與竹席。

【語譯】插上棘枝，編成籬笆，小心維護新栽的幼竹，為的是早日看到新竹成林，好映照水波成綠。又能引來清風吹拂大地，快涼如秋，即使炎炎盛夏的正午，烈日當空，也不會感到酷熱。竹筍解開筍殼時，可以不時聽到細碎的脫籜聲，新竹一旦抽長出枝梢，便可以清楚地看到幽幽竹影。待我歸鄉閒居後，一定要經常來這裏，並且隨身攜帶著枕頭和竹席哩！

【賞析】這是一首詠物詩，所詠的物是「新竹」。古人寫詠物詩，詩意不僅止於該物，往往具有意在言外的效果，合乎言有盡而意無窮的奧妙。例如蘇軾的〈海棠〉詩，除了詠海棠花外，尚有以海棠比喻豔麗的佳人，頓生無盡的絃外之音。又如朱淑貞的〈落花〉詩，除了詠落花外，以落花暗示青春的消逝，愛情的凋落，因此詩中祈求青春永在，愛情不凋。在中國的文學中，竹代表有節之士，松、竹、梅，比喻歲寒三友。而〈新竹〉一詩，表面在詠新長的竹，實際亦暗示新進的君子、有節操的後進，在初夏之中，抽梢獨立，搖曳生姿。

全詩寫「竹」，所寫的是「新竹」，因此從「筍」寫起，到解籜的成竹，對竹的格調、竹的姿態、竹的性情，層層切入，可以看出黃庭堅詠物的功力不凡。首聯點出新竹，尚在筍的階段，要用籬笆來維護，希望它慢慢成長，能與成竹在水塘上「碧映漣漪」，搖曳生姿。次聯寫經春到夏，竹已成陰，姿態萬千，能引清風，快涼如秋；又能遮蔽赤日，不知午夏。三聯寫竹已長成，姿態初顯，竹聲簌簌，竹影離離。末聯寫歸閒常來此，可以令人忘憂，如攜枕席於竹林下小憩，更可消夏。通篇讀來，但覺涼風習習，蒼翠逼眼，作者運筆自然，體物入微，堪稱詠物高手。

二〇三、表兄話舊❶

竇叔向

夜合❷花開香滿庭，夜深微雨醉初醒。
遠書珍重何由達❸，舊事淒涼❹不可聽。
去日❺兒童皆長大，昔年親友半凋零❻。
明朝又是孤舟別，愁見河橋酒幔青❼。

【作　者】竇叔向，字遺直，唐京兆（今陝西省西安市）人。生卒年不詳。代宗時常袞為相，引為左拾遺、內供奉，後袞被貶，叔向出為溧水令。五子：羣、常、牟、庠、鞏，皆工詞章，有《聯珠集》行於時。叔向工五言詩，名冠時輩。原有集七卷，已散佚。《全唐詩》錄詩九首。

【韻　律】這是一首仄起格的七言律詩。全詩平仄合律。其中第二、第三、第六各句，採用「仄平平仄仄平平」或「仄平平仄平平仄」的句法，是第一和第三字同時用可平可仄的變化，這種句法，在近體詩中，也是合律的。「遠書」和「舊事」，「去日」和「昔年」，二、三兩聯對仗，能針對詩題「話舊」而發，切題又妥當。

詩用下平聲九青韻，韻腳為：庭、醒、聽、零、青。首句便用韻。

【注　釋】❶表兄話舊　一題〈夏夜宿表兄話舊〉。表兄，母親的姊妹所生的兒子，年齡長於己者。話舊，敘說往事。❷夜合　即夜合辛夷花，又名夜來香、夜香花。木本，葉長，花青白色，夏日開花，香氣濃郁，入夜更香，朝開夜合，故名。❸遠書珍重何由達　從遠處家鄉寄來的寶貴家書，從不曾寄達。指家鄉音訊全斷。何由達，一作「何曾達」、「何由答」。❹淒涼　淒楚悲涼。❺去日　過去的時日。即從前、往昔。❻凋零　凋謝。比喻人事零落。即死亡。❼酒幔青　青色的酒帘。指設在水邊橋頭下的酒店。舊時親友話別，常於酒店餞行。

【語　譯】夜合花開，馨香滿庭，在下著小雨的深夜，我們從酒醉中剛剛清醒過來。這一向山高水遙，遠從家鄉寄來的寶貴家書從不曾寄達，提起往事，倍增淒涼，叫人不忍卒聽。往日的孩童現在都已經長大，當年的親朋好友有一半都已經謝世凋零。明天一早您又要駕著孤舟離去，那河邊橋畔餞別的青色酒帘，教人見了就要發愁啊！

【賞　析】這是一首與親友敘舊的詩。親友久別，老大時重逢，在夏夜裏追敘往事，一夜難以道盡。惟有用詩，方能表達這份複雜的情懷。

全詩的脈絡清楚，結構分明。首聯一、二兩句，寫話舊的時間和地點，並點明參與話舊的人。詩從夏夜寫起，夜合花開得正香，他和表兄久別重逢，痛飲暢敘，不覺已醉，深夜酒醒，再作長夜之談。

中間兩聯四句，兩兩對仗，便是一夜所說的舊事，也是全詩的主題所在。家鄉親友珍重的書信從不曾寄到，音訊久斷；提起往事，一件件、一樁樁，倍增淒涼。往日的兒童，如今皆已成長，但那些年長的親友，卻已凋零大半。詩中所敘往事，大半是哀樂中年，是生命經歷滄桑後的深切感受，讀來驚心。

末聯結束，以話別收結，亦見巧妙，慨歎明日又將離去，酒樓餞別，惟見酒旗青青，孤舟獨行使人愁絕。這首敘舊話別的詩，寫來自然平順，如同對語，風格平實，更覺親切有味。與杜甫的〈贈衛八處士〉，有異曲同工之妙。

二〇四、偶成

程顥

閒來無事不從容❶，睡覺❷東窗日已紅。
萬物靜觀皆自得，四時佳興與人同❸。
道通天地有形外，思入風雲變態中。
富貴不淫貧賤樂❹，男兒到此❺是豪雄❻。

【作　者】程顥，見前二〇七頁。

【韻　律】這是一首平起格的七言律詩。全詩平仄大致合律，惟第五句「道通天地有形外」，作「仄平平仄仄平仄」，第五字「有」字本宜平而用仄，便不合律，造成第六字「形」字，成為孤平。在絕句或律詩中，宜避免寫孤平的句子，如在下句第五字改仄為平，以救上句的「孤平」和「拗」，便成為孤平拗救的現象。又詩中第六句「思入風雲變態中」，第五字「變」字並沒有改仄為平，依然是用仄聲，使第五句成為拗句，因此不合律。

詩用上平聲一東韻，起句逗韻「容」字，為上平聲二冬韻，以叶東韻的字，合乎古人押韻的規則。其他的韻腳為：紅、同、中、雄，皆為東韻。

【注　釋】❶從容　自得自在的樣子。❷睡覺　睡後醒來。覺，醒來。❸萬物靜觀皆自得二句　這是程顥的佳句名對，含有無窮的理趣和禪趣。由於閒來無事，無不從容，故對四時萬物，皆能感悟其中的道理和生活的樂趣。靜觀，靜心觀察。有客觀之意。佳興，美好的興致。❹富貴不淫貧賤樂　語本《孟子・滕文公下》：「富貴不能淫，貧賤不能移，威武不能屈；此之謂大丈夫。」朱注：「淫，蕩其心也。移，變其節也。屈，挫其志也。」《論語・學而》：「未若貧而樂，富而好禮者也。」貧而樂，即貧賤樂。均指安貧樂道。❺男兒到此　男子能立定於此境地。此，指能把握「富貴不淫」、「安貧樂道」的境界。一作「處」。❻豪雄　豪傑、英雄。指傑出的人物。

【語　譯】清閒無事時，無不從容自得，一覺醒來，陽光已映滿東窗。世間各種事物，只要靜心觀察，都會有所體悟，四季景色所引發的美好興致，我能與眾人同樣地感受。宇宙間萬事萬物的通理自在我心中，我的思維可以深入探索那風雲般變幻無窮的世事。一心守道，富貴時不迷亂，貧賤時能自樂，一個男子能立定於此境地，便稱得上是豪傑英雄了。

【賞　析】詩題《二程全書》作〈秋日偶成〉。此詩是作者在日常生活中，偶有感悟所寫成的。全詩的結構，是由首句的「閒來無事」作主題，引發出下面頷聯和頸聯的佳句，寫出充滿閒情的佳趣和感悟。程顥是宋代的理學家，寫詩多落於說理，在《千家詩》中，他尚有一首七言絕句〈春日偶成〉，與這首七言律詩的〈偶成〉，取材相同，都是寫閒情的樂趣，從日常生活中悟出道理，以獲得人生的經驗和哲理。

此詩的章法，條理明暢，先從「閒來無事不從容」寫起，繼而寫「睡覺東窗日已紅」，日上三竿才醒來，引證詩人確實是閒來無事。又以「萬物靜觀」以下四句，寫「從容自得」的佳趣，寫對人世間、自然界的觀察和感悟，道出作者對人生世事寧靜的觀照與深沉的省思，已成為千古流傳的佳話。尤以「萬物靜觀皆自得，四時佳興與人同」一聯，更是膾炙人口。詩中「靜觀」一語，更容易引起討論，究竟如何觀才是「靜觀」，是「主觀」、「旁觀」抑是「客觀」？「靜觀」字面上的解釋是靜心觀察，其深沉處，是指儒者理性冷靜的觀察？還是佛家空靈無心的觀照？這是我們讀詩時必須深入思維的地方。詩中說理含蓄，勉人體認大道，樹立個人操守，含蘊無盡的哲理，正是詩中意在言外之處。最後作者引用《論語》和《孟子》的格言：「富貴不能淫」、「貧而樂」作結，為人能如此，才是豪雄。閒來無事的感悟，真如天馬行空，無拘無束，突然以「豪雄」作結，也算有個依歸，是別出心裁的手法。

二〇五、遊月殿

程顥

月陂堤上四徘徊❶，北有中天百尺臺❷。
萬物已隨秋氣❸改，一樽❹聊為❺晚涼開❻。
水心❼雲影閒相照，林下泉聲靜自來。
世事無端❽何足計？但逢佳節❾約重陪❿。

【作　者】程顥，見前二〇七頁。

【韻　律】這是一首平起格的七言律詩。全詩平仄合律。詩中首句、第四、第八句皆用「仄平平仄仄平平」的句法，第五句用「仄平平仄平平仄」的句法，都因第一、第三字可平可仄處，自由互動，才造成上述的句式，但依然合律。

詩用上平聲十灰韻，韻腳是：徊、臺、開、來、陪。首句便用韻。

【注　釋】❶徘徊　往來不定的樣子。❷北有中天百尺臺　是倒裝句。即北有百尺臺高入中天。中天，即半天。

形容極高。❸秋氣　秋天的節氣。也可指秋風。❹一樽　一杯酒。❺聊為　且為；姑且為。❻開　指雲霧散，天空開闊。❼水心　水的中央。❽無端　詩中的常用語。沒有來由；沒有理由；變化多端。❾佳節　好的節日。❿重陪　再陪。指再度陪伴你。

【語　譯】月亮照在坡堤上，我們在月光下四處徘徊，北邊有一座百尺臺，高入半空。萬物已經隨著秋天的節氣改換了景象，暫且用一杯酒開啟向晚的涼意罷。水中的雲影和天上的白雲悠閒地相互映照，寧靜的幽林下有水聲淙然自來。世間的事都是變化無常的，有甚麼值得計較呢！我和你約定只待佳節一定再來陪伴你。

【賞　析】此詩題為〈遊月殿〉，其實是詩人在月光下，遊百尺臺，從末句處看，還不是獨遊，是偕伴同遊，並將登百尺臺所見的景物，當做「月殿」看待。《二程全書》題作〈遊月陂〉，意義較佳。

因此詩中首聯已點題，寫秋涼的月夜，詩人在陂堤一帶徘徊賞月，因北有高臺，登臺賞月，靜觀月夜下玲瓏剔透的大地。

第二、三聯對仗，都是描寫月夜所見的景物。第二聯兩句，寫在臺上設酒賞月，此時已是秋涼時候，萬物因秋風的來到，初透涼意，節候已改；在此涼夜飲酒，頓覺秋空秋野的空闊，而心胸也隨之開闊。

第三聯依然寫景，但景中有境界，水中雲影，林下泉聲，在寧靜的自然景色中，隱含禪機，富有生命力。宋代理學家的詩，往往寫景中含有理趣和化境。水、雲無心而相照，靜中有動，就景物言，乃呼應了「月陂」二字，就理趣言，則暗喻人心當清明如水，方能照物，有脫俗的佳趣，亦增一份明淨透澈的詩境。林下泉聲，且是從幽靜中「自來」，在寧靜中，有水聲淙然自來，是凸顯寧靜而含有生機，這是自然的脈動，靜中自有動態、有生命。

末聯結束抒感，儘管世事多變，又何足計較？如此清秋，如此月夜，能登臺同遊，且能舉酒相囑，亦是人間的快事，故以「但逢佳節約重陪」收結，希望後會有期，有超然世外的灑脫和豪情。

二〇六、秋興（其一）

杜甫

玉露凋傷❶楓樹林，巫山巫峽❷氣蕭森❸。
江間波浪兼天湧，塞上風雲接地陰❹。
叢菊兩開他日淚，孤舟一繫故園心❺。
寒衣處處催刀尺❻，白帝城❼高急暮砧❽。

【作者】杜甫，見前一一一頁。

【韻律】這是一首仄起格的七言律詩。全詩平仄合律。律詩的用韻，只有用平聲韻，絕對沒有用仄聲韻寫成的律詩，這是習慣法，約定俗成的。相反地，絕句中便有仄聲韻的絕句，因此絕句的定式便有四種，即「平聲韻仄起格」、「平聲韻平起格」、「仄聲韻仄起格」、「仄聲韻平起格」。而律詩只有平聲韻的仄起格和平起格兩種，比起絕句，便少了兩種定式。

詩用下平聲十二侵韻，韻腳是：林、森、陰、心、砧。首句便用韻。

【注釋】❶玉露凋傷　玉露，用以形容露水晶瑩如玉。一說玉露即白露。凋傷，凋謝敗落。❷巫山巫峽　均為四川省的地名。巫山，在四川省巫山縣東南。山勢高聳，兩岸壁立，山形如巫字，為巴山山脈的主峰，長江北岸有十二峰，峰下有神女廟。長江將巴山從中切穿，造成西陵峽、巫峽、瞿塘峽。巫峽，為長江三峽之一，在四川省巫山縣東，湖北省巴東縣西。因巫山而得名。是長江三峽中最險最長的峽谷，其間首尾長達一百六十里，兩岸壁立，行舟至險。與西陵峽、瞿塘峽並稱「三峽」。❸蕭森　形容寒氣蕭瑟陰森。❹江間波浪兼天湧二句　江間，指巫峽。兼天湧，波浪滔天。塞上，指巫山。地陰，地上陰晦氣象。《杜詩詳註．十七》引顧宸注：「波浪在地而曰兼天，風雲在天而曰接地，極言陰晦蕭森之狀。」❺叢菊兩開他日淚二句　大意是說：杜甫居夔州已兩年，因心繫故園，所見叢菊已是第二次開放，故稱「兩開」，他不知不覺又流下眼淚，去年因思鄉而落淚，今年亦復如此，故稱「他日」淚。杜甫隨時想買舟東下，一心繫念著長安的家園。故園心，思念故鄉家園的情懷。仇兆鰲《杜詩詳註．十七》引朱鶴齡的注：「公至夔已經二秋，時艤舟以俟出峽，故再見菊開，仍隕他日之淚；而孤舟乍繫，輒動故園之心。」又云：「他日，言往時。故園，指樊川。」樊川，在今陝西省長安縣西，時杜甫家在樊川。表面思家，其實也是思京都、思國。兩，一作「重」。❻催刀尺　意指趕製寒衣。催，催促、趕製的意思。刀尺，做衣服用的剪刀和尺子。❼白帝城　故址在今四川省奉節縣東白帝山上。❽暮砧暮晚時的搗練、搗衣聲。砧，搗衣石。

【語譯】秋天的露水使楓樹林的枝葉凋謝零落，巫山、巫峽一帶的寒氣蕭瑟陰森。巫峽中的浪濤滔天，如同要兼併到天上似的，巫山的風起雲湧，接連上大地的陰晦氣象，顯得陰氣森森。看到第二度開放的叢菊，禁不住又和去年一樣流下思鄉的眼淚，何時才能買舟東下，了卻我一心繫念家園的情懷啊！天涼了，到處都有人家在為出征的子弟趕製禦寒的衣裳，黃昏時白帝城上不時傳來急切的搗衣聲。

【賞析】〈秋興〉八首，是杜甫的名著。杜甫在唐代宗大曆二年（西元七六七年），身居夔州時所作，時年五十六。這年，杜甫因秋天的來到，有所感發而作此詩：一方面意味著，秋天是沉思、省思的季節；另一方面，也意味著杜甫進入生命中的秋天，對人生的歷練，也有深沉的體驗和了悟。這時唐代經天寶之亂後，詩人因對唐室、對家國的關愛，寫出了身在夔州而心繫長安的情懷。

因此，讀杜甫的〈秋興〉八首，要能把握詩中的主題所在，詩中提到人在巫峽、在夔府、在瞿塘、在江樓、在滄江、關塞，然而心所繫念的，是故園、是京華、是故國、是長安、是蓬萊、是昆明、曲江、紫閣等，在在都流露出杜甫的「心存長安，而身老夔州」的誠心和感慨。

「玉露凋傷楓樹林」，是〈秋興〉八首中的第一首，相當於八首中的「序」。《千家詩》僅選其中的四首（坊間現行本次序有誤），讀者可以自己再找杜詩加以深究。這首詩，是杜甫因秋的來到，感傷羈旅的詩，全詩章法分明，前四句，是因秋而託興，後四句，是觸景而傷情。前四句描寫杜甫在巫山、巫峽，時序為秋，見峽中波浪騰湧，塞上風雲肅殺，自然有「凋傷」、「蕭森」的感興。

後四句，感念人在夔州已兩年，眼看叢菊兩開，然心繫故園之情未減，不覺落淚不已。入夜後，白帝城四處盡是搗練、搗衣聲，益增秋日悲淒的情懷。清代楊倫《杜詩鏡銓・十三》評此詩：「首章秋興之發端也，江間塞上，狀其悲壯，叢菊孤舟，寫其悽緊。末二句結上生下，故以夔府孤城次之。」

二〇七、秋興（其二）

杜　甫

千家山郭❶靜朝暉，日日❷江樓坐翠微❸。
信宿❹漁人還泛泛❺，清秋燕子故飛飛❻。
匡衡抗疏功名薄❼，劉向傳經心事違❽。
同學少年多不賤，五陵裘馬自輕肥❾。

【作　者】杜甫，見前一一一頁。

【韻　律】這是一首平起格的七言律詩。全詩平仄合律。詩中七、八兩句，用「平仄仄平平仄仄」

和「仄平平仄仄平平」的句法，是因一、三兩字的平仄互動，又不致使二、四造成孤平所形成的句法，是合律的。二、三兩聯對仗，對仗的條件在於詞性相同，實對實，虛對虛，重言對重言，人名對人名等。如「還」與「故」，是虛對虛的例子；「泛泛」與「飛飛」，是重言對重言；「匡衡」與「劉向」，是人名對人名。對仗的優點，在表現中國詩歌音韻與對稱之美。

詩用上平聲五微韻，韻腳是：暉、微、飛、違、肥。首句便用韻。

【注　釋】❶山郭　即山城。此處指夔州山城。古代的城市有兩層城牆，設城牆的目的是用來防禦敵寇，內層的城牆稱城，外層的城牆稱郭。❷日日　一作「百處」、「一日」。❸翠微　山間青縹色的山氣。❹信宿　住過兩夜。《左傳．莊公三年》：「凡師一宿為舍，再宿為信，過信為次。」❺還泛泛　仍舊在水上漂浮。還，依然；仍舊。泛泛，形容船浮游水上的樣子。❻故飛飛　依然在飛來飛去。故，仍舊；依然。飛飛，形容鳥類飛來飛去的樣子。❼匡衡抗疏功名薄　匡衡，西漢經學家，元帝時任丞相。詩中用此典的含意，是指匡衡抗疏元帝，遷為光祿大夫、太子少傅；詩人概歎自己上疏救房琯，反而遭到貶謫。抗疏，上疏給皇帝，力陳己見。疏，上給皇帝的書信。功名薄，指遭到貶謫，官階下降。❽劉向傳經心事違　詩中用此典故的含意，是指劉向曾數奏封事，皇帝不用，然劉向仍居近侍，典校五經；詩人概歎自己亦有此心願，但事與願違，不能留在京城輔佐皇上。心事違，指有違心事，不能如願。❾同學少年多不賤二句　同學少年，為倒裝詞語。指少年時代的同學。五陵，指長安附近長陵、安陵、陽陵、茂陵、平陵等地，為漢代高官、富者、豪俠居住的地方。在此借指京都長安。裘馬自輕肥，有警惕、譏諷之意。裘，皮衣。一作「衣」。皮衣以輕者為質美，馬匹以肥者為健美，故言。

【語　譯】早晨的陽光靜靜地照著山城的千戶人家，我每日坐在江樓上，面對著青翠的山色。連日來，漁人駕著小舟在水上浮泛，深秋了，燕子依舊在四處飛來飛去。漢元帝時，匡衡上疏直陳，每每擢升，而我卻因直言反遭貶官；漢成帝時，劉向數奏封事給皇上，雖不被採用，但仍為近臣，典校五經，而我亦有此心，卻不能如願。少年時的同學，如今大多富貴騰達，在五陵一帶，講究自身的衣著輕美、馬匹肥俊。

【賞　析】這是杜甫〈秋興〉八首中的第三首，寫夔州秋天的朝景，引來心中極大的感慨。全詩章法分明，前四句寫景，後四句抒感，正合乎詩題「秋興」的題旨。

此詩開端，寫夔州府治白帝城的景色，下筆開闊。首聯所寫的朝景，便引人入勝，且有畫趣。山城中的千家屋舍靜靜地躺在朝暉之中，而詩人日日坐於江樓之上，面對環遶江樓的山勢，山氣杳渺。次聯承前兩句，續寫江樓所見的景色，只見隔夜的漁船，仍往來於江上，清秋的燕子，依然在江樓前飛來飛去。這些秋日的景色依舊不變，但杜甫客旅於此，面對清麗秋景，卻引發深沉的感慨和浩歎。

後四句，也是該詩的精神所在，杜甫在第三聯純用典故，卻能切合己身的遭遇，舉西漢時的匡衡、劉向為例，他們都是治經有得的飽學之士，上疏力諫，或是升官，或是留守，他們的際遇，都比杜甫好得太多了。言下之意，只有浩歎罷了。末聯兩句抒感，最能引起共鳴，「同學少年多不賤，五陵裘馬自輕肥」可作為警惕之言，少年時代的同學一個個都已顯貴騰達，在長安一帶穿著輕裘，騎著肥馬；從穿和行上來形容同學生活的豪華和講究，造成強烈對比，加深上聯「功名薄」、「心事違」，懷才不遇、時運不濟的感歎，手法高明。

二〇八、秋興（其三）

杜甫

蓬萊宮闕對南山❶，承露金莖❷霄漢間❸。
西望瑤池降王母❹，東來紫氣滿函關❺。
雲移雉尾開宮扇❻，日繞龍鱗識聖顏❼。
一臥滄江❽驚歲晚❾，幾回青鎖點朝班❿。

【作者】杜甫，見前一一一頁。

【韻律】這是一首平起格的七言律詩。全詩平仄合律。詩中第三句「西望瑤池降王母」，作「平仄平平仄平仄」，正常的格律是「仄仄平平平仄仄」，首字「西」字，可平可仄，不影響格律，但第五字「降」字，本當用平而用仄，是不合律而為拗字，故在第六字處，本宜用仄，改為用平，以救第五字的拗，這是本句自救的現象，是為單拗。末句「幾回青鎖點朝班」用「仄平平仄仄平平」的句法，也算合律。

詩用上平聲十五刪韻，韻腳是：山、間、關、顏、班。首句便用韻。

【注　釋】❶蓬萊宮闕對南山　蓬萊宮，本稱大明宮，唐太宗貞觀八年（西元六三四年）始築，高宗龍朔二年（西元六六二年）擴建，改名為蓬萊宮。在陝西省長安縣東，遺址今已出土。宮闕，即宮殿。南山，指終南山，為秦嶺的主峰，在長安縣南。《唐會要・三十・大明宮》：「貞觀八年十月，營永安宮，至九年正月，改名大明宮，……龍朔年，高宗染風痺，以宮內湫濕，乃修舊大明宮，改名蓬萊宮，北據高原，南望爽塏。」❷承露金莖　承接露水的銅柱。指承露臺盤。漢武帝時，於建章宮建承露盤，高二十丈，大七圍，以銅鑄成，上有仙人掌，以接天露，冀求飲天露可以延年益壽。見清張澍輯《三輔故事》。金莖，銅柱。❸霄漢間　形容高入雲霄。霄漢，雲霄天河。指高空。❹西望瑤池降王母　楊倫《杜詩鏡銓・十三》注云：「《漢武內傳》：『七月七日漢武帝居承華殿，西王母自瑤池來。』」此處以漢武帝比喻唐玄宗。瑤池，古代傳說西王母所居之地。王母，即西王母，為神話中的仙人。此處借指楊貴妃。楊貴妃曾為女道士，上冊封「太真」，故唐人多以王母比之。❺東來紫氣滿函關　指東方有吉祥之兆。用以形容聖人的來到。《關尹內傳》：「關令尹喜嘗登樓望見東極東紫氣西邁，曰：應有聖人經過。果見老君乘青牛車來。」此處係指天寶元年，田同秀謂見老君（老子）顯靈於永昌街，云有靈寶符在函谷關尹喜宅傍。玄宗發使求得之。見楊倫《杜詩鏡銓・十三》。紫氣，祥瑞的光氣。函關，指函谷關，在長安之東。即在今河南省靈寶縣東北，因關在谷中，形勢深險如函，故名。❻雲移雉尾開宮扇　全句形容帝王宸儀的肅穆。雲移雉尾，形容障扇的兩開，如同雲的移動。雉尾，雉鳥的尾毛。古代帝王身後的障扇，是用雉尾做成的。❼日繞龍鱗識聖顏　日繞龍鱗，形容帝王袞衣上繡有太陽和金龍的圖案。識聖顏，指見過皇帝的面。❽滄江　呈青蒼色的江水。泛稱江水。❾歲晚　歲末。此處指深秋。❿幾回青鎖點朝班　青鎖，宮門。古代宮門上鏤刻有青色的連鎖圖案。鎖，也作「瑣」。點，應點；點明。一作「照」。朝班，指臣子列班上早朝。

【語　譯】蓬萊宮殿面對著終南山，承露臺高聳雲霄。往西望去是西王母居住的瑤池，東邊是瑞氣滿罩的函谷關。想起當年曾看到過障扇開展如同雲動的肅穆儀仗，也曾當面瞻仰到皇上的聖顏，他的龍袍在日光下閃耀著。而今雖病臥江濱，驚心暮秋歲晚，這一生還有幾次能在青鎖門外排隊點名，等候上朝呢？

【賞析】〈秋興〉第五首，全詩的主旨在思念長安宮闕之盛、帝王威儀之肅穆。由於秋深而臥病江頭，感歎自己很久未能上朝。詩中塑景造情的壯麗淒美，合乎杜詩「沉鬱頓挫」的特色。全詩結構謹嚴，章法顯明，前四句寫長安宮殿的盛景，後四句追憶當年入朝拜謁帝王的情形，以及臥病滄江，感歎此生能再有幾回在宮門前排隊點名、等候入朝的機會。

杜甫的詩，在寫作技巧上，擅於用對比的手法，來烘托憂國憂時的忠貞。這首〈秋興〉，和〈春望〉同樣是前六句寫「盛景」，後兩句寫「衰景」，這種類似「三一格」的盛衰對比的手法，能給詩歌帶來驚心動魄的詩情和詩趣，這也是杜甫詩中常用的機杼和技巧。例如「蓬萊宮闕」這首詩，前六句描繪長安宮殿的壯麗，蓬萊宮面對著終南山，宮中承露盤的銅柱，高入雲霄。西望瑤池，太真似西王母降臨宮中；東望函谷關的雲靄，一片祥雲瑞氣護衛著京都。追憶當年早朝時莊嚴肅穆的景象，也曾拜謁過「聖顏」的光榮回憶。六句氣勢一貫而下，句句壯麗，可謂「盛景」。然而末兩句，突然峰回路轉，寫自己臥病滄江，又值此暮秋歲晚，依稀想起當年上朝時，列班青鎖門外，等候內傳入朝的往事，暗歎此生尚有幾回能列班早朝應點，讀至此，自然有一股悲涼的情緒，從心中汩汩襲來。「一臥滄江驚歲晚，幾回青鎖點朝班」，無奈中又有幾許淒涼，是為「衰景」，與前六句相反，造成「三一格」的技巧，對比成趣。

二〇九、秋興（其四）

杜甫

昆明池水漢時功❶，武帝旌旗在眼中❷。
織女機絲虛夜月❸，石鯨鱗甲動秋風❹。
波飄❺菰米沉雲黑❻，露冷❼蓮房❽墜粉紅❾。
關塞極天惟鳥道❿，江湖滿地一漁翁。

【作者】杜甫，見前一一一頁。

【韻律】這是一首平起格的七言律詩。全詩平仄合律。杜詩向來謹守格律，在一定的格律下求取工巧，故其有「晚節漸於聲律細」、「語不驚人死不休」的名句。詩中第七句「關塞極天惟鳥道」，用「平仄仄平平仄仄」的句式，是合律的句法。二、三兩聯對仗，精緻巧妙，「織女機絲」對「石鯨鱗甲」是用典翻新，「虛夜月」對「動秋風」，「波飄菰米沉雲黑」對「露冷蓮房墜粉紅」，是景語對景語，塑景典麗。

詩用上平聲一東韻，韻腳是：功、中、風、紅、翁。首句便用韻。

【注釋】❶昆明池水漢時功　在此借漢以說唐。昆明池，在長安近郊，漢武帝時，欲通身毒國，被越巂、昆明所阻，因於元狩三年（西元前一二〇年），在長安近郊引水作池，仿照昆明滇池的地形，在水上訓練水戰。昆明池廣三百三十二頃，池水東出為昆明渠。到北朝時，池水涸竭。唐德宗貞元十三年（西元七九七年），重新修浚，引交水、灃水入池。宋以後湮沒。❷武帝旌旗在眼中　此句亦是借漢言唐。漢武帝修昆明池，治樓船，建旌旗於船上，練習水戰，準備討伐西南夷。而唐玄宗亦曾在此置船，修習水戰，故云「在眼中」。❸織女機絲虛夜月　《杜詩鏡銓・十三》引曹毗的《志怪》云：「昆明池作二石人，東西相望，象牽牛織女。」又引〈西都賦〉注云：「作牽牛、織女於左右，以象天河。」故此句織女是池畔石人，為眼前景。夜月，一作「月夜」。❹石鯨鱗甲動秋風　西漢劉歆《西京雜記・一》云：「昆明池，刻玉石為魚，每至雷雨，魚常鳴吼，鬐尾皆動。」❺波飄　隨波飄流；飄墜於波面。飄，一作「漂」。❻菰米沉雲黑　形容菰米很多，一望黯黯如同烏雲密布。菰米，即茭白。其中有一種稱為茭鬱，能結實，長安人稱它為彫胡米。沉，一作「沈」。❼露冷　寒冷的秋露。❽蓮房　蓮蓬。指蓮子及其外苞。❾墜粉紅　深秋蓮已結子，粉紅花瓣凋落，故云墜粉紅。❿關塞極天惟鳥道　在此指唐明皇避安祿山之亂而入蜀，蜀地天險多高山，唯飛鳥可通。關塞，邊界險要的關隘，此處指詩人所居的夔州。極天，形容極高。鳥道，險絕的山路，只通飛鳥，故名。

【語譯】看到長安的昆明池，就想起漢武帝的功業，彷彿當年船上的旌旗就在眼前。池畔的石雕織女踩機紡絲，虛度了月照的秋夜，而石刻的鯨魚每到秋來，鱗甲會隨著秋風擺動。水波漂載著菰米，看去如同團團烏雲，寒冷的秋露凍落了蓮蓬，粉紅花瓣也凋零墜落。邊塞高入雲霄，只有難行險峭的鳥道，眼前江湖雖廣，卻無處可歸，孤獨的我，有如在茫茫江湖中飄泊的漁翁。

【賞析】杜甫〈秋興〉第七首寫昆明池，是思念長安的昆明池在盛世時有過輝煌的歷史。如今遇安、史之亂，長安已淪落，昆明池也荒涼，其中的菰米、蓮房，凋落在池中，無人採擷。想起唐明皇尚且避難入蜀，那麼天下百姓將何處安身落腳，而江湖廣闊，只好一身漂泊，如同漁翁泛於江湖之上。

〈秋興〉八首，是八首連貫成一整體的詩，如同八個樂章合成的一首大曲。每首都針對以懷念國家興亡的愛國思想為主題。然而《千家詩》中，只選四首，也就可以概見其全體。〈秋興〉八首在作法上，也有幾點共同之處，每首的開端，大半藉景起興，合乎「秋興」的詩題；詩中兩副對仗句，多先寫景語，後寫情語，以達情景交融的效果。詩末一聯，便以感慨收結，警句留後，有如倒吃甘蔗，使人讀罷，低徊不已。

〈秋興〉八首中，是把昔日繁華昌盛的長安一一加以描繪，在深秋的季節裏，又添一層蒼涼落寞的感受，如同盛唐經安、史之亂戰火的洗禮，唐室也進入清秋洗盡繁華的年代，因此〈秋興〉八首，具有繁華過後的省思、昌盛之後的懷念。杜甫以憂國憂時的儒者情懷，感歎晚年自我的漂泊，自然流露出一份沉鬱淒清的哀愁。但他卻從蒼涼的心境，寫出繁華的景象，用詞都很壯麗，如「玉露」、「塞上風雲」、「匡衡抗疏」、「劉向傳經」、「蓬萊宮闕」、「瑤池」、「紫氣」、「雲移雉尾」、「日繞龍鱗」、「武帝旌旗」、「織女機絲」、「露冷蓮房」等，都能引來優美的聯想。因此〈秋興〉八首，是杜甫晚期成熟的作品，不論在思想內容上、寫作技巧上，都已達到純熟精妙的境界。無怪乎清仇兆鰲《杜詩詳註》引澤州陳冢宰廷敬的評語說：「〈秋興〉八首，命意鍊句之妙，自不必言。即以章法論，分之，如駭雞之犀，四面皆見；合之，如常山之陣，首尾互應。前人皆云，李如《史記》，杜如《漢書》，予獨謂不然，杜合子長、孟堅為一手者也。」

二一〇、月夜舟中

戴復古

滿船明月浸虛空❶，綠水無痕❷夜氣❸沖。
詩思❹浮沉檣❺影裏，夢魂搖曳❻櫓聲❼中。
星辰冷落碧潭水，鴻雁悲鳴紅蓼風❽。
數點漁燈❾依古岸，斷橋❿垂露滴梧桐。

【作　者】戴復古，見前三二〇頁。

【韻　律】這是一首平起格的七言律詩。全詩平仄合律。第三聯為孤平拗救的句式，即「星辰冷落碧潭水」，為「平平仄仄仄平仄」，第五字「碧」字，本宜平而用仄，是為拗而不合律，使第六字「潭」字，變成孤平，因此在對句上，「鴻雁悲鳴紅蓼風」第五字「紅」字，本宜仄聲而改為平，以救出句中第五字「碧」字的拗，這種現象，便稱為孤平拗救，也算合律。其中第一、第四、第八句均用「仄平平仄仄平平」的句法，為合律句法的變格。

詩用上平聲一東韻，韻腳是：空、沖、中、風、桐。首句便用韻。

【注釋】❶浸虛空　浸，一作「靜」。虛空，天空。❷無痕　沒有紋痕。形容水面平靜。❸夜氣　夜晚清涼的空氣。❹詩思　詩興。指寫詩的心情和情緒。思，心情；情緒。❺檣　船上的桅杆。❻搖曳　來回擺動。❼櫓聲　槳聲。❽紅蓼風　蓼花開時所刮的風。指秋風。紅蓼，植物名。又名紅草、石龍。為蓼科，蓼屬，一年生草本，生於水邊，莖分枝，葉大，花叢生。❾漁燈　漁船上的燈火。❿斷橋　殘斷的橋樑。

【語譯】明月照在船上，整隻船如同浸泡在天空裏一般，船行過後，碧綠的水面平靜無紋，只有一股夜晚的涼氣襲人。我的詩興隨著桅杆的影子上下起伏，夢魂也跟著槳聲來回擺動。澄碧的潭水倒映著點點寒星，紅蓼秋風吹起，傳來大雁的悲鳴聲。很多漁船上的燈火依傍在古老的堤岸邊，斷橋畔的梧桐樹上正滴著露水呢！

【賞析】這是一首寫景的詩，詩人在秋月空明的浸漬下，使所見到的大自然景色，都染上空靈、虛幻的感覺，因此有「詩思浮沉」、「夢魂搖曳」的虛靈之美，呈現出優美而帶有幾分悲涼的畫意和畫境。

秋天畢竟是感傷的季節，在微涼之中，秋月如水，何況是在水上舟中，更容易引來虛幻、夢幻之感。詩的主題，亦如詩題所云：「月夜舟中」。全詩以寫景為主，而詩句亦能針對詩題而發，可以明察作者寫詩的結構。首聯兩句，採開門見山法，便切中詩題。其後二、三兩聯對仗，雖有情語和景語之分，情語為：「詩思浮沉檣影裏，夢魂搖曳櫓聲中。」景語為：「星辰冷落碧潭水，鴻雁悲鳴紅蓼風。」但依然以寫景的成分為多，抒情感慨的成分為少。最後一聯，依然因景收結，「數點漁燈依古岸，斷橋垂露滴梧桐」，造景造境，帶來幾許蒼涼。然而全詩有它的調和性和統一性，這是作者組織能力的超然處。

一首動人的詩，也如一幅動人的圖畫，詩人在短短的八句中，怎樣地選擇所要寫的景物入篇，尋繹、營構出詩趣和詩境，就如同一個畫家，在選材和空間安排上，能成功地經營出一幅引人入勝的畫面，道理是相同的。因此賞析一首詩，若能把握幾項品詩的原則，便能得品詩的三昧。

二一一、長安秋望

趙　嘏

雲物❶淒涼拂曙❷流，漢家宮闕動❸高秋❹。
殘星幾點雁橫塞，長笛一聲人倚樓。
紫豔❺半開籬菊靜，紅衣❻落盡渚蓮愁。
鱸魚正美❼不歸去，空戴南冠學楚囚❽。

【作　者】趙嘏，見前三五五頁。

【韻　律】此詩為仄起格的七言律詩。平仄大致合律，惟末聯出句不合律。詩中第二聯為孤平拗救的現象，即「殘星幾點雁橫塞」，為「平平仄仄仄平仄」，第五字「雁」字，本宜平而用仄，是拗而不合律，使第六字「橫」字，成為孤平；因此在下句「長笛一聲人倚樓」，第五字「人」字，本宜用仄而改為平聲，以救上句第五字的拗折，這種拗救的現象，是為孤平拗救。末聯出句「鱸魚正美不歸去」，為「平平仄仄仄平仄」，第五字「不」字，本宜用平而用仄，使第六字「歸」字成為孤平，是拗折而不合律，照理在下句「空戴南冠學楚囚」，第五字處宜用平聲以救上句的拗折，便成孤平拗救的合律句法，但末句並不救上句的拗折，因此這是一首折腰體的律詩。

詩用下平聲十一尤韻，韻腳是：流、秋、樓、愁、囚。首句便用韻。

【注　釋】❶雲物　泛指景物而言。作為「天象雲氣的景色」講，亦可。❷拂曙　即拂曉。曙，黎明的曙光。一般《千家詩》版本作「署」字，解釋為「官署」，今從《全唐詩》本，作「拂曙」，意思較妥。❸動　觸動。❹高秋　天高氣清的秋空。❺紫艷　紫色豔麗的菊花。艷，「豔」的俗字。❻紅衣　指荷花的豔紅花瓣。也指荷花。❼鱸魚正美　鱸魚，巨口細鱗，頭大體側扁，背部蒼色，腹白，秋時最為肥美。西晉時張翰，在洛陽做官，經常想念家鄉生活，有一天，秋風吹起，他想到家鄉吳中菰菜、蓴羹、鱸魚膾的美味，便歎道：「人生貴得適志，何能羈宦數千里以要名爵乎！」於是便棄官而歸。見《晉書・文苑傳・張翰》。後詩文中常用此典比喻思鄉。❽南冠學楚囚　南冠、楚囚，典出《左傳・成公九年》：「晉侯觀于軍府，見鍾儀，問之曰：『南冠而縶者誰也？』有司對曰：『鄭人所獻楚囚也。』」本指楚人鍾儀戴南方人的帽子，被拘囚在北方。詩中引申為詩人遊宦長安而未歸，或指南人滯留北方而不能歸。

【語　譯】秋天的景物在拂曉的晨曦中顯得異常淒冷，巍峨的漢家宮闕觸動了天高氣清的秋空。破曉時分殘星數點，雁羣橫飛過邊塞，耳邊長笛聲起，令人不禁要倚樓遠望。紫色的菊花半開在籬畔，意態閒靜，紅色的花瓣凋落在水渚間，蓮面含愁。家鄉的鱸魚正是肥美的時候，我卻不得歸去，平白地戴著南人的帽子，學楚囚一樣留滯北方。

【賞　析】本詩詩題一作〈長安晚秋〉，又作〈秋夕〉。全詩在寫作者秋日眺望，引來羈旅不能歸去的浩歎。詩中所寫情景，都能切合詩題，尤其詩中前六句，均針對「秋望」而發，句句巧妙點題，立意真切有趣。

首聯便從「高秋」入題，曙流拂拭，景物淒涼，已暗示是高秋的景色，詩中雖未提及「長安」，但「漢家宮闕」四字，已暗示在「長安」，可謂入題明快，且「望」字也涵蘊在詩句之中。二、三兩聯對仗，均寫秋日眺望所見的景象，遠望長空，殘星數點，雁橫天際；人倚高樓，笛聲悠揚。見紫菊半開於籬外，紅蓮落盡於水渚，均有「望」字，但詩句中不著此字，這種技巧，合乎司空圖《詩品》中〈含蓄〉一品所說的：「不著一字，盡得風流。」末聯以感慨作結，是說長安秋高鱸魚正美，不得南歸，空使南人滯留北方，學楚囚拘留他鄉。故此詩結構，前六句均寫「眺望」長安高秋的景色，引來最後兩句羈旅不歸的感慨，而歸去的理由，卻是為了「鱸魚正美」，合乎「反常而合道」的情趣。趙嘏，為山陽（今江蘇淮安）人，大中間，仕至渭南尉，卒於任所。詩風贍美，《唐詩紀事．五六》云：杜紫微（牧）特別喜愛趙嘏的「長笛一聲人倚樓」句，而吟味不已，時人因稱趙嘏為「趙倚樓」。

二一二、新秋

杜甫

火雲猶未斂奇峰❶，欹枕❷初驚一葉風❸。
幾處園林蕭瑟❹裏，誰家砧杵❺寂寥❻中。
蟬聲斷續悲殘月，螢燄❼高低照暮空。
賦就金門❽期再獻❾，夜深搔首❿歎飛蓬⓫。

【作者】《千家詩》題杜甫作，然杜甫集中查無此詩；而《後村千家詩》錄此詩前半首，題為孫僅作。然今查《宋史》，孫僅本傳附於其兄孫何後，知僅生於北宋太祖開寶元年（西元九六九年），卒於真宗天禧元年（西元一〇一七年），享年四十九。一生篤於儒學。自咸平元年（西元九九八年）中進士第一後，屢屢遷升，與兄孫何並重於時，有文集五十卷。而此詩通篇愁怨，作者當非功名中人，故以此推測，恐亦非出於孫僅之手。茲因資料不足，未敢斷言，故姑且仍依《千家詩》，視為杜甫所作。

杜甫，見前一一一頁。

【韻律】此詩為平起格的七言律詩。全詩平仄合於格律。一般在近體詩中，平仄的使用，有「一、三、五不論，二、四、六分明」的說法，意思是指一、三、五的平仄可以自由，不受限制，二、四、六的平仄，必須依定式的平仄，加以講究。因為近體詩不能有孤平的現象，惟有每句的第一字孤平，卻可以通融。詩中一、八兩句用「仄平平仄仄平平」的句法，為變律的句式，也是合律的。

詩用上平聲一東韻，韻腳是：峰、風、中、空、蓬。首句便用韻。

【注釋】❶火雲猶未斂奇峰　火雲，夏日的雲。斂，收。奇峰，形容夏雲騰湧，變幻有如奇異的山峰。東晉顧愷之〈神情〉詩有云：「夏雲多奇峰。」（或言陶淵明所作，題為〈四時〉）後詩文中便多用奇峰以形容夏雲。❷欹枕　斜靠在枕上。欹，傾斜；偏斜。通「攲」。❸一葉風　秋風至而一葉落，有一葉知秋的意思。❹蕭瑟　草木被秋風吹襲所發出的聲音。也用以形容寂靜淒清。❺砧杵　在此指砧杵所發出的擣衣聲。砧，擣衣石。杵，擣衣用的棒槌。❻寂寥　冷清寂靜。❼螢燄　螢火蟲尾部發出的光。❽金門　漢代未央宮門的名稱。因門傍立有銅馬，故稱金馬門，簡稱金門。此處指唐宮門。❾再獻　指再獻詩賦，以圖錄用。❿搔首　抓頭。⓫飛蓬　秋天隨風飄散的蓬草。用以形容客旅漂泊，居無定所。

【語譯】夏日的流雲騰湧，尚未收斂變幻怪奇的巒峰，我斜靠在枕上，看到風起葉落才心驚秋天已至。放眼幾處園林，都已呈現蕭蕭瑟瑟的秋景，不知誰家的擣衣聲，在冷清寂靜的空中迴盪。秋蟬在殘月下斷斷續續地悲鳴，螢火蟲在夜空中高高低低地流照著。寫好一篇賦，期望到天子門前再獻給天子，夜深了，不禁搔著疏髮，感歎自己客旅漂泊，有如飛蓬。

【賞析】〈新秋〉是一首詠節令的詩，由於節令的轉換而引來感慨。詩中用「火雲猶未斂奇峰」，暗示夏日的炎熱尚未收斂，而「攲枕初驚一葉風」，點出「新秋」，入題巧妙。繼而頷聯、頸聯四句，都是寫新秋所見所聞的景象。

「幾處園林蕭瑟裏」包括眼見秋日園林的蕭條，也含有耳聞秋聲的肅殺。「誰家砧杵寂寥中」是寫秋來到處砧杵擣衣聲可聞，益增秋日寂寞之情，想見良人或子弟出征未歸，家人正準備寄寒衣的情景。「蟬聲斷續」句，寫聽覺意象，蟬聲殘月，有悲涼之境。「螢燄高低」句，寫視覺意象，螢流暮空，有孤零之情。

末聯感慨，抒寫晚年經流離後，期望獻賦朝廷，有再被舉用的機會，然而夜深思念前程，有如秋日的飛蓬，漂泊無定。整首詩的主題，在末兩句藉新秋點出漂泊不定的羈旅況味。一首詩必然有動人之處，開端火雲如奇峰，便有警句在；繼而園林蕭瑟，砧杵寂寥，便有秋意；繼而蟬聲殘月，流螢暮空，便有淪落飄零的寓意；末了以飛蓬自比，尚祈被用。由此亦可知，杜詩的沉鬱悲涼，大致是他的遭遇所致；愁苦的情懷，愁苦的詩句，正是杜詩的特色。

二一三、中　秋

李　朴

皓魄❶當空寶鏡❷升，雲間仙籟❸寂無聲。
平分秋色一輪滿❹，長伴雲衢❺千里明。

狡兔空從弦外落，妖蟆休向眼前生❻。
靈槎❼擬約同攜手，更待銀河❽徹底清。

【作　者】《千家詩》題李朴作，並以為唐人，恐係筆誤。今依《宋詩紀事．三四》錄有此詩而改正。

李朴（西元一〇六四——一一二八年），字先之，人稱章貢先生，虔州興國（今屬江西）人。生於北宋英宗治平元年，卒於南宋高宗建炎二年，享年六十五。

登紹聖元年（西元一〇九四年）進士第，歷官虔州教授、著作郎，為官正直敢言，不畏強權，程頤獨器重之。後欽宗即位，除著作郎，半歲凡五遷至國子祭酒，以疾不能至。高宗即位，除祕書監，未至而卒。贈寶文閣待制。朴自為小官，天下高其名。有文才，寫詩善狀物。有《章貢集》二十卷行於世。《宋史》有傳。

【韻　律】此詩為仄起格的七言律詩。全詩平仄合乎格律。頷聯是孤平拗救的現象，即「平分秋色一輪滿」，為「平平平仄仄平仄」，第五字宜平而用仄，使第六字成孤平，因此在下句「長伴雲衢千里明」，為「平仄平平平仄平」，第五字本該用仄，故意改為平聲，以救上句的拗折，這是孤平拗救的現象，仍算合律。

詩用下平聲八庚韻，韻腳是：聲、明、生、清。首句也用韻，但不在庚韻中，而用下平聲十蒸韻，即「升」字，所以首句是逗韻，即用鄰近通押的韻，仍不算出韻。

【注　釋】❶皓魄　潔白的月亮。也可稱月魄。❷寶鏡　比喻明月。中秋月明如鏡，故言。❸仙籟　天上仙界的樂音。❹平分秋色一輪滿　平分秋色，在此是指八月十五日，正好是秋色對半均分。一輪滿，是指一輪滿月。❺雲衢　雲的街道。指雲間。雲在天空四面八方自由流動，故云。衢，四面通達的街道。❻狡兔空從弦外落二句　這兩句表面是用與月亮有關的神話，來形容中秋月；實際上是以滿月比喻聖上清明，以狡兔、妖蟇影射朝中奸邪。傳說月中有玉兔在搗藥，有妖蟇能蝕月魄。妖蟇，指神話中月宮裏的蟾蜍。蟇，同「蟆」。弦，指月半圓如弓弦。每月月有上下弦，即農曆初八日前後，月缺東邊半圓，其形如弓，是為上弦；二十三日前後，月缺西邊半圓，其形亦如弓，稱為下弦。❼靈槎　神話中天上神仙往來的木筏。槎，木筏。王相注云：傳說西漢時張騫，曾搭乘靈槎渡過天河。❽銀河　天河。秋夜天空有星雲連綿橫亙其間如河，俗稱天河，也稱為銀河。

【語　譯】潔白的月亮高掛天空，好似升起了一面寶鏡般，此時天地一片寂靜，聽不到雲中仙樂聲。今日八月十五，一輪滿月正好將秋色對半均分，長夜依傍雲間，照亮千里。聰敏的玉兔預知月圓時將無處藏身，早在弦月時便跳落到弦外去了，而會侵蝕月魄的妖蟇，此時也休想出現在眼前。本擬約你共同乘著仙人的木筏攜手同遊，但是還要等待天河徹底澄清以後才能成行。

【賞　析】這是一首詠物詩，以中秋月作為吟詠的對象。通常詠物詩所詠的物，不止於該物，往往有聯想作用而產生絃外之音。就以詠月的詩而言，《千家詩》中便有四首，如程顥的〈秋月〉：「清溪流過碧山頭，空水澄鮮一色秋。隔斷紅塵三十里，白雲紅葉兩悠悠。」程顥筆下的秋月，除了秋天的月色外，秋月如同至士高人，高蹈塵表。又如蘇軾的〈中秋〉：「暮雲收盡溢清寒，銀漢無聲轉玉盤。此生此夜不長好，明月明年何處看？」東坡筆下的中秋月，除了寫中秋的月色外，更有明月不長好，明年人事又何知的感慨，類似他在〈水調歌頭〉中的「人有悲歡離合，月有陰晴圓缺，此事古難全」的情懷。再如李商隱的〈霜月〉：「初聞征雁已無蟬，百尺樓臺水接天。青女素娥俱耐冷，月中霜裏鬪嬋娟。」義山筆下的月，則是「嫦娥」、「青女」，是冷豔的女子。因此這類的詠物詩，往往藉物而託興，引來詩歌無窮的情趣。

李朴的〈中秋〉，前四句在寫中秋的月景，一輪「寶鏡」當空騰起，此時雲間天籟，正寂靜無聲。繼而，承上寫中秋平分秋色，但願長伴天街千里明。後四句因見月而發揮聯想的美感，從神話中，說月裏有狡猾的玉兔知道月圓時無處藏身，便早從弦月中落去，又說月中有妖蟇，能消蝕月魄，因而指責妖蟇休向眼前生。最後引張騫乘靈槎漫遊天河的傳說，期望能與友人相約，攜手同遊於天河清澈之境。就詩中的絃外之音來看，狡兔和妖蟇當係影射當朝奸邪小人蔡京、馮熙載等新黨，「銀河徹底清」，指奸邪去盡，朝政清明。所以詩人說出他的心願是：冀盼「黃河清，天下平」，與友人攜手同遊於太平盛世。因此李朴的〈中秋〉，除了詠中秋的月色外，更藉物而託興，是詠物詩的要件。

二一四、九日藍田會飲[1]

杜甫

老去悲秋強自寬[2]，興來今日盡君歡[3]。

羞將短髮還吹帽❹，笑倩旁人為正冠。
藍水❺遠從千澗落，玉山高並兩峰寒❻。
明年此會❼知誰健❽？醉把茱萸❾仔細看。

【作者】杜甫，見前一一一頁。

【韻律】這是一首仄起格的七言律詩。全詩平仄合律。詩中第二句、第六句用「仄平平仄仄平平」的句法，第五句用「平仄仄平平仄仄」的句法，都是因第一字、第三字平仄自由，又使二、四不致成孤平，才演變成以上的句法，但依然合律。此詩一、二、三聯均對仗，可視為偷春格。

詩用上平聲十四寒韻，韻腳是：寬、歡、冠、寒、看。首句便用韻。

【注釋】❶九日藍田會飲　一題作〈九日藍田崔氏莊〉。九日，指農曆九月九日重陽節。古人以九為陽數，重陽，即九月九日。藍田，地名。在今陝西省長安縣東南。❷強自寬　強，勉強。有勉為其難的意思。自寬，自我寬慰以解除憂悶。❸興來今日盡君歡　興，興致；興會。今日，即詩題所指的九月九日登高節、重陽節。盡君歡，使君盡歡。❹羞將短髮還吹帽　「落帽」事，典出《晉書・桓溫傳》。孟嘉為桓溫征西參軍，九月九日隨桓溫遊龍山，僚佐畢集。時佐吏都穿戎服，剛好一陣風來，將孟嘉的帽子吹落，嘉不自覺。後嘉如廁，桓溫便命孫盛為文嘲笑孟嘉落帽事，並把文章放在他的位置上，嘉還見，作文答之，文情並茂，傳為佳話。孟嘉以落帽為風流，然而杜甫在此用翻案，以不落帽為風流。❺藍水　溪名。也作「藍溪」。源出陝西省商縣西北秦嶺，西北流入藍田縣界，因而得名。❻玉山高並兩峰寒　玉山，山名。即藍田山，由於藍田產玉，故又名玉山。在陝西省藍田縣東，驪山的南阜。兩峰，指藍田山和華山。清楊倫《杜詩鏡銓．五》：「朱注：《華山志》：『岳東北有雲臺山，兩峰崢嶸，四面懸絕，上冠景雲，下通地脈。』藍田山去華山近，故曰『高並兩峰寒』。」❼明年此會　指明年九月九日聚會時。❽健　健壯；健在。❾茱萸　香草名。生於川谷，其味香烈，有山茱萸、吳茱萸、食茱萸三種。古代風俗，農曆九月九日重陽節要佩帶茱萸，以避災祛邪。見仇兆鰲《杜詩詳註．六》引《西京雜記》。

【語　譯】年紀大了，每到秋天常會引發悲涼的感受，這時只好勉強自我寬解，今日興致來了，盡情地與君同樂。由於年老頭髮脫落，風一吹戴不住帽子被風吹落，實在不好意思，還得笑著轉請旁人替我把帽子戴正。藍溪的水是遠從千澗的流水匯流而來的，玉山山高，凝聚著它和華山兩座巒峰的寒意。明年這個重陽的登高盛會知道有誰還會健在呢！還是睜開醉眼，把茱萸細細地端詳一番吧！

【賞　析】〈九日藍田會飲〉一詩，《全唐詩．二二四》，以及清仇兆鰲輯注的《杜詩詳註．六》和清楊倫的《杜詩鏡銓．五》中，均題作〈九日藍田崔氏莊〉。此詩為杜甫在唐肅宗乾元元年（西元七五八年）為華州司功時，至藍田崔氏家而作，時年四十七歲。雖然年歲不及五十，但因杜甫歷盡戰亂，生活窘迫，心境難免充滿滄桑，所以詩中一直在歎老悲秋，而「老去悲秋」，便成為該詩的主題所在。

此詩作法，字字句句都很出奇，使人歎為觀止。首聯便開始對仗，且出句說悲，對句說歡，悲歡對舉，絲毫沒有半點牽強。頷聯為流水對，詩意一貫而下，都是寫落帽的事，但一事翻作兩句，十分巧妙。更巧妙的是，杜甫用《晉書》載孟嘉隨桓溫遊龍山，風至落帽的事，當時是以「落帽」為「風雅」，但杜甫在此用翻案寫法，認為九日在藍田崔氏莊與會的友儕，能不落帽的，才是「年輕少壯」，因此以不落帽為「風雅」，這是反諷手法的技巧，於是承上聯的「老去悲秋」而歎老，以頭髮脫落、帽子戴不住為明證。頸聯寫莊前所見之景，雖然人已老，但筆力突然勁拔，「藍水」、「玉山」，秀氣英拔猶存，「遠從千澗落」、「高並兩峰寒」，有秋光蕭瑟的情意在。結聯「明年此會知誰健？醉把茱萸仔細看」，仍與老去悲秋相應，然而意味深長，有感傷，也有寄託，山水可以千古不變，但人事難知；天地有常，個人的生死卻不可測，這是詩人的無奈，也是人類共同的悲哀。

仇兆鰲的《杜詩詳註‧六》引朱瀚評此詩：「通篇不離悲秋歎老，盡歡至醉，特寄託耳。公曾授率府參軍，用孟嘉事恰好。」十分中肯。

二一五、秋思

陸游

利欲驅人萬火牛❶，江湖浪跡❷一沙鷗❸。
日長似歲閒方覺❹，事大如天醉亦休❺。

砧杵敲殘深巷月，梧桐搖落故園❻秋。

欲舒老眼❼無高處，安得元龍百尺樓❽。

【作者】陸游（西元一一二五——一二一〇年），字務觀，號放翁，越州山陰（今浙江省紹興縣）人。生於北宋徽宗宣和七年，卒於南宋寧宗嘉定三年，享年八十六。

陸游生，次年便是靖康之難，年幼隨父避兵禍，十二歲能詩文，高宗紹興中，試禮部，主考官將他的名次開列於前，因得罪秦檜而被黜。三十八歲時，孝宗賜他為進士出身。曾任鎮江、隆興通判。乾道六年（西元一一七〇年），入蜀，任夔州通判、四川制置使司參議官，知嚴州。奉祠多年，復出，同修國史，官至寶章閣待制，封渭南縣開國伯。陸游生於憂患之世，他的詩文，表現了忠君憂國之思，因此在陸游集中，「忠憤」便是他詩文中的主題。同時，因他也擔任幕僚清客的工作，所以也有部分閒適詩。陸游也是個癡情之人，年少時，因為母親的緣故，與妻唐氏仳離，從此追懷不已，至七十餘歲，尚有「此身行作稽山土，猶弔遺蹤一悵然」的多情句子。他和范成大、楊萬里、辛棄疾等懷有崇高的政治抱負，表達了對國事的憂憤和忠貞，如：「擁馬橫戈」、「手梟逆賊清舊京」等等，他經常在詩詞中流露出忠憤的情操，同時他也關心民間的疾苦，風格豪放，所以有「愛國詩人」之稱。著有詩稿九千多首，因愛蜀中風土，題詩集為《劍南詩稿》，文稿為《渭南文集》。有詞集為《放翁詞》或稱《渭南詞》。又著有《南唐書》、《老學庵筆記》、《入蜀記》等書，一生著述甚豐。《宋史》有傳。

【韻　律】此詩為仄起格的七言律詩。全詩平仄合律，惟第三句「日長似歲閒方覺」與第七句「欲舒老眼無高處」，第二字「長」、「舒」，均為孤平，是為拗句，即因第一字宜平而用仄，造成第二字為孤平。二、三兩聯對仗，前聯作事語，後聯作景語，調配得法。

詩用下平聲十一尤韻，韻腳是：牛、鷗、休、秋、樓。首句便用韻。

【注　釋】❶利欲驅人萬火牛　火牛，戰國時，燕國攻打齊國，齊國將領田單集城中牛千餘頭，著綵衣，以油浸葦，束於牛尾，點火燃燒，使牛羣衝向敵軍，因此燕軍大敗，史稱田單以火牛攻燕。事見《史記·田單傳》。在此是指利欲驅人的力量，甚於萬隻火牛。形容利欲薰心之烈。❷江湖浪跡　流浪四方。江湖，泛指四方。跡，一作「迹」。❸沙鷗　水鳥，鷸形目，鷗科，棲息於沙洲，飛翔於江海之上。❹覺　感受；感覺。❺休　停止；不去理會。有忘卻的意思。❻故園　故鄉；家園。❼欲舒老眼　想張開老眼眺望。舒，張開。❽元龍百尺樓　元龍，指三國時陳登，字元龍，因牽制呂布有功，封伏波將軍。少博覽載籍，雅有文才；為人忠亮高爽，有扶世濟民之志，名重天下。一日劉表與劉備談論天下英雄，許汜說：「陳元龍湖海之士，豪氣不除。」此處豪氣指豪放不重細節，是貶意。劉備問他何出此言，許汜答道：「昔遭亂過下邳，見元龍。元龍無客主意，久不相與語，自上大牀臥，使客臥下牀。」劉備聽罷回道：「君有國士之名，今天下大亂，帝主失所，望君憂國忘家，有救世之意，而君求田問舍，言無可采，是元龍所諱也，何緣當與君語？如小人，欲臥百尺樓上，臥君於地，何但上下牀之間邪？」小人，劉備自稱。百尺樓，指高樓。見《三國志·魏志·呂布傳》。

【語　譯】功利和欲望有如萬隻火牛般驅使人盲目亂撞，而我卻四處流浪，像一隻自由自在的沙鷗。日子漫長得像年一樣，只有閒人才能覺察得到，天大的事，一旦醉了便一概不管。深巷裏傳來的擣衣聲直到月落後才停止，看到客地的梧桐葉落，知道故鄉已是秋天。想要張開老眼眺望卻沒有可以登高的地方，怎樣才能立於百尺高樓，飽覽這一季秋光呢？

【賞析】「秋思」是詩人常寫的詩題，然此詩重點在「思」而不在「秋」；思，音ㄙˋ，指情緒、情懷而言，含有憂愁的意思。陸游的《劍南詩稿》中，以「秋思」為題的詩，便有好幾首，而此首是因為秋天到來有所感觸而寫下的詩。秋天畢竟是個沉思的季節，使人擺脫利欲的驅使，在浪跡的江湖中，參悟到人生的道理。因此，陸游的〈秋思〉，說理的成分大於抒情的成分。

說理的詩，要重理趣。詩中的首聯，便能切中詩旨，又能符合詩中的理趣，將利欲比做火牛驅人，未嘗不是至理名言，尤可貴者，陸游能跳出人間利欲的世俗圈，而進入「江湖浪跡一沙鷗」，作一個江湖的閒人，過著如同沙鷗的閒適生活。正由於過著閒適的生活，才能體會出頷聯的閒適之情與頸聯的閒適之景。「日長似歲閒方覺，事大如天醉亦休」，不僅對仗工巧，同時，道出人間的大道理，極富理趣。頸聯「砧杵敲殘深巷月，梧桐搖落故園秋」，也是對仗句，寫秋夜秋光，道出寧靜的夜及滿耳秋聲。結語一聯，是期望能居於百尺高樓，張開老眼而飽覽一季秋光卻不可得，言下之意是希望能如三國陳元龍，有英雄救世之志，情懷孤高。

陸游畢竟是個入世的詩人，他的〈秋思〉有出世之想，但結束仍然流露不忘救世之心。一般人讀陸游的詩，大都激賞他的豪情和忠憤，例如梁啟超的《飲冰室文集》有〈讀陸放翁集〉詩四首，其中兩首吟道：「詩界千年靡靡風，兵魂銷盡國魂空。集中什九從軍樂，亙古男兒一放翁。」「辜負胸中十萬兵，百無聊賴以詩鳴。誰憐愛國千行淚，說到胡塵意不平。」梁啟超是史學家，對陸游的批評，能用史筆的眼光，給予陸游和陸游詩價值的定位，堪稱一語中的。

二一六、與朱山人

杜甫

錦里先生❶烏角巾❷，園收芋栗❸未❹全貧❺。
慣看賓客兒童喜，得食階除鳥雀馴❻。
秋水纔深❼四五尺，野航❽恰受兩三人。
白沙翠竹江村暮，相送柴門月色新❾。

【作者】杜甫，見前一一一頁。

【韻律】此詩為仄起格的七言律詩。全詩平仄合律，惟頸聯首句「秋水纔深四五尺」，末三字為三仄句，次句「野航恰受兩三人」，「航」字為孤平；末聯首句「白沙翠竹江村暮」，「沙」字也為孤平，都是拗句。其中「角」、「栗」、「客」、「得」、「食」、「雀」、「尺」、「恰」、「白」、「竹」、「月」、「色」等字，均為入聲，在律格中應視為仄聲。古典詩詞中的入聲字，在音調上多一層變化，在吟誦上更加鏗鏘。

詩用上平聲十一真韻，韻腳是：巾、貧、馴、人、新。首句便用韻。

【注　釋】❶錦里先生　居住在四川成都錦里的一位先生。即詩題所稱的朱山人。錦里，地名。在今四川省成都市南。古時以出產錦緞而著稱，因名其里為錦里，其城為錦官城，其江為錦江。杜甫入蜀居成都浣花村時，其南鄰為朱隱士，因稱「錦里先生」。晉常璩《華陽國志・蜀志》：「州奪郡文學為州學，郡更於夷里橋南岸道東邊起文學，有女牆，其道西城，故錦官也。錦工織錦濯其中則鮮明，濯他江則不好，故命曰錦里也。」後亦以錦里為成都的泛稱。❷烏角巾　黑色有稜角的方巾，為古代隱士的冠飾。❸芋栗　芋頭和栗子。芋，為地下莖，可食，有芋艿和芋頭，秋熟。栗，栗樹的果實，又名板栗，秋熟，可供食用。栗，或指櫟樹的果實橡栗。一作「粟」。❹未　一作「不」。❺全貧　赤貧。❻慣看賓客兒童喜二句　為倒裝句法。應是兒童慣看賓客而喜，鳥雀得食階除而馴。賓客，一作「門戶」。❼深　一作「添」。❽航　一作「艇」。❾白沙翠竹江村暮二句　寫黃昏時朱山人送杜甫，在柴門前所見的景象：白色的沙岸，翠綠的竹林，江村金黃色的暮色，新月初上的景致。暮，一作「路」。送，一作「對」。柴門，一作「籬南」。

【語　譯】錦里有一位先生，頭戴黑色有稜角的方巾，他的園子裏可以收穫芋頭和栗子，所以還不至於太貧窮。孩童常見客人來訪，所以歡歡喜喜並不怕生，鳥雀們也常常飛到階沿來求食，十分溫馴。這地方秋水清澄，深不過四、五尺，野渡船小，只可容納兩、三人。白色的沙岸、翠綠的竹林，江村暮色蒼茫，先生送我走出柴門時，正值新月初上。

【賞　析】在《全唐詩》、《杜詩鏡銓》、《杜詩詳註》中，此篇詩題均作〈南鄰〉。所謂「朱山人」，是杜甫居成都浣花村草堂時，南鄰的隱士「朱希真」。古代稱隱士為山人，為處士。在杜甫詩集中，尚有〈過南鄰朱山人水亭〉詩，則兩處「朱山人」應同為一人。

詩中首聯，便點出朱隱士的特徵，頭著烏角巾，里人稱他為「錦里先生」，雖為隱士，但非貧士，隱居錦里，尚有芋、栗可收成。次聯承上，續寫錦里先生的家庭，用對仗句，兒童喜於看客，雖隱居而不絕俗；鳥雀食於階除，雖貧困但能推恩，是佳妙的好句；可知錦里有先生居住，無形中已成仁里。第三聯「秋水」、「野航」，仍是對仗句，卻是寫景，而景中有情，有秋野疏落之境，但用語不寒酸。末聯結語，寫臨別離去時，錦里先生相送柴門口，「白沙」、「翠竹」、「江村暮」、「月色新」，布局設色極美，如同置身畫中。全詩結構，前四句敘事，寫錦里先生及家人，後四句寫景，兼敘錦里先生相送的情景，有清新之景、溫馨之情。詩中無論情趣、畫趣均極顯著，而結句以景託情，尤其動人。

杜甫在〈過南鄰朱山人水亭〉詩中，稱朱山人為「看君多道氣，從此數追隨」，可知杜甫與朱山人交往甚密。《杜詩詳註．九》引羅大經評語：「少陵在錦里，亦與朱山人往還，兩見於詩章，既稱為錦里先生，又稱為多道氣而數追隨，山人固亦非常流矣。」

二一七、聞笛　趙嘏

誰家吹笛畫樓❶中，斷續❷聲隨斷續風。
響遏行雲❸橫碧落❹，清和冷月到簾櫳❺。

興來三弄有桓子❻，賦就一篇懷馬融❼。
曲罷❽不知人在否？餘音❾嘹喨尚飄空。

【作　者】《分類千家詩選》題為劉克莊作。然今查《後村集》和《後村先生大全集》均無此詩，故仍依通行本《千家詩》，視為趙嘏作。

趙嘏，見前三五五頁。

【韻　律】此詩為平起格的七言律詩。全詩平仄合律，其中頸聯為孤平拗救的現象，即「興來三弄有桓子」，第五字「有」字本宜平而用仄，使第六字「桓」字成為孤平，故在下句「賦就一篇懷馬融」，第五字「懷」字，本宜仄聲，故意改用平聲，以救上句第五字的拗，經補救後，已算合律。

詩用上平聲一東韻，韻腳是：中、風、櫳、融、空。首句便用韻。

【注　釋】❶畫樓　彩飾的樓房。❷斷續　或停或續。一會兒停止，一會兒連接。❸響遏行雲　其聲竟能遏止行雲，形容樂曲美妙而嘹亮。遏，隔斷；阻止。《列子・湯問》：「(秦青)撫節悲歌，聲振林木，響遏行雲。」❹碧落　天空的別稱。❺簾櫳　指窗戶。簾，窗簾。櫳，窗櫺；窗上的格子。也指窗戶。❻桓子　即桓伊，小字野王，歷任淮南太守、豫州刺史等職。前秦苻堅率軍南下攻晉，桓伊與謝玄大破秦兵於肥水，因功封永脩縣侯。伊善吹笛彈箏，時稱江左第一，藏有漢蔡邕的柯亭笛，常自吹之。王徽之赴召京師，泊舟青溪側。桓伊恰從岸上過，王徽之不識其人，但聞其善吹笛，因派人去邀請桓伊吹奏一曲，伊當時已貴顯，素聞徽之的名望，便下車，踞胡牀，為作三調，弄畢，便上車去，客主不交一言。事見《晉書・桓宣傳》。❼馬融　東漢文學家。

字季長，安帝時為校書郎中，桓帝時為南郡太守，才高博洽，有門生千餘，盧植、鄭玄皆出其門下，著述甚多。因著有〈長笛賦〉，與王褒的〈洞簫賦〉，傳誦於後世。見《後漢書．馬融傳》。❽曲罷　樂曲吹奏畢；一曲完了。❾餘音　曲罷，猶在回旋的樂音。

【語　譯】是誰在華美的閣樓裏吹奏著笛子呢？斷斷續續的笛聲隨著斷斷續續的風兒飄送過來。美妙的笛音，高吭時可以吸引流雲駐足而橫過碧空，清和時便滲和著寒冷的月光透進窗子。教人想起興致來時為王徽之吹弄三調的桓伊，又教人緬懷寫就〈長笛賦〉的馬融來。聽罷曲子，不知道吹笛的人是否還在畫樓上？只覺得嘹亮的餘音仍在空中迴盪，久久不去。

【賞　析】趙嘏的〈聞笛〉一詩，是純用意運寫成的詩，寫月夜聞笛，因而引來思古懷人的情愫。用冷月和笛聲，塑造成思古的背景，使詩境臻於空靈；曲罷不知人在否？想望其人，更存有無盡的空間，確是一首空靈剔透的好詩。

在古代文學作品中，以描寫聲音為人稱道的，在散文，有劉鶚的《老殘遊記．二》「歷山山下古帝遺蹤，明湖湖邊美人絕調」，其中描寫黑妞、白妞說書唱曲，用夸飾、比喻的技巧，至為傳神。在詩歌中，有白居易的〈琵琶行〉，其中描寫琵琶女彈琵琶的詩句，「大絃嘈嘈如急雨，小絃切切如私語……。」也是千古佳妙的名著。其實，趙嘏的〈聞笛〉，也可以媲美前作，寫笛聲，寫思人，引來清冷的詩境，使人激賞。

全詩結構，前四句點出「聞笛」，並描寫笛聲，使抽象的笛聲形象化、具體化。後四句仍繞著聞笛而有所感發，曲罷使人想望其人，是高格調的手法。用笛聲、冷月，以及與笛有關的人物和故事，引來悠悠無盡的沉思，呈現出高妙的詩境。

詩中首聯起筆，用「誰家吹笛畫樓中」點出詩題，笛聲從高處隨風飄來，或斷或續，更覺悠揚。次聯寫笛聲，能「響遏行雲橫碧落」，形容高音時，能響遏行雲，橫過碧空；且「清和冷月到簾櫳」，寫清韻，寫低迴，笛聲滲和著冷月，透進房櫳簾帷裏來。第三聯引來因聞笛而發的思古之幽情，晉代桓伊為王徽之吹笛，東漢馬融有〈長笛賦〉傳世，使人聞笛思古，又有一份超越的情愫。末聯又拉回到現實，此時笛聲已歇，不知人在否？然而不盡的餘音，似乎仍繚繞飄空，久久不去。

趙嘏的詩冷豔瞻麗，與晚唐杜牧、李商隱、溫庭筠的詩風相近，喜愛寫「冷豔」、「淒美」的詩境，流露出詩歌中情韻之美。

二一八、冬景

劉克莊

晴窗早覺❶愛朝曦❷，竹外秋聲漸作威❸。
命僕❹安排新暖閣❺，呼童熨貼❻舊寒衣。
葉浮嫩綠酒初熟，橙切香黃蟹正肥。

蓉菊❼滿園皆可羨❽，賞心從此莫相違❾。

【作　者】劉克莊，見前二九四頁。

【韻　律】此詩為平起格的七言律詩。全詩平仄合律，惟第五句「葉浮嫩綠酒初熟」，作「仄平仄仄仄平仄」，第二字「浮」字和第六字「初」字都是孤平，是為拗句。其他第七句用「平仄仄平平仄仄」的句法，第八句用「仄平平仄仄平平」的句法，均合乎格律。

詩用上平聲五微韻，韻腳是：威、衣、肥、違。首句末字「曦」字，為逗韻，用上平聲四支韻，這種四支韻與五微韻通押，只用在逗韻上，不算出韻，是被允許的押韻方式。

【注　釋】❶早覺　早上醒來。覺，從睡中醒來。❷朝曦　早上初出的日光。❸作威　發揮威力。在此指秋風淒厲，寒氣逐漸威脅人。❹僕　奴僕。❺暖閣　溫暖的房室。在房室中升炭火以禦寒，稱為暖閣。❻熨貼　用熨斗燙壓使平。在此指預備寒衣。❼蓉菊　芙蓉黃菊。菊花的一種。❽羨　愛慕。❾賞心從此莫相違　為「從此賞心莫相違」的倒裝句。賞心，內心喜悅。也指賞花的心願。相違，相互違背。指我與美景相互違離。

【語　譯】窗戶滿布晴光，我一早醒來，就是因為喜愛那早晨的陽光，竹林外，秋風淒厲，寒氣逐漸在發揮威力。吩咐僕人們準備好取暖的房室，又叮嚀童子熨燙寒天穿的衣裳。剛剛釀好的新酒，上面還浮動著竹葉嫩綠的顏色，晚秋螃蟹正肥，切開後如同橙子般香黃可口。滿園都是可愛的芙蓉菊，從此可了我多年賞花的心願，希望永遠不再與美景相互違離才好。

【賞　析】〈冬景〉一詩，為吟詠節候的詩篇。詩人就眼前所見的景色，引來感慨。因此寫節令的詩，多半著筆於景色，且能帶來畫趣和情趣。

全詩結構，前四句，寫初冬寒氣漸至，命童僕安排暖閣，熨貼寒衣，準備過冬，有臨冬的喜悅。「命僕安排新暖閣，呼童熨貼舊寒衣」，口語對仗，寫冬事而有情趣。後四句，寫初冬酒熟蟹肥，芙蓉黃菊滿園盛開，飲酒賞菊，願此賞心樂事，永不相違。「葉浮嫩綠酒初熟，橙切香黃蟹正肥」，對仗工巧，用「葉浮嫩綠」形容酒熟，用「橙切香黃」形容蟹肥，巧對天工，酒色有竹葉青，蟹肥如橙香黃，真是天設地造，無比巧妙。結語：當蓉菊滿園，清香盈袖，皆可玩賞，但願人與好景永不離異，長相左右。有畫趣，也有情趣。

詩以趣味為主，雖短而撩人遐思，如此冬晴，一覺醒來，無限生趣，聽竹外秋聲作威，早將冬事安排，然後煮酒烹蟹，笑對蓉菊，人生賞心樂事，豈有甚於此者？全詩寫來靈活似春江水，寫景記事自然，著筆綿密而有新意，堪稱佳作。

二一九、冬景

杜甫

天時❶人事❷日相催，冬至❸陽生春又來。

刺繡五紋添弱線❹，吹葭六管動飛灰❺。

岸容待臘將舒柳，山意衝寒欲放❻梅。

雲物❼不殊鄉國異，教兒且覆掌中杯❽。

【作　者】杜甫，見前一一一頁。

【韻　律】此詩為平起格的七言律詩。全詩平仄合律，惟頸聯出句「岸容待臘將舒柳」，第二字「容」字，為孤平的現象，是為拗句。

詩用上平聲十灰韻，韻腳是：催、來、灰、梅、杯。首句便用韻。

【注　釋】❶天時　自然運行的時序。❷人事　人間的各種事情。❸冬至　二十四節氣之一。在陽曆十二月二十二或二十三日。《史記・律書》：「日冬至則一陰下藏，一陽上舒。」古人視春夏為陽氣用事，秋冬為陰氣用事。冬至後，陽氣始生，春天已近。❹刺繡五紋添弱線　是說冬至後，白日漸長，女工刺繡五彩的絲線，比常日可增一線的工作量。清楊倫《杜詩鏡銓・十八》引《唐雜錄》：「宮中以女工揆日之長短，冬至後，日晷漸長，比常日增一線之功。」五紋，五彩的絲線。紋，一作「文」。❺吹葭六管動飛灰　古代測知節氣的方法。用葭莩的灰填在律管的內端，到冬至時陽氣生，因為熱脹冷縮，便會灰飛而管通。見《後漢書・律曆志》。管，玉管。❻放　一作「破」。❼雲物　猶言風物。即風光景物。❽覆掌中杯　乾了手上的酒。覆杯，乃盡飲之義，即乾杯。宋鮑照〈三日〉詩：「解衿欣景預，臨流競覆杯。」

【語　譯】自然節序和人間世事每天都在互相催促、變化著，節氣到了冬至時，陽氣已生，春天又將到來。冬至後，白日漸長，宮中女工刺繡五彩的絲線，比常日可增一線的工作量，此時因為陽氣生，六律玉管內的葭灰也會自動飛出。江岸上，等到臘月來時，將有柳芽舒吐嫩綠，山巒中梅花迎著寒風，正含苞待放。這裏的風光景物和家鄉並沒有兩樣，只是家國卻有了變化，和以往不同，教孩子們也將手中的酒乾了，暫且拚它一醉罷！

【賞　析】此詩在《全唐詩》、《杜詩詳註》、《杜詩鏡銓》中，均題作〈小至〉。小至，即小冬日，也就是冬至的前一天。一說冬至日亦稱小至，古代以陽為大，陰為小，冬至陰極，故稱小至。因此這是一首詠節候的詩，是杜甫晚年的作品。代宗大曆年間，杜甫離開夔州後，開始了浮家泛宅、居無定所的飄泊生涯，此詩便是詩人看到節氣的變化，引發鄉國之思，借酒澆愁，反映自己飄泊異鄉的心情。

開端以冬至春來，引發「天時」、「人事」兩者，日日相互催促。頷聯對仗，寫「刺繡五紋添弱線，吹葭六管動飛灰」，用典形容「冬至」的節候，並偏於「人事」的描寫，以承首聯的意思。頸聯也是對仗，寫「岸容待臘將舒柳，山意衝寒欲放梅」，用白描手法，寫「春來」的景象，同時較偏於「天時」的描述，與首聯呼應。前六句，都是針對「冬至」而發，以寫景為主，難怪《千家詩》題為〈冬景〉。尾聯總結前意，見冬至的景物，引來感慨，成為該詩的主題所在。主旨是說今年的冬至，風景不變，但家國則異，引來思鄉之情，不覺要傾杯澆愁。

杜甫的詩，幾乎句句都有出處，可知杜甫飽覽詩書典籍，在詩中靈活運用典故，自然地表現出深厚的學養，且造詞塑句，字字精鍊，不見匠痕。如「刺繡」對「吹葭」，用典巧妙；「岸容」對「山意」，寫景精巧。「待臘將舒柳」對「衝寒欲放梅」，用字造語，更是精貼，無怪乎他曾自云：

「語不驚人死不休。」從此處亦可知杜甫寫詩的用心。

二二〇、梅花

林逋

眾芳搖落❶獨鮮妍❷，占斷❸風情向小園。
疏影❹橫斜水清淺，暗香❺浮動月黃昏。
霜禽❻欲下先偷眼，粉蝶❼如知合❽斷魂。
幸有微吟可相狎❾，不須檀板❿共金樽⓫。

【作者】林逋（西元九六七——一〇二八年），字君復，錢塘（今浙江省杭州市）人，生於北宋太祖乾德五年，卒於仁宗天聖六年，享年六十二。

林逋為山林逸士，一生隱居在西湖的孤山，與山林泉石梅鶴為伍，二十年不曾入城，他擅於行書，又愛寫詩，詩風恬淡閒遠，多反映清苦的隱居生活。他終生無娶，以種梅養鶴自娛，因有「梅妻鶴子」之稱。他愛梅，多寫梅花詩句或詠梅的詩篇，如〈山村冬暮〉：「雪竹低寒翠，風梅落晚香。」〈酬畫師西湖春望〉：「笛聲風煖野梅香，湖上憑闌日漸長。」他有多首的詠梅詩，意境高潔，為其他詩人所難及。當他臨終時，曾寫道：「茂陵他日求遺稿，猶喜曾無封禪書。」尤為人所稱誦，林逋卒後，湖山寂寥，未有繼者。卒謚和靖先生。有《林和靖先生詩集》三卷，桑世昌曾收輯他的軼事，編成《西湖紀逸》一卷。《宋史》有傳。

【韻　律】本詩為平起格的七言律詩。全詩平仄合律。頷聯出句及末聯出句均為單拗，即「疏影橫斜水清淺」，為「平仄平平仄平仄」，應為「仄仄平平平仄仄」，第一字平仄，可以不論，第五字「水」字，本宜平而用仄，是不合律而犯拗，故於第六字「清」字，本宜仄而故意用平，以救上字的拗，這種本句自救的方法，稱為單拗。又「幸有微吟可相狎」，也是本句自救的單拗，該句為「仄仄平平仄平仄」，標準定式句為「仄仄平平平仄仄」，第五字「可」字，犯律為拗，第六字「相」字，故意改用平聲，以救上字的不合律，經過拗救之後，便算合律。

詩用上平聲十三元韻，韻腳是：園、昏、魂、樽。但該詩首句末字已用韻，「妍」字為下平聲一先韻，逗韻用先韻，可與元韻諧合；古詩用韻，元、寒、刪、先四韻可以通押，但近體詩沒有通押的現象，惟逗韻可以取鄰近的韻字配合，故不算出韻。

【注　釋】❶眾芳搖落　所有的花木在寒冬裏都已凋零。眾芳，指所有的花卉。搖落，凋落飄零。❷鮮妍　在此指梅花鮮麗的開放。一作「暄妍」。暄妍，指天氣晴和，梅花鮮媚。❸占斷　占絕。全部據有、壟斷的意思。一作「占盡」。❹疏影　疏落的影子。在此形容梅花的容態，也指梅花。❺暗香　淡雅的幽香。❻霜禽　白鳥。指白鶴。❼粉蜨　即蝴蝶。蝶翅有粉，故稱。蜨，「蝶」的本字。❽合　應該；應當。❾狎　親暱。❿檀板　檀木做的拍板，為打擊樂器的一種，用以打拍子。在此指擊樽板吟唱。⓫金樽　金屬做的酒杯。樽，一作「尊」。

【語　譯】所有的花木在寒冬裏都已凋零，獨有梅花鮮明亮麗地開放，她幽雅的丰姿占盡了小園全部的風光。疏落的倩影橫斜在清淺的水裏，淡雅的幽香飄散在黃昏的月色中。白鶴想要飛下，看到她的潔白，必定偷眼先窺，蝴蝶如果知道她的清麗，也定然會失魄掉魂。幸喜我有詩篇可以和她親近，不須要敲著檀板來歌唱，也用不著手持酒杯來欣賞。

【賞析】《林和靖先生詩集》作〈山園小梅〉，有二首，此為第一首。一般的詠物詩，除了吟詠該物外，必然有絃外之音，因而林逋的詠梅詩，除了寫梅花以外，也具有其他的含意。

在寒冷的冬天，眾芳搖落，而只有梅花獨妍，寒梅潔白，自有其冷豔、高潔的特性與不畏風霜的精神。自古以來，詩人詠梅的詩篇不少，就《千家詩》中，便有王淇的〈梅〉一首，盧梅坡的〈雪梅〉兩首，再加上林逋的〈梅花〉一首，共為四首。詩人詠梅，除寫寒梅、雪梅、春梅、白梅、朱梅、青梅等梅的花容姿態外，還用梅以比喻暗香冷豔的女子、冰肌玉骨的佳人，或比喻高潔拔俗的隱者、不畏冰雪的高士。

林逋一生愛梅，寫了不少梅花詩，此首是以西湖的寒梅為描寫的對象，暗示了梅的孤芳、高潔、脫俗。他是以梅自況，把梅比成了隱士。

全詩結構，前四句直接寫梅的鮮妍、風情。後四句間接寫梅的高潔不俗。句句都緊扣梅花，精警而無閒筆。首聯寫梅花的外貌、開放的時間和地點；次聯為對仗句，「疏影橫斜水清淺，暗香浮動月黃昏」，用以形容梅花的姿態和香氣，已成名句。南宋時姜夔沿用此語，更作〈暗香〉、〈疏影〉詞兩闋，藉詠梅以託興，世人不知，以為「暗香」、「疏影」為姜夔語。三聯也是對仗句，用間接手法，寫梅的高潔。霜禽欲下，見梅花潔白，必偷眼先窺，粉蝶倘若有知，見梅花冷豔，必然也要斷魂。用語活潑，富有情趣。末聯仍針對梅花而發，幸有詩篇以吟梅，無須檀板歌唱，也無須金樽杯酒以對。

林逋終生不仕亦無娶，有「梅妻鶴子」的佳話，此首〈梅花〉詩，正是他一生孤標恬淡、高雅脫俗的人格寫照，也是詠梅詩的千古佳作，令人百看不厭。

二二一、自詠

韓　愈

一封朝奏九重天，夕貶潮陽路八千❶。
本❷為聖朝❸除弊政❹，敢❺將衰朽❻惜殘年。
雲橫秦嶺❼家何在？雪擁藍關❽馬不前。
知汝❾遠來應有意，好收吾骨瘴江❿邊。

【作者】韓愈，見前二一九頁。

【韻律】這是一首平起格的七言律詩。全詩平仄合律。詩中首句、第四句、第八句，均用「仄平平仄仄平平」的句法，都是第一字和第三字平仄互動，同時又能合乎格律，是詩人在正格外，常喜用的變格。二、三兩聯對仗，一為情事語，一為景物語，調配得宜。

詩用下平聲一先韻，韻腳是：天、千、年、前、邊。首句便用韻。

【注　釋】❶一封朝奏九重天二句　是說韓愈被貶事。此事發生在唐元和十四年（西元八一九年）正月，韓愈因上〈論佛骨表〉，觸怒憲宗，才由刑部侍郎貶為潮州刺史，是年韓愈五十二歲。朝奏，早朝時上給天子的奏書。九重天，本指極高的天，在此指天子。潮陽，今廣東省潮安縣，唐時屬潮州府。《千家詩註釋》本作「朝」，恐誤。《昌黎先生集》作「潮州」。❷本　一作「欲」。❸聖朝　尊稱當朝。❹弊政　不良的政令。政，一作「事」。❺敢　一作「肯」。❻衰朽　衰老。❼秦嶺　亦稱南山、太一山、終南山，在今陝西省境南。❽藍關　即藍田關，在陝西省藍田縣東南。❾汝　指韓愈的姪孫韓湘。❿瘴江　泛指廣東地方，多瘴癘的江邊。瘴，山林裏的毒氣。

【語　譯】早上上了一封奏書給天子，晚上便被貶謫到距離長安八千里外的潮陽。我一心想著為聖朝除去不良的政令，哪裏敢因自己的衰老就愛惜起殘餘的晚年呢？回首只見南山被雲所橫遮，不知家鄉在何處？積雪又擁塞藍關，前路難行，連馬兒都不肯向前走了。知道你老遠趕來相送，自有一番深情厚意，此去若有甚麼不測，你就把我的屍骨收拾好，葬在那多瘴氣的江邊罷！

【賞　析】詩題一作〈左遷至藍關示姪孫湘〉。按古法，朝列以右為尊，故稱降官貶謫為左遷，韓愈因〈論佛骨表〉，觸怒憲宗，被貶為潮州刺史，當時韓愈行至藍關，其姪孫韓湘，即十二郎之子，趕來相送，韓愈因寫詩抒寫內心的感慨，並交託後事，全詩慷慨直陳，是一首有感而發的詩。

首聯直敘自己獲罪的原因，「朝奏」「夕貶」，何其快速？且一貶「路八千」，又何其遠也？次聯直抒自己是想為朝廷除弊事，不想卻招來滔天大禍，不過，仍不會因為已是衰朽的殘年而有所憐惜，可謂老而彌堅，守正不阿，流露一代大家的骨氣。第三聯寫景兼道情，「雲橫秦嶺家何在」，回顧長安，秦嶺遭雲所遮，不見家人，寫獲罪貶謫，當日倉促先行，不及與家人告別。唐制，官員遭貶謫，當立刻起行，不得返家，須在驛站處，候家人送衣物來，便直赴謫居處。「雪擁藍關馬不前」，寫放眼前瞻，雪擁藍關，前路多艱，馬也不願前行，言下有英雄末路之歎。末聯結語沉痛，且與詩題「示姪孫湘」吻合，見韓湘有心遠來送行，於是順便交代後事：「好收吾骨瘴江邊」，語氣從容，語意悲涼，與第四句「敢將衰朽惜殘年」相呼應，是好結語。

韓愈此詩，悲憤頓挫，風格極似杜甫，然志氣耿直，波瀾壯闊。二、三兩聯對仗，事語、景語交錯，更能將年老尚遭貶謫的沉痛心境，以及離開秦嶺，立馬藍關時的無奈心情，平靜地表露出來，對自己因忠貞而獲罪，一心一意為聖朝除弊事而落此下場，並無怨言，愈見韓愈的膽識超羣，有老而彌堅的氣概。

二二二、干戈❶

王中

干戈未定欲何之❷，一事無成兩鬢絲❸。
蹤跡大綱❹王粲傳❺，情懷小樣杜陵詩❻。

鶺鴒❼音斷❽人千里，烏鵲巢寒月一枝❾。
安得中山千日酒❿，酩然⓫直到太平時。

【作者】王中，字積翁，是南宋末葉的詩人。生平事略未詳。

【韻律】這是一首平起格的七言律詩。全詩平仄合律，其中第五句用「仄平平仄平平仄」的句法，其他「踪」、「大」、「烏」、「安」等字，都在「一、三、五不論」上，平仄自由，並不影響該句的格律。詩中二、三兩聯對仗，典故活用，「踪跡大綱王粲傳」對「情懷小樣杜陵詩」，用「平仄仄平平仄仄」對「平平仄仄仄平平」，「傳」字有兩讀，在此宜讀成仄聲，即不作動詞，要作名詞解，與「詩」字才能對稱。三聯對仗也是用典，平仄內容均處理得十分巧妙，是絕妙好對。

詩用上平聲四支韻，韻腳是：之、絲、詩、枝、時。首句便用韻。

【注釋】❶干戈　盾和戟，古代戰爭常用的武器。在此指戰爭。❷何之　何往。是說能到哪裏去呢。之，動詞。即往、去。❸兩鬢絲　兩鬢如絲。兩鬢，是指兩頰上靠近耳際的頭髮。通常人老，先從兩鬢開始花白。絲，細而白的蠶絲，用絲來形容兩鬢的頭髮，又細又白。❹踪跡大綱　踪跡，行蹤。指一生的遭遇。大綱，大略。指大體相似。❺王粲傳　三國時王粲的傳記。指王粲的生平、遭遇。王粲（西元一七七──二一七年），字仲宣，東漢末葉山陽高平（今山東省鄒縣西南）人。博學多才，為蔡邕所賞識。董卓之亂時，逃離長安，投靠荊州劉表，但不為劉表所重用，曾著〈登樓賦〉，以表悲憤思歸之情。後歸附曹操，累官至侍中。《三國志》有傳。❻情懷小樣杜陵詩　情懷，心情。小樣，指模式小似。樣，樣式；模樣。杜陵，即杜甫。杜甫號少陵。甫遭逢安、史之亂，有不少描述戰爭離亂的詩篇。❼鶺鴒　烏名。大如鷃雀。《詩經》作「脊令」。《詩經・小雅・常棣》：「脊令在原，兄弟急難。」後遂以鶺鴒比喻兄弟。❽音斷　音信斷絕。❾烏鵲巢寒月一枝　比喻離亂的時代，人民紛紛逃難，很難找到可以安全棲身的地方。詩句是用曹操〈短歌行〉的典故，原詩為：「月明星稀，烏鵲南飛；繞樹三匝，何枝可依。」烏鵲，烏名。即喜鵲。背黑，腹白，嘴腳皆黑，故稱。❿中山千日酒　相傳中山人狄希能造千日酒，飲後能醉千日。時有州人劉玄石好飲酒，往求之，希給食一杯，歸家大醉，不醒數日，而家人不知，以為死也。備棺殮葬之，千日，酒家想起，前往探視，說明原委，家人開棺，其醉始醒。故俗云：「玄石飲酒，一醉千日。」酒，一作「醉」。事見晉張華《博物志・五》及干寶《搜神記・十九》。⓫酩然　大醉的樣子。

【語　譯】戰事還沒平息，能上哪裏去呢？我已經兩鬢如絲，年華老大卻一事無成。我這一生的遭遇大致和王粲的生平相仿，我的心情和杜甫遭逢安、史之亂時寫詩的情懷也約略相似。兄弟音信斷絕，骨肉千里離散，寒流來襲，烏鵲紛紛南下，在月明星稀的夜晚，找不到一枝可棲。怎樣才能得到中山人釀的可以一醉千日的酒啊！讓我飲後酩酊大醉，直到天下太平時才醒過來。

【賞　析】〈干戈〉是寫作者身處離亂，遭逢時代悲劇，因而有所感慨而寫成的詩。標題是取詩中的首二字，同時，也是全詩主題的所在，精當巧妙。

全詩結構，首聯採用開門見山法，用「干戈」兩字，直接點題，並引來兵荒馬亂、棲身無處的浩歎，且大事未成，人已老去。次聯承題，續述干戈離亂之世，古代亦有，讀王粲、杜甫的詩賦，感慨王粲一生流離，正是自己生平寫照，而杜甫逢亂世的心情，與自己的浪跡天涯、遭亂情懷是大同小異的。運用古代作家的典實，構成完美的對仗，是作者巧用心思的地方，以「踪跡大綱」對「情懷小樣」，「王粲傳」對「杜陵詩」，可算是天才對天才，措詞新穎，妥帖無比。

三聯因寫離亂之事，「鶺鴒音斷人千里」，用《詩經．小雅．常棣》篇的典故，描寫在亂世中，兄弟分離流散，不得音信；「烏鵲巢寒月一枝」，與上句對仗，用曹操〈短歌行〉的典故，描寫在離亂中，人民流離失所，難覓安全之處，以避戰禍。二、三兩聯對仗均用典故，且用典極為靈活，如同南宋嚴羽的《滄浪詩話》在〈詩辯〉中所說的：「夫詩有別材，非關書也；詩有別趣，非關理也。然非多讀書，多窮理，則不能極其至，所謂不涉理路、不落言筌者上也。」

詩中末聯，以感慨收結。取《博物志》和《搜神記》中所載，言道：中山有人造千日酒，如能取得是酒，一醉千日，便可酩酊大醉，一醉醉到太平時才醒來，真是異想天開，極富詩趣。如此結語，也是用典，但並不令人生厭。

二二三、歸隱　陳摶

十年蹤跡走紅塵❶，回首青山入夢頻❷。
紫綬❸縱榮爭及❹睡，朱門❺雖富不如貧。
愁聞劍戟❻扶危主，悶聽笙歌❼聒❽醉人。

攜取舊書❾歸舊隱，野花啼鳥一般❿春。

【作　者】陳摶（西元？——九八九年），字圖南，亳州真源（今河南省鹿邑縣）人。五代後唐長興中，曾舉進士不第，從此寄情山水，隱於武當山九室巖，後移居陝西華山雲臺觀，傳說每一睡，多百餘日不起。陳摶好學廣博，喜愛《易》學，自號扶搖子。著有《先天圖》，宋人講《易經》、象數之學由陳摶開始，又著有《指玄篇》八十一章，用指頭屈算，以推衍玄機，並言導養與還丹之事。北宋太宗時，曾賜號為希夷先生。其他著作尚有《三峰寓言》、《高陽集》、《釣潭集》等，對北宋理學家邵雍、周敦頤頗有影響。《宋史》有傳。

【韻　律】這是一首平起格的七言律詩。全詩平仄合律。詩中首句及第八句均用「仄平平仄仄平平」的句法，是合律的。其他如「回」、「攜」等字，是一、三、五可平可仄處，且不造成二、四、六為孤平，是可自由活用。至於「十」、「跡」、「入」、「及」、「不」、「戟」、「聒」、「一」等字，都是入聲字，一律視為仄聲。

詩用上平聲十一真韻，韻腳是：塵、頻、貧、人、春。首句便用韻。

【注　釋】❶十年蹤跡走紅塵　指陳摶於五代後唐長興間，約十年之久，為求取功名利祿，奔走於世俗人間，也應進士舉，但未能中舉。紅塵，世俗的人間。❷回首青山入夢頻　意指有歸隱山林的念頭。回首，回頭。此處作回想講。青山，與「紅塵」對比，指隱居之處。頻，經常；屢次。❸紫綬　官印用的紫帶。在此比喻榮寵的仕途。古代一、二品最高官階著紫袍、賜紫綬，故以紫綬比喻最榮寵的仕途。紫綬，一作「紫陌」。❹爭及　同「怎及」。指怎比得上；怎及得上。爭，同「怎」。為詩詞中常用語。❺朱門　紅色的大門。古代富貴人家大門塗紅漆，故以朱門比喻富貴人家。也代指富貴者。❻劍戟　劍和戟，古代兩種兵器。此處用以指代戰爭。❼笙歌　笙管歌聲。指歌舞享樂。❽聒　喧擾；聲音吵雜。❾舊書　一作「琴書」。❿一般　一樣。

【語　譯】我曾經為了求取功名利祿，在世俗中奔走了十年之久，回想往昔，家園的青山經常入我夢來。紫綬高官縱然榮寵，怎比得上無事高臥？那些朱門顯貴雖然富有，遠不如我貧窮而樂道。聞聽戰亂中有人扶助危難皇帝的事，叫人發愁，而聽到喧擾、令人醉生夢死的笙管歌聲，更是心生煩悶。還是攜帶舊書回到我從前隱居的地方去的好，山野裏鳥啼花放，一樣也是春天啊！

【賞　析】陳摶生於五代離亂之世，在後唐長興中，曾應進士舉，不第，既而悔悟，於是棄名歸隱，寫〈歸隱〉詩，有如晉代陶淵明三十八歲時，辭彭澤令，歸隱田園，作〈歸去來辭〉，以表明心跡。

〈歸隱〉一詩，開端一、二兩句，說明歸隱的原因，由於陳摶在名利場所，已奔走十年，如今回顧往昔，頓覺家園青山可愛，時來入夢，催促自己早日歸去。首聯已暗伏「歸隱」的筆法。

頷聯三、四兩句，是對仗句，抒寫歸隱後的優點，在亂世中，他把歸隱生涯與做官生活做個比較，發現隱者生涯要比居官生活來得自適和快樂。於是紫綬縱然榮寵，但怎及得上高臥華山，那般的自適；朱門雖富貴，朝榮而夕殘，反不如貧賤來得自在、逍遙。

頸聯五、六兩句，也是對仗句，抒寫未歸隱時，聞聽持劍戟之士，戰戰兢兢扶持危主，便使人生愁，聽到笙歌演奏，樂歌喧聒，醉生夢死，更教人發悶。

末聯點題，並與前六句呼應，最後道出攜書歸隱舊地時，發覺「野花啼鳥」，一樣也是春天。末句以寫景結束，又能與歸隱配合，手法自然高妙。

《宋詩紀事・五》引邵伯溫《學易辨惑》云：「摶隱居華陰山，自晉以後，每聞一朝革命，顰蹙數日，人有問者，瞪目不答。一日乘驢遊華陰市，聞太祖登極，大笑，問其故，曰：『天下自此定矣。』遁跡之初，作此詩云云。」

二二四、時世行

杜荀鶴

夫因兵亂❶守蓬茅❷，麻紵❸裙衫鬢❹髮焦。
桑柘❺廢來猶納稅❻，田園荒盡❼尚徵苗❽。
時挑野菜和根煮，旋斫❾生柴帶葉燒。
任是❿深山最⓫深處，也應無計避征徭⓬。

【作　者】杜荀鶴（西元八四六——九〇四年），字彥之，嘗居九華山，自號九華山人，池州石埭（今安徽省太平縣）人。生於唐武宗會昌六年，卒於唐昭宗天祐元年，享年五十九。

唐昭宗大順二年（西元八九一年），以第一名擢進士第，時年已四十六。後依附五代梁太祖（朱溫），官至翰林學士知制誥，然僅五日而卒。與皮日休、陸龜蒙等，承元稹、白居易的「新樂府詩」詩風，以「匡時補闕」、「唯歌生民病」的主張，開展出晚唐的「正樂府」。因此詩中常反映晚唐社會的離亂及民間疾苦的現象。荀鶴兼工書法，《宣和書譜・十九》稱其筆力遒健，有晉、唐遺風。詩集有《唐風集》。《全唐詩》錄詩三卷。《舊五代史》有傳。

【韻　律】這是一首平起格的七言律詩。全詩平仄合律，唯末聯出句「任是深山最深處」，為「仄仄平平仄平仄」，第五字「最」字，本宜平而用仄，第六字「深」字，本宜仄而故意用平，以救上字的拗，是本句自救的現象，為單拗，補救之後，仍為合律。

詩用下平聲二蕭韻，韻腳是：焦、苗、燒、傜。而首句逗韻「茅」字，為下平聲三肴韻；拿鄰近肴韻的字，做蕭韻的逗韻，在近體詩中依然不算出韻。

【注　釋】❶亂　一作「死」。❷蓬茅　用蓬草蓋的茅屋。❸紵　麻的一種，可供織布。一作「苧」。❹髩　「鬢」的俗字。❺桑柘　桑樹和柘樹，其葉均可養蠶。柘，也是桑屬，木質堅韌，且可製弓。❻納稅　在此指養蠶之家，尚需繳納絲稅。❼盡　一作「後」。❽徵苗　徵收青苗稅。唐代宗廣德二年（西元七六四年），增設田賦附加稅，在糧食未成熟前徵收，故名青苗稅。❾砍　一作「斫」。❿任是　儘管是。⓫最　一作「更」。⓬征傜　賦稅和傜役。

【語　譯】丈夫因被徵去當兵戰死了，使她成了寡婦，獨守著破敗的茅房，身上穿的是粗麻衣裳，兩邊的鬢髮又枯又黃。桑柘園早就荒廢了，還要被催繳納絲稅，田園全部荒蕪了，仍然要徵收青苗稅。祇好常常去挖掘野菜，連根帶葉一起煮了充飢，隨即砍下的生柴也連著葉子當薪柴燒。儘管是她已經住在深山還要進去的地方，也照樣沒法逃避官府的賦稅和傜役啊！

【賞　析】「時世行」是樂府詩的標題，指時世、時代曲而言。杜荀鶴、皮日休、陸龜蒙等晚唐詩人，繼承元稹、白居易的「新樂府」精神，多寫「匡時補政」、「裨補時闕」的樂府詩，以反映民間疾苦，使天子能得以聞知，謂之「正樂府」。而〈時世行〉一詩，便具有正樂府的特色。《全唐詩・六九二》，此詩題作〈山中寡婦〉，一作〈時世行〉。一就詩中所寫的主題人物，作為詩題；一就樂府詩新題，以表現正樂府的特色和精神；二題可以並存。

全詩為八句律詩，三、四，五、六兩兩對仗。首聯開端，便點出「山中寡婦」，丈夫因兵亂而死，迫使她棲身深山中，過艱苦的生活，衣著麻布，容顏枯垢。次聯對仗，描寫桑柘已廢，尚需繳納絲稅；田園荒蕪，亦需繳納青苗稅，暗示兵亂民不聊生，然朝廷賦稅正重，百姓塗炭。三聯更寫山中寡婦生活的艱困，「挑野菜」、「斫生柴」，勞苦不已，尚難以溫飽；用「和根煮」、「帶葉燒」烘托物質生活匱乏到極點；且對仗工巧，又能達到巧構形似之妙。最後一聯抒感，儘管是躲到深山最深處，依然也逃避不了朝廷徵收田賦、傜役的羅網。無形中揭露了政治的腐敗、時代的黑暗；藉山中寡婦的遭遇，說明了一般人民生活的艱困，是一首感人至深、鄉味極濃的好詩。

杜荀鶴另有一首〈時世行〉，一作〈亂後逢村叟〉，也是描寫兵亂後，農村凋敗的景象，詩句是：「八十老翁住破村，村中牢落不堪論。因供寨木無桑柘，為點鄉兵絕子孫。還似平寧徵賦稅，未嘗州縣略安存。至今雞犬皆星散，日落西山哭倚門。」悽楚的情景，與「山中寡婦」同樣感人，難怪宋計有功在《唐詩紀事・六五》中，著錄此兩首〈時世行〉，且視為杜荀鶴詩的代表作。

二二五、送天師

寧獻王

霜落芝城❶柳影疏，殷勤❷送客出鄱湖❸。
黃金甲鎖雷霆印❹，紅錦韜纏日月符❺。
天上曉行❻騎隻鶴❼，人間夜宿解雙鳧❽。
匆匆❾歸到神仙府❿，為問蟠桃⓫熟也無⓬？

【作　者】寧獻王（西元一三七八——一四四八年），姓朱，名權，是明太祖（朱元璋）的第十七子。生於明太祖洪武十一年，卒於英宗正統十三年，享年七十一。諡獻，史稱寧獻王。

朱權於洪武二十四年（西元一三九一年）封為寧王，兩年後，才就藩地大寧（在今河北省平泉縣與遼寧省朝陽縣之間），大寧在喜峰口外，是北方軍事要地。永樂元年（西元一四〇三年），徙封於南昌。少時自稱為大明奇士，晚年號臞仙、涵虛子、丹邱先生。仁宗時，因請改封地，論宗室不應定品第，遭到譴責，於是託志學道，與文士來往，好遊仙之術。精於音律，能戲曲。著有《太和正音譜》，為研究元、明北曲的重要文獻；另有雜劇十二種，今僅存《大羅天》、《私奔相如》兩種。另著有《家訓》六篇、《寧國儀範》、《文譜》、《詩譜》等書。《明史》有傳。

【韻　律】此詩為仄起格的七言律詩。全詩平仄合律。詩中「霜」、「紅」、「天」、「曉」、「歸」等字，為一、三、五不論可平可仄處，且不影響二、四、六成孤平，故為合律。

詩用上平聲七虞韻，韻腳是：湖、符、鳧、無。首句末字「疏」字為逗韻，用鄰韻上平聲六魚韻，與七虞韻通押。

【注　釋】❶芝城　在今江西省鄱陽縣，因城北有芝山，故名。❷殷勤　情意真誠懇切。❸鄱湖　就是鄱陽湖。又稱彭蠡湖。為我國五大湖之一，在長江以南，可以調節長江的水量，位於江西省北部，湖形似葫蘆。❹黃金甲鎖雷霆印　黃金甲，黃色戰甲。此處借指張天師身上黃色的法衣。鎖，幽閉。雷霆印，形容印信威勢無比，發號施令，有如雷霆。❺紅錦韜纏日月符　紅錦，紅色絲綢。韜，袋囊。日月符，形容靈符神效無比，鎮邪除晦，有如日月。符，道士用來驅鬼召神、祈福作法的祕密文字或符號。❻曉行　天色亮了才行走。曉，指白晝。❼騎隻鶴　相傳仙人騎鶴往來，此處用以形容天師道行高妙。❽雙鳧　比喻雙鞋。❾匆匆　急速的樣子。❿神仙府　神仙居住的宅第。在此美稱天師的住處。⓫蟠桃　神話中的仙桃。⓬無　疑問語氣辭。相當於「嗎」。

【語　譯】芝城霜降，柳影稀疏，我真誠懇切地恭送您這位貴客，直送到出了鄱陽湖。您黃色的法衣裏幽藏著雷霆萬鈞、威勢無比的印信，紅色絲綢的囊袋裝盛著鎮邪除晦、神效奇特的靈符。白天騎著仙鶴在天上飛行，夜裏脫去鞋子，留宿人間。此番急急忙忙地趕回神仙府第，為的是要問那仙桃成熟了沒有？

【賞　析】此詩為寧獻王朱權徙封到南昌以後，江西信州龍虎山張道陵的後裔張天師來謁見寧獻王，寧獻王將此詩送給他，題作〈送天師〉。天師，本為一代之尊的敬稱，漢以後相傳道教張道陵在龍虎山修鍊，始尊為張天師。其後，他的子孫世居於兩山之間的上清宮，亦均稱為張天師。

詩中首聯，寫出寧獻王送張天師的時間和地點；送別的時間是在深秋，地點是在芝城，因此一、二兩句便點題，道出寧王殷勤送客，此時芝城霜落，柳葉凋疏，自有清秋肅殺之氣。然而送別的對象是張天師，為道教的至尊，其間沒有哀傷的別情，卻有飄逸的仙氣。所以頷聯和頸聯都描寫天師的神仙行誼，以顯示他們的送別，有異於一般人的別情。

頷聯對仗，寫天師所佩帶的印信和靈符，具有無比的威嚴和靈效，用「黃金甲鎖」對「紅錦韜纏」，「雷霆印」對「日月符」，是用「正對」的方式對仗。頸聯也是對仗句，描寫天師日夜的行蹤，白天則「天上曉行騎隻鶴」，晚上則「人間夜宿解雙鳧」，盛讚天師的行蹤有仙氣，而無俗累。是用「反對」的方式對仗，顯得巧妙。

最後末聯結語，指天師匆匆歸到神仙洞府，所問之事，為蟠桃熟了沒有？趣味橫生，頗具詩趣。由於朱權中歲以後，尋仙問道，所寫的詩，又是送張天師，無形之中便滿紙神仙氣味，具有仙道的另一境界。其間佳句在三聯，結語問桃熟，靈動詼諧，有返璞歸真的意趣。

二二六、送毛伯溫❶

明世宗

大將南征❷膽氣❸豪，腰橫秋水雁翎刀❹。

風吹鼉鼓❺山河動，電閃旌旗日月高。
天上麒麟❻原有種，穴中螻蟻❼豈能逃？
太平待詔❽歸來日，朕❾與先生❿解戰袍。

【作　者】明世宗（西元一五〇七——一五六六年），姓朱，名厚熜，為憲宗孫，興獻王之子，十五歲登帝位，年號嘉靖，在位達四十五年之久。生於明武宗正德二年，卒於嘉靖四十五年，享年六十。

世宗早年尚能勤理朝政，嘉靖十八年（西元一五三九年）秋，因安南國久失朝貢，命毛伯溫率軍南征，伯溫受命年餘，不發一矢而安南定。其後二十餘年，帝深居宮中，不見朝臣，政令悉由太監傳達，先後用張璁、夏言、嚴嵩等為宰相，於是政治腐敗，貪汙之風盛行。加以倭寇、韃靼交相入侵，南北幾無寧日，朝廷軍費浩繁，賦役嚴苛。晚年深迷道術，講求養生服藥，終因誤食丹藥而終。《明史》有紀。

【韻　律】這是一首仄起格的七言律詩。全詩平仄合律，惟末聯出句「太平待詔歸來日」，為「仄平仄仄平平仄」，第二字「平」字，為孤平，是為拗句詩。

詩用下平聲四豪韻，韻腳是：豪、刀、高、逃、袍。首句便用韻。

【注　釋】❶毛伯溫　字汝厲，吉水人。明武宗正德三年（西元一五〇八年）進士，嘉靖初遷大理寺丞，後遷工部尚書。嘉靖中，改兵部尚書兼右都御史，總督宣、大、山西軍務。《明史》有傳。❷大將南征　明世宗嘉靖十八年閏七月，帝命兵部尚書兼右都御史毛伯溫南征安南。十九年秋，伯溫率軍進駐南寧，安撫安南臣民，莫登庸父子大懼，遣使詣伯溫乞降。伯溫受命歲餘，不發一矢，而安南定。見《明史・毛伯溫傳》。❸膽氣　膽量和勇氣。❹雁翎刀　刀名。以刀形似雁的翎毛而得名。❺鼉鼓　用鼉皮所造的鼓。鼉，動物名。穴居池沼底部，以魚、蛙、小鳥及鼠類為食，皮可用以張鼓。❻麒麟　傳說中的靈獸。麒麟有種，用以喻傑出的人物。❼螻蟻　螻蛄和蟻。此處喻叛逆的安南。螻蛄，小蟲名。長寸餘，體黃褐色，雄者能鳴，晝常穴居土中，夜出飛翔。❽待詔　待命。詔，皇帝頒布的命令、文告。❾朕　皇帝的自稱。❿先生　皇帝稱毛伯溫。

【語　譯】大將軍奉命征討安南，膽量和勇氣十分豪壯，腰間斜掛著一把明亮如秋水的雁翎寶刀。戰鼓雷動，似狂風怒吼，搖撼著山河，軍旗翻飛，恰如電光閃爍，高逼著日月。將軍如同天上麒麟一般，自有將門後代的風範，那叛逆的安南就好比螻蟻般渺小，哪裏能脫逃得了？等到天下太平受詔回京的那一天，朕將親自給先生解去戰袍。

【賞　析】明嘉靖年間，安南莫登庸父子久不納貢，謀反，禮部尚書夏言請帝出兵討伐。帝於嘉靖十八年，命兵部尚書兼右都御史毛伯溫率兵南征。帝親作此詩送毛伯溫，以壯其行，故題為〈送毛伯溫〉。

全詩結構，共四聯八句，首聯便點題，送毛伯溫大將軍南征安南，稱揚將軍為英豪人物，腰佩雁翎刀，膽量和勇氣極為豪壯。頷聯為對仗句，承首聯的意思，再稱揚毛伯溫所率領的軍隊，軍威浩壯，旗鼓壯麗。用「山河動」來形容軍威戰鼓的浩壯，用「日月高」比喻旌旗的壯麗和眾多。頸聯也是對仗句，出句用「天上麒麟原有種」，盛讚毛伯溫如麒麟有種，有大將的風範；對句用「穴中螻蟻豈能逃」，指責南蠻必滅，安南如穴中的螻蟻，難以脫逃。前後對仗，造成敵我形勢的懸殊，愈增我強敵弱的聲勢。末聯期盼大軍凱旋而奏捷，當大軍歸來時，皇帝要親自迎接將軍，並為將軍解戰袍。語氣親切而感人。明世宗親自寫詩送毛伯溫南征，詩意懇切動人，且末聯結語，更見真情。這首送別詩，異於一般朋友的送別，而是君臣的送別，國君送臣子出征，有壯語，有期盼語，有感人語，毛伯溫被皇上如此倚重，怎能不效命疆場，贏得凱旋歸來呢？據《明史・毛伯溫傳》記載，毛伯溫率大軍南征，經年餘，安南懼討，數上表乞降，故毛伯溫不發一箭，而安南定，愈增此詩君臣推心置腹的佳話。

按：此詩詩題與清翟灝《通俗編・七》所言不同，《通俗編》謂《千家詩》最末一首是〈明祖送楊文廣征南〉之作。不知後來通行本為何人所改，茲仍從之。另外，柴萼《梵天廬叢錄・一》載：太祖嘗命都督僉事楊文慶征南，賜以詩云：

大將南征膽氣豪，腰懸秋水呂虔刀。
雷鳴甲冑乾坤淨，風動旌旗日月高。
世上麒麟終有種，穴中螻蟻竟何逃？
名標銅柱歸來日，庭院春深聽伯勞。

詩題與內文皆有異處。

又按：南宋劉克莊最初編選的《分門纂類唐宋時賢千家詩選》，當初只選唐、宋人的詩。今本

《千家詩》最後兩首〈送天師〉、〈送毛伯溫〉，都是明人的詩，不知何時增編加入，然而從唐孟浩然的〈春眠〉，到明世宗的〈送毛伯溫〉，童蒙習誦已久，無形中已成定本，且這些膾炙人口的詩，除其中幾首應制詩外，可謂首首可愛，句句堪傳；而李唐以來，近體詩中的絕、律之美，《千家詩》所選錄的詩，實亦足以代表。

附錄

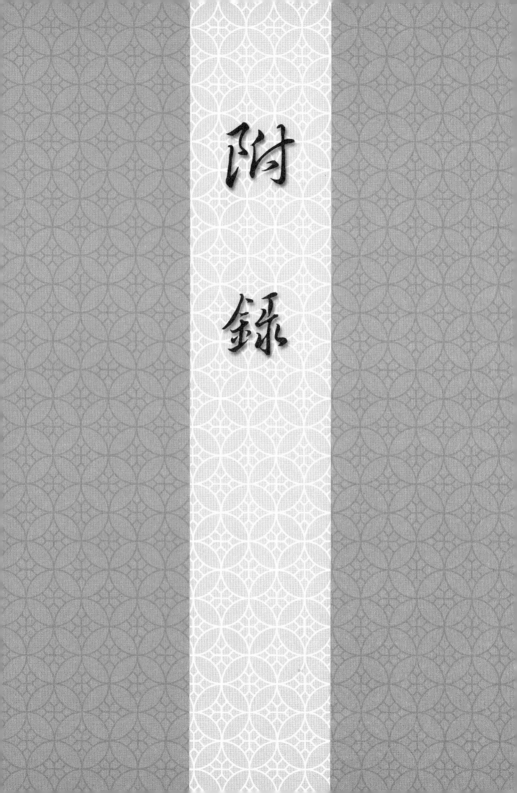

詩韻簡易錄

上平聲

一東

東崠同銅桐峒筒筩童僮瞳曈艟潼中忠衷沖种忡盅
蟲終螽崇漴嵩崧菘戎茙弓芎躬宮融雄熊穹窮馮風
楓豐灃酆充隆癃窿空倥公工釭攻蒙濛朦艨瞢懵籠
聾瓏礱龐櫳朧洪烘紅虹訌鴻叢潨翁螉怱葱聰驄總
[illegible]騣椶通侗逢蓬篷功

二冬

冬鼕宗琮淙農濃儂膿穠醲松淞鬆蚣重鍾鐘憧容蓉
溶鎔峰烽鋒蜂榕庸墉鏞傭慵封葑丰匈洶胸凶兇逢
縫彤禺喁顒雍邕灉癰壅從縱蹤鏦茸蛩跫邛共供恭
龔龍

三江

江杠扛矼釭豇缸尨哤窗邦梆降洚瀧雙艭腔撞幢

四支

支枝肢脂知之芝祗咨資姿眥緇輜錙茲滋孜池馳篪
遲墀持治雌癡疵髭螭魑差笞蚩嗤媸司思颸緦絲私
斯廝師篩獅施尸屍詩詞祠時塒鰣匙茨瓷辭慈磁移
簃夷洟痍遺彝頤怡貽飴疑嶷宜儀涯尼怩奇錡琦騎
岐歧祇祁耆鰭期棊旗祺淇騏麒戲羲犧曦蓰絺瓻嬉
僖嘻禧熹熙伊咿猗漪椅醫噫離籬醨罹漓璃褵麗驪
鸝蠡黧釐嫠貍欺圯姬其箕基朞羈畸飢肌規龜危窺
虧為帷嬀萎逶誰錐椎鎚垂陲隨隋騅推纍羸蕤追綏
雖睢衰吹炊卑碑陴脾麾悲眉湄嵋楣郿縻糜麋披丕
皮陂疲兒而葵維惟姨迤逵提彌蓍攲玼摛

五微

微薇非菲扉誹霏緋妃飛肥淝幾機饑譏璣磯鞿希稀
晞欷衣依沂祈頎旂畿韋違幃闈圍威葳揮暉輝徽禕
翬巍歸

六魚

魚漁如茹洳余予妤譽旟璵畬輿餘於淤書舒紓胥稰
樗摴攄疏蔬梳虛噓墟歔初居裾琚据車諸豬瀦且苴
沮蛆雎趄疽狙鋤耡徐除滁儲躇渠蕖蘧醵閭櫚廬驢
臚

七虞

虞娛麌禺嵎隅喁愚俞逾渝覦窬瑜榆揄隃艅愉歈臾
腴萸諛儒濡醹襦于迂盂竽吁盱紆輸需繻須鬚區嶇
軀驅樞趨朱珠侏邾銖洙株誅蛛姝殊俱瞿衢氍鸜夫
扶蚨芙苻符鳧孚俘桴郛敷膚鈇無蕪巫毋誣壺吾梧
鼯吳珸胡湖瑚葫餬狐孤菰瓠觚弧呱姑沽酤蛄鴣枯
烏瑦乎芻麤粗徂租菹刳呼蒲捕逋晡鋪餔都闍圖途
塗徒屠瘏菟盧罏鑪壚顱瀘蘆鱸艫奴砮駑孥模謨膜
嫫婁鏤

八齊

齊臍蠐黎棃犂藜瓈黧蠡驪鸝妻萋淒悽隄提題蹄嗁
締低詆羝氐鵜綈騠禔梯雞稽嵇笄乩齏齎兮奚蹊谿

倪蜺荑霓輗西栖棲犀嘶稊鼙迷泥圭閨奎袿睽攜畦鑴兒

九佳

佳街鞋厓涯捱啀牌排俳乖懷淮釵差柴齋豺儕埋霾皆階偕喈楷諧揩蝸媧蛙娃哇

十灰

灰恢詼豗虺魁悝隈煨偎回迴洄徊茴枚梅莓媒煤瑰傀雷罍隤頹嵬隗槐桅崔催摧漼縗堆鎚推陪培裴杯醅坏咍開哀埃欸臺擡儓薹苔駘該垓陔荄才材財裁栽纔來萊崍徠哉災猜胎台邰顋罞孩皚

十一真

真瞋振甄珍遵身娠申伸呻紳人仁神辰晨宸脣漘純紉醇鶉錞臣陳塵填辛莘新薪親荀洵詢郇恂峋鄰麟鱗鄰嶙磷燐轔頻顰嚬蘋貧賓儐濱嬪彬豳寅夤因茵湮堙闉駰銀垠誾齗狺鄞嚚巾津蓁榛溱臻墐⿰犭堇逡皴竣民泯珉岷緡旻閩春椿淪倫綸輪掄屯迍窀勻旬巡

循馴紃秦螓諄均鈞淳姻瀕珣困潾

十二文

文紋雯蚊聞枌棼汾氛焚蕡墳濆分紛雰芬云雲沄妘

耘紜芸員鄖氳熅君羣裙宭軍皸熏薰焄曛醺勳纁葷

殷慇勤懃慬斤芹筋欣昕

十三元

元原源嫄沅垣洹園袁轅猿爰湲援媛冤鴛帵蜿宛鵷

晼暄萱喧貆諼塤軒掀犍言甗騫煩番蕃墦燔膰蹯翻

幡旛璠繙藩樊礬繁蘩魂渾緷褌昆琨崑鯤鵾溫縕蘊

門捫亹孫飧蓀尊罇蹲存敦墩惇暾焞屯豚臀芚燉村

盆湓奔賁論掄崙䑳侖坤髡昏婚閽惛噴痕根跟恩吞

十四寒

寒韓翰榦看刊干竿肝玕杆奸豻安鞍丹單簞癉殫鄲

灘歎攤珊跚壇檀彈殘餐闌瀾蘭攔讕丸完桓紈莞萑

歡驩寬官倌棺觀冠湍酸痠鑽攢團摶鸞鑾欒巒漫謾

瞞鏝般盤磐瘢潘蟠磻胖鞶弁饅乾端難姍

十五刪

刪潸關彎灣蠻還環闤鐶鬟圜湲鍰患攀姦菅顏班斑
頒扳般山訕孱潺頑閑憪嫺鷴閒間艱慳殷鰥斕

下平聲

一先

先仙鮮宣千芊阡牽戔箋愆褰騫搴遷躚詮銓拴荃筌
痊全錢泉前乾虔鍵犍旋漩璇延涎梴筵綖鋋蜒沿賢
弦絃舷煙燕咽姸研焉蔫鄢嫣扁編鯿邊籩篇偏翩鞭
胼軿駢便眠緜棉肩堅濺韉煎湔媥鬋鐫天顛巔田佃
畋鈿滇填闐連蓮漣憐然禪嬋蟬船邅鱣淵懸涓鵑娟
湲羶扇穿川專旃饘氈鸇傳椽廛纏躔甎顓遄鳶緣玄
員圓卷惓蜷鬈拳權孿顴年籛蠲聯鉛捐蜎

二蕭

蕭簫瀟消宵霄逍綃銷蛸硝魈翛梟囂枵刁凋彫雕鵰
苕迢髫調蜩條挑祧跳佻么要腰邀徼夭妖嬌驕椒焦
蕉嶕鷦鷯聊嘹遼鐐燎寥堯嶢僥驍嬈超朝潮鼂饒橈

蕘姚遙搖謠瑤猺飆鴞昭樵譙憔喬僑嶠橋轎蕎翹漂
僄飄瓢飆標鑣摽苗描貓燒韶軺撩僚澆招

三肴

肴淆崤殽爻交郊蛟茭教膠轇巢鐃譊呶梢捎髾鞘筲
茅哮包胞苞泡拋庖炮跑匏咆敲鈔訬嘲坳聱

四豪

豪毫濠號嗥高篙蒿膏皋槔羔餻勞澇撈癆牢醪毛氂
旄髦叨弢饕絛韜滔洮刀忉舠搔騷臊繅艘陶淘萄醄
綯逃咷桃鼗濤曹遭嘈槽漕艚螬敖熬嗷螯璈鼇驁鏖
袍褒操猱撓糟翺

五歌

歌哥柯牁戈過珂軻訶苛呵阿婀疴何河荷瑳搓磋蹉
嵯醝娑莎挲梭蓑禾和科蝌窠俄哦娥峨蛾莪鵝訛多
羅囉蘿籮鑼螺佗沱陀跎酡駝鼉馱他拖那皤婆磨摩
魔渦鍋窩波坡頗皤茄迦伽覶

六麻

痲蟆華譁驊花瓜夸誇加嘉家珈迦枷痂笳霞遐蝦瑕
豭葭邪琊耶椰揶爺爹斜車奢賖巴葩鈀笆爬杷琶鴉
椏啞叉差嗟紗沙裟牙枒衙茶闍蛇查楂撾蝸媧艖遮
拏窪哇蛙些

七陽

陽揚楊暘颺鍚煬瘍羊佯詳祥庠翔強戕檣牆嬙梁粱
糧涼良量香鄉薌相湘廂箱緗襄鑲驤將漿螿姜薑僵
疆韁槍蹌鏘羌蜣央秧泱殃鴦方芳妨枋坊光洸洋王
皇篁遑凰煌艎徨隍惶黃簧潢璜狂匡筐亡忘望房牀
常嘗償裳當簹璫襠鐺霜孀驦桑喪康穅章彰樟漳鄣
張昌倡猖菖閶長腸傷湯唐塘螗糖堂棠郎廊浪踉琅
狼榔囊倉滄蒼創瘡岡綱剛鋼荒肓旁傍防汪忙邙茫
芒臧藏贓滂艕莊裝殤娘螳商磅昂航杭行吭頏彭妝

八庚

庚鶊更秔羹耕京荊驚莖精晶菁蜻睛旌英瑛嬰嚶櫻
攖纓罌鸚鶯清卿輕傾情晴擎檠黥鯨迎行盈楹嬴瀛
營塋平評枰苹坪怦伻名明鳴兵并聲生笙牲甥正貞

楨禎爭箏征鉦成城誠盛呈程酲兄瓊罃榮嶸瑩縈橙
萌盟氓鏗宏閎泓紘甍訇轟錚衡蘅橫觥亨撐盲彭棚
烹崢

九青

青星惺醒腥經涇陘馨形刑型邢鉶寧冥溟瞑螟蓂銘
丁釘玎仃汀町聽廳廷庭霆蜓亭渟靈櫺伶泠玲鈴聆
舲苓囹鴒翎齡熒螢扃坰萍娉屏停零瓶榮

十蒸

蒸烝承丞澄懲仍層曾稱偁乘塍繩澠蠅升昇勝增憎
矰僧繒徵癥陵淩凌菱綾輘膺應鷹譍凝興兢矜凭冰
馮憑登燈滕藤籐謄騰能朋崩鵬棱恆弘肱

十一尤

尤疣郵由油遊游蝣鯈酋遒猶猷憂優攸悠幽呦嘔謳
漚歐甌鷗求裘毬逑球仇讎酬綢稠輈籌儔疇柔揉蹂
愁囚泅虯牛丘抽瘳秋鞦湫啾楸收搜修脩羞廋颼蒐
休咻庥髹貅舟州洲周啁賙鄒搊謅騶陬諏矛蝥侔牟

眸謀繆不芣罘抔浮蜉裒頭投骰偷婁樓髏摟簍螻流
旒留遛榴騮劉瀏鏐侯猴喉篌餱勾鉤鞲溝篝韝兜鳩

十二侵

侵駸今金禁襟音愔陰瘖喑尋潯岑涔壬任妊紝淫森
參簪斟針鍼箴砧忱椹沉林霖淋臨琴禽擒檎黔心欽
嶔衾吟深

十三覃

覃譚潭蟫醰曇壜參驂毿南男庵盦諳含函涵嵐婪蠶
簪貪探耽眈湛龕堪鬖弇談痰甘柑擔儋甔三藍籃襤
聃慙酣邯憨

十四鹽

鹽檐廉鐮簾匳砭銛纖籤僉詹瞻占苫沾蟾幨枏黏炎
霑覘淹崦尖殲潛箝黔鈐厭添甜恬謙兼嫌蒹鶼鰜餂
拈嚴髯閻

十五咸

咸鹹緘杉喦喃讒饞巉欃銜巖巗衫芟凡帆監颿嵌函

上聲

一董

董懂桶動攏籠琫唪菶矇懵總嵸孔空汞滃蓊

二腫

腫種踵寵隴壟擁壅甬俑涌湧勇踊踴慂蛹拱珙栱鞏
悚竦聳恐奉捧重冢冗茸

三講

講港棒蚌項

四紙

紙只咫枳旨指是諟氏士仕俟涘市視峙恃始史使駛
矢水死弛豕侈哆爾邇徙屣璽釃揣捶箠蘂靡彼被俾
此髀婢泚紫訾呰髓累壘㠥誄技妓掎倚綺旖蟻艤褫
豸阤邐旎迤企跂委蔿毀燬詭佹跪庀弭敉芈姊秭兕
雉履唯癸揆几机洧巋軌簋晷匭宄鄙否圮美匕比妣
秕止趾址芷祉畤齒耳珥滓子耔梓似姒巳祀汜耜徵

恥里理俚悝娌李以已苡矣喜起杞屺己紀擬砥抵裡

五尾

尾鬼偉葦韙煒瑋螘卉虺幾亹豨斐誹悱菲榧蟣豈唏
匪

六語

語圄圉齬禦呂侶旅膂紵苧貯佇予抒杼與嶼渚楮褚
煮汝茹暑黍杵處醑女許巨距炬鉅秬詎所楚礎阻沮
俎舉莒筥敘漵序緒墅鼠咀拒

七麌

麌雨羽禹宇舞父府俯腑鼓虎古估詁牯股賈蠱土吐
譜圃庾戶樹麈煦怙琥嶁鹵滷努罟瞽肚膴嫵扈滬鬴
輔祖組乳弩補魯櫓艣堵覩賭豎腐數簿普姥拊侮五
伍廡斧聚午縷部柱矩武鵡甫脯黼簠苦撫浦溥主炷
拄杜隖愈祜雇虜滸怒詡栩傴取

八薺

薺禮體啟米澧醴陛洗邸底詆抵牴柢弟悌涕遞濟蠡

禰溪醍緹

九蟹

蟹解駭買灑楷獬澥騃鍇擺罷枴矮

十賄

賄悔改采彩綵海在罪宰餧醢載鎧愷待怠殆倍猥隗
蕾儡骽紿欸塏每亥乃

十一軫

軫敏允引蚓尹盡忍準隼筍盾楯閔憫泯囷菌畛哂腎
牝臏賑蜃隕殞蠢緊狁愍吮朕稹窘診

十二吻

吻粉憤隱近忿槿墳卺听齔刎抆謹蘊

十三阮

阮遠本晚苑返反飯阪損偃堰袞遁遯穩蹇巘楗婉蜿
宛琬閫悃捆壼鯀撙很懇墾畚圈綣混沌娩烜焜棍盾

十四旱

旱煖管琯滿短館緩盥盌款孏散繖傘卵伴誕罕澣瓚
纘斷侃算暵但坦袒蜑稈悍亶竅篡趲懣

十五潸

潸眼簡版琖產限撰棧綰赧剗羼僝柬揀莞

十六銑

銑善遣淺典轉衍犬選免勉輦冕展繭辯辨篆翦卷顯
餞踐眄喘蘚輭蹇謇演峴棧舛扁臠兗變跣腆鮮件璉
泫單畎褊惼殄靦緬湎鍵燹狷諞辮沔俛筧撚闡匾

十七篠

篠小表鳥了曉少擾繞遶嬈紹杪秒沼眇渺矯蓼皎皦
瞭繚燎杳窅窈窕嫋裊挑掉肇湫旐標慓摽縹藐撟殍
悄愀兆夭嬌趙緲淼

十八巧

巧飽卯泖昴爪鮑撓攪狡絞姣拗炒佼

十九皓

皓寶藻早棗老好道稻造腦碯惱瑙島倒禱擣抱討考
燥掃嫂槁縞潦保葆堡褓鴇稾草皞昊浩顥灝鎬皁襖
燠蚤澡栲媼

二十哿

哿火舸瑳齄柁拕沱我娜可叵坷軻左果裹朵埰鎖瑣
墮惰妥坐麼裸蠃蓏跛簸頗禍夥顆荷橢婠

二十一馬

馬下者野雅瓦寡社寫瀉夏廈冶也把賈假捨赭斝嘏
惹若姐啞灺且灑踝檟

二十二養

養瀁痒鞅怏泱象像橡仰朗獎槳敞氅廠昶枉顙強繈
沆盪蕩惘昉放仿倣兩帑黨讜儻曩丈杖仗響嚮掌想
榜爽廣享晃滉幌莽漭蟒繈襁紡蔣攘盎髒長上罔網
魍慌輞壤賞往怳慷

二十三梗

梗影景井領嶺境警請屏餅永騁逞潁穎頃整靜省幸

眚頸郢猛丙炳癭杏打綆哽鯁秉耿憬荇併皿靚艋蜢
冷靖礦骾

二十四迥

迥炯茗挺梃艇鋌町酊醒溟剄竝等鼎頂詗婞脛肯濘
拯酩

二十五有

有酒首手口後柳友婦斗狗久負厚叟走守綬右否醜
受牖偶耦阜九后咎藪吼帚垢畝狃紐鈕舅藕朽臼附
韭剖缶酉扣瓿黝耇莠丑苟糗某玖拇紂糾嗾忸蚪赳
陡毆母誘釦羑嘔

二十六寢

寢飲錦品枕甚審廩衽稔稟葚沈凜懍噤瀋諗荏嬸

二十七感

感覽擥攬欖膽澹噉坎慘敢頷闇萏撼毯槧晻菡喊揜
橄嵌轗欿

二十八琰

琰儉餤斂險檢瞼瀲染奄掩箽點貶冉苒陝諂漸玷忝
剡颭芡閃歉慊儼魘

二十九豏

豏檻範減艦犯湛斬黯范喊濫巉歉摻

去聲

一送

送夢鳳洞眾甕弄貢凍痛棟仲中糉諷慟空控哢恫鬨
哄

二宋

宋重用頌誦統縱訟種綜俸共供從縫葑壅

三絳

絳降巷戇撞淙

四寘

寘置事地意志治思淚吏賜字義利器位戲至次累寺

侍瑞智記異致備肆翠騎使試類棄餌媚鼻易轡墜醉議翅避笥幟粹誼帥廁寄睡忌貳萃穗二帔臂嗣吹遂恣四驥季刺駟泗識痣誌寐魅邃燧隧顇諡熾飼食被芰懿悸覬冀暨媿匱饋簣恚比庇畀閟泌祕鷙贄觶躓漬穉遲祟珥示伺嗜自詈莅莉緻輊譬彗肄惴懟縊啻企為糒膩施遺縋摯餧孳

五未

未味氣貴費沸尉慰蔚畏魏緯胃渭謂彙諱卉毅溉既翡餼衣芾疿

六御

御處去慮與譽署據馭曙助絮著翥箸豫恕遽庶疏詛預倨茹語踞鋸沮洳淤瘀澦蕷醵鐻歟詎楚覷女

七遇

遇路潞璐露鷺輅賂樹澍度渡賦布步固痼錮素具數怒務婺霧騖鶩附兔故雇顧句墓暮慕募注註住駐炷胙祚阼裕誤悟晤寤戍庫護屨訴蠹妒懼趣娶鑄絝胯

傅付諭嫗捕哺芋汙忤厝措錯醋鮒袝仆赴賻酺惡互
孺怖煦寓沍酤瓠吐鋪泝屨塑訃捂籲酗雨戽足

八霽

霽濟制製計勢世麗歲衛第藝慧幣砌滯際厲涕睇契
敝弊斃蔽帝蒂髻銳戾裔袂繫祭隸閉逝綴翳細桂稅
壻例誓筮蕙偈詣礪勵瘞噬繼脆諦系叡曳憩睨沴枻
禘薊擠眥禊嬖棣說彘荔泥蛻唳薙澨薛羿謎惠替儷
毳妻弟嚏齊贅囈

九泰

泰帶外蓋大沛旆霈賴瀨籟蔡害會繪最貝靄藹艾兌
丐柰奈儈檜膾澮獪鄶薈磕太汰癩蛻酹狽噦

十卦

卦挂懈廨隘賣畫瘥派債怪壞戒誡介价芥界疥械薤
拜湃快邁話敗曬稗瘵屆聵憊殺鎩噲蠆解喟唄寨夬

十一隊

隊內塞愛曖輩佩代岱貸黛退載碎態背穢菜對廢誨

晦昧妹礙戴配喙潰憒賚吠肺逮埭概溉慨嘅愾塊繢
乂刈碓賽耐悖誖倅晬淬磑纇焙在再欬痗酹霼睞徠
采襶北璹悔瑁焠

十二震

震信印進潤陣鎮振刃仞軔順慎儐鬢殯擯晉搢駿峻
俊畯餕閏舜吝燼汛訊迅釁瞬櫬槻僅藎墐殣饉覲濬
藺躪憖徇殉賑璡瑾趁齔韌遴認

十三問

問聞運暈韻訓糞奮忿分醞慍緼郡紊抆汶僨靳近斤
攟拚

十四願

願愿怨券勸恨論萬販飯曼蔓寸巽困頓遁遯建健憲
獻鈍悶嫩遜遠圂褪晼圈艮鄙

十五翰

翰瀚岸漢斷亂幹灌觀冠歎難散旦算半畔貫按案汗
閈炭贊讚漫幔縵玩爨竄攛粲璨燦爛喚煥渙換悍扞

彈憚段看判叛絆惋旰讕泮漶墁館腕逭

十六諫

諫雁贗澗間患慢盼辦豢晏鷃棧慣串莧綻幻訕丱綰
縵辦疝篡汕鏟宦

十七霰

霰殿面縣變箭戰扇煽善膳繕鄯傳見現硯選院練鍊
燕讌嚥饌宴劵賤電薦狷睊絹眷彥絢掾佃甸鈿便麵
線倦羨堰奠偏戀轉囀釧眩倩蒨卞汴忭弁拚片禪譴
諺緣顫擅援媛瑗淀澱旋唁穿茜楝揀先衒炫遣繾洊

十八嘯

嘯笑照詔召邵劭廟妙竅要曜耀調釣弔叫嘂燎嶠少
徼眺覜肖陗鞘誚哨料尿剽掉鷂糶噭燒漂醮驃蔦摽
轎療

十九效

效教校較孝貌橈淖豹鬧罩踔窖鈔磽櫂棹覺酵爆

二十號

號冒帽報導盜操譟噪躁竈奧澳燠隩告誥暴好到倒
蹈勞傲耄澇造悼纛驁縞掃瀑靠糙犒

二十一箇

箇个個賀左佐作坷軻大餓那些過和挫剉課唾播簸
磨坐座破臥貨磋惰銼懦

二十二禡

禡駕夜下謝榭罷夏暇霸灞嫁稼赦借藉炙蔗假化舍
價射罵架亞婭罅跨麝吒怕訝詫迓蜡帕柘崋貰瀉杷
乍壩詐

二十三漾

漾樣養上望相將醬狀帳悵浪唱讓釀曠壯放向餉仗
暢量匠障謗尚漲訪舫貺嶂瘴亢抗吭炕當臟況王纊
嚮諒亮妄創愴刱喪兩傍碭恙颺閬旺償葬長藏宕

二十四敬

敬命正政令性鏡盛行聖詠姓慶映病柄鄭勁競淨竟

獍孟迸聘穽諍泳請倩硬檠更敻併儆偵橫証

二十五徑

徑定聽勝磬罄應乘媵贈佞稱鄧甑脛瑩證孕興經濘
醒錠暝賸剩凭凝鐙磴凳亙飣庭蹬

二十六宥

宥候堠就售授壽繡宿奏富獸鬬漏陋守狩晝寇茂楙
舊胄冑宙袖岫柚覆復救廄臭幼右佑祐侑囿豆逗竇
溜冓構遘媾覯購透瘦漱鏤貿走詬究湊謬繆籀疚灸
彀畜耨柩驟繇甃首皺縐袤瞀咮姤又後后厚秀餖咒
鼬蔻餾逅

二十七沁

沁飲禁任蔭讖浸祲譖鴆枕衽賃滲揕闖甚

二十八勘

勘暗濫啗擔憾纜瞰紺暫磡淡澹

二十九豔

豔劍念驗贍塹店占斂厭饜灩瀲墊欠槧窆僭釅坫砭
殮掞[illegible]兼俺忝唸焰

三十陷

陷監鑑汎梵帆懺賺蘸讒劍淹站

入聲

一屋

屋木竹目服鵩福幅蝠輻祿碌穀轂熟塾谷肉族鹿轆
腹菊陸軸舳逐牧伏洑六宿蓿讀犢瀆牘櫝黷轂復覆
複粥肅育縮哭斛戮勠畜蓄叔淑菽獨卜沐馥速祝鏃
簇麓蹙竺筑築穆睦啄鶩禿扑岫鬻燠澳隩暴瀑漉蔌
僕濮樸撲匊掬鞠鞫麴郁矗蹴夙餗匐觫倏苜僇

二沃

沃俗玉足曲粟燭屬綠錄籙辱獄毒局欲慾束告鵠酷
蜀促觸續浴縟褥矚旭蓐梏篤纛督贖勗躅淥

三覺

覺角桷埆榷嶽樂捉朔數斲卓踔琢諑涿倬剝駁駮眊
雹撲樸璞殼愨確濁擢濯櫂幄喔握渥犖學浞鐲

四質

質日筆出黜室實疾嫉術一乙壹吉詰秩密蜜率律逸
佚軼帙抶泆失漆膝栗慄篥畢蹕恤卹橘溢瑟匹述七
叱卒蝨悉朮戌唧櫛暱窒必姪鎰秫帥桎汩怵聿紩弼
謐泌

五物

物佛拂屈鬱乞訖迄吃掘崛紱弗茀髴勿詘熨欻不屹
倔黻祓怫

六月

月骨滑闕越鉞樾謁沒歿伐閥罰卒竭碣窟笏歇蠍發
髮突忽惚韤襪勃厥蹶蕨鶻訥粵悖餑兀杌紇矹猝捽
齕核曰刖筏訐軏羯

七曷

曷喝褐遏暍渴葛達末沫闊活鉢脫奪割拔跋魃鈸撻

闥撥潑豁括聒抹秣枿薩掇獺撮怛剌斡袜捋辣

八黠

黠札猾鶻拔八察殺刹軋刖劼戛嘎揠茁獺刮帕刷蚻

九屑

屑節雪絕結穴悅閱說血舌挈潔別荊缺裂熱抉決訣
鴂鐵滅折哲拙切澈轍徹撤咽噎傑設鼈齧劣碣掣譎
玦截竊綴埒訐餮瞥撇蹩臬闑媟昳列冽洌褻颭經巘
竭擷跌浙垤凸薛孽紲渫桀輟爇晢迭歠姪惙拮絜鍥
泄楔隉契偈揭閉闋啜窠捩烈

十藥

藥薄惡略作樂洛落閣鶴爵爝弱約腳雀鵲幕壑索郭
鞹博錯躍若縛酌託拓削鐸勺杓灼鑿卻烙絡駱度諾
鄂萼諤鶚橐漠鑰籥著虐箬掠穫鑊蠖搏鍔霍藿嚼謔
廓綽爍鑠擇籜亳恪貉箔攫涸芍彴瘧爚粕格昨柝酢
斫摸堊噱瘼矍各泊酪妁愕魄寞

十一陌

陌石客白澤百伯迹宅席策碧籍格役帛戟壁驛額柏
魄積夕脈液冊尺隙逆畫闢赤易革脊獲翮屐適幘劇
戹磧隔益柵窄核覈舄擲責惜辟僻癖掖腋釋拍舶擇
磔軛摘射繹懌斥奕迫疫譯昔瘠蹐赫炙謫虢腊簀賾
碩螫藉翟穸襞舂亦擗擘骼隻鯽珀膈嘖搤躑埸蜴幗
摑嶧斁蓆貊檗汐摭唶咋嚇躄刺麥蟈阨霸

十二錫

錫壁歷曆櫪擊績勣笛敵滴摘鏑適嫡檄激寂翟覿逖
糴析晳淅覓溺狄荻冪鷁戚慼滌的喫甓霹靂瀝惕裼
踢剔礫櫟轢皪鬲汩闃闐迪覡蜥倜

十三職

職國得德食蝕色力翼墨極息直北黑飾賊刻則側塞
式軾域殖植敕飭棘惑默織匿億憶臆特勒劾慝仄昃
稷識逼克剋蜮即唧弋陟測惻翊淢仂亟殛忒閾湢愎
拭抑洫踣穡熄或翌意

十四緝

緝輯戢揖葺立集邑入泣濕習給十拾什襲及急岌汲
級笈吸澀粒汁蟄笠執隰唈縶翕歙挹廿浥

十五合

合答嗒塔榻納匝雜臘蠟蛤鴿閤闔衲沓踏盍榼颯搨
搭拉遝靸蓋闒溘嗑

十六葉

葉帖貼妾接牒蝶諜堞屧喋獵疊捷睫箧頰攝躡懾協
挾俠莢鋏浹笈燮靨摺壓捻婕茶涉楫褶蛺愜霎

十七洽

洽夾狹峽硤法甲呷胛柙匣業鄴壓鴨乏怯劫脅插鍤
歃眨押狎祫袷掐恰箚

◎新譯樂府詩選

溫洪隆、溫強／注譯

「樂府詩」最初指的是由樂府採集、可以配樂演唱的詩歌，主政者可以藉此觀風俗，知民情。由於它來自民間，語言大都生動形象，樸素自然，為古典詩歌注入一股清涼活水，啟發、滋養無數詩人效法創作。宋朝郭茂倩所編的《樂府詩集》，收錄上起陶唐，下至五代的樂府歌辭，內容徵引浩博，被譽為「樂府中第一善本」。本書依其分類，選錄二一二首樂府詩精華加以注譯研析，引領讀者進入樂府詩歌的無邪世界中遨遊。

國家圖書館出版品預行編目資料

新譯千家詩／邱燮友,劉正浩注譯.－－二版六刷.－
－臺北市：三民，2020
面；　公分.－－(古籍今注新譯叢書)

ISBN 978-957-14-4160-3（平裝）

831　　94000818

古籍今注新譯叢書

新譯千家詩

注譯者　邱燮友　劉正浩
發行人　劉振強
出版者　三民書局股份有限公司
地址　臺北市復興北路 386 號 (復北門市)
臺北市重慶南路一段 61 號 (重南門市)
電話　(02)25006600
網址　三民網路書店 https://www.sanmin.com.tw

出版日期　初版一刷 1991 年 10 月
二版一刷 2006 年 3 月
二版六刷 2020 年 2 月
書籍編號　S030190
ISBN　978-957-14-4160-3